新潮文庫

日本婦道記

山本周五郎著

新潮社版

II022

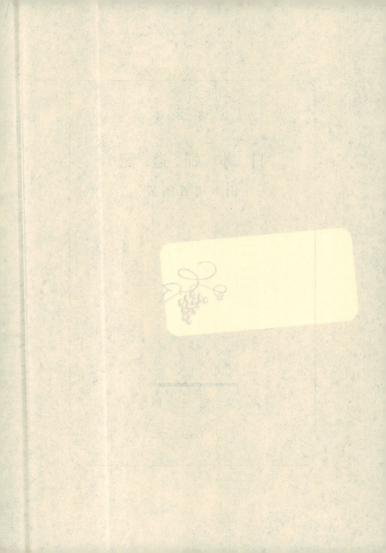

日本婦道記　目次

松の花……………………………………三
梅咲きぬ…………………………………三七
箭竹…………………………………………五七
笄堀…………………………………………八二
忍緒…………………………………………一〇六
襖……………………………………………一二六
春三たび…………………………………一四六
不断草……………………………………一七三
障子………………………………………一九七
阿漕の浦…………………………………二二〇
藪の蔭……………………………………二四一

頬……二六九
横笛……二八六
郷土……三〇三
雪しまく峠……三二一
髪かざり……三三九
糸車……三五六
菊の系図……三八三
尾花川……四〇〇
桃の井戸……四一九
壱岐ノ島……四四二
竹槍……四五八

蜜柑畑……四七一
おもかげ……四八五
二粒の飴……五一一
花の位置……五二六
墨丸……五四六
二十三年……五八〇
萱笠……六〇三
風鈴……六三一
小指……六六一

山本周五郎と私　乙川優三郎
解説　服部康喜

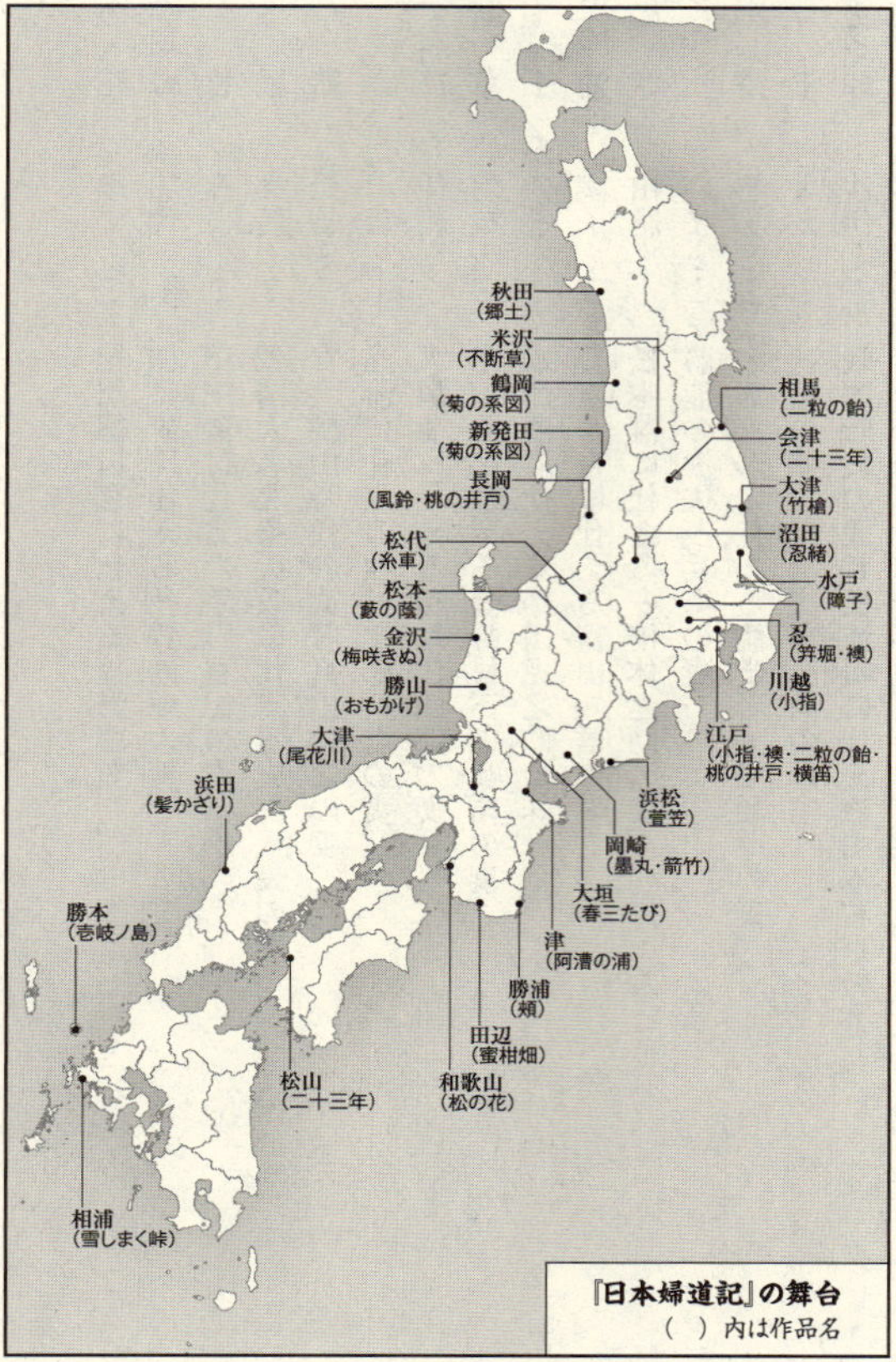

『日本婦道記』の舞台

（　）内は作品名

主人公一覧

松の花　やす……紀州徳川家に仕える佐野藤右衛門の妻。
梅咲きぬ　加代……加賀藩に仕える多賀直輝の妻。
箭竹　みよ……田中藩に仕えた茅野百記の妻。
笄堀　真名……戦国大名北条氏政に仕える成田氏長の妻。
忍緒　松子……安土桃山時代の武将真田信之の妻。
襖　市……忍藩に仕える西村次郎兵衛の妻。
春三たび　伊緒……大垣藩に仕える和地伝四郎の妻。
不断草　菊枝……米沢藩に仕える登野村三郎兵衛の妻。
障子　かの子……水戸藩に仕える藤田虎之助の妹。
阿漕の浦　渼子……豊臣秀吉に仕える富田知信の妻。
藪の蔭　由紀……松本藩に仕える安倍休之助の妻。
頬　いま……勝浦の漁夫茂兵衛の妻。
横笛　巻子……宇都宮藩に仕える儒学者大橋順蔵の妻。
郷土　きよえ……秋田の郷士戸部丈右衛門の母。
雪しまく峠　沙伊……戦国時代の武将松浦親に仕える山本右京の妻。
髪かざり　稲……浜田藩の廻船問屋新津屋勘右衛門の娘。

糸車　高……松代藩に仕える依田啓七郎の娘。
菊の系図　琴……鶴岡藩に仕える重田主税の妻。
尾花川　幸子……聖護院宮に仕える河瀬太宰の妻。
桃の井戸　琴……長岡藩に仕える萩原直弥の妻。
壱岐ノ島　民……壱岐島の農夫作太郎の妻。
竹槍　貞子……水戸藩に仕えた蔵原伊太夫の娘。
蜜柑畑　信乃……田辺の郷士清川信左衛門の妹。
おもかげ　由利……勝山藩に仕える旗野民部の妹。
二粒の飴　貞代……相馬徳胤に仕えた重松伊十郎の娘。
花の位置　頼子……太平洋戦争下、大学教授の娘。
墨丸　石……岡崎藩に仕えた小出小十郎の娘。
二十三年　かや……会津藩に仕えた新沼靭負の召使い。
萱笠　あきつ……徳川家康に仕えた足軽の娘。
風鈴　弥生……長岡藩に仕える加内三右衛門の妻。
小指　八重……川越藩に仕える山瀬家の小間使。

地図製作　アトリエ・プラン

日本婦道記

松の花

一

北向きの小窓のしたに机をすえて「松の花」という稿本に朱を入れていた佐野藤右衛門は、つかれをおぼえたとみえてふと朱筆をおき、めがねをはずして、両方の指でしずかに眼をさすりながら、庭のほうを見やった。窓のそとにはたくましい孟宗竹が十四五本、二三、四五とほどよくあい離れて、こまかな葉のみっしりとかさなった枝を、澄んだ朝の空気のなかにおもたげに垂れている。藤右衛門はつやつやとした竹の肌に眼をやりながら、肩から背すじへかけて綱をとおしたようなつかれの凝をかんじた。

藤右衛門は紀州徳川家の年寄役で、千石の食禄をとり、御勝手がかりという煩務をつとめとおして来た。六十四歳のきょうまで、ほとんど病気というものを知らず、いくらか髪に白いものをまじえたのと、視力がややおとろえたのを除けば壮者をしのぐ健康をもっていた。けれどもその年の春さき、老年をいたわるおぼしめしから御勝手がかりの役目を解かれ、*菊の間づめで*藩譜編纂のかかりを命ぜられてから、おおくは自分の屋敷の書斎にとじこもって、したやくの者たちの書きあげてくる稿本に眼をとおすだけが仕事になり、煩雑な日常から解放されたのであるが、それ以来、かえって身すじにつかれの凝をかんじるようになった。いま机の上にひろげている稿本「松の花」は、藩譜のなかに編まれる烈女節婦の伝記と、紀州家中、古今のほまれ高き女性たちを録したものである。藤右衛門はつねづね、泰平の世には、婦道をただしくすることが、風俗を高めるこんぽんであると信じていた。それでその校閲にはもっとも念をいれ、一字一句のすえまで吟味を加えているのだが、この四五日はなんとなくつかれ易く、ともすれば惘然と筆をやすめていることが多くなった。――身にいとまのあることがかえって悪いのだろう、馴れてくればこんなことも無くなるにちがいない。藤右衛門は自分ではそう考えていた。けれどもその原因はじつはもっとほかにあった。妻のやす女がいま重態なのである。去年の夏からのわずらいがしだいに増悪するばかりで、すでに医師もみはなしていたし当人もすっかりあきらめていた、ことにゆうべはほとんど臨終かと思われ、わかれの言葉もとりかわしたほどである。病気が癌という不治のものだったので、はやくからたがいに覚悟ができていた。かなしさもつらさもいまさらのものではない。ただ臨終が平安であれと祈るほかには、藤右衛門の心はしらじらとした空虚しか残っていなかった。

竹のつやつやと青い肌を見ていた藤右衛門は、小走りにいそいで来る廊下のあしおとを聞いてわれにかえったように筆をとりあげた。

「申しあげます、父上、申しあげます」

長子格之助の声であった。

「あけてよい、なにごとだ」

「病間へおはこびください、母上のごようすが悪うございます」

「……そうか」

「すぐおはこびくださいまし」

藤右衛門は立とうとして、どういうわけか一瞬ためらい、机の上にひろげてある稿本の文字に眼をやった。なんのつもりか自分でもわからなかった。それで硯箱のありどころを直しなどして立ちあがった。渡廊下を母屋へわたり、鉤のてにまがって奥の間、中の間、内客の間とゆくと、そのあたりの廊下にはもう老若の家士たちがつめかけ、いずれも石のように息をころし頭を垂れて端坐していた。藤右衛門がはいっていったとき、妻はまさに息をひきとったところであった。長子格之助、二男金三郎、格之助の嫁なみ女、裾のほうには妻の愛していた*婢頭そよもいた。みんなせきあげて泣いていた。

「まことにお安らかな、眠るような御往生でございました」

さいごの脈をとっていた医師がそう云うのを聞きながら、藤右衛門はしずかに枕許へ坐った。

妻の唇にまつごの水をとってやった。もはやなにを思うこともなかった。妻の死顔はこのうえもなく安らかで、苦痛のいろなどはいささかもなかった。藤右衛門はしばらくのあいだ、祝福したいような気持で妻の面を見まもっていたが、ふと夜具のそとに手がすこしこぼれ出ているのをみつけ、それをいれてやろうとしてそっと握った。するとまだぬくみがあるとさえ思えるその手がひどく荒れてざらざらしているのに気づいた。妻の手を握るなどということはかつて無いことだった。だからいまはじめて触るように思い、その皮膚がそのように荒れているのをみつけたとき、藤右衛門はそれまでまるで知らなかった妻の一面に触れたような気がした。

「通夜は半通夜にする、通知にはそれを忘れぬよう、それぞれておちなくはからえ」

やがて彼はそう云って立った。

二

はなれの書斎へかえって、机の前へ坐ると直(す)ぐ、彼はおちついた身がまえで校閲の筆をとりあげた。頭は冴(さ)えているし、心もしずかだった。ただひとところ、からだのどこかに*蕭殺(しょうさつ)と風のふきぬけるような空隙(くうげき)がかんじられた。

弔問の客たちが来はじめたのはそれから*一刻(いっとき)あまりのちのことだった。その多くは格之助が応対することで足りた、藤右衛門でなければならぬ客もくどくど悔みをのべるようなことはなかった。今日あることはみんな予期していたし、誰(たれ)にもいまさらといなぐさめの言葉などはなかった。午(ひる)すこしまわってから本家にあたる佐野伊右衛門(いえもん)が来た。伊右衛門は二千六百石の*老職で、藤右衛門より二歳の年かさである。書斎へはいって来た彼は、机の上を見やりながらさすがにあきれたという顔で云った。

「このさなかに仕事か」

「なにやかや、とりこみつづきでだいぶおくれているものですから」

「いくらおくれているからと申して、今日一日をあらそうことではあるまい、それは仏にたいしても薄情というものだ」

「それでも、べつにさし当ってする仕事はなし、ぼんやりしておるのもこれでなかなかしょざいのないものです」

藤右衛門はそう云ってにが笑いをした。

「なるほど」

伊右衛門はふうと鼻をならした。

「なるほど、しょざいがないというのが本当かも知れぬ、いまさら死別がつらくて泣ける年でもなし、このように人手があまっていては用事もなしとすると、いかにもこれはしょざいがないというかたちか」

「おいそぎでなかったら*一盞（いっさん）ととのえましょうか、わたくしはお相手がなりませんけれども、そのうちにはくらんどがみえましょう」

森蔵人（もりくらんど）、千石の*大寄合（おおよりあい）であるが蔵人がそのまま食ん人（くらんど）に通ずるほどの酒豪だった。伊右衛門も酒ずきではなかなかの組である、いちおう拒むようすだったが、また藤右衛門の心をおしはかったふうで、

「それでは早てまわしに、いまから通夜をはじめるとするか」

と腰をおちつけた。そのまま書斎へしたくをさせた。膳をはこぶ侍たちはみんな眼を泣き腫らしていた、それでいくらか洒脱をじまんにする伊右衛門は、給仕に坐ろうとする若侍の一人をしいてさがらせ、自分で酌をしながら呑みはじめた。間もなく森蔵人がやって来たし、そのほかにも二三人加わる者があって、暮れかかる頃までにぎやかな酒がつづいた。

半通夜ということをかたく守ったので、十時をすぎると弔問客はつぎつぎにかえっていった。そのさいごの客を見送ってから、藤右衛門は朝のままおとずれなかった病間へはいった。なきがらは型どおりに置き直されてあった。枕頭にすえられた経机には樒の枝をかざり、香のけぶりが燈明のまたたきのなかにゆれていた。伽をしていたのは格之助兄弟と家扶の六郎兵衛、用人左内、それに若侍たち四五人だった、女たちは次の間にいた。藤右衛門は香をあげ、しばらく枕頭に坐っていたが、やがてしずかに立ちあがると、

「つかれたであろう、みなよいほどにさがってやすめ、格之助と金三郎で伽をする、遠慮なくさがるがよいぞ」

そう云って部屋を出た。寝間へははいらずに、暗い廊下をふんでまた書斎へかえ

った。すっかり片付けられた室内に、ひっそりと燭台の火がまたたいていた。机を光に向け直して坐った、頭はやはり冴えているし、想念もおなじしずけさにあった、けれども風のふきとおるような心の空隙だけは、時を経るにしたがっておおきくなるように思えた。かなしみでもない、そういう感動はながい月日のあいだすでに飽きるほどあじわいつくして来た。いま彼の心にかようものはしらじらとした空虚の感である、からだのどこかを暗く塞いでいたものがぽかりと脱れて、そこを蕭々と風のふきとおるような感じがするだけだった。藤右衛門はつと手をのばして稿本をひらいた。それから硯箱の蓋をとった。けれどもそれは校閲をしようと思ったからではなく、習慣でしぜんとそうしたまでのことだった。彼はそのままながいこと空をみつめていた。かなりほど経てからのことであった、遠くから音をしのぶ人のざわめきがきこえて来たので、藤右衛門はふとわれにかえった、耳にたつほどではないが、病間のあたりでかすかに、音をしのばせた看経の声がしはじめた。藤右衛門は鈴をとって強くうち振った。

三

来たのは金三郎であった。

「お呼びでございますか」

「仏前にまだ誰ぞおるか」

「はい」

障子のそとで、金三郎が廊下に手をつくさまが感じられた。

「誦経の声がするではないか、誰だ」

「……はい」

「誰々がおるのだ」

「はい。家士、しもべの女房どもでございます」

金三郎の声は苦しそうだった。藤右衛門の眉がけわしく歪んだ。掟のきびしい武家屋敷では、家士しもべの女房などが、みだりに奥へはいることはゆるされない。それで藤右衛門は怒りを抑えながら云った。

「誰がゆるしてさようなことをした、伽はそのほうと格之助でせよとかたく申しつけたではないか、ならんぞ」

「父上、おねがいでございます」

しずかに障子をあけ、廊下に平伏したまま金三郎は訴えるように云った。

「あの者どもは母上を、つねづね実の親のようにもおしたい申しておりました。あの者どものかなしみは、世間ふつうのしもべが主人をうしなったのとは違います、肉親の母親をなくしたよりもつらいのです。兄上にもわたくしにもそれがよくわかります。とてもゆるさぬとは申せませぬ、父上。どうぞ今宵一夜のお伽をゆるしておやり下さい、おねがいでございます」

藤右衛門はしばらく眼をとじていたが、やがて低く呟くように云った。

「……よい、ゆけ」

金三郎は障子をしめて去った。

しもべの女房たちまでが、実の親のようにしたっていたという。それは考えるまでもなく*差別を無視した云いかたである、日頃の藤右衛門なら一言のもとに叱りつけるところだった、けれども金三郎の言葉のなかにはなにか心をうつものがあった、主人を親よりもたいせつに思うということは、当時の世風としてはきわめてあたりまえなことだ、然し金三郎の云った意味はそのようなものではない、もっとふかく、もっとじかに訴えてくるものがあった。それは亡き妻と、かれらのあいだだけにゆるされるもので、彼にはうかがい知ることもできず、また拒む余地もないことがらのように思えた。——あれはどのようなことをしてやったのであろう。藤右衛門はまたしても、自分の知らぬ妻の一面をみつけておどろかされた。

看経の声はしめやかにつづいていた。＊十二時（ここのつ）をまわってから、それがちょっと途絶えたので、香をあげようと思って立っていったが、襖（ふすま）のそとまでゆくと、部屋のなかで人々のむせび泣く声がしていた。それはいままで誰が泣いたよりも悲痛な、胸を刺しとおす響きをもっていた。かれはそのままそっと廊下へ戻った、すると、格之助が居間からあらわれた。

「あの者たちに夜食をだしてやれ」

藤右衛門はそう云って書斎へかえった。

葬儀はその翌日におこなわれ、なきがらは城西（じょうせい）の金竜寺（きんりゅうじ）にほうむられた。式のしだいは質素であったが、藩侯から特に使者がつかわされたりして、思いがけなくも名誉なものになった。ほうむりの日の朝から、藤右衛門は書斎にこもって「松の花」の校閲をつづけだした。それまで身のまわりの世話は格之助の嫁にさせていたが、それをやめて松田吉十郎という若侍のうけもちにした、そして食事もずっと書斎へはこばせ、藩譜編纂の用務のある者のほかにはほとんど客に会わなかった。夜ごと、夜ごと、燭のしたで朱筆をとっている彼の耳に母屋の方で音をしのばせて看経する人声がかすかに聞えた。——またあの女房どもか、はばかりがちな低い声でそれは直ぐわかった。またしじまのおりには、庭むこうの家士長屋の方からも、むせぶような念仏の声のつたわって来ることがあった。どちらも遠くへだたったところから途切れ途切れに聞えて来るのだが、その声には肺腑をしぼって哭くものの底知れぬなげきがこもっていた。——どうして妻はあれほどのなげきをかれらに与えるのか、かれらにとって妻はそれほどおおきな存在だったのか。藤右衛門は校閲の筆をやすめて、いくたび不審にうたれたか知れなかった。初七日の法会がすんだ夜である。ひさびさに子供たちと食事をした藤右衛門は、まえから考えていたのであろう、格之助を呼んで、今宵から屋敷うちで看経はならぬと云った。

「供養はいちどに仕すませるものではない、十日二十日の看経より、ながく心にとめて忘れぬこそ、仏へのまことの回向だ」

四

「よくそう申し聞かせて」

と藤右衛門はつづけて云った。

「今宵からはかたく無用だと云え、それから、その者どもにやすのかたみわけをして遣(つか)わそうと思うがどうか」

「かたじけのう存じます、わたくしからおねがい申すつもりでおりました、さぞよろこぶことでございましょう」

「それでは遣わすべき者を呼んでまいれ」

そう云って藤右衛門は立った。

婢頭のそよをつれて亡き妻の居間へはいっていったとき、呼びあげられた家士やしもべの女房たちが、次の間にひかえて平伏していた。部屋のあるじが一年あまりの病間ぐらしで、ながらく使わずにあったためか、そこには婦人の居間らしいなんのにおいもなく、年代を経て古くつやを帯びた調度類が、塵(ちり)もとめぬ清浄さできちんとならんでいるだけだった。

「どういう品をお出し申しましょう」

「どれでもよい、わしが選ぶから順にとりだしてくれ」

「かしこまりました」

そよは先(ま)ず古いほうの箪笥(たんす)をあけ、抽出(ひきだし)の中からつぎつぎに衣類をとりだして藤右衛門の前へならべた。

「格之助、おまえもなみになにか選んでやれ」

藤右衛門は燭をあかるくして、そう云いながら格之助とともに衣類を選みはじめた。

それはみんな着古した木綿物だった、すっかり洗いぬいて色のさめたものや、たんねんに継をあてたものばかりだった。――こんなものを大切そうに箪笥へしまって置くなどとは。そう思いながらみていくと、取り出されるものみな木綿で、どれもいくたびか水をくぐり、なんどか仕立て直された品ばかりである。夏のもの冬のものみんなおなじだった。ややみられたのはふたかさねの紋服と紋服用の帯であったが、そのほかはどれひとつとして新らしいものはなく、まして絹物はひと品もなかった。

「これでしまいか」

藤右衛門はなかばあきれて訊いた。

「はい、あとはお髪道具がひとそろえあるだけでございます」

「そのほかにはもうないのか、まったくこれでしまいなのか」

「……はい、お納戸の長持には、まだお着古しもございますけれど、もう継ぎはぎもならぬほどのお品で、ひとの眼に触れては恥ずかしいゆえ、よいおりをみて焼き捨てよ、との仰せでございました」

そう云ってそよははらはらと泣いた。藤右衛門はもういちどそこにある衣類をとりひろげてみた。洗い清めてはあった、どんなちいさなやぶれ目にもきちんと継があててあった、けれどもかたみわけとしてひとに遣（や）るには、あまり粗末な品々である。藤右衛門はまだ茫然（ぼうぜん）とした気持からさめることができず、ふりかえって格之助の顔を見た。

「これでは、いかにもみぐるしすぎるように思うが、どうか」

「母上が身におつけになった品ですから、お遣わしになってよろしかろうと存じます。わたくしも一枚、なみに頂戴（ちょうだい）いたします」

格之助はそう云って、まず自分から古びた袷（あわせ）を一枚ぬきとった。それで藤右衛門もはじめてそよに頷（うなず）いてみせた。

「ではよいようにわけてやれ」

「かたじけのう頂戴つかまつりまする」

そよはすり寄って、その衣類を敷居（しきい）ぎわまではこんだ、そして次の間に平伏している女房たちにむかった、しずかに涙を押しぬぐいながら云った。

「旦那（だんな）さまのおぼしめしで、亡き奥さまのおかたみわけをいたします。……おまえさまたちも知っているとおり、つねづね奥さまはおそれおおいほど、つましいくらしをあそばしておいででした。これまでわたくしたちお末の者が、祝儀（しゅうぎ）不祝儀につけて頂いたものは、それぞれ新らしくお買い上げになった高価な品ばかりでした。おまえさまたちのなかにも羽二重（はぶたえ）なり、小紋なり、結構な晴れ着の一枚二枚頂戴しないかたはひとりもないと存じます。わたくしどもにはそれほどお心をかけて下さいましたのに、奥さまがお身につけておいであそばしたのは、みなこのような御質素なお品でした。このお品をよく拝んで下さい」

そよは衣類をさし示しながら云った。

「ここにあるのが、紀州さま御老職、千石のお家の奥さまがお召しになったお品です。わたくしたちには分にすぎたくだされものをあそばしながら、御自分ではこのような品をお召しになっていたのです。……この色のさめたお召物をよく拝んで下さい、継のあたった、このお小袖（こそで）をよくよく拝んで下さい」

そよの喉（のど）へ嗚咽（おえつ）がせきあげた。女房たちも声をころしてむせびあげた。藤右衛門はその嗚咽に追われるもののように、卒然と立ってその部屋を出た。

居間へはいると直ぐ格之助が追って来た。

「御きげんを損じましたでしょうか」

彼は父の眼を見上げながら云った。

「そよが申しすごしましたなら、わたくし代ってお詫びをいたします。あのような気性でございますから、母上のおかたみを見てとりみだしたのでございます、どうかゆるしてやって頂きとうございます」

「べつにきげんを損じはせぬ、けれども」

藤右衛門は壁をみつめながら、

「やすはどうしてあのようなみぐるしい物を身につけていたのだ。わしはすこしも気がつかなかった、本当にあんなものしか持っていなかったのか」

「母上は、つましいことがお好きでございました」

「それだけか、つましくすることが好きだから、それだけであのような粗末なものを身につけていたというのか」

格之助はふかく面を伏せていたが、やがて低い声で呟くように云った。

「……お召物だけではございません。お身まわりのことすべてをつましくしておいででした。かようなことを申上げましては母上のお心にそむくかとも存じますが、母上はいつかこのように仰せられていました。……武家の奥はどのようにつましくとも恥にはならぬが、身分相応の御奉公をするためには、つねに千石千両の貯蓄を欠かしてはならぬ」

格之助がそう云うのを聞きながら、藤右衛門はふと、息をひきとったばかりの妻の手の触感を思いだした。夜具のそとにはみ出ていたのをいれてやろうとして、なにげなく握った妻の手はひどく荒れてざらざらとしていた。

「それはおまえに云ったのか」

「いえ、なみをめとりましたとき、あれにそうおさとしくだすったのです。わたくしは次の間からもれ聞いたのですが……はじめて母上の御日常がわかったと思いました」

藤右衛門はじっと自分の右手をみまもっていた。その右のたなごころには、まだあのときの触感がのこっているようだった。――千石の奥の手ではなかった。あの皮膚のかたさ、ひどく荒れた甲は、千石の家の主婦のものではない、朝な夕な、水をつかい針を持ち、厨（くりや）にはたらく者とおなじ手であった。

やす女は大御番頭（おおごばんがしら）九百石の家に生れ、五人きょうだいのなかのただ一人の娘として家族の愛をあつめてそだてられた。顔だちもまるくおっとりとしていたし、たちいふるまいものびやかで、彼女がとついで来てからは、きゅうに家のなかが春風のふきとおるようなにおやかな気分につつまれたものである。よそよりもいちだんと家法のきびしい、規矩（きく）でかためたような佐野家の日常とはまるでかけはなれた、のびのびとした雰囲気を身にもっていた。——これで家政のたばねができるだろうか。はじめのうち藤右衛門はいつもそれを案じていたくらいだった。そういうかんじはいつまでも頭から去らなかった。代々質素だいいちの家風で、家計はゆたかであったし、召使の数もおおく、やす女はただ主婦という位置にすわっているだけでよかった、なんの苦労もなく心配もないはずだった。藤右衛門はそう思っていたし、事実また彼の眼にうつる妻の姿は、いつまでもとついで来たときとおなじのびやかさ、明るくおっとりして、千石の老職の妻というおちついたかんじでしかなかったのである。あのひどく荒れた手に触れたとき、藤右衛門はまったく意外だった、皮膚の荒れたその手と、彼の印象にある妻とはどうしても似あわず、自分のまったく知らなかった一面にはじめて触れたような気持だった。

「これほどのことに、どうして気がつかなかったのであろう」

格之助が去ってからも、茫然と自分の手をみまもっていた藤右衛門は、ふとそう呟きながら面をあげた。

三十年もひとつ家の内に起き伏しして、二人の子まで生した夫婦でありながら妻の本当のすがたというものを知らずにすごして来たことが、はじめていま彼にわかった。千石の家の夫人として、なんの苦労もなく、のびやかにくらしているとばかり思っていたが、それは妻のすがたのほんの一部分でしかなかったのだ。良人の眼にもつかず、まして世の人には窺い知ることもできぬところで、妻はそのつとめを全身ではたしていたのだ。

「そうだ、いまにして考えれば思いあたることがしばしばあった」

藤右衛門はふたたび低く呟いた。

五

まえにも云ったとおり、佐野家はもともとゆたかな家計をもっていた。けれどもきまった食禄でまったくの消費生活をするということは考えるほどたやすくはない。物価のうごきや家族の増減、そのほか眼にみえぬところで出費は年々とかさんでゆくのがふつうだった、しかも武家には格式というものがあって、千石は千石だけの体面を保たなくてはならぬ。佐野家がいかにゆたかな家計をもっていたとしても、これをうけつぐ者にすこしのゆだんでもあれば、たちまち底を洗うことはわかりきったはなしだ。藤右衛門は藩の御勝手がかりとして、四十余年のあいだしばしばそれを痛感して来た。紀州五十余万石の経済ではそのことを痛いほどかんじながら、自分の家のことにはまったく関心をもたなかった。ある年、家臣一統から藩へ献上金をすることがあった、そのとき佐野家からは三百金*ずつ前後数回にわたって献上した。——噂(うわさ)にたがわず佐野家は内福だ。家中の人々はそう云って舌を巻いたが、藤右衛門はそれほどにも考えず、自分の家計としてはごくあたりまえだと思っただけであった。そういう例はすくなくない、藩の御勝手つごうで食禄のわたらぬことがつづくとか、非常な物価昂騰(こうとう)とか、百人に近い家士たちのために、年々更新しなければならぬ武具調度の費用とか、ほとんど不時の出費のたえることはないといってよかった。それを佐野家ではきわめてぶじにすごして来た、藤右衛門はどんなばあいにも心を労することなく、うちこんで御奉公をすることができたのである。そして今日まで、それをあたりまえなこととして、誰のたまものとも考えることはなかったのだった。

「なんという迂闊(うかつ)なことだ。なんという愚かな眼だ。自分のすぐそばにいる妻がどんな人間であるかさえ己(おのれ)は知らずにいた」

藤右衛門はおのれを責めるように呟いた。

「佐野の家があんのんにすごして来たのも、自分がぶじに御奉公できたのも、蔭(かげ)にやすの力があったからではないか、こんな身近なことが自分にはわからなかった、妻が死ぬまで、自分はまるでちがう妻をしか知らなかったのだ」

いたましく皮膚の荒れた手ゆびと、あのように粗末な遺品をとおして、いまこそ藤右衛門にはまことの妻がみえはじめたのである。彼の心にあった空虚なかんじはいつかぬぐい去られたように消えて、その代りに新らしい感動がおおきく脈を搏ちだした。……藤右衛門は立って居間を出た、松田吉十郎がついて来て、書斎に灯をいれて去った。

藤右衛門は机の前にすわった。そこには彼が校閲しかけている稿本が置いてある。藤右衛門はその表紙の「松の花」という*題簽をあらためて見なおした、松の緑はかわらぬ操の色だ、そこに撰まれたのはあらゆる苦難とたたかった女性たちの記録である、いまの世にひろめ、のちの世に伝えて、人の心をふるいたたしめる烈女節婦の伝記だ。

「けれども……」

藤右衛門は低く呟きだした。

「烈女節婦はこのように伝記に撰せられるものだけではない、世の苦難をたたかいぬいたこれらの婦人は頌むべきだ。しかし世間にはもっとおおくの頌むべき婦人たちがいる、その人々は誰にも知られず、それとかたちに遺ることもしないが、柱を支える土台石のように、いつも蔭にかくれて終ることのない努力に生涯をささげている。……これらの婦人たちは世にあらわれず、伝記として遺ることもないが、いつの時代にもそれを支える土台石となっているのだ。……この婦人たちを忘れては百千の烈女伝も意味がない、まことの節婦とは、この人々をこそさすのでなくてはならぬ」

藤右衛門は呟きおわって空へ眼をあげた。彼はいま稿本「松の花」に序すべき章句をおもいついたのである。まつりごとをあずかるものの心すべきは、みえざるところをおろそかにせぬことだ、「松の花」はあらわれた烈女たちを伝えるだけでなく、世にかくれたる節婦のおおいことをもあきらかにすべきである、「……やす」

藤右衛門は夜の空に妻のおもかげを描きながら呟いた。

「おまえはわしに世にあらわれざる節婦がいかなるものかを教えてくれたぞ」

そして稿本をひらき、しずかに朱筆をとりあげた。

彼はいまふしぎなほど新らしい昂奮を感じていた。燭の光にうつしだされた横顔にも、ひさしくみえなかった充実した色があらわれたし、ひきむすんだ唇のあたりには、まだ御勝手がかりをつとめていた頃のきびしい力感さえよみがえってきた。――妻は生きているのだ、息災でいた頃よりも、あざやかに紙一重の隙（すき）もないほどぴったりと彼の心に溶けこんでいる、春風のようにおっとりとした顔、やさしく韻のふかいもの云い、しずかな微笑……なにもかもはっきりと彼の心のなかに生きているのだ、更けてゆく夜のしじまに、彼はあでやかな妻のおもかげと相対するような気持で、しずかに朱筆をはこばせていた。

梅咲きぬ

一

「どうかしたのか、顔色がすこしわるいように思うが」

直輝（なおてる）の気づかわしげなまなざしに加代（かよ）はそっと頰をおさえながら微笑した。

「お眼ざわりになって申しわけがございません、昨夜とうとう夜を明かしてしまったものでございますから」

「どうして、なにかあったのか」

「……はあ」

加代は腫（は）れぼったい眼もとで恥ずかしそうにちらりと良人（おっと）を見あげた。病身というほどではないにしても、骨ぼその手弱（たお）やかなからだつきで、濃すぎるほどの眉（まゆ）にも臙脂（べに）をさしたような朱（あか）い唇（くち）もとにも、どこかしらん脆（もろ）い美しさが感じられる、直輝は妻の眼もとを見て頷いた。

「そうか、歌か」

「はい、寒夜の梅という題をいただいているのですけれど、どう詠みましても古歌に似てしまいますので」

「一首もなしか」

「明けがたになりましてようやく」

「それはみたいな」

直輝は袴の紐を、きゅっとしめながら云った。支度がすんで居間へもどると、茶を点てて来た加代は、羞をふくみながら一枚の短冊をそっとさし出した。

「おはずかしいものでございます」

直輝は手にとって、くりかえしくちずさんでいたが、やがてしずかに天目をとりあげて妻を見た。

「一昨日であったが、横山が妻女のはなしだといって、お前にはもう間もなく*允可がさがるだろうと申していたが、そのようなはなしがあるのか」

「はい、ついせんじつそういうご内談はございました、ですけれどまだわたくしは未熟者でございますから」

つつましく眼は伏せたけれど、そっと微笑する唇もとには確信の色があった。

「允可がさがったら歌会でも催すかな」

そう云って直輝は立った。隠居所へゆくと母のかな女は古い小切を集めてなにかはぎ縫いをしていた。

「母上ただいま登城をつかまつります」

「ご苦労でございます」

かな女はめがねをとり、会釈をかえしてから見送るために座を立った。

家扶、家士たちと共に、直輝を玄関に見送ったかな女は、嫁と廊下をもどりながらその顔色のすぐれないことに眼をとめた。加代は良人に問われたよりも心ぐるしそうに、

「つい夜更かしをいたしまして」

と低いこえで答えた。

「そういえば、あなたのお部屋の窓にいつまでもあかしがうつっているので、お消し忘れではないかと思いました」

そう云ってかな女はふと嫁の眼を見た。

「それで歌はおできになりましたの」

「……はい」

加代はどきっとした。夜更かしをしたといえば歌を詠んでいたということはすぐにわかる筈ではあるが、その時は妙にふいをつかれた感じだった。

「しばらくあなたのお歌を拝見しませんからご近作といっしょに、持って来て拝見させて下さらないか」

「御覧いただくようなものはございませんけれど」

予感というのであろう、加代の心はつよく咎められるような不安を感じた。かな女は部屋をきれいに片づけ、香を炷いて待っていた。この屋敷には梅の木が多かった。とりわけ隠居所の前には亡きあるじ三郎左衛門が「蒼竜」と名づけた古木があって、佶屈とした樹ぶりによく青苔がつき、いつも春ごとにもっとも早く花を咲かせる。いまもまだほかの梅は蕾がかたいのに、ここではもう梢のあちらこちら、やわらかくほころびかかっているのがみえた。ぬれ縁から部屋の畳一帖ほどまで陽がさしこんでいた、微風もなく晴れたうららかな朝で、いかにも春の近いことを思わせる暖かさだった。加代はきちんと坐り、膝の上に重ねた自分の手をじっと見まもっていたが、一睡もしなかった疲れがしだいに出てきて、ともすれば気が遠くなりそうなほどのねむけに襲われた。

「昨夜お詠みなすったのはこの寒夜の梅というのですか」

十枚ほどある短冊をゆっくりみていたかな女が、さいごの一首をつくづく読んでから云った。

「……はい」

「みごとにお詠みなすったこと、本当に美しくみごとなお歌ですね」

「お恥ずかしゅうございます」

「僅(わず)かなあいだにたいそうなご上達です、これだけお詠めになればもうおんなのたしなみには過ぎたくらいでしょう」

かな女は短冊をしずかに置き、やさしく嫁の顔を見やりながら云った。

「もうお歌はこのくらいにして、またなにかほかの稽古(けいこ)ごとをおはじめなさるのですね。さあ、こんどはなにをなすったらよいかしら……」

二

加代はいっぺんにねむけから覚めた。歌稿*をみたいと云われたときの不安な予感があたらしくよみがえり、おそれていたことがやはり事実となってあらわれたのを知った。

「お言葉をかえすようではございますけれど、もうすこしお稽古を続けさせて頂けませんでしょうか、まだ道のはしも覗いたようには思えませぬし、ようやく字数を揃えることができるようになったばかりでございますから」

「それでも噂に聞くと、あなたにはもうすぐ允可がさがるそうではありませんか、それだけ上達すれば充分です。あなたはからだがあまりお丈夫ではないのだから、こんどはすこし薙刀でもおはじめなさるがよいでしょう」

「……はい」

加代はそれ以上なんと云うすべもなく、うなだれたままそっと歌稿をまとめて立った。

直輝がお城からさがって来たのはもうすっかり暮れてからのちだった。藩主加賀守綱紀が在国ちゅうで、ずっと御用が多いため下城はいつもおくれがちであった。風呂からあがり、食膳にむかった彼は、妻のようすが朝とはかくべつ憔悴しているのに気づいて、昨夜ねむっていないということを思いだした、夜を徹したからといって武家ではそうむざと昼寝をすることはできない、「早く寝所へはいるがよいな」そう云って、彼は食後の茶もはやくきりあげ、自分は書斎へ灯をいれさせて立った。

四五日はなにごともなく過ぎたが、直輝はやがて妻のようすがいつまでも沈んでみえるのに気づいた。どこか悪いのではないかとたずねると、そんなことはないと答えてさびしげに頰笑むだけだった。それである夜、そっと妻の部屋へいってみると、加代は灯のかげで、歌稿を裂き捨てていた。

「どうしたのだ」

ふいにはいって来た良人をみて、加代はとりちらした*反古(ほご)を慌(あわ)てて押し隠そうとした。

「お待ち、どうしてそんなことをするのだ」

加代はだまって悲しげな眼をあげ、すがるように良人を見あげた。直輝はその眼をみて事情を了解した。

「母上が仰(おっ)しゃったのか」

「……はい」

「云ってごらん、なんと仰しゃったのだ」

加代はなかなか云わなかったが、直輝にうながされてようやく先の日のことを告げた。

「わたくし、こんどこそやりとげてみたいと存じました。鼓(つづみ)のときも、茶の湯のときもそれほどではございませんでしたけれど、和歌の道だけは奥をきわめてみたいと存じておりました」

言葉が感情の堰を切ったように、彼女にはめずらしく情の熱した調子で云った。

「加代はふつつか者でございますから、母上さまのお気に召すようには甲斐性もございませぬ、けれども自分ではできるかぎりをおつとめ申しているつもりでございます、……からだが弱いためお子をもうけることもできませぬし、いろいろ考えますとわたくし」

「もうおやめ、それ以上はわかっている」

直輝はやさしくさえぎった。

「おまえがよい妻だということは母上もよくご存じだ。二千石の家政をとりしきってゆく苦心がどれほどのものか、わしにはわからないが母上にはおわかりになる、おまえほどの若さでよくやって呉れると折にふれては仰しゃっておいでだ、ただ母上のご気性が……」

云いかけて直輝はふと口をつぐんだ。

彼は母のひとがらを尊敬している。世にまたとなき母だと信じている、かな女は身分の低い家にうまれ、十六のときこの多賀家へとついで来た、多賀は前田家の重職のいえがらで、父の三郎左衛門は若年寄*をつとめていた。育ちが低いのでどうかとあやぶまれたが、かな女は二千石の家政をみごとにきりもりした。その点では賢夫人と名に立ったくらいである。彼はいまでも覚えている、父が臨終のとき、ふと母のほうをふりかえって、——おまえとは三十五年もひとつ家に住んで来たが、とうとう一度も叱(しか)るおりがなかったな。そう云ってかすかに笑った。本当に三郎左衛門はいちどもかな女に荒いこえをたてたことがなかった。そういう母であったが、ひとつだけどうにもならぬものがあった、それはものに飽きやすい気質だった。老職の妻として教養を身につけたいという気持であろう、家政をとるいとまに茶の湯、華(はな)、琴、鼓などという芸事をずいぶん熱心にならった、また生得(しょうとく)さかしい彼女はその一つ一つにすぐれた才分をあらわして、その道の師たちをおどろかしたものであるが、どれも末を遂げたものがなかった。もう一歩というところまでゆくと必ず飽きて捨ててしまった。ではもうやめるかと思うと、つぎには絵をやり連歌をならい、詩を勉強し、俳諧(はいかい)にまで手をのばした、そしてどの一つもついに奥をきわめるところまでゆかずに捨ててしまった。

三

加賀守綱紀はそのころ天下の名宰相といわれ、文治武治ともにすぐれた治績をあげたが、なかにも学芸には最もちからを注ぎ、名ある鉅儒名匠を招いておおいに藩風を振興した。新井白石は加州を「天下の書府なり」と云い、荻生徂徠は「加越能三州に窮民なし」と云った。また明の僧高泉は文宣王の治世に比して「さらに数歩を進めたるもの」とさえ称した。名だかい加賀の能楽も、綱紀の世にしっかりと金沢に根をおろしたのである。

こういうありさまなので、しぜん武家の婦人たちのあいだにも文学技芸がさかんだった。歌会、茶会、謡曲の集いなどがしばしば催され、ずいぶんすぐれた才媛もあらわれた。かな女はそういう人々のなかでつねに頭角をぬきながら、なに一つ末遂げたものがなかったので、——あれだけの才がありながら。とその飽きやすい気質を惜しまれたものであった。

加代が多賀家へ嫁して来て三年になる、実家にいたときから鼓をやっていた彼女は、多賀家へ来てからも良人のゆるしを得て稽古をつづけた、しかし半年ほどすると姑（しゅうとめ）のかな女が、もうやめたらどうかと云いだした。——鼓はもうそのくらいにして茶の湯を稽古してごらん。もう少しと思ったけれど、加代は姑のいうままに鼓をやめて茶の湯をはじめた、まえにいちおう道があいているので、進みかたもはやかったし興味も深くなったが、また半年ほどするとそれをやめて和歌につかせられた。そのころ*中院通躬卿（なかのいんみちみきょう）の門人で*菅真静（すがましず）という歌学者が前田家にめしかかえられていた。加代はその門に入ったのである。十二歳のじぶんから新古今調（しんこきんちょう）の手ほどきをうけていた彼女は、鼓や茶の湯のときよりかくべつ熱心にまなび、詠草の成績もめきめきとあがった。——この道こそは奥をきわめてみたい。自分でもそう思い、師の真静もとりわけ親切に指導して呉れた。当時は歌道などにも口伝（くでん）、秘伝などというものがあって、それは師の衣鉢（いはつ）をつぐ者か、よほど秀抜なものでないと与えられなかった、加代のめざましい進歩は、間もなくその奥義（おうぎ）ゆるしを受けられるところまで来ていたのである。

こういう反面に、むろん彼女は多賀家の主婦としてりっぱにそのつとめをはたしていた。武家で二千石というと大身（たいしん）のほうで、家来小者の数も少なくはない、家政のきりまわしも粗忽（そこつ）なことではむつかしいのである、加代は若いけれども姑の指導をまもってよく働いた。良人に仕えることも貞節だった、そのことは親族のあいだにも評判で、——多賀の嫁は姑に劣らぬ出来者だ。と云われているほどだった、だから直輝も和歌の道だけは、加代の才能を充分に伸ばしてやりたいと思っていたのである。それが、鼓や茶の湯のときとおなじように、またしても母からやめろと云われたと聞いて、彼はすくなからず当惑をし、同時にまた昔からの母の移り気な性質を思いだしたのであった。

母の気性がと云いかけたまま、ややしばらく黙っていた直輝は、やがて妻をはげますように云った。

「ほかの事とはちがって、おまえの和歌の才だけはかくべつだ、わたしからそれとなく母上におはなし申してみよう」

「でもそれでは、わたくしがお訴え申したようで、悪うございますから」

「それほど物のわからぬ母ではない、残った草稿は捨てずに置くがよいぞ」

加代は良人の温かい気持を胸いっぱいに感じながら、裂き残した歌稿をつつましく集めた。

その明くる夜、直輝は隠居所をおとずれた。数日まえから端ぎれを綴り縫いしていた母は、ちょうどそれを仕上げて火熨斗をかけているところだった、座蒲団を細く小さくしたようなものである。なにがお出来になりましたときくと、加代にやる肩蒲団だと答えた。

「あの寝部屋は冷えますからね、それにあのひとはあまりお丈夫ではないから、……これを肩に当てて寝るといいとおもって」

「それはさぞ珍重に存じましょう」

云いながら直輝はふと微笑した。

「しかしなんだか話が逆でございますね」

「どうしてです」

「それは加代から母上にさしあげる品のように思われますよ」

「でもあたしは丈夫ですから」

そう云ってかない女も苦笑した。

愛している者でなければ、そういうこまかいところに気のつく筈はない、母は加代を愛している、直輝はいま眼のまえにそのあかしを見たと信じた、それで和歌のことを話しだした。もう間もなく奥義の允可がさがるというところまできているのだし、その才能にもめぐまれているようだから、家政に障りのない程度で稽古を続けさせてやりたい、そういう意味のことを、自分からたのむという調子で、しずかに話した。

かな女は黙って聴いていた、直輝がすっかり話し終るまで黙っていたが、べつに反対はしなかった。「それもいいでしょう」と云っただけで、すぐにほかの話をはじめた、なんのわだかまりもないさっぱりとした調子だった、直輝は安心して隠居所から出た。

四

あくる朝だった、直輝が登城すると間もなく、蒼竜がみごとに咲きはじめたから観に来るようにと呼ばれて、加代は隠居所へいった。暖かい日がつづいたためであろう、若枝や梢のほうにふくらんでいた蕾が、およそ四分がた、いっせいに咲きだしていた。「まあみごとでございますこと」思わず声をあげながら、濡れ縁に坐ろうとする加代を、かな女は部屋へ呼びいれて相対した、それで加代ははっとした、呼ばれたのは梅を観るためではない、姑の眼はいつものやさしいなかに屹とした光があった。――和歌のお叱りだ。そう直感した彼女は、なにも云われないまえからもう胸の塞がる感じだった。

「きょうは、わたくしの思い出ばなしを聴いて戴こうと思いましてね」

かな女はしずかに云った。

「年寄の愚痴ばなしです、これまで誰ひとりうちあけたことのない、恥ずかしいはなしなのです、聞いて呉れましょうか」

「はい、うかがわせて戴きます」

「かた苦しく考えないで、膝をらくにして聴いて下さいよ」

かすかな東風（こち）が、梅のかおりをほのかにおくってくる、かな女はそのかおりをきき澄ますようなしずかさで話しだした。

「わたくしが多賀の家へとついで来たのは十六歳のときでした、実家の身分が低く、稽古ごとも思うままにはならなかったのでわたくしは本当になにも知らぬ愚かな嫁でした。とついで来てから十年というものは、まるで闇（やみ）のなかを手さぐりであるくように、やっとその日その日を送っていたようなものです、ただお姑（かあ）さまがお情けのふかいよくお気のつくかただったので、このかたおひとりを頼りに一つ一つ家政を覚えたのでした。……そのお姑さまが亡（な）くなって、ひとりあるきしなければならなくなったときは、どんなに悲しく、心細かったことでしょう、しばらくのあいだはまったく途方にくれてしまいました。そしてこれではならないと立直ったとき、わたくしはこういうことを考えました。それは、老職の家の妻として恥ずかしからぬよう、またとかく狭量になりやすい女の気持をひろくするため、なにかひとつ教養として芸を身につけたいということです、わたくしは良人のゆるしを得て茶の湯をはじめました」

かな女はそこで言葉をきった、そしてそっと眼を伏せ、ややながいことなにか思い出す風だったが、やがてまたしずかに話をつづけた。

「自分の口からこう云っては、さぞさかしらに聞えることでしょうけれど、わたくしは茶の湯の稽古でたいそう才を認められました、傍輩の噂にもなりお師匠さまからも折紙をつけられるというところまでいったのです。そのとき、わたくしは茶の湯をやめました」

「…………」

加代はじっと姑を見あげた。

「良人も惜しんでくれました、しりびとのたれかれもしきりに続けるようにすすめてくれました、けれどもわたくしはそのときかぎりやめて、つぎに宝生流の笛のお稽古をはじめたのです。……笛のつぎには鼓をならいました、連歌や詩や絵などもお稽古をしました、そのなかには茶の湯のように、人にすぐれた才を認められて、どうかして末遂げるまでやりぬくようにといわれたものも一つや二つはありました、でもわたくしはどれにも奥底まではゆかず、九分どおりでやめてしまったのです。世間では、わたくしの才を惜しんでくれました、またわたくしが飽きやすいと云って笑いました、良人さえも時おりは移り気なことだと苦々しげに仰しゃっていました、……加代さん、わたくしが芸ごとをつぎつぎに変えたのは移り気からだとお思いになりますか」

かな女はしずかに嫁の眼を見やり、考える時間を与えるように、一句ずつ区切りながら続けて云った。

「武家のあるじは御しゅくんのために身命のご奉公をするのが本分です、そのご奉公に瑾（きず）のないようにするためには、些（いささ）かでも家政に緩みがあってはなりません、あるじのご奉公が身命を賭（と）しているように、家をあずかる妻のつとめも身命をうちこんだものでなければなりません。……家政のきりもりに怠りがなく、良人に仕えて貞節なれば、それで婦（おんな）のつとめは果されたと思うかも知れませんが、それはかたちの上のことにすぎません、本当に大切なものはもっとほかのところにあります。人の眼にも見えず、誰にも気づかれぬところに、……それは心です、良人に仕え家をまもることのほかには、塵（ちり）もとどめぬ妻の心です」

「…………」

「学問諸芸にはそれぞれ徳があり、ならい覚えて心の糧とすれば人を高めます、けれどもその道の奥をきわめようとするようになると『妻の心』に隙ができます、いかに猟の名人でも一時に二兎を追うことはできません。妻が身命をうちこむのは、家をまもり良人に仕えることだけです、そこから少しでも心をそらすことは、眼に見えずとも不貞をいだくことです」

「母上さま」

加代が、とつぜんそう云いながらひれ伏した、つきあげるような声だった、そしてひれ伏したその背がかすかに顫えた。

「わたくし、あやまっておりました」

「……加代さん」

かな女は頷きながら云った。

「もう仰しゃるな、年寄の愚痴がいくらかでもお役にたてばなによりです、そして、そこの覚悟さえついておいでなら、歌をおつづけなすっても結構なのですよ」

しずかに微笑しながら云うかな女の、老をたたんだ顔には些かの翳もなかった。武家の妻としての、生き方のきびしさ、そのきびしい生き方のなかで、さらに峻烈に身を持してきたかな女のこしかたこそ、人の眼にも触れず耳にも伝わらぬだけ、霜雪をしのいで咲く深山の梅のかぐわしさが思われる。

「こんなものを作りました」

やがてかな女は、端ぎれを継いで作った肩蒲団をとって、そっと嫁の前に押しやった。

「あなたのお寝間は冷えますから、これを肩に当てておやすみなさい、これでなかなか温かいものですよ」

その日お城から帰った直輝は、妻の顔色が見ちがえるように冴え冴えとしているのにおどろいた。

「どうしたのだ、なにかたいそうよいことでもあったようではないか」

そう云うと、加代は胸に包みきれぬよろこびを訴えるように云った、「はは上さまから頂戴ものをいたしましたの」

「……なんだ」

知ってはいたが、わざと直輝はそう訊いた。

「肩蒲団でございます、ご存じではございませんでしょう」

加代はむしろうきうきしたともいえる調子でそう云った、

「やすみますときに、枕と肩との間に当てるものでございますの、老人の使うものでしょうけれど、わたくしのからだを案じて、はは上さまがご自分で作って下すったのです」

「それがそんなに嬉しいのか」

「旦那さまにはおわかりあそばしませんでしょうけれど」

加代はそう云いかけ、ふと眼をあげておのれをかえりみるように云った、

「わたくしもはは上さまのように、やがては嫁に肩蒲団を作ってやれるような、よい姑になりたいと存じます」

箭竹(やだけ)

一

矢はまっすぐに飛んだ、晩秋のよく晴れた日の午後で、空気は結晶体のようにきびしく澄みとおっている、矢はそのなかを、まるで光の糸を張ったように飛び、*垜(あずち)のあたりで小さな点になったとみると、こころよい音をたてて的につき立った。

——やはりあの矢だ。*家綱(いえつな)はそううなずきながら、的につき立った矢をしばらく見まもっていたが、やがて脇(わき)につくばっている*扈従(こしょう)にふりかえって、

「そこにある矢をみなとってみせい」

といった、扈従の者が矢立に残っているのをすべて取ってさしだした。四本あった。かれはその*筈巻(はずまき)の下にあたるところを一本ずつ丁寧にしらべてみた、すると、はたしてそのなかにも一本あった、筈巻の下のところに「大願」という二字が、ご

く小さく銘のように彫りつけてある。いま射た矢にもそれがあった、去年あたりからときどきその矢にあたる、はじめは気づかなかったが、持ったときの重さや、弦をはなれるときの具合や、いかにもこころよい飛びざまなど、いろいろなよい条件がそろっているので、ああまたこの矢かと思いあたるようになった。矢にもずいぶん癖のあるものだが、それほどはっきりと性のそろったものはめずらしい、それでよく注意してみると、思いあたる矢にはきまったように「大願」という文字が彫りつけてあるのだった。

「たずねることがある、丹後をよんでまいれ、西尾丹後だ」

そう云って家綱は床几にかけた。*扈従のひとりが走っていった。

*御弓矢槍奉行の丹後守忠長はすぐに伺候した。家綱はまだ十九歳であるが、三代*家光の闊達な気性をうけてうまれ、父に似てなかなか峻厳なところがおおかった。弓矢奉行などがじかに呼びつけられる例は稀なことなので、丹後守は叱責されるものと思ったのであろう、平伏した額のあたりは紙のように白かった。

「ゆるす、近う」

二度まで促されて膝行する丹後守に、家綱は持っていた一本の矢をわたした。

「その筈巻のすぐ下のところをみい、なにやら銘のような文字が彫ってある」

「はっ……」

「読めたか」

「はっ、仰(おお)せのごとく大願と彫りつけてあるかに覚えます」

「一年ほどまえより折おりにその矢をみる、どこから出たものか、いかなる者の作か、とり糺(ただ)してまいれ」

「恐れながら」

丹後守は平伏して云った。

「御上意の旨(むね)は御不興にございましょうや、もしさようなれば御道具吟味の役目として丹後いかようにもお詫(わ)びをつかまつります」

「いやそのほうは申付けたとおりにすればよい、なるべく早く致せ」

丹後守はその矢を持ってさがった。

将軍の御用の矢は、諸国の大名たちから献上されるものを精選し、もっともよい作だけをすすめることは云うまでもない、丹後守はみずから御蔵へいって、献上別になっている矢箱を念いりにしらべはじめた。ずいぶんの数だからそう早急にはわからなかった。それでしたやくの者にも手伝わしたが、三日めになってようやく問題の品のはいっている矢箱がみつかった。それは三河(みかわ)のくに岡崎*の水野けんもつ忠(ただ)

善(よし)から献納されたものであった。枠に嵌(は)めて十本ずつ十重ねになっている箱が五つある。つまり五百本あるわけだが、そのなかから「大願」という文字を彫りつけた矢が五十本あまり出てきた。

丹後守はその矢を持って水野家をおとずれた。けんもつ忠善もひじょうにおどろいた。大願とはなにを祈念するのか分らないけれど、将軍の手に触れるものだけに、そのような品を気付かないで献上したことは重大な粗忽(そこつ)である。

「うえさま*には御不興のようにござったか」

「そう存じまして、当座のお詫びを言上(ごんじょう)つかまつりましたところ、ただ申付けたとおり吟味せよ、急ぐぞ、との仰せにございました、それでとりあえず、お知らせにまいったしだいでございます」

忠善はぐっと唇をひきむすび、なにか思案をしていたようすだったが、

「これは家来どもには知らせたくないと思う、さいわいこの月末は参覲(さんきん)のおいとまに当るから、日を早めて頂き、自分で帰国してすぐとり糺すとしよう、それまで御前をたのむ」

「承知つかまつりました、できるだけ早く吟味のしだいお知らせねがいます」

念を押して丹後守は帰った。けんもつ忠善はじっとながいこと矢筈のきわの小さ

な文字をみつめていた。

これは*万治二年十月なかばのことである。話はここで十八年まえ、すなわち*寛永十八年にかえる、ところは駿河のくに田中城下、新秋の風ふきそめる八月のある日の午後のことであった。

二

その時みよは縁側から庭の柿をみていた。まだ若木のきざはしで、今年はじめて五つほど実をつけたが、雨や風のために落ちてもう二つしか残っていない、それも熟すまで枝についているかどうかわからないけれど、いまはまだ葉簇のあいだに、つやつやとした堅そうな光をみえかくれさせている。初生りの柿を青竹で作った小さな籠にいれ、子供に背負わせると息災にそだつという俗習がある、みよは青柿をながめながらそれを空想した。二歳の誕生を迎える安之助が、柿をいれた青竹の小さな籠を背にして、よちよちとあるく姿は考えるだけでも愛らしくたのしいものだった。――どうか一つでもよいから残って呉れるとよい。若い母親には酔うほどの空想だった。そこへ家士の足守忠七郎がはせ入って来た、旅支度のままで脇の折戸からいきなり庭へ駆けこんで来たのである。埃まみれの髪、痩せて落ちくぼんだ頬、血の気のない顫える唇、それはひと眼で悪い出来事を直感させるものだった。

「御挨拶はごめん蒙ります」

　かれは庭さきに膝をおろして云った、

「旦那さまには、久能山にて*御生害にございます」

　あまりに突然すぎたし、またあまりに思いがけない言葉だった、みよはわれ知らず「えっ」とききき返しそうにしてようやく自分を抑え、膝の上に置いた手にぐっと力をいれた、鼓動が胸膈をつきやぶりそうに思えた。忠七郎は乾いた唇をうちふるわせながら続けた。

「まちがいのもとは些細なことでございましたが、賀川弥左衛門さまが云いつのり、ついに抜き合わせて、旦那さまにはみごとに賀川さまをお仕止めなさいました。見ていた者も旦那さまに非分はない、賀川さまが悪いと申し合っておりましたが、旦那さまは勤役ちゅうの不始末を申しわけなしと思召し、結末のことを詳しく*目付役へお書き遺しのうえ、その夜半、宿所にて御切腹にございました」

　みよは昂奮を抑えたこわねでたずねた。

「それで、その大変は、お役目をおはたしあそばしてから後か、それともお役目はまだ残っていてか」

「不幸ちゅうのさいわいには、すでに奉納のお役は滞りなく終ったあとでございました」

ああそれでお名にかかわることはない、みよはそう思うと同時に、はじめてぶるぶるとつきあげてくる身顫いをとめられなくなった。良人(おっと)の百記(ももき)がお役を申付かって家を出かけたのは七日まえのことだった。その月二日に将軍家光に世子(*せいし)が誕生した、水野けんもつ忠善はその祝儀(しゅうぎ)として久能山東照宮へ石の鳥居を奉納することになり、茅野(かやの)百記はその事務がしらとして久能山へ出張したのである、なみなみの場合でないから、お役をはたしたかどうかということは、悲嘆のなかにもなによりみよの気懸りなところだったのである。

「安之助への御遺言などはなかったか」

「……はい」

若い家士はつらそうに眼を伏せた、

「目付役へ始末書をお遺しあそばしましたほかは、一通の御遺書もなく、御遺言のこともございませんでした」

みよは寂しそうに頷(うなず)いた、いかにも寂しそうな眼だった。

すぐにもお咎（とが）めの使者があるであろう、そう思ったので、召使たちにその旨（むね）を告げ、家内の始末にかかった。二百石の書院番*で家財といっても多くはない、お上に収められるもののほかは僅（わず）かな衣類と仏壇だけがめぼしいものだった。ふだんつましく家計を守ったけれど、結婚して三年めであるし、安之助が生れたりして貯蓄は乏しかった、それで売れるものは売って、召使たちの餞別（せんべつ）の足しにしなければならなかった。

城から上使*が来たのはその翌々日の朝のことだった、みよは水髪*に結い、着替えをさせた安之助を抱いて上使を迎えた。

「べっして大切なるお役目ちゅう、私（わたくし）の争いによって刃傷（にんじょう）に及びたる始末、重罪をも申付くべきところ、即座に自裁して責（せめ）を負いたる仕方しんみょうに思召（おぼしめ）され、よって食禄（しょくろく）召上げ遺族には領内追放を申付くるものなり」おたっしの趣意はそういうものだった。それから上使の役人は久能山で没収した百記の遺品のうち、金二枚*に小銭のはいっている金嚢（かねぶくろ）と、大小ひと腰のかたな、それにひとつかみの遺髪をとりだして渡した。上使をおくりだしてから、みよは仏壇にあかしをいれ、良人の遺髪をあげて、香を炷（た）いた。そして安之助とふたりしてその前に坐（すわ）ったとき、はじめて思うままに、しかしこえをしのんで泣いた。

「安之助、さあ、お手を合わせて、よくおがむのですよ、こうして」

幼ない者の手を合わせてやり、低く唱名念仏しながら、みよは涙のなかからしっかりと遺髪を見あげて云った。

「旦那さま、安之助の事は御安心あそばせ、かならずりっぱなさむらいに育てあげてごらんにいれます。御遺言のなかったのは、わたくしをお信じあそばしてのこととぞんじます。みよはそのお心を決して忘れませぬ」

そのとき襖のかなたで、耐えかねたように誰かのすすり泣くこえが聞えた。

三

あくる日の朝、みよは安之助を背に負って家を出ていった。美濃のくに加納藩に実家があるので、ひとまずそこへ落ち着くことにきめたのである。お咎めによる追放なので、知りびとは云うまでもなく、召使たちも見送ることはできなかった。ただひとりだけ、藤枝の在から奉公に来ていた下僕の六兵衛が、目付役とともに島田の宿まで送ってきた。かれは美濃までの供をねがってきかなかったけれど、みよはかたく拒んでゆるさなかった。残暑の照りかえしで、ひろい川原は眼もくらみそうな暑さだった。母子はその川原をとぼとぼあるいてゆき、やがて人足の肩に倚ってかなたの岸へと越していった。

それから三日経った。旱りの続いた夏のあとで、待ち兼ねた雨がまさしく秋のおとずれのように降りだした日の夜、八時ころと思えるじぶんに藤枝在の水守という村にある六兵衛の家をひそかにおとずれる者があった。六兵衛の婿の次郎吉が出てみると、城下のお屋敷でみかけたことのあるみよにまぎれはなかった。安之助を背に負ってびっしょり濡れていた。

「まあこれはどうあそばしました」六兵衛もびっくりしてとんで来た、

「いやそれよりもまずお召替えをなさらなければいけません。ただいま洗足をお持ち申します」

娘のさだと婿をせきたてながら、自分が洗足をとってすぐに母子を上へあげ、娘の晴着と孫の物を当座のまにあわせて着替えをさせた。いちど眼をさまして泣きだした安之助をようやく寝かしつけてから、みよは六兵衛と婿夫婦を前にして坐った。そして、主従のよしみにすがってたのむのであるが、この土地でなにかたつきの業にとりつくまで母子ふたりの世話をしてもらえぬだろうかと云いだした。六兵衛はおろおろと声をふるわせてさえぎった。

「お言葉ではございますが、おまえさまは御国ばらいのお身の上でございましょう、おふたりさまのお世話は願っても出たいところでございますけれども、まんいちこれが知れたときは国法にそむいた罪に問われ、おまえさまばかりか安之助さまの御一命にもかかわると存じます、それよりはともかく美濃のおさとへお帰りあそばすほうがよろしいのではございませんか」

「それはよくよく考えてみたのです」

みよはしずかに、けれど心のきまったしっかりとした口調で云った、

「けれど百記は水野けんもつさまの御家臣でした、不運に死にはしても、百記の魂はかならずごしゅくんの御守護をしている筈です。わたくしは茅野百記の妻、安之助はその世継ぎなのです。たとえどのような重罪に問われましょうと、さむらいにはごしゅくんのおくにを離れてほかに生きる道はないのです、……主従は三世(さんぜ)までというではないか」

六兵衛は両手で顔をおおい、こえをしのんでむせびあげた、さむらいの道のきびしさもさることながら、良人の魂の遺っている土地を去りがたい妻の心が、みよの言葉の裏にありありとうつってみえたのである。

「よくわかりました、そのお覚悟なればもうなにも申上げることはございません、

お世話というほどのことはできませぬがお力の足しくらいにはなりまする、お心おきなくおいであそばしませ」

母子はその夜から六兵衛の世話になることになった。

家族は六兵衛と娘夫婦、それにまだ幼ない孫が二人あり、半自作のあまり豊かならぬ農家だったので、はじめから安閑としているつもりのなかったみよは、家人のとめるのもきかずに、あくる日から甲斐々々しく野良へ手伝いに出た。世を忍んで、しかし心のひきしまった生活がはじめられた、昼は耕地ではたらき、夜は草鞋をつくり縄をなった、かまどの前にも跼み、野風呂を焚いた。そういう日々のなかで、たったいちどだけ人眼にかくれて泣いたことがあった、それは背戸にある柿の若木が、枝もたわわに赤い実をつけたのをみたときだった。――城下の家の柿はどうしたかしら。そう思うのといっしょに、あの悪い知らせのあった日縁側からうっとりと青柿を眺めていた自分の姿が思いかえされた。良人が生きていたら、そしてあの初生りの柿が一つでも熟れていたら、いまごろは青竹で籠をあんで、安之助の背に負わせて、あやうげな足どりであるくさまを良人と共に笑いながら見ていたであろう。みよの眼にはそのありさまがまざまざと見えた、それは未練な、恥ずかしいことだった。――こんな事で二度と泣いてはいけない。みよは泣きながら、繰返し自分にそう誓っていた。

翌年七月、けんもつ忠善は三河のくに吉田城へと封を移された。それでみよも吉田へゆく決心をした、六兵衛と家人たちは言葉をつくしてとめた。此処にいればこそ乏しくとも無事な日が暮せるのである、幼ない者をつれ、まだ若い婦人の身で、しるべもない他国へゆけばどんな難儀に遭うかもわからない、せめて和子が十歳になるまではこの土地で暮すようにと。

四

みよの決心は、けれど変らなかった。「ごしゅくんけんもつさまのいらっしゃる土地が母子の生きるべきところなのです、身の難儀ははじめから覚悟のことですから」そう云って心づよくしゅったつの支度をはじめた。

六兵衛に見送られて大井川を渡ったのは八月はじめのことだった。道次は残暑になやまされたが、さいわい水にもあたらず、安之助もすこやかに旅をつづけて四日めに三河のくに吉田へ着いた。たやすく記せないかずかずの苦労があったけれど、その年の冬には小坂井の里に小あきないの掛け小屋をはじめることができ、どうやらふたりの口はすごせることになった。みよは安之助に少しずつ素読の口まねをさせたり、筆を持たせてかな文字を書かせたりしながら、いとまを惜しんでせっせと草鞋をつくった、海道のことで往来の人は絶え間がなかったから、それは追われるほどもよく売れた。まして六兵衛の家でならい覚えたのは、農夫が自分の使うために作るものなので、はじめから売るように出来たものとは保ちかたが違っていた、それゆえしばらくするうちすっかり評判になり、よその店を通り越しても買いに来る客ができて、僅かながら不時の用にと貯えもつめるようになった。

安之助が六歳になるとみよは付近の禅寺へたのんで学問をはじめさせた、寺僧は由ありげな母子のひとがらに同情したとみえ、——いっそ寺へお預けなされたらおまえさまもお身軽になれましょうが。と親切にすすめて呉れた、しかしみよは子をはなす気にはなれなかった。まだ朝々の霜のふかい早春の野道を、安之助は元気に寺へかよってゆき、帰って来ると、声をはりあげて復習をした、そしてみよの夜なべはそれからいっそう晩くまで続けられるようになった。こうしてどうやら身のまわりも落ち着いたと思うとき、水野忠善はふたたび国替えとなり、五万石に加封のうえおなじ三河の岡崎城へ移された、*正保二年七月のことである。まる二年のあいだに多少の知りびともでき、なりわいの道もついてほっとしたところだったけれど、みよの心には少しも未練はなかった。ふしぎなまわりあわせで、そのときもまた新秋八月の、残暑のきびしい一日、少しばかりの荷物を負い安之助の手をひいて、みよは小坂井の里を西へと立っていった。

岡崎もはじめての土地ではあったが、東海道ではゆびおりの繁昌な駅だったたから、伝馬町すじの裏に長屋の一軒を借りると、その家ぬしの世話で、さしたる苦労もなく城下はずれの畷道に、小坂井でしていたのとおなじ小あきないの店をもつ事ができた。家主の名は熊造といった。固ぶとりに肥った小がらながらだつきで、髭だらけの顔にするどい眼つきをしているが、近所じゅうへ響くようなこえで日和のあいさつなどをする男だった。むかしは馬を曳いて海道を往来したという、暴れ者で、ずいぶん世間から嫌われたのだそうだが、それだけに世の裏おもてをよく知っていて、困っている者があれば身を剝いでも面倒をみるという風だった、いまでは伝馬問屋の店をもって親方ともいわれ、年々岡崎藩から幕府へ献上される竹束の輸送は、ほとんどかれの店がひとり占めの御用になっていた。熊造のひきたてもあったろうけれど、畷道のみよの店はしぜんと海道に名をひろめていった、評判のもとはなんといっても*草鞋だった。――やごめわろんじは百日はける。やごめは寡婦、わろんじは草鞋のおかざきぶりであるが、そんな通り言葉ができたほどみよの草鞋は人々にもてはやされた。

はりつめた生きかたの身にゆく春秋（しゅんじゅう）をかぞえるいとまはなかった。安之助が十二歳になって、かたちばかりに*鎧初め（よろいぞめ）の祝いをしてから間もなく、家ぬしの熊造があらたまったようすで再縁のはなしをもちだした。相手はところの*郷士で、年は四十を越しているが家はもう子供にゆずっていたし、家産もゆたかなので、もしみよさえ承知なら別に家を建てて暮してもよいということだった。

「今だから申上げますが、実はこれまでになんどもこういうはなしがあったのです」

　とかれは膝をかたくしてくそまじめに云った。

「あなたほどのご縹緻（きりょう）で独り身だからむりもないことだが、わたしは蔭（かげ）ながら御気性をお察し申していたので、御相談にあがるまでもなくなにぬかすとひと言で断わってきました。けれどもこの縁談だけはわたしも欲がでました、郷士といえばりっぱにさむらいでとおる、失礼ながら安之助さまにもゆくすえ御運のひらけるもとだと思いますが」

　熊造の言葉は心からの親切がこもっていた、みよはしまいまで黙って聴いていたが、聴き終るとすぐにきっぱりと断わった、いささかも思い惑うことのない、きっぱりと割りきった断わりかただった。

「やっぱりそうですか」

熊造はがっかりしたようすだった、けれど落胆のなかにもみよの凜(りん)とした気性をつきとめたことはたのもしく思えたらしい、かれはそのはなしをぴたりと切上げ、

「それではあらためて御相談があります」と坐りなおした。

五

相談というのはなりわいを変えることだった。安之助もそろそろ世間の見えはじめる年ではあるし、あきない店などを出しているとあらぬ噂(うわさ)がたちやすいものである、だからそれをやめてほかに生活(たつき)の法を考えてはどうかというのだった。

「それには一ついいことがある、御承知かもしれませんがこの岡崎は竹の産地で年々お江戸へ献上する数もたいへんなものですが、そのなかに箭篦(*やべら)にする竹があります、この竹を削って磨いて、箭篦にする仕事があるのですがやってごらんになりますか」

「そのような仕事が女でもできるのでしょうか」

「おもてむきはいけないことになっているが、なにお出入りの屋敷でその宰領をしているからわたしがたのめばどうにかなります、これなら手間賃もいいし、草鞋をつくるよりは骨も折れないでしょう、その気がおありならお世話をいたします」

考えることはなかった。みよは畷道の店をたたんだ。

箭竹つくりは考えたほどたやすくはなかった。箭篦または箭簳（やみき）ともいう竹のつくり方にはいろいろ作法がある、*十二束（そく）、あるいは十三束*三伏（みつぶせ）などといって、拳（こぶし）ひと握りを束（そく）とよんで長さをきめる、そして簳には節（ふし）が三つあるのがきまりで、「おっとり節」「なかの節」「すげ節」と上から順に名がつけられる。太さも長さもほとんどきまったのを選み、節を削り簳をみがき、筈（はず）を截（き）ったうえ下塗りをすればよいのだが、すべてが熟練を要する勘しごとで、はじめのうちはよく失敗をした、節を深く削りすぎたり、筈截りの手がすべって簳へ割りこんだりした、しぜん自分でも手を傷つけることが多く、しばらくのあいだはいつも左手の指に白い巻き木綿の絶えるときがなかった。けれどもはじめがむつかしかっただけに、馴（な）れてくると、みよはめきめきと腕をあげた、そして自分でも面白くなるにつれて、誰のつくるものにも負けないりっぱな箭をつくってゆこうという望みがおこった、それには竹を厳選しなければならないから、渡された数と仕上りの数にひらきができる、しぜん手間賃は少なくなるがみよは構わずやっていった。——竹にむだをだしすぎる。はたしてそういう苦情がきた、土地から産する箭竹には限りがあるので、そうむだを多くしては困るというのだった、みよは云いわけはしなかった。これから気をつけてむだを出さぬように致しますと答えた、けれど仕事は少しも変えずに続けていた。

安之助はすこやかに成長していった、辛苦のなかに育ちながら、気質ものびのびとしていたし、年と共にからだつきも人にすぐれて逞しくなった。学問には満性寺の方丈へ通っていた。十三歳の夏から投町にある町道場へも入門させたが、父親の血をうけたのであろう、これは学問ほどにはすすまないようすだった。こうしてさらに年月が経ち、安之助は十八歳の春を迎えた。そしてある夜のこと、かれはめずらしくかたちをただして母親の前に坐った。

「母上お願いがございます」

ひどく思いつめた眼つきだったので、なにを云いだすかと思っていると、自分もたつきを助けるために働きたいというのであった。

「わたくしも十八歳です、男いちにんまえの稼ぎはできなくとも、母子ふたりの口をすごすくらいはどうにかなると存じます、どうぞ働きにやって下さいまし」

「おやめなさい、そんなことは聞きたくありません」

「いいえ申します、母上にはお世話になりすぎています。修業ちゅうのからだゆえ今日まではおなさけに甘えておりました、けれどももう充分です、これ以上母上にご苦労をかけることはできません、わたくしが代ります、どうか母上はもう賃仕事などおやめになって下さい、お願いですから安之助に代らせて下さいまし」

「あなたは考えちがいをしています」

　みよはしずかにさえぎって云った、

「母が働いてきたのはあなたをりっぱに成人させたいためにはちがいありません、けれどそれさえはたせば役が済むというわけではないのです」

「そのお言葉は安之助にはわかりません」

「わからない筈はないでしょう、それとも、いつかお話し申した父上の御最期（さいご）のことはもうお忘れですか」

　そう云われて安之助はぎょっとしたようすだった。みよの顔も苦しそうに蒼（あお）ずんだ、みよは面（おもて）を伏せ、低く呟（つぶや）くような声でしずかに続けた。

「父上は、不運な出来事のために、御奉公なかばで世をお早めなさいました、やむをえなかったのでしょう、そうせずにはいられない場合だったのでしょう。けれど……さむらいの道にはずれたと申上げなければなりません、死んでゆく父上にも、おそらくそのことがなによりもお苦しかったと思います、父上の御気性は母がよく存じています、母には、父上の苦しいお心のうちがよくわかるのです。生きるかぎり生きてごしゅくんに奉公すべきからだを、私ごとのために自害しなければならなくなった、さむらいにとってこれほど無念な、苦しいことはありません、母にはそれがよくわかるのです、どんなにおつらかったことか、どんなに御無念だったことか……」

安之助は腕で面を押えながら、耐え兼ねたように噎(むせ)びあげた。

「ご生害のとき」

みよはそっと眼をぬぐいながら云った、

「父上がいちばんお考えになったのは、あなたのことだと思います、あなたが人にすぐれた武士になり、父のぶんまで御奉公をするようにとそれだけお望みなすったと思います。あなたにはそう思えませんか」

「そう思います、母上、そう思います」

「それならご自分の修業を一心になさい、そして千人にすぐれた武士になるのです、それだけがあなたのつとめなのです、母のことなど気をつかってはいけません、母には母のつとめがあるのです、あなたを育てることと……父上のつぐないをすることです」

「つぐないと仰しゃるんですか」

「つぐないです、父上の仕残した御奉公をつぐない申すのです、それが茅野百記の妻としての一生のつとめです」

安之助はしんそこから感動していた、かれは涙に濡れた眼をぬぐい、屹とかたちを正して母を見あげた。

「よくわかりました母上、わたくしは一心に修業をいたします、そして千人にすぐれた武士になります」

「それをお忘れなさるな、道はまだまだ遠いのですよ」

「けれどいつかは、母上……いつかはわたくしたちの真心が、とのさまにわかって頂ける時がございますね」

その言葉までうち消す気強さはみよにはなかったし、しかもながく忘れることができなかったのである。母と子の辛苦はどのような酬いをも期待するものではない、おのれのまことをつらぬきとおせばそれでよいのだ、けれども「いつかはこの真心をごしゅくんにわかって頂けるだろう」という安之助の気持もよくわかった。それがみよの心に未練をおこさせた、ちょうど六兵衛の家の背戸で熟れた柿(かき)の実をみつけたときのように、「母の心」がどうしようもなくみよをうごかしたのである。

――せめて安之助だけは世にだしたい。みよは母の愛情から一つのことを思いついた、それは箭竹をつくるとき、筈巻の下にあたるところへ「大願」と二字を小さく彫りつけることだった。きわめて小さく、たやすくはわからないように。もしかすればそれがごしゅくんのお手に触れるかもしれない、矢は的に射当てるものだから……。みよはますますよい矢をつくるようになった。そして必ず「大願」の二字を彫りつけていた。どうぞこの文字がとのさまのお眼にとまりますように。そう祈りながら……。

六

みずから審問に当ったけんもつ忠善は、みよの申立てを聴きながら泣いた、審問が終って、自分の居間へはいってからも涙がせきあげてきてとまらなかった。――女にもあれほどの者がいたのか。いくたびもそう思った。武士の妻としては当然の覚悟かもしれない、しかし当然のことがなかなかおこなわれにくいものである。当面の大事にはりっぱに働くことができる者も、十年ふたいてんの心を持ち続けることはむつかしい。みよはかくべつ手柄をたてたというのではないし、かたちに現われた功績などはなかった。しかし良人の遺志をついで二十年、微塵もゆるがぬ一心をつらぬきとおした壮烈さは世に稀なものである、まことにそれは壮烈というべきだった、そういう一心こそは、まことの武士をうみ、世の土台となるものである。

忠善はすぐに書状をしたためた、江戸では丹後守が待ち兼ねているにちがいない。かれはてみじかに事の始終を記したうえ、左のような章で筆を措いた。

――重ねて申上げそろ、大願の二字はけんもつの眼にこそ触れめとて彫りつけ候ものにござそろ、うえさまおん眼を汚し奉り候儀は、おそらくはみよの一心を神明の加護せさせたもうところと存じそろ、べつに使者を以て言上つかまつるべく候も、おんもとよりも御前よしなに御披露のほどたのみいりそろ。余事にわたり憚りながら、かかるおんなこそ国のいしずえとも思われ、おそれながらうえさまおんためにも御祝着申上ぐべく存じ奉りそろ。

安之助はほどなくめしだされて父の跡目を再興した。みよはそのとき、なおこう云ってわが子を戒めたのである、「これで望みがかなったと思うとまちがいですよ、むしろこれから本当の御奉公がはじまるのですから、今までよりもっと心をひきしめ、ひとの十倍もお役にたつ覚悟でなければなりません……あなたは茅野百記の子です、ひとさまとはかくべつなのですからね」

笄堀（こうがいぼり）

一

さかまき靭負之助（ゆきえのすけ）は息をはずませていた、顔には血のけがなかった、おそらくは櫛（くし）をいれるいとまもなかったのであろう、乱れかかる鬢（びん）の白毛（しらが）は燭台（しょくだい）の光をうけて、銀色にきらきらとふるえていた。――ああ靭負はうろたえている。真名女（まなじょ）はそう思った。そしてそう思ったときに、自分のやくめがどんなに重大であるかということを悟った。

「この事を誰が知っていますか」

「まだわたくしだけでござります」

「使の者はどうしました」

「わたくしの住居（すまい）にとめ置いてござります」

真名女はちょっと眼をつむった。――おちつかなくてはいけない、決してせいてはならない、いま自分が云(い)うどんなひと言も忍城(おしじょう)の運命にかかわらずにはいないのだ。つむった眼をしずかにみひらき、冷やかとも思える声で真名女は云った。

「ではこなたはさがって、その使者を誰にも会わせぬようにはからって下さい、そして＊子(ね)の刻(こく)までに＊としより旗頭、それから＊ものがしら全部を＊巽矢倉(たつみやぐら)へ集めてもらいます」

「すればやはり館林(たてばやし)へ御合体でござりますか、それとも……」

「あとで、それはあとで云います」

きびしいこわねだった。

「みなが集って、みなの意見をも聴いたうえで云います、それまでは決して表だたぬよう、ほかの者たちに気づかれぬようにして下さい」

靭負之助はさがっていった。

真名女はひとりになった、両手を膝(ひざ)に置いたままじっと眼をつむった。自分の心がどのような状態にあるか、まずそれをみきわめる必要がある。もしや動顚(どうてん)してはしまいか、平常から覚悟はきめていたと信ずる、その覚悟にゆるぎはないかどうか、じっと息をつめ、縫物の針のあとを数えるような冷やかな丹念さでおのれの心のありどころを追求した。……たしかに、心は動揺していた、つねにはあれほどはっきり自分を支えていた心の中心が、いまはぐらぐらとゆるぎだし、なんにでもよい、力かぎり縋(すが)りついてゆけるものを求めて足ずりをしているようだった。——そうだ、この弱いうろたえた気持はたしかに自分のなかにある、これをごまかしてはいけない、自分はまずよくよくこの惑い乱れた心をつきとめるのだ。われとわがからだの腑分(ふわけ)をするように、真名女は自分の臆(おく)した心をどこまでも追いつめていった。

*豊臣秀吉が*関白太政(だじょう)大臣の権勢と威力をもって、*北条(ほうじょう)氏討伐のいくさをおこしたのは、そのまえの年（*天正(てんしょう)十七年）十月のことであった。天下の諸雄はほとんどその旗下にはせ参じ、明けて今年の三月には*小田原城をまったく包囲してしまい、さらに*石田三成(みつなり)、*大谷吉継(おおたによしつぐ)、*長束正家(なつかまさいえ)らをして上野(こうずけ)、武蔵(むさし)、下総(しもうさ)の諸国にある北条氏の属城を攻めおとすべく軍を進めさせた。……酒巻靭負之助のもとへ来た使者というのは館林城からのもので、すなわち石田三成が三万の大軍をもってくに境へ迫っている、すぐにこちらへ合体せよという知らせであった。北条氏はいくさが始まるとすぐ、関東諸国にある属城の主(あるじ)たちを小田原へ召集した、これは本城のまもりを固めると同時に、属下の離反をふせぐ策だったのである。城主たちはおのおのその

兵の大半をつれて小田原城へたてこもった、したがって留守城はどこも防備がてうすだった、兵も武器もとぼしかった、それでみずからたのみがたしとみた足利(あしかが)、飯野、板倉、北大島、前岡、西島などの諸城の人々は、*北条氏規(うじのり)の居城だった館林の城へ合体したのである。

忍の城主*成田下総守氏長(しもうさのかみうじなが)も子息氏範(うじのり)と共に精兵五百余騎をしたがえて去り、城に残った兵はわずかに三百そこそこだった、あとは老人と幼弱者と婦人たちだけで、もちろん武器も足りなかった。真名女は良人(おっと)氏長の留守を預るとき、この事実をよく承知していた、そしてもしも小田原が落城し、関西の軍勢が押しよせて来るようになったら、城に火をかけていさぎよく自害しようと心をきめていた。——成田氏長の妻として、*太田三楽斎(おおたさんらくさい)のむすめとして、世に恥じぬ死にかたをするのが自分のつとめである。そう覚悟していたのだ。しかし事情はまったく違ってしまった、小田原城が重囲のうちにあってなお頑強にたたかっているとき、はやくも関西軍の一部が攻めよせて来たという、城に火をはなって死のうという覚悟は、小田原城が落ち、良人もわが子も討死をしたあとのことである、まだ本城はたたかっているし、良人もわが子もいくさのなかにいるのだ、自分の死ぬときはまだ来ていないのである、まかせて去った良人が生きているうちは、預った城をまもりとおすのが妻のつとめなのだ。

二

しかしはたしてそれが可能であろうか、三百にたらぬ兵と、充分でない武器とで、三万の敵軍に対抗することができるであろうか。

真名女は身ゆるぎもせずに坐っていた、あたりの空気が重みをもっていて、それが四方から圧し縮まってくるような息ぐるしさだった、堪えかねて喘いだ、誰かを呼んで身を支えてもらいたいというはげしい衝動を感じた、それはまさに堪えきれぬはげしさだったが、真名女は歯をくいしばって自分のそのよろめく心をみまもった。その衝動に負けてはならない、体を躱してもならない、――さあ弱音をあげるがよい。とかの女は自分に云った、――女はこころ弱いものだという、どれほど弱いか、どれほど臆病であるかすっかり吐きだしてしまうがよい、みせかけの強がりや、つくりものの勇気などではとてもこの難関に当ることはできないのだ、もっともっと、あるだけの弱さ、あるだけの脆さをだしきってしまえ、骨の髄まですはだかになるのだ。

みずから自分を突きのめし、鞭（むち）うつような気持だった、それはたたかいであった、靭負之助がさがってから半刻（はんとき）あまりの時間ではあったけれど、その短い時間のうちに真名女のたたかいがあったのだ。どこかでひそやかな、さむざむとしたもの音がしていた、雨のようでもあり遠い潮鳴りのようでもある、かなりまえから耳についていたのが、しだいにはっきりしてきたと思うと、やがてそれは館（やかた）の庭にある竹叢（たかむら）に風のわたる音だということがわかった、氏長が大和（やまと）のくにから、はるばるとりよせた篦竹（へらだけ）というもので、植えてから十年ほどにもなる、ひろくて長い優美な葉をつけ、雨にも風にもよきふせいを添えるし、また矢を作るのに適していたから、殖えるにしたがって城中のそこかしこに植え移してあった。その竹叢にいま夜風がわたっているのだ、そしてそのさやさやと鳴るかすかな葉ずれの音をそれと聞きとめ、あああの竹だったかと思い当ったとき、真名女はふと、いつかしら自分の胸が軽くなっているのに気づいた。それは心がおちつき場をもったしるしだった、弱さは弱さなりに底がある、その底をつきとめ、その底をたしかに踏みしめたとき、竹叢にわたる風の音を聞きわけるゆとりができたのである。かの女はやがてしずかに眼をみひらいた、あれほどよろめきたゆたっていた心が、とにもかくにもおちついていた。自分には、自分にできるかぎりのことしかできない、十のもので百のたたかいをするちからは自分にはない、それはたしかだ、けれども十のものを十だけにたたかいきることはできそうだ。そういう気がしはじめた、軍の法もよくは知らないし、奇略とか妙策とかいうものもない、自分はごくあたりまえな女である、平凡なひとりの妻にすぎない、ただその平凡さをできるかぎり押しとおし、つらぬきとおすことよりほかになんのとりえもない、そしてそのかぎりなら自分にもできるはずだ。あらいざらい弱さ脆さを吐きだしてしまったあとの、おちつき場を得た心の底からすこしずつちからがわきあがってきた。それはもうごまかしではなかった、作りものでもなかった、真名女はそれでもなおよくそれをたしかめてから、はじめてふところ紙をとりだして両手をぬぐった、両の掌にはじっとりと膏汗がにじみ出ていたのである、それからしずかに座を立っておのれの居間へはいっていった。そこには二人の侍女が燭をまもっていたが、それをさがらせて、室の上座にかざってある鎧の前へいって坐った。それは良人が出陣をするときに、「いざという場合にはこれを氏長だと思って死ね」

そう云いのこしていった品である、真名女はしっかりとその鎧をみまもった。

「申上げます」襖のむこうで侍女の声がした、「酒巻殿おあがりにござります、みなみな仰せつけの場所に伺候つかまつりましたとの言上にござります」

「やがて出ると申せ」

侍女はしずかに去った。真名女はなおしばらくのあいだじっと坐っていたが、やがて娘の甲斐姫に来るようにと伝えさせた。姫はそのとき十四歳だった、母に似たきわめてうるわしいみめかたちをもち、心もおとなびていたしからだつきもすぐれて大きかった。

「申しきかすことがあります、こちらへおすすみなさい」

真名女はそう云って向き直った、甲斐姫はしずかに母の前へすすみ寄った。

三

姫に良人の兜を捧げさせて、真名女が巽矢倉へわたったのは子の刻をかなり過ぎてからのことだった。そこには留守年寄の靭負之助をはじめ、成田康長、正木丹波、舟橋内匠、新田常陸介、成田次家などの旗がしら以下、*番がしら格の者たち三十余人が集っていた。かれらの多くは老人であり、実戦の経験もほとんどなく、*永禄三年に*上杉謙信と戦ったときも、壮年で従軍したのは、そのなかで靭負之助ひとりといってよかった。もちろんこの期におよんで未練な考えをおこすほど卑怯な者はないであろう、しかし事態の重大さがかれらを動揺させていることはたしかだった、真名女はそれをはっきりと認めながら、「館林からの使者のおもむきは、靭負之助靭負之助からすでにきいたことと思います」としずかに云った。

「使者の口上には、この城をひきはらって館林へ合体するようにとあります、みなみなはどう思われますか、ありようの意見を申し述べてもらいます」

しばらくは息苦しい沈黙が広間を占めていた、それで靭負之助が答をうながすと、新田常陸介が同意の者の意見を代表して、館林城へ合体するのが良策であると答えた。

「忍城はまもりもてうすく、兵も武器もとるにたらぬ数ではあり、とうてい大軍をひきうけて戦うことはできません、それにひきかえ館林の城は防備も堅く、上野八ヵ城の人数が合体しておりますから、これと力をあわせれば存分に合戦ができると存じます」

「わかりました」

真名女はうなずいて人々をみまわした。

「いま常陸介の申した意見をもっともと思う者は前へすすむがよい」

かれらは互いに眼をみかわしたが、やがてほぼ半数の者が席をすすめた。

「あとの者はべつに意見がありますか」

「われらは」と舟橋内匠が云った、「いかようともおかた様のおぼしめしどおりにつかまつる所存でございます」

「それは意見ではあるまい」常陸介がきっと向き直った、「おかた様おぼしめしどおりとは、われらも申すことだ、いくさ評定であるかぎり、殿お留守をあずかる責任をも考えあわせ、しかとした所存を申上ぐべきではないか」

「これがわれらのしかとした所存なのだ」

ふたりはそこで激しく議論をたたかわした。さいぜんからおなじ問題がやりとりされていたものとみえて、ほかの人々も二派にわかれて、こわだかに云いつのった。しかしやがて、だまって聴いている真名女に気づいて、はてしのない議論をやめた。しずかになった広間の四壁に、燭の光が人々の影をおどろおどろしくうつしだしている。

「おかた様にはいかがおぼしめしまするか」

酒巻靭負之助がはじめて口をひらいた、真名女はうちかえすように云った。

「わらわはこの城をまもります」

無造作な、なにげない言葉だった、常陸介がずっと顔をあげた。

「軍議ゆえぶしつけにおうかがい申します、城のふせぎは備わらず、武器は足らず、しかも僅かに三百の兵をもって、おかた様には、まことに三万の軍勢とおたたかいあそばすお覚悟でござりますか」

「そうです」

「それにはなにかおぼしめす軍略でもござりますか、城の内外にある老幼婦女をどうあそばしまするか」

「常陸介はわらわをなんとみるぞ」

「…………」

「わらわを女とはみぬか、ここにいる姫を少女とはみぬか」

常陸介は言葉につまった。

「おんなの口からはおこにもきこえようが、いかに堅固な城に拠ればとてたたかいに勝つとはきまるまい、余るほどの武器、精鋭すぐった大軍をもっても、負けいくさになるためしは数々ある。城にたよる者は城によって亡びる、武器にたよる者は武器によってやぶれる、大切なのは城でも武器でもなく、それをもちいうごかす人の心にあるのではないか、十万百万の兵も烏合の衆では足なみも揃うまい、これに対して一騎当千と申す言葉がある、これはその人の強さではなく、たたかう心のあらわれを申すものだと思う、その心のあらわれが、軍（いくさ）の運をきめるのではないか」

すこしも気負った調子はなかった、平常どおりの優雅な夫人のこわねだった。

「わらわは兵も武器も足らぬとは思いませぬ、弾丸ひとつ、矢ひと筋、その一つ一つにむだがなければ武庫にあるだけでも余るくらいです。兵はなるほど三百そこそこでしょう、けれどたたかいは兵だけがするものではない、忍の領土に生きる者はみな兵となってたたかう筈（はず）です、老人も、幼児も、婦女も、……すくなくともわらわと姫とはたたかいます」

そう云って真名女はしずかにうわぎをぬいだ、甲斐姫もぬいだ、ふたりとも下には鎧の腹巻をつけていた。

四

評定はその一瞬にきまった、館林へ合体しようと云った常陸介とその同意の人々も、むろん忍城のまもりにつく決意をかためた、真名女はその評定がもはやゆるぎのないものだとみきわめると、良人の兜をとってしずかにかぶり、

「ではあらためて、唯今からわらわが忍城のあるじになります、この甲冑は下総守氏長さまのおきせかえでした、この甲冑をつけて命ずることは、下総守の下知と思ってもらいます」

そう云いながら立ちあがった真名女のすがたは、甲冑もよく似合って、ひじょうに凜乎としたものだった、人々は歎賞のこえをあげながらひとしく平伏した。……真名女はそれをみおろしながら――これでたたかいの第二にも勝った。そう思い、兜の眉庇のかげでほっと太息をついた。はじめにおのれの弱い心に勝ち、ここでは城兵の戦う心をかためた。真名女はこうして、敵とたたかうまえに、まず味方の備えをたたかい取ったのである。

あくる日の朝、酒巻、舟橋、成田次家、新田、成田康長の五人が本丸へまねかれた。真名女は甲冑をつけて上座につき、五人のつくべき役目を申しわたした、すなわち酒巻靭負之助は*総奉行に*軍監を兼ねる、舟橋内匠は*武庫奉行、新田常陸介は槍、弓、鉄砲奉行、成田次家と康長は*城塁奉行として、城の門木戸をかためる、そしてその各役目の下におくべき*番がしら手代まできちんときめた。かくてその日のうちに、城下町はいうまでもなく、領内のはしはしまで城主の名をもって*布令書がまわされた。それには関西の軍勢三万余騎が攻めて来ること、城主はじめ留守の将士は城をまもってたたかう覚悟のこと、領内の民たちのうち忍城にたてこもるべき心ある者は老幼婦女にかかわらず城へ入るべきこと、その心なき者は仔細（しさい）なくたちのくべきこと、以上四ヵ条をわかりよく書いたものであった。その一方では、糧食から矢竹、鉛（弾丸をつくるため）、領内にある刀、槍のたぐいを買上げさせた。つぎの日あたりから領民が集りだした。城主の恩にむくゆるためか、領土をまもろうとする心からか、老人が女が子供たちが、みんなかたい決意の色をみせて集って来た、それは五日のあいだ続いた。そしてもう来る者はないときまったとき、真名女はかれらと対面をした。領民たちは本丸の馬場にあつまっていた、真名女は姫に兜を持たせて城壁の上へあらわれた、五人の旗がしらが扈従（こじゅう）していたが、*萌黄（もえぎ）村濃（むらご）の鎧に太刀を*佩（は）いた真名女のすがたは五人の武者をはるかにぬいてみごとだった。領民たちはその壮美なすがたに心をうたれ、互いに感動のこえをあげながら、あたらしくたたかいの決意を誓いあった。

すぐに戦備がはじめられた。弾丸を鋳（い）る者、矢を作る者、防塁を築く者、糧食を運ぶ者、木戸を結う者など、城の内外はめざましいほどの活気に満ちてきた。また城中の武士の婦人たちだけで城壁の外廓（がいかく）に壕（ほり）を掘った、これはひじょうに大掛りなものだったが、しまいまで婦人たちだけでやりとおした。……この壕を掘りはじめてから間もなくのことである。靭負之助がみまわっていると、婦人たちのあるひと組が仕事の手をやすめて、なにかひそひそ囁(ささや)きあっているのをみとめた。近寄ってなにをしているかとたずねると、ひとりが手に持っていた笄(こうがい)をさしだして、「このような品が壕のなかに落ちていましたので」とふしんそうに云った。

「そのもとたちの持場だ、笄が落ちているのにふしぎはあるまい」

「なみなみの品なればふしんはござりませぬが、これはわたくしども用うるものではござりませぬ」

「そればかりではなく」とそばにいたひとりが云った。

「わたくしそのお笄には見おぼえがござります、わたくしは数年まえまで奥へあがっておりました、そのおりたしかに見おぼえております、それはおかた様が日常お用いなされる品でございました」

「これが、この笄が、おかた様の……」

靭負之助は婦人の手から笄をうけ取った、或(あ)ることがふとかれの頭にひらめいた。

「いずれにもせよ」とかれは笄を懐紙に包みながら云った、「かような品の詮議(せんぎ)をするいとまはない、領民たちにおくれをとらぬよう、一日も早く壕を掘りあげなければならぬ、しっかりたのむぞ」

やはりおかた様だ、おかた様がおしのびで、自分たちと一緒に壕を掘っていらっしゃったのだ。婦人たちがそう囁き合うこえを聞きながら、靭負之助はそのあしで本丸へあがった。広書院へ伺候すると、いつものとおり甲冑をつけた真名女が、ちゃんと上段の床几(しょうぎ)にかけていた。靭負之助は内密の言上だからといって、侍女たちの遠慮をねがった、真名女は手をあげて侍女たちをさがらせた。

「今日かような品が、壕つくりの場所よりみいだされました」

靭負之助は笄をさしだしながら、上段のきわまで膝をすすめた。

「かれらのなかに、かつておそば近く仕えた者がおり、おかたさま御用の品と申しております、その者のおぼえ違いでござりましょうや、それともおかたさま御用のお品にござりましょうや」

「…………」

「もし御用の品なれば、家臣どもと苦労をおわかちあそばすおぼしめしでござりましょうが、それはいささかお考え違いと申さねばなりませぬ、おかた様は忍城のおんあるじ、さようなかるがるしいおふるまいは」

そこまで云いかけて、靭負之助はあっと眼をみはった、兜の眉庇のかげにみえたのは真名女ではなかった、真名女によく似たうるわしい面(おも)ざしではあるがそれは甲

斐姫であった。姫が母に代って甲冑をつけていたのであった、

「これは……」

靭負之助はつぐべき言葉を知らなかった。そしてかれには今、家臣の妻たちといっしょに土まみれになって、壕を掘っている夫人の姿がみえるように思えた。

五

石田治部少輔三成が三万の軍をもって上野のくにへ攻めいったのは天正十八年五月であった。かれは佐竹、宇都宮、結城、多賀谷の諸将を指揮し、二十七日早朝から館林を攻撃せしめた。館林には留守兵をはじめ、上野のくに八ヵ城の兵およそ六千余騎がたてこもり、力をあわせて防戦したが、もとより寄り集りの兵のことで決戦の意気もなく、わずか三日のたたかいにあえなくやぶれ、おなじ三十日にはついに降参のうえ開城してしまった。

勝ちいくさに勢いをえた石田軍は、ただちに忍の領内へ侵入し、六月一日、城を包囲してひと揉みとばかり攻めたてた。

城はびくともしなかった。はじめから忍城の防備がどれほどのものかよくわかっ

ていた、館林でさえわずか三日で陥(お)ちたのである、まして忍などは半日もかかれば片付くにちがいない、将も兵もそう思っていた。まるでなめてかかったその攻撃のでばなは、しかし予想もせぬはげしい防戦をもって叩(たた)かれ、よせてはひじょうな損害をこうむって敗退した。——こんな筈はない。かれらには自分たちの敗(ま)けた理由がわからなかった、また城兵のまもりが堅いのだとは考えられなかった。——あなどりすぎたのだ。——こんどこそはひと押しだ。攻撃はつづけておこなわれた。二ど、三ど、しかし城はやはりびくともしなかった。泥でつくねたくらいに思っていたのが、じつは鉄石の壁だった、こんどこそはと必死の攻撃をしかけるたびに、寄手は少しずつ忍城がどのようなまもりであるかをおしえられた。そして、あまりに予想とかけはなれた事実をみて茫然(ぼうぜん)とした。城兵の数は知れたものである、武器も多くはない筈だ。それでいて実際にはおどろくべき防戦ぶりをみせた。城には四つの門と五つの木戸があった、そのうちどのひとつを攻めても兵が充分にいて防ぎたたかうのである、よせてをま近へひきつけておいていっせいに射だす矢が、弾丸が、ひとつの無駄もなく生き物のようによせての兵をうち倒した。はげしい斉射(せいしゃ)につづいて斬(き)って出る城兵のすさまじいたたかいぶりは悪鬼とも羅刹(らせつ)とも云(い)いようがない、それがどの攻め口をついてもおなじだった。——城兵は三百あまりということだったが、事実は二千より少くはないぞ、それも精鋭すぐった兵に違いない。そういう評判がよせての陣にひろまった。――これは迂闊には攻められぬ。

主将三成もこの評判をきいた、かれも忍城の堅固さにおどろいていたので、ある日その本陣を出て丸墓山の丘の上に立った。忍は平城である、北に刀根川の流れがあり、南には荒川が蛇行している、城はそのほぼ中間にあって地盤は低く、その周囲には水田と沼沢とがうちわたしてみえる。そしていま三成の立っている丸墓山の中心に、小高い堤が北と西とへのびていた、これはふたつの川がしばしば氾濫するので、耕地をまもるために農夫たちが築きたてたものであった。三成はこの地形をみて、かつての高松城のたたかいを思いだした、秀吉はなかなか落ちない高松城を水攻めにした、いま見るところでは忍城も水攻めには屈竟である。――よし、水攻めだ。本陣へもどったかれはすぐに命を発し、水よけの堤をそのまま利用して、南から西へと半円をえがくように築きのばさせた。工事は夜も日もわかたず続けられた、人手は余っていたし、賃銀も惜しまなかった、それで十日たらずの日数で里余*の長堤が築きあがった。すぐに刀根を切り、荒川を切った、ふたつの川水は濁流となって忍の低地へおち、忍城はそのとりでの根まで洗われるに至った。けれど仕すましたりと思うまもなかった、それから数日のあいだ降りつづいた豪雨のために、せっかく築いた堤はたちまち決壊し、濁流はかえってよせての陣へ襲いかかった。それだけではなかった、氾濫した水はなかなかひかず、城のまわりはいちめん泥海（どろうみ）となったので、包囲軍は*三町も五町も陣を後退させる始末となったのである。——あれをみろ、めずらしい戦があるものだ。と城兵たちは盾を叩き手をうって笑い囃（はや）した。——よせてはおのれを水攻めにしているぞ。——おまけに矢だまがいやじゃというてだんだん陣をさげてゆくわ。——あれでも関白の軍勢だ、たわけたざまをよく見てやれ。思うままに罵（ののし）りたてる声がよせての兵たちにもよく聞えた。しかし見わたすかぎりの泥海を越えて攻めよせる法はなかった、たとえその法があったとしても、城兵のたたかいぶりを骨身にしみるほど味わったよせてには、おそらく突撃するだけの戦気はなかったに違いない。

こうして日が経（た）っていった、糧食の尽きるのを待っても附近の民たちはぜんぶが城とつながりをもっているので、石田軍の眼をぬけてはいくらでも城中へ食糧がはこびこまれる。水攻めの堤を築きたてたときにも、人足に傭（やと）われた民たちは貰（もら）う賃銭をすぐ必要な物資に替えて城へ持ってゆくし、隙（すき）をみつけるとよせての陣へ火をかけたり、夜中とつぜん宿所へ斬りこんだりした。ここに忍城の不落の要素があったのだ、八ヵ城六千余騎の兵をあつめた館林がわずか三日で開城したのに、忍がこれだけめざましく戦いつつ三十余日も守りとおしたのは、将も兵も民も、老若男女がぜんぶ心をひとつにして戦ったことによる、ことに城の内外にある民たちの協力がもっとも大きくものをいった。おんなわらべとひと口にいうけれども、これらいちど心の底からふるい立ち、力をあわせてたたかえばこれだけのみごとな戦ができる、石田軍三万の兵力は、つまりそのちからのまえに手も足も出なかったのだ。その点だけでも、忍城の戦は多くの合戦記のなかで特異の頁を占める価値があるであろう。……かくてついに六月は終った。

六

まぶしいような七月の日光が、矢狭間からさしこんでいた。

忍城本丸の矢倉に、真名女は靭負之助とただふたり対坐していた。数日まえ、小田原から良人氏長の手紙が届いたのである、氏長は連歌の友である山城守山中長俊のとりなしで、秀吉と和をむすび、その軍門にくだったのである、そして忍をも開城するようにと云いおくって来たのだ。

「城の将兵にはとがめなし、私財もそのまま退城してよく、また領民たちは戦前どおり居所財物を安堵（あんど）させる」開城の条件としては例のない寛大なものであった、評定の結果、なお戦いぬこうという者が多かったけれど、真名女は良人の云いつけにそむく気はなかった、領民たちの居所財物が従前どおり安堵されるということもゆるがせにはならない、するだけのことはした、下総守氏長の妻として、たたかうだけはたたかいぬいた、しかも合戦にやぶれて開城するのではない、良人の云うところに妻としてしたがうのだ。――開城ときめます。真名女はそうきめた、そしてすぐ城兵の武備をとかせた。

「まことにこのたびの御指揮ぶりは、老人などの思いもおよばぬ、みごとさでござりました」

靭負之助は述懐するように云った。

「少年どもに*鉦鼓（しょうこ）をうたせ、*旗さしものをうちふらせて軍勢ありとみせ、すわ敵の寄せたりといえば、即座に三百の兵をその口へ向け、いずこを攻めてもゆるがぬ采配（さいはい）、あれには敵もあきれたでござりましょう」

「城がせまいおかげでした」

真名女はしずかに云った。

「そして少い兵たちの足なみがそろっていたからです。足なみがそろったといえば、……領民たちはよくはたらいてくれました、わらわはこのうえもない教訓をうけました、農夫もあきゅうども、女も子供も、いざと心をきめればこれだけのはたらきができる。たたかいは城の備えでもなく武器でもなく、精鋭の兵だけではない、領内のすべての者がひとつになってたちあがる心にあるのだと」

「そしてその心をひとつにまとめたものは」

靭負之助はふところから懐紙に包んだものをとりだして云った。

「この一本の鉾でござりました」

「…………」

「家臣の女どものなかに身をしのばせて、その労苦をともにあそばしたおかた様の、ひとすじのお心がもとでござりました」

「それはもう云わぬ筈ではないか」

「申しませぬ、わたくしの口からは申しませぬ、けれど……あれ以来たれ云うとなく、あのときの壕を鉾堀とよんでおるのを御存じでござりますか」

「こうがいぼり、それは」

真名女はかぶりをふりながら云った。

「それはあの壕を女だけの手で掘ったゆえ申すのであろう、城壕にはめずらしい、やさしい名がつきましたこと、あの者たちのこのうえもない記念になることでしょう」

そう云いながら真名女が床几(しょうぎ)から立ちあがったとき、本丸前の広場から、にわかに人のどよめきの声が聞えてきた。靭負之助が立っていった、すると城をたち退(の)いてゆく民たちであろう、老若男女の夥(おびただ)しい人数がこの櫓(やぐら)を見あげ、しきりになにか叫んでいるのだった。靭負之助は戻って来て云った。

「おかた様、領民たちがいま退城するところでござります、さいごにおかた様のお姿を拝みたいようすで、あのように櫓前へ集って騒いでおります、*、、おばしままで出ておやりあそばせ」

「そのような晴れがましいことはいやだけれど……」

そう云いながら、しかし思いかえして真名女は甲斐姫を呼ばせ、二人でしずかに櫓のおばしまへと出ていった、……おそらくはこれが城主として、領民たちを見るさいごであろうと思いながら。

忍緒（しのびのお）

一

はたはたと舞いよって来たちいさな蛾（が）が、しばらく燭台（しょくだい）のまわりで飛び迷っていたと思うと、眼にみえぬ手ではたかれでもしたようにふいと硯海（けんかい）*に湛（たた）えた墨の上へおち、白い粉をちらしながらむざんにくるくると身もだえをした。松子*は筆をとめてそれを見た、ふだんは部屋にひとついても身ぶるいのするほど嫌いな虫だったけれど、そのときはどうしてかいたましく哀れに思え、つと書き反故（ほご）の紙をとって、しずかに墨しるの中から救いあげてやった。なかばは無意識でしたことだったが、さてその墨にまみれた蛾をどうしたらよいかとあたりを見まわしたとき、ふと自分の心をかえりみてどきっとした。――あらぬものにたよった。自分で自分の心にそれを感じたのである。いけない、気持がみれんになっている、つねのままの自分ではない。そう思い、おのれの気をひきしめるように、蛾をのせている紙をそのまま柔かくまるめて反故箱へ捨てた。

ここは上野のくに沼田城の奥どのである、城のあるじ伊豆守真田信之は、徳川家康の上杉征討軍に従うため兵馬をそろえて数日まえに出陣していった。城には妻の松子が六歳になる仙千代と三歳になる隼人のふたりの子をまもって留守をしていた。松子は本多平八郎忠勝のむすめで、内大臣家康の養女ぶんとして信之に嫁してきた、氏からいっても育ちからいっても、武将の妻として留守城をあずかる覚悟にいまさらおくれのある筈はない、ことにかの女はおとこまさりの生れつきで、小太刀、なぎなた、馬術などで鍛えた堅固な志操をもっていた。たとえ良人がいなくとも、守兵が百騎に足らぬ数でも、幼い二人の子をかかえていても、万一のときの心ぞなえはきまっている、そこに微塵のゆるぎもないことは自分によくわかっていた。――そう信じていたのに、やはり心のどこかにはみれんなものがひそんでいたのだ、かの女は書いていた文の上にじっと眼をそそぎながら自分をかえりみた。――いま蛾をすくいあげた時、ただ哀れだと思うだけでなく、良人の無事わが子の息災を托す気持があった。つねには身のふるえるほど嫌いな虫のいのちに、われ知らずおのれの幸運をたのむ心がうごいたのだ、このように小さなとるにも足らぬことのなかにこそ「覚悟」のほどがあらわれる。こんなことではいけない、もっともっと気をひきしめなければだめだ。松子は自分を鞭うつような気持で、眼をつむり唇を嚙みしめながらじっと息をひそめていたが、なかなか胸がしずまろうとしなかった、それでそっと机の前を立ち、子供たちの寝所をみにいった。

仙千代も隼人も、乳母たちに添ってよく眠っていた。有明の燈かげにふたりの子の寝顔を見まもっていると、やがて温かなおちついた気持がわいてき、それがしぜんと良人のうえにつながるのだった。

――留守の心得をおきかせ下さいまし。

出陣のまえにそうたずねたら、信之はいつもの穏かなこわねで、――忍緒を切った心でいよ、と云った。兜のしのびの緒を切るとは、討死ときめたときのことである、ふだん意味のはげしい言葉を嫌う良人にしては、めずらしく強いひびきをもっていた。しかも平常と変らない、穏かなこえ、温かいしずかな眼もとだった、松子はいまそのときの良人のおもかげを偲びながら、――そうだ、手紙を書いてしまわなければ、と思いつき、そっと立ちあがった。するとそれを待ってでもいたように、「おたあさま」と仙千代の呼びかける声がした。ふりかえると眼をあいてこちらを見ていた。

「どうしました、お眼がさめましたの」

「いまおじいさまが来たでしょう」

はっきりした口調でそう云った。

「おじいさまとは、どのおじいさまです」

「おじいさまですよ、お髪(ぐし)の白い、お背の小さいおじいさまですよ、仙千代を抱きに来たと仰(おっ)しゃったのに、おたあさまは……」

そう云いかけて、言葉が切れたと思うと、仙千代の眼はそのまま閉じ、すぐにやすらかな寝息をたてはじめた。松子はどういうわけかぞっと背すじが寒くなった、今しがた自分が紙にくるんで捨てた蛾のことを思いだしたのである、けれどそれはほんの一瞬のことで、すぐにかの女はきつく頭を振った。——

——仙千代はねぼけたのだ。

そしてしずかにそこをたち去った。

二

居間へもどった松子は、次ぎの間にひかえている侍女たちにもう寝るようにと云い、ふたたび机に向って文を書きつづけた。それは良人へおくる詫(わ)びの手紙だった。出陣の前夜だったが、かの女は良人にむかってこういう意味のことを云った。「おんなの身でかようなことを申上げるのは僭上(せんじょう)ではございますけれど、お父うえ*安房(あわ)守(かみ)さまの御心底はいかがでありましょうか、世のありさまを思いあわせますと、親子兄弟の仲とてなかなか心ゆるせぬように存ぜられますが」と。けれど信之はなにも云わなかった、不快そうな顔もしなかったし、もっともだという表情もみえなかった、まるでなにも聞かなかった人のように、黙って燭台のあたりを見まもっていた。

こんどの出陣には信濃(しなの)のくに上田城から真田昌幸(まさゆき)とその子*幸村(ゆきむら)が加わることになっていた。安房守昌幸は信之にとって父、幸村は弟にあたる、父子兄弟は*箕輪(みのわ)でいっしょになり、徳川軍の旗下へ参加する筈だった。松子は実家にいるころ、真田氏のことはしばしば耳にしていた。安房守昌幸は軍師としては当代ならぶ者なしという評をもっていたが、その*行蔵(こうぞう)にはかんばしからぬ多くの過去がある。かれは初め甲斐(かい)の*武田(たけだ)晴信(はるのぶ)（信玄(しんげん)）に仕えていたが、武田家のゆくすえをみきって*織田信長に貢し、やがて*上杉景勝(かげかつ)の幕下へついた、ついで*北条氏直(ほうじょううじなお)に臣下の礼をとり、転じて徳川氏の属となった、しかし間もなく*沼田城の去就について、上杉景勝に二男幸村を質として庇護をたのみ、徳川氏に鉾をかまえた。かくて豊臣秀吉が天下を平定するや、しるべの案内を乞うて恩顧をたのみ、上杉氏に質としておくった幸村をとりかえした。北条氏ほろびて徳川家康が関東を領することになり、沼田城もその管下にはいったとき、昌幸はあらためて長男信之を質としたので、家康はこれに沼田城の本領を安堵させたのである。戦国の世のことゆえ向背のつねならぬはさして咎むべきではないにしても、一世の軍師とうたわれる人にしてはあまりに節操のない経歴である。関白秀吉が薨じて、今また世間はなんとなく風雲をはらんできた、にわかにその存在の大きさをはっきりさせはじめた徳川氏と、太閤の遺児秀頼を擁する勢力とが、眼にみえぬ怒濤となってあい鬩いでいる。いつどこから火を発するかもしれない。ことに今度の上杉討伐のいくさは徳川氏がその全勢力をあげて東征している、関西のまもりはがらあきなのだ、秀頼を擁する人々が事をおこすにはうってつけの機会である、これを思いかれを想うとき、松子には安房守昌幸がどこまで徳川氏についてくるか案じられた、いざという場合にはまた敵にまわるのではないか、そういう不安が良人への苦言となってあらわれたのである。

信之はついになにも云わずに出ていった、そして松子はそのあとで自分の言葉を悔いた。たとえ父昌幸がどうあろうと良人の徳川家に対する志操に変りのある筈はない、それは妻である自分が誰よりもよく理解している。理解していながら念を押したのはあさはかな疑いになるし、疑いと云わなければさかしらだてである、松子はそう気づくとともにあのとき黙ってなにも云わなかった良人の心が、いかにもたのもしくゆかしく思いかえされ、すぐに詫びの手紙を書く気持になったのである。

思うことをまさしく伝えようとするには文字ほどたのみにならぬものはない、書いては消し、綴(つづ)ってはやぶりして、ようやく文をむすんだのは短い夏の夜がもうしらじらと明けそめる頃だった。——ああもう夜が明けるのか。ほんのりとあかるみだした障子の色に気づいて、そう呟(つぶや)いたかの女は、手紙の封をするとしずかに立って庭へ出ていった。

城下の街はまだ暗く、刀根川(とねがわ)の流れも濃い朝もやの下に眠っていたが、赤城(あかぎ)山の嶺(みね)はすでに茜(あかね)に染まり、高い空のどこかで鳥の囀(さえず)りが聞えていた。この城は山地につづいているので、夏の朝のさわやかな風には、樹々(きぎ)の葉のあまい匂(におい)と爽(さわ)やかな花の香がほのかにしみこんでいる、松子はふさがれていた胸がひらけるような気持で、奥庭から外曲輪(そとぐるわ)のほうへあるいていった。すると城の正門を見おろす台地へかかったとき、大手の広場を城門のほうへと疾駆して来る二騎の武者があるのをみいだした。——こんな時刻になにごとであろう。そう思ってよく見た、二騎ともこの城の者でないことはたしかである、朝霧のなかを、いちど城壁の蔭へはいり、それからまさしく城門へかかるようすだった。——良人からの急使ではあるまいか。

松子はそう思い、すぐに屋形へもどった。水をつかい髪を櫛けずり、着替えをしているところへ、老職の斎藤刑部の伺候をしらせて来た、出て会うとはたして二騎の使者のことだったが、しかし良人からではなかった。

「安房守さまおたち寄りとの前触れにござります」

「安房さまが……」

松子は聞きちがいではないかと思った。

三

「たしかに相違ございません、左衛門佐（幸村）さま御同伴にて昨夜は渋川にお泊りなされ、今朝こちらへ御発向との口上にございました」

「使者の者はいかがしました」

「口上を申しのべますとすぐ引返して去りましたが……」

刑部をさがらせ、屋形へもどった松子の胸は疑惑のためにふさがれていた。安房守昌幸は良人と箕輪で会い、ともに江戸へはせ参じた筈である。それがいまごろ沼田へ来るというのはどうしたわけか、なにがあったのか、良人もごいっしょなのか。使者の口上だけではなにもわからない、一夜ねむらずに明かしたあとだったが、もう寝所へはいる気持もおこらず、松子はつぎの知らせを待ちかねていた。

二番めの使者が来たのは二時すぎだった、これは一行の先駆（さきがけ）で、海野十郎兵衛（うんのじゅうろべえ）という真田家では名のあるさむらいだった、松子は城の大玄関まで出てかれに会った。安房守が久呂保（くろほ）まで来ているからという口上で、出迎えを促すような口ぶりでさえあった。

「安房さまには江戸へおくだりのことと存じていましたに、いま沼田へおいであそばすとはいかなる仔細（しさい）か、それを承わりたいと思います」

口上を聞いたあとで松子はそう反問した。十郎兵衛はすぐには返答ができなかった。かさねて問われると、そのことについては別になにも承わっていないと云った。松子は使者の顔をじっと見まもっていたが、「伊豆守（信之）も御同列ですか」とたずねた。

「いえ伊豆守さまには江戸へおくだりにございました」

「では沼田へおたちよりなさるのは安房さま左衛門佐さまおふた方ですか」

「さようにございます」

そう聞いたとき松子の心はきまった。

「それでは安房さまへはかようにお答え申すほかはありません、沼田へのおたちよりは御無用にねがいます、城での御接待はあいなりませんと」

「おそれながらそれは、いかなる思召（おぼしめし）にござりますか」

「仔細は申すに及ばぬことです、すぐたち戻って安房さまへさようお伝え申すよう」

云い終るとすぐ、まだなにやら問いたげな十郎兵衛にかまわず、松子はさっさと奥へはいってしまった。

昌幸父子が沼田へ来る理由はまだわからない、しかし良人が江戸へいったのに二人だけこちらへ来るというのは不審である、なにか起ったに違いない、よしまた、なにごとがなくとも今は戦時である。良人の留守に客を迎えるのはたしなみではない、ことわるのが留守のやくめとして当然だと信じた。午後四時まえ、ふたたび海野十郎兵衛が馬をとばして来た。かれは汗まみれになっていた。

「かさねて申上げます、安房守さまには上田へ御帰城ときまり、途中わざわざ道をまわって留守をお問い申すとの口上にございます。べっして御接待には及び申さず、ただ一夜の泊りをおたのみ申すとのことにございます」

「さいぜんお答え申したとおり」松子は冷やかに云った、「当城へのおたちよりは御無用です、かたくおことわり申します、それにしても安房さま御父子にはなにゆえ江戸へおくだりあそばしませんのか、どうして信濃へおかえりあそばしますのか」

云いながらかの女はするどく使者の眼をみつめた、十郎兵衛の汗まみれの顔がちょっと蒼くなったように思えた。かれは松子の不審には答えないで、昌幸のたのみを押し返して述べた、松子はきっぱりと拒んだ、

「いま大戦がおこっているおりから、なにびとに限らず留守城へおいれ申すことはあいなりません、たってお望みなれば銃火をもってお迎え申すばかり、かようにお伝えなさい」

そう云うとともに松子は斎藤刑部を呼び、兵に武装をさせて櫓、木戸、門の警備につくよう申付けた。とりつくしまもなく十郎兵衛は馬をかえし去ったが、城門を出るときには、早くも、銃をとった兵たちが城壁の上にあらわれるのを認めた。

奥へはいった松子は、城兵のまもりをきびしく申し付け、自分も帕をつけ、著長を着た。刑部にはすべてが謎のようだった。

「おそれながら安房さまお使者への御挨拶、また城兵に戦備をお申付けあそばす思召のほど、いかなる御思案にござりましょうや、お申聞けねがいとう存じます」
「こうするのが留守をあずかる者のやくめです、わたくしの申付けるとおりにして貰います」

四

どうたずねてもそれ以上は云わなかった、そしてすっかり城がため（といっても百騎たらずの兵だった）ができた頃、昌幸父子が沼田の城下そとへ到着し、べつの使者が昌幸の手紙を持って城へ来た。

――そこもと留守の御要慎けんごのおもむきあっぱれに存じそろ。手紙にはそう書いてあった。――されどわれは信之の父、幸村は弟なり、舅、嫁、嫂、義弟とつながるあいだがらに、かほどの要慎はいかにやと存ぜられそろ、われら沼田にたちよる心は、身すでに老い朽ちていつ果つべしとも知れず、信濃にかえりてはふたたびあい逢うおりもおぼつかなければ、せめて一夜を嫁とも語り、孫どもを膝にいだきて老のなぐさめにせんとのねがいのみにござそろ。このほかにいささかの他念なく候えば、枉げて一夜の宿をたのみいりそろ。

松子の心はよろよろとなった、手紙の文字に偽りはないであろう、ただ嫁に逢い、孫を抱きたいという言葉のなかには、少しの装いもない切実な老人の心がこもっている。ひとの嫁として、子たちの母として、この言葉をしも拒むちからがあるであろうか。――お逢わせ申したい。松子は胸いっぱい呻くようにそう思った、そのとき広縁を踏みならして、仙千代と隼人がはいって来た、仙千代はびっくりしたような眼をみはり、小さな胸をわくわくさせていた、顔じゅうが幼いよろこびに溢れていた。

「おたあさま、上田のおじいさまがおいでなさるのですか」

「しずかになさい」

松子はうろたえて叱った。

「此所はあなた達のおいでになるところではありません、乳母はどうしました」

「乳母はおんなだから御殿へは来られないんです、ねえおたあさま、本当に上田のおじいさまはおいでなさるのですか」

「どうしてそんなことを仰しゃるんです、誰かそのようなことを申しましたか」

「誰も……誰も云いはしませんけれど」

刑部がはなした、松子にはすぐ察しがついた、そして仙千代の眼が疑わしげに自分の顔を見まもっているさまに気づくと、ふと夜半の寝所であったことを思いだした。「おじいさまがいらしった、仙千代を抱きに来たと仰しゃって……」幼いかれはそう云った、そのときかの女は自分がとり捨てた蛾を聯想し、いいえただねぼけたのに違いないとうち消してしまったのだけれど、いま思いかえすと昌幸の来訪とふしぎに符合する、かれの云った「おじいさま」とは安房守ではなかったろうか、孫を思う昌幸の心が、仙千代の夢にかよったのではないだろうか。

「仙千代、あなたはゆうべなにか夢をごらんになりましたか」

「夢ですか、……夢」

仙千代はちょっと首をかしげたが、夢などはみないと答えた。みたとしても、そしてその夢が昌幸であったとしても、二歳のときいちど会ったきりのかれには、それが上田城の祖父だとわかる筈はない。

——ああお会わせ申したい。

けれど本当に会わせてもよいだろうか、仙千代を去らせてから、松子はもういちど自分の立場をよく考えなおしてみた。「信濃へかえってはふたたび逢うこともおぼつかない」手紙にはそう書いてある、昌幸はまだ五十五歳で老い朽ちたという年ではない、また信濃のくには遠いけれど再会をおぼつかながるほどではない筈だ、それにもかかわらず昌幸が押して逢おうとするのは、なにかそうせずにいられない理由があるのではないか。信濃へかえると、もう二度と逢えなくなるような理由が……松子の心はその一点へきて止まった、くずれかかっていた気持がにわかに立ちなおった。――忍緒を切った心でいよ。そう云った良人の言葉がはっきりあたまに甦えってきた。そうだ、情におぼれるときではない、祖父と孫、舅と嫁のつながりも大切であるが、今は戦いの時である。もし安房守父子を迎えてそのまま城を奪われたらどうするか、仙千代を隼人を、もしも人質として取られたらどうするか、世間にためしのないことではない、ことに安房守のこしかたには信頼をゆるさぬ多くの事実がある。拒むべきだ、それが留守をあずかる者のつとめだ、松子はついにそう思いきった。

まさしく忍緒を切った気持で、かの女は昌幸へ返書をしたためた。そして刑部にそれを持たせてやると、しずかに眼をつむり、心で合掌しながら詫びた。……孫たちはお逢い申したがっております、わたくしも一夜お伽をつかまつりとうございます、けれどもそれがかないませぬ、どうぞおゆるし下さいまし。

五

城へはお迎え申しかねる、城下へ宿所を設けるから、そこで一夜だけ過し、明朝はやくたち去って貰（もら）いたい、あやまちの起らぬよう接待はわざと女どもに命じた。そういう意味の手紙を、読み終った昌幸はわが子の手へわたした。

「さすがに本多忠勝のむすめでございますな」幸村は手紙を巻きながら苦笑をもらした、「西に事のおこったのを知っているのでございましょうか」

「そうかも知れぬ、しかしそうでないかも知れぬ」昌幸はおのれの手をみつめながら、溜息（ためいき）をつくように云った、

「いずれにしても、女にはめずらしい堅固なこころがけだ、信之はまっすぐに小山（おやま）へ立ってまいったが、なるほどこの妻があればこそ安心してゆけたのであろう」

そう云いながら、昌幸は二日まえのことを思いかえした。

箕輪で会った父子兄弟がいざ出発という前夜になって、治部少輔（じぶしょうゆう）三成からの密使が到着した。すなわち秀頼公を擁立して挙兵するから味方をたのむというのである、昌幸はその密書を二人の子に示して意見を求めた、信之はいつもの穏かな態度で、

自分は徳川家に質となってこのかた家康から特に愛顧をうけ、沼田の本領も安堵されたし、本多忠勝のむすめを内大臣の養女としてめあわされている、さむらいとしてこの義理を忘れることはできない、自分はどこまでも徳川氏と運をともにする、そういう意味をはっきりと述べた。そのしずかな淡々とした口ぶりのなかに、昌幸はかれの動かしがたい決意をみた。……では幸村とおれは上田へ帰る、此処で別れよう。昌幸はそういって話をうちきった。故太閤に恩義を感じているかれは、石田三成の挙兵にみかたをするのが自分と幸村との道だと信じた、すなわちそのとき父子は敵味方となって別れて来たのだ。「孫どもに会ってゆきたかったが……」しばらくして昌幸はぽつんと云った、それはいかにも老人らしく、寂しげな、むしろどこやら気ぬけのしたこわねでさえあった。

刑部の案内で城下町に宿所がきまった、かれらを迎えたのはすべて城中の女性たちだった。かの女たちは帕をつけ棒を持って辻を警護し、またかいがいしくゆきとどいた接待で宿所のせわをした。こういう場合にもし男たちを接待に出したとしたらどうだったろう、そう思うと松子の考えのこまかさとその心の用意のたしかさに、昌幸はさらに感嘆のおもいをふかくするばかりだった。けれども到着した兵たちはおちつかなかった、女ではあるが帕をつけ棒を持った姿はものものしいし、城壁には篝火があかあかと燃えている。——まるで敵地へはいったようではないか。——ゆだんをすると夜駈けをくうかも知れないぞ。そんな囁きが兵たちのあいだに交わされた、そしてかれらはその一夜をついに野陣のまま、ほとんど睡らずに明かしたのであった。

昌幸父子はその明くる朝はやく宿所をしゅったつした。霧のふかい朝だった。沼田の町は台地になっている、急な坂にかかっていよいよ城下をはなれようとしたとき、昌幸は馬をとめてふりかえった。——もうこれが見おさめかも知れぬ。そう思った、城の矢倉のひとつが霧のなかに幻のように浮かんでいた。水刷毛でさっと撫でたように、曲輪がまえはおぼろに霞んで見えないが、その矢倉だけが条をなしてながれる霧をぬいて腰から上をみせている。——ああの矢倉の下に孫どもがいる、仙千代が、隼人が。昌幸はふっと眼が熱くなるようにおもい、だがあの嫁があるかぎり孫たちのゆくすえは安心だと思った。

ちょうどそのとき、城の矢倉の上では松子がふたりの子といっしょにこちらを見ていた、昌幸たちがしゅったつしたと聞いて、仙千代と隼人をつれてここへ登って来たのである。かの女は矢狭間の上へふたりを乗せ、霧にとざされた城下町のほうを指さしながら、

「ごらんなさい仙千代、隼人もよくごらんなさい」と云った、「いまあの霧のなかを、あなた方のおじいさまがおくにへお帰りになっていらっしゃるところですよ」

「おじいさまって、上田のおじいさまですか」

仙千代はさかしげな眼をあげてびっくりしたように母を見た、松子はそのまなざしを受けきれなかった。

「そうです、上田城のおじいさまです」

「ではやっぱりいらしったのですね、おじいさまがいらしったのは本当だったのですね」いかにも不服そうな調子だったが、それはむしろ祖父に対するもののようだった、「でもそれならどうして、どうして仙千代に会いにいらっしゃらなかったのですか、おじいさまはもう仙千代がお嫌いになってしまったんでしょうか」

「……またすぐに」松子は切なさに堪(たま)りかねて、そっとふたりの肩を抱きしめながら云った、「すぐにまたいらっしゃるのです、こんどはお急ぎの御用がおありだったのですから、このつぎにおいであそばすときは、おふたりにきっとよいお土産を持って来て下さいますよ」

そうあってほしい、どうぞこのつぎに、すべてが無事におさまって、もういちど孫たちをお会わせ申したい。松子はつきあげてくる泪(なみだ)をかくしながら云った。

「さあ、おじぎをなさい、おじいさまが御無事で上田へお帰りあそばすように」
だがこれでつとめが終ったのではない、良人が帰るまでにはもっと苦しい悲しいことがあるであろう、これはその初めの僅(わず)かな一齣(ひとこま)にすぎないのだ。松子はおのれの心をひきしめるようにそう思い、しずかに、泪を押しぬぐいつつ額をあげた。

附記

数日して石田三成挙兵の報があった時、夫人はすぐさま城下の婦女子を城中へ呼びいれ、「いかなる変があろうとも騒いではならぬ、自分も伊豆守の妻として、あくまで武士の妻子たる道をこの城をまもりぬくから、皆も心をひとつにして、あくまで武士の妻子たる道をあやまらぬよう」とさとした。これはひとつには家臣たちの騒動と離反に備えるためだったのである、かくして婦女子はそのまま城中にとめ置いて、留守城安全の由(よし)を良人のもとへ云い送った。……信之はこれを宇都宮で受け取った、そして*旬日ののちには*秀忠(ひでただ)の軍に従って、弟幸村らの守る伊勢崎(いせざき)（上田城の砦(とりで)の一）を攻めてこれを降(くだ)しているのである、これを思うと信之夫人のとった態度は、まさしく禍(わざわい)を未然にふせいだものといえよう。

襖

一

西村次郎兵衛へという縁談のあったとき、自分にはとてもそのちからがないからと云って阿市は二度までことわった。西村は*松平家では*すじめの正しい家柄だったが、次郎兵衛ははやく父母にさきだたれ、わがままに育ったためか気性が荒く、強情で粗暴で、大酒の癖があってひどく評判がわるかった、縁談のなかだちになったのは江戸やしきの老職をつとめる和田利兵衛だった、かれは次郎兵衛の後見でもあったので、三度めには自分でやってきて、阿市とじかにはなしをした。

「おもとがことわるのはもっともだと思うけれども、次郎兵衛はあのままおいてはだめになってしまう、おとこをひとりすくいあげると思っていって呉れぬか」

ほかの者ではいけない、おもとを措いてほかに次郎兵衛をさむらいにすることのできる者はない、利兵衛はそう云って、たのむとあたまをさげさえした。

阿市はやはり老職をつとめる松本五郎左衛門の長女でそのとき十八歳だった。むすめながら小太刀のゆるしをとっていたし、馬術にもたくみだった、いったいにおとこまさりの気質ではあったが、また横笛とか箏曲などという芸ごとにも秀でていて、おりおりの手すさびによく家中の人々をゆかしがらせていた。利兵衛がぜひとたのむのは阿市のそういう人となりをみこんだからで、次郎兵衛をりっぱなおとこにするために無理を押してもという気持がよくあらわれていた。「わたくしにはとてもさようなちからはございません」阿市はしばらく考えたのちに云った。

「それはかねて申上げた通りでございますけれど、ふつつかな身をそれほどねんごろにおぼしめして下さる御親切に甘えまして、ふた親が承知いたしましたらお受け申したいと存じます」

利兵衛はひどくよろこんだ、五郎左衛門夫婦はもう承諾しているので、阿市さえよければと、はなしはまとまったのである。

「くどいようではございますけれど」と阿市は念をおすように云った、「良人をりっぱな武士にするなどというちからはわたくしにはございません、おめがね違いになりませぬよう、よくよくそこをおふくみ置き下さいませ」

「念にはおよばぬ、たのむからには善くも悪くもおもとに任せる、どうかできるだけ面倒をみてやって呉れ」

いかにもこれで安堵したといいたげに、利兵衛は祝言の日どりなどを相談して帰っていった。

結婚の式はその年の秋八月にあげられた、雨もよいで風のひややかな宵だったが、持ちこまれた七荷*の道具に、かけつらねた燭の光が栄えて広からぬ西村の家は部屋の隅々まで活気だってみえた。盃がすみ、祝宴がはてたのは十時だった、けれどそれで済んだのではなかった、客が去って、阿市が自分のあたらしい居間へはいり、利兵衛の妻女にかいぞえをして貰いながら支度を直していると、にわかにまた人のおとずれるけはいがし、こえ高くわめいたりどっと笑ったりするのが聞えてきた。

「いまごろなんでしょう」

阿市の髪をあげていた利兵衛の妻女がいぶかしげにふりかえった、そこへ実家からつれてきたはした女があわただしく走って来た。

「お客来でございます、御酒宴のお支度をすぐにとの仰せでございます」

「わかりました、おまえ手伝ってお呉れ」

響の音にこたえるように、阿市はあげかけていた髪を手ばやくむすび、はなやかな婚礼の衣裳（いしょう）へそのまま襷（たすき）をかけて、まだ勝手の知れぬ厨（くりや）へとかいがいしくおりていった、かねて申しあわせてあったらしい、客は次郎兵衛の朋友（ほうゆう）たち十人で、みんなおなじたぐいの暴れ者がそろっていた。かれらは客間いっぱいに座をしめ、すでに酒がまわっているらしくわれ勝ちに罵（ののし）りわめいたり、いきなり隣の者へ組みついてどたばたところげまわったりした。阿市が酒肴（しゅこう）をはこんでゆくと、正座にいた次郎兵衛はぶしつけに指さしをしてこれがおれの花嫁だと云った、そしてつつましく両手をついたかの女をしり眼に見ながら、

「これからが本当の祝宴だ、みんなつぶれるまで飲んで呉れ、だがことわっておく、花嫁は武芸の達人だそうだ、おとこまさりの烈婦だそうだから、へたをすると痛いめをみるぞ、それだけは忘れるな」

わっとはやしたてるあらあらしい声を聞きながら、良人が自分に反感をもっているということを阿市はまざまざと感じとった。

二

まさしく、次郎兵衛は阿市に反感をもっていた、二十六年のこしかたは、わがま

まいっぱいで、誰の掣肘をもうけずにきた、かれをもりそだてた老家扶の弥左衛門やうしろみの和田利兵衛などから、ずいぶん根づよく意見もされ小言もいわれたが、いつもうなずいている心のなかですでに放埒を考えるという風だった。——おれはおれなりに生きる、庭木の枝を撓めるように、そうたれかれの思いどおりにできるものか。かれはそう心にきめていた、したがって阿市とのはなしがはじまったとき、はやくもこの縁組が何を意味するか察しをつけていた、つまり阿市によってかれの行状を直そうという意味を。……それでまだ見もせぬうちから、——おもしろい、直せるなら直してみろという反感をもっていたのである。

飲めるだけ飲み、あばれるだけあばれて、客たちが帰っていったのは午前二時をまわってからだった、泥のように酔った次郎兵衛は、かれらをおくりだすとすぐおのれの寝所へはいった、「おれはこのとおりの人間だぞ」そう云いたい気持だった、婚礼の夜にこのようなありさまをみせたのはむろん厭がらせである、阿市はしまいまでこころよく給仕をした、とりまわしも年には似ずたくみだった。——しかし心のなかではさぞおどろいていることだろう。いつか降りはじめているしずかな雨の音をききながら、次郎兵衛は夜具のなかで、そっと意地わるな微笑をうかべていた。

朝になっても雨はやまなかった、まだ暗いうちに起きた次郎兵衛が、手水をつかって居間へゆくと酒肴の膳（ぜん）が出ていた、思いがけなかったが、同時に「その手でくるか」という気もした。銚子（ちょうし）をとって酌をする阿市のからだからほのかに薄化粧が匂（にお）った、やわらかな、さそうような匂いだった、次郎兵衛はちょっとまごついたような眼で阿市をみ、すぐにあらあらしく眉（まゆ）をひそめた。十時ころになるとゆうべの朋友たちが来てかれをつれだした、そしてもう門限まぢかになってから帰って来たが、よろめくほど酔っているのに、また酒を命じて七、八人の客と飲みはじめた。どれほど飲んだかわからなかった、倒れるまで酔い、誰かに寝所へはこばれたのをかすかにおぼえている。そして死んだように眠ってしまったが、夜半と思えるころに次郎兵衛はふと眼をさました。……しのびやかに誰かがすうっと襖をあけたのである。誰だ、そう云おうとしたが、かれは眠ったふりをしたままそっとうす眼をあけて見た、細くしてある有明（ありあけ）の光で、五寸ほどあけた襖の間から、じっとこちらを覗（のぞ）いている者の姿がぼんやりとみえた、それは阿市だった。――なにをしに来たのか。次郎兵衛は熟睡をよそおいながらゆだんなく妻のようすを見まもっていた、阿市はしばらくこちらを覗いていたが、やがてしずかに襖をしめ、足音をしのばせて、去っていった。

　朝になると居間にはやはり酒の支度ができていた、まだ宿酔（ふつかよい）のさめきらぬかれには見ただけでもむかつく感じだったが、飲まないと負けるような気持でむりに盃をとった、それは生れて初めてのまずい酒だった、銚子ひとつあけるのがやっとのことで、それ以上はがまんにも飲めなかった、しかしむろんそれで懲(こ)りたのではない、午後になるとすっかり調子をとりもどして、いつものなかまを集めて酒宴をはじめた。酔いしれて寝た次郎兵衛は、その夜もゆうべとおなじもののけはいに眼をさました。あたりまえに来る足音ならかえって気づかなかったかもしれない、まだ畳のない時代のことで、床板を忍び足に来るひそかな音が、ひそかなだけにするどくかれの神経にひびいたのである。――またか。そう思いながらやはり眠ったふりをしていた、近づいて来た足音がとまり、しばらくしてすうっと襖があいた、はたして阿市だった、五寸ほどあけた襖の間から、かの女はじっとこちらをみつめている、次郎兵衛はそうかと思った、――泥酔(でいすい)しているおれの腕をためすつもりに違いない、免許をとったという小太刀で、寝ごみの不意をためそうというんだ、やれるならやってみろ。そう思って待っていた、しかしそんなようすもなく、阿市はしばらくすると襖をしめてたち去った。――どうだ、打ちこむ隙(すき)があるまい。かれはそう呟(つぶや)いてそっと冷笑をもらした。

あくる朝になると又しても酒の支度がしてあった、次郎兵衛はだまってひと銚子だけ飲んだが、なんとなく強いられる味でうまくなかった。かれは盃を伏せて立つといきなり、ちょっと庭へおりろと云った、阿市はいぶかしそうに見あげた。

「おまえは小太刀の免許とりだそうだ、どのくらい遣うかみてやる」

三

まあと阿市はびっくりしたように眼をみはり、耳の根まで赤くなった、「おたわむれを仰せられます、わたくし幼いころからだが弱うございましたので、武術のまねごとでもしたら丈夫にもなろうかと、父に申し付かりまして馬などにも乗り小太刀の振りようくらいはまなびました、そのおかげかこのようにからだは達者になりましたけれど、それはただまねごとに致しましただけで、決して武術のなんのと申上げられるものではございません、どうぞもうおたわむれはおゆるし下さいませ」

はずかしさに身も縮むといいたげなようすだった、それはかねて評判にきいていた「烈女」という感じとはあまりにかけはなれていたし、わざとらしさの些かもない、いかにもういういしい羞いの溢れる姿だった。――では夜半に忍んで来るのはどういうつもりだ。そう問いつめようとしたが、喉が詰ったようでどうしても云うことができず、かれはなにか珍しいものでも見るようなまなざしで、赤くなった妻の顔をわれ知らず見まもっていた。

おなじような日がおなじような日に続いた、そして十月になると間もなく、次郎兵衛にお国詰の仰せがさがり、その月うちに夫婦は十五人の家来たちをつれて忍(おし)へ移った。江戸に置いては周囲が悪い、国もとへやったらいくらか行状もあらたまるであろう、そういう意味の転勤であった。武蔵(むさし)のくに忍の城は松平信綱(のぶつな)*が就封*してまだ日があさく、城構えや城下町の改修がようやく出来かかっているというときで、それだけに小城ながらもいきいきとした活気にわきたっていた。次郎兵衛は大手そとに屋敷をたまわり、城普請(しろぶしん)*のとりしまり加筆を仰付けられた、忍への移転によって、家政の仔細(しさい)が阿市にははじめてはっきりした。それは考えたよりもひどかった、三百石の扶持(ふち)に対して出費が桁(けた)ちがいに多い、しぜんお上(かみ)から拝借の銀子も年々かさんでいる、家来たちに給する物具(もののぐ)も数が足らず、あるものも修理をしなくては使えないありさまだった。これほどとは思わなかったのでちょっと阿市は途方にくれた感じだった。そして或(あ)る日、良人にむかってしずかに云った。

「御家来衆の物具がたいそう損じているようでございますが、修理を致しますものは修理にだし、足らぬ分は買い求めたいと存じます、いかがでございましょうか」

「無用だ無用だ」次郎兵衛はうち返すように云った、「いまそんなことをする費用はない、おれの父はうえもんのたいふ（*松平正綱）さまに従って関ケ原に戦ったが、そのおり家来どもに与える具足が足らなかった、父は思案にも及ばずご自分のものを分け与え、みずからは*桶側胴ばかり召しておはたらきなすったという、さむらいの覚悟はそこにあるのだ、いざ鎌倉というときには、裸で竹槍ひとすじ持っても合戦はできる、おまえがそんな心配をすることはない」

いたずらな強がりでないことはたしかだった、しかしそう云う気持のしん底は、知れきっている家政のなかから自分の遣いぶんの減ることを嫌ったというのが本当であろう、阿市は心から安堵したというように、「それをうかがって安心いたしました、さしでたことを申上げましてお恥かしゅうございます、どうぞおゆるし下さいませ」

そう云って良人の前をさがった。国許へやったらという利兵衛たちのたのみも実際にはなんの効もなかった。城普請とりしまり加筆という役目で、つきあい仲間もすぐにできたし、活気にわいている城下の気風はかえって次郎兵衛の放埓をそそりたてるようなものだった。濫費は増すばかりだった、やしきでの酒宴はあいかわらずだし、そのうえよそでの費用が多くなった、刀根川の岸に須賀という船着き場があって、遊芸人などのでいりする妓楼まがいの家がある、城下からは二里あまりの道だったが、次郎兵衛はよく仲間をつれてはそこへでかけていった。すでに窮乏している生活のなかから、そういう費用がどうして続けてゆけるだろう、方法はひとつしかなかった。次郎兵衛の留守のとき、屋敷の裏口から見なれぬ商人がときおりでいりをするようになった、しかしそれがなにをあきなう商人だったかは、阿市と、かの女が実家からつれて来たひとりのはした女しか知っていなかったのである。

こうして一年のつきひが経った。例のように須賀で二日ほど飲み続けた次郎兵衛が、家へ帰ってみると来客があった、出迎えた阿市は江戸から和田利兵衛が来ているとつげた。次郎兵衛はどきっとした、反射するように或る疑惧があたまへうかんだのである、かれは大股にずかずか客間へゆくと、元気のいいこえでいきなり云った。

「やあようこそ、阿市を離縁のおはなしですか」

四

「それが江戸から来た老人への挨拶か」利兵衛はにがにがしげに云った。「ばかなこと申さずとまあ坐れ、城普請のもようを検分に来たのでたち寄ったのだ、それからべつに知らせることもある」

「まず一盞申しつけましょう」

「おれは酒はやらぬぞ」

「わたくしが頂きます」

云いつけるまでもなく、阿市が酒肴をととのえて来た。利兵衛は酒をたしなまなかったが盃だけは受けた、そして肥前のくに島原に土民の乱がおこって領主の力に余るため、板倉重昌を大将に征討の軍が発せられたことを語った。土民といっても切支丹宗徒が中心で、その勢力はなかなか侮りがたく、副将に石谷十蔵をつけ、九州諸藩のちからを集めて討伐をはかるという規模の大きな軍だった。

「泰平のようにみえても変事はいつどこから発するやも知れぬ、大坂の役から二十余年のときが経ち、さむらいの気風もゆるんでいる、つねの備えがあればこそいざというときのお役にもたてるのだ、そこをよく考えなければならぬ」

それを云いたかったのであろう、いや、むしろそのことをもっときびしく云うためにたち寄ったらしかった。しかしそれ以上くどい意見はしなかった、たち去るときにただひとこと、きめつけるように云った。

「さきごろ願いでた御恩借のことはあいならんぞ、向後ともかたくあいならん、よいか」

利兵衛が去ったあと、次郎兵衛はふしぎにおちつかぬ気持を感じた。うしろ寒いような、追いたてられるような、そしてひどくたよりない気持である。……島原に乱がおこった、征討軍が進発していった、合戦がはじまっているのだ。そういうこえが絶えず聞えるようだった、次郎兵衛は思いついたように家扶を呼び、武庫をあけさせた。いつか阿市の云ったとおりだった、武具も足らぬし家来たちに与える具足もすっかり損じていた。――これは使えない。かれは慌てた、そして借財をするために知友を馳けめぐった、すでに島原の変が知れわたっていて、たれもかれも武備をととのえるのに追われていた、金策はできなかった。かれは家財を売ろうと思いついた、そして阿市に手伝わせて選みにかかったが売るようなものはもうほとんど無かった、――おまえの物を。かれはそう云いたかったけれど口にすることはできなかった、阿市は七荷の道具を持ってきた、そのなかには名器と噂のある横笛もあった筈だ、琴も名のとおったものだと聞いている、嫁してきて一年余日になるが、まだいちどもとりだしたのを見ないし、弾奏するのを聴いたこともなかった、――どうせしまって置くものなら、そういう気がしたのである、しかし、かれはすぐその気持のさもしさに気づいておのれを罵った。——なにを狼狽(ろうばい)しているんだ、島原へは大将副将がきまって、もう兵馬は出陣しているではないか、たかが土民の*騒擾(そうじょう)だ、ひと揉(も)みに揉みつぶされるのはわかりきっている、なにもおれがいま慌てることはないじゃないか。それはまさにそのとおりだった、かれは数日来の心配がばかばかしくなり、さっぱりと金策を思いきって飲みはじめた。けれど事実はばかげた心配ではなかったのである、すなわち板倉重昌が征討軍の大将として発向したのは寛永(かんえい)十四年十一月十日のことだったが、おなじ月の二十七日に伊豆守(いずのかみ)松平信綱と*左衛門戸田氏鉄(うじかね)に命がくだり、征討軍の総督として板倉軍を援(たす)けることになったのだ。

飛報は忍城へとんだ、次郎兵衛は出陣の命を手にしてしばらく眼をつむっていたが、このどたん場へきてはもう考える余地はない、かれは戦場へつれてゆく十余人の家来を呼んで云った。

「いまお上から島原出陣の仰せが下った、さむらいの面目これにすぎたものはない、それについて恥を申さなければならぬ、実はそのほうたちに着せるべき具足がないのだ、誰の罪でもないおれのふたしなみだ、しかし戦は具足でするものではない、おれはこのまま槍ひとすじ担(かつ)いではたらくつもりだ、具足もやれぬ主人をもってさぞ迷惑なことだろう、ゆけとは云わぬ、おれといっしょに裸一貫でたたかう気持のある者はついて来い」

恥を恥としてうちまけた次郎兵衛の言葉は、家来たちの心をつよく動かした、かれらは異口同音に供をすると答え、戦場での功名を誓いあった。

五

活路はゆきづまったところからひらけるものである、江戸やしきへ着くと、利兵衛が物具、具足をそろえて待っていた。

「これを持ってゆくがよい、いまはなにも云わぬ、おれもいっしょだ、しっかりやろうぞ」

そう云ってみつめる利兵衛の眼は、千万の言葉にまさるするどさでぐざと次郎兵衛の胸をつき刺した、かれは答えるすべを知らず、生れてはじめて心から低頭した。

戦記を精しくしるすいとまはない、信綱の軍はあくる正月三日に肥前島原へ着き、有馬郷の浦田に本陣を布いた。二日まえの元旦には大将板倉重昌が戦死をしたほどで、攻防の戦は激しいものだった、信綱は速戦の不利をみて包囲陣をかため、叛徒が食糧に窮するのを待った、そして二月二十六日の早暁(そうぎょう)、総攻撃の火ぶたを切った。激戦三日、二十八日ついに落城、昼十二時には天をどよもして勝鬨(かちどき)の声があがった、その夜のことである。……主君信綱の世子(せいし)*甲斐守輝綱(かいのかみてるつな)の手についた次郎兵衛は二十七日の合戦に二の城へきりこみ、首*十余級をあげるめざましいはたらきをしたが、そのとき左腕に傷をおったので二十八日の戦には出ることができず、*幕営にのこってからだをやすめていた。すると夜になってからふいに和田利兵衛がおとずれて来た。利兵衛は信綱の*帷幄(いあく)にあったので、島原へ来ていらい親しく会うのはそれが初めてだったのである。

「よくやった、あっぱれだった」

傷のようすをたずねるよりさきによろこびを抑えきれぬ調子で老人は云った。

「西村の酔いどれという汚名もこれですすがれる、さぞ阿市がよろこぶであろう」

「………」

「いまだからはなすが」

利兵衛はちょっと眼を伏せた、「去る十一月に忍の家をたずねたのは、あのおり察したとおり阿市の離別を申しわたすためだった」

次郎兵衛はひたと老人の顔をみた。

「五郎左衛門ののぞみだ、忍へ移っても行状が直らぬ、これは娘がふつつか者だからで、とても末とげぬ縁であろう、離別してもらいたい、そういうたのみだった、ふつつか者とは云ったが、じっさいは娘をあわれと思う親の情にちがいない、わしにも拒む言葉はなかった、しかしそのはなしもみなまで聞かず、阿市は一言のもとにことわった」老人はそこでちらと次郎兵衛へ眼をあげながら続けた、「なるほど、西村の行状はひとの模範になるとは申せぬかも知れません、けれどもさむらいの魂だけはりっぱにもっております。阿市はそう云った、どうしてそれがわかる、問いつめたがなかなかその仔細を口にしない、それでもやがてうちあけたのは思いもかけぬ言葉だった、あれはそのもとの寝ざまを見たという」

「…………」

「倒れるほど泥酔してもそのもとは寝ざまを崩さなかった、前後不覚と思われるまで酔いながら必ずきちんと左を下にして寝ていたというのだ」

武家では左がわを下にして寝るのを作法としていた、それは不意の出来事に備える心得で、その反対だと右手が痺（しび）れていてすぐに使えないからである、

「さむらいとして、心底の覚悟さえたしかなれば、ほかに妻としてのぞむことはない、阿市はそう申した。行状のよしあしは事のすえであるし、また年とともに変っ

てもゆくものだ、人間は棺を覆うまでが修業だと云う、自分は西村次郎兵衛の妻として、どこまでも生きぬくつもりであると」

次郎兵衛は老人の言葉をしまいまで聞いてはいなかった。かれは深夜の襖をあけた妻のふしぎな行動の謎が始めて解け、ああそうだったのかと思うと同時に、あのとき僅かに明けた襖のかなたからじっとこちらを見まもっていた妻の双眸をまざまざと眼に描きだしていた。自分の想像したこととはなんという大きな隔りであろう、こちらではまるで違ったことがらを考えていたのに、そのとき妻は次郎兵衛がおのれさえ気づかぬ性根のありどころをつきとめていたのだ、武具に要する銀子までもよろこんでさしだしたのは、良人の機嫌をとるためではなく性根のたしかさを信じきっていたからである。

「あれは初めから自分を捨ててかかった」と利兵衛はしずかに続けた、「はじめから自分が身につけて嫁したものを良人のなかへつぎこむことにつとめた。善悪、盛衰、貧富、すべて良人とともにある、女の心得としては尋常の道だ、そして妻となるものはみなこの道をゆく。阿市はおとこまさりで武術のたしなみもあり、風雅の才もつたなからぬ娘だった、わしはこの娘ならそのもとの行状を撓め直して呉れるであろうと考えた、けれどもそれは思い違いだった、撓め直すどころか、かえって身についた才芸をあるかぎり良人のなかへつぎこんでしまった、そしていちばんあたりまえな、おのれを無にする道へ、まことに尋常の道へとはいったのだ。免許をとった小太刀も、すぐれた馬術も、笛も箏曲もあれにはない、阿市という者さえ今はないのだ、みんな良人のなかに、西村次郎兵衛のなかにだけ生きているのだ」だがわしは少し饒舌すぎたようだと利兵衛は言葉を切った。こんなことをくだくだしく語るのはかえって阿市の本意を歪めることになるかも知れぬ、これは老人のくりごとだと思って呉れと云った。

「さいごにひとこと云っておくが、阿市は里から持っていった七荷の道具を売りつくしてしまった、笛も箏も売ったそうだ、よしないことを申して恥をかかせぬようにするがよいぞ」

利兵衛が去ってからしばらくのあいだ、次郎兵衛は喪心したもののように惘然と宙をみつめていた。しかしやがて立ちあがったとおもうと、小屋を出て草原のほうへとしずかにあるいていった。まえの日は雨だったがその夜はよく晴れて、南国の春の夜風がこころよく吹きわたっていた。かれはふと足をとめてふり仰いだ、空は研ぎあげた螺鈿のようないちめんの星だった、かれは出陣するまえ、武具を調達するために物を売ろうとしたときのことを思いかえした、そのとき「おまえの道具も」と口まで出かけたが、その考えかたは知らずして自分と妻とをべつべつにしていたのである、自分もすべてを売るのだから妻にもそうしてほしい、そういう気持だった。けれどそのときすでに妻は持物をすっかり売り尽していたという、なにもかも自分のためにつぎこんでいたというではないか、そして今まで自分はそのことにすこしも気がつかなかったのだ、――そうだ、おまえはおれのなかにいた。かれはそっと口のなかで呟いた、――今この刹那(せつな)にも、おまえはこの次郎兵衛のなかにいるんだ、おまえが呉れたもの、これからも呉れるもの、おれはそれを生かしたい、生かさなければならぬ、いや、きっと生かしてみせるぞ、阿市。

次郎兵衛はそのときほど妻を身近に感じたことはなかった。こんなにも自分の近くにいたのかという、おどろきとよろこびがかれの心をいっぱいにした。原城と思われるあたりで、勝ちいくさのつどいでもあるか、しきりに賑(にぎや)かな歌のどよみが聞えていた。

春三たび

一

「今夜は籾摺(もみす)りをかたづけてしまおう、伊緒(いお)も手をかして呉(く)れ」

夕食のあとだった、良人(おっと)からなにげなくそう云(い)われると、伊緒はなぜかしらにわかに胸騒ぎのするのを覚え、思わず良人の眼を見かえした。夕方お城からさがって来たのを出迎えたときにも、いつもはそこで大剣だけをとってかの女にわたすのに、その日にかぎって自分で持ったままあがった、顔つきもなんとなく違ってみえたし、高頬(たかほお)のあたりにきびしい線があらわれているように感じられた。……お城でなにかあったのかしら、そういう不安が夕食のあいだもあたまから去らなかった。そこへ常になく籾摺りを手つだえと云われたので、いよいよなにごとかあったのだと直感された。

義弟の郁之助を稽古におくりだし、姑のすぎ女と自分の食事をすませて、あとかたづけもそこそこに納屋へゆくと、良人はもうひとりで臼をまわしていた。燈油の燃ゆる匂いと、脱穀する籾の香ばしいかおりとがまじり合って、納屋の中はあまく噎っぽい匂いでいっぱいだった。

「おそくなりまして……」と云ってすぐに俵へかかろうとしたが、伝四郎は臼をとめながら、「まあ待て、少しはなしたいことがある」とふりかえった。

「その戸を閉めて、ここへ来てかけよう」

自分からさきに藁束を置きなおして腰をかけ、伊緒にも席を与えた。低い天井から吊ってある燈皿のあかりが、じいじいと音をたてながら、ふたりの上からやわらかい光をなげていた。

「おまえも聞いたであろう」

と伝四郎は低いこえで話しだした、「肥後のくに天草に暴徒が乱*をおこし、内膳正（板倉重昌）さま、将監（石谷十蔵）さまが征討軍の大将として出陣なすった、それはさる十日のことだったが、このたび総督として松平伊豆守（信綱）さまとわれらがご主君（戸田氏鉄）のおふた方が御発向ときまった。今日そのお使者が江戸おもてから到着し、すぐに陣ぞろえがあったのだ」

「そのお供をあそばすのでございますね」

伊緒はやっぱり予感が当ったと思い、われ知らず声をはずませた。伝四郎はうなずいて、

「番がしらの格別のおはからいで、留守にまわるべきところをお供がかなった、世が泰平となり、もはや望みなしと思っていた晴れの戦場へ出られる、さむらいとしての冥加（みょうが）は申すまでもない、おれは身命を棄（す）てて存分にはたらくつもりだ、そしてもし武運にめぐまれ万一にも凱陣（がいじん）することができたなら、必ず和地の家名をあげ、おまえにもいくらかましな世を見せてやれると思う。しかし今のおれには少しも生きてかえる心はない、めざましく戦って討死をするかくごだ、それについて伊緒」

「…………」

「おまえに約束してもらうことがある」伊緒は不安げな眼をあげて良人をふり仰いだ、伝四郎は妻の顔をじっと見まもりながら、「おまえは和地へ嫁（か）してきてまだ三十日に足らない、おれが討死したら、そしてもしまだ身籠（みご）っていなかったら、離別して実家へもどってほしい、和地には郁之助という跡取りがいる、おまえがやもめをとおす意味はないのだ」

伊緒はかたく唇をつぐんだままじっと聞いている、伝四郎は考えていることを的

確に云いあらわす言葉に苦しむようすで、ちょっと片手をあげてうち払った。

「二夫にまみえずということもあるが、家名を継ぐ者のいる家に、むなしく一生を埋める要はない、操をまもるのも女の道には違いないけれども、よき子を生んで世に出すことはもっと大切だ。操をたてる、たてぬはそのかたちではなく心ざまにある、かたちにとらわれて道の本義をうしなってはならない、……うまく言葉がつながらないけれども、おれのいう道理はわかるだろう」

はいと伊緒は良人をふり仰いだままうなずいた。きっと一言で承知すまいと考えていた伝四郎は、あまりすなおに妻がはいと肯いたので、かえって疑わしくなった。

「本当にわかったのか、約束して呉れるか」

「……はい」

お約束いたしますと伊緒は口のうちで答えた、少しもくもりのない澄んだまなざしだった。伝四郎はいくらか安堵したようすで、「それで安心した、母上に申上げる前にこのことを約束しておきたかったのだ、玄蕃どのへは今日もどりがけに話してきたからな」

「いつ御出陣でございますか」

「殿さまには二十七日に江戸おもてを御出馬だそうだ、ここまで五日とみて、六七日には出陣かと思う」

「では籾摺りなどよりその御用意がさきでございます」

「いや用意というほどのことはない、太刀、槍ひとすじ、具足を出せばそれでよいのだ、それよりも」と伝四郎は膝を打って立ちあがった、「御上納の分だけでもかたづけて置こう、おれが出てしまうといろいろ手ぶそくになるからな」

そしてふたたび石臼をひきはじめた。

伊緒はそばにいて、つつましく手だすけをしながら、ときどきそっと良人の横顔へ眼をあげた。すると面ながの、眉の濃い、しんのきつそうな良人の顔が、どういうわけか今はじめて見るように思え、それがいかにもめおとの縁の浅いことを証拠だてるようで堪らなくかなしかった、石臼はごろごろと重い音をたてて廻っていた。

二

伊緒は十七歳だった。美濃のくに大垣藩の戸田家で、徒士ぐみ番がしらを勤める林八郎右衛門のむすめに生れ、正之進という兄と、伊四郎という弟があった。かの女はみめかたちのすぐれて美しいうまれつきで、十四五になるともう諸方から縁談がおこり、ぜひと望んでくるかなりな*権門もあった、けれども八郎右衛門は頑固に頭を振りつづけた、「みめかたちで望まれるものは、やがてまたみめかたちで疎んじられる、容貌はすぐに衰えるもので、そのような不たしかなものに眼をつけるのは、たのみがたい相手だ」そういう父の言葉をいくたびも聞くうちに、伊緒は、ひところ自分の美しいうまれつきを恥かしくさえ思ったほどであった。八郎右衛門はかの女が十七歳の誕生を迎えると、かねて眼をつけていたもののように和地伝四郎へ縁づけたのであった。

家中の人々は眼をみはった、和地は二十石あまりの徒士だったし、さしてぬきんでたひとがらでもない、老母と病身の弟があって家計も貧しく、御恩田を耕してほそぼそとくらしていた。御恩田というのは藩主戸田氏鉄が設けたもので、城下近くの荒地をひろく開墾し、そこで微禄の士たちに農耕をさせるのである。出来たものなりは五分を上納するだけで、あとは自分のものになる定めだったから扶持のすくない者にとってはありがたい恩典だった。もちろんそれは単に微禄の士を*救恤するというだけではなく、武と農とを合致させることによって質実の風をやしなう意味もあったのであるが、しかし一般には「御恩田持ち」というと軽くみられるのが避けられない事実であった、伊緒の父八郎右衛門はその軽薄な眼をおどろかしたのである。輿入れをするまえ八郎右衛門はむすめに向って諄々と説いた。――武士だから扶持を頂いておればよいということはない、泰平になれば御奉公にもいとまがある、太刀をもつ手に鍬をとるのもさむらいの道だ、いにしえはみなそうだった、鍬をにぎって五穀を作り、太刀をとっては国をまもる、これが古武士のすがただった、そしてそういう生きかたのなかにこそ道のまことが伝わるのだ、よいか、これも篤と心得ておけ。伊緒には父の気持がよくわかった、父はかの女に栄達をさせようとは考えなかった、安楽な生涯をとも望まなかった、まことの道にそって、おのれのちからで積みあげてゆく人生を与えてくれようとしたのだ。

　和地家へ嫁してきて、生れてはじめて農事に手をつけたとき、だから伊緒はかえって生き甲斐をさえ感じた、――すべてはこれからだ。そういう気がした、これからすべてを良人とふたりして築きあげてゆくのだ、そういう実感のたしかさが、十七歳のかの女にはいかにもちから強く、新鮮に思えた。……そして二十余日、まだ「妻」という言葉さえしかとは身につかぬうち、良人は晴れの戦場にめぐまれて出陣することになったのである。

　戸田氏銕が大垣へかえったのは十二月二日だった。陣ぞろえはできていた、左衛門氏銕をはじめその子淡路守氏経、二男三郎四郎、老臣では大高金右衛門、戸田治郎右衛門、そして騎馬徒士とも二千百余人である、和地伝四郎も人数にはいっていたし、伊緒の実家でも兄と弟がお供に召された。父は痼疾の胃がひどく悪くて動けず、泣いて無念がったということを伊緒はあとで聞いた。義弟の郁之助も泣いたひとりだった。

「では留守をたのむぞ」

そう云って伝四郎が出ていったとき、伊緒と共にかれは表まで送ってゆき、そこに立ったままぽろぽろと涙をこぼして泣いた。

「残念だ、こんなからだなら、いっそ生れてこないほうがましだった」

口惜しそうに呟きながらいつまでもそこで泣いていた。伊緒はそれを聞くとしめつけられるようにいたわしくなり、いっしょに面を掩って泣いた、そして泣きながらはげしく叱った。

「なんというめめしいことを仰しゃるのです、戦場へゆくばかりがさむらいですか、からだが丈夫で武術にも達していて、それでも留守城へお残りなさるかたがたくさんあります、ここにも御奉公の道はあるはずでしょう、兄上さまに万一のことがあれば、あなたは和地の家を継ぐべきひとなのですよ、そんなめめしいことは二度と仰しゃってはいけません」

「あね上にはおわかりにならない」郁之助は叫ぶように云った、「留守の番として残るのと病弱でお役にたたないのとはことが違います、けれどそれは、申上げてもおわかりにならない」

そして腕で面を押えながら、逃げるように家のなかに走り去った、かれは伊緒よりひとつ下の十六歳であった。

三

良人が出陣していった翌日から雪が降りだした。こまかな、かわいた雪が、さらさらと一日じゅう降り、夜になってやんだとおもうと、あくる朝はもっとひどくなり、それから三日のあいだ小歇(こや)みもなく降りつづけた。その雪のなかで、とつぜん父が死んだ、戦場におくれた落胆がこたえたのか、知らぬまに痼疾がそこまですすんでいたものか、ひどくあっけない、朽木の折れるような死だった。迎えをうけて伊緒が実家へはせつけたとき、八郎右衛門はもうかの女をみわけることさえできなかったのである。

「もっとはやく知らせたかったけれど」と母はまだ夢でもみているような、とぼんとした表情でそう云った、「普通のときではない、良人が戦場へいった留守なのだから、息をひきとるまでは知らせてはならぬ、そう仰しゃってどうしてもおききにならなかったのでねえ」

　通夜もさせてはならぬという遺言だった。そして短刀に添えて、おおぞらをてりゆく月しきよければ雲かくせどもひかりけなくに、という古今集の尼敬信の歌をぬき書きして、「このこころ忘るべからず」としるした*尺牘をのこしていって呉れた。伊緒は父のこころがよくわかるので、一刻ほど遺骸の伽をしただけで、かたみの品を抱いて雪のなかを帰って来た。

　季節は*寒に入った、雪のあとは、空気までがぱりぱりとしそうな凍てで、城下とその杭瀬川は陽ざかりにも張りつめた氷の溶けきれぬようなことが多かった。伊緒は襷をとるいとまもなかった、御上納の米を俵にしてだし、売る分の籾摺りをし、米搗き、焚木とり、むしろ編み、縄ない、そして蔬菜畑のせわなど、農家から賃ぎめで手つだいにくる老人を相手に、休むひまもなくはたらきとおした。郁之助は雪のあとで風邪をひき、稽古もやめてこもっていたが、姑のすぎ女は丈夫なので、「そうひとりでなにもかもおやりでは、からだを毀してしまいますよ」と云い、せめて炊事や針しごとだけでも自分が代ろうといったけれども、伊緒はいきいきと血のけの張った頰で笑いながら、「旦那さまはいま命を賭して戦っていらっしゃいますもの」と答え、なにひとつ姑の手を煩わそうとはしなかった。年があけて十三日の日に、島原へ着陣したという知らせの使者が留守城へ来た、ひと揉みと思っていた賊徒がなかなか頑強で、元旦の城攻めには主将の板倉重昌が討死をしたということも、その使者の知らせでわかった。――内膳正どのが討死をなすった。それは留守城の人々をひどくびっくりさせた、征討軍の大将が戦死をするとはどのようなはげしい戦だったであろう。――これはなみたいていのことではない、おそらく家中からも相当に損害がでるぞ。そういう噂が口から口へ伝わり、にわかに城下のようすが緊張してきた、伊緒もその話を聞いて、はじめて戦場というものがじかに感じられ、「どうぞ御武運めでたく」と心をこめて祈りながら熟睡のできない幾夜かをおくった。もちろん生きてかえれとたのむのではない、生死いずれとも武運にめぐまれてほしいという気持である。伝四郎はつねづね御恩田持ちという身の上を妻に対してひけめに感じている風だった、世間にむかってはむしろ誇りさえしていたのに、妻にだけはなぜかしらん気のどくそうだった。伊緒にはそれが辛かった、たとえ良人が立身しても御恩田は放すまい、かの女はひそかにそう誓っていた、自分にひけめを感じている良人がうらめしくさえあった。だから、良人が武運にめぐまれて呉れたら、そんな無用なひけめは感じなくとも済むようになろう、それが伊緒のねがいだった。

郁之助はその後いちどなおって稽古へ出たが、それでまた風邪をひきかえし、こんどは発熱と頑固な咳にくるしめられて床についてしまった、伊緒の手はいそがしくなるばかりだった、夜を徹することも幾たびかあった、しかしこのあいだに季候はいつかゆるみはじめ、思いだしたように降る雪もしめりけが多くて、積るいともなく消えるようになった。野づらの残雪が知らぬまに溶け去ると、堤の日だまりや田の畔にちらちらと青みがさしはじめ、杭瀬川はとくとくと水嵩を増した、そしてある日、狂ったように東南の暖かい風が吹き荒れたあと、まるでその風がはこんで来たもののように春がおとずれた。

二月になってから苦戦を報ずるばかりだった島原からは、「包囲陣になった」と知らせてきたまましばらく沙汰を絶っていたが、三月二日、賊徒とのあいだに激戦のはじまったという使者が来、追いかけて六日には、「二月二十七日原城陥つ、賊徒誅に伏す」という*捷報が到着した。その知らせを聞いてから、かえって伊緒は心のおちつきをなくし、どうかすると居ても立ってもいられぬほど不安な気持に駆られた。十八日になると死傷者の記名が届いた、思いのほかに損害はすくなく、死者は内藤九右衛門、成川一郎兵衛、酒井源右衛門、森伝兵衛の四人、負傷者は村井五郎左衛門以下三十余人にすぎなかった。記名書は和地家へもまわされた、伊緒は姑といっしょに読んだのだが気があがって文字がよくわからず、どこにも良人の名のないことをたしかめるまでには三度も読みかえさなければならなかった。「伝四郎どのはごぶじのようですね」そういう姑の声も心なしかふるえていた、答えようとしたが喉(のど)がつかえた、それで伊緒は病床にいる郁之助にみせるためにいそいで立っていった。

四

将兵が大垣へ凱旋したのは五月八日のことだった。藩主の戸田父子はそのまま江戸へくだったので表むきの祝宴はなかったが、侍屋敷はどこもかしこも歓(よろこ)びにわきたっていた。けれども、そのなかで和地の家だけはひっそりと音(ね)をひそめていた、負傷者の家でも、戦死者の家でさえも、この一家ほどしめやかに沈黙してはいなかった。

思いもかけぬ恐ろしい結果が和地の家族をうちのめしていた、それは伝四郎が帰らなかったのである、死傷者の記名にもその名はなかったし、凱陣した人数のなかにもいない、しかも不幸はそれだけでなく、そのことについて聞くも忌わしい噂がひとの口に伝わっていたのだ。

「二月二十七日の総攻めに城へ踏みこむまでは見た者もある、それからさきは誰にもわからない、まったくゆくえ不明なのだ」番がしらはそう説明した、「城は焼け落ちたので、死躰はずいぶん念いりに捜してみたが、みつからなかった、せめて遺品のはしきれでもあれば、……なんとか討死ということにもできたのだが」

おなじ隊で戦った人たちも同様のことしか云わなかった、そしてもっと堪えがたかったのは、……伝四郎は戦場から逃げたらしいという評判がひろまったことだった。どうしてそんな評判がひろまったのか、どこから出たのか、つきつめてゆくと根拠はなかった、けれどもいちど口の端にのぼった噂はどうしようもない、あまりの意外さ、あまりの口惜しさに、伊緒はあたまが昏乱して考えるちからも失ってしまった。姑のすぎは日ねもす部屋の隅でじっと息をころしていたし、郁之助は病床にぎらぎらと眼を光らせていた、そしてときどき血を吐くほどもはげしく咳きこんだ。

暗澹とした息ぐるしい日がつづいた、そしてある日、槍ぐみ番がしらの平田玄蕃と実家の兄の正之進とがおとずれて来た。玄蕃は伝四郎と伊緒とのなかだちをした人である、ふたりの顔を見たとき伊緒はすぐに用向がなんであるかを察した、けれど眉も動かさなかった。

「今日はご内意をうかがいに来たのだが……」姑とのあいだに挨拶が済むと、玄蕃があらたまった調子で云いだした、「天草へ出陣のおり伝四郎どのからお話があった、もしも伝四郎どのが帰らなかった場合には、嫁して日も浅し、家には跡取りもいることゆえ伊緒どのを実家へもどしたい、母も当人も承知であるとそう云われたがご承知であろうか」

「はいたしかに承知しております」すぎ女はおちついて答えた、「このうえもないよい嫁女で、わたくしのほうから離別などとは申しかねますけれど、仰せのとおり伝四郎と祝言を致しまして三十日足らず、家には跡を継ぐべき郁之助もおりますことゆえ、嫁女の名に瑾のつかぬようおひきとり下さいましたら、双方のしあわせと存じます」

「それをうかがって安堵した」玄蕃は本当に肩の荷をおろしたというようすだった、「なろうことなら一年もしてと思うが、伝四郎どのについてあらぬ評判もあるおりから、林どの御一族のご都合もあろうと考える、今日はこれだけの話でおいとま申すが、いずれ近日うちに日どりをきめてご相談にまいりましょう」

「なにごともおまかせ申しまする、どうぞよろしくおはからい下さいますよう」

すぎ女がそう会釈(えしゃく)を返したとき、はじめて伊緒が、「お待ち下さいまし」としずかに云った、「わたくしそのお話はいやでございます」

「…………」

玄蕃も兄の正之進もふいをつかれておどろいたようにふりかえった、伊緒はふたりの顔をきっと見すえ、ちからのあるはっきりとした口調でつづけた。

「こなたさまはいま伝四郎にあらぬ噂があると仰せられました、いやと申上げるまえにそれをうかがいたいと存じます、あらぬ噂とはどのような噂でございますか」

「伊緒なにを申す、ひかえておらぬか」正之進がきびしく制止した、するとかの女は兄のほうへ向きなおり、「では兄上にうかがいます、あらぬ噂とは伝四郎が戦場から逃げたということを指しておいでなのでございましょう、それならわたくしも耳にしております」

そう云いかけて伊緒はさっと蒼(あお)くなった、膝の上にかさねた手がわなわなと震えた、かの女は抑えに抑えていた口惜しさがどっと胸へつきあげ、云いかえしたい言葉がいちどに喉へ溢(あふ)れだすのをどうしようもなかった。

「けれどその噂はたしかなものでしょうか」伊緒はひたと兄の眼をみつめながら云った、「死躰のみあたらぬということが、どのような事実の上にあるのか存じませぬ、またわたくしは女のことゆえ戦場のありさまもしかと判断はできませぬ、でも兄上……合戦というものは、お馬場うちで武者押しをするのとは違うのでございませんか、敵も味方も必死を期して、城塁を崩し矢倉を焼き、ここを先途と戦うばあい、崩れる土石に埋められる者はございますまいか、焼け落ちる城郭の中で骨ものこさず灰になる者はございませぬか、そのような者は決してないと仰しゃることができますか」

「………」

「おそらくそのような事は稀でございましょう」伊緒はけんめいに昂ぶる声を抑えながらつづけた、「けれど稀ではあっても、無いことではないと存じます、それが戦だと存じます」

それが戦だと思うと云いきった伊緒の言葉に、玄蕃も正之進もわれ知らず眼を伏せた。伊緒の蒼ざめた頬にそのとき美しく血が漲り、眉があがって、平常とはまるで見ちがえるような、つよい仮借のない凛烈な表情を示した。そしてやがてこんどは玄蕃のほうへむかって、

「この家に跡取りがあるという仰せですけれど、郁之助さまはあのような御病身で、不吉なことを申すようですが家名を立てとおせるかどうかわかりません、まして良人の生死がわからぬというではございませんか、和地の家を立ててゆき、姑上さまのゆくすえをおみとり申すのは伊緒のやくめでございます、どうぞそうおぼしめして、ふたたびかようなお話はご無用にねがいます」

それだけ云うと、かの女はしずかに立って次の間へ去った、そして、はじめて両手で面を掩いながら噎びあげた。

まだまだ云いたりない、もっともっと云ってやりたい、そう思うけれども伊緒はまだ若く、それ以上にはどう云いあらわす術も知らなかったのである。

「……あね上」部屋のむこうにのべてある病床から、郁之助がすがりつくような声で呼びかけた、片頬がびっしょりと泪で濡れている、かれは半身をおこし、感動を抑えつけるようにうちふるえながら云った、「よく仰しゃって下さいましたあね上、ありがとうございました」

五

「本当をいうとわたしは、あね上を憎んでいたのです」郁之助はその夜そう云った、「あの話はわたしも兄上から聞いていました、それでいつかは、あね上はこの家から去っておいでなさる、そう思っていたんです、だってあね上はそうお約束をなすったのでしょう」
「ええお約束をしました」伊緒はかなしげに微笑しながら答えた、「それは初めから実家へもどるつもりなど無かったからです、お言葉をかえすのもわざとらしく思えました、それでただはいとだけ申上げていたのです」
「わたくしはそう思わなかったものだから……」と郁之助は眼をつむりながら、遠くの人にでも云うようにそっと呟いた、「おゆるし下さいあね上、今日までずいぶん意地の悪いことばかりしていました、これからは改めます、そして……」
「強くなりましょう郁之助さま」伊緒はうなずきながら云った、「わたくしにお詫びをなさるようなことはございません、それよりも強くなることを考えましょう、あなたも、わたくしも、……そして和地の家をりっぱにまもりとおしてゆきましょう」

「でもあね上……」郁之助は、ふっとあによめをふり仰いだ、「あんなことになって和地の家名が続くでしょうか、このままおいとまになるのではないでしょうか」

「旦那さまは討死をなすったのですよ」伊緒はうち消すように云った、「わたくしはそう信じています、めざましくお戦いになって、誰にも劣らぬりっぱな討死をなすったに違いございません、それだけのお覚悟があったのをわたくしだけは知っているのですもの」

　出陣のまえに納屋で話し合った時の良人の気持を、云えるものなら云って聞かせたい、けれど良人と妻だけの機微な心のかよいはわかって貰えないであろう、かの女はそう考えたのでしずかに座を立った。

　伊緒はすぐにもどって来た、そして父がかたみに遺していって呉れた尺牘をひろげて、これを読んでごらんなさいと郁之助の手へわたした。かれはしばらくそれを黙読していたが、やがて低いこえで、「おおぞらをてりゆく月しきよければ雲かくせどもひかりけなくに……」とくりかえし唱した。

「それは亡くなった父が遺して呉れたものです、わたくしの心得のために撰んで呉れたものですけれど、いまの和地家にも当てはまると思います、その古歌のこころを忘れずに、強くりっぱに生きてまいりましょう」

「あね上」郁之助は双眸（そうぼう）を火のように輝かせながら云った、「郁之助は強くなります、からだも、心も、きっと強くなります、石にかじりついても……」

伊緒は義弟のはげしい眼をみつめ、無言の誓を交すように幾たびもうなずいた。ぎりぎりまで追いつめられたところから、かえって伊緒はしっかりとたちなおった、美しくすぐれたみめかたちに似つかわしいたおやかな従順さのなかから、今や「どこまでも生きぬいてゆこう」とする烈（はげ）しいちからが生れたのである。ひっそりと音をひそめていた和地の家が、久方ぶりで、からりと戸障子を明け放つかのようにみえた、伊緒がふたたびまめまめとはたらきだしたのである、手つだいの老農夫を相手に麦をとりいれ、苗代（なわしろ）をかいた。梅雨にいり、炎暑がめぐってくると、野良（のら）しごとは十二刻を倍にしたいほど忙しくなる、郁之助はどうやら床を離れたが、自分のことをするのが精いっぱいでまだ力しごとはできなかった。八月の中ごろに藩主戸田氏鉄が大垣へ帰った、城中ではあらためて凱旋の祝宴が催され、また天草陣の恩賞がとりおこなわれた。けれどもそれは和地家にはかかわりのないことだ。一家の柱を表象するかのような、日に焦（や）けた手足を惜しげもなくさらして、伊緒は昼も夜もなくはたらきとおした。

年があけて梅の咲きはじめる頃、郁之助はこころみに剣道の稽古に出てみた、具合がよかったので休み休みつづけたが、桜の時分になって風邪をひきこんだのが、なかなかよくならず、あせるほどこじれるばかりで、ついにまた床についてしまい、さらにその年のはげしい暑さにあって医者も首をかしげるほど衰弱してしまった。

その前後から伊緒に婿(むこ)をとるはなしが出はじめた。平田玄蕃がはじめにその相談に来た、実家の親族の者もしばしば来ては姑と会った、——郁之助どのに万一のことがあると家が絶える、伊緒はまだ二十まえだし、これに婿をとって家督をきめておくのがよくはないか、さいわい二三のぞむ者もあるから。そういう話もあったが、伊緒はまったく無関心のようすだった、あるときまた玄蕃がおとずれて来て、姑としばらく話し合ったのちかの女が呼ばれた。はなしは姑がした、そして玄蕃が親族の意見をそばからつけ加えた、伊緒は黙って聞いていたが、ふたりの話が終るとしずかに玄蕃にむかって問いかえした。

「おはなしはよくわかりました、それで伝四郎のことはどうなるのでございますか」

「伝四郎どののこととは……」

「天草陣にてゆくえ知れず、生死のほどもわからぬということではございませんか、良人の生死がわからぬのに、妻が後夫をとるという話がございましょうか」玄蕃ははたと言葉につまった、伊緒はこみあげてくる感情を抑えながら、「そのことがはっきり致しましてからなれば、どのようなおはなしもまた承わりましょう、それまではご無用にお願い申します」

そういって座をしりぞいてしまった。

六

その年の秋から冬へかけては、まるで試練のような有様だった。二百十日まえに暴風雨があって、稲が吹き倒されると、そこへ追っかけて洪水がきた、もともと大垣の附近は水害にみまわれることが多く、城そのものも輪中(わじゅう)にあるほどで、いちど洪水となると被害はさんたんたるものになる。和地家の御恩田も風で吹き倒されたところへ水をかぶり、その年はついに一粒の収穫もなしに終った、また郁之助はだんだんと衰弱が増すばかりで、医薬の費(つい)えだけでも分に過ぎた重荷だった、それで僅(わず)かでもその費えを助けようと、伊緒は夜仕事に紙漉(かみす)きのわざをならい、凍(い)てる夜な夜な、水槽(すいそう)の氷を破(わ)ってしごとをはげんだ。

また年があけて、重態のまま郁之助は春を迎えた。そして二月二十五日に、久しくみえなかった平田玄蕃がおとずれて来た、これまでのようすとは違って、なにやらはればれとした顔つきをしていた。

「今日は吉報をもってまいりました」かれは挨拶もそこそこに、そう云って伊緒をその座へまねいた、「お上のおぼしめしで、この二十七日に天草陣で討死をした者の三年忌の法会がとりおこなわれる、それに当って和地伝四郎どのもあらためて討死ということにきまり、軍鑑に記されたうえ食禄御加増の御沙汰が出た」

ふいにさっと、この家の内を眼にみえぬ戦慄がはしりすぎたようだった、すぎ女も伊緒も膝の上で手をぶるぶると震わせ、隣りの部屋からわっと郁之助の泣きだす声が聞えた。玄蕃はつづけて云った。

「また二十七日の法会には、御菩提寺において家族におめみえのおゆるしがある、当日は案内があると思うが、御老母にもそのつもりで支度をして置かれるがよい」

「かたじけのう存じます……」

そう云うのがようやくのことで、すぎ女もついに両手で面を掩った。伊緒は泣かなかった、はじめくらくらとめまいを感じたが、それが鎮まると立っていって、戸袋の中から良人の位牌をとりだし、まさしく仏壇に安置して燈明と香をあげた。そしてその前へしずかに手をつき、生きている人にでも云うようにはっきりと云った。
「旦那さま、お聞きのとおりでございます、お討死ということがきまり、軍鑑にも記されましたと……これで御成仏あそばしましょう、わたくしもうれしゅう存じます」

ながいあいだ戸袋の暗がりにあって、ひそかに香華の手向けをしてきた位牌だった、それがいま暗がりから出るときが来たのだ、今こそ世の光をあびることができるのだ。

玄蕃もそっと眼を押しぬぐっていたが、やがてすぎ女にむかって云いだした。
「うちあけて申すが、これは伊緒どののお手柄です、さきごろお上の御意で洪水の被害のおとりしらべがあった、特に貧困の者には御憐愍のお沙汰があるとのことで、精しくしらべあげた調書のなかに、この家のことも書かれてあった、こなたはむろん知るまいが、伊緒どのの評判は、かねてお上の耳にも達していたとみえ、伝四郎どの討死のことをあらためて吟味せよという仰せが出た、……軍目附、組がしら、槍奉行、その他の合議が幾たびとなく繰り返され、さいごにお上の御裁決をもって討死ということにきまったのだ、これは伊緒どののまことが徹ったと申すほかはなく、なこうど役のそれがしなども、ただただ肩身のひろいおもいが致します」

そしてさらに附け加えて、和地家の跡目をきめよという上意があったといい、伝四郎の討死がきまった以上は、伊緒への婿のはなしを考えてもよいであろうとすすめた。

姑がどう答えたかは聞かなかった、伊緒はそっと郁之助の枕もとへいって坐った。待ちかねていたようにかれはあによめを眼で迎え、泣きながら笑っていた。

「これで郁之助は死ねます」そう云ってかれは、つと手をのべて伊緒の手を求めた、「みんなあね上のおかげです、言葉には云えませんからお礼は申上げませんが、わたしは今日まで命のあったことをうれしいと思います、兄上に土産が持ってゆかれますもの……もう心のこりはありません、いつでも死ねます、もうすっかり安心です、母と和地の家をおたのみしますよ」

「運がめぐって来たのですよ郁之助さま、あなたもきっとおなおりなさいます、きっと、きっと。そうでなければ、今日までのわたくしの苦労が、水の泡になってしまうではありませんか」

「そうです……なおらなければ申しわけがありません、けれど……」

「さあ元気をお出しになって」と伊緒は義弟の痩せほそった手を握りしめながら云った、「これからなにもかもよくなるのです、和地の家もわたくしが婿をとることはありません、養子をすれば家名は立ちます、あとは郁之助さまがお丈夫になるだけですよ、それですっかり納まるんです。いつかのお約束をもういちど致しましょう、強くなるんです、石にかじりついても……」

「石にかじりついても、あね上」

玄蕃が帰ったのであろう、仏壇の鐘を鳴らしながら、姑の低く誦経(ずきょう)するこえが聞えてきた。

不断草

一

「ちょうど豆腐をかためるようにです」

良人（おっと）の声でそう云（い）うのが聞えた。

「豆を碾（ひ）いてながしただけでは、ただどろどろした渾沌（こんとん）たる豆汁です、つかみようがありません、しかしそこへにがりをおとすと豆腐になる精分だけが寄り集まる、はっきりとかたちをつくるのです、豆腐になるべき物とそうでない物とがはっきり別れるのです」

「ではどうしてもにがりは必要なのだな」

それはお邸（やしき）の与市（よいち）さまの声だった。

「そうです、でなければ豆腐というかたちは出来あがりません」

良人も与市さまもひどくまじめくさった調子だった。菊枝はその部分だけ聞いたのだが、なんのために豆腐のかため方などを話しあっているのかわからず、「男の方たちはときによると子供のようなことに興がるものだ」とよく云われているのを思いだし、つい可笑しくなって独りでそっと笑っていた。それで良人の呼んでいるこえに気づかず、三度めのはげしい高声でおどろいて座を立った。

「茶を代えぬか、なにをしているんだ」

三郎兵衛はいきなりどなりつけた、棘々しい刺すような調子だった、そしてまるで人が違ったような意地の悪い眼だった、菊枝はあまりの思いがけなさにかっと頭へ血がのぼり、おそろしさで危うくそこへ竦んでしまうところだった。

それが最初のことだった、嫁して百五十日あまり、口数の少ない、しずかなひとだと信じていた良人なのに、それから眼にみえて変りだした。言葉つきは切り口上になり、態度は冷たくよそよそしいものになった、どんな小さな過失もみのがさず棘のある調子で叱りつけた、そして姑までがしばしば、

「もう少し気をはたらかせないといけませんね、こんな小人数の家でそれでは困りますよ、もっとしっかりしなければね」

そう云ってたしなめるのだった。姑は両眼が不自由だった、それもとし老いてか

らの失明で、勘が悪く、起きるから寝るまでいろいろと菊枝の介添えが必要だった。気のやさしい、おもい遣りのあるひとではあったけれど、三郎兵衛のことになるとまるで菊枝に同情がなくなった。――そうだ、もっとしっかりしなければ。菊枝はそう心をひきしめ、過失をしないように、できるだけ良人や姑の気にいるようにとつとめた。しかしそういう緊張しすぎた気持はかえって過失をしやすいものである、良人の小言は多くなるばかりだったし、菊枝は神経が昂ぶって眠れない幾夜かを明かすようになった。

春になってからの或る夜、九時すぎてからのことだったが、三郎兵衛は急に酒をのむと云いだし、家に無ければ買って来いと命じた。武家の妻として夜酒を買いにゆくなどということは恥ずかしいし、時刻も時刻なので菊枝はちょっと立てなかった、すると三郎兵衛はびっくりするような高声でどなりつけた、

「なにをうろうろしているんだ、寝ていたら起こして買え、すぐいって来い」

あまりのはげしさに菊枝はなかば夢中で良人の部屋をはしり出た、呼吸が苦しく、膝がしらがおののいた、けれどそのまま厨へゆこうとすると姑の呼びとめる声がしたので、心せきながらたち戻って襖をあけた。

「茨木屋の店は下の辻にあります」

姑はあちらを向いたままそう云った、

「お酒くらいはもうつねづね用意して置かぬといけませんね、こんな時刻になって買いに出るのは恥ずかしいことですよ」

はいといって頭をさげると泪がこぼれそうになった、菊枝は口のなかで詫びながら気もそぞろに厨口から出ていった。……春とはいってもまだ二月はじめの夜はひどく凍てていた、米沢はまわりを山にかこまれていて冬がながい、城下町には汚なく溶けのこった残雪があり、昼はむやみにぬかる道が、夜になるとそのまま氷るので、うっかりあるくと踏み返して足を痛める、菊枝は気もあがっていたし、馴れぬ夜道ではげしく躓き、踝のところを捻挫した。突き刺すようなするどい痛みに、思わず氷った地面へ膝をついたとき、その痛みといっしょに日頃のがまんがきれ、身も世もなく悲しくなって泣きだしてしまった。

仲人の蜂屋伊兵衛が来はじめたのはそれから間もなくのことだった。良人のほうから訪ねるようすだった、三度めかに来たとき、伊兵衛は菊枝をそっと呼んで、

「どうやらすえ遂げぬ縁のようだ、そのつもりでいるほうがよいぞ」

と囁いていった、菊枝はまっ蒼になって身をふるわせていた。

二

菊枝の父は上杉家の三十人頭で仲沢庄太夫といい、すでに隠居して長男門十郎に跡目をゆずっていた。菊枝は登野村三郎兵衛から蜂屋をとおして望まれた縁であった。登野村は五十騎組から出た家がらで、食禄も少なく貧しくもあったが、執政の千坂対馬にみとめられ、その奉行所でかなり重い役目を勤めていた。酒も嗜まず、温和で頭のよい将来を嘱望されている人物だったから、父も兄ものりきで縁組をしたのであった。そういうわけなので、まだ嫁して半年そこその離縁ばなしは仲沢家の者をひどく怒らせた、菊枝の気づかぬところで幾たびも折衝があったらしい、けれどもついに離縁ときまった。

「わたくし実家へはもどりません」

菊枝は泣きながら訴えた、

「どのようにも足らぬところは直します、きっと御家風に合うようにつとめます、どうでも去ると仰しゃるのでしたらもう暫く、せめてもうひと月でもお置き下さいまし、わたくしきっとお気に召すようにいたしますから」

良人は見向きもしなかった。姑もとりなしては呉れなかった。ずっと後になってからもそのときの絶望を思いかえすごとに、よくもあのとき自害せずにいられたものだと、自分で菊枝はぞっとする感じだった。実際は死ぬつもりだった、けれども「父上のおなげきを思え」と兄に云われたし、自分が死んでは登野村と仲沢家のあいだに救いようのない間違いがおこりそうに思えた。自分の面目は立っても、両家に禍を及ぼすのは道ではない、そう思案して菊枝は泣く泣く実家へもどった。

花のたよりも、若葉の眺めも菊枝にはかかわりなく過ぎていった。母親は亡かったけれど、兄に美代という妻があって、家事はすべて嫂に任されていたから、菊枝は自分のことを始末すればほかに用はなかった。

「ご苦労をなすったのですもの、少しはのんびりと御保養をなさいまし」

嫂は事ごとにそういたわって呉れた、父も兄もつとめて気をひきたてるように話しかけ、どうかして早く傷心を忘れさせようとする心くばりが哀しいほどありありとみえた。梅雨のあがった或る日、持って帰ったまま手もつけずにあった荷を少しずつ片付けはじめていると、思わぬところから種子袋が出てきた。……なんの種子だったかしら、菊枝はその小さな黒い粒子を掌にころばしてみながらしばらく考えていたが、やがて唐苣だということを思いだした。

「そうそう姑上さまの御好物だった」

唐菖は不断草ともいって、時なしに蒔き、いつでも柔らかい香気のある葉が採れる、登野村の姑がなによりの好物で、——これだけは絶やさないようにしてお呉れ。と云い云いしたのである。

「たいそうお好きだったけれど、いまでは誰があの畠の世話をしているかしら」眼が不自由で勘の悪い姑のことが思い遣られ、菊枝はつい声をしのんで噎びあげた。——良人はわたくしを望んで下すった。それなのに半年あまりの縁で去られたのはなぜだろう。わたくしがふつつか者で気がうとかったせいかしら、あのように急にお気性が変ったのも、ただわたくしがお気に召さなかったためかしら、それともほかにわけがあるのだろうか。思いだすと絶望が迫ってきた。「自分がふつつかなのだ」と諦めながら、けれどできるだけの努力をして酬われなかった数々の事実が記憶にうかび、もう人も世もわからないという気がして、片付けていた物を投げだして泣き伏してしまった。

すっかり夏になって照りつける日が続いた。その夜はひどく蒸して蚊が多かったので、菊枝はそっと庭へ出て夜気をいれていた。まわりは萩の茂みで、その向うに父の居間がみえ、話しごえがしていた。——そうだ、蜂屋さまが来ていらしった。

そう思いながら、聞くともなしに惘然としていると、「登野村」というのが耳についた、菊枝はどきっとして耳を澄ました。

「つねづね千坂どの腹心の男だからおそらく唯では済まぬでしょう、いま考えると離縁したことはかえって幸いでした」

「幸いと申しては悪いが、やっぱりそうだったのかな、少しようすが落ち着かぬとは思っていたのだが」

「唯では済みません」

伊兵衛がしきりに強調した、

「これは相当に思いきった処置があります、きっと離縁していてよかったと思い当るときがきますよ」

菊枝にはなんのことかわからなかった、しかしなにか重大なことが起こったらしい、そして登野村にもその累が及んでいるとみえる、いったいなにごとかしらんと菊枝はにわかに心がさわぎだした。……真相は間もなくはっきりした、それは執政千坂対馬はじめ、色部修理、須田伊豆、長尾兵庫、清野、芋川、平林という七人の重臣が連袂して御しゅくん治憲*を強要したという事件であった。*

三

上杉家の若き主君、弾正大弼(だんじょうだいひつ)治憲は*高鍋藩秋月家(たかなべはんあきづきけ)の二男にうまれ、十歳のおり上杉家へ養子にはいった。ひじょうに英明の質で、家督を継ぐとともに重役のうちから竹俣美作(たけまたみまさか)、莅戸善政(のぞきどよしまさ)のふたりを抜擢(ばってき)し、かなり思いきった藩政の改革をはじめた。ところが重臣たちの中にその改革をこころよからず思う者がいて、とかく家中(かちゅう)に円満を欠くところが多かった。その人々が五十カ条に余る訴状を持って治憲にせまり、竹俣、莅戸一統の罷免(ひめん)と、政治復旧とを強要したのである。重臣が七人そろってのことだし、治憲はまだ若く、一時はどうなることかと危ぶまれたが、果断よく機先を制して七重臣を抑え、ついに大事にいたらずして鎮(しず)めることができた。

　菊枝がすべてを知ったのはかれらの罪科がきまってからだった。千坂対馬と色部修理は知行半減、*隠居閉門。須田伊豆、芋川延親(のぶちか)は切腹。その他の三人は閉門のうえに三百石召上げということである。そして事に*坐(ざ)して退身した人々の中に登野村三郎兵衛もいた。

「かれはみずから扶持(ふち)を返上して退身したそうだ」

兄の門十郎が話して呉れた。

「なんでも館山の二十軒にしるべの農家があるそうで、老母をそこへ預け、自分はすぐに退国するというはなしだ、——いまにして思えば、不縁になったのは不幸中の幸いだったな」

菊枝は黙って聞いているうちに、なぜともなく登野村にいた時の或る日のことを思いだした。

「豆腐をかためるにはにがりが必要だ」と云った良人の言葉である、そのときは千坂対馬の子与市清高が客に来ていた。二人でながいあいだ話しているうちに、そういう部分だけきこえた、菊枝はわけがわからず、ただ可笑しく思っただけであったが、いまふとそれを思いだすと同時に、なにかしら強く胸をうつものが感じられた。にがりをいれると、豆腐になるべき物とそうでない物とがはっきり別れる。良人はそう云った、理由はわからないけれど、それはどうやらこんどの事件にかかわりをもつ言葉のように思える。菊枝はにわかに胸苦しくなりだした、どんな意味なのだろう、良人はなにを云おうとしたのだろう。——そうだ、良人のようすが変りはじめたのもあの頃からだった、もしや……。もしや良人はこんどの事件の起こることを知り、その結果を知っているために、そして妻にその累を及ぼしたくないために離縁したのではないだろうか、そう考えると思い当ることが多い。そうだ、それに違いない、菊枝はそう思うとともに、自分は登野村を出るべきではなかったと気づいた。

その夜、父の前へ出た菊枝は、これから登野村の老母のもとへゆきたいと云いだした。

「わたくし尼になるつもりでおりました。けれど尼になったつもりで御老母のゆくすえをおみとり申したいと存じます」

父がおどろくより先に怒ったことはその眼の色でわかった。菊枝は決心のかたさを示すように、父のその眼をがっちりと受けとめた。

「おまえには」

と父はきめつけるように云った。

「そうすることが仲沢の家名にどうひびくかわかるか」

「わたくしは一旦（いったん）この家から出た者でございます、尼になるか、世にたよりない御老母をみとるか、いずれにしてもやがてはこの家を出てまいらなければならぬからだです、父上さま、おゆるし下さいまし」

「ならぬと申したらどうする」

菊枝はさっと蒼ざめた、そして苦しそうに眼をふせながら、きっぱりと答えた。

「わたくし義絶をして戴きます」

父の拳が膝の上でぶるぶると震えるのを、菊枝はやっと自分を支えながら見まもっていた。

菊枝は父から勘当された、そしてわずかな着替えの包みを持ち、或る日たったひとりでしずかに家を出ていった。……たずねるさきはすぐにわかった。城下町から南にあたる丘つづきで、その家は二十軒と呼ばれる村の名主だった。*その家のあるじは長沢市左衛門といって、登野村とは遠い縁家になっていた。田地山林も多く持っているし、広い屋敷のなかには二た棟の機屋があり、人を使ってかなり盛んに米沢織を出していた。

菊枝はあるじに会った、包まずにすっかり事情をはなし、老母のみとりをさせて貰いたいとたのんだ、

「でも不縁になったわたくしということがわかりましたら、姑上さまはきっと御承知なさらないと存じます、菊枝だということは内密にして、どうぞよろしくおたのみ申します」

「あなたはこの老人をお泣かせなさる」

市左衛門は本当に眼がしらを拭（ふ）いた。

「よろしゅうございます。お願い申すのはこちらでございます、どうか面倒をみてあげて下さいまし、必ずあなただということの知れぬように致しますから」

「ああ、これで生きる道ができました」有難う存じますと云って、菊枝もそっと眼を押しぬぐった。

四

登野村の老母は別棟になっている隠居所にいた。前には母屋（おもや）へつづく庭がひらけ、うしろはずっと松林だった、厨にはその松林を通して引いた筧（かけひ）から、絶えず清冽（せいれつ）な水がせんせんと溢（あふ）れていた。……市左衛門にともなわれて隠居所へいったとき、姑は座敷の端に坐（すわ）ってひとり団扇（うちわ）を動かしていた、菊枝はその孤独な、寂しい姿をみるなり、ぐっと熱いものがこみあげてくるのを、抑えかねた。

「ようやくおまえさまのお世話をして呉れる者がみつかりました」

市左衛門はそう云いながら菊枝を促して座へあがった、

「この屋代（やしろ）の者で名はお秋といいます、親きょうだいのないひとり身で気のどくな娘ですから、どうかおめをかけてやって下さいまし」

「それはそれはおかわいそうな」

姑はこちらへ膝を向け、かいさぐるような表情をみせながら云った、

「わたしもこのとおり眼の不自由なからだです、いろいろ面倒であろうがどうかよろしくお願いしますよ」

「もったいない仰せでございます、秋と申しますふつつか者、どうぞおたのみ申します」

気づかれてはならぬと思い、つぶやくような声でそう云いながら、菊枝は濡縁へぴったりと額をすりつけた、市左衛門はそばで眼をうるませながらしきりに頷いていた。

あくる朝はやく、まだうす暗いうちに起き出た菊枝は、隠居所の横にひらけている畠の隅へいって、持って来た唐萓の種子を蒔きつけた。畠地のうしろの松林に濃い朝靄がおりていて、その樹の間をしきりに小鳥が啼きながら飛び移っていた、頬白であろう、よく徹る美しい音色がきんきんと林へこだまし、筧をはしる水の囁きと和して、どんな山奥へ来たかと思われるほど閑寂たる気持にさそわれた。菊枝は蒔きつけた種子に心をこめて祈った、「どうぞ一粒でもよいから芽をだしてお呉れ、

おまえが芽生えたら、わたしが姑さまのおそばにいられる証だと思います」そしてかの女の新らしい生活がはじまった。

大きな不幸にあったためか、姑はまえよりも勘がにぶくなっているように思えた、食事こそどうにかひとりで済ませるけれど、そのほか立ち居につけ起き臥しにつけ、夜半にさえも菊枝の介添えがなければ用のたらぬことが多かった。なによりも案じたのは、自分だということを感づかれることだったが、そのためかしてどうやらその心配もなく、お秋どの、お秋どのと気やすく呼びかけるし、こちらのすることはなんでもよろこんで肯いて呉れた。これならもう大丈夫であろう、そう思いはじめたある日、かの女は畠の隅で唐苣の芽ぶいたのをみつけた、「ああやっぱりおもいがとおった」そう思うと同時に熱いものがこみあげ、かなしいほどのよろこびで胸がいっぱいになった。ほとんどぜんぶの種子が芽生えたとみえ、小さな柔らかいあさみどりの嫩が、びっしりと土の面を埋めている、「ひとつも枯らさずに育てよう」菊枝はそう誓いながら唐苣の根をおろしたように自分のいのちもこれで此処に根をおろしたと思った。昏れがたのかなしげな蜩ぜみの声を聞きとめて、「ああもう秋だ」とおもったが、それからどれほども経たぬのに、夏のうちは見えなかった林のなかの、松の幹にからみついていた蔦かずらの葉が、燃えるように紅葉しはじめ、夜更けの空をわたる風の音もいつかしら寒ざむとして、ま近に来ている冬を思わせる日々となった。

そうしたある夜のこと、菊枝ははじめて唐苣を採って食膳にのぼせてみた。姑はひと箸でそれと気づいたらしい、いつもは表情のない顔がにわかにひきしまり、ふと手をやすめてじっと遠くの物音を聴きすますような姿勢をした。菊枝はどきっと胸をつかれた、姑のそのような姿勢はかつてないことだった、

「気づかれたのではないか」とおもった。

しかし、やがて姑はしずかなこえで云った。

「これは唐苣ですね」

「……はい」

「これは不断草ともいうそうで、わたしのなによりの好物ですよ、不断草とはよい名ではないか。断つときなし、いつでもあるというのですね、不断草……ずいぶん久方ぶりでした」

「お気に召しましてうれしゅう存じます」

菊枝はほっと息をつきながら云った、

「柔らかい葉でございますから御隠居さまにはおよろしかろうとおもいまして、種

子を持ってまいりました、土がよく合いましたとみえてたくさん生えておりますから、……でも雪にはどうでございましょうか」

「冬のうちも藁(わら)でかこえば大丈夫ではあろうが、陽だまりへ移してやるがいいでしょうね」

そう云いながらも、姑はいかにも好物をたのしむように、舌の上でまろばせては唐苣を味わいつづけていた。その夜ずいぶん更けてから、松林の奥のほうでしきりに狐(きつね)のなくこえがしていた。

ある夜ひと夜、嵐(あらし)がすさまじく吹きあれて去った朝あけ、家のまわりは散り敷いた落葉でいっぱいになっていた、色もかたちもさまざまだし、手にとると眼もさめるような美しい葉がたくさんにあった。あまりのみごとさに、熊手(くまで)を持ったまま立ちつくしていると、「早くから精がでますな」と云いながら市左衛門が近づいて来た。

五

御老母にお届け物があって、そういって市左衛門が隠居所へとおったあと、菊枝

が庭さきの落葉を掻いていると、

「ちょっとここへ来てお呉れ」

と姑の呼ぶこえがした。かの女はすぐに手を洗っていった、庭を出てゆく市左衛門のうしろ姿をちらと見ながら座敷へいってみると姑は一通の封書をまえに置いて待っていた。

「この手紙を読んで頂こうと思って……」

「はい」

「いま市左衛門どのが届けて下すったのです、せがれから来た文です」

老母はそう云ってしずかに封書を押してよこした。菊枝はさっと蒼くなった、良人の文である、なにものにも代えがたいただひとりの良人の書いた文である、なつかしいとも、かなしいとも、言葉では云いあらわしがたい感動が胸へつきあげ、とりあげようとしてさしだした手指はぶるぶると震えた。「……どうおしだ」姑がもどかしそうに云った。「はい、ただいま」菊枝はけんめいに自分を抑えながら、震える手でようやくとりあげて封を切った。

その手紙は越前から出されたものだった。菊枝はまったく夢中で読んだ、なにが書いてあったかほとんど理解することができなかった。拭いても拭いても溢れ出てくる泪、ともすれば喉をふさぎそうな嗚咽、それを姑にさとられずに読もうとするだけで精いっぱいだった。姑も袖で眼を押えながら聞いていた、そして読み終ったあとも、しばらくわが子のおもかげを追うようにじっと息をひそめていたが、やがて眼を押しぬぐいながら、

「またあとで、ときどき読みかえして貰いましょう、そこの仏壇に供えて置いて下さい」

とそう云った。菊枝は云われたとおりにしたが、仏壇へあげるともうすぐから自分ひとりで読みかえしたいというはげしい欲求にとりつかれてしまった。なにもわからずに夢中で読みすごした文字のあとを、もういちどはっきりとたどってみたい、そこには良人の息吹がある、良人の呼びかける声がある、なにかしら自分に関したことも書いてあったような気さえする。部屋のでいりにもすぐ眼は仏壇へひきつけられた、夜半にめざめていまこそと思うこともたびたびだった、――せめて姑上さまがもういちど読めと仰しゃって下すったら、そうねがいもした、けれど老母はそれきり手紙についてはなにも云わなかったし、菊枝にもついにぬすみ読みをする決心はつかずにしまった。

その年が暮れて明けると間もなく菊枝は昼のうちだけこの家の機場へ織り子に出

ることになった。藩主上杉治憲の新らしい政治が農産業の増進を主としていたし、機業はそのなかでも重要なひとつだったから、姑も御政治のごしゅいにかなうようにすすめた、菊枝にはそれとべつに、良人の帰って来る日まで、できるならひとの厄介にならないで、姑と自分の生計くらいは稼ぎたいと考えたのである。市左衛門は笑って、「見るよりは骨のおれる仕事ですから」とはじめはあやぶんでいたが、菊枝のけんめいなようすと、眼にみえるほどの覚えのたしかさにだんだんと心を惹かれ、あらためて腕のよい織り子につけて、本筋の仕事を教えて呉れるようになった。その年は花も見なかった、朝は暗いうちに起きて、姑と自分の食事をすませ、あとの始末をして機場へ出る、ひるに戻ってふたりの昼餉をつくり、終るとすぐにまたひきかえしてゆく、夕暮れに帰って、晩の食事をとり、そのあとを片付けると、解きものや縫いもの洗濯などのこまごました用事が待っている、夜なかにはきまって姑の世話に二度ずつは起きなければならなかった。春の去ったのも、夏のゆくのも気づかずに暮した。

その後もときおり三郎兵衛からおとずれがあった、いつもいどころがちがっていて、大坂からのこともあり紀伊からのこともあった。三年めには四国から中国へわたり、長州までいってまた京へ戻った。いつも母の安否をたずねるだけで、決しておのれのことは精しく書かなかったが、ときおりの文字にそれとなく察しのつくことは、誰かの委託によって諸国の産業のもようを視察しているように思える、それが当らないとしても、米沢藩と縁のつながっているらしいことは疑う余地がなかった、「たしかになにかあるのだ……」菊枝はしだいにそう確信するようになった。「なにかしら世間に知れない真実があるのだ……」もしそれが事実だったとすれば、ことによると良人は*帰参がかなうかも知れぬ、そういう希望がいつかしら心を占めるようになり、菊枝の日常は少しずつ明るいほうへと向かっていった。

経ってみるとつきひほど早いものはなく、五年の星霜は夢のまにすぎて*安永六年の秋を迎えた。四五日つづいてけぶるような雨の降ったあと、にわかに空が澄みあがって、松林をわたる風もやや肌寒く感じられる一日、下野の宇都宮から音信があって三郎兵衛の病臥を知らせて来た。手紙は宿の者が書いたので、五十日あまりまえからの病状と、今ではどうやら恢復期になって案ずることもないという意味が精しくしたためてあった。菊枝は胸のふさがるおもいで読んだ、姑は聞き終ってからしばらくなにか考えているようすだったが、やがてしずかに盲いた面をあげ、

「おまえみとりにいってあげてお呉れ」

と云った、

「旅で病んではさぞ心ぼそいことでしょう、わたしはしばらくの辛抱です、いいからすぐにいっておあげ、おまえがいっても、もう意地を張るきづかいはないのだから……」

菊枝はあっと息をひいた、きわめてしぜんな姑の口ぶりには、自分を三郎兵衛の妻と認めていることがはっきりと示されている、あまりに思いがけないことだった、それとも自分が意味をとりちがえて聞いたのであろうか、すぐには返辞もできない菊枝の昏乱した気持を、老母はそれと察したのであろうか、

「おまえおどろいておいでのようだね、わたしがおまえに気づかなかったとでも思っておいでだったの……」

そう云ってほほと笑い、すぐに膝を正して、一句ずつ押えるようなしっかりとした調子で語りだした、

「もう云ってもよいでしょう、五年まえのあのときには、どうしてもあのようにしなければならなかったのです。殿さまの新らしい御政治を思いきって行うためには、そのさまたげになる御老職がたを除かなければならない、けれど誰々が御新政につ いてくるか、誰々がそのさまたげをするかはっきりわかっていなかった、そこで千坂さまは、まず御自分から御新政反対の中心になり、殿さまには不為の老臣がたを

お纏めになったのです」

そこまで聞いた時はじめて、菊枝はあのときの豆腐問答を思いだした、……そうだったのか、ではあのにがりの役というのは千坂さまのことをさしていたのだ、やはり意味があったのだと思った。

「あのとき千坂さまが中心にならなければ、根こそぎ邪魔は除けなかったでしょう」

と老母はつづけた、

「おかげであのように事ははっきりと始末がつき、新らしい御政治はどしどしはかどっています、三郎兵衛がおまえを去ったのは、自分の身のうえがどうなるかを知っているため、おまえや、おまえの親御さま方に累を及ぼしたくないと考えたからでした、あれも、わたしも、心では泣きながら詫びていたのですよ」

でもと姑は云いかけてつと膝を寄せ、両手をそっとさし出した、そして菊枝が自分の手を添えると、それを犇とにぎりしめながら云った、

「でもわたしは、ねえ菊枝どの、わたしは此処へ移るとすぐから、きっとあなたが来てお呉れだと思っていました」

「姑上さま」

「きっと来てお呉れだと、……わたしはあなたのお気性を知っていましたからね」

菊枝は堪りかねて姑の膝へすがりついた、老母は片手でその肩をしずかにかい撫でてやった、すすりあげる菊枝の泣きごえに和して、裏の松林に蕭々と秋風がわたっていた。

付記

三年のちの安永九年、千坂家には閉門のゆるしがさがり、与市清高には江戸家老の命がくだった。登野村三郎兵衛が帰参したのはいうまでもあるまい。

障子

一

「こちらへおはいりになって、どうかそこを閉めて下さい」

「いいえお話は此処でうかがいます」

おなじ問答がくりかえされた。久木直二郎はむっとしたようすだったが、かの子は平然と敷居を隔てて坐ったままだった。そのうしろにはかの女の教えている塾生の娘たちが、机に向って熱心に学習しているのが見える、けれどもこの女ばかりの塾へ訪ねて来て、若いお師匠さまに面会を強いた男がどんな用件をもってきたのかという疑いは、年ごろの娘たちの興味を唆るのに充分だった、みんなが耳を澄ませて、一語も聞きのがすまいと注意を集めているさまが直二郎にはよくわかった。

——よしそれならば、かれは寧ろそれにいどみかかるような気持でかの子の眼をひたと覓めながら云った。

「では単刀直入に云いましょう、さきごろから人を介して貴女に縁談を申し込んでいるのに対し、いろいろ理由を設けてお断わりになる、しかしその理由とするところはみなこじつけで、なるほどと合点のいくものが少しもない、いったいこれはどういうわけなんです」

「そのお話でしたらどうぞ兄のほうへ」

「いや貴女にうかがうのです」直二郎は隙を与えずに続けた、「ほかの人ならかくべつ、貴女だからこそ、じかに本当の気持をうかがうつもりで来たのです、作法には外れていますがそれは勘弁して頂きましょう、どうか飾りのない本当のことを聞かせて下さい」

「飾るも飾らぬも、本当も嘘もありません、お断わり申すのが当然ゆえお断わり申したのです、わたくしには人の妻となる質がないので、それは兄から申上げた通りでございます」

「もっと率直に仰しゃって下さい」きっと膝を正して直二郎が云った、「貴女はこの久木直二郎を、良人とたのむに甲斐なしと見ているのではありませんか、それをはっきり仰しゃって呉れませんか、貴女は直二郎を嫌っていらっしゃるんですか」

かの子は眼を伏せた。濃いはっきりした眉のあたりに、なにやら訴えるような、心のかげがちらとさしたように思えたが、その表情は石のように硬くて微動もしなかった。

久木直二郎は水戸藩で、無念流の剣士として名があった、かれは*藤田虎之助（東湖）の教をうけ、尊王攘夷の先鋒となって粉骨のはたらきをしていたが、そのかかわりから虎之助の妹かの子を識り、かの女の人となりを慕って婚姻を申し込んでいた。しかしかれの熱心な求婚に対して、兄の虎之助の返辞は、――あれは縫い針洗濯もできぬし、朝寝をするし、とても人の妻として仕える素質がないから折角だがお断わり申す。ということだった。直二郎には納得がいかなかった、かの子は藤田家の近くに小さな家を借り、みずから女塾をひらいて城下の娘たちに学問を授けている、*幽谷の女であり東湖の妹であり、また小さくとも一塾の教師として「縫い針洗濯ができず朝寝の癖がある」などということは*遁辞とうけとるほかに解釈のしようがなかったのである。それでかれは意を決し、作法でないのを承知しながらじかにかの子をおとずれたのだった。

「本当のことを聞かせて貰えませんか」直二郎はつきつめた調子で云った、「どうしてもだめなんですか」

「お返辞は兄から申上げたとおりでございます、そのほかになんの仔細(しさい)もございません。それよりも久木さま」

かの子はしずかに面(おもて)をあげ、唇のあたりに微笑さえうかべながら云った、「あなたほどのお方が、かの子のような年老(ふ)けた者をお望みなさるのは可笑(おか)しゅうございますよ、もっとお若くてお美しい方がいくらもいらっしゃいますのに」

「それが本当のあなたのお返辞なんですね」

そう云って直二郎は刀を取り、蒼(あお)ざめた顔で、会釈(えしゃく)すると、失礼と云い捨てにして座を立っていった。

いつまで経(た)ってもお変りにならない、かの子はそのうしろ姿を見送りながら、ひとり胸のなかでそう呟(つぶや)いた。――どうぞ堪忍(かんにん)して下さいまし。そしてしずかに座を立ち、塾生たちの席へ戻ると、いつもの凜(りん)としたこわねで、ずっとみんなの顔を見まわしながら云った。

「いまの問答はみなさまお聞きでしょう、聞えるように話したのは、みなさまをお信じ申しているからでした、云うまでもないと思いますけれど他言はしないようにして頂きます、では……素読(そどく)をはじめましょう」

二

直二郎はきいっぽんな性質だった。水戸人の気風は多くそうであるが、かれは殊に意地がつよく、一徹で、負け嫌いで、いちどこうと思いきるとなかなかあとへひかない男だった。藤田家へは、はやくからもっともしばしば出入りをする準門人のひとりで、東湖にもよほどめをかけられていたが、いざとなると師の東湖にも負けてはいず、かなり思いきった反抗に出ることも少くなかった。東湖はみずから「文学の才に非ず」といったように、書物によって門人を教えるのはいうまでもないが、それよりも実際に即した、日常卑近の例をつかんで教育するのが得意だった。師と門人の埒を除いて、門人のなかへはいり、その心と心の体当りで教育をした。あるとき直二郎が友人の遠山熊之助をたずねると、そこに金子武四郎という剣客が来てふたりで酒をのんでいた、直二郎もその席に加わったが、遠山と金子が喧嘩をはじめ、組んずほぐれつ暴れだしたので、直二郎が仲裁をしてやっとおさまり、それから三人で外出した。ところが路上でまたふたりは口論をむし返し、そのまま知人の家へあがって、酒をのんで喧嘩をはじめた、直二郎はまたその仲裁をしたうえ、金

子武四郎をともなって帰った。そんなことがあって二三日してから、藤田家へゆくと東湖が、

「おまえは金子と遠山の喧嘩を見ていたというが本当か」

とたずねた、直二郎は本当ですと答えた、「見ていただけではありません、二度まで仲裁をしたうえ金子をつれて帰りました」

東湖はそう聞くとにがい顔をして、「ばかなことをするやつだ」と呟いた。直二郎はむっとしてひらきなおった、

「ばかなやつだというのはどういうわけですか」

「ばかだけじゃない大きなべらぼうだ」東湖はなおもそう云った、「喧嘩になりそうになったら座をはずすがいい、遠山はあのとおり酒癖の悪い男だ、金子は短気ですぐ腕力をふるう、ほかの場合なら別だが酔狂人の喧嘩でそば杖(づえ)をくい、怪我(けが)でもしたらどうするんだ、そこを考えないで梅巷(ばいこう)の三木の家まで、のこのこついてゆくというのは大べらぼうなはなしだ」

たいていの者なら一言もないところである、けれども、直二郎は例の気性で、黙ってはいなかった。

「友達の喧嘩を捨てて逃げるのがよくって、仲裁をするのがべらぼうとはわけのわ

からぬお話だ、どういうわけでべらぼうだかうかがいましょう、しだいによっては先生だって勘弁ができませんぞ」

「勘弁ができないと、面白い、武士として勘弁ができないと云うからにはおれを斬るつもりだろう、よし斬ってみろ」東湖はそう云いながら左手で大剣をひきつけた。直二郎はそれでも負けなかった、「先生がそのおつもりなら、なにそのくらいいやと云うものですか」そう答えてこれも刀をひき寄せた。

かの子はそのとき隣りの室にいてこのようすを見、びっくりして母の梅子に告げた、「お母さまとめて下さいまし、兄上と久木さまが斬り合いをなさろうとしています」そう云って母をせきたてたが、梅子もすっかり聞いていたとみえて笑いながら、「大丈夫ですよ、いつもの意地の張り合いです、ふたりともこんなことで刀を抜くほどおろか者ではありませんよ」

そう云って知らん顔をしていた。広間のほうでは東湖が、「なにをしている、さあ斬ってこい」と叫んでいた。直二郎は、「先生からさきにお抜きなさい」とやり返す。

「なに、きさまが勘弁ならんと云ったのではないか、さあ抜け」

「いや先生からさきにお抜きなさい、刀をとったのは先生のほうがさきだ」

むきになってやり返す直二郎の意地の強さに、東湖はあきれて大剣を押しやった。

「ようそう、おまえと果合をしたところでしようがない、その代り今日かぎり絶交だ」

こんどはまいるかと思ったがそうでなかった。

「ようございます、絶交いたしましょう、絶交したからには此処にも用はない、失敬します」

そう云ってずんずん立っていってしまった。ちょうど夜のことだった、かの子が燈を持ってゆくひまもなく、直二郎は手探りで下駄をさがし、さっさと小門のほうへ出ていったが、門ぎわまで来ると、いきなり闇のなかから誰かとびだして来て、うしろからぐいと羽交い絞めにした、東湖にちがいない、なにくそとふりほどこうとするが、東湖はからだもいいし力量がある、どうしてびくともするものではなかった。

「どうだ直二郎、まいったか、動けるなら動いてみろ」そう云いながら絞めあげる力で、直二郎は思わず、「まいった」とこえをあげた。

「骨を折らせるやつだな」とはじめて東湖は笑った、「きさまくらい意地の張ったやつはないぞ、とにかく今夜は帰れ、絶交はとり消しだ、またやって来い」

そしてそっと直二郎を門のそとへ押し出した。

かの子はこのときのことがふしぎと濃く印象にのこった。兄にむかってそこまで意地を張りとおすのは直二郎ただひとりである、兄はそれを戒めながら決して疎(うと)んずることがない、むしろもっともめをかけている門人のひとりとしてゆるしている、おそらく男同志でなければあり得ないと思えるこの交りのさまは、かの子の心に云いようのない感動を与えたのであった。……あの頃のまま少しもお変りにならない。そう呟いたとき、かの女のあたまにはまざまざとそのときの事が思いうかんだのであった。

三

かの子が女塾をひらいたのは*弘化(こうか)四年の頃からだった。それは兄の東湖が江戸の藩邸における謹慎をとかれて水戸へ帰り、竹隈(たけくま)の自宅で慎みを命ぜられた前後に当る。その頃の藤田家は老母梅子をはじめ家族が十二人あり、これを僅(わず)か七人扶持(ぶち)（咎(とが)による削禄(さくろく)）でまかなっていた。しかし尊王攘夷の唱導者として東湖の名はすでに天下にたかく、諸国の志士が絶えずおとずれて来るし、門下や後進の者の世話もしなければならぬというありさまで、家計の苦しさはときに話のほかのこともあった。

……指紙乏しき折柄、屏風のきれはしにて認め候あいだ、細書ごめんどうながら御推覧……。

という手紙が残っているように、書状の紙にさえ窮することが珍しくなかったのである。

かの子はそういう状態のなかで塾をひらいた、はじめ他家へ嫁している二人の姉も、兄の東湖も反対だった、もう婚期にもなって、縁談もあることだし、塾などをはじめるよりは嫁にゆくがよいと云った。けれどもかの子は「わたくしは縫い針などもト手ですし、朝寝の癖があり、とても妻として良人にかしずく資質がありませんから」つまり一生独身で女塾の経営をして終りたいと答え、さっさとそのとおり実行してしまったのである。

塾はかなり盛った、娘たちが相手なので、むつかしい学問を教えるわけではない、素読と習字、初歩の算術などがおもだった。しかし兄の影響を受けているかの女が、講読のあいまあいまに尊王の道、攘夷の心がまえを説いたことはいうまでもないだろう。塾生には武家の女もあり城下の商人、農家の娘もいた、かの女はそれをみな平等に教え、身分による差別を少しもつけなかった。教え子のなかに那珂郡磯部村の金沢吉右衛門という富豪の娘でとりという者がいた。吉右衛門は東湖の父の幽谷時代から藤田家へでいりしてい、娘をかの子の塾に入れたのは藤田の家計を補助したいからだった。それで入塾のときには多額の入門料を持って来た、その好意はよくわかっていたが、しかしかの子はかたちを正し、——謝礼を多く取るとしぜん教え方にも依怙ができます、それでは人を教える道にそむきますからきまりだけ頂きましょう。そう云ってかたく拒んだ。とりにはかの子の言葉がよくわかったのであろう、それからは、授業料もみんなとおなじだけ納めていたが、ときには馬に米をつけ、自分で手綱をとって磯部から竹隈まで届けることなどがあった。富豪の娘であり、又すぐれて美貌だったとりが、みずから馬の口をとって運んで来る米だけは、さすがにかの子も拒むことはできなかった。こうして年が経っていった。かの子はすでにもう婚期におくれていた、藤田家の貧乏は相変らずだし東湖の身辺はますます多事になるばかりだった。かの子は塾生を教えるひまひまには、あによめ里子夫人の助手として家計のきりもりもするし、健二郎、小四郎（後に筑波義挙を敢行した）、大三郎などという甥や姪たちの面倒もみるという風で、ほとんど身にいとまのない日を送っていたのである。

久木直二郎が膝づめの話をしてかえったあくる日のことだった、かの子が居間にしている三畳の部屋の障子にむかって小刀を遣っているところへ、老母の梅子がしずかに、庭からはいって来た。

「なにをしておいでだ」

そう声をかけられてかの子はびっくりしたようにふり返った、頰のあたりがさっと赤くなった。……みると、障子の下から三つめの桟のところを、横に一段だけすっかり紙を剝ぎとっているところである。

「妙なことをおしだね、そんなところへ穴をあけてどういうおつもりですか」

「はい、あのう……」かの子は困ったように眼を伏せた、「これはあの、此処にいても、塾生たちの行儀が見えるようにと存じまして」

「ほう……塾生たちのお行儀をね」老母はじっと娘の眼もとを見ていたが、「あまりきびしすぎるのも、肩の凝るものですよ、なにごともすぎてはいけませんね、ほどほどが大切です、ひとにも、自分にもですよ」なにかを暗示するような口ぶりでそう云った。それからふと庭のほうへ眼を移し、「久木さんが昨日みえたそうですね」

「……はい」

「此処からお戻りにわたしのところへお寄りなすった、いろいろ話しておいでだったが、あの方もむかしと少しもお変りなさらない、すぐむきになる一徹な御性分だね」

かの子は両手を膝の上にかさね、じっと俯向いたまま頷くだけだった。老母は眼の隅でそのようすをしずかに見まもっていた。

四

「久木さんはねえ、かの子」老母は微笑しながら続けた、
「どうしてもおまえをほしいのだそうだよ、おまえを高慢だの、女らしいやさしみがないだのと、ずいぶん悪口をお云いだった、そのくせどうしてもほしい、武士がいったん心にきめたからには、何年何十年待っても必ず娶ってみせるなどと威張っておいでなすった」

かの子には肩を怒らせている直二郎の姿が見えるように思えた。生一本で、純真で、少しも衒いや気取りがない、悪口を云いながら必ず娶ってみせると威張っているところなどは、いかにもかれの性質があらわれていて、つい心ゆたかな微笑をさ

それるのだった。

「久木さんのことは、わたしに任せてお呉れでないか」老母はふいとそう云った。「おまえがお断わりする気持はよくわかっています、それもありがたいことだけれど、どうやら虎之助どのも世に出るときが近いような噂です、……ねえかの子、そうなればおまえも身をかためてもよいでしょう、久木さんのことはわたしに任せてお呉れ、それでいいでしょう」

かの子は深く俯向いたまま微かにはいと答えた。梅子はかい撫でるような眼でじっとその姿を見まもっていた。

障子にあけたひと桟の穴はすぐに塾生たちの興味の的になった。誰の考えも似たり寄ったりで、これはきっと自分たちの行儀を視るために違いないときめた。ある日、かの子が席をはずして、みんな手習いの自習をしていたとき、誰かがそのことを云いだして口々の意見になった。

——お師匠さまには似合わないことをあそばす、わたくしたちの行儀をごらんなさるのだったら、いっそ障子をあけてお置きになればよいのに。

覗かれるということが、娘たちにとっては本能的な嫌悪だった、理由のいかんにはかかわらない、なにかしら神聖を犯される感じで反撥を唆られるのだった。そこへかの子が戻って来た、かしましい話しごえの意味を聞きとめたかの女は一瞬その顔色を変えたが、すぐにいつものしずかな態度で席についた。

「貴女がたがいま話していらしったことは聞きました」かの女は席につくと、穏かな、すこし恥かしそうな笑みをうかべながら云った、「けれども貴女がたはお考え違いをしています、この障子の穴は貴女がたのお行儀を見るためではなく、却ってわたくし自身の行儀のためなのです」

娘たちはえっというように眼をみはった、かの子はうちあけ話の調子で、「ずいぶん慎むつもりでも、人眼のない処ではつい行儀を崩しやすいものです、ふすま障子を閉めて誰にも見られないという安心が、つい心に隙をつくるのですね、ましてわたくしのように老けてくると、しぜんそういう隙が多くなるのです、それで独を慎むためにこんなことをしてみました、たしなみさえしっかりしていればこんなことは不必要なのですが、わたくしのようなふつつかな者にはと思って、……」

偽りのない、本当に胸をうちあけた口ぶりだった、娘たちはよくわかると同時に、かの子の身を持することのきびしさを知って、思わず衿を正さずにはいられなかった。

*嘉永六年六月、*米艦が浦賀にはいって通商条約の締結を求め、天下は騒然と沸き

たった。環海に迫っていた外夷の脅威が、いよいよ現実となって目前にあらわれたのだ。幕府は水戸斉昭の参政を乞い、斉昭は藤田東湖はじめ戸田蓬軒、山国兵部ら帷幄の士をひっさげて起った。幽囚十年、ついに東湖のふたたび世に出るときが来たのである。……一家のよろこびは云うまでもなかった、しかも東湖は斉昭の側用人として三百石を給されることになったのだから、貧困をきわめた家計の苦しさも一応おちつきを得たのである。

「おまえたちにもずいぶん苦労をかけた」再出仕のささやかな祝いをしたとき、東湖は家族を見まわしながらそう云った。「ことに里やおかのは、貧乏世帯のくりまわしで息をつくひまもなかったろう、さいわいおれも運にめぐまれて少しは国家のお役にたつことができるようになった、ここまでもちこたえてきたのはみなおまえたちのおかげだ、ひとつ改めて礼を云おう」

ひどくまじめくさったようすで、東湖は坐り直して低頭した。あまり突然だったし、ようすが剽軽でもあったので、男の子たちはぷっとふきだしたが、里子夫人とかの子とは、心をうたれたように黙って面を伏せた。

「さて礼を云ったうえでたのみがある」東湖は二人を見くらべながらつづけた、「このたびのお召し出しで三百石という過分な禄を頂戴することになった、しかしこれを藤田虎之助が頂戴すると思ってはあやまりだ、おまえたちも知ってのとおり、いま日本は内も外もひっくるめた大きな危機に臨んでいる、老公（斉昭）にはこの危機を克服する大任を帯びての御出馬であり、召出されるわれらも戦場へのぞむ覚悟でいる、三百石はその軍用金として頂くもので、決して家計をまかなうための料ではないのだ」

五

「たのむというのはここだ」と東湖は言葉をはげまして云った、「これまでの苦労はなみたいていのことではなかったろうが、もうひとふんばりして貰わなければならぬ、貧乏もわが家くらいになると話だが、いま日本の国の当面している危機を思えばまだ余裕がありすぎるともいえる、この国家の危機をのりきるためには、女も子供も心をひとつにして、どのような困苦欠乏にも耐えてゆかなければならない、里子もおかのもここをよく考えて、家計はもっと苦しくなると覚悟をして貰いたいのだ、これまでの貧乏は稽古、これから本当の貧乏がはじまるのだと思って貰いたいのだ」

里子夫人もかの子も、俯(ふ)せていた面をあげ、しっかりと東湖の眼をうけとめながら頷いていた、老母はいうまでもなく、子供たちまで覚悟をあらたにしたようすで、みんな唇をひきしめ膝をかたくしていた。

斉昭と共に、東湖が江戸へ立っていったのはおなじ年の七月だった。かれの云ったとおり、三百石の食禄はほとんど家計にはまわらぬうえに、なお江戸にいる東湖自身が質屋へかよう状態だった。……留守宅のことは里子夫人がひきうけていた、夫人は家事をとりしきり、かの子は外との交渉、文書の往来や家塾(かじゅく)の世話をみるという風で、これまでよりも却って繁忙な苦しい生活が続いたのである。こうして秋と冬をおくり、春を迎えた。*安政(あんせい)元年の二月、江戸における東湖の生活にもやや落ち着きができたので、一家をあげて江戸藩邸へ移ることになった。そしてその話がきまった日のことである、老母梅子は人をやって、久木直二郎をまねいた。

「こなたにおたのみがありましてね」

梅子は直二郎を迎えると、そう云ってかの子の塾へとかれを導いていった。直二郎はなんのために呼ばれたのかわからず、ましてなにをたのまれるのか見当もつかなかった。かの子の塾はちょうど稽古休みとみえ、家の中はがらんとしてひとけもなかった、春の陽ざしの明るい一坪の庭に、土をやぶってなにやら芽をふいているし、かなめ垣の秀にもみずみずしい新芽がたちはじめていた。

「わたし共もいよいよ江戸へ移ることになりました」濡縁に掛けながら老母はそう云いだした。

「ああそれは、先生から先日お手紙でわたくしもうかがいました、皆様でおいでなさるのですか」

「その手筈なのですが、どうしてもかの子はゆかぬと云うのです」

「かの子さんが……」直二郎はちょっと眩しそうな眼つきをした、「それはどうしてですか」

「自分がいっては厄介者が殖えるばかりだからと云うのです、虎之助から手紙がまいりましてね、おまえはまだ藤田家の人別*にある人間だから厄介者ではない、心配しないで来いとくれぐれ云ってよこしたのですが、此処にいれば塾をやって自分ひとりはすごしてゆける、自分は水戸にのこるといって肯かないのです」

「かの子さんらしいですね……」直二郎はそっと呟いた。梅子はじっと直二郎の顔をみやりながら、「そこであなたにおたのみなんですが」ときりだした、「あなたはまだあれを貰って下さるつもりがおありですか」

「わたくしがですか……」直二郎はちょっとまごついたようすだった、「ええそれは、むろんわたくしのほうはいつぞやお約束したとおり少しも気持は変らずにいますが、しかしあれからよくよく考えてみたんですが、かの子さんはわたくしを嫌っておいでですよ、ほかの事とは違ってこればかりは嫌いだとなったらもう……」

「いいえそうじゃありません、それこそ間違っています」

梅子は微笑しながらさえぎった、そしてあれをごらんなさいと云いながら、ふり返って障子ひと桟にあけられた穴をゆびさした。

「なんですか……」

「あれは久木さんが此処へおいでなすった翌日、かの子が自分でああしたのです。ちょうどわたしが来合せて、なんのためかと訊きました、かの子は赧い顔をしてひどく困ったようすでした、あとで塾生にはなしたところによると、人は誰にも見られないと思うとつい行儀を崩しやすい、それで独を慎むためにこうしたのです、そう云ったそうでした」

「……………」

「それは嘘ではなかったでしょう、たしかに独を慎むというこころもあったでしょう、けれど本当の心はもっとほかにある、わたしはそう思いました。女というものは、心にこれときめた人ができると、その人のために、なにか秘かにまごころを尽したくなるものです、人の妻となれば、良人に対していささかの秘密もない、この部屋にたとえれば、いつもふすま障子を明けてあるのと同様です、他人には閉めても良人には明けてある、女でなければこの気持はわかりにくいかも知れません、けれどもおかのが障子をこのようにしたのは、心ひそかに或(あ)る人へ操(みさお)を捧(ささ)げる気持だったと思います、……こなたにはこの気持がおわかりにならぬかしらん」

直二郎はしずかに障子の方へふりかえった、老母の言葉はうがちすぎているかも知れない、けれどもいま見る障子のひと桟の穴は、言葉よりも真実ななにかを訴えかけているように思える。かれは梅子のほうへ見かえって、「わたくしは武骨者ですから」と低いこえで云った、「うまくこまかい気持はのみこめませんけれども、しかし、それならなぜあれほどきっぱりお断わりになったのでしょう、あれはどういうわけなんでしょう」

「そんなことがおわかりでなかったんですか」梅子はまあ迂闊(うかつ)なというように笑った、「藤田の家のためですよ、藤田の貧乏はおはなしのほかで、それはあなたもご存じでしょう、あれが女塾をはじめたのは家計をたすけるためでした、虎之助は御国のために大切なひとです、自分の兄ではない、御国のお役にたつ人だという考えから、あれは自分というものを捨てたんです、娘ざかりも、婚期もなく、すべてを思い切って家計をたすけたんです、……縫い針、洗濯ができない、朝寝をする、みんな口実でした、嫁にゆかないで女塾をやりぬくための口実だったのですよ、それくらいのことはおわかりだったと思いますがね」

　直二郎は腋(わき)の下へじっとりと汗がにじむのを感じた、云われてみれば疑う余地はない、その通りだったことは現に自分が見て来ているのだ。かれは眼をあげて梅子をみた、梅子は笑っていたので、かれもさそわれるように苦笑し、「いや、よくわかりました」と云って片手で頸(くび)をたたいた、意地を張ることでは負けないが、こういうことになるとまるで手も足も出ない、「よくわかりました、これで待った甲斐(かい)があるというものですね」

　それが無念流(むねんりゅう)の剣士には精いっぱいの挨拶(あいさつ)だったのである。

　かの子がどうしても家族といっしょに江戸へゆかぬと云うのを聞いて、東湖はいろいろ考えさせられたようすである、かの子に与えた手紙にも「おまえを厄介者だなどと思う者は誰もいない、健二郎などは里よりもおまえになついているほどではないか」などと書いたり、また「どうしても女塾をやってゆくつもりなら一年交代で健二郎なり小四郎なりといっしょに暮してはどうか、女ひとりの暮しよりは増しであろうが、しかしそうなるといたずらな子を持ったようでよけい世話がやけるかも知れぬ」そういう相談もしかけたりしている。それまでかの子が尽して呉れたかずかずのことを思うと、東湖はどうかして妹の将来を安穏なものにしてやりたかったのだ。しかし……こうして後日、かの子は久木直二郎の妻になった。

阿漕の浦

一

＊慶長五年七月中旬のある朝、伊勢のくに安濃津（後の「津」）城の馬場で、城主＊富田信濃守知信の妻渼子が三人の侍女を相手に馬をせめていると、とりつぎの老女が来て大坂から使者であると告げた。

「入道さまより留守おみまいとの御口上にございます」

「父上から、それはおめずらしいこと」

渼子の父は浮田安心入道忠家といって、＊備前中納言秀家につかえる五万石の大身だった。渼子はその長女にうまれ、七年まえに富田信濃守に嫁して来た、いまでは六歳になる信高、三歳の蔵人という二人の子がある、父からの音信はずいぶん久方ぶりのことなので、渼子はすぐに馬場をあがり、支度を直して対面しようとした。

しかし、支度を直しているうちにふとなにごとか思いついたようすで、「使者には壱岐が会って呉れるよう、そう申しておいで」と云った。老女は不審そうにその旨をとりつぎにいったが、間もなく音物を持って戻った。

「入道さまよりの御音物にございます」

「壱岐が会いましたか」

「はい御城代が御会釈をつかまつりましたところ、入道さまより別しての御口上がございますそうで、お方さまお直に枉げてお眼どおり願わしゅうと、押してのとりつぎにございます」

直に会ってなにか特別な伝言があるという、なんだろう、渼子はちょっと心さそわれる風だったが、すぐ自分でうち消した。

「いま当城ではあるじ信濃守が留守ゆえ、実家からの使者と直の対面はかないません、口上があれば壱岐に伝えよと申すがよい」

老女は納得のいかぬようすで立っていった。渼子はそのあとで侍女に音物をひらかせてみた、それはみごとな香りたかい海苔だった、おもわずまあめずらしいと云いながら渼子は包をひきよせ、その香ばしいかおりのなかに遠いふるさとの匂をつくづくと味わった、「藤戸の海苔」といって備前のくにでは名産のひとつに数えられている、渓子の幼いころからの好物だった、父はよくそれを知っていて、たべ物の好きこのみは行儀がわるいぞとたしなめながら、よく季節はずれなどにもとりだしてよろこばせて呉れたものだった。実家から附(つ)いて来ている侍女はそれを知っているので、「なによりの御好物とおぼしめしてのお心づくしでございますね」と渓子の気をさそうように云った、その口裏にはどうして使者に会わないのかという意味が含まれていたが、渓子は聞きながして、薙刀(なぎなた)の稽古(けいこ)をするために立った。

使者には会いたかった、会って父のようすも問い、こちらの孫たちのことも伝えたかった、けれども良人(おっと)の信濃守知信はいま徳川軍に従って会津征討*のため出陣していた、泰平の世ならかくべつだが、出陣の留守をあずかっている妻として実家の者と親しく会うのはたしなみでない、そう思い当ったので気づよく対面を拒んだのである。しかしあとで伺候(しこう)した壱岐の言葉によると、使者はなにか困惑したようすで、しばらく座を立たなかったということだった。

それから三日めの朝、渓子はいつものとおり馬場で馬をせめていた、乗馬と薙刀の稽古は欠かさぬ日課である、爽(さわ)かによく晴れた朝で、盛夏の過ぎたことを思わせるすがすがしい風が吹いていた。馬場をひとまわりせめてふと眼をやると、すこし波立っている碧紺(へきこん)いろの海がみえた、その冷たそうな濃い色をみるとにわかに心を唆られ、「久しぶりで出てみようかね」と渼子は侍女にふりかえった、「壱岐にそう申しておいで、阿漕塚のあたりまで乗って来るから供を二人ほど申しつけるように」

間もなく侍女三人とさむらい二人をつれ、みんな騎馬で城をでかけていった。

良人が留守になってから初めての外出だった、岩田川の堤にそってくだるとすぐ浜の松原になる、海は名だかい阿漕の浦で、風は噎せるほども潮の香に匂っていた。川口の浅い瀬を渡り、さらにまた松林のなかへはいると、そこに一基の蘚苔むした塚がある。この浜は伊勢神宮に供える御贄の地で、漁猟禁断がきびしかった、むかし平次という者がその禁を犯して捕えられ、浦の波底へ沈められたという口碑があり、塚はその平次の亡魂を弔うために建てたものだと伝えられていた。……阿漕塚でひと息いれて贄崎へわたりもどし、城へ帰ろうと馬首をめぐらした時だった、はるかに供をひきはなして先頭に馬を駆っていた渼子が、松原のなかへはいるとたん待伏せていたとみえる二人の騎馬武者が、いきなり左と右から渼子の馬をはさんで颯と脇道へ乗りはずしていった。

二

咄嗟のことでどうしようもなかった。松林のなかを二三町あまり、曲り曲り駆って来たと思うと、二人の武者は馬をとめ、そこへとびおりて土下座をした。

「弓楯源五郎、野村権六めにございます」かれらは平伏しながらそう云った、「入道さまのおぼしめしをいかにもしてお伝え申したく、無礼とは存じながらかようにつかまつりました、ひらに、ひらに御容赦をねがいます」

二人は父の家来で渼子も顔をみ知っている者だった。渼子は怒りのため震えていたが、それほどにして直に会わなければならぬ理由も知りたかった、そして源五郎からおどろくべきことを聞いた。すなわち大坂において石田三成が挙兵したこと、*毛利、島津、鍋島、小早川、小西、長曾我部、吉川などという西国の大名はすべてその*旗下に集ったし、入道忠家の御主君備前中納言秀家も同様である。また会津征討軍のなかからもはせ参ずる者が多いにちがいない、天下はまさに徳川軍と石田軍とふたつにわかれての大戦に当面しているのだ。

「それにつきまして」権六がひきとって云った、「信濃守さまのお考えはどうありましょうか、入道さまおぼしめしは、お方さま御縁をもって治部少輔どの御陣へお味方なさるは必定なれど、さもなくてまんいち敵となる場合にはいかが、お方さまはじめおふた方の和子さまをあたら兵火にお苦しめ申すは御不憫に堪えず、両名にて大坂へお迎え申せとの仰せつけにございます」

「城下そとまでお輿と供の用意をしてまいりました。入道さま御心配をおぼしめされ、和子さまおめしつれのうえ、少しも早く大坂へおはこび下さるよう、お願い申上げます」

そう云う二人の顔には必死の色があった。渼子には父の気持がよくわかった、自分の子たちを案じて呉れる父の愛情はこのうえもなくありがたい、けれどもその愛情は渼子に受けられるものだろうか、むしろ城といっしょに死ねと云って呉れるのが本当ではあるまいか。

「よくわかりました、けれど渼はおぼしめしに従うことはできません」渼子はきっぱりと云った、「大坂へもどって父上に申上げてお呉れ、渼は信濃守知信の妻でございますと、そのほかに申上げることはありません」

そして手綱をさばくと二人がひきとめる隙もなく鞭をあげて馬首を回した。渼子は馬供の者たちは城門までいって、捜しに戻ろうとしているところだった。

を侍女にあずけ、屋形へはいるとすぐに城代の富田壱岐を呼んだ、仔細を聞いた壱岐のおどろきも大きかった、すぐに信濃守へ使者をだそうと云ったが、道を石田軍に塞がれているし、おそらく徳川軍へも注進がいったにちがいないので、城のまもりを厳しくして暫くようすをみることにきめた。

五日ほどして再び弓楯源五郎が使者に来た、こんどは渼子は壱岐とともに会った。「お方さまのお覚悟もっともの道理と入道さまのお言葉にございました」源五郎はまずそう云ってから、「されば大坂へのお迎えはならぬとして、治部少輔どの御陣へお味方の誓文をおさし出し下さるよう、安濃津城安全のためこの儀は御承引あそばされよとの御口上にございます」

「無理なことを仰せられる」渼子は承知しなかった、「城主が留守であるのにどうして誓文が書けよう、お味方をするもせぬも信濃守のお心しだい、妻としては良人に従う外に道はありません、誓文は出せぬと申上げるがよい」

「お言葉ではございますが、大坂にては既に諸侯の御妻子を質として城中へお迎え申しております、もしも御誓文がございませんければ、入道さまのお力をもっても、お方さま始め和子さま方の御安全は保しがたき場合にございます」

「たとえ和子たちとわが身が危くあろうと、良人をさし超えて誓文を書くことなどはできません、かたく断わります」

　はっきりと云って渼子は口を閉じた。

　使者はなお御思案を願うと云い、宿所で両三日待つと申し述べて退（さが）った。壱岐は夫人の気丈さに心うたれながらも、あまりに、きっぱりしすぎたことが不安になり、いちおう誓文をさしだすがよくはないかと勧めた。

「それでないとすぐにも軍勢を向けられるかもしれません、そうなると、残っている城兵は五十騎あまりで、ひと戦いするほどの力もございませんから」

「よいではないか、留守城をあずかるほどで、その覚悟のない者はおるまい、信高と蔵人はわたしがひきうけます」

　すぐれて美しくうまれついた渼子の顔が、そのときほど気高くみえたことはなかった。壱岐はむしろ逆にはげまされ、ようやく心をきめたように退出し、その旨を弓楯源五郎の宿所へと申し伝えた。……そしていかにも心残りらしく源五郎が大坂へ去ると数日して、予想したよりも意外に早く、境を接した鳥羽（とば）に戦火がおこった。

三

志摩のくに鳥羽城には九鬼嘉隆がいた、それと岩出城の稲葉道通とのあいだに戦がはじまったのだ、九鬼は西軍につき稲葉は東軍に属しての開戦である、渼子はその余波が安濃津に及ぶのを避け、城下の口々をかたく閉して領民の軽挙を戒めた。戦乱はそのかたちをはっきりさせはじめた、伊勢のくにでも、桑名の氏家、神戸の滝川、亀山の岡本氏など、みな西軍に加わったことがわかった。治部少輔の本軍はすでに東攻して伏見城を陥いれ、城将鳥居元忠、松平家忠らが討死したというし、また西軍の精兵の一部が伊勢へ進攻しはじめたという知らせもはいった。そういう知らせを聞くたびに、渼子はひとり息苦しいおもいをしていた。戦火の逼るのが怖しいのではない、――自分のすることが果して間違ってはいないだろうか。そういう疑惧が心をしめつけるのだ、良人は西軍に附くかもしれぬ、もしそうだとすればこの城や子供たちを危険にさらす事は無駄だ、けれど東軍に附いて戦うとすれば、どこまでも現在のまま押しとおさなければならない、ふたつのうちどちらかひとつ、果してどちらの道をいったら過がないのか。じりじりと寄せてくる危機を前に、渼子の心は息苦しくその一点を去来していた、そしてつい堪えかねるあまり、――どうぞ早くお帰りあそばして、と遠い良人に祈りかけたこともあった。新秋八月となってすぐ、毛利秀元(ひでもと)と吉川広家らが二万余の軍勢をひっさげて伊勢のくにへ侵入して来た。そして五日の朝、安濃津城へ軍使をよこして向背(こうはい)の決定を求めた。

「当城のあるじ信濃守が留守のため、お味方を申すか否(いな)かはお答えができません」

渼子は壱岐にそう返答させた。使者はかねて期していたものとみえ、「それでは信濃守どの御帰城まで、お方さまならびに和子おふた方をお預り申す、すぐお支度をあそばすように」

「それは人質の意味なのですね」渼子が思わず自ら反問した。

「仰せのとおりです」

「ならばはっきりと断わります」決意を表白するように、美しい眉(まゆ)をあげて渼子は云った、「わが身は信濃守の妻、和子たちは良人の子です、信濃守知信のほかには誰人(たれびと)にもわが身の指図は受けません、たって人質を取るなれば弓矢にかけてお取りなさるがよい、これが安濃津城の返辞です」

語気にも烈々として微塵(みじん)もゆるがぬものが脈うっていた。使者はかなり胆(きも)を消されたようすで早々に帰っていった。

まさに渼子の心はきまったのだ、道はひとつしかないのである、問題は良人が東軍へ附くか西軍へ附くかにあるのではなく、自分が妻として良人の留守をまもりとおすか否かにあるのだ、人質となって良人の心を縛るくらいなら、城を焼き母子が屍となっても留守をまもりぬくのが武将の妻としての道だ。渼子はそう覚るとともに、数日来の息苦しさがぬけ、はじめてしっかりと地に足を踏みしめた気持になった。城兵は五十騎あまりだったがすぐに開戦の用意を命じた、敵軍はま近に迫っている、いつ攻めかかるかもわからない、渼子は侍女たちを促して奥の始末もした、敵の手にわたして悪いものは焼き、宝物や重器の類は火のかからぬ場所へ移した、障屏や簾もはずした。

「母さま合戦があるのですか」

六歳になる信高はきれいに調度の片づいた屋形の中をとびまわりながら、いかにも勇ましそうに胸を張っては叫んだ、「合戦になれば信高はこの城の大将ですね、父上がいらっしゃらないのだから信高が采配をとるのでしょう、ええいすごいぞ」

「そうです、あなたが大将ですよ」渼子は笑いながら云った、「ですからお支度を直しましょうね、母も父上のおきせかえを拝借いたしますから」

城兵の戦備がととのうより早く、渼子は信高に武装させ、自分も信濃守きせかえの甲冑をつけて天守へはいった。

日昏れがたになって、みたび弓楯源五郎が城をおとずれた、渼子は会わなかった、源五郎は壱岐をとおして入道忠家のかなしみの深いことを伝え、人質を拒むならせめて誓文を出すように、そうすれば自分の力でしばらくでも攻撃の時期を延ばすように計らおう、二人の孫たちに悲しいめをみせるな、これが最後のたのみであるという意味を繰返し述べた。——二人の孫たちに悲しいめをみせるな。その一言はさすがに渼子の胸を刺した、ここまできても娘と孫たちを思う切々たる愛情は、理非を別として泣けるほどありがたい、渼子はこみあげてくる涙を抑えかねた、けれども心はたじろがなかった、「おぼしめしはかたじけのう存じますが、すでに覚悟はきまっております、もはや渼も孫たちも亡きものとお諦め下さるよう、ただ父上の御息災をお祈り申します」渼子はそう伝えさせ、心のなかでそっと父に詫びを云った。

四

夜になると愛宕、薬師の山々に寄手のものと思える篝火がちらちらと見えはじめた。天守には信高のほかに三歳の蔵人も乳母に抱かれて移っていた、蔵人は宵のうちに眠ってしまったが、信高は勇みたっていつまでも母のそばを離れなかった、「敵は夜駈けをしかけてくるかもしれませんね、母さま」かれは肩をいからせてしきりに力んでいた、「だから信高は寝るわけにはいかないんです、大将がいなくては合戦ができませんからね」と。

けれどもやがては疲れたとみえ、十一時すぎる頃には母の膝に凭れかかったまま眠ってしまった。

夜半すぎると北の泉修寺口にも篝火がひろがった。すでに城はなかば包囲されたかたちである、渼子は寝もやらず物見の兵の注進を聴いていた、かの女の美しい眉宇には、刻々と迫ってくる大きな危機を、じっと身ひとつに支えるはげしい意力があらわれていた。心はしずかだった、敵とひと合せ存分に戦ったら、城に火をかけて二人の子たちと死ねばよい、ほかになんの心残りもないのである、ただ惧れるのはその期を誤らぬことだけであった。暁ちかく、いよいよ敵陣が動きはじめたと聞いて、渼子はひとり天守のおばしまへ出た。本丸の広場では城兵たちが別れの盃をあげているとみえ、しきりに活気のある叫び声があがっている、その声を聞きながら、渼子はふと海のほうへ眼を向けた、朝あけの光を湛えて、阿漕の浦はまだしずかに眠っていた。

——あの海のあなたに、遥かかなたのどこかに良人がいる。西軍挙兵のことはもうお聞きになったであろう、そしてどんなにか留守城のことを案じておいでに違いない。そう思うと良人の案じている顔がみえるようだった。渼子は苦しいものから眼をそらすように敵陣のほうへふりかえった。……そこでは攻撃の態勢がととのったようすで、すでに兵馬が前進をはじめたものか、濛々たる土埃が南へ南へと移動しつつあった。——もう運命はきまった。渼子はきっと首をあげた、そこへ壱岐が登って来てしずかに式台した。「敵の総攻めとおぼえます、壱岐お先を承わり、ひと当てつかまつりまするが、必ず御先途をおみとどけ申しに戻ります、それまではなにとぞおはやまりあそばさぬよう」「たのみます」渼子はそう答えただけだった、壱岐のみあげる眼をひたと受け、しずかに微笑しながらもういちど海へふりかえった。

海はようやく明けていた、さすがに秋のひえびえとする風が、潮の香をのせて吹きわたってくる、輝かしい朝の光をあびた海のかなたには、三河のくにの山々が鮮かに浮きあがってみえた。渼子の眼は、しかしながらその山々にとまっていなかった、黒玉のように澄んだ双眸が急に輝きを増したと思うと、身をのりだすようにして海の一点をみつめた。……かの女の眼はいま、海を渡って来る夥しい船の群をみつけたのだ。

「壱岐を呼んでおいで」渼子はそう命じた、そして壱岐が戻って来ると、その船の群をさし示してみせた、「あれをごらん、あのように沖から船がわたって来る、この戦に漁りでもあるまい、敵の船手であろうか」

「九鬼の軍船が沖へ詰めると聞きましたが、それなれば船印を立てる筈でございます」壱岐もしばらくのあいだじっと眼を凝らして見やっていたが、「あの数ではむろん漁船ではなし」そう云いかけて、かれは不意にあっと声をあげた、「お方さま、もしや、もしやあの船は、あの船は」

「いいえお待ち、まだそうきめてはいけません」

「しかしお方さま」

壱岐は息をはずませて云い、すぐにそのまま天守をおりて浜へ物見の兵をだした。船はぐんぐん近づいて来る、朝凪ぎの海を渡って、まっすぐに阿漕の浦へと近づいて来る、渼子はくいつくようにその夥しい船の群をみまもった。……そのとき敵陣にも意外なことがおこった、敵は薬師口と泉修寺口へ攻め込むようすだったが、どうしたわけかにわかに動揺しはじめ、ふしぎにも潮の退くように撤退しだしたのである。どうしたのであろうか、渼子がそれと気づいたとき、壱岐が息せき切ってはせ登って来た。

「お方さま、殿ご帰城にございます」

「………」

ああやっぱりと思うと、渼子はずんと全身が痺(しび)れのように感じた、そして壱岐の眼からぽろぽろと涙がこぼれ落ちるのを放心したようにみまもっていた。

五

大玄関へ出迎えた妻と子たちをみて、信濃守知信は日焼(ひや)けのした黝(くろ)い顔にあかるく微笑をうかべた。渼子は生絹(すずし)の内衣に桔梗(ききょう)いろの小袿(こうちぎ)をかさね、漆黒の髪を背になでつけていた、顔には化粧さえして、いかにも無事なおちついた容子(ようす)だった。

「あでやかな姿だな」屋形へはいると知信は笑いながら云った、「お方のことだから鎧兜(よろいかぶと)に長巻でも持って、さぞ凛々(りり)しく構えておいやろうと思ったに、あまり予想がはずれすぎて些(いささ)かまごついたぞ」

「女は女らしくと存じまして」

渼子はぽっと頬のあたりを染めた。「女は女らしく」それは知信の口癖だったのである、そしていまそれを口にしながら、つい先刻までの自分の武者づくりを偲び、思わず羞かしさに頬を染めたのであった。知信はじっと妻の面をみまもっていたが、ふとわが子のほうへ見返り、留守をしっかりまもっていたかと問いかけた、信高は眼を輝かしながらいかに自分が勇ましく、父に代ってこの城の大将になろうとしたか、敵の篝火が近づいて夜駈けとみえたとき、どのように応戦しようと考えたか、そんなことを息巻いて話した。

「父上のお帰りがもう少し遅ければようございましたのにね、そうすれば信高は一番槍の功名をしていたに違いないんです」

「大将はそのような戦はせぬものだろう」知信は笑いながら云った、「だがその勇気はなかなかおりっぱだ、戦はこれからだからしっかりたのむ」

帰城の祝いも、ゆっくり語るいとまもなかった、かたちばかりの盞を済ませると、知信は渼子をかえりみて、「入道どのとは敵味方になるぞ」と云った。渼子はしずかに微笑して、「お勝戦をお祈り申します」と答えた、知信は頷いて立ち旅塵をあびたまますぐ城の戦備にかかった。

まさしく戦はそれからだった、敵が撤退したのは徳川家康が主兵をこぞって西上したと聞き、知信の渡海を見てそれと誤り信じた結果だった、そして真相がわかると、こんどはさらに新手を加えて攻め返した。知信の心ははじめからきまっていた、亡き父の左近将監信広は治部少輔三成のために怨をのんで死んだ、父の亡魂をなぐさめるためにも、かれは東軍の先鋒となって戦う決心だったのだ。戦備は成った。上野城の分部光嘉が来て加わり、松坂からも僅かながら援兵があった、城兵千六百である、これに対して敵はおよそ二十倍にあたる総勢三万余騎をもって攻めた。合戦は八月二十三日よせての銃撃をもってはじまった、攻防ともに熾烈をきわめ、二十四日に至って頂点に達した、しかし兵数と武器の桁違いな隔りはどうしようもなく、城兵はしだいに討たれて後退し、勝敗はすでに決定的となった。……信濃守知信は手兵五百をもって大手そとに奮戦していたが、黄昏まえには兵のほとんど全部を討たれ、もはやこれまでと身をもって本丸へ退こうとした。すると毛利秀元の家来で中村清左衛門という者が追いつめて来た、知信はひきかえして刃を合せたが、戦い疲れている身にはあしらいかねる敵だった。たちまち斬りたてられてこれがさいごかとみえたとき、

「その敵うけたまわる」と叫んで横合から出た者があった、小桜縅の鎧をきた美少年で、「お退き候え」と知信に云い捨て、槍をふるって中村清左衛門に突きかかっ

た。すさまじい戦いぶりだった、清左衛門を突き伏せると、なお追尾して来る敵兵を五人まで討ちとった。

「壱岐あれはなに者だ」

知信はひきあげようとした足をとめ、ふりかえってそう云った、壱岐にもわからなかった。

「なに者にもあれ、みごとな武者ぶりだ、あれを討たすな」

知信の声に応じて四五人がひきかえした、そしてなお敵を逐いこもうとしている若武者を中にかこんでひきあげて来た。知信は眼をみはった。美少年とみえたのは渼子だったのである。

「お方そなただったか」

そう呼びかける知信の眼を兜の眉庇の下からそっと見あげて、渼子は恥入ったようにふたたび顔を赤くした、

「さあ本丸へはいろう、お方まいれ」

知信は残兵をまとめて本丸へはいった。

両日の合戦で城兵は過半を討たれた、敵でも先手の将、松浦伊予守が討死したほか非常な損害があったのである。……二十五日の朝、本丸へ籠った富田一族がさい

このひと戦をして自刃の用意をしていると、高野山の＊木食興山上人が草津浄善寺の長老と共に来て、両軍のあいだに講和を勧めた。そして和議は幾多の曲折を経てついに安濃津を開城することにきまり、知信は妻子とともに高野山へはいることになった。

六

城を去る日の朝だった。知信は妻をともなって天守の三重に登り、おばしまに出て城外の眺めをみた、袂別の眺めである、

「この戦はお方のものだったな」

知信は焼け落ちた矢倉、崩れた曲輪を見やりながら云った。

「それはなにごとの仰せでございましょう」

「いやまさにお方のものだった」知信は力をこめて云った、「この戦でもっとも肝心なところはおれが帰る前にあった。治部少輔挙兵のことを聞いたのは下野の小山の御陣だった、おれは夜に日をついで帰って来たが、なによりも気懸りだったのは留守のことだった、備前中納言が西軍にくみしている事はわかっている、入道どの

はおそらく安濃津を捨ててはおくまい、お方がどのような苦しい立場にいるか、もしや血縁の情にひかされはせぬか、おれはそのことだけが気懸りでならなかった」

良人の言葉を聞きながら、渼子はじっと海をみていた。知信はつづけた。

「帰って来てこの城がどうまもられたかということを知ったとき、おれはもうすべきことはないと思った、血縁の情にもくじけず、三万の大軍に包囲されても屈しなかった安濃津城、これ以上の戦はない、あっぱれよくまもったとおれは心で礼を云った、……この数日の合戦はそれに比べればもののかずではない。お方、かたじけなかった」

「身にあまるお言葉でございます、とてもそのようなお褒めを頂くわたくしではございません、もうどうぞおゆるし下さいまし」

渼子は身の縮むような思いでそう云った。良人はすっかりわかっていて呉れたのだ、あの時の艱難が百倍だったにしてもいまの渼子は充分に酬われたであろう、……あの苦しく辛かった日々、渼子はそっと眼をあげて海を見た。あの朝のように海は群青色に凪いでいた。三河のくにの山々も見える。遠くはるかな良人を思い偲びながら見、そしていますべてが終って別れゆく海、阿漕の浦波はしずかに磯へ寄せ返していた。

藪の蔭

一

「きょうここを出てゆけば、おまえにはもう安倍の家よりほかに家とよぶものはなくなるのだ、父も母もきょうだいも有ると思ってはならない」

父の図書にはそう云われた。母は涙ぐんだ眼でいつまでもじっとこちらの顔を見まもりながら、

「よほど思案に余るようなことがあったら相談においで」

とだけ、囁くように云って呉れた。そして兄の源吾はいつものむぞうさな調子で、

「今夜はとのい番だから残念ながら祝言の席へは出られない、まあしっかりやれ、安倍はたのみがいのある男だ、きっと仕合せになれるよ」

そう云って笑った。

女とうまれた者は誰でもいちどは聞く言葉であろう、そしてどう云いまわしてもありふれた平凡なものでしかないそうした言葉のなかから、誰もがそれぞれ忘れがたい感銘をうけるに違いない。父の言葉のきびしさ、母親の温かい愛情、兄の祝福、どれにもかくべつ新らしい表現はなかった。けれども由紀(ゆき)にはそれがみな胸にしみとおるほど切実に聞え、とつぐという覚悟をあらためて心に彫(きざ)みつけられたのであった。

ゆくさきには少しも不安はなかった。良人(おっと)となるべき安倍休之助(きゅうのすけ)は二百石あまりの*おなんど役で、*金穀元締り方を謹直につとめており、温和なことにも定評があるし、老母ひとりしかいない家庭は穏やかさとつつましさそのものだという。老母なほ女(じょ)ともいちど会っているが、からだつきの小がらなしっとりとした婦人で、たえず眼もとにしずかな微笑をうかべているという風だった。……由紀にとってただ一つ心配なのは、自分が八百石の*大寄合(おおよりあい)の家にうまれ、父母と兄とのふかい愛情に包まれて育ったこと、世の中の辛酸を知らず、ただのびやかに過して来たことだった。富裕とはいえないまでも不自由ということを知らなかったこし方に比べれば、二百石の家計のきりもりはたやすいこととは思えない。日常のこまかい事の端はしにも、色いろ習慣の違いがあるだろう、そういうなかへうまくはいってゆけるかしらん、それだけがいつまでも心にかかっていた。

三の丸下の生家を出たのは昏れがたのことだった。安倍の家は寺通りといわれる武家屋敷のはずれにあり、乗物が着いたときはもう灯がともっていた。仲人の吉岡頼母夫婦にみちびかれてはいったひと間は、それが自分の居どころになるのであろう、六帖ほどのおちついた部屋で、新らしく張り替えた襖や障子に燭台の光がうつって眩しいほどだった。……老母なほ女が挨拶にみえ、つづいて四五人の婦人たちが仲人夫婦と会釈を交わしに来た。ざわざわした人の出はいりや、輿入の荷をはこび込む物音など、気ぜわしいあたりのようすを由紀はじっと坐ったまま、綿帽子のなかでよその世界のことのように聞いていた。……どのくらいの時が経ってからだったろう、あたりの騒がしさが鎮まって、すべての物音がぴたりと停ったような一瞬、ふと「おそいな」という誰かの呟きが聞えた。誰かが立って部屋を出てゆき、母と頼母夫人とがなにか囁きあった。それで由紀は母親のそこにいることに気づき、急にその顔が見たいという衝動をはげしく感じた。間もなく、出ていった誰かが戻って来た。

「せんこく役所へ迎えを出したそうです」

「どうしたのだ」

頼母の声だった。

「なにか早急に御用の調べものができて退出がおくれる、然(しか)し六時までには必ず帰るという使いがあったそうですが、迎えを出したのですからもう戻ると思います」

「御用ではしかたがない」

父の声だった。

「たとえ親の臨終でも御用のうちは会いに戻れないのがさむらいのつとめだ、なに待つぶんには馬もいらぬさ」

そう云って父が笑うとすぐだった、なにやら険しい足音と、唯(ただ)ならぬ人の叫びごえが聞えた。家じゅうの物音がいっぺんにとだえ、すべての人が息をひそめた。そのぶきみな深いしじまを縫って、「はやく医者を」という言葉がつぶてのように人びとの耳をうった。

なにか起こったのだ、なにか思いがけない不吉なことが起こったのだ。由紀はそう直感すると共にじんと頭の痺(しび)れてくるのを感じた。頼母があわただしく出ていった、父もすぐに呼ばれていった。あたりを憚(はばか)るような人ごえと足音が、緊張した重苦しい空気を家じゅうにひろげてゆくようだった。由紀は息ぐるしさに圧倒されながら、顫(ふる)えてくるからだに力をこめ、眼をつむって、運命を待つもののようにうなだれていた。程なく父と頼母が戻って来た。

「なにごとでございますか」

と、母が待ち兼ねたように訊(き)いた。

「休之助がけがをして戻った」

父が昂奮(こうふん)した調子ですばやくそう云った。

「大藪(おおやぶ)のところに倒れているのをみつけた者があっていま担(かつ)ぎこまれて来たのだが、かなり重傷のようだ、ひとまず由紀をつれ戻さなければなるまい」

「それはいったいどうしたということでしょう」

「当人が口がきけないのだからなにもわからぬ、いずれにしても家へ帰るほうがさきだ、由紀を立たせてやれ」

「たいへんなことになりました……」

母は顫えながら手をさしだした。然し由紀はしずかにその手を押し返しながら、

「わたくし家へは戻りませぬ」

と云った。

戻りませぬと云った彼女は、わななく手で綿帽子をぬぎ、蒼ざめてはいるが凜とした表情で頼母夫人を見た。

「おそれいりますがわたくしに着替えをさせて下さいまし、常着になりたいと存じますから」

「でも由紀どのそれは」

「いいえ」

と、由紀は強くかぶりを振った、

「まだ盃こそ致しませんけれど、この家の門をはいりましたからはわたくし安倍の嫁でございます、父上にもそう申されてまいりました、お人手の少ないお家ですからなにかお手助けを致したいと存じます」

そう云いながら自分の手で裲襠をぬいでしずかに立った。誰にも言葉をさしはさむ余地のない、きっぱりと心のきまった姿勢だった。頼母夫人はひきつけられるようにその背へとすり寄って帯に手をかけた。

二

父や母や居あわせた人びとが、そのときどのような眼で自分を見ていたか、どのようにして着替えをしたか、由紀にはすべてが夢のなかのことのようだった。あとになってはっきり思いだせるのは、はじめて良人の部屋へはいった瞬間の印象である。……休之助は莫蓙を敷いた夜具の上に仰臥していた。石のように冷たく硬直した頭、白く乾き、かたくいしばった口もと、そして頰へみだれかかっていた二筋三筋の髪、そういうものがいきなり由紀の眸子に嚙みついてきた。枕もとには見知らぬ若侍が三人となほ女が坐っていたのだけれど、殆んど眼にはいらなかったといってよい。由紀はただ休之助の顔をみつめた、――このかたがじぶんの良人だ、そう繰返し自分に云いきかせながら……。

その夜はとうとう寝ずじまいだった。医者が来て傷の手当をしたが、傷は左の脇腹で三十針の余も縫ったほど大きく深かった。休之助は苦痛は訴えなかったけれども、三どばかり「仕損じた、腹を仕損じた」というような意味のことを呟いた。重傷で頭が紊れているためか、それともなにか理由があって本当に切腹しそこねたものか、どちらかわからないが聞いている者にはひじょうに疑惑を唆られる言葉であった。届け出はとりあえず急病ということに人びとの相談がきまり、生命だけは大丈夫ということをたしかめて、若侍たちは帰っていった。こうして祝言の盃もなく、いきなり怒濤（どとう）に巻きこまれたような騒ぎのなかで、由紀の新婚の第一夜は明けた。朝になると居残っていた父母も仲人も帰った。すべての人が去って、はじめて二人だけになったとき、老母はそっと由紀の手を取って「ありがとうよ」と云った。どのような念（おも）いをこめたひと言だったろう。どんなに巧みな云いまわしも、そのひと言のもつじかな真実のこもった感じには及ばなかったに違いない。あたりはひっそりとしていた、きびしく切迫した騒がしさのあとで、にわかにしんと静まりかえった家の中に、朝の光がしらじらしいほど明るくさしこんできた。その爽（さわ）やかな光はまるでこの家の不幸のたしかさを証するかのように思え、泣いてはいけないとがまんしながら、由紀はどうしても泪（なみだ）を隠すことができず、「ふつつか者でございます、どうぞ色いろお叱（しか）り下さいまして……」

そう云いかけたまま噎（むせ）びあげてしまった。

すべては謎（なぞ）をつないだような感じだった。祝言をひかえた家へ帰る途中で、婿（むこ）たるべきその人が重傷を負って倒れていた。それは三の丸から武家屋敷へかかる家のとだえた寂しい処（ところ）で、道の片側が藪になっており、俗に大藪といわれている、休之助はその藪の蔭（かげ）に倒れていたのだ。右の手に抜いた刀を持っていたが、その切尖（きっさき）が僅（わず）かによごれているだけで、かくべつ人と闘争したという風にはみえなかった。わかっている事実はそれだけである。譫言のようにもらした「腹を仕損じた」という言葉のほかに当人がなにも云わないし、また見ていた者がないのだろう、どこからもそれらしい噂は立たずじまいで、なにもかも模糊とした霧に包まれたままだった。事情が事情なので見舞い客はみんな玄関で帰って貰った。休之助は命はとりとめたが、医者は人との面談を暫く禁じたのである。けれども七日になって、思いがけなく御納戸がしら沢本平太夫が訪ねて来た。そして「御用筋*のはなしだから」といって寝所へとおり、かなりながいこと休之助となにか話していった。……見舞いではなくて、納戸がしらみずから来るというのは尋常のことではない。なほ女は不安に堪えかねたようすで、平太夫が帰るとすぐ枕許へいって仔細を訊ねた。休之助はいつもの穏やかな調子で、まじまじと天床を見やりながらこう云った。「少し失策を致しました、ことによると御迷惑をかけるかも知れませんが、母上はなにも御心配なさらないで下さい、なに、そう大きな事ではないのです、みんなうまくおさまるだろうと思います」

そしてそれ以上はなにを訊いても答えなかった。

三

その夜のことである、更けてからそっと寝所を見舞うと、休之助が眼でこちらへ来いと知らせた。由紀は動悸のはげしくなるのを感じながら、膝をつつましく進めて枕許に坐った。嫁して来てから良人と二人きりで向きあうのはそれが初めてである。休之助は感情の溢れるような眼で暫くこちらを見まもっていた。

「すっかり母から聞いた、礼を云いたいが、その礼よりもさきにたのみたいことがある」

「はい……」

「この三日うちにそなたの手で八十金*ととのえて貰いたいのだ」

とつぜんでもあり余り思いがけない言葉なのであっと思った。然し由紀はうち返すように、

「かしこまりました」

と答えた。休之助はしずかに眼をつむった。

「わけも話さず、こんなたいまいな金子をつくれと云うのは無理だ、これはよく承

知しているし、口ではなにも云えないが、私を信じて調達して呉れ」

「はい……」

「母はあした善光寺詣でに立つ筈だ、往き来に三日はかかるのが毎年の例になっている、そのあいだにたのむ」

「はい、かしこまりました」

　こんどは心をきめて、由紀ははっきりとそう答えた。

　春と秋の彼岸に親しい婦人たちと善光寺へ参詣にゆくのがなほ女の毎年のならわしだった。休之助に不慮のことがあったので今年はやめると云ったが、それでは待っていた人たちに気のどくだからと、休之助がすすめて出かけて貰った。なほ女はこころ重そうだった。然しあまり休之助が重態だということも公表できない事情があるし、医者ももう案ずるには及ばないと云うので、由紀に呉ぐれもあとのことを頼んだうえ立っていった。……

　姑が出かけた日の夜、由紀は下僕にたのんで古着あきうどを呼んで貰った。そして持って来た衣装道具のうち、めぼしいものを殆んどみんな出して売った。まだ手もとおさない晴着の数かず、母が心をこめて調えて呉れたこまごました道具類など、一つとして惜しくない品はなかったし、それらの物がむくつけなあきんどの手でぶ遠慮にかきまわされるのを見るのは辛かったが、然しふしぎなほど気持にみれんはなかった。むしろそれが良人の役にたつのだと思うと、微かにほこらしい感じさえした。これで実家から持って来たものをきり捨てるのだ。古い殻をぬぎ捨てなにもかも新らしく始めるのだ、そう思いつつしずかに見ていた。こういうばあいのならわしで、慇懃な言葉つきとはうらはらにあきうどの買い値は安かった。これだけはと思ってのけて置いた鏡さえ添えて、ようやく五十金にしかならなかった。支度は質素にとできるだけ内輪にしたことが思いかえされ、もっと持って来ればよかったのにと途方にくれた。良人は自分の物も出すようにと云ったが、由紀はむろんそんな気持にはなれなかった。それで思いきって母にたのもうと決心した。

明くる日すぐに彼女は実家をおとずれた。あたりまえなら日こそ後れても里帰りとして祝って貰うところなのに、由紀は隠れるような気持で母の居間へはいり、茶を啜るのもそこそこにこえをひそめて話をした。母はひじょうにおどろき、哀れがるよりはむしろ怒りたいような眼でむすめを見た。

「なにもお訊き下さらないで、由紀が一生にいちどのおたのみです、母上さま、どうぞお願い申します」

「まあちょっとお待ちなさい」

母はそこで由紀よりもさらにこえをひそめた、
「あなたがそれほど仰しゃるのなら、金子はさしあげてもようございますけれどね
え由紀さん、この縁組はことによると、破談になるかも知れませんよ」
「……なぜでございますか」
「精しいことはわたしも知らないのだけれど、お役目のことで休之助どのになにか
失態があったようすなのです、そのことで沢本さまが二度ばかりみえて父上とご相
談をしておいででした、それで近いうちに吉岡さまが安倍へいらっしゃる筈だと思
います」
明らかに由紀の顔色が変ってくるのを見て、母はそのあとを続け兼ねたようだ、
それから劬りのこもった調子になり、
「金子はいま出してあげます、けれど今のはなしを忘れないようにね、今のうちな
らまだ嫁といっても名ばかりなのだから、あなたはなにもかも父上やわたくしに任
せた気持でいればよいのだからね」
「……はい」
由紀はふかくうなだれたまま辛うじてそう頷いた。……母が立ったとき、由紀も
いっしょに立って仏間へいった。彼岸にはいったので仏壇には燈明がともり香が炷

いてあった。彼女は香をあげて坐り、合掌しながら厨子の中の仏像を見あげた。それは天平時代の作だといわれる五寸*あまりの金銅の釈迦像で、この家に旧くから伝わり代だい主婦の持仏になっている。燈明の光は厨子の中へはよくとどかないので、その像はいかにも神秘と荘厳を表象するもののように見える、由紀は幼ない頃よくその仏像にねがいごとをしたものだった。美しい衣装が欲しいとか、古くなった雛を新らしいものに代えて貰いたいとか、仲のわるい友達と道で会わずに済むようにとか、……そしていま彼女は自分がなにを祈ろうとしているかを思いかえし、過ぎ去った日の無邪気な憂いも悲しみも知らなかった自分と、現在の自分との違いの大きさに心ふさがり、まるで呻くかのように溜息をもらした。

四

家へ帰ると両方の金をひとつにして良人の枕許へ持っていった。休之助は心をかよわせるような眼でじっとこちらを見、殆んど聞きとれないくらいの声で、

「済まなかった」

と云った。苦痛を刻んだような眉間の皺や、呟くように微かなそのひと言が、ど

んなに深い感謝のおもいを伝えるものか由紀には痛いほどよくわかった。休之助はやがて、

「ごくろうだが、それを包んで、御納戸がしらのところへ届けて来て呉れ」

と云った。

「沢本さまでございますか」

「そうだ、こちらの名を云えばお会い下さる、取次ではいけない、必ずじかにお会いしてお手わたし申すのだ、たのむ」

はいと云って由紀はまたすぐに立ちあがった。

沢本家を訪ねると平太夫が会って呉れた。由紀は良人から申し付かった旨を述べて金包みをさしだした。平太夫は包みをひらき数をあらためてから「たしかに」と云って受取った。冷やかな、まるで見知らぬ者に対するような調子だった。この人は実家とかなり親しくしていて、兄や由紀などにもよく気がるに話しかけたものだった。髭の濃い角ばった顔がいつも酔っているように赧いので、兄がべんけい蟹というあだ名をつけたことがある。然しそういう親しかった過去は忘れてしまいでもしたように、いま眼のまえに見る平太夫はよそよそしく冷たかった。会ったらなにか事情がわかりはしないか、精しいことはべつとして緒口だけでも……そう考えて

来たのだが、平太夫はなにも云わず、硬い表情でむっと黙ってしまった。由紀は「たしかに」というひと言で、とにかくなにかがいち段落ついたと思い、それだけをこころ遣りに沢本家を辞した。帰って来てぶじに済ませたことを告げると、良人は黙って頷き、眼をつむって深く太息をついた。重い荷を背負って疲れはてた人が、ようやくその荷をおろしたという感じである。そしてその夜はじめて熟睡したようすだった。「どんな大きな心配がおありだったのだろう」さもこころよさそうな軽い鼾のこえを聞きながら、由紀は夜半のふしどに坐って独りそっと呟いた。そして輿入の宵から今日までの息詰まるような時間が、どうかこれで終って呉れるようにと祈った。姑が善光寺から帰る筈になっている日の午後に、吉岡頼母がおとずれて来た。由紀はまえから決心していたので、座敷へとおさず玄関で応対した。

「おはなしは此処でわたくしが承ります、けれど母から先日あらましを聞いておりますので、さきに申上げますけれど、離縁のおはなしでしたら、うかがうまでもございません、どのようなわけがございましょうとも由紀は安倍休之助の妻でございます、どうぞそうおぼしめしたうえでおはなし下さいまし」

さすがに身がふるえ声がおののいた。頼母はしずかな眼で由紀の面を見まもっていた、彼女の言葉がしんじつのものであるか、それともいちじの昂奮にすぎないかをみきわめようとするように、そしてやがてそっと頷いた。

「よいおかくごです、それを聞けばもう云うことはありません。お父上も察しておられたのでしょう、承知しなかったら渡すようにと手紙を預かって来ました、あとでごらんなさるがいい」

そう云って、一通の書面をさしだし、黙礼をして帰っていった。由紀は居間へはいってすぐに披いた、父の手跡で当分のあいだ出入をさし止めるという意味が書いてあった、つまり絶縁状である。……ではもう母上にも会いにはゆけないのだ。決心はしていたもののまさか絶縁とまでは考えなかったので、由紀の心ははげしくよろめき、母がどんなに悲しがっているかと想像されて眼のさきが暗くなるような気がした。けれども由紀はすべてを自分ひとりの胸に秘して置いた。良人にもはなさなかったし、帰って来たなほ女にも黙っていた。嫁したさきから離別される人さえある。実家と縁が切れるくらいは、さして悲しむにも及ばないではないか、もともと女には婚家のほかには家はないのだから、そう思いなおし、自分にとっては生甲斐も希望も、すべてこの家と良人のなかにあること、女としてはこれからほんとうの生活が始まるのだということを、考えるのだった。

五十日ほど経ってから、休之助は役目を解かれたうえ食禄を半減された。「おぼしめすところこれあり」というだけで、咎めの理由は示されなかった。おりから冬に入る季節でもあり、年の瀬をひかえての食禄半減は、殆んど家政の破綻をともなう、半年のあいだ溜まっている諸払いをどうしたらよいか、来る年の入費をどう工面するか、……実家の母には会うすべもなし、姑には心配をかけたくなかった、ではどうしたらきりぬけてゆかれるかと考えると身も縮むような息苦しさに襲われ、由紀はしばしば眠れずに明かす夜を経験した。

五

松本は信濃のくにでも低い土地であるが、北がわにのしかかる信濃丘陵から雪をまじえて吹きおろす風のために、霜月から如月まで寒さはかくべつきびしかった。少しでも年越しの足しにしようと思い、由紀は親しくしていた友にたのみまわって、五軒ほど琴の出稽古をするくちをみつけて貰った、武家ではさしさわりがあるのでみな町家だった。良人や姑には「よい師匠があるので、手直しをして貰いたいから」と云いこしらえた。毎日ひるさがり一刻ずつときめたので、近い家のときはよいが、遠いばあいは往き帰りとも汗の出るほど急がなければならない、膚を切るような風の日や、氷雨が降りつづいて道のぬかるときなど、こんなことをして幾らのものにもなりはしないのに、そう考えて心の挫けそうになることも二度や三度ではなかった。こうした或る日のこと、往来を掘り返しているところがあるのでまわり道をしてゆくと、大藪と呼ばれるあの場所へさしかかった。由紀は思わず立ちどまってあたりを眺めやった。片がわにみっしりと茂った竹藪があり、片がわは疎らな樹立と、草の荒れた空地になっている。藪となぞえに右へ曲ってゆく道の、少しさきには三の丸の高い石垣の端が見え、うしろは一町あまり隔てて武家屋敷にはいる、短い距離ではあるがひとめから隔たった寂しい場所だ……。良人はここに倒れていた、あんなにひどく傷ついて、人にみつけられるまで動くこともできずに倒れていた。由紀はぞっとするような気持で、足もとの黒く湿った地面を見おろした。この藪の蔭でなにかがあったのだ、この藪や樹立や、冷たいこの土はそれを見ていたのだ、いったいどのようなことがあったのだろうか。刻の移るのを忘れて、由紀はずいぶんながいことそこに佇んでいた。……そして道普請が済んでからも、惹かれるような気持でそちらへまわり、家にいてもふとすると藪蔭の湿った黒い土が眼にうかぶのだ。

十二月にはいると雪の舞う日が多くなった。朝のうち照っていたのが、午さがりに曇ったと思うと、いつかちらちらと粉雪になる。然し積もるという程もなく歇んで、夜空は星をちりばめたように晴れるが、朝明けにはまた降りだしている、そういう日がつづいて、道の端や家のうしろや日蔭のそこ此処に、氷ったまま溶けない雪がしだいに面積を弘げていった。なほ女のようすが変りだしたのはその頃からのことだった、由紀の立ち居を見る眼がどこやら尖ってきたし、ものを云うにもなんとなく棘が感じられた。稽古からの帰りが少しでも遅れると、まだそんな時刻でもないのに厨におりて夕餉のしたくをしていたり、またわざとのように夜半すぎまで縫物をしていたりした。それが自分へあてつけているのだと気づくには、そのときの由紀はあまりにひたむきであり若かった、そしてあんなにしっとりとおちついた人だったのが、絶えず苛いらとふきげんな態度になってゆくのを、ただはらはらした気持で見まもるばかりだった。……或る日の午後いつものように稽古に出ようとしていると、なほ女が来て、

「お稽古がよいはまだながくつづくのですか」

と訊ねた。その声は耳だつほど顫えていたし、その眼はびっくりするほどけわしく光っていた、

「はい、暫くかよいたいと思います」

そう答えながら由紀は顔を赤くした。

「もう押し詰まってきたし休之助もあのとおり寝たり起きたりしておいでなのだから、あなたにはお稽古もだいじではあろうけれどね……」

そこまで云いかけてぷつっと言葉を切った、そして返辞も待たずに去っていった。由紀はようやく理解することができた、姑のようすがなぜそんなに苛いらと尖ってきたか、なにがふきげんの原因だったかということを、それは云いようもなくなさけない悲しい感じだった、由紀は逃げるように家を出た。

あんな風になすっていいものだろうか、由紀は昂ぶってくる気持を抑えようもなく、この日ごろの姑の態度を一つ一つ思いかえした。自分は幾らかでも家計の補いにしようとして、町家の娘などに出稽古をしているのだ、八百石の大寄合の家にうまれ、ふた親や兄の温かい愛につつまれて、憂いこと辛いことを知らずに育ってきた身には、そのことだけでも決してたやすい業ではない。しかも良人や姑に気づかれたくないために、どれほど気を遣いからだにも無理をしているか知れないのだ。もちろん隠しているのだから姑にわからないのは当然であろう、けれども親となり子となったら、そぶりでもおよそは察して呉れてもよいのではないか、少なくともあのようにつけつけと仰しゃることはないだろうに、……由紀は胸が燃えるようだった。いつかあきんどに売った衣装や道具の数かず、ひとめを忍んで実家の母に金を貰いにいったことなどが思いだされ、そんなことも結局はわかって頂けないのだ、みんな徒労だったという気がして云いようもなく悲しくなり、いっそこのままどこかへいってしまいたいというつきつめた感情に唆（そそ）られながら、まったく見当の違った道をなかば夢中で歩きつづけるのだった。

六

山という山は遠いのも近いのも雪に埋もれた。その山なみの上には悔恨のように暗い鼠色（ねずみいろ）の雲が掩（おお）いかぶさり、絶えず凜烈（りんれつ）な風と粉雪とを吹きつけてきた。夜なかにふと覚めると、厨のあたりで物の氷る音がし、ぴしぴしと柱のしみ割れるのが聞えたりする、そんなとき由紀は衾（ふすま）の衿（えり）をかけよせながら、すでに年の押し詰まっていること、この暮をぶじに越せるかどうかということを考えては、追われるような苦しさに溜息をつくことがしばしばだった。

この土地には珍らしく、降りだした雪が三日も続いてようやくあがった或る夜、瀬沼（せぬま）新十郎となのる客がおとずれて来た。良人と同じ年頃のひとで由紀には初めての顔である。背丈の高い怒り肩のかなり際だった風貌なのに、どこか病気でも患っているような蒼白い窶れた表情をしていた。

「それは珍らしい」と、休之助はすぐに起きて着替えをした。まだ治りきっていない傷が痛むので、帯もゆるく、袴は着けられなかった。彼は玄関まで出むかえ、

「ようこそ、さあどうかお上り下さい」

そう云っていかにも心うれしげに客間へみちびいていった。そのとき姑は留守だった。由紀はすぐ茶を持ってゆくつもりで、湯釜のかげんをみていると、ふいに客間から異常に昂ぶった声が聞えてきた。それは思わず耳をすまさずにいられないほど異常なひびきをもつ声だった。

「それを云ってはいけない、その必要はない」

「いや云わなくてはならない」

客の声はわなわなと震えていた、

「……云わせて貰いたいんだ、これを云ってしまわないうちは息もつけない気持なんだ。あのとき大藪のほとりで闇討ちをしかけたのは、そこもとに自分の不始末をみつけられたからだった、拙者は御納戸の金を百両ちかく費消していた、すぐ返済するつもりだったしその目算もたしかだと信じていたが、思いがけない手ちがいが

生じてそれが不可能になった、それをあの日そこもとに発見された、万事休すと思った、これが公になれば身の破滅だと思い、惑乱のあまり前後のふんべつを失った、そしてそこもとを斬り、そこもとに罪をなすろうとしたのだ」

おののくような声は低かったけれど、その数語の告白は雷の落ちかかるように由紀の耳を撃った、彼女は危うく叫びだしそうになり、膝のあたりを固くしながら息をひそめた。

「……仕損じたと知ったのはあの翌朝のことだ。そこもとは重傷ながら命はとりとめたという、もういけない、これでなにもかも終った、すべては明るみにさらけだされる、今日か、明日か、そう思いながら、それでも腹を切るだけの決断がつかず、夜も昼も間断なしに呵責と慚愧に苦しみ、うしろ首に刃をつきつけられているような気持で、一寸きざみの時をすごしてきた、それがどんなに耐えがたいものだったか、そこもとに想像ができるだろうか」

客の言葉はちょっととぎれ、泣いてでもいるのか暫く喘ぐような息づかいが続いた。

「そのうちに色いろなことがわかってきた、そこもとは拙者の不始末をひきうけて呉れた、あれだけたいまいの金を黙って返済し、自分の名を汚したいめんを捨てて罪を衣て呉れた、こんなことがあるだろうか、拙者には信じられなかった、いかに度量が大きく心がひろくとも、人間としてそこまで自分をころすことができようとは思えなかった、然もそれが事実だとたしかめたときの拙者の気持を察して貰いたい」

客はたまりかねたように泣いた。聞く者にも胸ぐるしくなるような、はげしい苦悶のこえであった。

「もうそれでやめよう、たくさんだ」

やがて良人がしずかにそう云った、

「拙者はそこもとがよからぬ商人にとりいられて、米の売買に手をだしているらしいということを聞いた、意見しようかとは思わないではなかったが、そんなに深入りをする気遣いもあるまい、そのうちにはやむであろう、そう軽く考えていたのだ、友達としてそんな無責任な考え方はない、気がついたときすぐに意見すべきだった、……人間は弱いもので、欲望や誘惑にかちとおすことはむつかしい、誰にも失敗やあやまちはある、そういうとき互いに支えあい援助しあうのが人間同志のよしみだ、あのときのことは知っていて、意見をしなかった拙者にも半分の責任があると思った、そして自分にできるだけのことはしてみようと考えたのだ、それが幾らかでもそこもとの立直るちからになって呉れればよいと思って……」少しも驕ったところのない、水のように淡たんとした言葉だった。その飾らないしずかな調子が、却って真実の大きさと美しさを表わしているように思えた、
「そこもとは立直った、奉行役所に抜擢されたということを聞いたとき、拙者は自分の僅かな助力がむだでなかったことを知り、どんなに慶賀していたかわからない、これは誇るに足るりっぱなことだ、あやまちがどんなに大きくとも償って余ると思う、これでもういい、なにもかもこれで生きる、江戸詰めになったそうだが、あっちへいってもこの気持をゆるめずにしっかりやって呉れ、期待しているよ」

由紀はそのとき大藪の蔭の湿った黒土を思いだしていた。あの藪の蔭にはこのように大きな真実がひそめられていたのだ、友の過失をかばい、困難をわかちあうという、世間にありふれた人情が、ここではこれほどのことをなしとげている。然も良人はかたく秘してほのめかしもしなかった、いま瀬沼自身が告白しなければ、事実は永久に闇へほうむられたに違いない。「人はこんなにも深い心で生きられるものだろうか」由紀は切なくなるような気持でそう思った。それにしてもこの頃の自分はどうだったろう、僅かな衣装や道具を売り、出稽古をすることなどがいかにも安倍の家のためであるように思いあがった、姑に小言を云われると自分を反省する

よりさきに相手の理解の無さをうらみ、自分のつくしたことが徒労だなどと思った、いったいそれほどのことを自分はしているだろうか、あの藪の蔭にひめられていた良人の真実に比べられるほどの、どんなことをしているというのだろう。……由紀はからだがかっと熱くなり、恥ずかしさのために思わず拳をにぎりしめた。

「母上はまだお戻りなさらないか」

そう云って休之助がはいって来た。

「はいまだ……」

「酒を出したいのだが」

と、休之助は云いにくそうに声をひそめた、

「友人がこんど江戸詰めに出世して別れに来たのだ、ほんのしるしだけでも祝ってやりたいのだが」

「はいかしこまりました」

由紀はじっと良人を見あげた、

「ただいまお茶をさしあげましたら、すぐにおしたくを致します」

「こんな時刻に済まないが、暫く会えなくなるものだから」

家計の苦しさを察している気のどくそうな口ぶりだった、由紀はそれを身を切ら

れるようなおもいで聞いた。強くなろう、もっとしっかりして、どんな困難にもうろたえず、本当の良人の支えになるような妻になろう。……由紀はそう心に誓いながら、客間へ戻ってゆく良人のうしろ姿へしずかに頭を垂れるのだった。

頰

一

寛永(かんえい)六年七月、紀伊(きい)の徳川頼宣(よりのぶ)*は奥熊野(おくくまの)の湯峰(ゆのみね)という温泉(いでゆ)に湯治し、さらにその附近で狩を催した。湯治という狩というけれど、それは領内の産業開発を計るための、地方事情の巡視が主たる目的だったのである。狩を終った頼宣は熊野川に沿って新宮(しんぐう)へくだり、数日にわたって海岸の在々を見まわった。すると或(あ)る日、側近の者二三だけつれた忍びすがたででかけたが、どうしてか道を誤って、人家もみえぬ山のなかを半日ほども迷いあるき、日暮れがたになってから偶然ある入江の上へ出た。……それは荒涼たる景色だった、入江を囲む二つの岬は屹峭(きっしょう)たる高い断崖(きりぎし)で、吹きつける風のために樹々(きぎ)はみんな片方へうち伏し、白骨のような枯枝がいたるところにみえる、入江の中も尖(とが)った岩礁(がんしょう)がちらばっていて、激しくさし込んで来る潮流でもあるのか、絶えず颯々と波を嚙んでいた。昏れがたの光のせいもあるが、眼に入るものすべてが暴々しく厳しくて、なんとなく脊筋の寒くなるような感じだった。

「あれを見い、入江の岸にある岩のこちらがわに燈火がみえるが……」

頼宣にそう云われて*扈従の人々はそちらを見た。今かれらの立っている処から少し右へ寄った丘の下に、磯から続いて巨きな岩が這っている、その蔭のあたりはもう黄昏の色が濃くなっているが、そこにぽつんと燈火がひとつみえていた。

「たしかに燈火のように思われる、たぶん漁夫などであろうが、誰ぞいって道の案内をたずねてまいれ」

そう云われて扈従の一人がすぐに丘をおりていった。よほど道が嶮しいのであろう、眼で量ったよりはずっと時過ぎてから、その侍臣はひとりで戻って来た。報告によると此処は「舟入れず」といわれるところで、北へも南へも五里あまりゆかなくては人里へ出られない、それに殆ど夜道のできない場所だから、なるべくならば下の漁小屋でひと夜すごしてゆくがよいだろう、そういうことであった。

「おわたりを願うにはむさ苦しすぎまするが、夜道の危険よりはと存じ支度を申付けてまいりました、いかが思召されましょうや」

「苫屋の宿も面白かろう、だがいかなる者が住んでおるのか」

「茂兵衛、いまと申す若い漁夫の夫妻にございます」

「若い夫妻……」

頼宣は立ちあがりながら、訝しげに首を傾けた、「かように人里はなれた荒涼たる場所に、なんで若い夫妻などが住んでおるのか、世を忍ぶ事情でもあるのではないか、それならば邪魔をするのは心ないわざだが……」

「仰せではございますがすでに日も暮れかかりまする、恐れながら一夜の御辛抱をお願い申上げます」

では案内せよと頼宣は頷いた。そして主従は嶮しい岩だらけの道を、すでに暗くなった入江の磯へとおりていった。

二

阿い、いまは力かぎり鍬をうちおろした。かちりと硬い音がして、こんども鍬ははねかえされ、その反動が柄を伝って掌から腕まで痺れるように思えた。鍬を置き、手を入れてさぐると、尖った拳二つほどの石塊がある、礫まじりの固い土を指で掻き崩し、ようやく掘りだして、さて鍬をとると、二た起しもしないうちにまたしても石だった。曇日の海から吹いて来る風は潮じめりがしていて、にじみ出る汗といっしょに着ている物までがべとべとする、朝から休みなしの土起しで、脚も腰も腕も、関節がばらばらになってしまいそうなほど疲れていた阿(お)いまは、ふと、もう午(ひる)が近いだろうということに気づき食事の支度に戻らなければならぬと思って手を止めた。

鍬をおろしたかの女は、汗をぬぐいながら無意識に海のほうへふりかえった、灰鼠色(はいねずみいろ)のどんよりと重く垂れた空の下で、外海は油のように凪(な)いでいるのに、入江の中では乱立する岩礁があちらでもこちらでも暴々しく波の飛沫(しぶき)をあげていた。阿(お)いまの眼はすばやく入江の内を見まわしたが、そこにいる筈(はず)の良人(おっと)の小舟がみえない、

——どうしたのかしら。

そう思って視線を移すと、小舟は磯にあげてあり、良人の姿はなかった。ああではもう午なのだ、阿(お)いまはにわかに急(せ)きたてられるような気持になり、石を畳んで造った傾斜のはげしい道を走るようにおりていった。良人の茂兵衛は海に面した部屋の端に、ごろりと仰(あお)に寝ころんでいた。

「おそくなって済みません、いますぐ支度をしますから」

そう声をかけたが、返事はなかった。この頃はそういうことがたびたびなので、

かくべつ気にもせず、阿いまは炉に火を焚きつけたり、裏の筧から水を汲んで来たりし、手まめに午餉の支度をいそいだ。やがて貧しい食膳に向きあって坐ったときだった、茂兵衛はとげとげしい調子で、

「阿いま、おれはもう諦めたぞ」

と云った。予期しなかったことではなかったけれど阿いまは思わず膝を固くした。

「どうしてそんなことを云うんです、せっかくかじめも根づいて、もうひと息というところじゃありませんか」

「だめだ、かじめは根づきやしない」

「……根づかないんですって、だってあの」

「また洗われちゃったんだ」

茂兵衛は肩をすくめた、「おまえには云わなかったが、十日ばかりまえからだ、今日みたらもう一本もありやしない」

「それじゃあ稚貝は」

縋りつくような阿いまの問いに、茂兵衛は投げだすような手ぶりをしてみせただけであった。そしてまずそうに箸を動かしながら、まるで自分を罵るような調子で呟いた。

「此処が舟入れずと云われていたのは本当だ、おれとおまえの力で漁場にできるくらいなら、何百年も捨てて置かれるわけがない、人間の力で出来ないことをしようというのは馬鹿か気違いだ、おれは眼がさめたよ」

「……」

「三年のあいだ夢をみたんだ、つまらない夢だった」

阿いまには答えるすべがなかった、茂兵衛もそれ以上は云わず、食事を終ると、またごろりと寝ころんでしまった。

——三年の夢。

そうだ、まさにまる三年だ、けれどもこれがはたしてつまらない夢だったろうか、阿いまは裏で洗い物をしながら自分に、そう問いかけてみた。

茂兵衛は勝浦の橋七というかなり大きな網元の三男だった、幼い時分からきかぬ気で、漁夫たちといっしょに沖へ漁に出ることを好み、ついには勝浦の南にある太地という鯨漁場へいって鯨突きに成ろうとした。けれどもそこでは鯨突きの技を覚えるまえに悪い仲間ができ、賭け事に溺れてすっかり、性質を荒ませてしまった。二人の兄も、父もいくたびとなく意見をしたが、眼の昏んだようになっていたかれは耳にもいれなかった、そしていっぱし世間のみえるつもりで家をとびだし、そのまま五年のあいだ消息を絶ってしまった。その年月にどのような経験をしたであろうか、二十四歳の春、なんの前ぶれもなく、まるで流木が漂い着きでもしたように、ふっと故郷へ帰って来たかれは、身も心も憔悴しつくした感じで、半年あまりは病人のようになっていた。そのときかれの世話をしたのが阿いまだった、かの女は橋七の舟で稼いでいる漁夫の娘で、どちらかというと不器量な生れつきだったが、気性がやさしくて、誰にも好かれる、そしてよく働くので評判のむすめだった。帰って来た茂兵衛は隠居所に籠ったきり外へも出ず、毎日むっつりと黙って暮らしていたが、阿いまが身のまわりの世話をするようになってから、かの女だけにはぽつりぽつりといろいろの話をした。悪い仲間にそそのかされて堺へいったこと、大坂に一年、四国の丸亀に半年、備中から、遠く長州のはてまで放浪したことなど、どうかすると懺悔でもするような口ぶりで話して呉れた。

——阿いまは綺麗な頬をしているな。

或る日ふと茂兵衛はびっくりしたような眼つきでそう云った。あまりとつぜんだったので阿いまはすっかりまごついてしまった。

秋になるとようやく健康をとり戻したようすで、茂兵衛は「舟入れず」を漁場にする計画を阿いまにうちあけた。

「舟入れず」というのは激しい潮流のさし込む入江で、中は水深も適度だし岩礁が多く、魚貝の繁殖にはうってつけの場所と思えるのに、さし込む潮流が激しすぎるので危険なのと、まだわからない理由のために魚も貝類も棲まぬまま捨ててかえりみられない場所だった。

——本当にそうお考えですか。

阿いまは熱心に問い返した、実はかの女の父もつねづね口癖のように「舟入れずは鮑と蝦のすばらしい繁殖場になる」と云っていたからである、それを話すと茂兵衛はますますのり気になり、

——だがそのときはおまえもいっしょにゆくんだがいいか。

ときめつけるように云った。それが求婚だった。茂兵衛の兄たちは反対だったけれど、父親はよろこんで承知した。捨ててかえりみられなかった場所が漁場になるとすれば、沿岸の漁夫のためにも、お国のためにもりっぱな仕事である、五年でも十年でもがんばれ、そのあいだの米味噌はおれが貢いでやる。父親はそういってかれを励ました。その年の冬には阿いまと祝言をあげた、春さきには「舟入れず」の入江の磯に家も建った、そして夫妻は僅かな家具を持って此処へ移って来たのであった。

三

どちらへ出るにも、ひどい山道を五里はゆかなければならぬ、あたりには杣小屋(そまごや)ひとつなく人の姿を見ることもない、新婚早々の夫婦が住むにしてはあまりに荒涼たる場所だった。けれど阿(お)いまは云いようもなく仕合せな、活(い)き活(い)きとした張のある日を送った。無口な茂兵衛はかくべつ情のある言葉をかけて呉れるわけではなかったが、偶(ふ)としてはじっと瞶(みつ)めるその眼つきに、重たいほどの温かな愛情が感じられる、そういうとき阿(お)いまはきまって自分の頬に血がのぼるのを抑えきれなかった。

――おまえは綺麗な頬をしているな。

初めて褒められたときのことが、なによりも大切な記憶としてかたく心にしまってあるのだった。此処へ移って来るとすぐ、家の裏へ熊野権現(ごんげん)の小さな祠(ほこら)を建てた、阿(お)いまは朝な夕な、その祠にぬかずいて、良人の計画が成就(じょうじゅ)するよう、また自分がもっともっと良人の愛情に値するよい妻になれるようにと、心をこめて祈るのだった。

茂兵衛はまず鮑の放殖を試みた、はじめ成貝(せいばい)を放ったが失敗した、二度めには伊(い)

勢からとりよせた、伊勢に産するもののほうが品種がよく繁殖力も強いと聞いたからである、しかしそれもいけなかった、次ぎには成貝でなく稚貝を試みた。三度、五度、けれどどうしても岩礁に着かない、成貝はよそへ移行してしまうし稚貝は斃滅する、茂兵衛は屈せずにこんどは鮑の生態からしらべだした、着床も潮流も不適とは思えなかったが、食餌になる海草の無いことが原因の一つだと見当がついた、そしてついにかじめ類の豊富な場所には鮑がよく殖えるという事実をたしかめた。かれはすぐにかじめの移殖にかかったが、これもまたうまくいかないのである、植えても植えても根がつかない、さし込んで来る激しい潮流のために、すぐ洗い去られてしまうのだ。

阿いまは裏の崖の斜面に畑を作っていた、それがかの女の受け持ちだったけれど、気持はいつも良人の仕事の上にあった、三年のあいだ屈せず撓まず努力して来た良人が、かじめさえうまく着かないのに苛だちはじめ、ともすれば不きげんな日が続くようになるのをみて、かの女の心は良人を労わりたい気持と不安とで、この頃ずっと休まるときとてもなかったのである。

——三年間つまらぬ夢をみた。

良人がそう云う気持はよくわかる、だがここでみきりをつけたらどうなるであろうか。この仕事によって悪い仲間と袂れ、悪い生活から立ち直ろうとした、その努力がむだになり、勝浦へ帰ってゆくとすれば、良人がそこでどんな生活に戻るかは想像に難くない。

「いけない、ここで投げだしてはいけない、自分にとっても良人にとっても、ゆくすえの全部がここにあるのだ、どんなことをしてもここに居つかなくては……」

阿いまはそう心をきめ、食事のあと片付けを済ませるとすぐ、独りで舟をおろして入江のはなへ漕いでいった。

かの女はまえから考えていたことがあった、それは入江の口に巨きな岩礁が一つあって、さし込んで来る潮を塞ぐかたちになっている、もしそれを除くことができれば、潮流のさし込む力はよほど減殺される事にちがいない、

――そうだ、きっとあの岩礁をとってしまえばよいのだ、そうすればかいかいめも根着くにちがいない。

そう思って舟をだしたのである。漕ぎ寄せてみると、岬のはなから流れ込んで来る潮は、その岩礁につき当ってすさまじく飛沫をあげ、ねじれるような奔流になって入江の中へと巻きこんでいる、それさえ無ければ流の力が半減されることは見た眼にもたしかだった。けれど岩礁は巨きかった、覗いてみると、水面下は潮流のた

めに削られ、かなり大きくくびれているが、そこでさえ紐を廻せば四五十尺はあるだろう、……これが人の力でとり除けられるだろうか、阿いまは一時に総身の力がぬけてゆくように感じた。眼の前がまっ暗になるような気持だった、しかしかの女はすぐに心をとり直した。「やってみよう」考えるだけではなにも出来はしない、「やるのだ」できるできないはやってみたあとのことだ、雨滴れでさえ石を穿つではないか、「そうだ」と決心をした。

阿いまは舟を戻した、そして裏の崖へ道を造るために用意して来た鑿と金槌とをとりだし、太い綱を支度して、すぐに入江の口へひき返した。かの女は綱の一端を岩礁の尖りへ結びつけ、一端で自分の胴を縛った、そして鑿を口に銜えて少しの躊いもなく水の中へとびこんだ。その激しい奔流のなかで、阿いまがどのようにたたかったかを、ここに描きだすことは不可能である、かの女は間もなく拳大の岩の欠けらを摑んで浮きあがって来た、結婚して以来久しく水へ潜らずにいたので、呼吸の苦しさは胸膈をつきやぶるかと思えた、岩礁へ身を凭せかけたまま、かの女はずいぶんながいこと失神したようになっていた。

阿いまが家へ帰ったのは、もう日の暮れかかる頃だった。茂兵衛は家の中で道具の荷作りをしていた、阿いまの顔はさっと蒼くなり、そこへ立竦んだ膝がわなわな

とふるえた。……茂兵衛はふり返って、

「おまえも自分の荷を纏めて置け、明日はここをひき払うから」そう云った。

阿いまは裏の筧でからだを拭き、気のぬけた人のようにしょんぼりと家へはいった。しかしそのままひっそりとして動くけはいがない、茂兵衛は舌打ちをしながら、

「どうしたんだ、いやなのか」

と呼びかけた。そしてふり返ってみると、妻は炉端に坐っていた、いつも夜仕事のために炉の中には*鏝がいけてある、かの女はいまその鏝をとりだして、まさに自分の頰へ押し当てようとするところだった。「あっ、阿いま」と叫び、茂兵衛はとびついていって妻の手からそれを奪いとった。

「なにをする、なにをばかな真似をするんだ」

かれは息をはずませながら呶鳴りつけた。阿いまはしずかに良人を見かえした。

「でも、此処をたち退くとすれば、わたしはこうしなければならないんです」

「なんのために、おれへの当てつけにか」

「いいえ権現さまに誓ったからです」

「……誓ったとは、なにを誓ったんだ」

あなたと云って阿いまは良人を見あげた、泪のいっぱい溜った眼で良人を見あげ

ながら、かの女は溢れるような調子でこう云った。

「あなたはいつぞや、この頰を綺麗だと褒めて下さいました、標緻も悪し、読み書きもできないわたしには、あなたに褒めて頂いたこの頰がたった一つの宝物のように思えたのです、此処へ移って来るとすぐ、ですからわたしいちばん大切なこの頰を権現さまに捧げたんです、……わたしたちはこの『舟入れず』をきっとりっぱな漁場にいたします、どうかわたしたちをお護り下さいまし、もし途中で心の挫けるようなことがありましたら、この頰を権現さまに捧げますからと」

単純すぎるほど単純な言葉だった、けれどそれが単純であるだけに、阿いまの気持のひたむきな、つきつめた感情の純粋さが感じられた。茂兵衛は眼を伏せ、まるで申訳でもいうように呟いた。

「けれども、此処はだめだよ、阿いま」

「本当にだめでしょうか」

と阿いまは強く問い返した、「あなたはさっき三年の夢だったと仰しゃいました、三年、……わたしは此処へ来るとき、三年や五年で漁場にすることが出来るとは考えませんでした、十年二十年、もしわたしたちの代で出来なかったら、子供に継がせてもきっと漁場にしあげてみせる、そういう覚悟でいたんです、これまで誰も手をつけなかったのは、たやすくは出来ることでなかった証拠でしょう、それをやりぬこうというにはなみ大抵のことでないのは初めからわかっていました、だからこそわたしは、……自分に一つしかない宝と思う頬を、……あなたに褒めて頂いたこの大切な頬を、……権現さまに捧げると誓ったのです」

此処をたちのくと仰しゃれば、良人に従うのが妻の道だから自分もたちのく。けれど神へ誓ったことはやぶれないから、頬は捧げてゆく覚悟です。阿(お)いまはそう云い、堪(こら)えかねたようにそこへ泣き伏してしまった。

茂兵衛はいきなり妻を抱きしめてやりたい衝動を感じた。三年間の辛抱は、寧(むし)ろ妻にこそ耐え難かったに違いない。かれはそう思いやっていた。それなのに阿(お)いまの心はそれほども撓(たわ)まぬ力をもっていたのだ、良人に褒められた頬を宝と思い、その宝を神に捧げてまでこの仕事の成就を祈っていた。……おれは本当の阿(お)いまを知らなかったのだ。

黄昏(たそがれ)の色が濃くなり、片明りの白々とした光をあびて、茂兵衛はじっと波うつ妻の背をみまもっていた。そのときふと、門口へ人のおとなう声がした。

「道に迷った者だが、誰ぞおるか」

侍の言葉だった、茂兵衛は夢からさめたように、卒然と立って出ていった、……

その侍こそ頼宣の扈従の一人だったのである。

四

その夜、茂兵衛の蓬屋に泊った頼宣は、茂兵衛の口からすべての事情を聞いた。「頬」のくだりには最も心をうたれたらしかった。

「だがその岩礁を人の力で砕き去ることができると思うか」

頼宣にそう訊かれて、阿いまはつつましく、しかし確信のある口調で答えた。

「はい、今日は拳ほどの大きさに十ほど打欠きました、毎日つづけましたら必ずやりとげられると存じます、三年さきか五年さきか、それはわかりませぬ、……けれど、もう今でもあの岩礁は、昨日より拳十ほどは小さくなっております」

「茂兵衛はどう考える」

頼宣にそう訊かれて、かれは低頭しながら御賢察くださるようにとだけ答えた。

「賢察しろというか」

頼宣は微笑しながら頷いた、「よしよし、ではいずれ察しの由をみせて遣わすぞ」

明くる朝はやく頼宣は新宮の宿所へと立っていった。……そしてそれからひと月ほど経って二艘（そう）の舟が和歌山から届けられ、なお入江に添った土地*五町歩を、永代無年貢（ねんぐ）として夫妻に賜わるというお達しがあった。これが頼宣の「察しの由」だったのであろう、茂兵衛夫妻は「舟入れず」をみごとに漁場にしたし、頼宣から賜わった土地は、幕末まで無年貢のまま子孫たちに伝えられていた。

横笛

一

「秘策があるのです、これならばという策があるんです」

*平山兵介はねめつけるように眼を光らせ、膝でにじり出ながら声をひそめて云った。

「聞くだけは聞こう、なんだ」

*大橋順蔵（訥庵）はいつものむっとした顔で相手の眼を見ずにそう答えた。それはまるで心のうごいていない人のようである、兵介はひそめた声に力をいれて云った。

「われわれが*安藤閣老をやると同時に、*多賀谷、*尾高の同志が筑波山に本陣を居えて、水戸、結城の兵を集めて旗を挙げるんです」

「それで、秘策というのは……」

「おそれおおいことですが、ただいま*輪王寺宮(りんのうじのみや)が日光におわすのをご存じでしょう、*御座まわりにはさして人もおりません、ですから宮家を迎え奉(たてまつ)って挙兵すれば、おそらくこれに弓をひく者はなしと信じます」

「いけない、それは暴策も甚しい」

「どうして暴策ですか」

反問しながら兵介はふいに眉(まゆ)をひそめた、ひと間おいた向うの部屋でしきりに横笛の音がしている、こちらの密談の重要さも知らぬふうで、ときどき笑ったり話したりしながら、おなじところを繰り返し吹いているのが、やかましいばかりでなく、こちらとは逆にのんびりとした遠慮のないさまに思えて、兵介はさっきから癇(かん)に障(さわ)ってならないのだった。

「なにごともなく宮を迎え奉ることができればよい、しかし御座を守護する者がそれを拒むのはわかりきったことだ、そのとき力をもって迎え奉るとすれば不敬の名を蒙(こうむ)る、初めに名を失って事がおこなえると思うか」

「根本が大義に存するかぎり一時の名の得失は問題ではないでしょう」

「そういう考え方を暴というのだ、しかしいまそれを論じていてもしようがない、わたしは不賛成だ、まだその時機ではないと思う、それよりも、……」

順蔵は少し身を跼めるようにした。

「実は数日まえに岡田真吾が松本錤太郎といっしょに来た、そして一橋刑部卿（慶喜）をうごかして事を謀ろうという」

「その話は聞いています、けれども」

「いや異論のあるのはわかっている、だが幕府のまん中から刑部卿をうごかすことができるとすれば、名分はもとより諸国への影響力はひじょうなものだ、成否は別としてやるだけやってみる価値はある、さいわい一橋家の山本繁三郎という者が知己だから添書を書いた、二人はすぐに一橋家へいった筈だし、もうその結果を知らせに来る頃だ。いずれにもせよいまのはなしはその結果がわかってからにしたらどうか」

兵介はじっと口をつぐみ、ながいことものも云わずに坐っていたが、やがて「ではみんなにその旨を伝えてみます」と云って辞去した。

安政の大獄から四年、大老井伊直弼が桜田の変に死んでから二年、王政復古、攘夷、倒幕の機運はしだいに熟して、志ある人々はいたるところで挙兵の企てを急ぎつつあるときだった。大橋順蔵の周囲にも、宇都宮藩士を中心にして事を謀る者が少くない、順蔵は時機到らずとして暴挙を戒める一方、ひそかに京都と連絡をとり、朝命を拝して大事を決行すべく密計をすすめていた。……しかし血気の青年たちはそういう遠大な計画よりも、現実にもうなにごとかを為さずにいられなくなっていた、そして順蔵もその全部を抑えきれなくなり、岡田真吾、松本鉄太郎らの一橋慶喜をひきだすという策に、一臂の助力をせざるを得なかったのである、すなわち慶喜の*近習番山本繁三郎はかねて知己でもあり、志を同じゅうする人物でもあったから、慶喜への周旋を依頼する添書を書いて真吾らに与えたのだ。

——万に一も刑部卿がうごけば、それはそれとして軽からぬ意義があるだろう。

かれはそう考えていたのである。

「お客さまはもうお帰りでございますか」妻の巻子がしずかにはいって来た、「しるこ餅でもさしあげようと存じまして、いま作りかけていたところでございますのに」

「笛を吹きながら餅焼きか」

むろん皮肉ではないが、順蔵の調子にはどこかしら棘があった、巻子は気がつかないのか、気がついても知らぬ顔をしているのか、四十に近い年とはみえぬ艶やかなおもてに、ほのぼのとしたやわらかな微笑をうかべながら、いいえ支度はうめがしておりますと事もなげに答えた。あまりにすなおな、悪くいえば神経が鈍いとも思える妻のようすに、馴れてはいながら順蔵はめずらしく言葉を尖らせた。

「笛の稽古もよいが、来客のときは少し遠慮をしてもらえないか、客によっては重要なはなしもあるし、そうでなくとも、あまり気楽すぎるようで聞きぐるしくなる」

二

「それは申しわけのないことでございました」

巻子はちょっと眼を伏せた、「お耳障りになろうとはつい存じませんでしたので、……以後はよく気をつけます」

おとなしく詫びたことは詫びたけれど、伏せた眼をあげると、もういつもの穏かな、なにごともない笑顔に戻っていた。そして、もうしるこ餅ができたろうからめしあがるなら持ってまいりましょうかと云った。

「いや、わたしは欲しくない」

かれは憮然として眼をそむけ、

——人間の育ちが違うのだ。

ということを改めて思いかえした。

それはこれまでにもしばしば感じたことだった。順蔵は上野(こうずけ)のくに群馬郡(ごおり)の生れで、父は*清水赤城(せきじょう)という貧しい兵学者だった、かれは幼いときから学才にめぐまれ、長じて*佐藤一斎の門にまなんだが、そこでもぬきんでて頭角をあらわし、二十六歳のとき望まれて、*大橋淡雅(たんが)の養子となった、巻子はすなわち淡雅のむすめである。……大橋家は富豪として名高かったし、順蔵の才分をよく理解していたから、日本橋村松町に大きな塾を建て、そこを夫妻の住居(すまい)ともして与えた。以来二十年、かれは宇都宮戸田家に招かれてその*藩儒となり、すでに押しも押されもせぬ天下の学者だった。

　順蔵が妻の巻子と自分との育ちの違いに気づいたのは結婚して間もなくのことだった。かれが貧しい兵学者の子であるのに対して、巻子は世の風雪から遠い富家の深窓に成長した、からだつきも顔だちもおっとりとたおやかだし、いつまで経(た)っても娘のように汚(けが)れのない、明るく温かな、すなおな性質をもっていた、それだけでも、どちらかというと烈(はげ)しい気質の順蔵とは対蹠的(たいせきてき)だった、ほかにいちいち例を挙げるまでもない、家常茶飯、眼に見えぬところに差が感じられた。

——わたしの為事には口をださぬように、初めにそう云ったことはそのままかたく守られてきた、良人を信じきり、すなおにその云いつけを守るのではあろう、それは間違いではないのだが、しかしあまりにさっぱりとしすぎて鈍感のようにさえ思える、すべてがそうだった。

——結局はこれがいいのだ。

そうは考えるものの、ときには積極的に良人の支えになろうとする気持もほしいと思う、もちろん常にはそんなことを考えるいとまもなかったけれど、……順蔵は勤王攘夷を主張しだしてから、同志の人々の出入りが多くなったので、この向島小梅へ住居を移した、するとその頃から妻の巻子は横笛をならいはじめ、*三条家のながれを汲むという老人が通って来ては稽古をつけた。

——いまさらなにを気まぐれな。

むしろ苦々しく思っていると、半年ほどして師匠をことわってしまった、勘が悪いとみえていつまでしても一の曲があがらないのである、それからは独りで譜をたよりに稽古をして来た、それがよくも飽きないものだと感心するほどいつも同じ曲ばかり吹く、この頃では順蔵は馴れてしまったが、要談をもって来る同志の人々には耳障りになる場合がときどきある、若い時分ならともかく、もう小言をいう年でもないし、そのうちには自分で気がつくであろうと捨てておいたが、とうとう今日は云わずにいられなかったのであった。

「笛もよいから、稽古をするならやはり師匠についたらどうか」

順蔵はふと妻へふりかえって、「なにごとでも芸はひとり合点ではならぬものだ、日をきめてこちらから通ってみるがいい」

「でもわたくしのはほんの慰みでございますから」

巻子はそういって笑い、折から門に人のおとずれる声がしたので、自分の部屋へ立っていった。……小梅にあるこの住居には、若い門人の林悳三ひとりだけいて、客の取次ぎや書斎の用をつとめている、巻子が去るといれかわりにはいって来た悳三は「大場左太夫どのからお使です」ととりついだ、大場左太夫は主家宇都宮藩の用人のひとりである。

「なにごとだろう」

藩邸からの用事はたいてい村松町の塾のほうへ来る例だった、なにか急用でもあるかとすぐに使者と会った。

「事務についておたずね申したいことがございますそうで、拙者と御同道くださるようにと申付かってまいりました」

「御用の仔細はおわかりであろうか」

「事務についてとだけ承わっております」

なにごとだろうと考えてみたが見当がつかなかった、しかし主家からの迎えなので、順蔵はすぐに支度を直し、下僕の藤吉をつれて使者とともに藩邸へでかけていった。……一刻ほどすると、しかし下僕だけ帰って来た。

「大切な御用ができまして、三四日お屋敷におとまりなさるとのことでございます」

そう聞いて巻子は、どうしてかさっと顔色を変えた。

三

——しまった。

順蔵は歯がみをした、どれほど悔んでも悔み足らなかった、ゆだんといえばゆだんであるが、まさかそんな罠があろうとは思えなかったのだ。藩邸へあがって大場に会うと、そこで幕府*大目附の者にひきあわせられた、そしてそのますぐに拘引されたのである、原因は岡田真吾らに与えた一橋家への添書だった、すなわち山本繁三郎が変心して訴え出たのだ。けれど順蔵が「しまった」と歯がみをしたのはそのことだけではない、自分の一身に関するかぎりその覚悟はできていた、一死はかねて期しているところだ、しかしそのときはまったく不意をつかれたので家の中の始末がしてなかった、京都をはじめ諸家の同志と往復した文書が、手つかず書斎に置いてある、もしもそれが幕吏に押収されるとすれば、いかなる方面へいかなる害が及ぶかも知れないのだ、村松町の塾のほうなら門人も多いし、誰かすばやく始末をする希望もあるが、小梅の家には悳三ひとりだし、妻はもとより為事にはつねづね無関係だから、順蔵でさえ思い設けぬ出来事に気づく筈はない。

——万事休した。

かれはおのれの五体を寸断したいような気持だった、そしてただ天祐を祈るほかになんのすべもなかったのである。

審問に当ったのは*町奉行*黒川備中守（盛泰）だった。そこで山本繁三郎の変心を知ったのである、順蔵はそれに対して「岡田松本らは門人であるし、達ての乞いだから添書は書いた、しかしかれらが刑部卿へいかなる上書を持参したか自分はまったく知らない」と答えた。訊問はたびたび繰り返されたが、能弁できこえたかれにはめずらしく、反駁もせず強弁もしなかった。ただ言葉すくなにおなじことを答えとおした。

――だがいまに押収された文書をつきつけられるだろう、今日か、明日か。心では今にもそのときの来るのを覚悟しながら、かれは飽くまで隙のない平静な態度を崩さなかった。……すると間もなく、どうしたことか審問がうちきりとなり、かれは戸田家の藩邸へさげられて邸内禁固となった。

――どうするつもりだろう、嫌疑が解けたのだろうか。

かれは一応そう思った、しかしそんなに単純に済ませるくらいなら初めから拘引などという手段はとらなかった筈である、なにか奸計があるのだ、ゆだんはできぬ、そうも考えたのでなお心をひきしめていた。

藩邸へ移されてから三十日ほど経った或る夜のこと、もうかなり更けた時刻に牢舎の戸をそっと叩く者があった、「椋本でございます」という、順蔵は思わず闇のなかを手さぐりですり寄った、椋本八太郎は門人のなかでも腹心のひとりだった。

「どうして此処へ来られた、そのほう独りか」

「此処にはわたくし独りです、間瀬さまのお計いで今宵ようやく望みが協いました」

間瀬和太夫は藩の老職で、順蔵とはかねて昵懇のあいだがらである、そのてびきならと少しは安心することができた。椋本は囁くような声で、まず坂下門の変を告げた、正月十五日に平山兵介らが閣老安藤対馬守（信正）を襲い、失敗して同志七人その場に死んだ事件である、順蔵は聞きながら息苦しくなった。

「……まるで失敗だったのか」

「背を一刀だけやったそうです」

「……平山も斬り死にか」

さいごに会ったとき時機を待てといったら、いかにも不服そうにむっとして帰っていった、あのおりの兵介の顔を思いうかべながら順蔵は暗然とした。

「しかし先生のおからだは大丈夫かと思えます」椋本はつづけた、「塾へも小梅のお住居へも幕吏のていれがありました、また奥さまも両三度ほど奉行所で訊問をおうけなすったようですが今はお住居にご無事でおいでです、精しいことはいずれまたお知らせ申します」

それだけ報告すると、椋本八太郎はまた足音を忍ばせて去っていった。

はたして塾も住居も捜索された、そのうえ妻までが奉行所で訊問されたという、それで大丈夫だということがあるだろうか、いや大丈夫な筈はない、椋本などには察しのつかぬところでなにかしらぬきさしならぬ手段がめぐらされているのだ、まして坂下門にそのような出来事があったとすればなおさらである。

――だが、いずれにしても次ぎの報告でなにかわかるだろう。

順蔵は闇を手さぐりでゆくような、落ち着かぬ気持でそれからの日夜を過ごした。季節は五月にはいり、空気の淀(よど)む狭い牢内は日に日に蒸し暑くなった。午後に雷雨があってそのなごりの雨がそのまま降りつづいている或る夜、やはりおなじ時刻に牢をおとずれる者があった、待ちかねていた順蔵はすぐに戸口へ身をすり寄せた。「椋本か」そう呼びかけると、囁くように「林悳三でございます」という返辞が聞えた。

四

「椋本は捕吏*に追われていますので身を隠しました、それでわたくしが代りにまいったのです」

「何か変ったことでもあったのか」

「いいえ安藤閣老が老中を免ぜられまして、事情は却(かえ)って好(よ)くなってまいりました」

「対馬守がやめたか」

順蔵はたしかめるように反問しながら、ふと眼の前にはげしい時代の動きをみるような気がした。

「先生のおからだも間もなく釈放のはこびになるであろうと、間瀬さまのご伝言でございます」

「だが悳三、……小梅の家を捜索したとき幕吏は書類を押収したであろう、奥も奉行所へ喚問されたというではないか、それでも大丈夫だというのか」

「はい、すべて奥さまのおかげで……」

云いさして悳三はふと声をのんだ、そしてどうしたのだと二度まで促されて「これは固く口外を禁じられているのだが」とことわったうえ、感動を抑えたこわねでしずかに云った。

「あの日、先生が藩邸へおいでになり、藤吉だけ戻ってまいりまして、大切な御用で三四日お屋敷におとまりだと申しますと、奥さまはどう思召(おぼしめ)したものかすぐに書斎へおいでになりました、そして、めぼしい文書をすっかり始末なすったのです」

「奥が、……奥が文書の始末をした?」

「わたくしは理由がわかりませんので、はじめはお止め申しました、書斎のことはわたくしが承わっておりますからと、……しかし奥さまはわたくしの手をふり切って『もし間違ったら自分が自害してお詫びをする』と仰せになり、重要だと思える書類は一片もあまさず焼き捨てておしまいになったのです」

聞いている順蔵の眼に、そのときふっと妻の姿がうかんできた、苦労を知らぬのどかなようすで、しきりに横笛を吹いている姿が。

「それから二刻ほど経って、町奉行の役人が家内の捜索にまいったのです」

　悳三は、そのときの驚愕を思いだすのであろう、慄然とした調子でそうつづけた。巻子が奉行所へ召喚されたのは二月だった、そのときもかの女は落ち着いたさまで、
——良人の為事については塵ほどのことも知らない、それに自分はちかごろ笛の稽古に夢中で、どんな訪客があるかさえ気づいたことはない。

　そういって微笑するだけだった、平常どおりおっとりとした、いかにもなごやかな態度で、わるびれたところは微塵もみえなかった、そのようすで役人はすっかり嫌疑をはらしたのである。

「すべて奥さまのおかげです、書類の始末はもとより、審問のときの応対のなされかたですべてがきまったのだと思います、……先生に申上げてはならぬと固く仰せでしたが申上げずにはいられませんでした、奥さまへはどうぞそのおつもりでおい

でを願います」

順蔵はもう聞いてはいなかった、かれの胸は生れて初めての感動に大きくなみうっていた、妻はなにもかも知っていたのだ、「育ちが違う」「苦労を知らぬ」「気楽者だ」そう思っていた妻の、本当のすがたが初めてわかったのである。良人がとつぜん藩邸に数日とまると聞いて、すぐ重要文書の始末をしたのは偶然かも知れないけれどもつねづねの緻密な注意がなかったら、そういう偶然さえあり得なかったであろう、日常おっとりとして、なんにも苦労のないようにみえながら、実は巻子の神経は良人の生活のどんな隅々までもゆきわたっていたのだ。

――そう思ってみれば、あの笛もただの慰みではなかったかも知れぬ、客が来て、重要な話になると笛を吹く、それは密談のようすを外へもらすまいとしたためではないか。

そうだと順蔵は大きく頷いた、いつもおなじ曲ばかり吹いて少しも進歩しなかったのは、上達するのが目的ではなかった、密談を外へもらさないために笛を吹いていさえすればよかったからだ。

――巻子。

とかれは妻がそこにいるもののように、闇の宙を見あげながら、そっと心で呼びかけた。

——おれは気づかなかった、おまえがそのような妻でいて呉れたとは、今日まで考えてみようともしなかった。……笛の小言を聞いたときはさぞ笑止であったろう、ゆるして呉れ。

気性のはげしいだけよけいに、順蔵のうけた感銘は大きかった、そして女のちからが、男には気づきにくいところでどのようなはたらきをしているか、またそのちからの正しいか否かが男にとってどれほど大きく影響するかということを、初めて身にしみるほど理会したのである。

——巻子……。

かれはもういちど心で呼びかけた、闇の空に思いうかぶのは、しかし、やはりいつものたおやかな、温かい微笑をたたえた妻のおもかげであった。

郷土

一

長男の金之助（きんのすけ）とふたりで、丈右衛門（じょうえもん）が古文書の櫃（ひつ）を整理していると、妻のりうが一通の手紙を持ってあわただしくはいって来た。

「旦那（だんな）さま、半道寺（はんどうじ）からお使でございます」

「半道寺から、なんだ」

「勘三がはは上さまのお手紙を持ってまいりました」

「ああそうか」

丈右衛門はうなずいて、「昨日さしあげた手紙へのお返辞だ、あとで拝見しよう」

「でもはは上さまはおっつけ此処（ここ）へお帰りなさるというお言伝（ことづて）でございますが」

「お帰りなさるって」

そんな筈はないがと呟きながら、丈右衛門はすぐに手紙を取って披いてみた。それにはいつもの老母のみごとな筆跡で、まずこちらの安否を問い、つづけて、「こちらではたねの産後の肥立もよいし、季候もすっかり秋立って山居の朝夕は寒いほどでさえある、もう里へおりても暑いことはないだろうし、久しく留守にして孫たちの顔も見たい、勘三にこの手紙を持たせてやるが、わがみもすぐにこちらを立つ、馬でゆくから日暮れまえには着くであろう」そういう意味のことが穏かな屈託のない調子で書いてあった。

「どう仰しゃってでございますか」

「読んでごらん、昨日さしあげた手紙をごらんなさらなかったとみえる」

丈右衛門は手紙を妻にわたした。

*慶応四年（*明治元）、*会津藩主松平容保は将軍慶喜と共に伏見の戦にやぶれて江戸へのがれ、さらに会津へ帰ると、君側の奸をのぞくと称して奥羽諸藩の連盟をむすび、なお輪王寺宮にたよって衷情を訴えた。けれども朝廷ではこれを征討することにきまり、*九条道孝を総督として越後口、奥州口へ大軍をもってひた押しに攻めくだって来た。……*秋田藩主佐竹義堯も奥羽連盟に加わっていたが、*征討鎮撫使の説得に服して連盟を脱し、その旨を通告して征討軍に加わった。連盟諸藩の怒ったの

はいうまでもない、「佐竹討つべし」と*庄内藩酒井忠寛がただちに秋田へ攻め入り、随所に佐竹軍をやぶってすでに久保田城へと迫っていた。

　桑首は久保田城の南十里ほどにある郷村であったが、戦の激化すると共に、庄内藩の兵がいつ侵入して来るかわからぬ情勢になったので、壮年の男をのぞく老幼婦女を避難させることにきめ、どの家でもしきりにその準備をいそいでいるところだった。

「本当にこれではお手紙をごらんなさらなかったようでございますね」

　りうは姑の手紙を巻きおさめながら、気遣わしげに良人を見あげた。「すぐ誰かをやって半道寺へお戻り下さるように申上げなければなりませんですね」

「そうだな、では七郎次でもやるか」

「そう致しましょう、わたくしから申付けます」

　りうはすぐに立っていった。

　戸部丈右衛門は桑首の庄屋だったが、それよりも古いいえがらの郷士として近在に知られていた。家族は妻と十二歳になる金之助、七歳の仙吉、十三歳の長女みよ、それに老母の六人で、ほかに下僕や*作男たちが八人いる、老母きよえは五十日ほどまえから、半道寺という*六里ほど離れた山村へいっていた、三番目の娘のたねが出産をするので、その世話もありかたがた暑さを避けるためもあったのだ、それで丈右衛門はこちらの事情を精しく知らせたうえ、「なおしばらく半道寺にとどまっておいでなさるよう」という手紙を書いて人に托して送った。すると今になって老母からこちらへ帰るといって来たのである。

――あの手紙が届かぬ筈はないのだが。

不審に思いながら、丈右衛門はそのまま古文書の整理をつづけていた。かれは妻や子供たちを避難させたうえは、祖先伝来の郷士をまもるために、居のこった男たちを指揮して庄内軍と戦う覚悟である、数日まえから村の東南口に柵を結い、壕を掘った、家財の始末もいま整理している古文書のうち持たせて逃がす分をわけてしまえばそれで済むのだ。

――戸部家が郷士であることの証拠をはじめて世間に示すときが来たのだ。

四十になった丈右衛門は、そう思うだけで身内にふしぎな力感の充実するのを感じた、それが闘志とでもいうのであろうか、心臓のあたりが痛痒いような、むずむずする感じだった、丈右衛門はそれを、「郷士の血」の叫びだというように思った。

午後四時ちかくになって、整理し終った書類を包んでいると、妻がいそぎ足に来て、「あの、はは上さまがお帰りでございます」と伝えた。丈右衛門は、えっとふり向いた。

「どうしたんだ、七郎次はゆき違いか」

「いいえお供をして戻りました」

丈右衛門はすぐに立っていった。

二

「ああやはり自分の家がいちばんですね」

居間へ坐(すわ)るといっしょに、老母はいかにもほっとしたように肩をおとした。六十二になるが髪はまだたっぷりと黒いし、やや肥えたからだつきの肌色もつやつやとしているのが、いつも落ちついて微笑を含んだ顔だちとよく調和していた。丈右衛門は帰宅の祝いを述べてから、

「昨日手紙をたのんであげたのですが、届きませんでしたか」

「ああ拝見しましたよ」

きよえ女(じょ)はおっとりと頷(うなず)いた。

「ではもう御承知でしょうが、ここへはいつ庄内藩の兵が攻め込んで来るかも知れ

ません、それで老人やおんな子供は明朝ここを立退(たちの)くことにきまっているのです」

「そういうお手紙でしたね」老母はこともなげに云(い)った、「半道寺でもその評判で、このままこちらにいるようにとせっかく勧めて呉(く)れましたよ、けれどもわたしはお仏壇をまもらなければならないと思いましてね」

「仏壇はしめましたし、お位牌(いはい)は持ってゆくように包みました、今宵(こよい)のうちに馬の用意ができますから、明朝はりうや子供たちと御いっしょにお立退きください」

「お仏壇をしめなすったのですか、それはいけませんね」丈右衛門の言葉は聞きながして、老母はつぎの間にいる嫁へこえをかけた。「りうさん、お位牌を包んだそうですが出してお呉れでないか」

「はい、ですがはは上さま」

「あなたは心配しなくともようございますよ、お位牌をそう軽々しく仏壇からお移し申してはいけません、戸部家はなん百年というながいことこの土地に住み、御先祖はみなこの家で仏におなりなすった、どの仏さまもこの土地とこの家とに附いておいでなさるのです、どんなことがあってもそれだけはわたしがおまもり申します、心配はいりませんから出してください」

微笑を湛(たた)えたいつもの穏かな調子だった。りうは良人を見た、そして丈右衛門が眼で頷くのをみて、位牌の包をとりだして来た。

「母上はお立退き下さるのでしょうね」丈右衛門がたしかめるように訊(き)いた。

「わたしですか、そうですね」きよえ女はしずかに立った、「立退いてもよいけれど、せっかく帰って来たばかりだから、少しようすをみてからにしましょうか」

「しかし庄内軍は山ひとつ向うまで来ているのです、明日のことさえむずかしいのですから」

「そんなに近くまで来ているのですか」

それはうっかりしてはいられませんねと云いながら、けれども別におどろいたようすもなく、嫁のとりだした位牌を持って、しずかに仏間へはいっていった。

「みよや、羽箒(はねぼうき)と布巾(ふきん)を持っておいで」

仏壇の掃除をするのであろう、りうはいそいで立とうとしたが、丈右衛門はそれをさえぎった。

「お好きなようにおさせ申すがいい、それより支度はもうできたのか」

「はい、もう子供たちの着る物を包むだけでございます」

「ようすに依(よ)っては今宵のうちにも立退かなければならぬかも知れぬ、二食ぶんくらいの用意もして置くがよいな」

「はい、そう致します」

りうは仏間に心をのこしながら立った。

老母は仏壇の掃除をしていた、そばには二男の仙吉が、久方ぶりの祖母が珍しいのであろう、嬉しそうに袖へまつわりついてはなれなかった。そして姉のみよが向うから制するのもきかず、「おばばさま、半道寺の赤んぼうは男なの女の子なの」などと問いかける、きよえ女はうるさがりもせず、もうなんども繰り返している答をまたしても繰り返すのだった。

「ふうん男か、名前はなんていうの。杢だっておかしな名前だな、でも半道寺じゃ武士じゃないからな、そうでしょうおばばさま、うちは郷士で侍なんだから、仙吉は切腹の仕方を知っているんですものね、おばばさま」

「そうですとも、仙吉は武士の子ですよ。さあお位牌をお納めするからちょっとこの袖を放してお呉れ」

位牌をすっかり元のように納めると、燈明をあげ香を炷いた、それが終るとようやく落ちついたようすで、「では土産をあげますから、みんなおばばの部屋へおいでなさい」そう云ってふたたび居間へ戻っていった。

金之助もみよもそこへ呼ばれた。どんな土産が配られたのだろう、やがてその居間からは三人のよろこびに溢れた叫びや笑いごえが、緊迫した家の空気とはおよそ縁の遠い、平和なあかるい調子でひびいて来た。りうは幾間か隔たったところで、子供たちの当座の衣類を纏めていたが、そのよろこびの声を聞いてふと手を止め、見失っていたものをとり戻しでもしたように、じっとその賑かな声に聞きいるのだった。

三

本当にそれは見失っていたものをとり戻した感じだった。戦が身近に迫ったこの十日ほどは、みんな背から追われるような落ちつかない気持で、今にも敵が侵入するか、矢だまの音が聞えはしないかと、食事のあいだにもふと箸を止めたり、夜半の風にとび起きたりした。燈火をいくら明るくしても、部屋部屋のどこやらにしんとした闇がひろがり、みんなともすればひと間に集って息をひそめているという風だった。それがいまはすっかり元へかえった、家のなかがにわかに明るくなったようだし、話ごえ笑ごえがそこにも此処にも聞える、子供たちはいうまでもなく傭人たちまでが元気になって、誰の顔もふしぎにいきいきとしてきた。

久しぶりで賑かな夕食の膳をかこみながら、りうは、その原因がなんであるかにすぐ思い当った、家のなかを明るくし人々を元気にしたのは、姑が帰ってきたからである、いや姑が帰って来たからと云うよりも、「帰って来た姑の態度」の影響にちがいない、きよえ女のようすは五十余日まえに半道寺へでかけて行ったときと少しも変らなかった、なごやかに微笑を含んだ顔も、おっとりとした柔かいまなざしも、しずかな立ち居も、すべてが平常のとおりである、山ひとつ向うへ敵が迫って、いつ戦火が頭上へふりかかるかも知れない切迫した事情などは、まるでどこにも感じられない、平和な、いつものとおりの老母だった。

——けれどはは上は事情をよく御承知なのかしらん、御承知のうえであのように落ちついていらっしゃるのかしらん。

りうは姑の本当の気持を察しかね、みんなの元気に笑いさざめくさまを、なんとなくこころもとない感じで見まもっていた。

「どうしてなの、ねえ」

幼い仙吉はまるで祖母を独り占めにして、さっきからしきりになにか追求していた。きよえ女は食後の茶をすすりながら、根気よくいつまでも相手になってやっていた。

「どうしてって、此処は御先祖さまから伝わった土地ですからね、この家も遠い御先祖さまの時代からずっと伝わっている家ですから、もしも敵が攻めて来るとしたら、この土地や家をまもるのがあたりまえでしょう」
「でもそれは父上や七郎次たちや、村の男の人たちが戦うからいいでしょう、お母さまや仙吉や姉上は戦の邪魔になるから瀬上へたちのくんですって、どこの家でも女や子供やお婆(ばば)さまたちはたちのくんですよ」
「それはそうですとも」
老母はにこやかに頷いた、「戦の邪魔になるような者はたちのかなくてはいけませんからね、それが本当ですよ」
「じゃあおばばさまだっておんなじでしょう、おばばさまだってお年寄りですもの」
「それはそうです、おばばというくらいですからね、でもおばばは年寄りでも戦の邪魔にはなりません」
「どうして邪魔にならないの」
「それはおばばが武士の娘だったからですよ、仙吉だって切腹の仕方を知っているでしょう、武家に生れた者は男でも女でも七歳になれば自害の仕方を覚えなければならない、それはいざという場合にみぐるしい死にざまをしないためでもあり、戦になって敵に向ってもうろたえない覚悟をきめるためです、おばばはそういう風に育ってきましたから、決して戦の邪魔になるようなことはないのですよ」

「それなら、それなら仙吉だって」

と幼いかれは肩をつきあげた、「ねえ、仙吉だって戦の邪魔にはなりませんよ、邪魔にならなければ此処へ残ってもいいのでしょう」

「それだけではまだいけませんね、邪魔にならないだけなら、残っていてもしかたがありませんから」「じゃあどうすればいいの、ねえおばばさま、どうすればおばばさまといっしょに残っていいの」「そらそら、どうやらお眼々がとろんとおなりだ」

老母は笑いながら云った、「もう寝所へおいでなさい、そしてどうしたら残ってもいいかご自分で考えてごらん。さあ、いっておやすみ」

この問答を聞いているあいだに、長男金之助の顔つきがきびしく変ってゆくのを、りうは認めた。娘のみよもなにやら思いつめているらしかった、姑の言葉は淡々としていたが、りうもそのなかから数々の意味を受けとったのである。

——ははは上は良人の手紙を読んだために帰っていらしったのだ。産婦の世話がいらなくなったからでもなく、暑さが去ったからでもない、良人の手紙を読んで、桑首が戦火にさらされると知り、この家を、この土地をまもるために帰っていらしったのだ。

四

そう気づいたとき、りうは眼がさめたようにはっとした。年寄やおんな子供は避難する、そういうとりきめに少しも疑いをもたなかった自分と、あえて戦火のなかへ帰って来た姑の気持と、二つの隔りのなんと大きいことだろう。

——武家に生れた者は、男も女も七歳で自害の仕方を教えられる、いざというときにみぐるしい死にざまをしないため、戦に臨んでうろたえぬ覚悟をきめるために。姑はそう云った。それはりうもむろん知っていることだった、子供たちもそう教育して来た、それにもかかわらず戦火を遁(のが)れようとしたのはなぜだろう、祖先から伝えられた土地が、家がまさに兵火に焚(や)かれようとしているのである、たとえ武士でなくとも、郷土の恩を知る者はふみとどまって戦うのが当然ではないか、自分たちを育てて呉れた土地、祖先の墳墓のある土地をまもるのに、男女の別も老幼の差もあるわけがない。

——こんなわかりきったことに、どうして気がつかなかったのだろう。

りうは慄然と身をふるわせた。

「それを出してどうするのだ」

良人のこえが聞えたので、りうはふと回想からわれにかえった。もう夜の十時頃で、あたりはひっそりと寝しずまっている、良人のこえは子供たちの寝所からきこえて来た。

「わたくしは残ります」

金之助のこえだった。

「みよもおばばさまと残ります」

娘の思いつめたようなこえもそれに続いた。りうは息をのんだ、そしてそのまましばらくはなんの音もしなかったが、やがて「そうか」という良人のこえが聞えた。りうはほっとしてわれ知らず微笑をうかべた。

「……みんな残ると云いだした」

そう云いながら丈右衛門がりうの部屋へはいって来た。

「金之助は半槍などを取りだしている、みよもどうやら云うことを肯きそうがないぞ」

「仙吉でさえあのとおりですから」りうは良人を見あげてそっと笑った、「わたくしもはは上さまにお恥しくてなりませんですよ、一時でも立退こうと考えたり致しまして」

「おまえまでがおなじことを云いだすのか」

「平常の覚悟というものも」

深く深く反省するようにりうは云った、「なかなか実際の場合には生かしにくいものでございますね、いざという時にはこうと思いながら、その『いざ』がここだとみきわめることができないで、ついすると平常の覚悟をみうしなってしまいます。心のもちかたほど大切なものはないと、こんどこそ身にしみて悟りました」

「ではおまえも」丈右衛門が微笑しながら云った、「死装束でも用意して置くか」

「いいえ薙刀の支度を致しますよ」

そう云うりうの顔つきは、五つも六つも若くなったような、つやつやとした血色を張っていた。丈右衛門はなにも云わず、大きく頷きながら自分の居間のほうへ去っていった。

明る朝はやく、東の新家から立退きの用意ができたからと誘いの者が来た。その時前庭では、金之助とみよが弓矢や槍をとりひろげており、幼い仙吉までが半槍を持ちだして力んでいた。

「うちではおばばが帰って来たので」丈右衛門が新家の者にそう挨拶した、「子供までが此処に残ることになった、こちらには構わず立退いて呉れと伝えてくれ」

使の者は呆れたようすでたち去った。続いて西の家からも人が来たし、おもだった家々から次ぎ次ぎと立退きを促して来た、そして戸部では老母をはじめ全家族が残るということがたちまち村ぜんたいへ伝わって、そこ此処に大きな反響をよび起した、東の新家でまず「それなら自分の家でも残る」と云いだした、親類に当る家々はみなそうきめた、それが波紋のひろがるように、桑首の隅々までひろまってゆき、すでに避難を済ませた数家族をのぞいたほとんど全村の者が、「桑首をまもろう」「庄内軍とひと戦しよう」といい、一つの強い意力のもとにふみとどまった。

ちょうどきよえ女が帰った夜の、戸部家の食膳のように、活気のある、明るい、そして不屈な空気が桑首の村にみなぎりわたった。……その日の黄昏まえに、村の南東にある柵の外へ、庄内軍の前哨兵と思える者が近づいて来た、女や子供や老人たちまでが、薙刀を持ち竹槍を持って、きびしく柵をかためているさまを見ると迂闊にはは手が出せぬとみたものであろう、そっとひき返していったままついに再び姿をみせなかった……。四日、五日と事もなく経って、——久保田城へ援軍がはいった、庄内軍は敗け戦で退却している。

そういう知らせが来た。村人たちはいっせいに歓呼のこえをあげ、酒宴を設けて祝いあったが、戸部家では平常どおりで、かくべつ祝いの酒も出すことはなかった、老母きよえがあまり平然として、なにが有ったかというようすをしていたため、あらためて祝いぶるまいなどをする機会がなかったのである。

「生みの母上ではあるが」と丈右衛門はしみじみと述懐するように云った、「あの落ちついたごようすには本当に頭がさがった、戦火を眼のまえにしても眉ひとつ動かさず、無事に納ってもかくべつお嬉しいようすもない、あれが不退転というものだろう、女には稀な性質だ」

「わたくしは女だからこそと存じました、女なればこそわたくしたちもあのお覚悟をまなばなければと存じます」

「それはどういう意味だ」

りうはじっと眼を伏せたまま、良人の問いには答えなかった。それは答えるべきことではなかったから、口で云うよりも身を以ておこなうべきことだと悟っていたからである。……丈右衛門もかさねては訊かず、思をひそめた妻の顔を、愛情の籠った眼でじっとみまもっていた。

雪しまく峠

一

お沙伊は屋形の身舎でまぢかに迫った初春の調度をしらべていた。朝から吹いていた風がおちるとひどく冷えはじめ、午後の空はおもたく曇って廂の床板へうつるつやつやした外光も、そのまま凍りつくかと思えるほど寒む寒むしくみえた。……さっきから内庭の遠侍のあたりで子供たちの遊ぶ賑かなこえがしていたが、ふとそれが俄かに騒がしくなり、幼い口を揃えていっせいに唄いだすのが聞えて来た。

「……花びら雪の　降るときは
　蝶は三になれ　蝶の母は三十三になれ」

その声でお沙伊は顔をあげた。半蔀の間からみえている庭さきに、ちらちらと白くこまかい雪が舞いだしていた、まだ降るというほどではなく、羞らいながら舞いこぼれてくるという感じだった。冷えると思ったがやっぱり……そう呟きながらお沙伊はふと郷愁のように幼い日のよろこびが身内に溢れてくるのを覚え、しばらく手をやすめてうっとりと庭さきを見まもっていた。すると間もなく、中門のほうで馬の嘶くのが聞え、

「やあ伊万里の大伯父さまだ」と叫ぶ勝之助の声がした。お沙伊ははっとして、すぐに膝まわりの物を片付けにかかったが、聞き覚えのある高い笑いごえは、鎧の草摺の音といっしょにずんずん庭さきへ近づいて来る、お沙伊は片付けるいとまもなく、立って妻戸まで出ていった。それはやはり伊万里の渡辺権太夫であった、かれは下腹巻の支度で、白髪の頭から粉雪をあびながら、勝之助を抱いて大股にこちらへ歩み寄って来た。

「よいか勝之助、おぬしはやがて唐船城のあるじとなる身だぞ」老人は太い指で子供の顎を押上げながら云った、「もっと額を高くあげえ、これからはあんな雑人の伜どもと遊ぶのではない、唐船城のあるじ、なんの守とも任官すべき身の上だ、誰にも負けぬ強い大将にならねばならんぞ」

「どうして勝之助はそんなに偉くなるの」

「どうして、それはな」

そう云いかけて権太夫は、そこの妻戸まで出迎えているお沙伊の姿をみとめ、からからと笑いながら答のあとをかの女のほうへ向けた。

「いよいよ花咲く時節がまいった、山本一族の家運のひらける時がまいった、これまでとは一倍そなたも心をひきしめなければならん、よいか」

「なにごとの仰(おお)せでございますやら」お沙伊にはわけがわからなかった、「ともかくもようこそお越しあそばしました、どうぞこちらへおとおり下さいまし」

「そうしてはおれぬ、勝之助をひと眼みとうてたち寄ったまで、これから伊万里へ帰ってすぐに馬揃(うまぞろ)えだ」

「お馬揃えと仰(おっ)しゃいますと」

「腰の重い右京どのがようやくうんと云いおった、しかし仔細(しさい)はいまわしから話すまでもあるまい、まだ極秘だからな」

「…………」

「それよりそなたはたしかもう産み月になった筈(はず)ではないか、具合はどうだ」

「はい、おかげさまで順調でございます」

そう答えるお沙伊の声はふるえていたし、こめかみのあたりは蒼白(あおじろ)くなっていた、けれども老人は気づいたようすもなく、「それはなにより、ではもう去(い)のう」と腕の中の勝之助を揺りあげた、右京どのはおっつけ戻ろう、わしがよろしゅうと伝言たのむぞ。さあ勝之助、また大伯父と土橋までいっしょに乗ってまいろう、だくでゆくか駈けでゆくか」

「駈けでゆきましょう、精いっぱいの駈けで」

「よしよし、では疾風のように飛ばすぞ、ひょうひょうと雲まで高く……」

ええ天まで高くという子供の叫びといっしょに、老人はさっさとかなたへ去っていった。……お沙伊はからだが竦みでもしたように、そこへ膝をついたまま動けなかった、老人の高ごえと馬の嘶きが中門のあたりへ移り、間もなく馬蹄の音が築地塀の向うを戞々と遠ざかっていった。わずかのあいだに庭はいちめんうっすらと白くなり、舞い落ちる雪も庭隅の槲の樹立がおぼろに見えるほどはげしい降りになっていた。

――こうしているときではない。

やがてお沙伊はわれに返って、追われるように身舎へはいった。坐ってみたが心は落ちつかなかった、頭も混乱して、権太夫の残していった言葉だけがくるくると光の渦のように旋回し、その合間合間に「謀反」という恐ろしい声が聞えるようだった。

恐ろしくはあるが、権太夫の短い言葉はあきらかにその意味を示すものだ、それは数ヵ月このかた唐船城を中心にして、魔の手のごとく八方へひろがりつつあった、そして良人の右京ひとりがひっしにその火を防いで来たことをお沙伊はよく知っていたのである。

二

そのころ肥前のくにには平戸の松浦と相神浦の松浦と二家の松浦が対立して絶えず角逐を繰り返していた。永禄六年平戸の松浦*隆信はその子鎮信と共に大軍をひきいて相神浦の飯盛城へ攻め寄せた。……相神浦の松浦*丹後守（親）には子がなく、島原の城主有馬*修理太夫の二男五郎を養子としていた。そこで丹後守はその縁をたよって有馬氏へ援軍を求めたが、いかにしてか修理太夫は一兵も出さず、しかも養子として来ていた五郎までが島原へ帰ってしまった。どうしようもなかった。相神浦は孤軍必死の力を飯盛城に集めて戦った、合戦は二年にわたり、ついには和議がととのって終ったが、その結果あらためて平戸から、隆信の三男九郎が相神浦へ養子として入家した。

これですべてが落着したとみえたのに、間もなく島原へ帰っていた前養子の有馬五郎が、なんの前触れもなく相神浦へ戻って来た。……危急の場合に養家をみすて去ったかれが、今や新に養子を入れた飯盛城へ平然と戻って来たのだ、島原城有馬氏の大きな勢力を背景にしたこの傲慢なやりかたに対して、戦後の相神浦にはこれを断乎と拒むちからがなかった。だが本城飯盛には平戸から迎えた松浦九郎がいるので、有馬五郎は支城である有田の唐船城へ入れて一時を凌いだ。しかしそれで五郎がおさまる筈はない、傲慢なかれは憤怒した、うしろには有馬氏の実力がある。かれは島原城の老臣たちと連絡をとり、唐船城の将兵をかたらって飯盛城攻略の陰謀を企てはじめた。

山本右京は丹後守親の家臣で、はやくから唐船城の重職をつとめていた、温厚の質で城の内外の信望が篤く、五郎を迎えてからも柔よく剛を制するというかたちで、ひっしにその暴挙を抑えてきた。お沙伊はそれをよく知っている、良人はなにも口にだして話しはしなかったが、それとなく眼に触れ耳に入るものでおおよその推察はついていた、そしてどうぞ良人のちからで事が未然に防げるようにと祈っていたのである。……だが今やその祈はあだになったらしい。

「腰の重い右京どのがようやくうんといった」と権太夫は云った、「山本一族の運のひらける時」というのも、勝之助にやがては唐船城のあるじとなろうと云ったのも、ことごとくがそれを裏書きしている。

これがほかの者の言葉ならお沙伊もそれほど信は置かなかったであろう、だが渡辺権太夫は一方の旗がしらでもあり、お沙伊にとっては親身の伯父だった。

――あの伯父上が不たしかなことを仰しゃる筈はない、おそらくは今日それがお城の評定できまったから知らせにお寄りなすったのだ。

乱れた頭でそこまで考えを纏めたとき、お沙伊はびくっと身震いをしながらふり返った、廊を踏んで急ぎ足にこちらへ来る人のけはいがしたのだ、そしてかの女のふり返った眼に、妻戸をあけてはいって来た良人の暴々しい顔がとびこんできた。酒に赭らんだ、大きく瞠いた双眼のぎらぎら光る、まるで人が違いでもしたような暴々しい顔だった。かれは妻になにを云いとまも与えず、はいって来るといきなり、

「いそいで手廻りの物を纏めるがよい、勝之助の物もいっしょに」そう云った、「支度ができたら二人で黒川の家へゆくのだ、乗物の用意はできておるから」

「お待ち下さいまし」お沙伊は震える声でさえぎった、「それはどういう思召しか存じませぬけれど、わたくしいやでございます」

「おまえのいなやを訊くのではない、申付けるのだ」

右京は抑えつけるように、「すぐに勝之助をつれて黒川へまいれ、いかなる事があろうとも黒川の家を動いてはならぬ、妻は良人に従うべきものだ、おまえがおれの妻なら申付けるとおりにする筈だぞ、わかったか」

「それでは、それではひと言おきかせ下さいまし、あなたさまはもしや」

「無用だ、今はなにを申すいとまもない」

右京は妻のすがりつくような眼からそむいて、軍兵衛まいれと声たかく家士を呼んだ、そして老家士がとぶようにして来ると、

「そのほう奥と勝之助の供をして黒川へまいれ、仔細は追って申し遣す、雪でもあり、夜道にもなろうから気をつけてゆけ」

「承知つかまつりました」

老家士が手をつくよりも早く、右京はちらと妻を見かえり、そのまま大股に身舎を出ていった。すべてがあっという間もないほどの時間だった。なにもかも日頃の温厚な人がらとは似もつかぬ態度だった、お沙伊はむしろ茫然として折から庭へ舁き入れて来る板輿を見まもっていた。

三

「母さま、黒川の祖母さまはきっとびっくりなさるでしょうね」

めずらしく母といっしょに輿へ乗ったのが嬉しいのであろう、勝之助はお沙伊に凭れかかりながら浮き浮きと幼い空想を楽しんでいた。

「夏のまえにいったきりですものね、きっとまた祖母さまが抱かってお寐と仰しゃいますよ、可笑しくってしようがない」

お沙伊は垂れている簾越しに、昏れてゆく雪の空をじっと見まもっていたが、舁かれてゆく輿の動きも感じられぬほど心は騒いでいた。これからゆく黒川の実家には兄の夫婦と母親とがいる、広い炉の間であたたかく迎えてくれる母の笑顔は見えるようだが、兄はなんというだろうか、武家の義理をなによりも重んじている兄はこの押し詰まった歳暮の帰郷の意味を察して、おそらく「よく来た」とは云わぬであろう、ことによれば家へは入れてくれぬかも知れない。

――けれど妻として良人の申付けにそむくことはできない、火急のことで諌めようにも手だてのなかった事情は兄もわかってくれるだろう。

妻は良人に従うべきものだ、貧富ももろとも、善悪ももろとも、すべてを良人に捧げ、良人の導くところへついてゆくのが妻の道だ、このひとすじの心にまぎれがなければ、きっと兄もわかってくれるに違いない。……そう思ってできるだけ心を押し鎮めようとするあとから、しかしそれが果してあやまらぬ妻の道だろうかという疑いがうち返して来る、あたりはすっかり暗くなり、風さえ吹きだしたようすで、降りしきる雪は輿のまわりで渦のように舞い狂っては横なぐりに飛び、巻き返してはまともに輿の簾をはたはたと叩いた。

「軍兵衛いますか」ふいにお沙伊が声をかけた。はあと云ってうしろから老家士が追いついて来た、「少しやすみたい、乗物をつける場所をみておくれ、なるべく早くたのみます」

ただ今と答えて、軍兵衛が輿を舁いている家僕になにか命じた、乗物は少しいって右へ道をきれ、一軒の農家の表へとおろされた。お沙伊が臨月の身重であることを知っているので、老家士は家を選ぶいとまもなく、とりあえず見当ったその家を叩いたのである。……屋形の右京夫人と聞いて、家の者たちはすぐに炉端をあけて招じいれた。

「しばらく独りにしておくれ」

炉端へ坐ると、お沙伊は軍兵衛に勝之助を預け、持って来た料紙と矢立をとりだして、気持を鎮めるようにしばらくのあいだじっと眼をつむった。かの女の心はきまったのだ、貧富も善悪も良人ともろともにするそれが妻の道だという、しかし果してそうだろうか、ほかの場合ならともかく、良人はいま叛逆にくみしようとしているのだ、理由のいかんにかかわらず武士としては百年の後まで名が汚れる、この大事に眼をつむって武士の妻とは云えまい。

――命にかけても思い止まるように諫めるのが妻のやくめだ。

そう思い詰めて乗物をとめさせたのだった、だが伊万里の伯父のようすも良人の挙措も、事がすでに逼迫しているのは明かだった、これから戻っているいとまはない、残る方法は一つしかなかった。

――とりいそぎ申上げまいらせそろ。とお沙伊はやがて筆をおろした、これから自分は勝之助をつれて飯盛城へゆく、御謀反の軍勢が押し寄せたときは、わが子もろとも城の盾となって死ぬ覚悟である、もし先陣をあそばすようなれば、まずわれら母子を矢にかけて頂きたい、それがなによりの慈悲である……それだけの意味を書いた、ほかに云うべきことはなにもなかった。お沙伊は書き終るとすぐにそれを封じて、軍兵衛を呼んだ。

「ご苦労だけれど、ここからいちど戻って、これを旦那（だんな）さまへお眼にかけておくれ」

「仰せではございますが、それは弥太（やた）になりお持たせ下さいますよう、わたくしめは黒川までお供を仕（つかまつ）りまする」

老家士は驚いて拒もうとしたが、お沙伊はそれを巧に云いくるめた、からだの調子が変って、どうやら此処（ここ）で出産をするかも知れぬこと、黒川へも迎えをたのむが、屋形からも侍女を二人ほどよこしてくれるように、……そう云われてはいなやはなかった、軍兵衛は手紙を持ってすぐにとびだしていった、お沙伊はべつに実家の兄に宛（あ）ててあらましの事情を書き、それを持たせて輿の家僕四人を黒川へやった、出産用の調度が多いだろうからという口実で、四人とも出してやると、時を移さず、勝之助を呼んで身支度をいそいだ。

家人から借りた蓑（みの）を着て、不審（いぶか）しげな勝之助をせきたてながら、お沙伊は間もなく雪のなかへと出ていった。寒気はつよく、粉雪を吹きつける風は膚（はだ）を截（き）るようにさえ思える、表道でも馴（な）れないのに、幼子をつれて、雪に埋れた細い田道をたどる苦心は云いようもない、しかも飯盛城まではお西岳という山を越えて六里ある。

——途中で倒れるようなことがあってはそれまでだ、石に齧（かじ）りついても飯盛城までゆかなければならぬ。お沙伊は唇を嚙み、わが子の手を握り直してあるきつづけた。

四

峠へかかったのは戌の刻さがりだった。はじめは雪の夜道の珍しさに元気だった勝之助も、まだ五歳の足ではそういつまで続く筈はない、疲れも出、眠けもさしはじめて、ともすれば屋形へ帰りましょうと悲しげにせがみだした。雪にも寒気にも負けなかったが、わが子の悲しげなその哀願には胸を裂かれるおもいだった、それでむしろ自分を叱りつけるように繰り返しはげしい言葉でたしなめた。

「武士の子がそのような弱いことでどうします、さっきから云うように、今宵は父上さまの一生にいちどという大事な場合なのです、そんなことでりっぱな武士と申せますか」

「草鞋をぬげば大丈夫ですけれど……」

「どうして草鞋をぬげばいいの」

「なんだか、痛くって」

峠のなかば頃だった、お沙伊は身を跼めてみてやった。勝之助の幼い右足は、草鞋の緒にくわれてむざんに血を滲ませている、お沙伊は身ぶるいをした、あまりのいとおしさに、力かぎり抱き緊めて詫びたいという抑えがたい感情がつきあげてくる、だが危くこらえた。

「ああ少しいためたようですね」

できる限り平然と声をつくろい、溢れてくる泪を隠しながら草鞋をぬがしてやった、「もう僅かの辛抱だから草鞋なしでもゆけるでしょう、峠を越したら馬に乗せてさしあげますからね」

「馬なら勝之助は独りで乗れますよ」

「そうね、いつも伊万里の伯父さまと……」

云いかけてお沙伊は打たれたように身を起した、雪しまく峠路の下から、いっさんに駈け登って来た人影が、いきなり二人のうしろへ迫ったのである、かの女はあっと云って勝之助を抱き寄せた、「沙伊……おまえか」

雪明りで、夜眼にも著く息を凍らせながら、そう云って駈け寄ったのは右京だった。勝之助は狂喜して「父上」と叫びながらとび付こうとしたが、お沙伊は片手でひしと抱き緊め、右手ですばやく懐剣を抜いた。

「お寄りあそばすと勝之助を刺します」

かの女は屹度面をあげて云った、「わたくしも自害いたします」ああと右京は大きく息をついた、「それには及ばぬ、おまえは思い過しているのだ、おれは謀反には加わらぬぞ」

かれはまだ喘ぎながら続けて云った、「加担人とみせたのはもはやおれ一人のちからでは抑えきれなくなったからだ、そして今宵のうちに飯盛城へ訴えにぬけるつもりでいたのだ」

「それは、まことの仰せでございますか」お沙伊は縋りつくように云った、「もしそれがまことでしたら、なぜわたくしを黒川へお帰しなさいました、わたくしや勝之助をどうして黒川へ……」

「おれが本城へぬけたことがわかれば、謀反の徒はいかなる事をするかも知れぬ、黒川なれば安全であろうと考えたからだ」

「ではこれから、まっすぐに飯盛城へおいであそばしますか」「云うまでもない、おまえも勝之助もいっしょにだ」

ああと呻くように声をあげ、お沙伊はそこへ膝をついて面を掩った、疑の解けたよろこび、良人の本心を知ったうれしさが、立っていることもできぬほど大きく心をうったのだ、しかしかの女はすぐに顔をあげた。

「うれしゅうございます、そのお言葉をうかがって安堵いたしました、ではどうぞ、わたくしや勝之助にはお構いなくすぐ飯盛へおいで下さいまし」

「二人をこの雪の峠へ置いてゆけと云うのか」

「わたくしの手紙をごらん下さいましたか」みたという良人の答えに押しかぶせて、お沙伊はきりきりと眉を寄せながら云った、「わたくしの覚悟は手紙で申上げたとおりでございます、たとえどのような事がありましょうとも、あなたさまのお名にかかわるようなみれんなふるまいは致しませぬ、……あなたさまにも、どうぞ、妻や子のふびんにひかれて、大事の期にお後れあそばすようなことがございませんように」

「……そうか」

右京はふかく頷いた。かれはお沙伊を娶ってから六年になる、温順な、口数の少ないよい妻だった。しかしその温順の底にこのような勁い不屈な心がひそんでいようとは想像もしなかった。だがこれこそは「妻」の姿なのだ。教えられたものでもなく習い覚えたものでもない、良人を生かすためには自らすすんで命を捨てる、平常はかくれて見えないが、大事に当面すればこのようにはっきりとあらわれる、これこそは「妻」のまことの姿なのだ。

「ではおまえの覚悟にまかせてなにも云わぬ、勝之助をたのむぞ」

「そう仰せられるうちにも時が移ります、此処にはお心おきなく、どうぞすぐにおいで下さいまし」「常ならぬ身だ、いとうておれ」

勝之助しっかり母を守っていくのだぞ、そう云うなり、右京は雪を蹴立てて、峠をいっさんに駈け登っていった。……お沙伊は見えなくなるまでその後姿を見送っていた、さっきから痛みだした横腹が、時を置いては烈しくなる、それは曾て覚えのある痛みだった。だがどれほどのことがあろう、良人がまことの武士だったとわかった今は、たとえこの雪の山路に死んでも心残りはないのである。

「さあまいりましょう勝之助」お沙伊は歯をくいしばって立ちあがった、「あなたのゆくのを父上が待っておいでですよ、元気をだして、……もうひと辛抱ですからね」

そして幼な子の手を曳きながら、雪の峠をしずかにしっかりと登っていった。*元亀二年十二月二十九日の夜のことであった。

附記

右京の急報によって有馬五郎の反軍は成功しなかったが、お沙伊は峠の附近で出産し、無理が崇ってその夜そこで死んだ、里人はその畔に一宇の観音堂を建ててその冥福を祈った、現在「お才観音」というのがそれであると伝えられる。

髪かざり

一

そのときお稲（いね）は高尾山の上の松林のなかでいつものように海を見ていた。*享保（きょうほう）二年の十二月のなかば過ぎのことで、四五日まえから雪もよいに重たく曇っていた空が、その朝めずらしくからっと晴れ、いかにも小春日という感じの暖かい午後だった。眼の前にみえる海の藍（あい）を溶かしたような色も、石見潟（いわみがた）とよばれる入江をかこんだ瀬戸ケ島、矢箆（やな）、馬島などの島々の倒影も、どこやらのどかにねむたげである。

「……住吉（すみよし）のすみに　雀（すずめ）が巣をかけて
　さこそ雀は　住みよかろ……」

松林の向うから聞えてくる子供たちのわらべ歌を聞きながら、お稲の眼は吸いつけられたように海のかなたを見まもって動かなかった。もうひと月あまりというもの、午後になるときまってお稲はそこへ来る、時雨の降る日もあり、はげしく風の吹きつける日の続くこともあったが、お稲が海を見に来ないという日はなかった。浜の人たちはそれをみつけると、ああまた新津屋のお稲さまが船を見に来ていらっしゃる、と囁きあうのだった。今日も浜田丸の帰りを待ちかねていらしった、お可哀そうに。……そういう囁きはお稲に聞えずにはいなかった。ときには、「いくら待ってもだめだ、浜田丸はもう帰って来はしない」とあからさまに云う者さえあった。けれど、お稲はじっと唇を嚙みしめて、

——そんなことはない、浜田丸はきっと帰って来る、お父さまはきっと帰っていらっしゃるに違いない。

そう心のなかで繰り返すのだった。

父の勘右衛門が江戸へいったのは八月のことだった。石見のくに浜田港には今津屋という大きな廻船問屋があって、土地の物産から藩主松平家の御用までひと手に預っていたが、その年から江戸へも廻船することになり、それを新津屋勘右衛門がおうけしたのである。大藩には物産が多いから大きな船があるけれど小藩はそれが少いから船はみな小さい。大坂あたりでは、「浜田のちゃんこ船」と悪口を云うほど浜田藩の船はみな小さかった。江戸へゆくには熊野灘をはじめ遠州灘、相模灘な

どという荒海があって、小さな船では航海がむつかしいため、それまで今津屋の船さえ大坂から東へはゆかなかったのである。それを勘右衛門が買って出たのだった。もと勘右衛門は松原浦（浜田にすぐ接した入江）の今津屋の持舟を借りてささやかな漁業をいとなんでいた。鰮、烏賊、鰤など、その近海で獲れるものを、乾したり、醃蔵したりして売る。はじめは人も多く雇えなかったのでお稲が十歳くらいになるまでは、あまり丈夫でない母も炎天に立ち、また夜をこめて、魚を拵えたり、乾したり、荷作りをしたりした。お稲が十二になったとき弟の十吉が生れ、それがこたえて母が寝たり起きたりするようなからだになってからは、お稲が母に代ってずいぶん辛い仕事もしたのであった。父は十吉が生れてからにわかに発奮しだした。「この子のためにもこんな事をしてはいられない」とときどき母にそう云っていたのをお稲はよく覚えている。間もなく勘右衛門はそれまでけんめいに稼ぎ貯めたもので古い船を一艘買い、ひじょうな決心で廻船業をはじめたのである。……それから六年、ひと口には云えない数々の辛さ悲しさを経験したが、勘右衛門はついに苦境を乗り切った、そして古船ではあるが持船も三艘になり、今年の春にはその一部を売って五百石積みの浜田丸を新造するまでになった。

——さあこれからだ。

いままでは下拵えで、これからが新津屋の本当の仕事はじめだ。浜田丸の船下ろしの祝いのあとで、元気いっぱいにそう云った父の顔をお稲は今でも忘れることができない。そういうときに、浜田藩の江戸への廻船のはなしが始まったのだ。成功すれば石見船乗の肩身も広くなり浜田藩の発展にもなるのだ。勘右衛門はまさに運のひらけるときがきたとよろこんで船出していった。

――船が江戸へ着いたらすぐ飛脚で知らせる。みんな元気で待っているんだぞ。

九月の末か十月には江戸から信りがある筈だった。しかし十一月になってもなんの知らせもなかった。その年の八月はひどい時化が二度もあり、紀州から遠州へかけて陸にも海にもずいぶん被害が出た、そういう話が伝えられるじぶんには、「浜田丸は難破したのだ」という噂がもう動かすことのできない事実のように世間へ弘まっていた。……お稲は信じなかった、そんなことがある筈はない、父は必ず帰って来る、きっと無事で帰って来る。かたくそう信じながら、今にも浜田丸がはいりはしないかと思っては、毎日この山の上へ海を見にかよっていたのであった。

「……山がらが　山が憂いとて里に出て
　里でさされて　山恋し……」

松林の向うではなお子供の歌うこえがつづいていた。その長閑なこえを縫って、

「お稲さま、お稲さま」とけたたましく呼びながら、こちらへ駈け登って来る者があった。

二

お稲はびっくりしてふり返った、駈け登って来たのは老手代の和平だった。かれの顔が絶望とも苦悶とも云いようのない感情のためにひき歪んでいるのを見て、お稲は自分のからだがぐらぐらと倒れそうになるのを感じた。

「すぐお帰り下さいまし、松原の今津屋のお人が来まして、浜田丸の船板を……」

そのあとは聞かずにお稲は駈けだしていた。

家の前まで来ると、そこには子供を伴れたり背負ったりした女や老人たちが集って、口々になにか叫んだり泣いたりしていた、それはみな浜田丸に乗っていった船子の家族たちである、お稲は胸もつぶれるような気持で、その人々をかきわけながら家へはいった。

病床にいる母はおちついた眼でお稲を迎えた。そばに十吉が脅えたような顔をしてきちんと坐っていた。

「やっぱり父さまの船はいけなかったようだよ」

母はしずかなこえでそう云った。

「それはたしかなことでしょうか」

「今津屋から船板を届けて下すった、そこにあるから見てごらん」

これだよと云って、十吉が指さしたところに幅二尺長さ四尺ばかりの板の破片が置いてあった。それは「トモシキ」という船の舷側の下にあたる部分で、しかもその端のところに新津屋の印がはっきりと捺されてあった。

「志摩のくにの鳥羽という港にあがったのを、石州の船だというので大坂まで送って来た、それを今津屋の人が聞きつけて、こうして運んで来て下すったのです。……鳥羽での話では八月末の時化に、熊野灘という荒い海でたくさん船が沈んだのですと、そのときの船の壊れや、積み荷の端などが、その附近の浜へずいぶん流れ着いたということです。そしてこの船板もそういうなかの一つだったんですと……」

「お母さま」

お稲は母の枕許へすり寄った。いま父の死がたしかめられたと知ると、自分の悲しみよりさきに母がいたわしくなったのだ、「お母さま気をおとさないで下さい、大丈夫ですよ、お稲も十吉もいるんです、どうぞしっかりして下さい」そう叫んでかき抱きたかったのである。けれども母の眼はしずかだった。諦めではなく、覚悟のきまったしずかさだった。

——がまんしていらっしゃる。

そう思うのといっしょに、お稲は耐えかねてそこへ泣き伏した。

「泣いてはいけませんよ」母がきつい調子でそう云った、「今は泣いているときではありません、表をごらんお稲、あの方たちの父親や良人や子供が、うちの浜田丸で亡くなったんです、今わたしたちは自分のことで泣いているときではありませ
ん」

お稲はあっと思い、けんめいに嗚咽をのんで面をあげた、母はその顔をつよく見まもりながら、「しっかりしなくては」ときびしい調子でたしなめた。

「なによりさきにあの方たちのことを心配してあげなければならない、そして浜田丸は藩の御用の荷を積んでいたのですから、その償いもしなければ、……母さんはこんなからだですからね、おまえがしっかりして呉れなければだめですよ、わかりましたか」

「はい、よくわかりました、もう決して泣きはいたしません」

「では和平さんに来て貰ってお呉れ」

夢にも信じたくなかった父の死がこのようにむざんな事実となった。けれどもそれを悲しんでいるいとまもなく、母子はすぐにあと始末の相談をしなければならなかった。

手代や店の者たち、それから松原の今津屋などが集った。そういう人々はみな新津屋を続けさせたいという考だった。はじめは無謀だと嗤った江戸への廻船が、事実このように失敗したとなると、こんどはそれが同情に変った、おなじ廻船を業とする者にとってはむしろ開拓の犠牲者である、そういう気持が主になって、「新津屋存続」という相談がはじまったのである。けれども病床にいるお園は反対だった。

「この家のことはあとにして下さい、まず船子の遺族の方たちと、お上のお償いをさきに相談して頂きます。わたくしたちのことは自分でどうにでも始末をいたしますから……」

そう云いとおした。

「それはそうだろうが、勘右衛門どのがここまで築きあげて来たものを、むざむざ潰してしまうという法はない、とにかく新津屋を続ける手段さえつけば船子の遺族もたち、お上へのお償いもできるのだから」

「いいえそれでは義理というものがすみません、もう正月も迫って、遺族の方たちはさぞ困っておいででしょう、どうぞ新津屋の整理をさきにして下さいまし」「母さまの仰しゃるようにして下さいまし、あとのことは決して御心配をおかけ申しませんから」

お稲もそばからそう頼むのだった。

三

相談はきまった。残っている船が売られ、家財道具が売られた、お稲の髪飾りも十吉の衣類までも売られた。そして手に集った四百両あまりの金を持って、お稲は老手代の和平といっしょに、浜田藩の勘定奉行所へ出頭した。……勘定奉行は自分で会って呉れた。

「浜田丸が難船したにつきましては、荒天のためもありましょうけれど父勘右衛門の未熟からと存じます、まことにお詫びの申上げようもございません」ひととおり挨拶を済ませるとすぐお稲はしっかりした口調でそう云った、「この上はただお慈悲にすがるばかりでございますが、さし当り家財の始末をしてこれだけの銀子を調達いたしました、たいへん勝手がましい申し分ではございますけれど、これで船子の遺族のたちゆくようお計い下さいましたうえ、余りましたものを、お上の荷の償いとして、お納めねがいたいと存じます」

「よい申し分である」奉行は頷いてお稲の顔をじっと見た、「できるだけ願いどおりに計うであろう、そのほうなん歳になるか」

「はい、十八歳にございます」

「そうか、……まことに勘右衛門は気のどくなことだった」

そしてなお、病身の母があると聞いたが大切にみとって遣わせと云い添えた。

すべてが終った。母子の者は辻町をひきはらい、城下はずれの宝福寺裏というところにある小さな家へと移った。ほとんど朽ちかかったような古い家だったが、まわりを竹藪と松林にかこまれているし、前に立つと石見潟の海がみえた、三人がそこへ移ったのは大つごもりにあと二日という押し詰った日のことで、黄昏ごろからちらちらと雪が降りだしていた。

「さあ、これからはおまえがこの家のご主人だよ、十吉」貧しい夕食のあとで、母は病床の左右へお稲と十吉とを坐らせて云った、「父さまはおまえをりっぱな廻船問屋のあるじになさりたくて、ずいぶん苦しい辛抱をなすったけれど、とうとう中途でこのようなことにおなりなすった。船乗りが海で死ぬのはあたりまえなことで、決して悲しんだり悔んだりすることはないけれど、おまえのゆくすえだけは気懸りでいらっしったと思います。……それを忘れないでお呉れよ、十吉、父さまはおまえがりっぱな廻船問屋のあるじになるのをお望みだった、どんな苦心をしても、おまえはそのお望みを果してさしあげなくてはなりません。それだけがおまえにとって父さまへのたった一つの孝行ですから」

「わかって、十吉さん」お稲がそばから云った、「あなたが大きくなるまでは、姉さんがどのようにでも頑張ります、だからあなたはしっかりして、母さまの仰しゃるように、りっぱな人になって下さい、わかりましたね」

十吉はきちんと坐った膝(ひざ)の上に手をかさねていたが、それをぎゅっと拳(こぶし)にしながら黙って大きくうなずいた。……まだ七歳の弟には、そういう言葉はおそらく重荷にちがいない、けれどもいま自分たち母子はそれを重荷として避けてはならないのだ、いかにきびしくとも、いかに辛くとも、現在のありようをしっかりと見きわめ、なにごとにもめげない心をかためて、起(た)ちあがらなければならないからだ。

「母さま、心配しないで下さいましね」その夜更(ふ)けてから、母と枕を並べて寝たお稲はしずかに微笑(ほほえ)みながら云った。「わたくし明日からいっしょけんめいに稼ぎます、あの頃だって魚を捺えたり乾したりするくらいのことはできたのですもの、少し馴れれば一人まえの稼ぎにはすぐ追いついておめにかけます」

「済まないけれどその気持を忘れないでお呉れ」

母はそっとうなずいた「……おまえひとりに苦労をかけるけれど、それを云っては愚痴になるから云いません。ただあまりかたくならないでね、あかるい気持で、……元気で」

「ええ母さまもね」

お稲はふたたび微笑した。母もうなずきながら微笑んだ。……風が出たのであろう、さらさらと小窓の戸に雪の降りかかる音が聞こえる、暗くしてある有明行燈の光の下で、母と娘はじっとしばらくのあいだ眼を見交わしていた。

お稲は松原浦の今津屋へはたらきにゆくことにきめた。そこで昔したように、魚を乾したり醃蔵したりする仕事をするのである。それなら嘗て経験もあるし、賃銀もほかの手内職よりはよかったから、……けれどそういう条件よりも本当は一家をたて直すためにはそこまで徹底することが大切だと思ったからであった。

こうして年が明けるとすぐ、お稲はせっせと松原浦へかよいはじめた。

四

二月になってから間もなくのことだった。松原の今津屋の本家にあたる浜田浦の今津屋八右衛門から使いが来て、

「二男の武造の嫁にお稲さんをほしい」ということを申し込んだ。

「実はこのはなしは御勘定奉行の岡田さまから出たことでして」と使の者はうちあけて云った、「手前どもの御二男とお稲さんとをいっしょにして、新津屋の跡をたてたらどうかという御相談なのです、手前どももたいそう乗気で、話が纏ったら仕事の手順は、すべておひきうけすると申しております、いかがでございましょうか」

「御親切なおはなしで有難うございます」

病床に半身を起していたお園は、つつましく会釈しながら答えた。「わたくし一存ではお返辞がなりかねますので、娘の気持をききましたうえ、改めて御挨拶を申上げます。どうぞよろしくお伝え下さいまし」

ふたつ返辞で承知されると思っていたらしく、使の者はちょっと見当の違った顔

つきで帰っていった。……その夜、仕事から戻って来たお稲は、夕食のあとで十吉が眠ってからはじめてその話を聞かされた。

「おまえどう思います、承知すればもう辛い仕事をすることもなく、新津屋の名もたって、わたしたちは安穏に暮らせるのだけれどね、おまえの本当の気持を聞かして呉れ」

お稲は黙っていた、母の言葉が終ってからもかなりながいことじっと眼を伏せていたが、やがてしずかに顔をあげて、「わたくしお断わり申したいと思います」そう云った、「母さまには御苦労をかけて済みませんけれど、人さまの力で新津屋をたてても、父さまはおよろこびなさりはしまいと思います。どんなに辛くとも、わたしたちの力でたち直り、わたしたちの力で新津屋をたてなければ、亡くなった父さまに申しわけがありません」

「けれどその辛抱がつづきますか、決心するときは『なんの』と思っても、ながい年月になるとなかなか苦しいものですよ」

「さきのことは申せませんけれど、わたしたちよりもっと苦しい辛い暮しをしている人たちが沢山あるのですもの、わたしにできないことはないと思います。……それにもうひとつは浜田丸で死んだ船子の、遺（のこ）された家族の方たちを思えば、わたしたち一家だけが仕合せな暮しをするのは済まないことではないでしょうか」

「……そう」

母はうなずいて娘を見た、「では本当にその決心でやっていってお呉れなのだね」

「大丈夫です。きっとやりぬいてまいりますわ」

そう云ってお稲はしずかに立ちあがった。いつも身仕舞をする隣りの三畳へはいったかの女は、鏡箱の中からそっと剃刀（かみそり）をとり出し、黒髪を解（ほど）いてまさに髪を切ろうとした。……するといつの間に病床から出たのか、うしろに母が来ていて、「お待ち」とこえをかけた。

「おまえ髪を切ってどうするの」

「……母さま」お稲は母を見上げながら、「お稲は今日から男になるつもりです……」

「おやめなさい、あなたの決心はそんな浅はかなものなんですか」

母の眼がこれまで曾てみないはげしい光を帯びていた、「……髪というものは切ってもすぐに伸びてきますよ、切ってもすぐ伸びるようなものに頼るのでは、決心といってもなが続きはしません、そのくらいならいっそ今津屋の御二男と結婚なさるがいい、そうなさい」

お稲は夢から覚めたように、大きく眼をみはって母を見上げた。そしてすぐに剃刀をしまい、そこへ両手をついて泣きだした。

「お稲の心得ちがいでした、母さま、かんにんして下さいまし」

「本当に心得ちがいだと思いますか」

「はい……」

「ながい苦労に堪えてゆくには」と母はそこへ坐って云った、「ごくあたりまえな、楽な気持でやらなければ続きません、心さえたしかなら、かたちはしぜんのままがいいのです、男になった気持などといっても、女はどこまでも女ですから、娘は娘らしいかたちで明るくやってゆかなければいけません、……肩肱（かたひじ）を張った暮しはながくは続きませんよ」

母の言葉を聞いているうちに、お稲は身内にかたまっていたものが少しずつほぐれてゆくのを感じた。そうだ、楽な気持でやってゆけばいいのだ、そう思った。かたく張り詰めていた胸膈（きょうかく）がひらけて、のびのびとした新しい風が吹きとおるように思える。

「よくわかりました、母さま、お稲はなんだか、……なんだか楽しくなったような気持ですわ」

「ではもうおやすみ、更けたようだからね」

「母さまこそ、さあ……」

お稲はいそいそと立って、母を病床へ入れてあげた。その明くる朝、まだ暗いうち厨（くりや）へおりたお稲はなにやらたのしげに歌をうたっていた。

「へえ、めずらしいな」まだ寝床にいた十吉は、びっくりしたように母のほうをふり返って云った、「ねえ母さん、姉さんが歌をうたっているよ」

母はまるで見当の違った返辞をした。

「もうすぐお城の桜が咲きはじめるねえ」

糸車

一

「鰍やあ、鰍を買いなさらんか、鰍やあ」

うしろからそう呼んで来るのを聞いてお高はたちどまった。十三四歳の少年が担ぎ魚籠を背負っていそぎ足に来る、お高は、

「見せてお呉れ」

とよびとめた。籠の中にはつぶの揃った五寸あまりあるみごとな鰍が、まだ水からあげたばかりであろう、ぬれぬれと鱗を光らせてうち重なっている、思いだしたようにはげしく口を動かすのもあり、とつぜんぴしぴしと跳ねあがるのもあって、千曲川のみずの匂いが面をうつような感じだった、

「五十ばかり貰いましょう」

そう云ってから容れ物のないことに気がついた、どうしようとあたりを見やると、つい向うに荒物屋の店のあるのをみつけ、このあいだから目笊が一つほしかったのを思いだした。

「あの店で容れ物を求めますからいっしょに来てお呉れな」

「近くならお宅まで持ってゆきますよ」

少年は賢げな眼でこちらを見た、お高は頬笑みながら、それには及ばない、と云ってあるきだした。

新らしい目笊へ鰍を入れて帰るみちみち、お高はなんと云いようもなく仕合せで心ゆたかに浮き浮きしてくるのを抑えきれなかった。どうしてこんなに嬉しいのかしら、なぜこんなに心がはずむのかしら、なんどもそう自分に問いかけてみた。会所では褒めて頂いたし、久しぶりで父上のご好物の鰍があったし、空はこのように春めいて浅みどりに晴れあがっているし、それでこんなにたのしい気持になるのだろうか。そんな理由を色いろ集めてみたくなるほどだった。そして通りすがりの人の眼にも浮き浮きしてみえるのではないか、そう考えると恥ずかしくて顔が赤くなるようにさえ思った。……父は依田啓七郎といって、信濃のくに松代藩につかえる五石二人扶持の軽いさむらいだった、実直いっぽうの、荒いこえもたてない温厚なひとだったが、二年まえに卒中を病んで勤めをひき、今でも殆(ほと)んど寝たり起きたりの状態がつづいている。十歳になる弟の松之助(まつのすけ)が、名義だけ家督を継いでいたが、まだ元服もしていないのでお扶持は半分ほどしかさがらない、母親は松之助が三つの年に亡(な)くなって、家族は三人だけであるが、病気の父と幼ない弟をかかえての家計はかなり苦しかった。お高はことし十九になるが、父に倒れられて以来その看護や弟のせわや、こまごました家事のいとまを偸(ぬす)んで、せっせと木綿糸を繰っては生計の足しにしていた。松代藩では種油と綿糸はたいせつな産物だったので、身分の軽い家庭には糸繰りを内職にすすめ、器具を貸したり指導したり、製品を買い上げたりするための会所が設けてある、十日ごとに出来た品を届けるのだが、今日もお高が繰った糸束を持ってゆくと、いつも係になっている白髪のきつい眼をした老人が、めがね越しにこちらを見ながら糸の出来を褒めて呉れた。

「僅(わず)かなあいだにたいそう上手になられたな、こなたの糸は問屋でも評判になっているそうだ、ひとつには孝行の徳かも知れぬが」

少しでもよい仕事をしようとつとめている者にとって、その仕事を褒められるほど嬉しいことはない、殊(こと)にそれがあたりまえの内職ではなく、藩にとってたいせつな産物になるのだから、その意味でもお高のよろこびは大きかった。……もっともっとよい糸を繰ろう、そう思いながら帰る途中で鰍が買えた。卒中をわずらってからいちどやめたが、医者のすすめで三日にいちど五勺*ずつ飲むようになった父の酒には、なにより好物の肴だった。会所でうけとって来た手間賃のなかから、焼干しにしてもよいからと思って少したくさん買ったのである、貧しくつましい暮しをしている者には、小さなよろこびがどんなにも幸福に感じられるのだ、お高はおかしいくらい足も軽く、組長屋の住居に帰った。

「ただ今もどりました」

とっつきの二帖で、素読をさらっていた弟にそうこえをかけてあがったが、松之助は顔を隠すようにしてなんとも答えなかった。そのときはべつになんの気もつかず、目笊を持ったまま父の居間へいった。

「帰りに鰍を売っておりましたので少し求めてまいりました」

挨拶をするとすぐそう云って父に見せた、

「ごらん下さいまし、まだこんなに生きております」

「ほうこれは珍らしいみごとなものだな、もうこんなに鰍の肥る季節になったのだな」

啓七郎は少しふるえのある手をさしのべて、目笊の中の魚を好ましそうにつついてみた。

「ずいぶん数があるではないか、まだ高価であろうに」

「いいえそれほどでもございませんでした、今晩のお酒に甘露煮と魚田をお作り申しまして、余ったぶんは焼干しにしてもよいと思いましたから」

「こんな心配ばかりさせて、どうも……」

呟くようにそう云いかけるのを、お高は聞えぬ風に立ちながら、

「さあ早くおしたく致しましょう」と厨のほうへさがっていった。

父の口ぶりや態度がいつもとは違っている、お高はそれを感ずると同時に、弟のようすもふだんとはまるで変っていたことに気づいた。どうしたのだろう、なにか留守に悪いことでもあったのかしら、お高はにわかに不安になった、そしてそれをうち消したいために弟を呼んでみた、

「松之助さん来てごらんなさい、みごとな生きた鰍ですよ」

然し松之助の返辞はつきはなすようなものだった、

「いま勉強していますから、あとで」

それだけだった。お高はつい今しがたまでの浮き浮きした気持が、かなしいほど重たく沈んでゆくのを感じながら、庖丁を取って魚を作りはじめた。

二

夕食のあと片づけを済ませてから、お高が糸繰りの仕事をひろげると間もなく父に呼ばれた。

「少し肩を撫(な)でて貰いたいのだが」

父は床の上に起きなおってこちらへ背を向けていた。脇(わき)に置いてある行燈(あんどん)の光が、瘦(や)せた父の高頬(たかほお)をいたいたしくうつしだしていた、お高はすぐその背へつかまった、

「お寒くはございませんですか」

「まだ酒がきいているとみえてほかほかといい心もちだ、力をいれなくともよい、そうやって撫でていて呉れればよいから」

「はい、このくらいでございますね」

お高は父の背から肩へかけてしずかに撫ではじめた。松之助は少しまえに寝てしまい、ひっそりと静かになった組長屋のかなたから、なにか祝い事でもあるのだろう、小謡(こうたい)のさびたこえが聞えて来た。

「おまえあした、松本へゆくのだがな」

父がふと思いだしたようにこう云った、

「松本ではお梶（かじ）どのがご病気だそうで、おまえにひとめ会いたいから四五日のつもりで来て呉れるようにと、お使いの者が来られたのだ」

「父上さま」

お高は思わずそう云った、

「手をやすめては困るな」

父は笑いながら肩を揺りあげた、どうにもかたい笑いだった、

「ご病気ということだし、せめて四五日、ながい滞在ではないのだから、こんどはおとなしくいってくるがいい、留守のことはもう石原のご内儀に頼んであるから」

少しはおまえの骨やすめにもなるであろう、そう云う父の言葉を聞きながら、お高は弟のつきはなすようなさっきの返辞を思いだしていた。やっぱりそういうことがあったのだ、松之助はそれを聞いて、幼ない頭でどれほどか悲しがったに違いない、お高はそう思いやるとするどく胸が痛みだした。

お高には実の親があった。信濃のくに松本藩に仕えて西村金太夫（きんだゆう）という、はじめ身分も軽くたいへん困窮していたじぶんに、妻のお梶とのあいだにつぎつぎと子が生れ、養育することにもこと欠くありさまだったので、しるべのせわで松代藩の依

田啓七郎にお高を遣(や)ったのである。それからのち、金太夫はふしぎなほどの幸運に恵まれ、しだいに重くもちいられて、数年まえには*勘定方頭取で五百五十石の身分にまで出世をした。このように立身して一家が幸福になると、親の情としてよそへ遣った者がふびんになるのは当然のことである、それもその子が仕合せであればべつだが、人をやって尋ねさせてみると依田啓七郎は妻にさきだたれ、お高を貰ったあとで生れた幼弱な子をかかえて、かなり貧しい暮しをしているとのことだった。夫妻は幾たびも相談をしたうえ、それまでの養育料を払ってひきとることにきめ、しかるべき人を間に立てて依田と交渉した。……そのとき初めてお高は自分の身の上を知ったのである、啓七郎はありのままになにもかも語った、そして「松本の家へ戻るほうがおまえのゆくすえのためだから」そう云って帰ることをすすめた。お高は考えてみようともせずに厭(いや)だと云いとおした、ついには部屋の隅に隠れて泣きだしたまま、なにを云っても返辞をしなかった。肝心のお高がそんなありさまだったので、間に立った人もどうしようもなく、そのときのはなしは結局まとまらずじまいだったのである。

「お梶どののご病気は、かなり重いようすなのだ」

と、父は暫(しばら)くして言葉を継いだ、

「ひとめ会いたいという気持もおいたわしいし、おまえも実の子としていちどぐらいはご看病がしたいだろうと思う、意地を張らずにいって来るがよい、ほんの僅かな日数のことだから」

お高は殆んど聞きとれぬほどのこえで「はい」と答えた。そこまでことをわけて云われるのをむげにもできなかったし、重い病に臥している生みの母の、ひとめ会いたいという言葉にもつよく心をうたれた。乳ばなれをするとすぐ松代へ貰われて来たそうで、西村の父母の顔はまったく記憶にはない、もしものことがあれば、生みの母の顔も知らずに終らなければならない、いちどだけお顔を見せて頂こう、そう考えて承知したのであった。

同じ組長屋でもごく近しくしている石原という家の妻女にあとの事をこまごまと頼んで、その明くる朝はやく、松本から迎えに来たという下婢と老僕にみちびかれながら、あとにもゆくさきにもおちつかぬ気持でお高は松代を立った。季節はすっかり春めいていた。遠いかなたの山なみにはまだ雪がみえるけれど、うちひらけた丘や野づらはやわらかな土の膚をぬくぬくと日に暖められ、雪解の水のとくとくと溢れている小川や田の畔には、もうかすかに草の芽ぶきが感じられた。二十里そこそこの道だったが、ひどくぬかるので馬や駕籠に乗りながら三日もかかり、また冬がもどったかと思えるほどひどく冷える日の午後、ようやく松本の城下へ着いた。

三

西村の家は和泉（いずみ）というところにあった。長屋門をめぐらせたかなり広い屋敷で、門をはいると前庭があり、枝ぶりのよい榁（むろ）の木が六七本、高雅な配置で植わっていた。お高は依田の家とあまりに違う家がまえに眼をみはりながら、老僕の案内で脇玄関へまわった。するとこちらの声を待ちかねていたように、五十あまりとみえる婦人があらわれ、泣くような笑顔で出迎えた。

「まあまあ遠いところをようおいでになった、お疲れだったろうね、今すぐすすぎをとりますよ」

心もここにないというようすで、お高にはものを云う隙（すき）も与えず、手をとらぬばかりにして奥へ導いていった。お高は初め茫然（ぼうぜん）としたが、これがお梶という方だと思い、ご病気だというのが拵（こしら）えごとだということをすぐに悟った。お梶という方、……彼女の頭にうかんだのはそういう呼びかたで、母という表現はどうしても出てこなかった。そして、この拵えごとのなかには単純でないものが隠されていること、然もそれがかなり決定的であるということは直感しつつ、その婦人のするままになっていた。

どんなたいせつな客ででもあるかのように、梶女はめしつかいをせきたててお高に風呂をすすめた、風呂にはいっていると二度も湯かげんをききに来たし、あがると仕立ておろしの高価な衣装が揃えてあった。

「お好みがわからないものだから年ごろをたよりにわたしが選んだのだけれど」

梶女は着付けをたすけながらそう云った、

「どうやらあなたには少しじみすぎるようですね、あちらの小紋のほうがよかったかもしれない、でも今日はこれにしておきましょう」

独り言のようにそんなことを云いながら、撫でまわすような眼でお高の姿をと見こう見して飽きなかった。お高はやはり黙ってされるとおりになっていた、問いかけられると「ええ」とか「はい」とか答えるが、自分のほうからはなにも云わず、梶女のどこかしら熱をもったようなまなざしにも、できるだけ気づかぬ風を装っていた。

西村の父や兄弟たちは夕食のときひきあわせられた。父は思いのほか若かった。いちばん上の兄は結婚してもう男の子があり、二兄はまもなく分家するとか、むっつりしている三兄は顔もよく見なかったし、四番めの兄は江戸詰めで留守、弟はまだ*前髪だちで名を保之丞といい、背丈のめだって高いからだつきと、まだ子供どもした日にやけた赤い頬とに特徴があった。彼はその年ごろの者らしく、ほかの兄たちよりもお高の来ることに興味をもっていたようで、横からしげしげと眺めたり、必要もないのにしきりと話しかけたりした。席は広間に設けられた、かけつらねた燭台はまばゆいほど明るく、大和絵を描いた屏風の丹青も浮くばかり美しかった。幾つもの火桶でうっとりするほど暖まった部屋、贅沢といってもよいくらい品数の多い色とりどりの食膳、そしてなんの苦労もなく憂いも悲しみも知らない親子兄弟の、なごやかに団欒をたのしむありさま、――これが自分のほんとうの家なのだ、ここにいる人たちが自分の生みの親であり、血肉をわけた兄弟たちだ、いま坐っているこの席は誰のものでもなく正しく自分の席なのだ。お高はそう思いながら、できるだけすなおな気持でその室の空気に順応しようとした。けれども燭台は明るすぎ、絵屏風はあまりに美しく絢爛で、いかにもおちつきにくく眩しかった、数かずの料理もいずれは高価な材料と念いりな割烹によるものであろうが、お高にはなにやらよそよそしくて、美味しいという気持はおこらない、そしてその一つ一つが松代の家のことに思い比べられ、しめつけられるように胸が痛んだ。

切り貼りをした障子、古びた襖、茶色になってへりの擦れている畳や、凍み割れのある歪んだ柱、煤けた行燈の光にうつしだされるあの狭い、貧しい部屋のありさまがまざまざとみえる、乏しい炭をまるで劬るように使うあの火桶ひとつでは、冷えのきびしい今宵はどんなにか寒いことだろう、依田の父と松之助は、いま二人きりであの貧しい部屋のつつましい食膳に向かっているじぶんだ。菜の皿はひとつ、汁椀の着くことさえ稀で、漬物の鉢だけが変らない色どりである。いま眼の前にあるゆたかな膳部からみればかなしいほど貧しいものだ、然しそのひと皿の菜をどんなに心こめて作るだろう、また父や松之助がどんなによろこんで喰べて呉れることだろう。頼んで来た石原の妻女はよく気のまわる親切なひとだった、父の好物もあらまし告げて来たが、今宵はどんなしたくが出来たであろうか、父の気にいるものだろうか、もしかして酒をあがりすぎはしないかしらん。……お高のあたまはこういう考えでいっぱいだった、なにを喰べたかも覚えず、どういう会話がとり交わされたかも知らなかった。そして終るとすぐ自分のために用意されたという部屋へひきこもり、なにか話しかけたそうな梶女にも「疲れているから」と断わって、まだ宵のうちから夜具のなかにはいってしまった。

四

明くる朝、起きてきたお高の眼がいたいたしいほど赤く腫(は)れぼったくなっているので、梶女がびっくりして、

「どうおしだ」

と訊(たず)ねた。お高はさびしげに頬笑んだ、

「寝つかれたのでございましょう、少しやすみすごしましたから」

「それならいいけれど……」

梶女はたしかめるようにこちらを見ていたが、すぐ思いかえしたようすで、今日は山辺(やまべ)の温泉(いでゆ)へゆくからしたくするようにと云った。

「ここから一里あまり山のほうへいったところで、湯もきれいだし美しい眺めもあり、疲れたときなどにはよい保養になります」

「有難うございますけれど」

お高は眼を伏せながらそっとこう云った、

「わたくし、今日はできますことなら御菩提寺(おぼだいじ)へまいりたいと存じますが」

「ああそれなら山辺へゆく途中ですよ、少しまわりみちをするだけですから参詣してまいりましょう」

「いいえ」

お高はかぶりを振った、

「わたくし今日はおまいりだけに致しとうございます、初めてのことでございますから」

初めて祖先の墓へまいるのに遊山を兼ねるのは不作法だと思う、そういう意がはっきり表われていた。梶女はさすがにおもはゆそうだった。

「それなら山辺は明日のことにしましょう」

こう云ってその日は墓参ということにきめた。

菩提寺から帰るみちで、お高は自分の生れた家が見たいと云った。梶女はすすまないようすだったが、いっしょにいった弟の保之丞がさきに立って案内した。深志というところの端に近く、身分の軽いさむらい屋敷がひとかたまりになっている、そのなかでも貧しげな古びた幾棟かのなかに、その家はあった。目隠しというばかりの塀をとりまわした中にささやかな庭があり、枝ぶりのいじけた勢いのない松が門の脇に立っていた。板葺の屋根は朽ち乾いて松毬のようにはぜ、小さな玄関の柱やはめ板は雨かぜに曝されて、洗いだしたように木目が高くあらわれていた。軒は傾き庇はなみをうっている、まわりにゆとりがあるのと、部屋の数が少し多いかと思えるだけで、そのほかは松代の家とは大差のない住居だった。

「私はこの家に五つまでいたのですよ」

保之丞はそう云ってなんの屈託もなく笑った。

「あの窓の下の地面に蟻地獄がいましたっけ、それを捕って手のひらを這わせるんです、するとそいつは手の皮の中へもぐり込もうとする、むずむずして擽ったいんですが、その恰好がおもしろいのでよくやったものです、ご存じですか」

そんなことを興ありげに云った。お高はふと、この弟もいまの屋敷よりはこの貧しい家のほうに心ひかれているのではないか、そんなことを考えながら間もなく踵をかえした。

翌日は梶女につれられて山辺の温泉へいった。それは城からひがし北に当る山ふところにあり、清らかな流れと、谷峡の眺めの美しい場所だった。母娘はいっしょに湯に浸ったり、香りたかい草木の芽をあしらった鄙びた午食をたべたりしたのち、まだ珍らしい山独活をみやげに屋敷へ帰った。三日めは家にいて、兄弟たちと話したり自慢の道具を見たりして暮した。その夜のことである。自分にあてられた部屋で梶女とあい対したとき、お高は明日松代へ帰らせて頂くと云いだした。梶女はそう云われるのを予期していたらしい、そっと部屋を出ていったが、すぐに一通の封書を持って戻って来た。

「依田どのからあなたにあてた手紙です、とにかくこれを読んでごらんなさい」

こう云ってそれをわたした。うけとってみると正しく依田の父から彼女にあてたものだった。――こんど松本へおまえを帰すに当っては色いろ考えたが、西村からこれまでの養育料としてかなり多額な*だいもつを呉れるはなしがあり、それだけあれば自分は田地でも買って、松之助とふたり安穏にくらしてゆけるし、おまえも西村のむすめとして仕合せな生涯にはいれるであろう、自分のためにもおまえのためにもこうするのがいちばんよいと思う、じかにこのゆくたてを話したうえ、こころよく別れを惜しみたかったが、顔をみていてはおまえの気持がきまるまいと考え、むじひなようだがいつわりを云って立たせた、どうかこんどはわがままを云わずに承知してもらいたい、西村へいったら両親に孝行をつくすよう、兄弟と仲よう仕合せなゆくすえを祈っている。そういう意味のことが、依田の父らしく篤実(とくじつ)な筆つきで書いてあった。

「よくわかったでしょう」

梶女はお高の読み終るのを待ってしみじみとこう云った。

「いまになっておまえをとり戻そうというのは勝手かもしれない、けれど父上やこの母の気持も察してお呉れ、おまえの生れたじぶんは父上のご身分も軽く、子供を多くかかえて、恥ずかしいはなしだけれど、その日のものにもさしつかえるようなことさえある、貧しく苦しい暮しでした。人の親として、乳ばなれしたばかりの子をよそへ遣らなければならない、それがどんなに辛い悲しいことか、やがておまえが子をもったらわかって呉れることでしょう、身を切られるようなと云う、そんな言葉では云いあらわせない、辛い悲しいおもいでした」

五

「それほどのおもいをしても、おまえを遣らなければならなかった、もう耐えきれない、一家が飢え死をしてもいいからとり戻しにゆこう、なんどそう思ったかしれません、暑さ寒さ、朝に晩に、泣いていはしないか病気ではないかと、心にかからぬときはありませんでしたよ」

梶女は袖口で眼を押えながら暫く声をとぎらせていた、

「父上のご運がひらけて、どうやら不自由のない明け昏（く）れを迎えるようになってから、父上とわたしはおまえをひきとる相談ばかりしていました。松代へ人をやってたずねさせると、ながく病んでいる依田どのと幼ない弟のめんどうをみながら、おまえが糸繰りをして家計をたてているという、貧にせまられて遣ったおまえが、いまは自分でその貧とたたかっている、それを思うとわたしたちはとても安閑と暮してはいられなかった、これまでの苦労を幾らかでも償ってあげなければ生みの親としてどうしても心が済まないのです、依田どのには決して悪いようにはしません、高さん、こちらへ帰ってお呉れ、この西村のむすめになってお呉れ、ねえ」

膝（ひざ）の上にそろえた両の手をかたく握りしめながら、お高は硬（こわ）ばった顔をじっと俯（うつ）向（む）けていたが、梶女の言葉が終るとしずかに眼をあげて、

「おぼしめしはよくわかりました、ほんとうに有難う存じますけれど、わたくしやはり松代へ帰らせて頂きます」

抑揚のない声でそう云った。梶女の頰のあたりが微（かす）かにひきつった、

「でも依田どのとはもうはなしがついているのです、どちらのためにもこれがいちばんよいと依田どのも云っておいでなのですよ」

「それをご本心だとおぼしめしますか」

お高はそっとかぶりを振り梶女の眼を見あげた、

「依田の父がそう仰しゃるのはこちらへの情誼からだとはお考えになれませぬか、あなたはいま人の親として子をよそへ遣ることがどんなに辛いものかということを仰しゃいました、乳ばなれをするまでの親子でもそれほどなのに、十八年もいっしょに暮してきた親子はそうではないとおぼしめしですか」

お高はそう云いながら、松本へゆけと云われた夜のことを思いうかべた。あのとき依田の父はこちらへ背を向けて、お高に肩を揉ませながらあの話をきりだした。父はお高の顔を見ることができなかった、自分の辛い顔もみせたくなかったのだ、それがいまお高には痛いほどじかに思い当る、ああ、どんなにお辛い気持で松本へゆけと仰しゃったろう、お高は胸を刺されるように感じながらしずかに続けた、

「依田の家は貧しゅうございます、わたくしが糸繰りをしてかつかつの暮しをたてているのもほんとうです、けれどもそれはあなたがお考えなさるほどの苦労ではございません、こう申上げては言葉がすぎるかもしれませんけれど、こんどのことさえなければ、わたくし仕合せ者だとさえ思っておりました、依田の父はもったいないいくらいよい父でございます、弟もしん身によくなついていて母のようにたよって

いて呉れます、わたくしにはあの家を忘れることはできません、いまになって父や弟と別れることはわたくしにはできません」

「それだけの深いおもいやりを、わたしたちにはしてお呉れでないの」

梶女はすがりつくような口ぶりでこう云った、

「ここをおまえのお部屋にと思って、襖を張りかえたり、調度を飾ったり、新らしく窓を切ったりした、着物や帯を織らせたり染めさせたりして、こんどこそ親子きょうだい揃って暮せるとたのしみにしていた、これでこそ父上もご出世の甲斐があるとよろこんでいたのですよ、それを考えてお呉れではないのかえ」

それは哀願ともいうべき響きをもっていた。心をひき裂かれるようなおもいで、これが親の愛情だと思いつつお高は聞いた。子のためには、子を愛する情のためにはなにも押し切ろうとする、それが親というものの心であろう、かなしいほどまっすぐな愛、お高はよろよろとなり、母の温かい愛のなかへ崩れかかりそうになった。自分のために模様がえをしたというその部屋、新らしい調度や衣装、どの一つにもまことの親の温かい愛情がこもっている。その一つ一つが手をひろげて迎えているのだ。けれども、お高はけんめいに崩れかかる心を支えた、自分はその愛を受けてはならない、依田の家を出てその愛を受けることは人の道にはずれるのだ。こう自

分を叱りつけながら、お高はやはり松代へ帰ると繰返した、
「みなさまのお仕合せなごようすも拝見しました、もう一生おめにかかれなくとも
こころ残りはございません、どうぞお高はこの世にない者だとおぼしめして、これかぎり忘れて頂きとうございます」
梶女はしずかに立っていった。すぐに弟の保之丞が来、あとから金太夫と長兄とが来た、みんな言葉をつくしてここにとどまるようにとくどいた。お高はもうなにも答えなかった。喪心したように眼をつむり、肩つきの堅い姿勢でしんと坐っていた。それはまさしく問罪のように苦しい瞬間であった。

六

明くる朝まだほの暗いうちにお高は松本を立った。来るときの老僕と下婢が供について、梶女と保之丞とが城下から一里あまりの中原という辻まで送って来た、そしてそこの掛け茶屋でいっしょに茶を啜り、暫く別れを惜しんでから袂をわかった、二人はお高の姿が道を曲ってゆくまで見おくっていたが、お高はいちどもふり返らず、まっすぐに並木の松のかなたへ去っていった。

道をいそいだので松代へは三日めの午まえに着いた。城下町が見えだすともう胸がいっぱいになり、いくら拭いてもあとからあとから涙がこみあげてきた、ほんの僅かな留守だったが、山やまの姿も千曲川のながれもなつかしく、眼につくほどの樹立や丘や段畑、路上の石ころまで呼びかけたいような懐かしさが感じられて、郷へ帰ったという気持がした。……松之助は稽古からまだ帰らず、家には啓七郎ひとり、ちょうど薬湯を煎じていたところだった、老僕のおとずれる声を聞いて玄関へ出て来たが、はいって来るお高を見るとあっという表情をした。

「ただいま戻りました」

お高は簡単にそう挨拶をすると、すぐ裏へまわって自分のすすぎをし、供の二人にもあがってひと晩泊ってゆくようにと云った。然しかれらは玄関で西村からの口上を述べ、手みやげなどを置いてあがらずにたち去った。

「どういうわけで帰った」

さし向いになって坐ると、啓七郎は煎じていた薬湯を湯のみにつぎながらそう云った、

「持たせてやった手紙は読まなかったのか」

「拝見いたしました」

「それなら事情はわかっているはずだ、おれも安穏な余生がおくれるし、おまえの一生も仕合せになる、そう考えてしたことなのに、眼さきの情に溺(おぼ)れてなにもかもうち毀(こわ)してしまうつもりか」

「おゆるし下さいまし、父上さま」

お高はひしと父を見あげ、そこへ手をついた、

「わたくしもっと働きます、お薬にもご不自由はかけません、お好きなものはどんなにしても調えます、もっとお身まわりもきれいにして、お住みごこちのよいように致します、ですからどうぞお高をこの家に置いて下さいまし」

「おまえにはおれの気持がわからないのか、おれがそんなことを不足に思っているようにみえるか、おれがおまえを西村へかえす決心をしたのは」

「わかっております、わたくしにはわかっておりますの、父上さま」

お高は父にそのあとを続けさせまいとしてさえぎった、

「わかっておりますけれど、お高はいちどよそへ遣られた子でございます、乳ばなれをしたばかりで、母のふところからよそへ遣られたお高を、父上さまは可哀(かわい)そうだと思っては下さいませんか、もし可哀そうだとお思い下さいましたら、ここでまたよそへ遣るようなことはなさらないで下さいまし」

「だが西村はおまえにとって実の親だ、西村へもどればおまえは仕合せになれるのだ」

「いいえ仕合せとは親と子がそろって、たとえ貧しくて一椀の粥を啜りあっても、親と子がそろって暮してゆく、それがなによりの仕合せだと思います、お高にはあなたが真実のたったひとりの父上です、亡くなった母上がお高にとってほんとうの母上です、この家のほかにわたくしには家はございません、どうぞお高をおそばに置いて下さいまし、よそへはお遣りにならないで下さいまし、父上さま、このとおりおねがい申します」

「父上」

と、叫びながら松之助が走せいって来た。稽古から帰って、表で二人のはなすのを聞いていたのだろう、眼にいっぱい涙を溜めながらはいって来ると、姉とならんでそこへ坐り、なかば噎びあげながらこう云った、

「どうぞ姉上を家に置いてあげて下さい、父上、こんなに仰しゃっているのですもの、どうかよそへは遣らないで下さい、おねがいです」

啓七郎は眼をつむり、蒼ざめた面を伏せ、両手を膝に置いてじっと黙っていた。それは大きなするどい苦痛に耐える人のような姿勢だった。そしてながいこと、お

高と松之助との噎びあげるこえだけが、貧しい部屋の壁や襖へしみいるように聞えていた。

「……では家にいるがよい」

啓七郎がやがて呻くようなこえでそう云った、

「西村どのへは父から手紙を書く、もう松本へは遣らぬから」

松之助は姉の膝へとびつき、涙に濡れた頬をすりつけながら声をあげて泣きだすのだった。

爽やかな朝の日光が、明り障子いっぱいにさしつけている、いかにも春らしく、心を温められるような明るさだ。お高の繰る糸車の音が、ぶんぶんと、そのうららかな朝の空気をふるわせて聞えてくる、蜂の翅音にも似たしずかな、心のおちつく柔らかい音である。啓七郎はそれを聞きながら、

「おまえ成人したら姉上をずいぶん仕合せにしてあげなければいけないぞ」

と、松之助に云うのだった。

「大きくなればわかるだろうが、姉上はこの父やおまえのためにせっかく仕合せになれる運を捨てて呉れたのだ、自分のためではない、父とおまえのためにだ、……忘れては済まないぞ」

松之助は父の眼を見あげて、少年らしくはっきりと頷いた。糸車の音はぶんぶんと、歌うようにしずかな呻りをつづけていた。

菊の系図

一

　その日お城からさがって来た重田主税はいつもと少しようすが違っていた。顔もやや蒼ざめているし、眉のあたりになにやらつきつめたような色があった。ふだんから口数のすくないほうで、とくに用もない問い答えをきらう良人の気質を知っていたから、お琴はさりげなく着替えの世話をしてさがったが、なんとなく気がかりでおちつかなかった。するとしばらく居間でなにかしていた良人が、「蠟燭に火をつけて持ってまいれ」というのが聞えた、「はい」といってお琴はすぐにその用意をして持っていった。主税は手文庫をとりだして、大切にしていた手紙の類を選りわけているところだった。

「その火桶をこちらへ持って来て、おれの渡す手紙をそこで焼き棄てて呉れ」

「……はい」

お琴は息が止まるかと思った、この手紙の始末をするとすればいよいよ惧れていた時が来たのかも知れない、「とりみだしてはならぬ」震えてくる身をひきしめながら、渡される手紙に蠟燭の火をうつし、一通ずつ火桶の中へ焼き棄てていった。……今にも良人からなにか宣告されるだろう、そう思っていたが、主税はなにも云わず、手紙の始末が終ると手文庫を元のように片づけて、

「あとの灰をよく掻いて置いて呉れ」

そう云いながら立って庭へおりていった。

すっかり済ませたお琴が、風呂を焚きに出ながらみると、良人は庭で菊の前に佇んでいた。黄菊ばかり十株、主税が毎年ずいぶん丹精して育てるのが、今年もようやく咲きはじめている、親株は祖父の代に伊勢から移し植えたのだそうで、あとは主税が根わけをしたものだ、色の鮮かな、香気の高い、無技巧の弁ながら大輪のみごとな花をつける、主税はいまその花に対してどんな感懐にうたれているのか、ながいあいだそこにじっと立ちつくしていた。

間もなく保太郎が稽古から帰って来た、夫婦のあいだにひとりきりの子で今年十歳になる、顔かたちも気だても良人によく似て、つねづね往来する藩校の教官たち

から主税どのの生き証拠といわれているほどだった。主税は帰って来た保太郎を見るとすぐ、「花鋏を持っておいで」と庭へ呼んだ。

「今年はもうお剪りになるのですか父上」

「初咲きを一輪だけ床へ活けよう」

「この菊の祖先は伊勢にいるのですね」

「いるというのはおかしいな」主税はそういって笑った、「……だがたしかに伊勢だ、伊勢の*足代寛居先生からお祖父さまがわけて頂いたのだ。寛居先生は名を弘訓と仰しゃって、*大廟の御神官であり国学者としても名だかい、菊は百花の王といわれて、伊勢の神官の御装束は古くから菊の御紋であるし、おそれおおくも朝廷の御紋章にもえらまれた栄ある花だ。ことにこの菊は神宮にゆかりの深い足代家に育ったものだから、お祖父さまは『重田の家のつづく限り根を絶やすな』と云っておいでになった、おまえもよく覚えて置くがよい」

「でも菊は育てるのがむずかしいのでしょう、保太郎にもできるでしょうか」

狭い庭なので風呂を焚いているお琴の耳にも、なごやかな父子のはなし声がよく聞えてくる。そのなごやかさがお琴をほっとさせた、「ではかくべつさし迫った事情ではないのかも知れない」そう思った。

夜になって、保太郎が寝るとほどなく、白滝外記(げき)が訪ねて来た。よほど急ぐとみえ玄関で立ち話をして去ると、主税は妻を居間へ呼んだ。

「覚悟をきめて貰(もら)わなければならぬかも知れない」主税はしずかにそう云った、「……四五日まえから事情が悪くなっていた、白滝どのはいまたち退(の)くという、だがおれは此処(ここ)にふみとどまる、この道のためには初めから生命(いのち)は捨てていたのだ、わかっているな」

「はい、よくわかっております」

「それでいい、万一のときは保太郎をたのむ、みれんなふるまいのないように」

お琴は良人の顔をひたと見た、主税もじっとその眼を見かえしたが、片頬にしずかな微笑をうかべて頷(うなず)いた。

重田主税は藩校「致道館(ちどうかん)」の助教だった。鶴岡(つるおか)藩は幕府の親藩*の一だったが、致道館の教育はわりあいに自由で、寛政(かんせい)の「異学禁令」（朱子学以外の儒学を禁止した、*寛政二年）の後にも、*荻生徂徠(おぎゅうそらい)とか*太宰春台(だざいしゅんだい)らの復古学派や陽明(ようめい)派の系統が学ばれたし、のちには*穂積重胤(ほづみしげたね)が来て皇学を説きさえした。主税は史学の教鞭(きょうべん)をとっていたが、その根本はつねに尊皇の大義を唱えることにあり、近年は諸方の志士と書簡を往来して、しだいに藩勢を大義の一途に導こうと努めていた。

二

主税が藩校の助教として、かなり公然と尊皇の道を説くことができたのは、家老の松平親懐や*中老の菅実秀などの諒解があったからだった。けれども安政の大獄につづいて*万延元年三月の変があってから、藩の事情もようやく厳しくなり、主税や主税と親交のある者に対してひそかに圧迫の手が伸びはじめた、「いつおれの身にまちがいがあるかも知れぬから」と良人に云われたのは夏の末のことだったが、良人の同志ともいうべき白滝外記が今宵いよいよたちのくとすれば、その危険はよほど切迫しているに違いない。

――やはり案じていたとおりだった。

お琴は自分の寝所へ戻ると、行燈のそばにひっそりと坐りながら、あらためて心をひきしめるようにそう呟いた。それから四半刻も経つであろうか、表を叩く人のあらあらしい声が聞え、「お琴、出てはならんぞ」といって良人が立っていった。迎え入れた客は四五人のようすだったが、部屋へとおるとすぐに激論がはじまった。お琴は保太郎をそっと呼び起し「しずかに」と耳へ口を当てて云った、「父上の大事な時です、うろたえてはいけません、心をしっかりもって」そう云いながら手ばやく着替えをさせ、納戸の夜具の蔭へはいらせた、「よいというまでは声をたててもなりませんよ」「はい」保太郎の大きくみひらいた眼に励ますような一瞥を与えて、お琴は納戸を閉め、元のところに坐って縫物をひき寄せた。

「きさまが武士なら、そして鶴岡藩士なら、ご主君*左衛門尉（忠発）さまのほかに身命を捧ぐべき御方はない筈だ」

「むろんそれに間違いはない」主税の声は水のようにしずかだった、「……けれどもそれが武士の道の究極ではない、直接には当のご主君へ忠節をつくすべきだが、日本人である限り根本としては朝廷のおんために身命を捧ぐるのが道だ、大義とはそれをさすのだ」

「問答は要らぬ斬ってしまえ」

「拙者を斬るのはたやすい、だが安政の大獄を忘れるな」主税がそう叫んだ、それはお琴もはじめて聞く凛烈な調子だった、「……人間を斬るだけでは道は亡びない、貴公たちがまことに君家を念うならば時勢をよくみろ、大義に生きぬかぎり鶴岡城の運命もながくはないぞ」

「こういう風にか」絶叫と同時に畳を打つ音が聞え、「ひきうけた」と別のひとりが叫んだ。大きい足音と、障子へ水をうちかけたような響きに続いて、だっと人が倒れ、「断じて」という主税の声がした、「……断じて道は亡びぬ、断じて」

　お琴はそれを骨に徹するおもいで聞いた。肉躰には現に自分が寸断されるような苦痛を感じたが、心は微塵も動かなかった。良人の声はそれっきり絶え、すぐに襖をあけてこちらへ二人はいって来た。

「御家のために重田は斬った、保太郎と申す伜がおるであろう、これへ出せ」

「……保太郎はおりませぬ」お琴は二人を見あげてしずかに答えた、「……稽古から戻りにわたくしの実家へまいりました。今宵は泊ってまいる筈でございます」

「そこもとの実家とはいずれだ」

「寺田村の田村善左衛門宅でございます」

　捜してみろと向うにいた者が云い、家じゅうを捜索した、納戸も明けられた。しかしさいわい保太郎は発見されず、間もなくかれらは主税の居間から文書類をとりだして、立ち去っていった。

「保太郎まだ出てはなりませんよ」

　お琴はそう囁いて置いて、すぐに隣の部屋へはせいった。主税は障子の方へ頭を向けて俯伏せに倒れていた。もうすっかりこときれたあとだった、お琴はにわかに震えだすのを堪えながら、そこへ両手をついて「あなた、おみごとでございました」と云った。涙がどうしようもなく溢れてきた、「……わたくしすぐに退国いたします、御遺骸の弔いを致しませんのがなにより辛うはございますけれど、保太郎の身が危うございますからおゆるし下さいまし、仰せどおり、きっと保太郎は御遺志を継ぐりっぱな武士に育てます、どうぞお心やすく御往生あそばせ……」亡きひとの魂にひびけと、口のうちで祈るように呟いている耳へ、寝所の納戸の中から耐えかねた噎びごえが聞えてきた。お琴は立っていって叱った。

「泣いてはいけません保太郎、あなたはいま父上のごさいごのようすを聞いていた筈です。父上は非業にお亡くなりなすっても、心はあなたのなかに生きておいでです、これからはあなたがそのご遺志を継いでゆくのです。母もできるかぎりの辛抱をしますから、あなたも挫けてはいけません、……辛いこと苦しいことがあったら、今宵の父上のごさいごを思いだして、きっときっと御国のために役だつ武士になるのですよ」

はいという涙に噎せた答えが聞えた。

「わかったら出ていらっしゃい、すぐたちのかなければなりませんから、ご自分の物を集めて支度をするのです、急いでなさい」

お琴はそう云って庭へ出ていった。なにを措(お)いても、良人の心のこもっている菊だけは持ってゆきたかったのである、……狭い庭は、研ぎあげたような星空の下にしんと眠っていた。

三

城外の寺田村に実家があった。父は田村善左衛門といい母も達者でいた、家はもう兄の代であったが、ところの豪農で、そこへ戻れば不自由なく暮らせる、それはわかっていたけれども保太郎の身が危かった。それでお琴はその夜のうちに鶴岡をたちのき、秋から冬へかけて云いつくせぬ艱難(かんなん)を忍びながら、北陸道を越後(えちご)へとのがれ、明くる*文久(ぶんきゅう)二年の春には、ようやく新発田(しばた)領の葛塚(くずづか)という処(ところ)におちつくことが出来た。

葛塚は新しく田地を拓(ひら)いた土地で開墾をのぞむ者は身許(みもと)しらべも寛(ゆる)やかだし、いろいろと便宜も与えられたから、母子にとってはこのうえもないおちつき場所だった。……福島潟という大沼のほとりにささやかな家を貰って移った日、お琴はそれまで枯らさぬように苦心して持って歩いた菊を、はじめてそこの庭の土へおろした。

……どうぞ根のつきますように、心からそう祈りながら。そばで見ていた保太郎は、自分の不安をうちけすような調子で云った。
「きっと根はつきますよ母上、だってお祖父（じい）さまが伊勢から持っていらしっても大丈夫だったのですもの、きっとつきますよ」
「そうです、父上のお心がこもっているのですもの、きっと根づくに違いありません」

どうぞそうあって呉れるようにと、繰り返し念じながらお琴もそう云った。

与えられた耕地は田七反に畑三反だった。*女手ひとりには少し荷が重かったけれど、母子ふたりという身の上が同情を集めて、近所の農夫たちが世話をして呉れたし、お琴の生家がやはり農村にあったので、自分で田畑へおりた経験こそないにしても、見たり聞いたりしたことが幾らかは役にたち、鋤鍬（すきくわ）の扱いかたにも思ったほどの苦労はなく、少しずつではあるがしだいに新しい生活に馴（な）れていった。

菊は根づいた、保太郎のよろこびも大きかったが、お琴には亡き良人の心をそこへとりもどしたように思えた。水をやり過ぎぬよう、虫のつかぬよう、母子はまるで家のあるじに仕えるように大切に世話をした。……活き活きと菊の芽が伸びるのをみるにつけ、お琴の心にかかるのは保太郎の教育だった、葛塚は新田なのでもちろん近くに学問の師などはない、新発田まで出ればあるが、片道三里あまりの往復が案じられた、「大丈夫ですよ、往き帰り六里くらい平気です」保太郎はそう云ったが、尋常の身の上ではないので、もしも旧藩*の者にでもみつけられてはと考えると、どうしても出してやる気にはなれなかった。それで当分は自習を主にすることにし、良人の蔵書の内から持ちだしてきた書物を与えて勉強させた。

その年は正月に坂下門の変があり、八月には生麦事件が世間を驚かした。世のありさまは国の内外から大きく波をうちはじめ尊皇、攘夷の声は葛塚あたりに住む者の耳にもしばしばはいるようになった。「父上のおのぞみなすった時代が近づいてきたのです、あなたもしっかり勉強して御遺志を継がなければ」お琴は世の中の移り変りを話したあとではきまってそう云った。未明から昏れるまで働いて、骨身の砕けるほど疲れていても、保太郎が机に向っている限りは寝なかった。「あなたは出世しなくともよいのですよ、偉い人間になることも要りません、父上がおのぞみなすったように正しい日本人になるのです、朝廷のおんため、日本の国のために役だつ人間になるのです、重田の家や母や、自分のことなどに心をとられてはいけません、いま御国はひじょうな場合です、一人でも多く本当に自分を捨ててはたらく者が要るのですから」そういう言葉は少年の心には負担であるかも知れない、けれどもそのくらいの負担に堪えないようではちからのある人間にはなれない、麦でさえ小さいうちに踏むではないか、お琴はそう思って繰り返し繰り返し戒めるのだった。保太郎もけんめいに勉強した、心の緩んだときでもあろうか、ときおり庭へ出て菊の前にじっと頭を垂れていることがある、「苦しいこと辛いことがあったら、父上のごさいごのありさまを思い返して」と云った、おそらくはあの夜の言葉を忘れずにいて、かたみの菊の前におのれを鞭打つのであろう、そのこころねもいじらしかったし、そうしている姿かたちが亡き良人に生き写しで、お琴には見るに耐えぬほど切ないことがたびたびだった。

保太郎が十三歳になると、お琴は思い切って新発田へ稽古に通わせた。午前を学問に、午後を武道に、……鶴岡にいたときとは違って、その頃から武道のほうに興味をもちだし、才分にも合ったものか、からだも眼にみえて肉づいたし腕もめきめきとあがるようだった。自分でも「なにしろまずからだですからね」と云って、逞しくなってゆく腕を叩いて笑ったりした。こうして、乏しいなかにも緩みのない年つきが経って、慶応四年の夏を迎えた。

このあいだに時勢はすさまじい変貌を遂げた。まえの年ついに幕府は大政を奉還したが、この年になって鳥羽伏見の戦があり、続いて征東大総督が京を発して四月には江戸を開城せしめた。また一方では高田に兵を進めた北越鎮撫総督軍が、五月はじめに長岡藩へ討ち入り、戦火はしだいに北越へと移ってきた。

四

七月にはいった或る日のこと、保太郎があわただしく外から帰って来て母の前に坐った。十七歳になったかれは背丈もすぐれて高く、骨組も逞しく、眉つき眼光すべてが鍛えられたちからに溢れている。

「母上いよいよ時節到来です」かれは膝を正して叫ぶように云った、「長岡藩は総敗北で、官軍がこの新発田にはいりました。これから会津、荘内へ進軍するそうです、わたくしはいま同志会の友だちと官軍の陣へ出頭し、いくさに加わる許しを得てまいりました、今夜のうちにみんなと参軍する約束です、どうか母上」

「いけません」お琴がきびしく遮った、「……母はゆるしません」

保太郎はあっといいたげに眼をみはった、まったく思いがけないことだったのである。同志会というのは、かれが武道の稽古に通ううち親しくなったなかまで、年もおなじ、志もおなじ者が十二人集っている、今日そのなかまぜんぶで鎮撫総督の監軍を訪ね、熱誠をこめて懇願した結果ようやく軍に参加する許しを得て来たのである、「よくなすった」と云われこそすれ、万一にも母から「ゆるさぬ」という言葉を聞こうとは考えなかったのだ。

「母上、さきにおゆるしを受けなかったのは保太郎が悪うございました、それはどのようにもお詫びを申します、けれど官軍に参加することだけはゆるして頂かなければなりません、保太郎は今日の日を待っていたのです。非業に死なれた父上のお恨みをいつかは酬いたい、寝ても起きても頭を去らなかったこの一心の徹るときが来たんです、おゆるし下さい母上」

「いいえなりません、出てゆくのは勝手ですが母はゆるしません、亡き父上も……おそらくおゆるしにはならないでしょう」

「亡き父上も……」保太郎はさっと蒼くなった、「それは母上、それはなぜです、どうしてですか母上」

「心が未熟だからです」

そう云ったきりお琴は座を立ってしまった。

「心が未熟だから」という、十七歳の保太郎にはそれに返す言葉はなかった、その年頃でおのれを省みる者は、誰しも自分の未熟さを自覚しないわけにはゆかぬだろう、まして「亡き父上も」と云い捨てられて、保太郎は断崖に直面したような絶望を感じた。……まさに自分は未熟だ、しかしこの機を逸しては生きる甲斐もない、若い心はつきつめかたも一図である、かれは衝動的に立ちあがると、仏壇の前へいって肌をくつろげ、脇差を抜いた。

「保太郎なにをなさる」そう叫びながら、お琴がはせ寄って来てその腕を掴んだ、「……みぐるしい、なにをうろたえた真似をなさる」

「でも母上、この機会をにがしては保太郎は生きてゆく甲斐がないのです」

「それが父上のお位牌の前で云えることですか、母がゆるさぬと云った意味を考えようともせず、一時の情に激して自害するなどという、あなたはそれでも父上のお位牌に恥じませんか」お琴ははらはらと泣いた、「母がゆるさぬと云ったのには理由があります、いったいあなたはどういう心で官軍に加わるのですか」

「王政復古の御軍の兵となりたいのです。そして無法の刃にお死になすった父上の仇が酬いたいのです」

「そこに考え違いはありませんか」お琴はたしかめるように云った、「……わからなければ教えましょう、非業に亡くなった父上の恨をはらしたい、それは子として当然のねがいでしょう、母にもそれはよくわかります、けれどもそれは私怨ですよ保太郎」

あっという叫びが保太郎の口を衝いて出た。

「このたびの戦は、かしこくも錦旗を奉戴する御軍です、この御旗の下に兵となる者は、過去の恩怨憎愛を棄て、身も心も清浄無垢とならなければなりません。父の恨をはらしたい、それがたとえ子として道にかなったにせよ、御軍の兵となるには心得違いです、そのような私怨があっては決して正しい兵になることはできません、父上もおゆるしにはならぬと思います、それがわかりませんか保太郎」

保太郎は「おゆるし下さい」と叫びながらそこへ泣き伏した。「わかりました、保太郎が誤っていました」と叫びながら……。

あらゆる過去の恩怨を棄てて清浄無垢となれ、それが、御軍の兵となる第一だ。保太郎はその一言で眼がさめたように思った、そうだ、父上はご自分の死ぬことを恐れてはいらっしゃらなかった、大義の道をまもって死ぬことになんの怨が遺ろう、仇を酬いようなどと考えるのは寧ろ御遺志にそむくことに違いない、おれは誤っていた。かれは自分がにわかに大きく成長したように思い、あらためて身も心も清浄な一兵となることを誓うのだった。

「その覚悟に間違いがなければ」とお琴はようやく面を和げて云った、「……母もよろこんで送ってあげます。集る場所もあることでしょう、ではすぐに支度をなさい」

「母上、ありがとう存じます」

保太郎は生れ更ったような顔で立ちあがった。

すっかり支度ができて門口まで、わが子を送りだした時、お琴はふと「お待ちなさい」といって庭へひき返した、そして青々と葉を伸ばしている菊の前にひざまずいた、「……あなた、保太郎が御軍に加わって、荘内へまいります、おのぞみの時がまいりました、保太郎とごいっしょに、鶴岡へお帰りあそばしませ」さぞご本望でございましょうと心に念じながら、かの女はその一枝を折った、あふれ落ちる涙が、みどり濃い菊の葉をしとどに濡らした、保太郎も門口から涙のたまった眼でじっと見まもっていた。

尾花川

一

「そういう高価なものは困りますよ、そちらの鮒を貰っておきましょう」

　書庫へ本を取りにいった戻りにふとそういう妻の声をきいて、太宰は廊下の端にたちどまった。相手はいつも舟で小魚を売りに来る弥五という老漁夫らしい、「そんなことを仰しゃらないで買って下さいまし、こちらの旦那さまにあがって頂こうと思って、ほかの家の前を素通りして持って来たんですから」諄々とそういうのが聞えた。

「とにかく鮒なら貰います、よかったらいつもほど置いていらっしゃい」

「さようでございますか、あてにして来たんですがな、少しでも買って頂きたいんですが、値段だってこちらさまで高いと仰しゃるほどじゃあございませんでしょう」

老人はなおぶつぶつ云っていたが、間もなく、魚籠を担いで厨口の方から出て来た。そこから庭つづきに湖へ桟橋が架け出してある。その脇の枯蘆の汀にもやっている老人の小舟がみえた。

「おい弥五」太宰は廊下から呼びかけた、「今日はなにを持って来たのだ」

「ああ旦那さま」老人はびっくりして頬冠りをとった、「……なに珍らしくひがいが獲れたものですからね、御好物だと聞いたもんで持ってあがったんですが」

「それは久しぶりだな、どのくらいある」

「ほんの四五十もございますかね」

「みんな貰っておこう」妻のほうへ聞えるようにかれはそう云った、「……それから弥五、おまえ正月の鴨を持って来なかったようだがどうしたのだ」

「へえ、それはその、なんです」

老人は困ったような顔つきで、もじもじと厨口のほうを見やった。太宰はやっぱりそうかという気持で思わず声が高くなった。

「約束したら持って来なければだめではないか、もう手にはいるあてはないのか」

「あての無いこともございませんが、なにしろもう数が少のうございますでね」

「四五日うちに客があるからなんとか心配して呉れ、骨折り賃はだすから、いいか」

そう云って太宰は自分の居間へ戻った。

この屋敷には珍らしく客の無い日だった。一人だけ鹿島金之助という宇都宮藩の青年がいるけれど、これは四十日ほどまえからの滞在でかくべつ接待の必要もない、こういうときこそゆっくり本も読もうと思い、久方ぶりに書庫から二三持ちだして来たのだが、さて机に向かってみると気持のおちつきが悪かった。……厨でことわったひがいをわざと呼び止めて買った自分の態度も、むろん不愉快であるが、このひと月あまりのうちにどことなく変ってきた妻の挙措が、あれこれと新らしく思い返されて心が重くなるのだった。

かれの本姓は戸田氏である、近江のくに膳所藩の老臣戸田五左衛門の五男に生れ、三十歳のとき園城寺家の有司池田都維那の家に養嗣子としてはいった。妻の幸子はそのとき三十二歳だった、かの女も彦根藩の医師飯島三太夫のむすめで、幼少のとき池田家の養女となり太宰を婿に迎えたのである。……幸子は肥りじしのゆったりとしたからだつきで、口数の少ない、はきはきとしたなかに温かい包容力をもった婦人だった。年齢からいっても気性からいっても、老臣の五男に育った太宰には初めから姉という感じで、幸子がどうつとめても、否つとめればつとめるほど、かれは言葉ではあらわしようのない一種の圧迫を受けるばかりだった。池田都維那は間もなく園城寺家を致仕し、大津尾花川の琵琶湖に面した土地に屋敷を建て、多くの田地山林を買って隠棲したが、いくばくもなく世を去ったので、その遺産はすべて太宰の継ぐところとなった。かれは養父の死後ほどなく姓を河瀬と更え、聖護院宮に仕えてその有司となったけれど、世上のありさまはその頃からにわかに変貌しはじめ、頻々たる異国船の渡来とともに、国の隅々からわきたつ「尊王攘夷」の声は、かれをも宮家の一有司たる位置から奮起させずにはおかなくなっていた。

太宰が国事に奔走するようになると、尾花川の家にもしたがって客の往来が繁くなった。そこは市街から離れているし、琵琶湖の水を前に如意ケ岳を背にした閑寂なところで、「采釣亭」となづける屋敷構えも広かったから、同志の会合にもうってつけだし、幕吏の追捕をのがれる者にはいい隠れ場所だった。……幸子は良人のこころざしをよく理解した、家政をあずかっているかの女は、良人が同志へ貢ぐかなり多額な金もこころよく出したし、客があればいつでもできるだけ篤くもてなした。肥えた膚の白い、ゆったりとしたからだつきと、いかにも温かそうな微笑を湛えた面ざしと、口数の少ない、けれど心のこもった接待、と……幸子のすべてが、尾花川の家をおとずれる人々の心をとらえた。「ここへ来るとわが家へ帰ったようだ」客たちはよくそう云った、「まったく百日の労苦が一夜で癒される」

二

こうして往来する志士たちから敬愛と感謝の的になっていた幸子が、この頃どことなくようすが変ってきたのである、客があって酒宴になっても以前のように下物の品数がそろわない、豊かな琵琶湖の鮮をひかえているのに、焼き鮒とか干魚とか漬菜などという質素なものが多くなった。酒も少しまわったかと思うと黙って食事にしてしまう、「まだ飯には早い」と云えば、「あいにくもう御酒がきれまして」と答えはきまっていた。……この数年は出費の嵩む生活がつづいた、けれども亡父の遺して呉れた資産に比べればたかの知れたものだし、尊王倒幕の事のためには、その最後の一銭まで抛つ覚悟ができていた、むろん妻もそれは承知の筈だったのに、どうしてにわかにそう変ったのか。客の接待だけではない、家常茶飯すべてのことが眼立ってつましくなった、まえから幸子は召使たちといっしょに食事をする習わしだったが、近頃の菜はおもに焼き味噌と香の物だという、……つましいというよりも寧ろ吝嗇にちかい変り方である、太宰にはそういう妻の気持がまったくわからなくなっていた。

机に向かって書物を披いたまま惘然ともの思いに耽っていた太宰は、「お客来でございます」という妻の声でわれに返った、「泉さまがお二人ほど御同伴でおみえになりました」かれは「よし」と頷いたがすぐに妻を呼びとめ、「先刻のひがいで酒の支度をしてまいれ」そう云って立ちあがった。

客は泉仙介という越後のくに村松藩の志士で、かれとは最も親しく往来しているひとりだった。

「久闊のみやげに同志をひきあわせよう」仙介は日焼けのした顔をふり向け、太宰が坐るのを待ちかねたように云った、「こちらは讃岐の*井上文郁、それに長谷川秀之進だ」

「長谷川というと」会釈が済んでから太宰はそう訊ねた、「長谷川宗右衛門どのとなにかご血縁にでもお当りですか」

「宗右衛門の伜です」秀之進となのる青年はふと眼を伏せるようにした、「……うちあけていうと庶子なのですが」

宗右衛門長谷川秀驥は高松藩でも指おりの勤皇家である、その秀驥の子と聞いて太宰はひじょうに興を唆られた。泉仙介はすぐ要談をはじめた、それは若狭の梅田*源次郎らを中心に同志を糾合し、彦根城を奪取して倒幕の義兵をあげようというのである。高松藩でも長谷川秀驥が周旋しているし、できるなら水戸の藤田東湖を通じて斉昭侯まで動かす計画だという、……尊王攘夷の論がようやく攘夷倒幕という直論に向かってきた現在、誰かがなにごとかを事実において示さなければ道は打開しない、それは太宰にもよくわかった。けれどもいきなり彦根城奪取ということには賛同できなかった、それでながいことかなり烈しい議論が応酬されたが、やがて灯がはいり、酒肴がはこばれたので、主客はひとまず論諍をうち切ってくつろいだ。

「このまえ来たときにいたあの宇都宮の若者はどうしたかね」盃を手にしたとき泉仙介がふと思いだしたように云った、「……脱藩の罪で追われているとかいった、鹿島なにがしとかいう名だったと思うが」

「まだいるよ」太宰もそう云われて思いだした、「話にまぎれて忘れていた、呼んで諸君にもおひきあわせしよう」

すぐに離れのほうにいる鹿島金之助を呼びよせた。井上と長谷川は初対面なので互いに名乗りあい、賑やかに盃がまわりだした。……そうして半刻も経ったであろうか、長谷川秀之進がちょっと改まった調子で鹿島金之助に呼びかけた。

「あんたは宇都宮だそうだが、岡田真吾をご存じですか」

「ええ知っています」金之助は眩しそうな眼をした、「……よく議論をしました、あんな酒好きな男もないです、わたしも呑みますけれども、あの男は」

「いや酒なんかどっちでもいい」秀之進はきゅっと眉を寄せた、「それでは松本錤太郎はどうです、やっぱり知己ですか」

「知己というほどではありませんが」

なんのためにそんなことを諄く訊くのかわからなかった。太宰はそれよりもさっきから酒がきれているので、またいつものように黙って食事にするつもりかと思い、もしそうなら今夜こそ云わなければならぬと少し苛々していた。するとふいに秀之進が「ご主人」と改まった調子で呼びかけた。

「この男はいけません」秀之進は指で金之助をさし示しながら云った、「こいつは偽志士です、追っぱらっておしまいなさい」

「偽志士……」太宰にはちょっとその意味がわからなかった、「それは、しかし……」

「つまり尊攘派の志士という触れこみで食って歩くやつです、宇都宮藩士だとか、脱藩して追われているとかいうのはみんな嘘っぱちのでたらめです」

三

「こいつには去年いちど高松で会っているんです」秀之進はつづけて云った、「そのときは仙台藩士だといっていましたが、ちょうど白石の者がいあわせたものでばけの皮が剝げました、この頃こういうやつが諸方へあらわれるからご注意を要しますよ」

「それは本当か」太宰よりさきに泉仙介がにじり出た、「おい、きさまそれは事実か……」

鹿島金之助は蒼白くなった面を伏せ、ぶるぶると戦く手で袴を摑んだまま黙っていた、それは紛れもなく罪を告白する姿だった。

「事実だな」というと仙介は大剣へ手を伸ばした、「よし外へ出ろ、そんな者は生かしては置けぬ、斬ってやる、出ろ」

そうだ斬ってしまえと井上も叫んで立った、襖の向うで聞いていたのであろう、そのとき幸子が「お待ち下さいませ」といいながら足早にはいって来た。

「ようすはあらまし伺いました、女の身でさしでがましゅうはございますが、ご成敗……というのは少しいかがと存じます。恐れいりますがわたくしに任せては頂けませんでしょうか、当家にも至らぬところがあったのでございますから……」

そう云って間へ割ってはいると、すばやく金之助を立たせ、巧みにその座敷から伴れだしていった。こちらも本気で斬るつもりはなかったのだろう、「こんど会ったら首を貰うぞ」とどなりつけたが、それ以上は追いかけてゆくようすもなかった。

青年を別間へつれていった幸子は、そこで食事を出してやったが、かれは箸をとらないで、「申しかねますがこれで結飯を作って頂けませんか」と云った、「結飯はべつに作ってあげますからこれはこれで召しあがれ」幸子はそう云って、自分で厨へゆき、握り飯を作って包んだ。どのような想いに責められているのだろう、かれは震える手で箸をとったが、ほんの口を付けたというだけでやめた。幸子は黙って見ていた、かれは幸子に見られることが堪えられぬようすで、結飯の包みを受取るとすぐ、「支度して来ますから」と離れのほうへ立っていった。

幸子はあと片付けを命じておいて自分の部屋へはいり、手文庫から幾許かの金をとりだして紙に包んだ。元の室へいったが青年は戻っていないので、玄関へ出てみた、それから急ぎ足に離れへいった。灯の消えた暗い部屋の中には、一枚だけ開いている障子の隙間からひっそりと月がさしこんでいた。かの女は走るように戻って来ると、召使の者に客間へ食事を運ぶように云いおいて、自分はそのまま外へ出ていった。

結飯の支度をたのんだからには大津へ出るのではない、坂本から叡山へでもゆくつもりに違いない、幸子はそう信じてあとを追った。はたしてそうだった、もう霜がおりたとみえ、月光をそのままむすんだように、白く凍てている道を小走りにゆくと、尾花川の細い流れを渡ったところで追いついた。「お待ちなさい」幸子がそう呼びかけると青年はちょっと逃げだしそうにした、けれどすぐに立ちどまった。「わたくしのこころざしです」幸子は持って来た金包みをかれの手に与えた、「今はなにも申上げません。もういちどお会いしましょう、……ようございますか、もういちど此処へ訪ねていらっしゃるんですよ、誰にも恥じぬ人になって、……お約束しますよ」

金包みを握ったままうなだれている青年は、いきなりよろめくように道の上へ坐った、そして腕で顔を掩って泣きだした。幸子は手を伸ばしかけて止めた、……ほど近い尾花川の瀬音が、冰るようにさむざむと夜気をふるわせている、くいしばった歯の間から、切々ともれる青年の慟哭のこえが、その瀬音に和していたましく耳にしみついた。

「云ってあげたいこともありますし、うかがいたいこともあります」幸子はやがてしずかにそう云った、「けれどそれはこんどお眼にかかるときにしましょう。あなたはきっと御国のために役だつりっぱな武士におなりなさる、わたしはそう信じていますよ、……今夜の、その涙をお忘れにならないで、ようございますね」

それだけ云うと、噎びあげている青年をあとに幸子はそっと踵を返した。

家へ帰って門をはいると、前庭のところに誰か立っていた。暗いのでぎょっとしたが、すぐに良人だということがわかった。

「どこへいった」太宰は低いこえで訊いた、「鹿島を追っていったのか」

「はい、……」

「金を持たせてやったのだな」

幸子はもういちどはいと云って俯向いた、太宰は「あとで話がある」そう云い残して、さっさと家の中へはいっていった。

その夜かなり更けて、客たちが寝所へはいってから幸子は良人に呼ばれた。小さな火桶を間にして、さし向いに坐ると、太宰はながいこと黙っていたが、やや暫くして「金はどれほどやったのか」と口を切った。

四

「勝手ではございますが十金さしあげました」「……おれにはわからない」太宰は酔の残っている顔をきゅっと歪めた、「どういうわけか、このところ来客に出す酒肴もみすぼらしいほど粗末になった、家内の食事は焼き味噌に菜漬だということも耳にする、……それほど倹しくするおまえが、あのような騙り者に十金という分に過ぎた金を呉れてやる、いったいこれはどういう意味なんだ」
「さしでた事を致しましてまことに申しわけがございません」幸子はつつましく頭を垂れた、「今後はよく気をつけますゆえ、どうぞこのたびはおゆるし下さいまし」
「あやまれというのではない、どういう意味かを訊いているんだ」太宰は苛だたしさを抑えつけるような調子で問い詰めた、「近頃の吝嗇とも思える仕方と今宵の十金とはどういう区別から出たのか、おれはそれが知りたいんだ」
「……あの若者を」と幸子は面を伏せたままようやく答えた、「あのまま放してやってはいけないと存じました、これまでは世を偽っていたかも知れませんけれど、偽るにしても攘夷倒幕を口にするほどですから、導きように依っては必ず同志のひとりになると存じます、……御国のためにはいまひとりでも多く、身命を惜しまぬもののふが必要なときでございます」

凍てた道の上に坐って、面を掩って泣いていた青年の姿がまざまざと眼にうかぶ、あの涙だけは偽りではない、幸子にはそれが痛いほどもよくわかっていた。

「そのおなじ気持を」と太宰はさらに追求した、「……おなじ気持をこの家へ来る客たちに向けることはできないか、みんな家郷を棄(す)て親兄弟を棄てて国事に身を捧(ささ)げる人々だ、名も求めず栄達も望まず、王政復古の大業のために骨身を削る人々だ。できない事なら仕方がないが、幸いこの家にはそこばくの資産がある、たち寄る人々に、せめて心を慰めるだけの接待をするのは寧ろわれわれのつとめではないか、……ここへ来ると百日の労苦を忘れる、あの人々がそう云うのを聞いた筈だ、鹿島に恵むその気持があるなら、どうしてこれまでどおりの接待ができないのか」

「わたくし、……できるだけ致しているつもりでございますけれど、ふつつか者でございますから……」

「言葉をくるんではいけない」太宰はするどく遮った、「……もうおまえも*、つづやはたちの若さではないんだ、云うべきことははっきり云うがいい、それに依ってはおれにも少し考えがある、今夜こそ本心を聞くぞ」

「そんなに仰せられましては、わたくしなんとお返辞を申上げてよいやらわかりませぬ、けれど、……」幸子はふかく頭を垂れ、ながいこと悲しげに自分の膝をみつめていた、しかし「おれにも考えがある」という良人の言葉はぬきさしならぬ意味をもっている。幸子はそのひと言で追い詰められるように思い、やがてしずかに語を継いだ、「……けれど達てのお言葉ゆえ申上げます。去年の極月はじめでございましたか、長州藩の広岡さまが二日ほどご滞在あそばしました」

「広岡晰は泊った、それで……」

「わたくしおそばでご接待を致しましたが、お話が*禁中御式微のことに触れました」

幸子はそこで両手を畳へおろし、太宰は正坐して衿をただした。

「かずかずおそれおおい事のなかに、……さる年のはじめ、御祝賀の*賜宴に*臨御あらせられた主上には、御吸物の中より御箸をもって焼き豆腐をおとりはさみあそばされ、ことしの鶴はこれぞ、さよう仰せ下されましたと……」ぐっと喉へつきあげてくるものがあって幸子はしばらく言葉がつづかなかった、「……毎年、御佳例の鶴の御吸物が、*大膳職においてどのようにも御*調進奉ることがかなわず、申すもおそれおおき限りながら、焼き豆腐をもって鶴にかえ奉ったとのことでございました。また、……さきごろ所司代酒井若狭守（忠義）どのが参内いたし、おすべりとやら申上げまする、主上御箸つきの御膳部を賜わり、異例の光栄に恐懼して頂戴仕りましたところ、鯛の焼物が腐っていて口にいれることができず、いかにやと心易き殿上人に訊ねましたら、……儀式として鯛はきまったものながら大膳職の御経費に乏しきため鮮鯛を奉ることかなわず、主上にも御箸はつけたまわぬとのこと……」

幸子は両手をついたまま嗚咽をのんだ、太宰の膝に置いた手もぶるぶると顫えた。雁がわたるのであろう、更けた夜空を高く啼き過ぎる声が聞えた。

「一天万乗の君にして、かくばかり御艱難をしのばせたもう……広岡さまのお話を伺いながら、わたくしは身を寸断されるようにおぼえました。国事に身を捧げる志士の方々、日夜の御辛労はどれほどか、この家へおたち寄り下さるときくらいは、身にかなうだけおもてなしをして、せめて一夜なりとも心からご慰労申したい、そう考えて至らぬながら酒肴の吟味もしてまいりました、……けれども広岡さまのお話を伺いましたとき、『できるからする』という気持がゆるしがたい僭上だということに気づきました。禁中におかせられてさえかくばかりの御艱難をしのばせられるおりから、下賤のわれらが酒肴の吟味などとは……口にするだに恥じなければならぬことでございました。まして今は非常のときでございます、ひともわれも、できるだけ費えをきりつめ、あらゆるものを捧げて王政復古の大業のお役にたてなければなりません。おこがましい申しようではございましょうけれど、わたくしそう存じまして……」

五

広岡断の話は太宰もまざまざと記憶にある、そのとき身内に燃えあがった忿怒の情も忘れない、だが今おなじことを妻の口から聞き、かれは骨を噛み砕かれるような悔恨にうたれた。

――禁中御式微のことを申上げながら、おのれらは酒をくらい美食を貪っていた。その事実にはいかなる抗弁もゆるされない、志士であることは特権ではないのだ、寧ろどんな人間よりも謙虚に、起居をつつしみ、困苦欠乏とたたかって、大業完遂の捨石にならなければならぬ筈だ。太宰は低く呻いた、……そして暫くは面があげられなかった。

「幸子、おれは明日ここを立つ」なにか心に期したというように、やがて太宰は妻をかえりみながら云った、「こうして湖畔に安閑としているときではなかった、明朝……泉たちといっしょに京へのぼる、これ以上はなにも云えない。さっきからの言葉は忘れて呉れ」

「わたくしこそ、おこがましいことを申し過しました、どうぞお聞きのがし下さいませ」

女の幸子でさえ、広岡の話を聞けばすぐ事実にうつして身をつつしむ、悲憤慷慨に時を費やしているときではない、……そう云っては違うかも知れない、今かれを奮起させたのはもっと本質的な情熱であろう、しかし人間が大きく飛躍する機会はいつも生活の身近なことのなかにある、高遠な理想にとりつくよりも実際にはひと皿の焼き味噌のなかに真実を嚙み当てるものだ。

「……弥五が鴨を持って来るかも知れない」太宰はしずかに微笑しながら、「済まないがいいように云って断わって呉れ」

「いいえ」幸子も頰で笑った、「せっかくお申付けになったものですし、明朝お立ちあそばせば暫くはお帰りにもなれませんでしょう、久しぶりに手料理を致しますから……」

「しかし明日の朝では間にあうまい」

「もう夕刻に持ってまいりました」

それは弥五め手まわしがいいなと、太宰は呆(あき)れたように笑ったが、ふとかたちを改めて、「いやいかん」と首を振った。

「鴨はよそう、……」

桃の井戸

ゆうべ酉の刻さがりに長橋のおばあさまが亡くなられた。長命な方で、八十七歳になっておいでだった。御臨終は満ち潮のしぜんと退いてゆくような御平安なものだったという。私はもう二日まえにお別れのご挨拶をすませていたのだが、やっぱりその時に間にあわなかったのが残念で、お唇へお水をとってさしあげながら恥ずかしいほど泣けてしかたがなかった、どなたかそばで「お年に御不足はないのだから……」というようなことを仰しゃっていたが、そんなことがあるものではない。親子となり、祖母、孫とつながる者にとっては、百年のうえにも百年の寿を祝いたいのが人情であろう。私は孫でもなく血縁でもないけれど、この方に亡くなられたことは心の柱をなくしたようで、悲しいともくち惜しいとも云いようのない気持でいっぱいだ。弔問の客があとから絶えないので、ながくは御遺骸のお伽をしている暇もなかった、そして廊下へ出て来ると、いつもの癖でふと庭さきの桃の井戸へ眼をひかれた。春から冬のはじめにかけてはいつも潺々と溢れているのだが、今はすっかり雪に埋れて、噴き口のあたり、僅かに澄んだ水の色が覗いているだけだし、そばにある桃の木がこごえたような裸の枝をひっそりとさしのべているのもあわれだ。……私の今日あることとその井戸とは浅からぬゆかりがあって、この家を訪れるたびに、いつもその井の端に佇んでは自分をかえりみるのが習わしになっていた。おばあさまが亡くなっては、もうたびたびそうする機会もないであろう。そしていつかはこの心にある記憶もはかなく薄れ去ってしまうかも知れない。忘却ということは拒み難い時のちからだというから。

私はふとおばあさまの亡くなったかたみに、あったことのあらましを書きとめて置こうと思いついた。筆を手にしなくなってから久しいので文章を綴るなどということは不可能だ。ただあったことをあったままに書くだけである。けれどもそれは、たぶんもういちどしっかりと自分の心をひきしめる機縁にもなって呉れるだろう。良人も子供たちも寝てしまい、西願寺の鐘がつい今しがた九つを打った。私は火桶に炭をつぎ足して独りそっとこの筆をとる。

私の父は保持忠太夫といって藩の*奉行評定所の*書役元締を勤めていた。席は*寄合組で、お禄はそのころ二百石あまりだったと思う。はじめ御国許のつとめだったのが、のちに江戸詰めとなったのだそうで、私は芝愛宕下の御中屋敷で生れた。そのときもう上に兄が三人あり、私はいちばん末のおんなだったから父母にも兄たちにもたいそう可愛(かわい)がられ、わがまま育ちというほどではないにしても、自分の好みどおりには生いたつことができたようだ。私はあまりみめかたちの美しいほうではない。そのことにはかなり早くから気づいていた。「良二郎の顔だちの半分でも琴にやれたら……」母上がそう仰有(おっしゃ)るのを幾たび聞いたことだろう。良二郎というのは次兄のことで、三人の兄たちのなかではいちばん好きなひとだったが、ふとすると、憎いようにも妬(ねた)ましいようにも思うことがたびたびあった。

そのじぶんは、*大浄院(だいじょういん)さまの御治世はじめで、学問奨励のおぼしめしもあり、父が御勤役のほかに藩校創立の下しらべを仰(おお)せ付かっていたりしたから、しぜんと私も書物に親しむことが早く、七歳のおりに父や兄たちの前で小学の講義のまねごとをしたことなども覚えている。保持の琴どのは才媛(さいえん)だというような噂(うわさ)を耳にもし、また自分がみめよく生れついていないという悲しい自覚もあって、少しものごころのつく頃からは、書物を読んだりものを書いたりすることのなかにだけたのしみをみいだすようになった。その前後のことだが、御屋敷の北がわのひとところに忘れられたようなかたちで楢(なら)の林が残っていた。日蔭(ひかげ)のじめじめした場所で地面にはいっぱい銭苔(ぜにごけ)が蔽(おお)いついているし、十四五本ある楢木も育ちが悪くて、夏になっても葉が疎らにしか着かない。もちろん誰の注意を惹くわけでもなく、私もたまたま通りかかりに見やってはさむざむとしたものを感ずるだけで、或る年それが伐り払われて侍長屋が建ったときも、かくべつなんの感興もうけはしなかった。……ところがそれからずいぶん経って、私はふとそこに林のあったことを想いだし、あのうす暗い日蔭の地面やいじけた枝ぶりのもの悲しげな楢の木々はもうこの世ではふたたび見ることができないのだと考えて、はげしい息苦しさに襲われたのである。本当に息苦しくて身悶えをしたほどだった。もののあわれということに気づいたのはそんな頃からではなかったかと思う。……十六歳の秋、隣りに私より二つ年嵩の茜という方がいて、或るとき*奥義抄という書物をみせて下すった。それが和歌の道を覗くようになったはじめであるが「歌はあめのむかしよりおこりて……」という序のことばは今でもなつかしく暗記している。*休聞抄、*水蛙眼目、*深秘抄など、手にするほどの書物を殆んどひとり合点に読みちらして、まねごとの字数そろえがいつかしら本気になり、やがて茜という方のお誘いもあって、*湖月亭の大人に添削をして頂くようにさえなった。そしてどういうまぐれか、ここでも拙い歌のぬかれることが多く、思いがけぬ方から*相聞を頂いたりするにつれて、ひとかどの歌人にも成りかねない気持になっていった。

こうしているうちに家の内にもいろいろと変化がおこった。或る年の春さき、急にもどった寒さに冒されたのがもとで、嘘のようにあっけなく母上がお逝きになると、まるでそのあとを追うようにして長兄が亡くなった。この続けさまの不幸で父上はにわかにお年をめしたようだった。私たちは自分の悲しみよりもまず父上をお慰めしなければという気持から遊山におさそい申したり、家族だけで歌会のまねごとをしたりしたが、実はそのとき父上にはほかにもっと大きな御不運がみえていたのである。……次兄良二郎が長兄の跡に直り、おなじ家中の杉田継之助という方の妹を娶ったのは明くる年の晩春のことだったが、それから間もなく父上は勤役を解かれて御国詰めときまった。私たちにはあとでわかったのだけれど、父上が苦心して下しらべに当っていた藩校創立のことが、御政治むきの都合でゆきなやみになり、とうとうおとりやめになったのがその原因だったという。百石につき米百二十俵を上下していたお禄が、少しまえから百俵と定り、そのうえしばしば御借り上げの布令が出るほどで、御政治むきの御不勝手なことは私などにもおぼろげには察しがついていた。けれどもそれが自分たちの上にそんなかたちで影響してこようとは夢にも考え及ばなかったのである。「これで肩の荷を下した……」父上はそう云ってお笑いなすったが、落胆の御様子は見るに堪えなかった。

いよいよ国許へ立つ日がきまってから、私は一日ゆるしを得て湖月亭の大人へお別れにあがった。二年あまりお教えはうけながらまだいちどもお眼にかかっていない。江戸を去ってはもうその折もあるまいと思われ、かなり躊う心を押してお訪ねしたのである。大人はそのとき小石川の目白台という処に閑居をたのしんでいらしった。高台のそのおすまいは、松林の中に小柴垣をめぐらしただけの簡素さで、遥かに関口の大洗堰の水おとが聞えるし、あたりには萩、芒のたぐいが自然のままに生い茂っていて、どんな山奥へ来たかと疑えるほど閑寂な空気に包まれていた。幸い相客もなく、大人もたいそうおよろこびで、お手ずから茶を点てて下すったりした。そのとき御門下の方々のお噂が出て「そういえば御国許には長橋千鶴というひとがいる筈だ。私が京に居た頃からの雅友で、会ったことはないが十年の余も文の往来が絶えない。おいでになったらぜひ訪ねてごらんなさい……」そう仰しゃったが、私は気がうわずっているようでおちつかず、半刻ほどお話を伺っただけでおいとまをした。

四月の末に江戸を立った一家は五月中旬に御城下へ着いた。生れてから十八年のあいだ御屋敷の門を出ることさえ稀だった私には、移りゆく途中の風物がただめずらしくて、子供のように目を瞠ったり嘆息のしつづけだった。それより半年ほどまえに三兄は他家へ養子に入っていたが、父と兄夫婦と二人の下僕がいっしょだったので、憂(う)いものという旅の味は知らず、峠路の駕(かご)に興じたり、雨の宿りを侘(わ)びしがったり、高原の道に馬をせがんだりして、いつか知らず故郷の土を踏んでしまったのである。……けれども御城の北がわにある家に草鞋(わらじ)をぬぎ、五日ほどして着いた荷を解くじぶんから、はじめて私は江戸を去って来てしまったという悲しいやるせない気持を感じだした。家の中がすっかり片付き、自分の部屋がきまってひとおちつきしても、その気持はつよくなるばかりだった。はてはあの御中屋敷の隅の、伐り払われた楢の林のことまで想いだして、緊(し)めつけられるような寂しさに幾たびも泣いた。見るもの聞くもの、なにもかも江戸とはまるで違う。空の色も鮮やかすぎるし、吹く風も暴(あら)あらしく思えた。隅田川の眠たげな水を見た眼には、五月雨(さみだれ)に水嵩(みずかさ)の増した信濃川(しなのがわ)はおどろおどろしいとしかみえない。言葉の訛(なま)りにもなかなか馴(な)れず、いつまでも旅にいるようなたよりない心をさそわれたものだ。

うかうかと夏も過ぎて野山が秋立つ頃になると、それでも少しずつ土地の水に馴れてゆくのが自分にもわかった。そういう一日、なんの前触れもなくひとりの老婦人が私を訪ねていらしった。

「長橋と仰有(おっしゃ)る方ですよ……」嫂(あによめ)がそうとりついで下すったけれど、私にはどなただかわからなかった。ともかくもとお通し申して対座すると、老婦人はたいそう特徴のある低いお声で、湖月亭の大人から音信のあったことを云いだされた。それでようやく私も想いだしたのであるが、「おいでを待っていたのですが、なかなかおみえにならないのでお訪ねしたのですよ……」そう仰しゃられたときには忘れたとも云えず、赤くなって、お詫びごともしどろもどろだった。そのときもう七十を越えておいでなのに、お色の白い眉つき眼もとのはっきりとしたお顔だちで、切下げにしたお髪も黒く、とてもお年数とは思えないお若さに見えた。それがのちには血縁でもないのにおばあさまとお呼びするようになった千鶴女との初対面である。かずかずのお話があり、大人の亡くなられたこともそのとき聞いたと思うが、……やがて「気が向いたら遊びにおいでなさい」そう仰しゃって、お帰りになった。私は思いがけぬ知己にめぐり会ったことが嬉しく、にわかに身のまわりが明るくなったような感じで、その夜は久しく捨ててあった歌稿をとりだしたりして独り浮きうきと更けるのを忘れていた。

　こうして私はしばしば長橋のおばあさまをお訪ねするようになった、長橋は藩の医家であるが、千鶴女の御良人もその御子息も亡くなり、孫にあたる道意という方が御当主だった。玉蔵院のお家は庭がひろくて、御隠居所は家族のおすまいとは離れた杉林の中に建っていた。茅葺きの廂の深い造りで東から南へ縁側をまわし、十帖のお部屋には北に面して書院窓が付いている。お居間は六帖で炉が切ってあり、こまごましたお道具をそこから手の届くところに置いて、召使はつかわずたいていの事は御自分でなすっていらしった。……南の縁側に立って見ると、杉の樹立のなかに辛夷の木があるばかりで、はじめはいかにも作らなすぎるお庭だと思ったが、お居間の前にある噴き井をみつけてから、ようやくその趣きの深さというものが、少しずつわかりだした。……井戸は石で囲んであった。びっしりと厚くみごとに苔が付いていて、それが絶えず溢れてくる水を含んでいるため、翡翠とも琅玕ともくらべ難い眼のさめるような美しい色をしていた。その井戸と、井の端にある若木の桃のつくろわぬ枝ぶりと、そしてひっそりとした杉の樹立とは、幾代となく住み古した山家の風趣とでもいおうか、じっと見ているといつか心が澄みとおって、遥かに渓流の音さえ聞えてくるように思える。或るときそのことを申上げたら、おばあさまはお笑いになって「あなたはものごとを力んで考え過ぎますよ、もっと気持を楽になさらなければ……」そう仰しゃった。実はこれまでくだくだと書いてきたことは、みんなこのお言葉に辿りつくための序のようなものだ。それを境として私の生きかたはずいぶん変った。むろんその意味がすぐにわかったわけではないし、

――力んで考える、というお言葉は、却って当分のあいだ私を不愉快な気持にしたほどである。けれども、そのまえとそれからあとでは、ものの見かたも考えかたもまるで違うようになったのだから。……

明くる年の春のことだった。暖かい日で、さかりを過ぎた桃の花がしきりに噴き井の上へ散りかかっていた。散った葩は溢れる水に乗ってくるくるとまわり、やがて追いつ追われつ井桁の口から流れだしてゆく。清冽な水と、苔の濃い緑と、葩のうす紅との色の調和も美しかったし、私はしばらくわれを忘れて見惚れていた。するとおばあさまがふと思いついたという風に「あなたはお嫁にゆかないおつもりですか……」と仰しゃった。私はからだが硬ばるように覚えてすぐには返辞ができなかった。江戸にいた頃に幾つか縁談もあったが、自分のみめかたちのよくないことと、和歌の本分に恵まれているという高ぶった考えから、どのはなしにも耳を藉さず押し通して来た。成ろうことなら一生好きな歌を作って世を送りたい、それがなにより望みだったのである。おばあさまはすっかりお察しになっていたとみえ、少し間をおいてからしずかにお続けなすった。「あなたは歌を詠んで一生をおすごすお考えかも知れない、それだけの才をもっておいでなのだからそれも結構でしょう、……けれどもすぐれた歌を詠むことと結婚することとをべつに考えてはいけませんね。おんなは良人をもち子供を生んで、はじめて世の中というものがわかり、本当のかなしみやよろこびがどうあるかを知るのです。……いつぞや力んだ考えかたをしすぎると申上げたが、それは独り身をとおそうという気持が根になって、些細なことにもすぐ肩肱を張る癖がついているからです。それでは格調の正しい歌は詠めても、人の心をうつ美しい歌は……」

そこでお言葉は切れてしまった、――女は良人をもち、云々ということは亡くなった母上にも聞いてかくべつ耳新らしくはなかったが、お言葉の終りのほうはいつまでも頭に残った。そしてずいぶんうちつけに仰有ると思い、ひと月ほどはお訪ねもしなかったように記憶している。

萩原直弥へのちぞいにというはなしは兄から聞かされた。はじめは冗談かと思ったが、まじめな相談だとわかると正直にいって自分が可哀そうになった。萩原は御側勘定役を勤めて御出頭人といわれていたが、一年まえに妻女に死別して、あとに七歳と四歳になる男児をふたり遺された。役目がら殿さまの御参覲には家を留守にしなければならないので、子供の養育の任せられるしっかりしたのちぞいを、――ということは少しまえに父上と兄が話していらっしゃるのを聞いた。お気のどくなとは御同情したけれど、自分が二人も子のあるあとへゆくということはあまりに思いがけなくて、そのときはなんとも答えることができなかった。四五日するとこんどは父に呼ばれておなじはなしが出た。「のちぞいというのが気にいらぬだろうが、女の幸不幸はさきの人間しだいなのだから、もうおまえも少し婚期には遅れていることでもあるし……」無理にとは云わぬがと仰有ったけれども、おくち裏には承知するがよいというお心が見えるようだった。

越後の水に馴れてから二年、私はもう二十という歳になっていた。江戸ではそんなことも眼立たないが国許の古い習俗からすれば婚期に遅れたというのが普通である。だがそれだからといって、のちぞいにゆく気持などは私には些かもなかった。たしかそのすぐ翌日だったろう、私は長橋へおばあさまの御意見を伺いにあがった。「結構だと思いますね……」始終を申上げるとそう仰有った。「自分のおなかを痛めずに二人も子供がもてるのは儲けものですよ、一生ひとりの子にも恵まれない方さえあるのですから」そしてしばらく眼をつむっていらしったが、そのままで独り言のようにこうお続けなすった。「おんなには誰にも共通な夢がひとつあります。云うまでもなく結婚です。むすめでいるうちは考え得られるかぎり美しい空想で飾り、ほぐしてはまたもっと美しく飾りあげる。おそらく誰でもそうでしょう。こんなことが実現される筈はないと知っていながら、自分からなかなかその夢が棄てきれない。そうしてついには多かれ少なかれ失望を感じずには済まないのです。なぜなら……むすめたちが空想するような美しさは在るものではなく、新たに自分がきずきあげるものだからです。夢のゆきついたところに結婚があるのではなくて、結婚から夢の実現がはじまるのです。それも殆んど妻のちからに依って……」一年まえの私だったら聞いていることさえ辛かったであろう。けれどそのときの私はきわめてすなおだった。――美しさは在るものではなく自分で新たに築きあげるものだ。なかでもそのひと言が胸にしみて、身うちにふしぎな力感の湧くのさえ覚えたくらいである。

私が萩原へとつぐ気になったのは、けれどそういうことが原因のぜんぶではなかった。まだまだ和歌へのみれんがたぶんにあった。いつかおばあさまの仰有ったように私の歌は格調の正しさでこそ人にも褒められるが、心をうつ美しさに欠けていることは自分にも朧げながらわかっていた。良人をもち子供を抱いて、もし世の中のまことのよろこびかなしみがわかるなら、そうして読む者の心をうつような美しい歌が作れるものなら、……底をうちまければ、そんな気持のほうが寧ろ強かったのである。

祝言の日どりがきまると、それまで考えもしなかった不安がにわかに重くのしかかってきた。それはふたりの子供をどう扱うべきかということだった。良人に仕える道はひと筋きりないが、子供にはそれではいけない。継子、継母という気持をもたれたらもうとりかえしがつかぬ、そう思いつくと、こんどの結婚でいちばん大切なのはその点だということがはっきりしてきて、追いつめられるような不安にかられた。初めにこうしたらという心構えが何かあるのではないか、そう考えていろいろ思案したが、考えあぐねた末はやはり長橋へお知恵を藉りにゆくより仕方がなかった。

おばあさまも「それはむつかしいことだ……」と仰有って、しばらく黙って考えておいでだった。おちつかぬ眼をお庭へやると、井の端の桃がさかりに花咲いて、下枝のあたりはさそう風もないのにほろほろと散っているのがみえた。嫁にゆくつもりはないのかとおばあさまにはじめて云われたのは、ちょうどあの桃の散りそめる頃のことだったが、いつかおなじ季節がめぐって来たのだと思い、一年の明け暮れを、そのあいだの身の上の変り方をつくづくふりかえる気持だった。

「わたくしにもよくわからないが」とおばあさまがやや暫くして顔をおあげになった。「どんなに巧みな方法があったにしても、結局は継母まま子という事実には変りがないのだから、心構えとか扱い方とかいうことは考えずに初めからごくしぜんにしてゆくほうがいいと思いますね。本当の母子のようにとは誰しも考えるだろうけれど、悪く云えばそれは虚栄です。継母まま子でいいのですよ。寧ろもっとも美しい継母まま子になる、そう考えるほうが本当ではないかしらん……」私にはよくわかるようでもあり、ますますむずかしくなるようにも感じられた。「ただひとつ、こういうことは云えると思います」おばあさまはそう仰有って、こちらへ来てごらんと座をお立ちなすった。そして縁側へ出て噴き井を指さしながら、あの井戸をどういう感じで見るかとお訊ねになった。……濃緑の厚い天鵞絨のような苔に包まれた井戸、去年とおなじように、散りこぼれるうす紅の葩が溢れる水にくるくると舞いやがて井桁の口から流れ落ちてゆく。向うに森として小暗い杉の樹立を配して、それはいかにも美しく生き生きと春を描きだしているようにみえた。

「そう、あなたにはそう見える……」おばあさまは頷いて、「けれどももしあの水を使うとしたらどうでしょうか。そばへいって覗いてごらんなさい。あれは底が浅いし、あのように桃の枝がさしかかっているので、落ちこむのは花ばかりではなく、病葉も腐った桃の果も、毛虫もある。たいていは流れだしてゆくが沈んで底に溜るものも多い。……あなたはその水を汲んで茶が点てられますか」そう云ってじっとこちらをごらんになり、私がお返辞をするまでもなく続けて仰有った。「あなたはただ美しいと見て満足する。けれども実際にその水を使う者にはまず水を清潔に保つことがさきだ。そのためには美しさなどは壊れてもいいのです。そうでしょう。……これはわたくしが湖月亭の大人の『山の井』*をまねてたわむれに『桃の井』とよんでいますが、眺めるだけで水は使いません、継しい仲を美しくしようとするあまり、水の使えない井戸ができあがってはたいへんです。これだけはよくよく注意すべきだと思います……」そのお譬えはいろいろな意味で私の心にふかく刻みつけられた。

武家の妻という生活についてはこと新らしく書くことはなにも無い。萩原は少しものたらぬほど寡黙なひとだというほかには、よき父親でありよき良人であって呉れた。おばあさまの仰有ったような飾りあげた夢をもっていなかった私にはかくべつ失望するようなこともなく、案外、平凡に家風に慣れていったようだ。ただいちどこんなことがあった。良人の左がわの耳のうしろに赤小豆ほどの疣がある。どういう機会にかそれをみつけてから気になってしかたがない。それで或るとき白茄子の蔕でこすると取れるということをそれとなく申上げた。二どか三どは申上げたろう。良人はただ聞きながしていらしったが、しまいに「切腹の邪魔にさえならなければ」と仰有ったきりとりあっては下さらなかった。侍のそういう厳しいお心構えは、侍の娘たる自分にはよくわかっていなければならない筈だったのに、これを軽率に云いだした自分の至らなさにひどくさびしくなったのを覚えている。……その年は殿さまの御参覲に当っていたので、秋のかかりにはお供に加わって良人も江戸へ立った。子供たちとじかに心を向きあわせたのはそれからである。弟の貞二郎はまだよかったが、長男の欣之助は七歳になるだけむつかしかった。その頃は神経質の寝つきの悪い子で、夜半にふと気づくと起きあがって泣いていたりした。こちらもどう慰めていいかわからず、ついにはいっしょに泣いてしまったりしたものである。

だがこれではいけないと気がついた、そして或るときこういうことを云った。――あなたには亡くなった方が本当のお母さまです。お母さまは亡くなっても決してあなたから離れはなさいません。今でもそばに付いていて、あなたがりっぱな武士になるように、病気やあやまちのないようにと護っていて下さいます。ですからあなたもお母さまのことを決して忘れてはいけませんよ。欣之助はびっくりしたようにこちらを見あげていたが、「でも父上はもう亡くなった母上のことを考えてはいけないと仰有いました……」と云った。私はつよく頭を振って、――そんなことはありません。あなたにとっては亡くなった方がたったひとりの母上です。忘れないように、いつも想いだしてあげるのが孝行というものですよ。継母と継子というものがどうしても動かせないものとすれば、寧ろ子供の心を実母の俤へつないで置くほうがよいのではないか、そう思って云ったのである。欣之助はちょっと微笑して、「でも父上にはこのことは仰有らないで下さい……」そう念を押すように云った。心なしかほっと安堵したような色が眼にあらわれるのを私は見たと思った。そのことだけが重要だったのではないだろうが、それからしだいに欣之助の気持がこちらへ近づいてきた。「ゆうべお母さまの夢を見ましたよ」そんなことをいかにも内証らしく耳のそばへ来て囁く時など、何ともいえないじかな愛情のつながりが生れているのに感づかされた。

……ずっとのちになって、たしか十一歳のときかに欣之助が「あのとき亡くなった母上のことを忘れるなと仰有られてから、却って母上のことが想いだせなくなってしまいましたよ。そのまえは朝も晩もそのことばかり考えていましたのにね……」そう云って笑ったが、私は決してそんな工の綾を織ったわけではない。そのほうが自分も子供も気持がらくになるだろうと思ったからだ。そういうよい結果に恵まれたのはおそらく偶然に違いない。けれども私はその偶然だけには今でも感謝したいと思う。

……明くる年の冬のはじめに殿さまがお帰国なさるまでの一年間は、それまでの十年にも比べたいほどいろいろと私の成長に役立って呉れた。その大きな一つは妻というものの生き甲斐（がい）を知ったことだ。家庭は妻の鏡にも似ている。誇張していえばこちらの心を去来するそのおりおりの明暗までが、すぐにそのまま家庭の上にあらわれるようだ。子供たちや召使の者たちはもちろん、家の中の空気までが妻の心の動きについてくる。おそろしいとも思ったけれど、もっと強く私は自分の生き甲斐をそこにたしかめた。家を守り立ててゆくということは事務ではなく、歌を詠むのとおなじ創作である。この世にはどれだけ家の数があるかわからないが、ひとつとしておなじ家庭のあり方はない筈だ。よかれあしかれみんなどこかしら違う。それは桜という題で詠んでも、僅か三十一文字（みそひともじ）の歌が百人詠んで百人それぞれ違うのと似てはいないだろうか。そのうえ歌は詠み損じても裂き捨てればよいが、生活は決してやり直しができない。在った一日は在ったままで時の碑（いしぶみ）へ彫りつけられてしまう。眼には見えず形には遺らないけれど、親から子、子から孫へと、血とつながり心とつながって絶えるはてがない。創作とすればこんなに大きな意義のある創作はほかにはないと思う。——むすめが空想で飾るような結婚の美しさは「在る」ものではなく結婚してから新らしくきずきあげてゆくものだ、それも殆んど妻のちからに依って。……おばあさまはそう仰有った。そして私がひとよりも幾らか早くそのお言葉の真実さを知ったと思えるのは、良人の留守という仕合せに助けられたのだと信じている。おかしいことのようだが、家まわりの溝のとくとくという水音で雪解の季節の来たことを知ったのもその前後だった。

康三郎を生んだのは萩原へいってから三年めの冬だった。案外お産も軽かったし初めて儲けた子が男だったので、その当座しばらくは誰にでも誇りたい気持を押えるのに困った。子を生むということの仕合せとよろこびは書くまでもないだろう。その頃からよく私は「お綺麗におなりなすって……」と云われるようになった。保持の父までがそう云って下すった。鏡に向かうときおり自分でもふと美しいなと思うことがある。むろんみめかたちが変ったわけではなく、それとは別のものだが、そしてどのようなものかということはいい表わせないけれど。……私は肥えはじめた。乳も余るほど出たし子供の肥立ちもよかった。いちばん嬉しかったのは欣之助と貞二郎がよろこんで呉れたことだ。まだ百日も経たぬものに欣之助が竹とんぼを作って来ると、貞二郎も負けないで笹舟を見せようとする、兄が抱きたがれば弟がさきに手を出すという風であった。

それからの一年はそれまでのどの年より疾く経って、康三郎の誕生日も無事に済ませ、良人のいない三どめの正月を迎えた。その十五日の夜半のことである。いちどは必ず起きて子供たちの寝ざまと戸閉りを見るのが習いで、そのときもまず上のふたりの寝所を覗き、家のしまりをあらためて戻った。そして夜具の中へはいろうとした、そばに寝かせてある康三郎をみて寒いかなと思い、すぐ立っていって薄いほうの掛け衾をとりだした。が、とりだして来た衾を掛けてやろうとして、はっと息が詰まった。武家の子は柔弱に育ててはならない、暑いといって着崩したり寒いからといって着重ねたりは決してさせないものだ。欣之助にも貞二郎にもそれだけは厳しくしてきた。ふたりはそうしてきたのに、いま康三郎には無意識のうちに衾を掛け足そうとする。

——なぜだろう、いうまでもなくわが身を痛めた者への、躾けということもふと忘れるほどの本能的な愛に違いない。区別をつけぬようにと及ぶかぎり努めている筈が、もうこのように自分から裏切っている。気づかぬところではどんなことがあったろう。……

その翌日の午後、ずいぶん久方ぶりで長橋へあがった。しきりに吹雪く日で、おばあさまは切炉に火を焚きながら庭の雪景色をたのしそうに眺めていらしった。お茶を頂きながら前の日にあった＊左義長の賑わいのさまなどお話しして、少し気持がおちついてから昨夜のことを申上げた。おばあさまは黙って頷き頷き聞いて下すったが、申上げてしまってもなんとも仰有らず、粗朶を取って焚きよいほどに折り揃えたり茶を替えにお立ちになったりして、いつまでもなんのお言葉もなかった。私は雪を衣た桃の井戸を見まもってじっと辛抱していたけれど、とうとう堪えきれなくなって、どうしたらよいかお教え下さるようにとお願いした。「わたくしはこれまであなたにはいちども叱言は云わなかった……」おばあさまはやがてそう云って私をごらんになった。きびしい、まるで槍の穂尖とも譬えたいようなお眼だった、「けれども今日は叱言を云います。あなたは武家に育ちながらこれほどのことがわからないのですか。継しい子とか身を痛めた子とか仰有るが、あなたにはそのどちらの子もある筈はない。武家に生れた男子はみなおくにのために、身命を賭して御奉公しなければならない、そのときまでお預り申して、あっぱれもののふに育てあげるのが親の役目です。はじめからお預り申した子に親身も他人もあると思いますか。よく考えてごらんなさい……」ひしと粗朶をお折りになった音が、お言葉といっしょに私を打つ鞭かと思えた。

長橋のおばあさまに、それからのちにもお訓えをうけたことが多い。なかにはぜひ書きとめて置きたいものもあるのだが、間もなく夜が明けるとみえて連子のあたりが白んでいるし、もうすぐ貞二郎が起きて来るだろう、あの子は朝が早いのだから……。筆をおくに当って想いかえすことはひとかど歌人にも成りかねなかった自分と、今日ある自分との違いの大きさだ。どちらが仕合せか、どちらに生き甲斐があるかは私が云うことではあるまい。仕合せとは仕合せだということに気づかない状態だというが、現在の私にはそれを考えるいとまさえないようだ。三人の子たちが人にすぐれたもののふに成って、あっぱれお役に立って呉れる日を待ち望むだけである。自分にあるたけのものを良人や子供たちにつぎこむよろこび、良人や子供のなかで自分のつぎこんだものが生きてゆくのを見るよろこび、このよろこびさえわがものになるなら、私は幾たびでも女に生れてきたいと思う。

壱岐ノ島

一

「かかさまよ、もうあがろうかのう……」夕ぐれの風たちそめた畑地のかなたから、兄の幸蔵のそう呼ぶのが聞えて来た。どこか見知らぬ遠い国からのこだまのようにもはるばるとしたひびきである、やや暫くして母親が「そうよのう……」と答えた。どちらも人のこえというよりは忍び寄って来る黄昏の囁きとも思え、また黒々と柔かく鋤きかえされた畑の土の呼声とも思えた、それは自然のなかに溶けこみ、自然とおなじ呼吸をしている者の声音だった。

――おれもこのまま暮らしてゆけば、やがてはああいう声になるんだ。

吉蔵はそう思ってふと胸ぐるしくなり、眉をしかめながら激しく鍬を打ちおろした。いやだ、おれはそうなりたくはない、いやだ、そう思うひと言ずつに力を籠めて土を打った。そこへしずかに兄が近よって来た「もうあがるとしよう吉蔵、昏れてきたから……」「このひと畝だけしまってゆくよ」かれがそう答えるのを聞きとめたのだろう、母親のお民がそばを通りながら「うっちゃって置くがいい」と幸蔵を呼んだ「怠け者の節供ばたらきで、吉はしまい際に精をだすがきまりだ……」吉蔵はびっくりして顔をあげた、うしろからいきなり背中を小づかれたような気持だった。母親は湯呑み道具のはいった籠をさげ、片手に鍬を担いで、こちらへはみ向きもせずに去ってゆく、その後姿を見まもるうちに吉蔵はじんと眼がしらが熱くなり、泪がこぼれそうになったので、慌てて鍬をふりあげた。「さあもういいにするだ……」幸蔵がとりなすように云った「あとは明日のことにして、ひと足さきへゆくぞ」「兄さま……」吉蔵はふと思い詰めたような声で呼びかけた。けれど歩きだしていた幸蔵がこっちへ向くと、云いたい言葉が急に喉へ詰まってしまった、「なんだ吉蔵……」「ううんなに」かれは眼を伏せて呟く様に云った「帰りにちょっと東光寺へ寄っていきたいだけれど……」「いいとも、だが暗くならないうちに帰るだな」そう云って幸蔵は去っていった。

　追いかけられるような気持で、そのひと畝を打ち終ると、吉蔵は土だらけの鍬を肩にして、独りしょんぼりと畑を横切っていった。……高い秋空にはまだ残照があって、黒ずんだ牡丹色に雲を染めていたが、遠く遥かな玄海のあたりはもう暗く、吹きわたって来る風は膚にしみるほど冷たかった。畑地の尽きたところから丘に登ると、細い小径がひとすじ、しきりに落ち葉のする栗林のなかを、まっすぐに東光寺の山門へと続いていた。古り朽ちて、傾きかかっている山門をくぐった吉蔵は、そこで鍬を置き、頬冠りをとって、鐘楼の脇から庫裡のほうへゆこうとしたが、ちょうど向うから来る住持の姿をみつけて立ちどまった。……拙庵老はいま客を送りだすところとみえ、中年の色の黒い武家がいっしょで、なにか熱心に話しながらこちらへ来る、……

「では工事はすぐ始まるわけですな」

「その手筈で下見に渡ったのだが、砲台ができても大砲火薬が間に合っても、備えの人数がなくてはどうにもしようがない、このほうがもっと急を要することなんだが……」

「火術というものは修業がむつかしいそうでございますな」

そんな言葉のはしはしを吉蔵はぼんやり耳にとめた。山門まで客を送った拙庵はすぐ戻って来たので、吉蔵は鐘楼の脇から出ていって挨拶をした、「今じぶんなにしに来た……」拙庵はいつもの癖でずけずけと云った、「また書物を貸せというのだろう」「はい……」「百姓の伜がそんなに書物ばかり読んでもしようがあるまい、ひまつぶしにもならないぞ……」そう云いながらさっさと庫裡のほうへゆく、吉蔵はもう馴れているので、うしろからついてゆきながら、「いまのお武家さまは御陣屋の方ですか」と話をそらせた、「いや平戸から渡って来られたんじゃ……」拙庵はぶっつけるように答えた、「平戸からなんの御用でございますか」「この壱岐ノ島へ砲台をお築きなさるだとよ……」「すると戦争でも始まるんですか」「なにが始まるかのう、ちか頃はあっちへもこっちへも異国の船がやって来る、現に長崎では魯西亜船が九月から居すわって動かぬし、幕府からは海岸防備の布令が出るし、いよいよ末世が近づいて来たというもんじゃ……」そのときもう拙庵は縁側から庫裡へあがっていたので、あとの言葉は吉蔵には聞きとれなかった。

　暫くして拙庵は一冊の書物を持って出て来た、「このまえ持っていったのはなんだったかな」「*為学初問でございます」「ふう……ではこんどは是をやってみるか……」そう云ってさしだしたのは*孝経小解だった。吉蔵はなにか経文が欲しかったのだが、住持はおっかぶせるように、「ふり仮名のほうばかり読んではなんにもならぬ、幾たびも繰り返してよく字を覚えるんだ、いいかな」と云うと、こちらの返辞も待たずに奥へ去っていった。

二

吉蔵は壱岐のくに可須郷の貧しい農夫で作太郎という者の次男に生れた。父親も兄の幸蔵もまるで土から生れた様な純朴な農夫だったが、吉蔵は幼い頃からどうかすると百姓が身につかぬように思われ、——大きくなったらもっと生き甲斐のある、人の上に立つ偉い人間になりたい。そういう漠然とした空想に耽ることが多かった。しかしそれではなんに成るかと考えるとゆき詰る、なによりの希望は武士だったが、階級のきちんとした当時ではあるし、貧しい農夫の次男では夢にも及ぶことではない、さりとて商人はいや、漁師や職人は百姓もおなじことに思える、……人の上に立つ偉い人間、いったいどうしたらそう成れるか、幼い頭でいろいろ思案してみたがわからず、そのうちふと、「なんに成るにせよ文字がみえなくてはだめだ」と気づいたので、すぐ近くにある東光寺をたずねた。住持の拙庵ははじめ相手にしなかったが、あまり吉蔵が熱心なので、やがて*伊呂波本源という書物から少しずつ文字を教えて呉れるようになった。それはかれが十二のときのことであった、家は極めて貧しく、両親と兄弟が力をあわせ、日と夜のわかちなく稼いでも足りない状態だったから、文字を学ぶにも寺へ通ういとまはなかった。かれは寺から借りて来た書物をいつもふところに入れていて、僅かな暇をぬすむようにしてはこつこつと独り勉強をした。父親と兄は笑って、「吉はいまに村の筆取にでもなるか」などと云うだけだったが、母親のお民はだんだん厳しい眼つきになり、おりにふれては小言を云うようになった、「百姓はいろはが読めて自分の名が書ければそれでいい、学問などは馬に生米をくれるようなもので、いまに自分で自分の身を裂いてしまうだ」そんな言葉を幾たび聞いたか知れなかった。けれど吉蔵は歯をくいしばって聞きながした、――おれが偉くなればいいんだ、そうすればかかさまにもわかって貰えるんだから。そう思って、ただひたむきに書物へかじりついていた。

こうして五年という月日が経ち、かれは一つの目的を摑んだ、それは僧侶になることだった。東光寺を訪ねることがたび重なるうちに、「百姓でも出家には成れる」と思いついた、僧には位階があって、出世をすれば貴人の尊敬をうけることさえできる、そう思い当るとはじめて道がひらけたようで、勉学にもいっそう力がはいるようになったのである。……

拙庵に孝経小解を借りて帰ってから四、五日して、小雨のはらはらと降る或る夜のことだった。家族は夕食のあといつものように炉端に集って、母は細い燈火の下で冬の物をつくろい、父親と兄とは炉の火あかりで蓆（むしろ）を編んでいる。吉蔵は燈火の脇へ手作りの書架を置き、本をひらいて、縄を綯（な）いながら呟くように音読をつづけていた。……廂（ひさし）を打つ時雨（しぐれ）の音のあい間あい間に、遠く玄海の潮鳴りがおどろおどろと聞えて来る、更（ふ）けてゆく夜とともに、吉蔵はしだいに書物へひきつけられて、いつか手のほうが留守になってしまった。自分では気づかなかったが、母親のお民が「吉蔵もうおよし……」と云うなり、かれの手から綯いかけの縄を引たくった。突然だったのでかれはびっくりしてふり向いた、「なんですか、かかさま」「なんですかではない、おまえはまるで心が留守だ、これをごらん……」そう云ってお民はかれの綯った縄を取り、左右の手でぴっと両方へ強く引張った、縄は脆（もろ）くもほぐれて二つに切れた、「これが縄か吉蔵……」お民は向き直って、「十八にもなって縄ひとすじ綯えないような者は百姓の子ではない、この家から出ていってお呉れ……」

「かかさま」と幸蔵がおどろいてとめようとした、父親の作太郎もなにか云おうとしたが、お民は激しく遮（さえ）ぎってつづけた、「百姓というものは厳しいものだ、なぜ厳しいか、米という天下の御たからを作るからだ、日夜をわかたず稼ぐのも自分のことは二の次で、天下のおためが第一なればこそ、昔から百姓は国の基（もとい）といわれ、百姓が亡（ほろ）びれば国も亡びるとさえいわれている、……おまえにはそれがわからず、仕事といえばなにもかも浮わの空だ、そんな者は百姓の邪魔になるばかりでここには用がない、出ていってお呉れ吉蔵……」ひと言ひと言がうちおろす鞭のように思えた。吉蔵は頭を垂れ、じっと歯をくいしばっていたが、やがて父親のほうへ手をついて「父さまお願いです」と泣きながら云った、「まえからお願いしようと思っていました、かかさまに云われるまでもなく、私にはどうしても百姓が性にあいません、ほかのことで身を立てたいと思いますから、どうかこの家から出して下さい……」「吉蔵ばかなことを云うな」「いや兄さまばかなことではないんだ、父さまにも母さまにも済まない、兄さまにも済まないがおらはほかのことで身を立てる、どんな苦しい思いをしてもきっと偉い人間になってみせる、だからどうか、……どうかこの家から出して下さい」噎びあげる吉蔵の声をうち消すように、そのときはげしくなった時雨の音がさっと深夜の軒を叩きはじめた。

三

吉蔵はついに家を出た。

かれは家から二十町あまりはなれた荒地を選び自分で竹を立て藁を葺いて、僅かに雨露をしのぐだけの小屋を造った。家から持って出たものは、着ている布子と蒲団一枚、小鍋ひとつに椀と箸とで全部だった、その日かしぐ米一合さえ無かった、——百姓をしない自分が父母や兄たちの作った物を食べては済まない、なにもかも自分のちからで始めよう。そう思ったのである、しかし小屋を造ってはいった第一夜は、更けてゆく寒さと、はげしい空腹のためにほとんど眠ることができず、暖かい家の炉端を想っては幾たびも泣けそうになった、——今からこんなことでどうする、これからはもっとどんな烈しい艱難とも闘ってゆかなければならないのだ、しっかりしろ。拳でわれとわが身を打ちながら、かれは夜の明けるまで薄い一枚の蒲団にくるまって震えていた。

まず飢を凌ぐのがさきなので、明くる日かれは武生水へ仕事を捜しにいった。そこには平戸藩の陣屋があり、また可須郷の庄屋豊永徳右衛門の屋敷もある、かれは庄屋をたずねて、——どんなことでも厭わない、その日のたつきになる仕事ならなんでもするから。とたのんでみた、さいわい徳右衛門は吉蔵の人となりを聞いていたので、すぐに自分で浜へつれていった、そしてちょうど鯨が捕れたところだったが、その肉を担ぎ売りに出るように計らって呉れた。……その夜、みずから稼いだ銭で米と味噌を買い、燈火もない小屋の中で二日ぶりの飢を満したとき、生れてはじめて食物のありがたさ尊さ、本当のうまさというものを味わって、椀と箸を手にしたままかれはぽろぽろと涙をこぼした。

人ひとり一日のたつきを立てるというだけのことが、どんなに容易でないかということを吉蔵は身をもって知った。玄海は鯨のわたる季節だったので、捕れさえすればその肉を売るのが、いちばん楽な仕事である。しかしそういつも捕れるわけではない、吉蔵は墓石切りにも雇われ、土運びもした、戸板釘(くぎ)を作ったり、漁網を編んだりした。もちろんそれは一日の米塩を購(あがな)うに足りればいいので、できるかぎりの時間を勉学にうちこんだのは云うまでもない、かれはせっせと東光寺へ書物を借りに通った、そして或るときさりげなく普門品(ふもんぼん)第二十五を借りだして、独りひそかに読誦(どくじゅ)をはじめるようになった、僧門にはいることは拙庵にもまだ秘していたから。……巷(ちまた)へ出ると騒がしい噂(うわさ)がさかんだった、兵庫の高田屋嘉兵衛(＊たかだやかへえ)がエトロフという北海の島へ船を渡したとか、間宮倫宗(＊まみやともむね)という人が幕府の命で樺太(からふと)から韃靼(だったん)を探ったとか、去年の七月に長崎へ来たアメリカ船がまた押しかけるそうだとか、今年の九月に来たロシアの船はまだ長崎に泊っていて動かないとか、蝦夷地(えぞち)へは別に魯船(ろせん)が襲って乱暴したとか、壱岐という島が国の端にあるだけ、その種の噂はしんけんに人々の口から口へと繰り返された。けれども吉蔵はそんな噂には耳もかさなかった、……十一月になって、武生水の陣屋の脇に鉄炮的場ができ、やがてそこで鉄炮射撃の稽古をはじめたが、これもかれには縁のない出来事だったのである。

雪の降る季節となって年が暮れ、＊文化二年の春を迎えた。元旦には生家へ帰って雑煮を祝ったが、小屋へ戻るとその夜も机へ向うことは休まなかった。七草が済んで間もなく、ひどく雪の降る或る夜のことだったが、乏しい燈をかきたてて写経をしながら経文を誦していた吉蔵は、ふと小屋の外にもののけはいを聞きつけて筆を止めた。――なんだろう、藁で葺いた小屋のすぐ外がわで、なにかたしかにものの動くけはいが聞えたのだ、時刻はもう十時ごろだし、こんな雪に訪ねて来る者もあるまい、かれは暫くようすを窺っていたが、やがて立って外へ出てみた。闇をこめて霏々と降る雪のなかを、ぐるっと小屋をひと廻りしたが、耳の誤りだったのか、それとも誰かいて既に去ったあとだったか、そこにはもうなにものもいなかった。

――たしかに人のけはいだったが。

かれは首をかしげて暫く舞い狂う雪のかなたを見まもっていた。それからもおなじようなことがときどきあった。時刻はおよそ十時から十一時の頃で、たしかに誰か小屋の外へやって来る。しかもたいてい雪の夜だった。――いったい誰だろう、まさか物盗りではあるまいが。

不審に堪えなくなったかれは、次ぎの雪の夜に、ふと思いついて、いつもの刻限より早く小屋をぬけだし、蓑をかぶって近くの窪地からそっと見張っていた。……かなりながいあいだ待ち、東光寺の十時を聞いてから、さらに四半刻ほど経ってのちのことだった。かれのひそんでいる窪地のすぐ脇を通って、笠をかぶり蓑を着たひとりの人が、雪のなかを猫のような足どりで、小屋の裏へと忍び寄るのをみつけた。吉蔵は胸がどきどきした、――どうするかと、息をころして見ていると、相手は小屋のそばへ身を跼め、雪をあびながらじっと中のようすに耳を傾けている、吉蔵はやがてしずかに窪地を出ると、「誰だ……」と叫びながらとびかかった。相手はびっくりして、あっといいながら立ちあがった、しかし吉蔵がその肩を捉まえると、観念したものか逃げようとはしなかった、「おまえは誰だ、ここへなにしに来るんだ……」そう云いながら吉蔵は相手の笠を引たくった。そしてその顔を見るなり、まるでどこか刺されでもしたような呻きごえをあげた、「……かかさま」

四

炉とは名ばかりのとろとろとふすぼる火のそばで、母親のお民と吉蔵とは久しぶりに二人きりで対坐した。吉蔵は泣いていた、——母は自分を案じて、幾たびも雪の夜なかに此処へ見に来て呉れた。かれにはそれがまったく思いがけなかったし、夢のようにも嬉しかった。うちあけていえばかれは母親を恨んでいた。よその親は子供が学問が好きだといえばよろこんでくれる、他人にも自慢するのが普通なのに、自分の母はまっさきになって叱りつけ、あげくには家を出てゆけとまで云った、——かかさまの可愛いのはおとなしく百姓をしている兄さまだけだ、おらなぞいてもいなくってもいいんだ。そう思ってくやし涙をこぼしたこともある。しかし今かれは母親の本当の心を見たと思った——かかさまはおらのことを心配していて呉れたんだ。そう思い当ると嬉しくて、これまでの自分のあさはかな考を悔むよりさきに泣けて泣けてしかたがなかったのである、

「かかさま……」吉蔵はやがて泣きながらそう云った、「吉蔵は今はじめてかかさまの気持がわかりました、堪忍して下さい、これまでは私がまちがっていました」

「わたしの気持がわかったとえ……」お民はしずかに反問した、「どうわかったとお云いだ、聞かせてお呉れ……」平然とした言葉だし、どこか冷たい調子である。吉蔵は涙を押しぬぐって顔をあげた。お民はそれを正面にみつめながら、「おまえなにか勘違いをしているね」と云った、「おまえわたしが此処へ来たのを、おまえの

からだでも案じてのことだと思っているようだね……」「…………」「ばかなことをお考えでない、わたしは、おまえがなにを勉強しているか、どんな人間に成ろうとするかが知りたかったのです、——その机の上にあるのは経文のようだね」「ええ写経をしていました」「まさか坊さまにでも成るんじゃあるまいね」「いけないでしょうか……」吉蔵はしずかに母親を見あげた。「坊さまとひと口に云いますが、名僧智識（ちしき）ともなれば尊いお方から位階も戴（いただ）き、世人の信仰もあつめて後世に名をのこすこともできます、また一人出家すれば九族天に生ずといって、父さまや母さまの後生のためにも」「おやめ吉蔵」お民はきびしく言葉を遮った、高頬へ平手打ちをくれるような烈しい声である、「父さまやわたしの後生のためだって、よしてお呉れ、わたしや父さまは後生のことなんかどうでもいいんだ。それより現在めのまえの事で夜の眼もあわない思いをしているんだ。吉蔵、……おまえ子供のじぶん新城の丘で遊んだことを覚えておいでか」新城の丘というのはすぐ近くにあって、そのむかし蒙古（もうこ）襲来のとき、平 景隆（たいらのかげたか）＊が討死をした遺跡として名高かった。かれはごく幼い頃、よくそこで蒙古の兵と日本の武士になって、友達といくさ遊びをしたものである。

「この島に生れた人間なら、新城の丘を忘れる筈はあるまい、わたしは無学でよくは知らないが、文永、弘安という遠いむかし、蒙古の軍勢が攻め寄せて来たとき、この島では男や老人子供は幾百十人となく殺され、女は掠ってゆかれたという、また守護の武家たちは、矢を射ちつくし刀を折るまで防ぎ戦って、ついに一人のこらず討死をなすったそうだ、……壱岐の者は、子守唄で眠るじぶんから、みんなこの話を語り伝えられる、それはこの島が御国の端にあって、いわば御国の塀のようなものだからだ。そして、ふたたび弘安の時のような出来事のあった場合には、島の者ぜんぶがひとつになって守る、備えの心をかためるためだ」「………」「おまえはいま世間のありさまがどうなっているか知らないことはないだろう。わたしなどには名も覚えられない異国の船が、大砲や鉄炮を向けてあとからあとへやって来る、現に長崎へは魯西亜の船が来て、もう半年あまりも動かないではないか、弘安の恐ろしい出来事はむかし語りではない、今またおなじことが、いいえもっともっと恐ろしい事が眼の前に迫っているんだ。公儀からは海辺の備えをかためよとお布令が出る。平戸の御藩はこの島へ砲台をお築きなさるそうで、武生水の御陣屋では砲術の稽古をお始めなすった、……それはみんな、現在めのまえに迫っている大変に備え、御国を守ってたたかわなければならぬからだ、吉蔵……」お民の声はぶるぶると震えた、「おまえには御陣屋で稽古をする鉄炮の音が聞えないか、聞えても、やっぱり自分ひとりの出世のほうが大事だとお思いか」お民の言葉はお民ひとりの言葉ではない、それはこの島の女性たち全部の叫びだ、*寛仁（かんにん）三年の刀伊賊（といのぞく）、文永、弘安の元寇（げんこう）によって、自分たちの生んだものを多く殺傷強掠（ごうりゃく）された、この島の女性たちの血に伝わる魂の叫びだった、「わたしたち百姓はお国のためには米を作る、自分は稗粥（ひえがゆ）を食べても、お国のためには米を作る、いま眼の前の大変に備えて、砲台の土を運ぶ者、鉄炮を射つ者、竹槍（たけやり）を持つ者こそこの国の米を食べるがいい、自分ひとりのことだけ考えるような者に遣（や）る米は一粒もありません、……このまえは家から出て貰った、こんどはこの島から出ていってお呉れ、吉蔵……壱岐にはもうおまえのいる場所はないのだよ」

お民はそう云い終ると同時に、小屋を出て雪の中をたち去った。……吉蔵が庄屋豊永氏の姓を借りて、鉄炮の稽古を始めたのはその年の二月からのことである、それが後年、砲術家として幾多の功績を残すかれの第一歩であった。

竹槍(たけやり)

一

「貞子(さだこ)さまはもうお帰りですか」お針道具を包んでいると篠山(しのやま)きぬがそう呼びかけた。そして、「はあ」とふり向く貞子の顔を棘(とげ)のある眼で見まもりながら、「お話したいことがありますからそこまでご一緒にまいりましょう、表で待っていて下さいまし」と云(い)った。貞子はおとなしく頷(うなず)き、まわりの娘たちの、——さあ始まった。といいたげな冷い注視に送られて座を立った。風邪のきみで四五日まえから臥(ふせ)っている師匠の、部屋の外までいって挨拶(あいさつ)を述べ、しずかに門口へ出てゆくと、ほのかになにやら花の香が匂(にお)っていた、思わず見かえると枇杷(びわ)だった。「諸礼作法裁縫稽(けい)古所(こじょ)」と書きだしてある小門の上、枝をさしのべている枇杷がびっしりと花を着けている。——今年もそんな季節になったのか、そう思って貞子はにわかに身のひきしまるのを感じた。

おきぬはすぐに出て来た、「お待ち遠さま」切り口上で云うとそのままずんずん先へ歩いてゆく、貞子はつつましくそのあとから跟いていった。その町筋はすぐ里根川へつき当る。おきぬは岸へ出て右へ曲ると、立ちどまってきっと貞子の眼をみつめた、「……貞子さま」「…………」「あなたどうして私たちの稽古へお出になりませんの……」昂奮しているというより忿っている声だった。評判の美貌の額のあたりが蒼ざめ、ひき結んだ唇がこまかく顫えていた、「……わたくし病身の母と弟があるものですから」「そのことならもう幾たびも聞きました、でもそれは口実ではございませんの、……病身のお母さまや幼い弟御のお世話をなさりながら、お師匠さまへ通っていらっしゃるのはたいへんだと思いますけれども、それなら私たちの稽古はどっちでもいいことでしょうか……」貞子は抱えた包をみつめたまま黙っていた、「はっきり申上げますけれど、私たちは慰みや面白ずくで竹槍の稽古をしているのではありません、日本の国はいま四方から覘われています。現に御領内の平磯へも、今年の六月から二度まで異国船がやって来ました、こんどいつまた来るか、どこでいつ戦火が燃えあがるかわからないありさまです。もしそんな事があったら、たとえ女たりとも起って戦わなければならない。そういう決心で始めた稽古です、みんな真剣なのですよ……」そこまで云っておきぬはふと調子を変えた、「貞子さま、あなたのお家はお武家でございましょう……」貞子は打たれでもしたようにはっと顔をあげた。それは却ってこちらが意外に思うほどびっくりした顔だった、「お隠しになってもわかります……」おきぬは昂然と云った、「私だって郷士の娘ですもの、起ち居のそぶりを拝見したってそのくらいのことはわかります、あなたはお武家の生れで、おそらく武芸のお嗜みもおありでしょう。……それであなたは私たちの稽古を軽しめていらっしゃる、ばかげた事をするとさげすんでいらっしゃるのでしょう」「わたくしがなんのために人さまを軽しめたりさげすんだり致しましょう」貞子はさすがに屹となった、「それは余りな仰しゃりようです」「お云いわけは伺いたくございません」おきぬは冷やかに遮ぎって云った、「お話があると申上げたのはこれからです、貞子さま、さし出たことを云うようですけれど、あなたはもう稽古所へいらっしゃらないで下さいまし……」「まあ……」「みんな気をそろえている中に一人だけ異を立てていらっしゃるのは邪魔です、みんなの気持の邪魔ですから来ないで下さいまし、これだけをはっきり申上げておきます」なかば惘然と見やる貞子の眼を、おきぬは嘲けるように見おろし、そのまま踵を返して去っていった。

水戸領平磯の沖へ見なれぬ異国船が現われたのは、*文政六年六月九日の朝のことだった。水戸藩からは*船手役、大炮役、先手組、*筆談役などを差向けて万一に備えたが、そのときは浜から五六町の沖へ近づいたきりで、暫くうろうろしたのち去っていった。ところがそれから間もなく、沖漁に出た漁船が海上でその船に遭い、秋のかかりにはまた平磯の南にある磯浜へやって来た。こうして異国船がしばしば沿岸へ近づき、陸地のようすを探っては去るので、常陸の海岸一帯にいろいろの流言がひろまり、今にも異国人が炮火を射かけて攻め寄せるだろうと、明け昏れ海を眺めてはみんな兢々としていた。……多賀郡の大津の浦でもその例には漏れなかった。ところの郷士であり資産家でもある篠山茂市兵衛の娘きぬは、男まさりの気性からこのありさまを見てじっとしていられず、裁縫稽古所へ集る娘たち三十人ばかりを誘って、——女ながらもいざという時にはお役に立とう、そう云って竹槍の稽古をはじめたのである。しかしそのなかで一人だけどうしても一緒に稽古をしない娘がいた。始めてからもう九十日にもなるのに、いろいろ口実を設けては先へ帰ってしまう。それは一年ほどまえにこの土地へ移って来た一家の、貞子という娘だった。

二

「……貞子、今日はお出かけではないのかえ」病床から母のそう云うのが聞えた、素読の師へ通う弟を送りだして、さてどう申上げたらよいかと、思いあぐねていたときである、「……はい」とは答えたがあとが続かなかった。昨日おきぬに、――もう稽古所へ来るな、と云われた。稽古所の主人に云われたのではないから構わないかも知れない、けれども気をそろえているみんなの、「邪魔になるから」という言葉は辛辣だった。自分には自分の考えがあるにしても他人の邪魔になることはいけない、そう思うと稽古所へはゆけなかったのである。

母には聞かせたくない、だがこれから家にいるとなればその申しわけだけはして置かなければならぬ、貞子は思いきって病間へはいっていった。「母上さま、貞子はこれから家でお仕事を致そうと存じます」「…………」枕の上から母親は不審そうに娘を見た。貞子はけんめいに微笑しながら、「お稽古所ではお人が多くて気が散りますし、それに、……お師匠さまも家でなさるほうがよいと仰っしゃって下さいますの」「そう……」「そのほうが母上さまのお世話もできますから、わたくしぜひそう致したいと存じます」母親は娘の顔を見まもっていたが、「……あなたも、いろいろ苦労をしますね」と呟くように云って、しずかに壁のほうへ外向いてしまった。泣けそうになったので、貞子はすぐに立って自分の部屋へ戻った。――気をつよく持たなければ、と思い、こみあげてくる泪をうち消すように、そっと筆硯をとりだして、半紙に「御仕立物処」と書き、さりげなく表へ出ていって門口へ貼った。洗いだしたように木理の浮いている戸袋へ、その紙を貼りつけながら、貞子は云いようのない切なさに襲われ、思わず指で眼がしらを押えた。

父は蔵原伊太夫といって、水戸家に仕える二百石の武士だったが、去る年の春さき、御主君斉脩さまの思召にかなわぬことがあって追放を申しわたされ、帰宅するとすぐに切腹をした。遺言には、「たとえ追放を仰せつけられても蔵原は水戸家の臣である、いかにもして御領内にとどまり、真太郎をあっぱれお役にもたつべき武士に育てて呉れ」そう繰り返し云われた。それからこの大津へ来て一年あまりになる。僅かながら貯えもあったけれど、弟の世に出るときの用意としてそれだけは手をつけたくなかった。貞子は裁縫稽古所へ通いはじめると間もなく、師匠の園女に事情を話して、ほかの娘たちへは内密に、仕立てる物の手間賃をかせいで来たのである。――だが今日からは自分ひとりだ、この一枚の貼紙にこれからの一家の生活が懸っているのだ。貞子は心をひきしめながら、改めて自分の筆のあとを見なおすのだった。

土地へ来て日も浅いし、世を憚る事情から近隣ともあまり近しくしていないので貼紙はしても縫物を頼みに来て呉れる者があるかどうか、そういう不安な日が四五日つづいた或る日、稽古所で内弟子をしているお菊という娘が訪ねて来た、「……お師匠さまが是をお頼み申しますって」そう云いながら、お菊は持って来た包をそこへひろげた。眼のさめるような小紋染めの、春着と思える小袖ひとかさねに、裏も裾廻しも揃って、精しい寸法書さえ添えてあった、「長良屋さまのお頼みもので、二十日までにというお約束ですって、間に合いましょうか……」「はい……」貞子はくっと喉が詰った、「たしかに二十日までにはきっとお仕立て申します……」そう云うのがやっとだった。師匠の園女の温かい思い遣りが、美しい小紋の色よりもあざやかに、痛い程もありがたく胸にしみたのである。――お師匠さまありがとうございます。お菊の去ってゆくうしろ姿へ、貞子は手をつきたいような気持でそう呼びかけた。――誰の縫うよりもみごとに仕立てます、ありがとうございました。長良屋というのは大津の浦でも指おりの網元で、土地の船問屋にも親族が多かった。師匠がそこの仕事を与えて呉れたのは、気にいられさえすればよい顧客になる、しっかりなさいという心がこもっていたのだ。――貞子はすぐに身をうちこんで仕事にかかった。

どうなることかと案じたところから、思いもかけず道がひらけた。さいわい仕立てあがりが客によろこばれて、年の暮までにおなじような春着を三かさね縫ったし、新しい春を迎えてからも、殆(ほと)んど手を休めるいとまがなく、次ぎ次ぎと仕事に追われるようになった。……このあいだに、お菊が来ては稽古所のようすをあれこれと語っていった。二月になってからのことだったが、お菊がいかにも蔑(さげ)すんだ口調で、篠山きぬがしきりに貞子のことを聞きたがっていると伝えた、「……きっとなにか気の咎(とが)めることがあるんですよ」そう云って探るようにこちらを見た、貞子はさりげなくそうと頷き、「お会いになったら宜(よろ)しくと仰しゃって下さい」と云ったきりだった。お菊はそのことについてもっとなにか話したいようすだったが、貞子が相手にならぬとみたのであろう、こんどは急に笑いながら、――みんなの竹槍稽古がやめになったのを知っているか、と云いだした。貞子は思わずえっと眼をあげた、「あれをおやめになったの……本当に」「本当ですとも、初めから慰み半分のことですもの、これまで続いたのがふしぎなくらいですわ」「でもそれは、どうしてまた……」「熱心なのはおきぬさま一人で、ほかの方たちは減るばかりなんです、ついこのあいだやめたのですけれど、そのときはもう五人ぐらいしか集りませんでした、……もう今日かぎりやめますと云ったときは、さすが気強いおきぬさまが泣いていたそうですわ」いかにもいい気味といいたげな声だった。貞子は縫いかけた針の手をとめ、ひどく心をうたれたもののように、暫く空をみつめていた。

三

五月二十八日の午頃、大津の沖へとつぜん二艘の異国船が現われた。それは十数門の大炮を備えた英吉利の船で、投錨するとすぐ、短艇をおろして岸へ漕ぎ寄せた。それには無法にも銃を持って武装した兵が十二人乗っていた。浜人たちのおどろきは云うまでもない、番所へ注進する一方、すぐさま人を集めて、上陸した十二人の英人をひと纏めに捕え、また万一の場合のために附近の老幼婦女をすべてたち退かせた。

揉み返すような騒ぎのなかを、篠山きぬがけんめいに貞子の家へ駈けつけて来た。家の中はひっそりとして物音もなかった、「……貞子さま、もうおたち退きですか、貞子さま」息をせきながらそう呼ぶと、しずかに障子をあけて貞子が出て来た。その姿を見ておきぬは眼をみはった。貞子は新しい肌着の衿も白く、男袴をつけ、髪を背に括りさげている。襷にかけた紅の色も、雪白の帕も、人が違ったかと疑えるほど凜とみえた、「……私お手伝いをしようと思ってあがりましたの」おきぬはなかばしどろもどろに云った、「お道具なども車がありますから、……ご一緒にたち退こうと思いまして」「ありがとうございます」貞子はつつましく両手をついた、「ご親切は身にしみますけれど、その御心配はご無用になすって下さいまし」「貞子さま、あなたはまだ怒っていらっしゃいますのね」おきぬは訴えるような眼で見あげた、「あのとき私はなにも知らなかったのです、あなたのお腕ひとつで一家の生活をたてていらっしゃるとは夢にも知りませんでした、それであんなことを申上げてしまったのです、あとでそうと知ってからずいぶん後悔いたしました、お眼にかかってお詫びを申上げようとなんど考えたか知れません。貞子さま、……堪忍して下さいまし、そして堪忍して下さる証拠に、私におたち退きの手助けをさせて下さいまし、お願いでございます」「…………」貞子はじっとおきぬの言葉を聞いていた。それからしずかにこう反問した、「……おきぬさま、それであなた、どこへお逃げなさいますの」「関本に知辺がありますからひとまずそこへご案内しようと思います」「……そしてもしそこまで異国人が攻めこむとしたら」「…………」「関本から鷲津山へ逃げ、さらに遠く宇都宮まで逃げるとして、もしそこへも異国人が攻めて来たらどうなさいます、きぬさま、……あなたお考えが違いは致しませんか」言葉はきつかったがしずかな声音だった。貞子は屹とかたちを正し、おきぬの顔をくいるように見まもりながら続けた、「一寸ゆずれば一寸、一尺ゆずれば一尺、わたくしたちが退けば退いただけの土地が異国人のものになってしまいます、……きぬさま、防がなければならぬのはこの土地です、この土地の最初の一寸です、竹槍の稽古をなすったほどのあなたが、こんなことくらいおわかりにならないのですか」「…………」おきぬはさっと顔を赤らめ、はげしい感動を集めた眼でひたと見あげながら、とつぜん貞子の膝へ手をかけた、「貞子さま、わたくしは逃げは致しませんのよ」「え……」「いつぞやのお詫びのしるしに、あなたのおたち退きのお世話をさせて頂こうとは思いました、でも自分がたち退くつもりはございませんでした、私もいま仰しゃったとおりのことを考えましたの、最初の一寸を守ろう、最初の一寸なら、自分たちの屍を山と積んでも防ぎとおせる。そう心をきめていたんです、うれしゅうございますわ貞子さま」膝へかけた手の上へ面を伏せ、おきぬは耐えかねたように啜りあげて泣いた、貞子はその背へ手をまわしてしずかに撫でた、「……わたくしが云い過ごしましたのね、堪忍して下さいまし」「いいえ仰しゃって頂いてうれしゅうございました、百五十日もいっしょに竹槍の稽古をした方たちはみんな離れてしまい、私は独りぼっちになったと思っていました。それなのに夢にも考え及ばなかったあなたが、私とおなじ気持でいて下すったなんて、……私うれしくって、うれしくって……」「もうたくさん、もうお泣きになるのはたくさんですわ」貞子はやさしくおきぬを抱き起こしてやった、「……こううちとけたからは申上げます、わたくしが竹槍の稽古にご一緒しなかったのは賃仕事のいとまを惜んだからではございません、仔細は申せませんけれど、実は父がお上の御不興を蒙って切腹いたしました、わたくしたちはまだ御勘当の身の上なのです」「まあ……」「人がましいふるまいのゆるされない、世を慎んで送らなければならない身の上なのです、竹槍のお稽古には出たかったのですけれど、そういうわけで慎みましたの、……いざとなったら、簪ひとつ逆手に執っても戦える。そう覚悟をきめていたのですよ」「…………」おきぬは心をうたれた、「簪ひとつ逆手に執っても……」そう呟くように繰り返し、泪を拭くのも忘れて貞子の眼に見いった、「竹槍ではございませんのね、「……わかりました」暫くしておきぬはそう云った。肝心なのは『覚悟』というお言葉ですわ、貞子さま、今こそ私ほんとうに戦える気持になりました、ご一緒に、ねえ……」「ご一緒に……」貞子は微笑しながら、しかしはっきりと頷いた。

上陸した英人たちは、まず浜人たちに捕えられ、それから駈けつけた中山備前守(びぜんのかみ)*の家臣たちによって番所へ拘置された。この断乎(だんこ)たる扱いが、却って英船の者共を震えあがらせ、百方陳弁を繰り返したうえ、六月十日になってようやく十二人を受け取り、あたふたと海のかなたへ逃げ去ったのである。

蜜柑畑

一

榎木の辻を曲るとすぐ、向うから来る若い武士を見て、信乃は、「ああ杉屋さまだな」と思い、頰が熱くなるように感じた。けれども旅装をしているし、うしろにひき添ってやはり旅拵えの若い婦人と、四歳ばかりの子供を背負った下僕がいっしょなので、いちどは人違いかとも思い直したが、むろん人違いではない杉屋伝三郎だった。それで信乃はすれちがうとき目礼をしながら本能的に伴れの婦人を見た。二十二三になる上品なひとだったが、蒼ざめた、どこかしら疲れたような顔だちにみえた。疲れているのではなくそういう感じの顔だちなのだ。……そこは武家屋敷と町家との境にあたるところで、ひっそりとした道の上に五月の真昼の日が眩しく照りつけていた、杉屋と伴れの人々は埃立つその道を大浜の船着場のほうへとしずかに曲っていった。

――あれはどういう方なのかしら、暫(しばら)く来てから信乃はそう思ったが、かくべつ詮索(せんさく)してみる気持もなく、用事を済まして秋津の家へ帰るじぶんには忘れるともなく忘れていた。

夕餉(ゆうげ)のときだった、兄の給仕をしながらふと思いだしたので、「今日お城下で杉屋さまにお会い申しました」となにげなく云(い)った。旅装だったこと、若い婦人と子供がいっしょだったことなど、思いだすままに云ったのである。すると兄は不意に驚かされた人のように、眼をみはって妹を見た。それから暫くして、「あとで話がある……」と云い、そのことには触れずに座を立った。そこで初めて信乃は不安になった、――話というのは杉屋さまのことに違いない、なにがあったのだろう、話とはどんなことだろうか。いろいろ考えまわしたがまるで見当がつかなかった、早く話を聞きたいとも思い、また聞くのが恐しいようでもあって、居ても立ってもおちつかぬ苛々(いらいら)しい気持にせめられたが、燈(ひ)がはいると間もなく兄には来客があった。

有田郡(ありだごおり)で作っている蜜柑(みかん)がたいそう成績をあげているので、この田辺領でも作ろうという話がこの頃しきりだった、その夜の客もその相談らしく、ながいこと話し更(ふ)かしたうえ、十時をまわったじぶんようやく帰っていった。……いっしょに客を送り出して戻ろうとすると、兄の信左衛門が、「私の居間へ来ないか」と云った、「茶でも淹れて……」「はい」

信乃はそのときなにやら身内が寒くなるように感じたのを覚えている。兄の居間は母屋のいちばん奥にあり、廻縁のさきまで泉池の水が来ていて、蛙の声が、広い屋敷うちの樹立に反響するほども高く啼き競っていた。――行燈を脇に対坐して茶をひと啜りすると、兄は舌重な口調で、「おまえには辛い話だが……」と云った。それはいきなり赦しを乞うような調子だった、「じつは杉屋との婚約が破談になったのだ」「…………」「破談は向うから申込んで来たものだ、おまえに相談してとも思ったけれど、理由はその必要もないほどはっきりしたものだった、おれは今ここでそれを話したくないと思うが……」信乃は俯向いて、しずかに小団扇で蚊遣り火を煽いでいた、鬢の毛ひと筋のゆるぎもみせなかったが、心のいたでは抑えかねたのであろう、その苦しさを表白するもののように、立ち昇る煙がしどろに右へ左へ靡き伏していた、「仰しゃって下さいまし」信乃は俯向いたままで云った、「わたくし大丈夫でございますから……」「そうか、では云ってしまおう、そのほうが却ってさっぱりするかも知れぬ」信左衛門は頷いて云った、「じつは杉屋には隠し妻がいた、ことし四歳になる子まで有るというのだ」「…………」「こんど急に和歌山の御本城詰めとなるに当って、その始末がつかず、万事窮しておまえとの婚約を無きものにして呉れと云って来たのだ、信乃、……ゆるして呉れ、この縁談はおれの軽率だった、杉屋をみそこなっていたおれが悪いのだ、ゆるして呉れ」

二

人は大きな不幸に当面するとしばしば運命ということを考えるものだ、その夜ひと夜、信乃もそのことを考え更かした。

信乃の家は清川という姓をもつ郷士で、紀伊のくに牟婁郡の秋津では資産家としても指折りの内だったが、早く父母に死別したあと、広い屋敷の中で兄妹は心さびしい生いたちをした。田地山林の管理をする親族もいたし、家族の数も少くはなかったが、そういう人々のどのような親切も、ふた親のない起き臥しの空しさを補ってはくれなかった。兄妹は六つ違いだったけれど、互いにぴったりと倚り合うようにして育った、悲しみにつけ喜びにつけ、片ときもお互い無しには過せなかったのである。

信左衛門は八歳のときから田辺の城下へ学問をまなびに通っていたが、十二歳になると剣道の稽古もはじめた。町道場ではあったが師範は折田主税といって、金田流の達者の名が高かったから、田辺の城からも教授を受けに来る武家の子弟がかなり有った。或日のこと、それは折田道場へ通いはじめて二年ほど経ってからのことだったが、信左衛門が笑いながら信乃に向って、「今日はおかしな男にぶっつかったよ」と話しだした、「こう立会って面を一本とると、そいつめ『貰った』というんだ、ばかなことを云うなと思って、踏み込んで、こんどはしたたかに胴をとった、ところがまた『貰った』と云う、……癪に障ったから、おまえは自分の勝ち負けもわからないのかと云ってやった。するとそいつは『いや面へ一本、胴へ一本たしかに貰った、勝負はわかっているよ』というんだ。参ったと云うのが厭なんだな、よっぽど負け惜みのつよいやつだ」その話は信乃にもおかしかった、いかにも負け惜みのつよい、強情な顔つきが見えるようで、思わず兄といっしょに笑ってしまった。それが杉屋伝三郎だった。兄はそれ以来しきりに杉屋の話をするようになり、しまいには信乃のほうから、「今日は杉屋さまとお会いになりまして」と訊くようにさえなった。すべて兄の口を通じてではあるが、信乃のあたまには負け嫌いで気性の烈しい少年の姿が、だんだんはっきりと刻みつけられていったのである。

信乃が十二歳になった年の秋だった、「明日ここへ杉屋が来るよ」兄がそう云った翌日、伝三郎が秋津へ訪ねて来た。色は浅黒かったが、眉目の秀でた、どちらかというと神経質な顔だちをしていた。信乃はそのときの驚きを忘れることができない。杉屋伝三郎は信乃の想像した人柄とはずいぶん違っていた。話しぶりも、起ち居も、おっとりと静かだった。その日は柿を馳走することになっていたので、兄が自分で樹に登って捥いだ、そのあいだ伝三郎は樹の下に立って見ていたが、片手を腰に当ててひっそりとふり仰いでいるかれの姿はさびしかった、それは十二歳の信乃の胸にしみいるようなさびしい姿だった。……負けても「参った」と云わぬ強情さ、烈しい気性などはどこにもみえない。寧ろどこかに悲しみを隠しているような、それをじっと抑えつけているような人柄だった。思いかえせば、そのとき信乃は自分と伝三郎とのあいだに、ふしぎな、眼に見えぬ糸がつながるように感じたのであった。

杉屋はそれからしばしば兄妹を訪ねるようになり、かれの身の上も少しずつわかった。伝三郎は安藤家の番がしらの二男で、本姓は時山といい、猪市郎という兄があった。杉屋は母方の姓でかれが七歳のときその名跡を継いだのである。……清川兄妹と往来するようになってから数年して、兄の猪市郎が城主安藤義門*に直訴することがあって勘気を蒙り、猪市郎は追放の処分を受けて退国した。杉屋を継いでいた伝三郎には咎(とが)めはなかったが、かれの悲歎(ひたん)は大きかった。そのうえ猪市郎はまだ独身だったので、そのままでは時山の家名も絶えてしまう、……伝三郎の悲しく苦しい立場を身にしみて感じたのは清川兄妹だった。それがいっそう両方を近づける機縁となり、やがてどちらから口を切るともなく信乃との婚約が結ばれたのであった。

三

伝三郎との縁はそういう浅からぬつながりの上に立っていた。単にとしつきの上だけではない。心と心とも数々のゆくたてを経てかたく結ばれている、……信左衛門の話はたしかに信乃をうちのめした、心をひき裂かれるほどのいたでには違いなかった、けれども余りに意外であるためか、四歳の子まである隠し妻を持っていたということがどうしても信じられなかった。世間に例のないことはないし、現に信乃はその婦人を見ている、真昼の日の眩しく照りつける榎木の辻で、旅装の伝三郎といっしょに、そのひとは大浜の船着場のほうへ曲っていった、そのときの姿はまるで覗絵(のぞきえ)でも見るようにまざまざと思いうかぶ。……けれども、本当にそれは覗絵でも見るようにしらじらとした、自分には縁の遠い情景に思えた。兄の話も、そのときの伝三郎の姿も、自分の知っているその人ではない、まるで違うのだ、――どこかで糸がもつれた。信乃はひたむきにそう思った、――わたしには信じられない、ただどこかで糸がもつれているのだ。

信乃は笑わない娘になった。その年の秋、兄が結婚したので、屋敷うちはにわかに活き活きと動きだした。部屋部屋の彩どりが華やかになり、客の出入りも多くなったが、信乃だけは独りひっそりと、新しい生活の流れから離れて暮らした。年が明けて十九になると、普通には忌み年とされているのに、縁談がいろいろと持ち込まれてきた。嫂の実家にちょうど似合いの人がいるそうで、そのはなしがいちばん熱心に繰り返された。しかし信乃はかぶりを振りとおした。縁談というとかたく口を噤んで、ただかぶりを振るばかりだった。或時たまりかねたように信左衛門が、「おまえ杉屋のことがまだ諦められないのか」と少しきびしい調子で云った、「それは未練だぞ信乃、……噂によると杉屋は、御本城詰めになってから間もなく勘定方へ勤め、本姓の時山を再興するおゆるしも出て、いま家中から嘱望の的になっているそうだ、おそらく家庭も平穏無事におさまっているだろう、……信乃、強くなるんだ、おまえにとってはすべてがこれからなんだぞ」きびしい調子のなかに、妹をたち直らせようとする愛情が脈うっていた。深くうなだれたまま「はい」「はい」と頷くだけだった信乃は、それから間もなく――山の五反田を頂きたい、と云いだした、「わたくし百姓がしてみたくなりましたの」思いがけないことで信左衛門にはすぐに返辞ができなかった、「彼処に藁小屋があった筈です、あれに少し手をいれれば寝起きくらいはできるでしょう、清七に来て貰って百姓のいろはから始めてみたいと思います」微笑さえうかべながら、まるで晴着でもねだるような言葉つきだった。信左衛門には妹の顔が見られなかった、その微笑の下には傷心を忘れようとするけんめいな努力が隠されている、たとえそれが思い詰めたあまりの、当座の気まぐれだったとしても、それで気がまぎれるならと思うと拒むことはできなかった、「彼処は蜜柑畑にするつもりなんだが……」と信左衛門は呟くように云った、「だが欲しければ好きにしていいよ、いちどいっしょに行ってみよう」それから二三日して、二人はそこへ田地を見にでかけた。

――清川の信乃さまが百姓におなりなさるそうだ。そういう噂が村里へ弘まる頃には、信乃は老僕の清七といっしょに山の小屋へ移っていた。……そこは秋津から北へ一里あまりはいった山の中腹で、うしろは段登りに三星山へと続いている。俗に五反田と呼ばれるのはその中腹に拓いた棚田であり、作るには不便だが良質の米が穫れるため、ほかにも地主の二三がそこに田地を持っていた。けれども当時は有田郡の蜜柑を移すことが流行して、そこも多くは蜜柑畑になり、稲を作っているのは清川の持ち地だけになっていたのである。

信乃は一町あまりある田地のうち、まず三反歩だけ自分で作ることにきめた。場所は東南に面した申し分のない位置を占め、水の都合も風とおしも誂えたようである。……移って来たはじめの日だった、信乃は棚田のいちばん高い処に立って、まわりを見やりながら清七老人に云った、「ごらん爺や、向うでも此方でも、棚田を潰してみんな蜜柑畑にしてしまう、こんなことでいいのかしら」「………」「農道というものは米を作るところに根本がある、お祖父さまがそう仰しゃったのを聞いたことがあります、収入が良いからといって、田を潰してまで蜜柑を作る、こんなことでいいかしら爺や、こんなことで……」「だがお嬢さまのおかげで、お屋敷の田だけは残りました」老人は手の甲で額をぐいとこすりながら云った、「……道はどこかに続いてゆくものです」

四

信乃は殆ど里へおりて来なくなった。兄の家では男の子が生れ、次ぎに女児、続いてまた女児というふうに、めでたいことが続いていた。屋敷の一部を改造して家を建て増したとか、蜜柑に使う蔵を二棟造ったとか、いろいろと知らせは聞いたが信乃は決して山からおりてゆかなかった。……こうして七年という月日が経ったのである。

信乃が二十六歳になった年の夏だった。或日のこと見知らぬ婦人がひとり、山の住居へ信乃を訪ねて来た。ちょうど田の草取りをしてあがったばかりの信乃は、汗を拭くのもそこそこにその婦人と会ったが、相手の顔を見るなりさっと蒼くなった。——あのときのひとだ。八年まえの五月、城下の榎木の辻でちらと見たあの人だ、杉屋伝三郎にひきそって、埃立つ道を大浜のほうへ去っていったあのときの婦人だ。そのときの疲れたような顔だちが、いま眼の前の人のうえにありありと甦ってくる。信乃のからだを戦慄がはしった。

「わたくし時山かねと申します……」婦人はそう云った、「そう申上げれば、あなたにはわたしがどういう者かおわかりでございましょう」

「存じています」信乃の声は冷たかった。婦人は頷いて、「でもわたくしはあなたを存じあげませんでした」と云い、すり寄って手をとりたいとでもいうような、感動の溢れた眼で信乃を見た、「……あなたという方のいらっしゃることを知っていましたら、わたくしにも考えようがあったと思います、でも、……あなたはすっかり事情をご存じでしょうか、わたくしが亡き時山猪市郎の妻であったこと、伝三郎どのの妻ではないということを……」

信乃はとつぜん打たれでもしたように、上体を反らしながら眼をみはった。

「わたくし備前の岡山藩に仕える足軽の女でございました、亡き良人が当地を御追放になって岡山へまいり、ふしぎな縁で結婚いたしましたが、子供が四歳の春、良人猪市郎は痢病を患ってにわかに亡くなったのです。臨終のとき良人は紀伊へ帰れと申しました。――帰って辰之助に時山の家名を継がせてくれ、これが唯ひとつの願いだ。それが遺言でございました」「…………」「こちらへまいって、伝三郎どのに申上げましたが、まだ御勘気の赦しない者の子ですから、方法は一つしかありませんでした。そしてご存じのようなかたちで和歌山へまいったのです、……さいわい、さきごろ伝三郎どのが時山家の家名を継ぐことを許され、辰之助を跡目に届け出て、これもお聞き届けになりました、この子が十五歳になれば、伝三郎どのは家名を譲って、再び杉屋の名跡をお立てなさる筈です、信乃さま……」客ははじめてこちらの名を呼んだ、「伝三郎どのは時山の家名を立てるために、間違いのない方法としてあのような手段をおとりになったのです、……あなたという方のあることを、もしあのときわたくしが知っていましたら、なにかほかに思案があったと思います、けれどわたくし存じませんでした、つい四五日まえにはじめて伺ったのです、それでお訪ねしてまいりました、信乃さま、……申上げたことはわかって頂けますでしょうか」

　そのとき信乃の眼には、いつかはじめて秋津の家へ訪ねて来たときの、伝三郎の姿がまざまざと思いうかんだ、柿の木の下に立って、片手を腰に当てて、木の上の信左衛門をふり仰いでいた、あのさびしげな姿が……。

「あれから八年、信乃さま、あなたは事情もご存じなしに、よく待っておいでになりましたのね、待っていらしたと云っては違いましょうかしら……」「わたくしには」と信乃はふるえる声で答えた、「……わたくしにはお返辞ができません、待っていたのでしょうか、……そうではなかったのでしょうか、……わたくしには申上げようがございません、けれど、……ただこうは思っておりました、杉屋さまはいつか本当のお姿を見せて下さる、わたくしの存じあげている杉屋さまの本当のお姿を……」

　そう云いかけて、信乃は両手で面（おもて）を掩（おお）った。人間は信じ合わなければならない、

「人を信ずる」それが有(あら)ゆることの初めである。信乃はいまそれがいかに大切なことであるかをたしかめた。そしてこのように真実がたしかめられた事に比べれば、八年のとしつきは決して長すぎはしなかったと思う。

かね女が囁(ささや)くような声で云った、「信乃さま、近いうちに伝三郎どのを御案内してまいろうと存じますけれど、あなたいやとは仰しゃらないで下さいましね……」

信乃はかすかな、聞きとれぬほどの声で答えた、「はい……もし杉屋さまが、それをお望みなさいますなら……」

おもかげ

一

二年あまり病んでいた母がついに世を去ったのは弁之助(べんのすけ)が七歳の年の夏のことであった。幼なかった彼の眼にさえ美しい凛(りん)としたひとで、はやくから自分の死期を知って泰然とそのときを待っているというところがあった。ながい病臥(びょうが)のあいだも苦痛を訴えたり思い沈んだりするようなことはなく、いつも明るい眉(まゆ)つきでしんとどこかを見まもっているという風だった。弁之助は学塾から帰って来ると、病間へいって素読(そどく)をさらうのが日課だったが、母はそのあいだ褥(しとね)の上にきちんと坐(すわ)り、身うごきもしないで聴くのが常だった、それは亡(な)くなる五日ほどまえまで続いたのである。しだいに窶(やつ)れてはゆくが面(おも)ざしはいつまでも冴(さ)えて美しく、いつも瞠(みは)っているような大きな眸子(ひとみ)も澄みとおるほどしずかな光を湛(たた)えていた。臨終のときにはまるで白磁のような顔に庭の樹立のふかい緑がうつって、なにかしら尊い画像をでも見るような感じだった。

「よくおがんで置くのですよ」別れの水をとるときに叔母の由利がそばからこう云った、「このお顔を忘れないようによくよくおがんで置くのですよ、ようございますね」眼をつむればすぐみえるようになるまでよく見て置くように、諄いほど幾たびもそう云った。

ほうむりの式の済んだ夜、由利は弁之助を母の位牌の前に坐らせ、燈明と香をあげてからしずかに云った。

「弁之助さんよくお聞きなさい、お母さまはお亡くなりになるまであなたのことをなによりも案じていらっしゃいました、お亡くなりなすった今も、そしてこれからさきも、お心だけは此処から離れないで、あなたがお丈夫に育つよう、世の中のため、お国のためにやくだつりっぱな人になるよう、いつもおそばについて護っていて下さいます、わたくしはお母さまからあなたのことをお頼まれ申しました、ふつつかなわたくしには及びもつかない役目ですが、できるかぎりはおせわをしてさしあげるつもりです、けれどもなによりも大切なのはあなたご自身ですよ、叔母さまがどんなにつとめても、あなたが凜となさらなければなんにもなりません、これまでよりはいっそうお心をひき緊めて、人にすぐれたさむらいになるようしっかり勉強を致しましょうね」

口ぶりはしずかだったけれど、きちんと端座した姿勢やまなざしには、これまで見たことのない屹としたものがあった。弁之助はびっくりしてまるで見知らぬ人の前へ出たような気持になり、はいと答えながらわれ知らず眼を伏せてしまった。

……そのころ父の旗野民部は勝山藩の大目付*で、家には五人の家士と下僕が二人、それに下婢などもいてかなり賑やかだったが、父は役目が忙しいため家におちついていることは少なく、弁之助のことは殆んど叔母ひとりの手に任されてあった。由利はそのとき十八歳だった。からだつきもまるくふっくりしていたし、明るくて単純で、思い遣りのふかいやさしい気性で、どっちかというと彼にはあまい叔母であり、彼がきびしく叱られるときなどは哀れがって泣きだすという風だった。ごく小さいころから蔭になり日なたになって庇ってくれたし、武家の子は質素にという意味で常には禁じられている菓子なども、叔母にねだれば三度にいちどは出して貰えた、殊に母が病みついてからいっそうふびんがましたようすで、ずいぶんわがままなことも許されて来たのである。

けれど母の位牌の前でそういう話があってから、叔母の態度はにわかに変りはじめた。そのときの叔母の屹とした眼のいろは日が経ってもなごむようすがない、まえのようにあまえかかる隙は少しもみせないし、許されたわがままも段だんと禁じられる。食事のときも嫌いなお菜はよけて呉れたのに、まるでわざとそうするほどしばしば膳へ載る。箸をつけずに置くと「好き嫌いは武士の恥です」と云って喰べるまでは立たせなかった。

「いったいどうしたのだろう」弁之助には叔母のようすの変ったのがふしぎでならなかった。「どこかおかげんが悪いので、それであんなに不機嫌なのではないかしら」子供の頭でそんなようにも考えてみた。そしてもう少し経ったら、まえのようにやさしい叔母になって呉れるだろうと、……然しそれは結局かなえられない望みだったのである。

*中秋の九月なかごろ、父の民部は御主君*飛騨守信房のお供をして江戸へ立った。大目付から用人に抜擢されたので、おそらくそのまま江戸詰になるだろうということだった。しゅったつする前夜、父は弁之助を呼んでこう云った。

「江戸へまいっておちついたらおまえもよび寄せるが、まず二三年はそのいとまもないだろうと思う。父が留守のあいだは叔母上の申し付をよくきいて、怠りなく勉強しなければいけない」

そして来年になったら剣法の稽古もはじめるよう。きっとわがままを慎しんで叔母にせわをやかせるなと訓した。母が亡くなって間もないときだし、今また父が遠く江戸へ去ると聞いて、弁之助は胸がいっぱいになるほど悲しかったが、——でも父上がお留守になれば、こんどこそ叔母さまはきっとやさしくなって下さるだろう、そう思いながらこみあげてくる涙をじっとがまんしていた。父は彼に秘蔵の短刀を与え、その明くる朝はやく、五人の家士と下僕の一人をつれて立っていった。

二

父のしゅったつを見送ってからすぐのことだった。学塾へゆくしたくをしていると、

「今日からは貞造をつれずにお独りで塾へいらっしゃるのですよ」と思いがけないことを叔母に云われた、弁之助はびっくりして叔母を見あげた、「どうしてですか」「それは和助がお父上のお供をしていったからです」由利はそう説明した、「これからは貞造ひとりで屋敷の事を色いろしなければなりませんし、あなたはもう七歳におなりだから供をつれなくともおかよいなされる筈です」

「でもそれでは軽い者の子のようにみられるでしょう」

「なぜです、みられてもいいでしょう、身分の高さ低さで人間のねうちがきまりはしません、そんなことを云うのは思いあがりというものですよ」

まるでとりつくしまのない調子だった。弁之助は逃げるように屋敷を出たが、塀を曲ったところでそっと涙を押しぬぐった。

勝山藩は小笠原流の礼式をもって世に知られているとおり規式作法のやかましいところで、家臣たちの身分や格式もよそよりは厳しく、しかるべき武士の子は男でも供をつれるのがその時代のならわしだった。したがって独りで学塾へかようのは子供ごころにも肩身のせまいおもいだし、また的場下の辻に悪い犬がいて往き帰りにきまって吠えられる、赤毛のずぬけて大きい犬で弁之助の知っているなかにも袴を嚙みやぶられた者が幾人かいた。ひとつにはそれが恐ろしくもあったので明くる日そのことを訴えてみた。すると叔母は手をあげて彼の腰のあたりを指さしながら、

「あなたがそこに差していらっしゃるのは何ですか」と、きめつけるように云った。

「犬がこわいなどという臆病者なら武士をやめてあきゅうどにでもなっておしまいなさい」

そして弁之助がなさけなくなって、われ知らず手指の爪を嚙もうとすると、叔母

はその手をとって強く打った。

「悪い癖だからやめなければいけないと申上げたでしょう、いちど云われたことはよく覚えているものです」

彼はつきあげてくる涙をけんめいに抑えながら、そのときはじめて叔母さまはもう先のようにやさしくなって呉れないことを悟った。

冬になると城下町の三方にみえる山やまは重たげに鼠色の雲を冠り、それが動かなくなると重畳たる峠にいくつともなく白いものが積りだして、やがて里へも雪の季節がやってくる、その年のはじめての雪は例の少ないほどはげしい吹雪だった。まえの夜から降りだしたのが明け方には二尺あまりも積り、なおも暴あらしい風とともに乾いた粉雪が霏々と降りしきっていた。朝食を済ませて通学のしたくにかかると間もなく、弁之助はきゅうに腹が痛むと云いだした。

「どこがお痛みですか」

由利はそばへ寄って手を当てた。

「ここですか、それともこのへんですか」

「もう少し上です」

「ここですか」

そう云いながらじっと弁之助の顔色をみつめていたが、ふときびしい調子になって、「弁之助さん、あなた雪が降るので塾へゆくのがお厭になったのですね」と云った。弁之助はかぶりを振ってそうでないと答えようとした。然し由利はそれより早く、「こちらへいらっしゃい」と云い、彼の手を摑んでぐんぐん玄関のほうへひきずっていった。

「叔母さま」

弁之助はそう叫んで手をふり放そうとした。由利はひじょうな力でそれを押えつけ、はだしのまま玄関から門へ、さらに門から道へと出ていった。……天も地もまるで雪けむりに閉されたようにみえた、上から降って来るものと、吹きつける風に地上から舞い立つものとがいり混り、渦をなして揉みあいながら颯と片ほうへなびくかとみると、巻き返して宙へあがり、大きく揺れながらどっと崩れかかる。それを真向にうけると眼口を塞がれて息もつけない感じだった。由利はそうさせまいとする弁之助をずるずるとなかばひきずりながら、走るような足どりで下元禄というところまでゆき、平等院という菩提寺の墓地へとはいっていった。弁之助はわけのわからぬままに蒼くなった。どうされるのだろう。叔母のようすには心をぞっとさせるようなものがあるし、つれこまれたところが墓地だというだけでも、子供の頭には魘(おそ)われるような恐怖が生じた。由利はそのまま彼を母の墓前へつれてゆき、雪の上へはげしくひき据えた。それから膝(ひざ)と膝をつき合せるようにして自分も坐ると、唇をみえるほどふるわせながら云いだした。

「よくお聞きなさい弁之助さん、わたくしは亡くなったお母さまにお頼まれ申して、及ばずながら今日までおせわをしてきました、けれどあなたはお母さまのお望みなさるような武士らしい武士になることはできないようです、喰物(たべもの)の好きこのみは直らず、犬をこわがったり、これしきの雪に学問を怠けようとしたり、それも腹が痛いなどと嘘(うそ)まで仰(おっ)しゃって……」

三

「こんなありさまではりっぱな人になれないばかりでなく、やがてお父上のお名を汚(けが)すようにもなりかねません」

と、由利はするどい調子で云いながら、断乎(だんこ)とした身ぶりで懐剣をとりだした。

「わたくしにはこれ以上のおせわはできません、そしてこのようなお子にしてしまったのはわたくしも悪いのですから、亡くなった方へのお詫(わ)びに此処であなたを刺して自害します、弁之助さん、お母さまのお墓へご挨拶をなさい、お手を合せて……」

彼はひきつけるような眼で由利を見あげ、全身をわなわなとふるわせながら叫んだ。

「堪忍して下さい、おゆるし下さい叔母さま」

「弁之助が悪うございました、これからは気をつけます、喰べ嫌いも致しません、塾へもちゃんとかよいます。臆病も直します、決して爪も嚙みません、叔母さま、おゆるし下さい、こんどだけおゆるし下さい、叔母さま」

「あなたはそんなに死ぬのがこわいのですか」

「いいえ」

紙のように蒼白くなった顔をあげて彼は強くかぶりを横に振った、「いいえ死ぬのがこわいのではありません、ただ父上のお名を汚すと仰しゃられたのが、……それが……」

雪まみれの顔を両手で掩ってわっと泣きだした弁之助の姿を、由利はぎゅっと歯をくいしばったまま冷やかに見まもっていた。

弁之助はその夜、自分の寝所へはいって燈を消すと、闇の空間をみつめながら、呟やくような声で「お母さま」と、呼んでみた。するとあのとき以来わすれていた母の面影が、絵のようにまざまざと闇のなかに浮きあがった。それはよく覚えようとしてあんなにつくづくと見た臨終の顔ではなく、いつも明るい眉をして、しんとどこかを眺めているという風な、やさしい美しい日のおもかげだった。彼はもういちど「お母さま」と呼んだ、美しい母の顔は彼のほうを見て頷くように思えた。澄みとおるような大きな眸子は笑っていた。彼はきつく唇を嚙みしめながら噎びあげた。——やっぱりお母さまがいちばん自分を可愛がって下すった、誰だってお母さまがして下さるように親切にして呉れる者はない。そしてお母さまは今でも自分の側についていて下さる。弁之助が世の中のためお国のためにやくだつりっぱな武士になるようにと、そばについて護って下さるんだ。彼はそう思いながら、囁やくような声でそっとこう云った。

「お母さま、弁之助はきっと人に負けないりっぱな人間になります、お母さまがお望みなさるような武士らしい武士になります、そうしたらお母さまは褒めて下さいますね」

誰のためでもない母のために、きっと人にすぐれた武士になってみせる。幼ない彼は心をこめておもかげのひとにそう呼びかけるのだった。

雪の墓地で懐剣をつきつけられたときの恐ろしさと、夜の暗がりでまざまざと母のおもかげを見たこととが、幼弱な彼の心をはげしくふるい立たせた。自分でもうまれかわったような気持だった。そばにはいつも母のたましいがついていて呉れる、それが常に心の軸になっていた。叔母はその後もきびしかった。なにかあるとすぐにあなたは世間のお子とは違うのですよと云う。

「あなたにはお母さまが無いのですからね、人と同じことをしていたのでは『母親が無いから』とすぐに云われます、武士の子がそんな蔭口（かげぐち）をきかれるのは恥ですからね」

弁之助はおとなしく「はい」と答える。然しもう決してあまえるような眼では叔母を見ようとしない、眉つきにも、ひき結んだ口許（くちもと）にも、子供には稀（まれ）な意志のあらわれといった感じがみえ、これまでのようにたやすく話しかけることもなくなっていった。……春が来て雪が消えると、学塾からの帰りに彼はよく平等院へまわって母の墓をおとずれた。時刻に遅れると叔母に叱られるので、いつもほんの僅（わず）かしかいられなかったが、墓標の前に蹈（かが）んで合掌しながら、口のなかで色いろ母に話しかけたり、途中で折って来た木の枝を挿（さ）したりしていると、かなしいほどたのしく心うれしい感じだった。道に草が萌（も）え、花が咲きはじめると、彼は色の変った菫（すみれ）を根ごと抜いていっては墓のまわりに植えた。

「お母さまは花がお好きでしたねえ」そんなことを囁やきながら、……そして来年の春になって、その菫の群がいっぱい咲きだしたらどんなに美しいだろう、そう空想して胸をおどらせていたが、間もなく叔母の手でそれはみんな抜き捨てられてしまった。

「お墓のまわりには樒（しきみ）のほかに草花などを植えるものではありません、こんなことをすると人に嗤（わら）われますよ」

そして塾の帰りなどに寄りみちをするといって厳しく叱られた。彼が父にあてて、早く江戸へ呼んで呉れるようにと、たびたび手紙を出すようになったのはその頃からのことであった。

四

その年の秋には由利は結婚することになっていた。相手は藩の重役の長男で、やはり重役の三宅（みやけ）五郎左衛門という人が仲人（なこうど）だった。それは三年まえからの約束だったが、嫂（あによめ）の病臥とそれにつづいた家庭の事情とで延び延びになっていたのである。

そして今年の秋こそというその期日が近づいてくると、由利はこんどもまた延期をすると云いだした。弁之助には精しいことはなにもわからなかったが、秋のはじめに仲人の三宅五郎左衛門がしばしばおとずれ、叔母とながい時間はなして帰るのを見た。……夜になって寝るとき燈を消してからじっと闇をみつめて「お母さま」と囁やきかけ、母のおもかげを呼び生かしながら、その日あったことを話し、また望ましいことをたのんだり約束したりする。それはなにより楽しく欠かしたことのない習慣になっていたが、そのじぶんはよく叔母が一日も早く嫁にゆくようにと祈ったものであった、そうすれば父が自分を江戸へひきとって呉れるだろうと思ったから、……然し冬になっても、その年が明けても、叔母は嫁にはゆかなかったし、仲人の訪ねて来ることもなくなった。弁之助はやがてそんなたのみの空なことを知り、自分の勉強に精をだしはじめた。

彼は八歳の春から藩の道場へもかよいだしたが、九歳になると学塾での成績がめきめきとあがりはじめ、いつからか秀才という評判さえたつようになった。叔母もそれを聞いたのであろう。或るときいつものきびしい調子で、

「そんな虚名に惑わされてはなりませんよ」と注意された、「あなたはもうすぐ江戸へいらっしゃるのですから、田舎で秀才などといわれる者も江戸へゆけば掃いて

捨てるほどいるのですからね、つまらぬ虚名におもいあがるようだと後悔しますよ」

それはそのとおりだと思ったが、虚名という言葉が彼にはくやしかった。掃いて捨てるほどいるという表現も聞きのがせなかった。それなら秀才ということを虚名でなくしてみせよう、掃いて捨てられるなかまからぬきんでてやろう、そろそろ意地のでる年ごろになっていた彼は、そう考えて叔母がきびしくすればするだけその先を越すような気持になり、学問にも武芸にもしゃにむに励んでいった。あとからふりかえると、われながらよくあれが続いたと思う。まるで弓弦を張ったように緊張した明け昏れであった。僅かに寝所へはいって、燈を消して、母のおもかげを闇のなかに描きながら、「お母さま」と呼びかけるときだけが、その僅かな時間だけが、なにものにも代えがたい慰めでもあり、心の柱ともなって呉れたのである。

こうして十一歳になった年の秋のはじめに、彼の待ちに待ったときがやって来た。江戸の父から出府するようにという知らせがあったのだ、どんなに大きなよろこびだったろう、叔母の顔が蒼ざめて、眼には泪を溜め、あれこれと好きな物を料理して呉れたり、思いがけない劬わりをみせて呉れたりしたが、彼にはまるで眼にもはいらなかった。そして母の墓とわかれる悲しさのほかに何のみれんもなく、迎えに来た家士と下僕をせきたてるようにして立っていった。……田舎で秀才といわれる者も江戸へゆけば、そう云われた叔母の言葉が頭に刻みつけられていたので、出府するとすぐから勉強にかじりついた。主家のかみ屋敷は上野池の端にあり、ちょっと出ればけんぶつする場所も少なくなかった。父も少しあるいてみるように云ったが、江戸詰の者に負けたくない田舎者と嗤われたくないという考えから、なにごとも措いてかえりみなかった。

「そんなに詰めてしても身につかぬだろう」

父の民部はときどきこう云った。

「学問というものはただ覚えるだけでは役にはたたないものだ。もう少しゆとりをもってよく嚙み味わうようにするがよい、頭をやすめることも勉強のうちだから」

けれども弁之助にはもう習慣になっているので、詰めてすることも努力ではなかったし、休息の欲望などはまったく感じなかった。

「叔母にみっちりやられたとみえるな」

父はそう云って笑うこともあった、彼は黙って脇のほうを見ていた。父上はなんにもご存じないのだ。自分がこのように励みだしたのは母のおもかげに支えられたからである、叔母に躾けられたのではなく、かえって叔母の手から逃げたのだ。きびしすぎる叔母から逃げて母の記憶をよびおこしてから、自分のほんとうの勉強が始まったのだ。――この事実をお知りになったら父上はどうお考えなさるだろう。いっそ申上げてみようか。彼はそう思ったが、やはり黙って脇のほうを見ていた。

叔母からはおりおり音信があった。大師山(だいしやま)の大師堂へ紅葉を観(み)にいったとか、九頭竜(くずりゅう)に下り鮎(あゆ)がみえたとか、鶴(つる)が峰(みね)にもう雪が積りだしたとか、故郷のやまかわと季節のうつりかわりを記したものが多かった。江戸は繁華でこそあるがどこもかしこも家やしきばかりで眼をたのしませる風景の変化もなく、降ればぬかり照れば埃(ほこり)だつ道や、往来の人びとのけたたましく罵(のの)しり喚(わめ)くこえなど、すべてがうるおいのない暴あらしい感じだったから、おとずれの文字に写された故郷の風物は云いようもなくなつかしかった。けれどもどういう気持で叔母がそれらの手紙を書いたかということは考えてもみなかったし、叔母に対してなつかしいと思うようなこともなく、手紙は貰いながらいちども返事は出さずにしまった。

五

由利の云ったことは誇張ではなかった。彼は十二歳の春に御主君飛騨守の御前に召されて大学*の講義をした。その席には多くの家臣も列してひじょうな好評だった。それは藩邸における彼の才能と位置をきめるものだったが、明くる年の三月、*昌(しょう)平坂(へいざか)学問所へ入黌(にゅうこう)すると同時に、秀才とはどういうものかということを知り、またその数の少なくないことを知って心からおどろいた。

「お母さま、ほんとうに世間はひろいものですね」

出府してからも毎夜のきまりになっているおもかげとの対話に、彼はおとなびた口ぶりでよくそう囁やいた。「勝山藩で頭角をぬくくらいはたいしたことではありませんでしたよ、けれど弁之助は負けはしません。いまにきっと昌平黌でも人の上に出てみせます、お約束しますよ」

母のおもかげはあのころと同じように明るい眉(まゆ)をして、澄みとおった美しい眸子(ひとみ)で頬笑みかけて呉れた。彼はその頬笑のまぼろしに慰さめられ、元気づけられるように思ってひたむきに勉強した。

こうして弁之助は十五歳になった。そしてその春の学問吟味には群をぬく成績をみとめられ、仰高門講堂で講書をすることを許された。仰高門の講義は学生のほか一般の処士町人らにも聴講させるもので、ここで講書するようになれば学問所の学生としてはいちにんまえなのである。家中(かちゅう)の人びとは席を設けて祝って呉れた、そしてそのことが国許へも伝わったのであろう。暫らくして叔母の由利から祝いの手紙が届いた。「お祝い申上げそろ」というごく簡単なものだったが、「さっそく平等院へまいり、御墓前にてめでたき仔細あらまし申しつぎまいらせそろ」うんぬんという一節がはげしく胸を刺した。弁之助は手紙を持ったまま眼をつむり、ふかくふるえるように溜息をついた。平等院の墓地がありありと見えるようだった。塾からの帰りにまわりみちをして、ひっそりと墓標の前へ跼みにいった日々のこと、雪が溶けて土のやわらいだじぶん、花菫を抜いていっては植え集めたこと、そしてやがてそれをみんな叔母に抜き捨てられたときの悲しかったことなど、切ないほど鮮やかに思いだされた。……彼が小姓にあがったのはその年の夏のことであった、小姓といっても学問所の業があるので、ほかの者のように日にち御殿へ詰めるのではなく、定日に伺候して御主君に経書の講義をするだけの役だった。然しむろんこれは将来の出頭を約束するものなので、家中の人望はますます大きくなるばかりだった。

その年が明けると間もなく、参覲のいとまで飛騨守が帰国するとき、弁之助も供を申付けられて故郷へ帰ることになった。そのことがきまった日の宵であった。父の民部は夕食のあとで彼を居間へ呼び、あらたまった口ぶりで話があると云った。

「おまえはどうやら叔母を怨んでいるようすだな」

思いがけないときに思いがけない言葉で、彼にはちょっと返辞ができなかった。

「怨んでいるほどでなくとも嫌っていることはたしかであろう、そうではないか」

「それは、どういうわけでしょうか」

「隠すことはない。父にはよくわかっていた」民部はじっと彼の眼をみつめながら云った、「おまえはひところ頻りに江戸へ呼んで呉れと手紙をよこした、叔母の躾けのきびしさに堪えかねていることは察しがついたけれど、そしておまえがふびんでなくはなかったが、父はいちども返事をやらなかった、なぜやらなかったか、武士ひとりいちにんまえに育てるということはなまやさしい問題ではない、ただ人間としていちにんまえにするだけならべつだが、武士は農工商の上にたつものとされ、生れながらに一つの特権を与えられる。それはこの国と御主君を守護し、いざというとき身命を捧げてはたらくからだ。然しこのように世が泰平で、身命を捧げてはたらく機会のない時代には、その特権は決して望ましいものではない、よほど廉潔の心をかたくし正真のたましいをやしなわぬと、それは世を誤まり人を毒す、したがって武士らしい武士を育てるには、躾ける者も躾けられるものもなまなかなことではむずかしいのだ、いってみればそれは一つのたたかいだ、怠けたい心、自分にとらわれる心、易きに就きたい心をつねに抑制し、絶えず鞭打って鍛えあげなければならぬ、幼ないおまえには苦しいことが多かったろう。それは、よくわかっていたが、それでは叔母は苦しくなかったと思うか」

民部はそこでちょっと言葉を切った、弁之助の胸にその言葉がどうはいってゆくかを見るように、それから更にしずかな口ぶりでこう続けた。

「幼ないおまえをそのようにきびしく躾けることは、躾けられる者よりなん倍か苦しく辛(つら)いものだ、鞭より飴(あめ)のほうが甘いことは三歳の童(わらべ)にもわかる、わかっていながら鞭を手にしなければならない者のたちばを考えてみるがよい、そのうえに、叔母は自分の幸福をすててしまったのだ」

いつか眼を伏せ頭を垂れていた弁之助は、そこでびっくりしたように父を見あげた。

六

「おまえは知らぬだろうが、あのころ叔母にはまたとない良縁がきまっていた。身分からいっても人物から云ってもまたとない縁だった、さきも熱心だったし叔母も望んでいた。結婚していたらおそらく人に羨(うらや)まれるような幸福に恵まれたことだろ然し自分の生家ではたいそう悲しんだ、と云う、けれども由利はそれを断わった、仲に立った者はずいぶんくどいたようだ、然し結婚もたいせつではあるが自分にはげんざい母を無くした甥がある、亡くなったひとにも頼むと云われたし、云われなくともこの甥を捨てて嫁にゆく気持は自分にはない、そういってきかないのだ、父からも色いろ申してやったが、結局は破談にしてしまった、そして今でもあれはおまえが成人するまでは旗野にとどまると云っている、弁之助……おまえも十六歳になった、少しは人の心のうらおもてもわかる年ごろだ、こんど勝山へ帰ったら叔母に礼を云わなければなるまいぞ」

弁之助は頭を垂れ両手で膝をかたくつかんだまま返辞もできずにいた。あの雪の日の恐怖の瞬間が今こそ違った角度からあらためて思いだされる、武士らしい武士に躾けることは一つのたたかいだという言葉は、今こそ彼にあったことの真実を示して呉れたのだ、——そうだ、自分が苦しかったよりなん倍も叔母上は辛い苦しさを忍んでいたのだ、幼ない自分にはわからなかったが、あのきびしい躾けの蔭にはやっぱりあまくやさしい叔母の涙がかくされていたのだ。彼には十年ぶりでほんとうの叔母を見るような気持がし、あふれてくる涙を押えることができなかった。そして、出府して来るときには思いも及ばなかった再会のよろこびを胸に描きながら、飛驒守の供をして勝山へ帰った。

彼が期待したほど再会はたのしいものではなかった。成長した彼を迎えて、叔母の眼はいっとき涙に濡れたが、挙措にも顔つきにも屹としたものが消えず、少し痩せたとみえるからだは鎧でも着ているような感じだった。もっとうちとけた、むかしのやさしい叔母に触れたい、あまえるとまではゆかなくとも、姿勢のない心と心を触れ合せたい、そう思った彼は夕食のあとであらためて叔母の居間をおとずれたけれど、相対して坐るとこちらのほうが自然とかたくなり、どうしてもくだけた口がきけなかった。

「少しお痩せになりましたね」

そう云うと叔母はちょっと肩をすぼめるようにし、僅かに口許へ微笑をうかべた。

「ながいことずいぶん私がご苦労をおかけしましたから、ほんとうに有難うございました」

「まだそれを仰しゃるのは早うございましょう」

叔母はうちかえすようにこう云った。

「あなたはようやく十六におなりなすった、これまではどうやら順調にご成長なさいましたがたいせつなのはこれからさきのご修業です、わたくしに礼を仰しゃるのは、あなたがりっぱに成人してご結婚もなすってお家の跡目をお継ぎなさるときのことです、それまではわたくしのことなどお考えなさる必要はございません」

そんな心のひまがあったらそれだけ勉強をなさい。そう云って叔母は屹と姿勢をただすのだった、茶を馳走(ちそう)になって、いいようもなく寂しい気持で彼は叔母の居間から出て来た。

その夜は早く寝所へはいった。あしかけ六年ぶりで寝る部屋である、壁も襖(ふすま)も懐(なつ)かしかった、天井も長押(なげし)も、眼にいるものすべてが幼ない日の記憶をよびさまして呉れる。彼は古い友だちにでも逢(あ)ったように、ながいこと部屋の内を眺めまわしていた、それから夜具の中にのびのびと身を横たえ、囁やくようにしずかなこえで「お母さま」と呼びかけた、「弁之助が帰ってまいりましたよ、ずいぶんお久しぶりですねえ」

そのとき寝所の外の廊下に、由利が身をひそめて彼の囁やきを聞いていた。膝をかたく息をころして、暫らくのあいだ弁之助の独りごとを聞きすましていたが、やがてしずかに立ちあがり、足音をしのんでそこを去った、それから仏間へはいってゆき、仏壇をひらいて燈明をあげ香を炷(た)いた。鎧を着たような身構はもうなく、表情もなごやかにゆるんで、双の眼にはあたたかな涙さえうかんでいた。由利はしずかに坐り、合掌しながらじっと仏壇を見あげていたが、間もなく両手で面を掩いながら、こえをひそめて泣きだした。肩がふるえ、嗚咽の音がくくともれた、まるでよろこびを訴えるかのように、やや暫らく噎びあげていたが、やがてまたしずかに仏壇を見あげながら、しみいるようなこえで囁やきかけた。

「あね上さまお聞きあそばしまして、お母さまと呼ぶあの弁之助さまの声を、……わたくし弁之助さまにはずいぶんお辛く致しました、きびしすぎました、あれほどにせずともよかったとは自分でも承知しておりました、でもあね上さま、わたくしにはあれよりほかに方法がなかったのです、子供をりっぱに育てあげるもあげぬも母のちからと申します。亡くなったあなたを忘れさえしなければ、あなたのお美しいおもかげを忘れさえしなければ、母親の記憶さえちゃんとしていれば弁之助さまはきっとりっぱにご成長なさる、どうしてもあね上さまを忘れさせてはならない、わたくしはそう信じました、そしてそのためには由利はきびしすぎなければなりませんでした、あの子の心をしっかりあなたにつなぎとめるために」

由利はあふれてくる涙を押しぬぐった、唇のあたりにあるかなきかの微笑がうかんだ。

「あの雪の日の折檻の夜から、お母さまと呼びかける声をお聞きでございましょう、お十六になった今でも、弁之助さまはあのようにあなたをお呼びしています。おそらくもうあね上さまをお忘れなさることはございますまい、お母さま……と呼ぶあのやさしい声、由利は憎い叔母になった甲斐（かい）がございました」

二粒の飴(あめ)

一

あなたのお輿入(こしい)れもいよいよ明日になりましたね、半年もまえからのおはなしですから心の準備はよくできておいでででしょう、今あらためて人の妻となる心得をお聞かせする要はないと信じます。ただ一つだけ、母からあなたへ差上げる物があるのです。それはこの品です、……いいからあけてごらんなさい、……ええそうです、飴です、どこにでも売っている、あたりまえの飴だまです、その二粒の飴だまを母からあなたに差上げるのですが、それに就て今夜は聞いて頂きたい話があるのです。もう少しこちらへお寄りなさい、そしてずいぶん冷えるようだから、火桶(ひおけ)へ手を伸ばして、お膝(ひざ)をらくにして聞いて下さい。

母が重松(しげまつ)の家の出だということも、重松の伊右衛門(いえもん)どのが母の弟に当るということとも、もちろんあなたはご存じでしょう、そしてわたくしたち姉弟の父、重松伊十郎どのが若くしてご切腹なすったということも、それとなくお聞きになっていると思います、なにゆえのご切腹だったかということは、その頃の御政治むきの秘事にかかわることでもあり、今なおご存生の方の名も出るので、ただ御同役の方がた数名の責を負って、とだけしか申すことはできません、そしてそれは当然お上のお咎めを蒙ることがらであり、重松の家は追放という御処分を受けたのです。

父上がご切腹あそばしたとき私は五歳、伊右衛門どのはまだ亀之助といって、まる一歳の誕生を迎えたばかりでした。そのときのことは殆んどなにも覚えてはいないが、ただひじょうに怖ろしい夢を見ているような、暗い不安な空気が家じゅういっぱいにひろがって、息が詰りそうに胸ぐるしかった印象だけは、今でも記憶のどこかにおぼろげながら残っています。親族の方がた二三と、常には見知らぬ老年の方たちが忙しく出入りをし、奥の間と客間のあいだにある襖がとり払われて、広びろとうちひろげた座敷に香の煙がながれていたこと、そして母上の白無垢姿が、子供ごころにも眼のさめるほどお美しかったことなど、いろいろな印象の、どれが本当にそのときの事であるかさえ、はっきりとは云いかねるほどおぼろげです。

家の始末が済むと、母上は亀之助を背負い、わたくしの手を曳いて、供もなしに御城下をたち退きました、「お祖父さまのお屋敷へ……」と仰しゃったので、そのつもりでいたらそうではありませんでした、お祖父さまというのは母上の実家かたのご老人で、その頃は城下の在に隠居しておいでになり、ときおり母上に伴われてお訪ねしたことがあるのです、後で知ったのですが、母子の者がそこへ身を寄せることは親族のあいだできめ、なお内聞のお許しもさがっていたのだそうです、けれども母上はそこへはおいでにならず、そのまま旅を続けて江戸へおのぼりになりました。

ひと口にこう云うけれど、奥州相馬の中村から江戸までの道です、立つ日にはちらちらと雪が舞っていたくらいで、寒さに向う季節ではあり、幼な子を二人つれての馴れぬ旅はどんなにお辛いことだったか、考えると今でも胸がつぶれるように思うばかりです。……そういう旅の或日、左右に凍てた刈田のうちわたしてみえる道を歩いていました、もう昏れがたで往来の人もなく、田面に張った薄氷が、曇った黄昏のにぶい光を湛えて、身にしみ徹るように寂しく寒ざむとしたけしきでした。

負われていることに飽きるのか、それとも冷えるためか、亀之助はしきりに「しい」「しい」と云うのです。母上はそのたびに背から下ろして、道傍に跼んで用を足させるのですが、二十歩もゆくとまた「しい」と云う、……それがなんとも哀しく、みじめな、ひじょうに寂しい感じで、わたくしはとうとう堪らなくなり、「お母さまお家へ帰りましょう……」と泣きだしてしまいました。そんな悲しいことだけでは無かったでしょう、美しい眺めのある、暖かい日もあったのでしょうが、わたくしには殆んどそういう記憶はない、膚を切るような風の野、霙の頰を打つ山路、いつまでもゆき着かぬ宿の灯火、かさかさと枯葉の鳴っている裸の桑畑、そして霜溶け道の脇に休んで頂いた冷たいお結飯、……覚えているのはみなこういう哀れなことばかりです。ただなによりのたのみは母上のお顔でした。母上はいつも微笑んでいらしった、どんなときにもその微笑の消えたことはなかった。旅のうちだけではなく、それから後もずっと、どんなに辛い苦しい場合にも決して憂い顔はおみせなさらず、やさしく温かい微笑を湛えていらしった、わたくしにとってどんなにそれがたのみだったことだろう、……その微笑さえみれば安心し、「自分たちは大丈夫なのだ」と思って、疲れた足にもなんとなくちからの付くような気持でした、こうしてわたしたちは江戸へ出て来たのです。

二

江戸へ出たのは享保十七年の師走も末のことでした。そしてどういう手順を踏んだものか、藩家の御中屋敷のある、麻布谷町というところに家を借りておちつき、遽ただしい正月を迎えました。

住居とはいっても町家の裏の貧しい長屋で、板葺きの屋根は剝げ、柱は傾き壁は崩れ、畳はすっかり擦り切れたうえに、床が歪んでいるためか、波をうっていると いう始末で、本当にただ雨露を凌ぐだけのあさましい一間でした。それはまだ馴れようもありましたが、困ったのはご近所とのつきあいでした。

壁ひとえ隣りの片方は一文菓子屋、片方は荷車の曳き子、向うは日雇い人夫とか、担ぎ売りの魚屋など、まるで気心の知れない方たちばかりだし、明け昏れの習慣もわからず、言葉も違う——ひと桶の水を汲むにも戸惑いをしたものだ、あとで母上はよくそう云ってお笑いなさいました。ひとつはそういうこともあったからでしょう、そこにおちついてから間もない或夜、「よくお聞きなさい貞代」と母上はわたくしを正しく坐らせて仰しゃいました、「……父上がお役目のことでご切腹あそばしたのは知っておいででしょう、表向きにはお咎めを蒙っていますが、そしてあなたにはまだ仔細を話してはあげられませんけれど、武士としては戦場で討死をあそばしたのと同様な、ごりっぱなご切腹だったのです、ですから御家法で追放という御処分はおうけしましたが、わたくしたちは今でも因幡守さま*（相馬徳胤）の御家来ということに変りはありません、ここをよく覚えておくのですよ」「それでは貞代も」とわたくしはひじょうな嬉しさに眼をみはって云いました、「……貞代もまだ武士の子なのですね」「そのとおりです、あなたも亀之助も因幡守さまに仕えるさむらいの子です、これまでと違うところは、ただお禄を頂かないというだけで、ご奉公する心には些さかの変りもないのです。……ですからこういう裏町に住んでも、悪い遊びやぶしつけな言葉には馴れないよう、亡くなった父上の子として恥かしくない、正しい人間にならなければなりません、このことだけは決して忘れてはいけませんよ」

言葉はもっと違っていたでしょうが、そういう意味のことを噛んで含めるように仰しゃいました。――わたしは武士の子だ、そう思うことがどんなに強い誇りであったか、それからの苦しい年月に、幼なごころにもそう考えることで、辛くも自分を支えたことが三どや五たびではなかったと思います。

年が明けて二月のことでした。或日とつぜんお国許から下僕の一人が訪ねて来ました、彦六という名の若者で、鎧櫃を背負っているのです、わたくしはわれを忘れるほど嬉しくて、「彦六が来た、彦六が来てお呉れだ」と手を拍ちながら叫びだしたくらいでした。子供のことで、これから下僕が一緒にいて呉れるのだと思ったのですね、でも彦六は一夜も泊らず、鎧櫃を置くと間もなく帰っていってしまいました。後でわかったのですが、住居がきまるとすぐ母上が手紙をお出しになって、その鎧櫃を届けさせたわけなのでした。……ええそうです、いま重松にいるあの腰の曲ったとしよりがその彦六ですよ。

　母上のご苦労が始ったのはそれからでした。朝は早く、まだ暗いうちに起きると、うがい手洗(ちょうず)をしてごいっしょに正しく坐り、御上屋敷のある方角を拝して殿さまの御健勝を祈ります、夜やすむときも同様でした。それから母上は賃仕事をお始めなさるのだが、油が貴いので、入口の端まで出て針をお使いなさる、明けてある障子の間から、吹き込んでくる風の冷たさは骨にも徹(とお)るようで、お膝のあたりが見えるほど震えていたこともしばしばでした。夜は夜でずいぶん更(ふ)けるまで、ときには明け方に近いじぶんまでも、乏しい燈のそばへひき付くようにして仕事をお続けなさる、むろん火桶などはありませんでした、後には求めましたけれど、火桶はあっても炭の買えないことがたびたびで、赤あかと火の熾(おこ)っていたことなどは数えるほどしかありませんでした。それにも増して辛かったのは夏です。冬のうちあれほど苦しめた風が、曲りくねった長屋の露地には、夏になると意地わるくそよとも吹き入らず、鼻の閊えそうな廂間は、夜になってもうだるような暑さと、罵り喚くこえの絶えない隣り近所の騒がしさとで、時には頭がぼうとなってしまうくらいでした。そのうえに蚊です、溝の多いせいか、彼岸から彼岸までといわれるほど蚊がひどく、夕方などは本当に眼口も開けぬくらいでした。母上はそのなかで、蚊遣りを焚くいとまも惜しそうに、手足をさされるままに仕事をしていらしった。皮膚のお弱いたちだったのでしょう、さされた痕はいつも赤く腫れて、なかには膿むものさえもあり、ずいぶんお辛そうだったことを覚えています。

それほどにしていらしったのに、その日その日の食事さえきちんとは頂けない暮しが続きました。わたくしや亀之助には喰べさせても、母上は朝をぬき午をぬき、ひどいときには二日も白湯ばかり啜っておいでのことがありました。……いま思いかえして心が痛むのは、けれどそういうご苦労ではなく、そのご苦労のなかでいつもお顔に温かい微笑を湛えていらしったことです。

三

二日も白湯ばかりあがって、続けざまのお仕事で疲れきっておいでなさるのに、お顔はいつもやさしい微笑をうかべていらっしゃった。そしてそれは旅のあいだわたくしたちを支え、力づけて呉れたように、それから後もその笑顔だけがわたくしたちの唯一の支えであり、たのみの綱だったのです。

「武士の子ですよ、それをお忘れではないでしょうね」折に触れてはそう仰しゃった、「……父上は武士としてりっぱなご最期をあそばしました、殿さまのお為に、御家中の為に身命をお捧げなすったのです、あなたも亀之助もそのお志を継いでゆくのですから、……暑いとか寒いとか、あれが欲しいこれが喰べたいなどと思ったら父上のことをお考えなさい、苦しいこと辛いことに耐えてゆくのが、武家のつとめの第一ですよ」

そのように繰り返し仰しゃりながら、ご近所の人たちには控えめに過ぎるほど慇懃にしておいででした。向うからはずいぶん親しくして下さる方もあり、苦しい生活を見かねて、心の籠った援助を申し出る方もありましたが、母上はいつもけじめをきちんとつけて、狎れたつきあいは決してなさらず、炭ひと欠の助力もお受けになりませんでした。……すぐ隣りに一文菓子を売る店があり、そこには長屋じゅうの子供が集って、駄菓子の数かずを買ったり、遣り取り奪いあいの賑やかな騒ぎが絶えなかったけれど、そしてじつを云えばそれが羨ましくてならなかったけれど、母上のごようすを見ているわたくしは、いちどもおねだりをしたことがなかった、——貞代は武士の子だ、あのひとたちとは違うのだ、そう思うと子供ごころにも誇りがましい気持になって、ひそかに得意を感じたことさえ覚えています。

わたくしは七歳になると昌源寺という寺へ手習にあがりました。また夜は母上からお仕事をしながら素読の稽古をして頂くのですが、亀之助が聞いていて、片ことで論語の口まねをするようになり、思わず母上もわたくしも笑わされてしまうようなことがたびたびでした。

「亀之助が成人するまで」母上はよくそうお云いだった、「……亀之助が成人して父上のご名跡を継ぐまで、それまでは石に齧りついても辛抱するのです、一棟の家を建てるには何十本かの樹を伐り倒さなければならない、お国の役にたつもののふを育てあげるのも同様です、亀之助を武士にするためには、わたしやあなたは倒れてもよいのですよ」

そしてとうとう、母上はご自分で仰しゃったとおりに、倒れておしまいなすったのです。

わたくしが十歳、亀之助が六歳の年の秋でした。春の頃から窶れの眼だっていた母上は、夏になるといたいたしいほどお痩せになり、一日じゅうはげしい咳に悩まされて、起きているのも耐えがたいごようすにみえた。医者にはもちろんのこと、売薬さえ切らさずに買うことはできず、滋養になるものといっても、卵ひとつ求められないありさまで、涼風のたつのをなによりのたのみになさりながら、新秋とは名ばかりの八月はじめ、床につくと数日して、露の消えるようにお亡くなりなすったのです。……ながい辛労で、おからだの蕊はもう疾うにいけなくなっていた、気だけで保っていらしったのでしょう、本当に朝露の消えるようなはかないご臨終だったのです。

お亡くなりになる前夜のことでした。母上は二人を枕許へお呼びになり、紙に包んだ二粒の飴をお出しになって、

「……さあ、これを一つ宛おあがりなさい」と仰しゃいました。それはごく安い駄菓子の飴でした、絶えて久しいものですから、亀之助は嬉しそうにすぐ口へ入れましたが、もう十歳になって少しは人の気持もわかりかけていたわたくしには、母上のごようすが心配で、どうしても頂く気になれなかったのです、けれど母上はついぞない顔つきで、「あがってお呉れ貞代、母さまは二人のお喰べなさるのを見たいのだから……」繰り返しそうおすすめなさるのです、わたくしは悲しく思いながらその飴を頂きました、その夜、ずっと更けて、亀之助が寝てしまってからでした、

母上はまたわたくしをそばへお呼びになって、「よく聞いてお呉れ貞代」と次ぎのように仰しゃいました。

「世の母親というものは、自分の口は詰めてもわが子には甘い物をやって、よろこぶ顔が見たいのです。それが母親としてのなによりの悦びなのです。母さまもそうしたかった。今日までの苦しい日々のなかで、なんどそうしたくて堪らないことがあったか知れません、さっきあげた飴だまは、そういう或日に求めたものです、……けれども母さまはがまんした、ついそこへ出そうとしながら、じっと耐えました、なぜがまんして来たのか、それはあなた方が武士の子だからです……」

四

「艱難に鍛えられなければものの役に立つ人間には成れない、通俗にもそういうとおり、ましてさむらいは身命を捧げて御奉公すべきからだです。幼弱のうちに苦しさ辛さに耐え、寒暑を凌ぐちからを養わなければ、成長してからお役に立つ者にはなれません。父上があのようなご最期をあそばして、あなた方お二人を女手に養育しなければならなくなったとき、母さまはなによりさきに、――甘く育ててはいけない、ということを戒しめにしました、世の母親が誰しも持っている心の飴を、そのとき母さまは棄(す)てたのです、お祖父さまのところへ身を寄せるよう、親族の方がたで心配して下さいましたが、人にたよるようなことでは子は育てられぬ、決して易(やす)きに就いてはならぬと思って、誰にも告げず江戸へ出て来たのです、……わかりますか貞代」「ああ甘いお菓子でも買ってやりたい、そう思うたびに自分を叱(しか)り、——いけない、まだその時ではない、と心をひきしめて来ました」母上はなおそうお続けなすった、「……これでもう安心だという時が来たら、飴も菓子も、好むほどの物を与えてやろう、まだまだその時ではない、そう自分を戒しめて来たのですが、……母さまはその時まであなた方をみてあげられなくなった、もうお別れしなければならぬかも知れない、それでとうとう、……まだその時ではないけれど、あなたたちに飴を喰べて頂いたのです、武士の妻としてはふたしなみなことです、恥かしいと思います。けれどあたりまえの母親としては、……せめていちど、あなた方お二人のよろこぶ顔が見たかった、どうしてもがまんができなかったのです」

　だからあの二粒の飴は、おまえたちが成人してから貰(もら)ったものだと思ってほしい、おまえは女だから、大きくなったらきっとこの母の気持がわかってお呉れだろうと思う。そう仰しゃって、母上はいつものおやさしい、温かい微笑をうかべながら、じっとわたくしをごらんになり、やがてしずかに眼をおつむりになりました。

それからの事は、あなたも人づてにお聞きなすっているでしょう。母上が亡くなると、ご近所の方たちが親切に後始末の世話をして下すった。そのとき御検視に来た町役人の方が、納戸の中にある鎧櫃をみつけたのです。そう……あの彦六が背負って来た鎧櫃です。そして中から伝来の甲冑と、紙に包んだ金十枚というおかねが出てきました。自分では二日も白湯を啜るような貧苦のなかで、甲冑はともかく、金十枚に手もつけなかったということが、耳目の迅い巷の評判になり、やがてそれが同じ町内にある藩家の御中屋敷にまで聞えて、その月のうちに御召し返しというお沙汰が下ったのでした。

一棟の家を建てるにも幾十本かの樹を伐り倒さなければならない、そう仰しゃった言葉はそのまま事実になりました。二人の子のために母上はお倒れあそばしたけれど、そのおかげで重松の家は再興したのです。たぶんめぐりあわせがよかったのでしょう。そんなためしはきっと稀なことでしょうが、ともかく重松家の場合には母上が艱難の道を選ばれたこと、そしてついにお倒れあそばしたことが、家名再興の機縁となったのです。

あなたに差上げるこの二粒の飴は、母上からわたくしが頂いたものをあなたにお伝えするわけです、……無いなかから子に飴を求めてやることはやさしい、自分の口を詰めても遣れるものです。そうしてよろこぶ子の顔を見ることが、母親というもののなによりの満足です、けれども手にある飴を「遣らずにおく」ということはむずかしいのですよ、母親は誰しも心に飴を持っています、そして絶えず、それを遣って子のよろこぶ顔を見たい、という欲望に駆られるものです。もう余命がないとわかって、せめていちどはとおぼしめしながら、母上は自分の弱さを恥じていらしった。

「まだその時ではないのだが、武士の妻としては恥かしいけれど」そう仰しゃった、「……でもおまえは女だから、やがては母さまの気持がわかってお呉れだろう」そう仰しゃった。二粒の飴といっしょに、このお言葉を添えてあげます。……そしてあなたが、あなたのお子にこれを伝えられる母になるよう、祈っています。

花の位置

一

脇机(わきづくえ)の上にある辞書を取ろうとして、手を伸ばしたとき、警報が鳴りだした。心臓が大きくどきっと搏(う)って止まり、おちつこう、と自分に云(い)うつもりが「お母さま警報よ」という叫びになってしまった、調子はずれの、うわずったおろおろ声だった。からだの重心が狂った感じで、防空服装を着けるのにいくたびもよろめき、手や足はばかにでもなったように、むやみにつかえたりつまずいたりした。頭巾(ずきん)の紐(ひも)がなかなか結べないのをそのまま、廊下から茶の間へはいると、母はもう支度をして広縁の硝子(ガラス)戸をあけているところだった。「お父さまは」「いま二階へいらしったよ」母の声はいつものとおりじれったいほどおちついていた、「ああ頼子(よりこ)さん、あなたちょっとラジオをかけておくれな」そしてなおなにか云うようだったが、硝子戸を繰る音で聞えず、頼子には訊き返すだけの気持のゆとりがなかったので、すぐにラジオの前へ走っていった、ところがスイッチは入れてあり、軍情報のブザーが鳴りだしたと思うと同時に、空襲警報の断続音が聞えてきた。

それから自分の部屋の窓を開け、原稿類の入っている手提鞄を持って、庭の待避壕へはいったのだが、どういう順序でそれだけのことをしたか記憶がなかった、鞄があるので鞄を持ってきたことがわかり、窓の開き扉の開けにくかったことで、窓を開けたことを思いだしたくらいである。「お母さま早く」壕の中から何度も、母がはいって来るまで繰り返しそう叫んだ、母がはいって来ると父を呼んだ、すると考えたよりも近いところで、「僕はまだはいらなくてもいいんだよ」とうるさそうに父の答えるのが聞えた、「おまえたちだってまだ早いよ、敵機が近くへ来てから待避すればいいんだ、としよりとか病人とか赤ん坊はべつだがね、達者な若い者がそうむやみに待避することばかり考えちゃいけないよ」「だってお父さま、敵は高々度で来るんですのよ……」自分たちの眼でみつけるときはもう遅すぎる、そう云おうとしたがはげしく咳きこんでしまった、喉がすっかり渇いて咽頭粘膜がくっついてしまいそうなのだ、唾を呑もうとしたが、口もからからだった。こんどこそ水筒を忘れまいとあれほど考えていたのに、そう思うと自分のうろたえきった姿が見えるようで、眼をつむり強く頭を振りながら、なんというなさけない頼子だろう、といくたびも口のなかで呟いた。

間もなく西北のほうで、ずしん、ずしんという轟音が起こった、「敵機来襲」という叫び声と、警鐘が次ぎ次ぎ鳴りわたり、ずん、ずしん、という轟音が連続して聞えた、頼子は全身の血がいっぺんに頭にのぼるように思った、心臓はいちど鼓動を止め、ついでひき裂けるかと思えるほど烈しく搏ちだして、そのまま喉から口まででつきあげてきそうだった。

「敵機頭上」という父の大きな喚き声が聞えた、「……待避」そして父が壕へはいろうとしたとき、ざざざっという異様な音が空から落ちてきた。

爆弾の落下音だ、そう直感するとともに、頼子はむかっと吐き気を覚えて前かがみに手を突いた。あとはほとんど意識がなかったといってもよい、「怖ろしい」という観念のほかはなにも見えず聞えもしなかった、そして頭のなかでは自分が直撃弾で粉ごなにされる姿や、至近弾で壕のまま埋められる姿だけを、今か、こんどかと息詰る思いで見まもっていた。ずしん、というぶきみな地響きが幾度も起こり、壕壁の土がさらさらと落ちた。母が、「こわいこと」と云い、父が「うん、あんまり気持のいいものじゃないね」と云った、そしてすぐに、「おやおや、あの蠟梅はどうしたんだ、もう咲きだしているねえ」とのんびりした声で続けた。

頼子は逆上するような気持だった、「こわいこと」と云った母のこわさは自分の感じている恐怖とはまるで違う、壕の口から蠟梅の咲きだしたのをみつけた父は、まさか剛胆を装っているのではあるまい。だとすればこの恐怖は自分ひとりが感じているのだ、そう思うと、恐怖の孤絶感とでもいおうか、なにものもたのめないという深い絶望のためにくらくらとなった。

父と母とは、それからなお、なにかしきりに話し合っていた、頼子はほとんどなにも聞いていなかったが、やがて外の爆音が鎮まり、あたりがやや静かになったとき、「はじめの音はたしかにあちらでしましたよ」という母の声が耳についた、「なに、はじめの音は高射砲だよ」父がそう云った、「聞えた音はたいてい高射砲さ、よく聞いているとすこんすこんと空へぬけるからわかる、爆弾はそう多くはなかったし、ずっと北へ寄ってからだ、康子の工場はもっと西だよ」「……あの子はどんな気持だったでしょう」「あの眼をまんまるにしたことはたしかだね」そう云って父は壕を出ていった。

自分は妹のことを考えもしなかった、頼子は誰かに頰を打たれでもしたように、そう思いながら両手で自分の顔をおおった。手も、膝がしらも、いや、からだ全体がぶるぶる震えているのがはっきりと感じられた。

二

ただいまという妹の元気な声が聞えたのは七時を過ぎてからだった。頼子は玄関へとびだしたいのを我慢してじっと耳を澄ませた。「お帰りなさい、ご苦労さま」母が特徴のあるおっとりした声で云う。「今日はたいへん遅かったじゃないの」「ええ空襲で二時間ばかり損しちゃったでしょ、だもんでそれだけ取返しましょうっていうことになったの、夜勤のかたたちが困るから交代なさいって、職長さんが二度も三度もおっしゃったけれど、あたしたちきかなかったのよ、二時間損したのはわたくしたちですからわたくしたちでそれだけ取返しますって、にやごさんがそれは勇敢にがんばりとおして……」とめどもなしにおしゃべりをしながら、廊下の端にある自分の部屋へはいってゆく、母もいっしょにいったとみえて、そこでややしばらく二人の笑い声が聞えていた。頼子はペンを握ったままかたく眼をつむった。妹もやっぱり自分ほどの恐怖は感じていないようだ、父も母も、そして妹も感じない恐怖を、自分ひとりだけ感じる、もしかするとそれは自分が臆病（おくびょう）なのかも知れない。

……臆病、臆病者。そうつぶやいて頼子は否定するように頭を振った。そんなことはない、死に直面して恐怖を感ずるのは当然だ。生命あるものには自己保存の本能がある。死ぬかも知れないという瞬間に恐怖を感じないとすれば、むしろそのほうが異常というべきだ、「……でも、こんなことはいくら考えてもしようがない、仕事をすればいいんだから、仕事だわ」頼子はもういちど頭を振り、椅子にかけ直した。

妹のために後れた夕餉の膳につくと、頼子はさりげない調子で、「今日は怖くなかった」と訊いた。康子は眼をまんまるくして、「怖かったわあ」と語尾をながく引いて答えた。頼子は父に似てすべてが細い、背丈もあるし顔も面ながで、眉も眼も細く、どっちかといえばぜんたいが神経質にみえる、康子は母親似で、頼子とは反対にからだつきも顔もまるまるとしていた。自分でも、「あたし声までまるいのよ」と云うくらいであるが、なかでも眼がとくに大きくておどろいたときなどにはあきれるほどまんまるくなってみえる。「……それでも工場の中にいるときはまだそれほどじゃなかったけれど」と康子は眼をまるくしたまま云った、「……職長さんから待避命令が出たでしょ、そして壕の中へはいったら怖くなったの、訊いてみたらみなさんそうなのよ、安全な壕の中へはいってから怖くなるなんて変だわねえってみんなでずいぶん考えちゃったわ」「それと同じような話があるよ」と父が微

笑しながら口を挿んだ、

「……郡長の宮田君もお隣りの吉田さんも、それから向うの佐藤さんなんかついこのあいだ南方からお帰りになったばかりなんだが、訊いてみるとやっぱりいい気持じゃないと云う、前線で敵の鉄砲や爆弾をあびたときはなんでもなかったが、こっちで空襲を受ける気持はまるでべつだそうだ」「これは心理学の問題ね」康子がまじめくさってそう云ったので、父は笑いだしながら続けた、「……いや僕に云わせるとすこぶる簡単なんだよ、つまり前線にいるときは戦っているんだ。軍服を着、銃を握り、剣をとって戦っているんだ、だから鉄砲も爆弾もあらためて怖れる対象にはならない、ところが帰還して平服になると違う、こんどは自分が戦うんじゃないから、敵を頭上に迎えるということはいい気持ではなくなるんだ。……康べえが壕へはいってから怖くなるのも、工場にいるときは戦っているからそれほど感じないが、待避はその戦いから離れるので安全な壕の中でかえって怖くなるんじゃないか」

「……とすればこれは行動心理学の問題だわ」

父と妹がにぎやかに話したり笑ったりするのを、頼子は自分ひとり突き放されたような気持で聴いていた。頼子の脳裡を去来するつきつめた観念に比べると、二人の話はまるでふざけていると思えるほどそらぞらしい、それで聴いているのさえ辛くなり、食事もそこそこに茶の間から出てしまった。

父がいま、「工場の中では戦っているから」と云ったが、そういう単純な考えかたが頼子にはやりきれないものだった。康子はいま女学校の四年生で、一年まえから挺身隊として某航空機工場へ通っている、はじめはそれほどでもなかったが、半年ほどまえからひじょうな熱意をもちだして、頼子にも工場へ挺身するようにとしきりに勧める、「……今はなによりも一機よ、精神を籠めた一機が勝敗の鍵になるのよお姉さま、ねえ、工場へいらしってよ」それは姉を勧めるというより、自分の情熱をたしかめる言葉かも知れなかった。頼子はただ笑うだけでなんとも云わなかったが、心のなかでは少なからず反撥を感じた。精鋭の一機に勝敗の鍵があるということは事実に違いない、しかし戦争そのものはそういう現実的なものを積み上げたところにだけあるのではない、いちおうは不急のもののようにみえる文化面とか思想問題のなかにも戦争の目的を担う重大な意義がある、たとえば頼子のいまやっている仕事がその一つだった。

三

母校の恩師である貞松博士が、某省の依託で回教の研究をはじめたとき、頼子はすすめられるままに悦んでその助手になった。某私大の文科の教授である父と、貞松博士とが昵懇、あまり丈夫でない頼子のためにそういう仕事が与えられたのだと思う。助手といっても回教に関する外国雑誌の小論文の翻訳とか、恩師の原稿の清書などが主なもので、たいてい自分の部屋にいてできることだったから、「この時局に手を白くして」という反省はおりおり頭にうかばないではなかった、しかしこの戦争が大東亜十億の開放と繁栄をめざすものなら、その盟主たるべき日本に回教の理解が必要なこと、しかもかなり緊急な必要に迫られていることは否定できまい、貞松博士の云うところによると、日本にはその種の研究が乏しく、資料を集めるのにさえ不自由だそうで、機会さえあれば博士自身すぐにも南方へゆきたいと云っているくらいである。――ここにも戦争があるのだ、頼子はそう信じていた。戦局が進展してくると、なによりも現実が貴重であるように考えられやすいが、こういう眼に見えない抽象的な面が忘れられては片輪になる。自分の戦いはここにあるのだ。

確信をもってそう思っていた。

「……みんなそれぞれの戦いがある」自分の部屋へはいった頼子は、椅子へかけて、机に両手を置きながらそうつぶやいた、「……工場も戦いだ、あたしの仕事も戦いだ、あたしの仕事も戦いだ、あたしにはこの仕事にうちこむほかに戦いはないんだ」

そしてしばらく閉めてある窓のあたりを茫然と見まもっていた。窓框のところに花瓶があって、それに薔薇が四五本挿してある、いつか隣りの吉田さんの老人からもらった四季咲きの花で、色も美しく匂いも高雅な珍しい種類のものだったが、敵機の来襲が始まってからは、つくづく眺める時間もなく忘れていた。今はもうすっかり萎れてしまい、花弁は一片も残らず、葉もからからに縮んで、みじめに枝へしがみついているさまは、これがあの薔薇だろうかと疑われるばかりだった。

「……ヴェルレーヌ、それともマラルメだったかしら」哀れに枯れた花をぼんやりと見まもりながら、なんの意識もなく頼子はそう呟いた。「……こういう薔薇の姿を頌った詩が」そしてはっとわれに返り、ああ仕事だと思いながら追われるような気持でペンを取上げた。

二日めに夜間空襲がきた。少数機だったけれど、頼子は同じ恐怖にうちのめされた。警報を聞くと逆上するような気持になり、壕の中にいるあいだじゅう、ほとんどずっと呼吸が詰る感じが続いた。——どうしてこんなに怖いのか、恐怖感からのがれるために、ひそかにほかのことを考えようとしてみた。——いったいこの恐怖は動物的なものだろうか、それとも人間的なものだろうか。また生命とは、死とは、……溺れる者が藁にでも縋りつくような気持で、けんめいに考えをそちらへ集中しようとしたが思考力は古い糸屑のようにふつふつと切れ、一つの命題を考え続けることなどとうていできなかった、そして激しい渇きと、呼吸困難に陥りそうな息ぐるしさに襲われ続けた。

敵機の来ることはやまなかったし、そのたびに感ずる恐怖は強くなるばかりだった。これまでは無事だったがこんどは、……そう思うことが度を重ねるにしたがって烈しくなる、遠い省線電車の警笛を聞いても椅子からとびあがりそうになるし、食欲は無いし、仕事は少しもはかどらなかった。頼子はとうとう悲鳴をあげたくなった。——もうなにもいらない、ただこの恐怖からのがれたい、そのためならどんなことでもしよう、そこまで気持が追詰められたとき、「工場の中にいるときはそれほどでもなかった」という妹の言葉を思いだした。もしそれが本当なら工場へでもゆこう、……まじめにそう考えはじめたとき、ちょうど符を合わせるような機会がきた。

俎板の上でいま切った物が凍りつくほどの、厳しい寒気が四五日つづいたある夜、夕食のとき康子が、挺身隊員で感冒にかかる者が多く、とくに機翼の塗工部では欠勤者が続出して困っているという話をした、「誇張して云えば半分も欠勤なんですって、一時間という時間さえ問題なときなのに困った困ったって、塗工部のかたたち悲鳴をあげていたわ」「塗工というのはむずかしい仕事なの」頼子がそう訊くと、びっくりしたように振り向いた、「そうね、やさしくはないけれどそうむずかしいというほどでもないわ、康子も初め少しやったけれど」「……あたしお手伝いにゆこうかしら」康子はきょとんとした眼でこちらを見た、頼子は微笑しながらまぶしそうにそれを見かえした、「……でも手伝いにはいるなんてことはできないのでしょう」「お姉さまそれ本当……」康子はいきいきと例の眼をまるくした、「もし本当なら、でもいやだわお姉さま、からかっていらっしゃるんでしょ」

四

「からかってなんかいませんよ、一時間がたいせつなときだっていうから、もしそういうことができるならお手伝いにゆきたいと思うのよ」そう云いながら頼子はしぜんと顔を俯向けてしまった、本心を妹に悟られはしないかという不安が、眼をあげていられなくしたのである、しかし康子はまっすぐに姉の言葉をうけとった、姉の気持を疑ってみる余裕もないほどうれしかったのかも知れない、――もし本当なら工場へいって無理にでも頼んでみる、「今は手続きのことなんか云っているときじゃないんですもの」そう云ってひどく力んだ顔つきをしてみせた。

明くる日、頼子は妹といっしょに工場へいった。省線を下りるその駅は、しばしば空襲の目標になる地帯だということを聞いていたので、潮のような人波に押されて駅を出るときから頼子の気持はもうおちつきを失っていた、――妹は毎日ここへ来るんじゃないの、そう自分を叱ってみた。妹だけではない、今このまわりを歩いている人たち全部が、みんな日々ここへ通勤しているではないか、もっとしっかりしなくては、……けれど今にも警報が鳴りだしそうだし、鳴りだせばもうおしまいだという気がして、工場へ着くまでずっと宙を歩いているような気持だった。

工場での話は割合と簡単にきまった、工場長という人にも会い、塗工部主任というまだ若い青年にも会った、「……普通ではこんな例は許されないんだが」中林という若い主任はぶっきらぼうな調子でそう云った、「しかし今はなにより仕事が先だから、手続きは後ですするとしてともかくすぐにでも来てください、責任は僕が引き受けます」「どうぞお願いいたします」頼子はおじぎをしながら、このかたはどんな責任をひきうけるのだろう、そう思ってふとおかしくなった。……それから工場へ案内されて、塗工部の仕事を見た、これでも人が足りないのかと疑わしいほどの女子工員や、女子挺身隊とみえる少女たちがいてもう作業を始めていた。これまで映画や雑誌で紹介されるのをときどき見たが、だいたい想像していたような仕事でさほど困難なものではないと見当がついた、「……どうです、ひと塗りためしてみますか」説明していた中林主任が愛想のない声でぶっつけるように云った、そして頼子が返辞をするのも待たずに、そこへ塗料を運んで来た少女を呼びとめ、「おゆみさん、この人に刷毛（はけ）の使いかた教えてあげなさい」と云い、そのままさっさとどこかへ去ってしまった。

頼子はその翌日から工場へ通勤し始めた。はじめに刷毛の使いかたを教えてくれた少女は三浦由美子といって、妹と同窓の挺身隊員であり、その級の班長だということがわかった、はきはきした明るい気質の少女で、なんにでも「あそばせ」言葉を使うが、それが軽くすなおで、上品な温かさを感じさせる、動作もおっとりしているようにみえて敏捷（びんしょう）だった。塗工部の人数は多いようでじつは今ひじょうに足りないこと、中林主任は誰をも名前に「お」をつけて呼ぶこと、それは地方から来ている女子工員の人たちに差別感を与えない心遣いらしいということなど、学友の姉だという親しさからであろう、控えめな調子でいろいろ話してくれた。……仕事そのものはさして困難ではなかったが、機翼の上での作業の姿勢が辛かったし、塗料のために手指の荒れてゆくのも悲しかった。そして昼間の勤務だけで帰るので、帰るとすぐ机に向うが、原稿紙や辞書をひろげ、ペンを手に持つと、やっぱり工場よりはここに自分の本当の仕事がある、そういう気持が消えなかった。

少数機による夜間の空襲は執拗(しつよう)に続いた、頼子の感ずる恐怖の烈しさは少しも変らず、そのうえいま通勤している工場地域は危険だという考えがしだいに強くなって、ときおり「やめようか」と思うことさえある。けれど実際に人の不足なことがわかってきたし、紹介した妹の立場もあるので、さすがにそう云いだすことはできなかった、……そして十日ほど経(た)ったとき昼間空襲にぶつかった。

午後二時を過ぎて間もなくだった。同じ機翼の上で作業をしていた女子工員のひとりが、ふいと顔をあげ、東北の訛(なま)りのある言葉で、「警報ではないか」と云った。そのとき頼子はもう遠い警報を聞き止めていて、そうではないかと手を止めたとたんに、ちょうどその女子工員の言葉といっしょに、この工場の警報が鳴りだした。じかに脊椎(せきつい)へ響くような深い大きな吹鳴である。頼子は頭がかっとなり、しゃがんでいるからだが波のように揺れるかと思えた、どこかで中林主任の「がんばれ」という叫びが聞えたようだった、そのほかにも少女たちの励まし合う声がしていたらしい、だが頼子はすべてがあんというひとつの騒音に聞え、ひき裂けそうな心臓の鼓動と、胸のひしゃげそうな息ぐるしさとで身が竦(すく)んだ。——いつもと同じだ、やっぱり怖い、そのことだけで頭がいっぱいになった。

敵の第一編隊が伊豆(いず)半島から関東西部へ侵入したという、三度めの軍情報が伝えられたとき、工場の空襲警報が鳴りはじめ、中林主任の「総員待避」という大きな声が、すさまじい吹鳴音を圧倒して響きわたった、頼子は夢中で、まっさきに機翼からとび下りていた。

五

定員十人ずつの壕が、男子と女子とに分れて並列していた、頼子は女子用のいちばん端にある壕へはいった。家の壕よりは浅いし機材も細い、二方に板が張ってあるのでよりかかる姿勢は楽だが、十人はいるとぎっしり詰った感じで、息ぐるしさはいっそうひどかった。すぐ右にある男子用の壕で、ひとりが調子はずれの歌をうたいだし、それがすぐ……来るなら来てみろ赤とんぼ、という元気いっぱいの合唱になった。そこへおっかけてずしん、ずしんという爆発音が起こった、警報が鳴りだし、「敵機来襲、待避」という叫び声をうち消すように、対空射撃か爆弾の炸裂(さくれつ)かわからない轟音が地を震わせた。

頼子の恐怖は頂点にまで達した。喉がひりつきそうに渇き、吐きけがこみあげてきた。それでなかば無意識に立ちあがると、壕を出て、塗工部の建物へ走りこんだ、骨の節ぶしが音をたてるかと思えるほど震え、ものがはっきり見えない感じだった。……まず手洗い場へゆき、備付の茶碗(ちゃわん)で水を飲んだ、手がわなわなと戦(おのの)くので水がこぼれ、作業衣の胸がひどく濡(ぬ)れた。それから担当している機のところへゆき、足場を伝って翼の上にあがった。これらのことはまるで夢とも現(うつつ)ともわかちがたい動作だった。自分の意志ではなく、誰かにひきずられているような気持だった。けれど刷毛をとって作業の姿勢になると、その瞬間にふしぎなちからが身内にわきあがるのを感じた――この一機が頭上の敵を撃つのだ、そういう考えが大きな実感になって頭を占め、そうだ、という烈(はげ)しい感動がつきあげてきた。――そうだ、この一機だ。この一機一機が、いま頭上にある敵を撃つのだ、敵はこの一機を造らせまいとして来る、空襲の目標はこの一機にあるのだ、したがってこの一機を造ることが自分たちの戦いなのだ。それほど理論だってはいなかった。かなりきれぎれではあったが、頼子はまざまざしい実感をもってそう思った。怖ろしいという感じは残っていたが、いつもの恐怖はもうなかった。刷毛をとる手にもかつて覚えない力がはいったし、呼吸もずっと楽になっていた。……どれほどの時間が経ったのでもない、「お姉さま」という叫び声を聞いてふり返ると、すぐ下に妹が蒼白い顔で、苦しそうに喘ぎながら立っていた、「……お姉さま待避なさらなくちゃだめよ」「知っててよ」頼子は微笑した、「……でもあたしここで作業をしていたいの、あなたの云うとおり壕の中にいるほうが怖いわ、お父さまのおっしゃった、工場の中にいるときは戦いだからというお言葉も、表現ではなくて事実だったのね、いいから康子ちゃんは待避していらっしゃい、お姉さまの気持はよく話すわ」「康子も」と妹は手を伸ばしながら叫んだ、「……康子もいっしょに塗るわ」そして足場を登ろうとした。頼子は妹の顔を見た、とめてもきくまいということはすぐにわかった、「いらっしゃい」そう頷きながら、ふと妹の足許に花瓶が倒れて、咲きはじめたばかりの梅の花枝が転げているのをみつけた、「ああ康ちゃん」と頼子はしずかに指さしながら云った、「……あがるまえにその梅を挿し直していらっしゃい、花瓶へ水をいれてね」

敵の編隊機は二次三次と襲って来た、対空射撃と敵の投弾の炸裂音とが、工場の四壁をびりびりと震動させた。今か、こんどか、と敵弾の落下を待つ気持と、この機といっしょなら死んでもよい、さあ来いという気持とが頭にいっぱいで、逆上するようなあの恐怖感は嘘のようにけしとんでいた……工場の入口から、中林主任がなにか叫びながら駈けこんで来た。

その夜、頼子は日記にこう書いている。

「……おんなは花を愛する、おんながおちつくべきところにおちつくと、きまってそこを花で飾りたくなる、貞松先生のお手伝いが意義のないことだとは思わない、けれど自分はお部屋の薔薇が枯れるのも知らなかったし、枯れてからもそのまま置き忘れていた。きょうあの騒ぎのなかで、床の上に投げだされている梅の花枝を見たとき、自分はながいこと空虚だった心の一部がみずみずしい感情で満たされるのを覚えた。日々あの烈しい作業を続けながらそこに花を飾るのはあのかたたちの心に花の位置があるからだ。……どの仕事が正しく戦うものであるかについて、理論をもてあそぶ必要はもうない、ただ考えるだけでも身ぶるいのするあの恐怖もなく、久しく忘れていた花の位置をみつけただけで、自分の戦場がどこにあるかを知るのにじゅうぶんだ。きょうは中林主任にたいへん叱られたけれど、自分はこれからも空襲中に作業を続けることはやめないであろう。生とか死とかにとらわれていたのは、なまはんかな批判がはたらいたからである、ひと枝の梅のもつ美しさが、浅はかな自分の批判をぬぐい去ってくれた。明日は自分も庭の蠟梅を持ってゆこうと思う」

墨丸

一

お石が鈴木家へひきとられたのは正保三年の霜月のことであった。江戸から父の手紙を持って、二人の家士が伴って来た、平之丞は十一歳だったが、初めて見たときはずいぶん色の黒いみっともない子だなと思った。

「お石どのは父上の古いご友人のお子です」

そのとき母はこう云って彼にひきあわせた、

「ご両親ともお亡くなりになって、よるべのないお気のどくな身の上です、これからは妹がひとりできたと思って劬ってあげて下さい」

母がそう云うとお石はそのあとにつけて、きちんと両手をそろえ、

「どうぞおたのみ申します」

と云いながらこちらを見あげた。まなざしも挨拶の仕ぶりも、五歳という年には似あわないませた感じだった。平之丞はひとりっ子なので、時どき弟か妹がひとり欲しいと考えることがあった、けれども並みよりはからだも小さく、痩せていて色が黒くて、おまけに髪の赭いお石の姿は、少年の眼にさえいかにもみすぼらしくて、可愛げがなかった。——妹ができたといってもこれでは自慢にもならない、そう思ってちょっと頷いたきり黙っていた。

お石ははきはきした子だった、縹緻こそよくないが明るい澄みとおるような眼をもっていて、なにか話すとき聞くときにはこちらをじっと見あげる、それは相手に自分のいうことを正しく伝えよう、相手の言葉をしっかり聞きとろうとするためのようだが、汚れのない澄みとおった眸子を大きく瞠ってまたたきもせずに見つめられると、なにやらおもはゆくなって、こちらのほうが先に眼をそらさずにはいられない。起ち居もきちんとしていた、みなしごという陰影など少しもないし、云いたいこと為たいことは臆せずにやる、爽やかなほど明るいまっすぐな性質に恵まれていた。もちろん平之丞の年齢ではそういうことに眼も届かず、元もと関心もなかったが、みっともない子だという感じだけはいつかしらうすれてゆき、一年ほど経つうちにはかすかながら愛情に似たものさえうまれてきた。鈴木家は上み馬場仲の小路というところにあり、五段ほどもある庭は丘や樹立や泉池など、作らぬままの変化に富んでいるため、同じ年ごろの友達が集まってはよく暴れまわった。彼らもはじめはお石には眼もくれなかったが、その性質がわかるにしたがってしぜんと好感をもつようになり、なにかあるとよくなかまにして遊びたがった。そのなかに誰よりもお石と親しくする松井六弥という少年がいた、松井は同じ老職のいえがらで、屋敷も近く、平之丞とはもっとも仲のよいひとりだった、彼にはお石と一つちがいの妹があるので、あしらい方も慣れているし、なにを好むかも知っているらしく、ときおり美しい貼交ぜの香筐とか、人形道具とか、貝合せとか、小さい白粉壺などを持って来て呉れたが、このように好意をもっている六弥でさえ、時どき嘆息するように「それにしても色が黒いな」と云い云いした。したがってほかの少年たちは、その年ごろのならいで「お黒どの」とか「烏丸」とか蔭で色いろ綽名を呼んだ、はじめはそんなことも気にならなかったが、或るときふと哀れになり、どうせ云われるならこちらで幾らかましな呼び方をしてやろうと思い、「黒いから墨丸がいい」と主張した。すみまるという音は耳ざわりもよいし、なにごころなく聞けば古雅なひびきさえある。それで少年たちはみなそう呼ぶようになった。

江戸詰めの年寄役だった父の惣兵衛が、それから六年めの*慶安四年に岡崎へ帰って来た。*国老格で吟味役を兼ねることになったのである。ながいあいだ留守だった父が帰ったので、家の明け昏れも変らずにはいなかったが、そのなかでもお石の存在のはっきりし始めたことが眼だってきた。それはなにかにつけて惣兵衛がお石に用を達させるからで、それまではたいてい母のそばにじっとしていたのが、屋敷うちのどこにでも、まめまめと立ちはたらく姿が見られるようになったのだ。平之丞の部屋へもよく来た。「父上さまがお呼びなされます」とか「ご膳でございます」とか、そのほかこまごました取次は殆んどお石の役になった。……いっしょに暮すようになって以来、しだいに近しい気持もうまれ、実の妹をみるような一種の愛情さえ感じだしたが、それとてかくべつ深いものではなかったので、そのとし元服してから、平之丞は再びお石に対して無関心になっていった。

お石が十三になった年のことである。春さきのことだったが、ふと平之丞の部屋へはいって来て坐った。なにか用事かと訊くと、珍らしくもじもじしながら「文鎮を貸して頂けませんでしょうか」といった。

「お石は持っていないのか」

「いいえ持っておりますけれど……」

そう云いかけて眩しそうに眼を伏せた。

「持っているのに欲しいのか」

そう訊くと、お石は思いきったという風にはいと頷き、

「いつも文箱（ふばこ）の上に載っているあの文鎮を貸して頂きたいのです」

と云った。

二

平之丞は文箱の上を見た。それは彼が亡くなった祖父から貰（もら）ったものである、幅七分に長さ五寸あまりの翡翠（ひすい）で、表には牡丹（ぼたん）の葉と花が肉高な浮彫りになっている、翡翠といっても玉（ぎょく）にするほどの品ではないが、琅玕（ろうかん）がかった緑の深い色が流れたように条（しま）を描いているのも美しいし、なめらかな冷たい手触りや、しっとりとしたちょうど頃合の重さなども好きで、彼の持物の中では大切にしている品の一つだった。

お石はそれを知っているのだろう、危ぶむような眼でじっとこちらを見あげている、それがひどく思い詰めたようすなので平之丞は苦笑した、そして、

「なくしてはいけないぞ」

と云って取ってやった。

父が帰ると間もなくから、お石は榁尚伯という和学者のもとへ稽古にかよいはじめて、その頃ではもう歌なども作るようになっていた。むろんまだ真似ごとの、ほんの字数がそろうくらいのものだったし、時どき母から「なかなかよく詠んでありますよ」と見せられるものも、平之丞にさえそれほど感心した記憶はなかった。そして、たぶんあの文鎮を置いて、しさいらしく歌集など読んでいるのだろうと思って苦笑した。そうしてたびたび歌を見せられるうち、或るとき萩を詠んだ一首があって、それに墨丸という名が記してあるのをみつけた。訊いてみると母は、

「それがあの子の雅号だそうですよ」

と云って笑った、

「色が黒いからそう付けたのですと、男のようでおかしいと云ったのだけれど、お師匠さまもおもしろいと仰しゃったそうで、それにきめたのだそうです」

「…………」

平之丞はふと心にかすかな痛みを感じた。字をみてすぐ思いだしたのだが、それはかつて彼がお石のために選んだ綽名である。そんなことがわかると叱られるので、友達なかまのほかには決してもらしたことのないものだったが、お石は聞いて覚えていたのに違いない、——どんな気持だったろう。すでに十九歳になっていた彼に

は、そのときのお石の心が哀れにおもいやられた。おんなが容貌を貶られるほど辛いものはないという、お石はまだ幼なかったけれど、みなしごでもありよく気のまわる性質だったから、おそらくそんな蔭口を聞いては平気でいられなかったろう――わるいことをしたものだ。平之丞はそう思って自分を恥じた、そしてそのときから、お石に対する彼の態度がずっとやさしくなったのである。

鈴木家にはしばしば旅の絵師とか書家などが来て滞在した、惣兵衛がそういうことを好むので、これらの者のために部屋が設けてあり、食膳なども別に揃えてあって、滞在ちゅうはかなり鄭重にもてなされる。旅をまわるほどなので、絵師、書家といってもたいていさしたるものではない、然しそういう中からごくたまにではあるが、とびぬけた作を遺してゆく者がある、惣兵衛にとってはそれがこのうえもない楽しみだった。……こういう人びとのなかに、或るときなにがし検校とかいう琴の名手がいた。すでに六十を過ぎたらしく、鶴のようにという譬えの相わしい痩軀で盲いた双眼を蔽い隠すように雪白の厚い眉毛が垂れ、それがぜんたいの風貌にきわだった品格を与えていた。どういう身の上でいかなる仔細があったものだろう、惣兵衛のほかに家人はなにもしらなかった。検校はあしかけ四年あまりも滞在し、そのあいだお石に琴を教えた。それも初めは気のりのしないようすだったが、やがてこれはと思ったらしい、だんだん熱心になってゆき、教え方も厳しく、時にはずいぶんはげしい叱り声を聞くこともあった。平之丞には琴など興味もないので、また稽古をしているなと聞きすごすだけだったが、いつだったか父と検校との三人で食事をとったとき、検校がしきりにお石の素質を褒めるのでおどろいた、

「音楽をまなんで音を聞きわけることはやさしいが、音の前、音の後にあるものをつかむことはなかなかむつかしいのです、お石どのはすらすらとそれをつかみなさる、お石どのの弾く一音一音の前と後につながる韻の味はかくべつなもので、よほど恵まれた素質と申上げてよろしいでしょう」

「ではその道で身を立てることもできましょうか」

父がそう訊いた。

「いやそれは恐らく困難なことでしょう」

検校はしずかに頭を振った、

「人を教えるにはもっと平易がよろしいのです、お石どのの琴は格調が高すぎるとでも申しましょうか、ひと口に云うとなかなかな耳ではついてゆけないのです」そしてこういう特殊な感覚をもっている者は、よほど注意しないとゆくすえが不幸になりやすいというようなことを云った。

そのとき父の顔にあらわれた憂愁（ゆうしゅう）の色は忘れがたいものだった。理由はわからないが、検校の言葉が父の心にある危惧（きぐ）のおもいを裏づけたというように、……父は眉をひそめ眼をつむって、いっときじっとものおもいに沈んだ。なにがそのように父の心を哀（かな）しませたか、平之丞にはまるで想像もつかなかった、そしてそれを知るためには更にさらにながい年月が必要だったのである。

三

平之丞が二十三歳になった春のこと、松井六弥の催しで観桜（かんおう）の宴がひらかれ、ごく親しい者ばかり五人ほど集まった。松井は曲輪内（くるわうち）にある屋敷のほか大平川の畔（ほとり）に控え家を持っていた。招かれたのはその控え家のほうで、川の汀（みぎわ）まで続く広い庭に若木の桜が三四十本あまりあり、まだ四分咲きぐらいだったが、満枝に綻（ほころ）びかかった花の色は、盛りよりもあざやかに美しかった。……かれらは汀に近い樹蔭（こかげ）に毛氈（もうせん）を敷いて、花枝（かし）を盃（さかずき）にうつしながら小酒宴をたのしんだ。むかし暴れまわった頃とは違って、それぞれ役にも就き、中にはもう結婚している者さえあるので、話題もとかく政治に関するものが多く、その年ごろの癖でずいぶん機微に触れることも少

なからず出た。そのうちに樋口（ひぐち）藤九郎という者がふと声をひそめながら、

「うえもんのすけさまが水戸の御胤（おたね）だということを聞いたが、おのおのは知らないか」

と思いもかけぬことを云いだした。右衛門佐（うえもんのすけ）とは藩主水野家の世子（せいし）*忠春（ただはる）のことをいう。けんもつ忠善（ただよし）の次子であり、長子の造酒之助（みきのすけ）が早世*したため世継ぎとなった、二年まえ十五歳のときこの岡崎へも来て、かれらはみなめみえの杯を賜わった組である。

「そんなばかなことが」

と、松井六弥が笑った、

「おれもそう思うけれど」

藤九郎はなお声をひそめて云った、

「その噂（うわさ）はなかなか真実らしいのだ、お上（かみ）が*水戸中将（光圀（みつくに））さまに心酔していらっしゃることは知らぬ者はないだろう、御心酔のあまり中将さまに懇願あそばして、御誕生まえから御子を頂戴（ちょうだい）するお約束をなすった、そして御出生あそばすと産着（うぶぎ）のまま屋敷へお迎え申したのだという、俗に親知らず子といって産屋（うぶや）からすぐに頂いて来た、その証拠にはうえもんのすけさまの御守り刀は葵（あおい）の御紋ちらしだという

ぞ」

藤九郎の父はかつて忠善の側近に侍していたことがあるし、話の首尾がととのっているので、六弥もこんどは笑わなかった。

「そのことに就いて別にもう一つ秘事があるんだ」

と、藤九郎は黙っているみんなの顔を見まわしながら続けた、

「今から十余年まえに、江戸屋敷で小出小十郎という者が切腹して死んだ、あれは岡崎でもかなり評判になったから知っているだろう」

そのことはみな覚えていた。小出小十郎というのは島原の陣でめざましくはたらいた浪人で、忠善にみいだされて篤く用いられた。ひじょうに一徹な奉公ぶりで知られ、重代の者にも云えないような諫言をずばずば云うし、家中とのつきあいなども廉直無比で名高かった。それがちょうど十二年まえの正保二年、忠善の忿りにふれて生涯蟄居という例の少ない咎めをうけたが、彼はその命のあった日に切腹をして死んだのである。

「あのとき重科にかかわらずその理由は不明だったが」

と、藤九郎は言葉を継いだ、

「実はうえもんのすけさまの事に就いて直諫したのだそうだ、あのころはまだ造酒

之助さま御在世ちゅうだった、小十郎は御家の血統のために右衛門佐さまを廃し、造酒之助さまを世子にお直しあるよう、繰返しお諫め申したという、殿には『あらぬことを申す』とひじょうなお怒りで、とうとうあのような重科を仰せだされたのだそうだ」

「もうよさないか……」

平之丞がそう云って話をさえぎった、

「殿があらぬことを申すと仰せられたのならそれが正しいに違いない、そういう噂は聞いた者が聞き止めにしないと、尾鰭がついて思わぬ禍を遺すものだ、ほかの話をしよう」

「そう云おうとしていたところだよ」

と六弥が手をあげた、

「みんな向うを見て呉れ、実はあれがきょうの馳走なんだ」

そう云われてみんな救われたように、彼の指さすほうへふり返った。

広庭のかなたに小袖幕をかけまわした席が設けてあり、そこへいま色とりどりの花を撒きちらしたように、美しく着飾った娘たちが十人ばかり出て来た。やはり花見の宴に集まったのだろう、よく見ると桃山風の華麗な屏風の前に琴が二面すえてある、娘たちは初めしきりにゆずり合っていたが、座がきまるとやがて代る代る琴をひきはじめた。桜の花蔭に、掛けつらねた小袖幕と、極彩色の屏風と、そして眼もあやな娘たちと衣装と、これらの絢爛（けんらん）たる丹青（たんせい）のなみの中からわきおこる琴曲の音いろと、すべてがあまり美しくて、見る者はむしろ哀愁をおぼえるくらいだった。いつも口の悪い三寺市之助（いちのすけ）という若者も、さすがに槍（やり）のつけどころがないとみえ、うんと唸（うな）ったきり言葉が出なかった。そして暫（しばら）くすると立ちあがって、「おれはあの中から嫁を選んでくる」そう云いながら、樹蔭づたいにそっと近づいていった。平之丞はこのあいだずっと、娘たちの中にいる一人の姿を熱心に見まもっていた。それはお石だった、はじめて出て来たときはどこかで見おぼえがあるくらいに思った、そして間もなくそれがお石だとわかると、彼はわれ知らず眼をみはった。あんなにも成長していたのかと心から驚かされた。

四

平之丞の印象にあるお石は、色の黒い、赭毛（あかげ）の、からだの痩せて小さな、みっともない子であった。けれどもいまそこに見るお石は「みっともない」どころではなく、十人あまりいる娘たちの中でも際だって美しい、その美しさは髪化粧や衣装のためでもなく顔かたちでもなかった、いってみればお石のぜんたいから滲みでるもの、外側の美しさではなくて、内にあるものがあふれ出る美しさのようだ。――そうか、もう十七になるんだな、平之丞はふと春秋を思いかえすような気持で、眼を細めながらその姿を瞶めつづけていた。琴はおのおの得手の曲を弾くのであろう、そしてみな相当にたしなみのある娘たちとみえて、なんの知識もない平之丞の耳にさえ神妙に聞えるものが少なくなかった。こうして人数の半ばまで入れ代ったとき、たいへん手のこんだ曲をみごとに弾きこなす娘があった、それまでのものとは際だって鳴り高であり、音いろの美しさと転調のあざやかさは、酔わされるようだった。

「あれが妹のそでだ」

六弥が平之丞に向かってそう囁いた、

「きょうはお石どのの琴を聴くつもりであんなにしたくをしたのだが、自分もいっぱし聴いて貰うつもりだろう、ことによると弾き負かす気でいるかも知れない」

「おれはまるで耳なしだからわからないが、そでどのの琴は抜群のようじゃないか、お石などは問題ではないだろう」

「いやそれが違うんだ」

六弥は盃をとりながら云った、

「そこもとの家にいた検校がいつか家へ来たことがある、そでがちょっと手なおしをして貰ったのだが、そのとき検校がお石どのの評をしていった、おれは聞かなかったが絶賞だったそうだ、それいらい家ではいつかいちどお石どのの手ぶりを聴き、そでにも弾きくらべさせたいと話していたようだ、あの小袖幕の向うにはきっと母も聴きに来ている筈（はず）だよ」

そんなにお石の琴が評判になっていたのか、平之丞もさすがに無関心ではいられなくなり、あれだけ弾きこなすそでのあとで、はたしてどれほどの腕をみせるかと、ちょっと坐り直すような気持でお石の出るのを待っていた。

そでが弾き終ると、こちらまで聞えるほどの嘆賞の声がおこった。ひとしきり賑（にぎ）やかなざわめきが続き、やがてお石の番になったらしい、だがお石は立とうとはしなかった、まわりの者がしきりに促しているし、六弥の妹がそばへいって懇願するようすだった。けれどもお石はおっとりと頰笑み、こうべを振るばかりでどうしても立たなかった。そこへ三寺市之助が戻って来た。

「お石どのは出ないぞ」

彼は自分の席に坐りながらそう云った、

「それほどのたしなみがない、あんまり恥ずかしくて、ただそう云うばかりだ、ほんとうかね」

「そうだろうな」

と六弥が微笑しながら頷いた、

「検校の評がたしかならこんな席で弾く筈はない、そでは余りたやすく考えすぎたんだ」

「そんなこともないだろう」

平之丞はとりなすように云った。

「たしなみがないと云うのも自分としては偽りのない気持だろうし、ふだんこういうつきあいが無いから恥ずかしくもあるのだろう、なにしろ墨丸だからな」

「ああ墨丸か」

脇からそう云う者があり、みんなあの頃のことを思いだしてなごやかに笑った。

平之丞がお石を見なおすようになったのはそれからのことだ。見る眼をちがえると、それまで知らずに見すごしてきた事の端はしに、お石の心ざまの顕（あら）われをみつけてはおどろく例が少なくなかった。人の気づかないところ、眼につかぬところで、すべて表面よりは蔭に隠れたところで、緻密な丹念な心がよく生かされていた。下女に代って風呂場の掃除をしたり、釜戸の火を焚いたり、下男といっしょに薪を作ったりすることは、母でさえながいこと知らずにいた。料理には特に巧みで、粗末な材料からどんな高価なものかと思わせるような物をよく拵えた、或るとき茶菓子に団子を作った、さっくりと歯あたりの軽い、鄙びた珍らしい味で、平之丞なども皿を代えて喰べた。あとで聞くと稗団子だという、然もその稗は田のほうへいったとき百姓が抜き捨てたものを拾い集めて来て、自分で干し自分で搗き、粉に碾いて作ったということだった。

「あの子のすることには時どきびっくりさせられますよ」

そういう母の言葉には、いつも感嘆の調子が温かくこもっていた。

黒いと思った肌色がきめのこまかな小麦色になり、艶つやと健康なまるみを帯びてきた。髪もいつか赭みがとれたし、背丈も並みよりはむしろ高いくらいに伸びた。注意して見るにしたがって、こういうことの一つ一つが平之丞の眼を瞠らせ、云いようもなく心を惹きつけられた。彼は幾たびも考えてみたのち、それがもっとも自然であり望ましくもあると信じたから、母にうちあけて相談してみた、

「あれなら鈴木の嫁として恥ずかしくないと思いますが、どうでしょうか」

「そうですね……」

母はまるで想像もしていなかったのであろう、初めはかなりためらうようすだった。然しそう云われて考え直すと、こんどは平之丞よりも乗り気になりだした。

「とにかく父上に願ってみて下さい」

そう云って、彼は安心してすべてを母に任せた。

五

父も初めは難色をみせたそうである。

「今ひとつ縁談があるのだが……」

そういうことで暫く保留になった。そしてその父もよかろうと承知し、はじめて母からお石に話をした。するとお石は考えてみようともせず、きつくかぶりを振って断わった。

「わたくし琴で身を立てたいと存じます、生涯どこへも嫁にはまいらないつもりでございますから」

理由を訊くとこう答えた。

「でもあなたのお琴はひとに教えるには不向きだと、いつぞや検校も仰しゃっておいでだったでしょう」

母は意外の思いでそう云った、

「たとえそうでなくとも、おんなが独り身で暮すということはむつかしいものです、若いうちはよいけれど、年をとってからの寂しさは堪えられないと云いますからね」

それから色いろ条理をつくして説き、よく考えてみるようにと云ったが、お石はいつものおとなしい性質には似あわない頑なさでかぶりを振りつづけた。

「どうぞこのお話はごめん下さいまし、それにわたくし近ぢかにおゆるしを願って、京の検校さまの許へまいりたいと存じていたのですから」

ますます思いがけない言葉なので、母は暫くあっけにとられていた。

「それは検校となにかお約束でもあってのことですか」

「はい、ここをお立ちなさるおり、わたくしから達ておたのみ申したのでございます」

「検校は来いと仰しゃったのですね」

「はい……」

お石はきつく唇を噛みながら俯向いてしまった。

「まさかと思いました」

母はその始終を語りながら、まるで裏切られた人のように眼をいからせた。

「きょうまでせわをしたことは云いません、初めからそんな積りはなかったのですからね、でも人情があればあんな断わりようはない筈です、そればかりならよいけれど、わたしたちには内密で検校とそんな約束をしていたなどとはあんまりではないか」

「そうお怒りになってもしようがありません、まあ少し待ってようすをみることにしましょう」

平之丞は母をなだめながら、いちど自分からじかに話してみようと考えた。然しそのおりも来ないうちに、とつぜん父が倒れた、城中で発病し、釣台で家へはこばれて来たが、意識不明のまま三日病んで死去した。

悲嘆のなかにも平之丞はとり返しのつかぬことをしたのに気づいた。それはお石の素性が知れずじまいになったことだ。初めひきとるときに「旧知の遺児である」といったきり、どこのなに者の子なのか母にも話してはなかった。二度ばかりそれとなく平之丞が訊いてみたけれど、「そのうちに話そう」と云うだけでとうとうその機会がなかったのである。だが父の遺品のなかになにかみつかるかも知れない。僅かにそれをたのみにしたが、葬礼の忙しさに追われたし、家督とか、父の役目を継ぐ事務などでそのいとまがなかった、そのうえ忌が明けると間もなく、お石はついに鈴木家を出て京へのぼることになった。……お石がたのんだのだろう和学の師である椪尚伯がきて、母を説き平之丞を説いた、

「琴のほかに学問も続けたいと云っておられるし、さいわい京には北村季吟と申す学者がおり、以前から親しく書状の往来があるので、私から頼めばせわをして呉れることでしょう、お石どのは国学にも才分がおありだから、場合に依ればこのほうでも身を立てることができると思います」どうか望みをかなえてお遣りなさるように、老学者らしい朴訥な口ぶりでそう云うのだった。平之丞はもういけないと思った。母も諦めるよりほかはなかった。然しどんなにくやしかったことだろう、「わたしはもうあの子のことは考えるのも厭です、好きにするがいいでしょう」きびしい言葉でそう云い云いしたが、その顔には悲しい落胆の色がありありとみえた。

おそらくは実のむすめに反かれたよりも、悲しく、辛く、くちおしかったに違いない。それでもいよいよ京へ去る日が近づくと、

「身よりのない子だから」

と云って、夏冬のしたくを作ったり、細ごました道具を買いととのえたりし、出立のときには自分で髪を結ってやったりした。

「いどころが定ったら便りを下さいよ」

別れには母はこう云って泣いた、

「あなたが考えるより世間はきびしいものです、いつどのようなかなしいことにゆき遭うかもわかりません。あなたは鈴木のむすめも同様なのですから、そんなときは意地を張らずに帰って来るのですよ、わたしはいつでもよろこんでお待ちしているのですからね」

お石は泣かなかった、少し蒼ざめた顔を俯向け、僅かに、はい、はいと答えるだけだった。平之丞にはそれがもう心もここにない者のようにみえた、そして母のために忿りを感じ、言葉を交わす気にもなれなかった。……お石はこうして京へ去った、信じられないほどあっさりと、まるで旅人が一夜の宿から立ってゆくかのように、さばさばとお石は鈴木家から去っていった。

六

平之丞がお石を忘れるまでにはかなりながい時日を要した。お石がいなくなってはじめて、彼女がどれほど無くてはならない存在だったか、自分にとってどんなに必要な者だったかということがわかった。結婚を申込むくらいだから、むろん単純に好きだというていどの気持ではなかった。然しそれほど根づよく、それほどはげしい感情を遺されようとは思わなかった。みっともない子の時代から、歌など詠みはじめた前後、松井の庭の宴で初めて眼を惹かれてのち、明け昏れに見馴れた姿、人の気づかないところに心のこもった家常茶飯の数かずのこと、稗だんごの味までが、在ったときよりは鮮やかになまなまと思いだされた。こんなに深く人の心にくいいりながら、あのようにみれんもなく去ってゆけるものだろうか。事に触れ物につけて記憶をかきたてられるやりきれなさに、平之丞はそのようなめめしい嘆息をもらすことさえあった。――そういえば素性もわかっていなかった、或るときそう気づいて、父の遺品を精しく調べてみた。然し手掛りになるような物はなにも無かった。ごく若いときからの日記があるので、眼の痛くなるような細字を拾い拾い読んでみたが、やっぱりお石に就いてはなにも記してはなかった。彼は惘然(もうぜん)として、飛び去った鳥のあとを追想するような、つかみどころのないはかない気持で日を送っていった。

彼は二十七歳の春に結婚した。母が寂しがってすすめるし、かくべつ拒む理由もないので、父の在世ちゅうはなしがあったという松井六弥の妹を娶(めと)った。祝言(しゅうげん)が済んで暫(しばら)く経ってからのことだが、六弥が訪ねて来ていっしょに酒を呑(の)んだとき、

「いつかの花見の催しを覚えているか」

と笑いながら云った、

「あれは実を申すとそでを見てもらうためだったのさ、わからなかったのかね」

「うん……」

平之丞はそのときの絢爛(けんらん)たるさまを思いかえした、そしてそのなかにふとお石のおもかげをみいだしたが、もう心の痛むようなこともなく、そのおもかげもすでにおぼろなはかない印象になっていた。彼はふかい溜息(ためいき)をつき、六弥の盃(さかずき)に酌をした。

平凡ではあるが温かいしずかな結婚生活が始まった。明くる年に長男が生れ、一年おいて長女ができた。そでは明るいまっすぐな性質で、どっちかというと賑やか

なことの好きなほうだった。からだつきも肥えているし、いつも眼の笑っている顔だちで、常に身のまわりに活き活きした空気を漲らせていた。けれど三人めの子を身ごもってから健康がすぐれなくなり、嫁して来て六年めの秋、七月の子を身にもったまま嘘のようにあっけなく世を去ってしまった。……それは平之丞にとって小さからぬいたでだった、彼はうちのめされ、こころ昏んだ、「私には妻の縁が薄いとみえます」母に向かってそう云ったが、それはお石のことをも含めての述懐に違いない、母親はそのとき彼はもう恐らく再婚しないであろうと推察した。

時はあらゆるものを掠め去るものだ、どんなに大きな悲しみも苦痛も、過ぎてゆく時間に癒されないものはない。お石のばあいとは別の意味で、妻の死はひじょうに打撃だったけれど、さいわい母が丈夫で二児の養育をひきうけて呉れたし、いとまのない勤めがやがて平之丞を立ち直らせた。……それからは余り語ることもない、母親の察したとおり彼は再婚しなかった。すすめる者はずいぶんあったが、いつも笑ってうけつけなかった。たびたび食禄を加増されたこと、胃を病んで半年ばかり寝たことなど、記すとすればそのくらいのものである。いやいちどだけ思いがけない災難に遭った、それは彼が三十二歳で藩主世子うえもんのすけ忠春の側がしらに任じられたとき、その出頭を嫉む者から讒訴されて、老臣列座の鞠問をうけた、私行のうえの根も葉もない事だったので、すぐに解決したが、かなり巧みに仕組まれた讒訴で、覚えのない彼みずから一時はどきっとした程であった、だがそれからは却って重く用いられるようになり、右衛門佐の侍臣ちゅうでは無くてならぬ人物に数えられた。

こうして平之丞は五十歳になった。けんもつ忠善はすでに逝去し、忠春が従五位の右衛門太夫に任じていた。彼はそれより五年まえに国老となり、藩政の中軸といわれる存在だったが、その年の秋、公務を帯びて京へのぼった帰りに、まったく思いがけない処で思いがけない人とめぐり会った。……岡崎までもう三里という池鯉鮒の駅へ着いたとき、彼はその近くに名高い「*八橋の古蹟」という名所があるのを思いだした。かねていちど尋ねたいと思っていたし、さいわい用務が早く済んで帰城にもゆとりがあった、それで供の者をそこから先に帰らせ、独りになってそちらへ見にまわった。

海道を東のほうへはいり、むかし鎌倉道だったと伝えられる草がくれの細径を辿ってゆくと、牛田村という処の松原はずれに苔むした標しの石が立っていた。その道しるべに従って左へ折れ、穂立ちはじめた芒の丘を越えると、熟れた稲田のかなたに遇妻川の流れがみえた。……そこを八はしといひけるは、水ゆく川のくもでなれば、はしを八つわたせるによりてなんやつはしといひける、そのさはのほとりの木かげにおりゐてかれいくひけり云ぬんという伊勢物語の一節なども思いだされ、平之丞の心は懐古のおもいに満たされるようだった。むかし杜若のあった跡だという、丘ふところの小さな池をめぐり、業平塚なども見てやや疲れた彼は、すぐ近くにひと棟の侘びた住居のあるのをみつけ、暫く休ませてもらおうと思ってその門をおとずれた。柴垣の内に老松がみごとに枝を張り、さして広からぬ庭はいちめんに萩すすきが生い茂っていた。そのさはのほとりの木かげにおりゐて、かれいくひけりという文章を今の自分にひきくらべながら、折戸を明けて庭へはいると、縁先に人がいてこちらへふり返った。切下げ髪にした中年の婦人であった。

「八橋の跡を見にまいった者だが、卒爾ながら暫く休ませて頂けまいか」

そうたのむと、婦人はしとやかに立って、

「どうぞお掛けあそばせ」とすぐにそこへ座を設けた、

「とりちらして失礼ではございますが、どうぞご遠慮なく……」

平之丞ははいってゆきながら、婦人の姿にどこやら見おぼえがあるように思い、縁さきまで来るとはっとして立ちどまった。そしてわれ知らず昂ぶったこえで、

「お石どのではないか」と叫んだ。婦人は眼をみはってこちらを見たが、

「ああ」

とおののくような声をあげ、まるで崩れるようにそこへ膝をついた。

七

昏れかかる日の残照が、明り障子にものかなしげな光を投げている。別れてからもう二十五年あまりの月日が、いま平之丞とお石とのあいだに繰りひろげられ、初老にはいった者の淡々とした話しごえがもう一刻ほども続いていた。

「ここへ来て二十年とすると、京にはながくいなかったのですね」

「はい……」

「ここへはどういうゆかりで住みついたのですか」

「榁先生のおせわでございました」

「そしてそれ以来ずっと独り身で、琴の師匠をして来たのですね」

「いいえ琴はいちども」

そう云ってお石は頬笑んだ、

「このあたりの子供たちに読み書きを教えたりしてまいりました」

「それが家を出るときの望みだったのですか」

そう云われてお石は眼を伏せた。平之丞は彼女の眉のあたりをじっとみつめていた。それからふとあらたまった調子でお石どのと呼びかけた。

「……私は五十歳、あなたも四十を越した、お互いにもう真実を告げ合ってもよい年ごろだと思う、お石どの、あなたはどうしてあのとき出ていったのか」

「…………」

「私があれほど欲し、母もねがったことを拒んだのは、ただこんなところに隠れて寺子屋の師となるためだったのか、お石どの、真実のことが聞きたい、聞かせて下さるだろうな」

夕風が立つのだろう、庭の老松に折おり蕭々の音がわたる。お石はその音を聞きすましでもするように、ながいあいだ黙って俯向いていたが、やがて内へひくような声つきでこう云った。

「……お石はあなたさまの妻にはなれない娘でした、どうしても、妻になってはいけなかったのです」

「それはどういうわけです」

「わたくしは*鉄性院さま（忠善）のおいかりにふれ、重科を仰せつけられて死んだ者の子でございます」

「そんなことが」

「ありのままを申上げるのです、お石は小出小十郎のむすめでございました」

小出というその名は平之丞を強くおどろかし、かつて松井家の庭で語られた藩家の秘事や、そのとき聞いた小十郎の死の原因などがまざまざと思いだされた。

「……父は右衛門太夫さまがさる貴い方の御胤だということをもれ聞きました、一徹の気性から繰返し殿さまに御諫言を申上げました、事実は根もない噂だったのでございましょう、血すじに就いてあらぬことを申すと厳しいお怒りを蒙り、生涯蟄居の重い咎めを仰せつけられました、そのとき、父はよろこんでおりました、御血統の正しいことが明らかになれば自分の一身など問題ではない、これで浪人から召し立てられた御恩の万分の一はお返し申せる、そう云いまして、不敬の罪をお詫びするために切腹致しました」

「…………」

「さむらいとして、決して恥ずかしい死ではないと存じますが、重科はどこまでも重科でございます、こなたさまの妻になって、もしもその素性が知れましたばあいには、ご家名にかかわる大事にもなり兼ねません、どんなことがあっても嫁にはなれぬ、そう思いきめまして」

お石はそこで言葉を切り、片手の指でそっと眼がしらを押えた。この告白は平之丞の心をはげしく打った。彼は眼を瞠ってお石の顔をみつめたが、やがて頭を振りながら非難するようにこう云った、

「あなたが誰の子であるか、どういう身の上かということは私も知らず、母でさえ聞いてはいなかった、父はなにも云わず、なんの証拠も遺さずに死んだ、あなたの素性は誰にもわかる惧れはなかったのですよ」

「そうかも知れません」

お石はそっと頷いた、

「仰しゃるとおりわからずに済むかも知れません、けれど万一ということが考えられました、知れずに済めばようございますけれど、万一にも知れたとしたらどう致しましょう、たとえ人は知らずとも、わたくし自身はよく知っていたのですから」

そうだ、それを否定することはできない。平之丞は三十二歳のときの災難を思いだした。人の讒訴に依って老臣の鞠問をうけたときのことを、――あのときもしお石を妻にしていたら。そしてもしお石の素性がわかったとしたら、そう考えるともううち消す言葉もなく、しずかに頭を垂れ、眼をつむった。

「それではもし、そういう事情さえなかったら、あなたは私の妻になって呉れたろうか」

「自分の身の上を知ったのは十三歳のときでございました、そのときはじめて父の遺書を読んだのでございます、そして、平之丞さまをお好き申してはいけないのだと、幼ないあたまで自分を繰返し戒めました、いま考えますとまことに子供らしいことでございますが」

そこまで云いかけてお石は立ち、部屋の奥から紫色の袱紗(ふくさ)に包んだ物を持って来た、

「これを覚えていらっしゃいますか」

そう云いながら披(ひら)いたのを見ると、いつかせがまれて貸与えた翡翠(ひすい)の文鎮であった。お石は平之丞の熱い眸子(ひとみ)を頰笑みながら受けた、

「お好き申さない代りに、あなたさまの大事にしていらっしゃる品を、生涯の守りに頂いて置きたかったのです」

「では……」

と平之丞は乾いたような声で云った。

「お石はずいぶん辛かったのだな」

「はい、ずいぶん苦しゅうございました」

なんというひとすじな心だろう、愛する者の将来に万一のことがあってはならぬ、その惧れひとつでお石は自分の幸福を捨てた、今は年も長けたし情熱もむかしのようではない、すなおに苦しゅうございましたと云うことができる、然しまだ世の波かぜにも触れず、ひたむきな愛情が生きのいのちであった頃、どのようなおもいで自分の幸福を諦めたことだろう。——自分では気づかないが、男はつねにこういう女性の心に支えられているのだ。平之丞は低頭するようなおもいで心のうちにそう呟いた。

「どうやら昏れてしまいました」

やがてお石は窓のほうへふり返った、

「もしおよろしかったら、お泊りあそばしませぬか、久方ぶりで下手なお料理をさしあげましょう、そして墨丸と呼ばれた頃のことを語り明かしとうございますけれど」

「ああ、そんなこともあった、たしかに」

平之丞は胸ぐるしそうなこえでこう云った。

「ずいぶん遠い日のことだ」

縁側の障子も窓のほうも、すでに蒼茫と黄昏の色が濃くなって、庭の老松にはしきりに風がわたっていた。

二十三年

一

「いやそうではない」新沼靱負はしずかに首を振った、「……おかやに過失があったとか、役に立たぬなどというわけでは決してない、事情さえ許せばいて貰いたいのだ。隠さずに云えばいま出てゆかれてはこちらで困るくらいなのだから」

「それでお暇が出るというのはどういうわけでございましょうか」律義に坐った膝をいっそう固くしながら多助はこう云った、「……あちらで今よく話してみたのですが妹はただ泣くばかりで、悪い処はどのようにも直して御奉公します、お暇だけはどうか勘弁して頂けますように、兄さんからもお詫を申上げて下さい、こう申しまして、どうしても家へは帰らぬと云い張っているのでございます」

「仔細はよく話したのだ、然しまるで聞分けがないのでそのほうに来て貰ったのだが、実はこんど此処をひき払って伊予の松山へ参ることになったのだ」

新沼靭負は会津蒲生家の家臣で、御蔵奉行に属し、食禄二百石あまりで槍刀預という役を勤めていた。亡き父の郷左衛門は偏屈にちかいほど古武士的な人で、善い意味にも余り善くない意味にも多くの逸話を遺しているが、靭負はごく温厚な、まるで父とは反対の性質をもっていた。これというぬきんでた才能も無い代りに、まじめで謹直なところが上からも下からも買われて、平凡ながら極めて安穏な年月を過して来た。六年まえ二十五歳で結婚し、臣之助という長男をあげてから、去年の秋二男の牧二郎の生れるまでは、ずっとその安穏な生活が続いたのである。……然し二男を産むと間もなく、妻のみぎはが病みついたのをきっかけのように、その平安無事な生活はがらがらと崩れ始めた。第一は主家の改易であった、その年、つまり寛永四年正月、下野守忠郷が二十五歳で病歿すると、嗣子の無いことが原因で会津六十万石は取潰しとなった。家中の動揺と混乱はひじょうなものだったが、幸い世を騒がすような紛擾も起こらず、多くの者が或いは志す寄辺を頼り、また他家へ仕官したりして、思い思いに城下を離散した。然しこういうなかで、別にひとつの希望をもつ少数の人びとがあった。それは亡き下野守の弟に当る中務大輔忠知が、伊予のくに松山に二十万石で蒲生の家系を立てている、詰り会津の支封ともいうべきその松山藩に召抱えられたい、例え身分は軽くとも主続きの蒲生家に仕えたいというのだ。新沼靭負もそのなかの一人だった、そしてその仲間の人びとと一緒に、ひとまず会津城下の郊外に住居を移して時節を待つことにした。……病みついていた妻は新らしい住居に移ってからも床を離れることができず、夏のはじめには医者から恢復の望みのないことを告げられた。どんなに靭負のまいったことだろう。生れて十月にも満たない牧二郎はよく夜泣きをした。彼はなかなか泣きやまない嬰児を抱きあげ、馴れぬ子守唄を歌いながら、仄暗い行燈の光の下にうつらうつらまどろんでいる病床の妻の窶れはてた寝顔を見ては、息苦しい絶望にうたれた幾夜かの記憶を忘れることができない。けれども不幸はそれだけではなかった、新秋七月にはいると間もなく、長男の臣之助が悪質の時疫にかかり、僅か三日病んで急死したのである。――不幸は伴をともなう、靭負はその言葉を現実に耳許で囁かれるような気持だった。そして妻のみぎはは臣之助に三十日ほど後れて亡き人となった。

こういう状態のなかで、靭負の唯一のたのみは婢のおかやであった。会津を退転するとき、貯えも多からず病妻を抱えての浪人なので、家士召使にはみな暇を遣ったが、おかや独りはどうしても出てゆかず、殆んど縋りつくようにして一緒に付いて来た。……十五の年から仕えてもう二十歳になる、縹緻も悪くはないし、性質の明るい、疲れることを知らないかと思うほどよく働く娘で、妻のみぎははまるで妹のように愛していた。両親はなかったが多助という兄がすぐ近在に百姓をしていて、三年ほどまえから度たび、「良縁があるからお暇を頂くように」と云って来たが、おかやはまだ早すぎると答えるばかりで、到頭その頃としては婚期に後れたといってもよい年まで新沼家に奉公し続けて来たのだった。……病める妻と乳呑み児（ちのご）を抱え、五歳の長男を育てる生活はなまやさしいものではなかった。医者から病ちゅう授乳を止められたので、日に三度ずつ乳貰いをして、あとは重湯（おもゆ）や水飴（みずあめ）を与えるのだが、それを薄めたり温めたりする加減が、男の手ではなかなか旨（うま）くゆかないし、襁褓（むつき）や肌着の取替え、病人の看護、炊事、洗濯など、実際に当ってみるとなにもかも男ひとりの手には余る事ばかりであった。おかやがいて呉（く）れなかったらどうしたろう、靭負はそう思うだけで、背筋の寒くなるようなことが度たびだったのである。

二

松山の蒲生家に仕えようという同じ希望をもった人びとの多くがこのあいだに二人三人と欠けていった。それは連絡をとっている松山藩の老職から思わしい知らせがなく、いつになったら望みが協えられるか段だん不安になりだしたからだ。臣之助の急死に次ぐ妻の死で、暫く虚脱したような状態にいた靭負は、そうして仲間から欠けてゆく人たちを見送りながら、やがて、――これは便々とこんな処で待っている時ではない、ということに気づいた。望みが協うにしろ協わぬにしろ、とにかく松山へ行くべきだ、こんな遠隔の土地にいては纏まる話も纏まらなくなる惧れがある、彼はそう思ったのですぐに残っている仲間と相談をした。みんなその意見には頷いた、けれどもそれでは行こうと決めるには、四国松山は余りに遠すぎる、――行ってみてもし不調に終ったら、……そう考えると躊躇せざるを得なかった。

靭負にはそういう迷いはなかった。もし不調に終るようだったら武士をやめる、蒲生家のほかに奉公はしたくはない、彼は初めからそう決心していたのである。

以上のようなゆくたてがあり、彼は単独で松山へ行くことに決めた。そしてその仔細をよく語っておかやに暇を遣ろうとした、おかやは肯かなかった。「松山へお供させて頂きます」強情にそう云い張って動かなかった。「できればそうしたいのだ」靭負は懇ろに訓した、「然し松山へまいってもいつ仕官が協うか見当もつかぬ、貯えも乏しく、浪人の身の上では、おまえの給金さえ遣り兼ねる時が来るだろう、ましておまえはもう二十という年になっている、家へ帰って嫁にゆくことも考えなくてはいけない、この場合それが女としては正しい道なのだから」こういう意味を繰返し云って聞かせた、するとおかやは、「ではせめて坊さまが立ち歩きをなさるようになるまで……」と云いだし、どうしても聞分けようとしないのである、それでどうにも法が尽きて兄の多助を呼んだのであった。

「さようでございますか、よくわかりました」始終の話を聞いて、多助はひどく律義に幾たびも頭を下げた、「……そういうことでしたら、私からもういちどよく申し聞かせましょう、幸い今ひとつ縁談もあることでございますから」「それならなお更のことだ、然し叱ったり無理押し付けでなく、よく納得のゆくように申し訓して呉れ」「できるだけ思召しのように致します」そう答えて多助は座を立った。

多助の訓し方がよかったのか、それともようやく諦めがついたものか、こんどはおかやは案外すなおに云うことを肯いた。そして、「ながい御道中ではあり寒さに向かいますから、坊さまのお肌着を少し余分にお作り申しましょう」と云い、それから数日のあいだまめまめと縫い物や洗濯に精をだすのだった。……もう悲しそうなそぶりはみせなかった、針を運びながら側に寝かせてある牧二郎をあやす言葉など、蔭で聞いていると寧ろ浮き浮きしている者のようにさえ感じられた、——これでいい、靭負はそう頷いてほっとしたのであった。

おかやは靭負の出立する前の日に暇を取った。迎えに来た兄と一緒にいよいよ別れるという時、彼女はなんども牧二郎を抱き緊め、声を忍ばせて泣いた。けれどもそれ以上みれんなようすは見せず、思いきりよく多助に伴れられて去っていった。十五歳で来て六年、殊に妻が病みついてからのおかやの尽して呉れた辛労を思うと、満足に酬いてやることもできないこのような別れが、靭負にとってはこの上もなく心痛むものだった。彼は牧二郎を抱いて門まで見送り、「早く良縁を得て仕合せになるように」と繰返しそのうしろ姿に向かって祈った。……然しそれから一刻も経ったであろうか、ちょうど牧二郎に昼の薄粥を与えているところへ、息を切らして

多助が戻って来た。

「おかやがまいりましたろうか」「此処へは来ないが」靭負はおかやという言葉に恟々として出ていった、「……どうかしたのか」「はい、途中で見えなくなりましたので」「先に家へ帰ったのではないか」「いいえ荷物が置いた儘ですから、そんなことはないと思います」不吉な予感が靭負の心を刺した。彼の頭には村はずれを流れている大川の早瀬が想い浮び、杉の杜の裏にある沼の淀んだ蒼黒い水が見えるように思った。「ともかく人を集めて捜さなければ……」彼はそう云い、村人たちの助力を求めるために出ていった。けれどその必要はなかった、靭負が用水堀に沿っ

た堤道へ出てゆくと、向うから顔見知りの村人たち四五人の者――が、おかやを戸板に載せて運んで来るのと会った。多助はなにか叫びながらそっちへ駆けつけていった、靭負はそこへ棒立になったが、すぐに踵を返して家の中へ戻った。

「八幡様の崖の下に倒れていたのです」村人たちは口ぐちに云った、「……どうかして崖から墜ちたのでしょう、みつけた時は死んだように息も止まっておりました」「それでもたいした怪我はしていないようです、息もすぐ吹返しましたし、別に血の出ているところもありませんから」南村にいる名庵という医者にはすぐ知らせて来た、もう間もなく此処へ来るであろう。村人たちはこう語りながら、半身土まみれになったおかやの軀を家の中へ担ぎ入れて来た。

三

馬で駆けつけた医者は、必要と思われる有らゆる手当を試みた。外傷もなく骨折もないようだった、意識も恢復して、頻りに起きようとする、結局どこにも故障はないのだが、然し、……おかやは口が利けなくなっていた。「それだけならようござるが」と医者はなんども首を傾げながら云った、「……そしてまだ確言はできませぬけれど、今のところでは脳の傷み方がひどい、ひと口に申せば白痴のようになっております」

「白痴と申すと」靭負は自分の耳を疑った、

「……つまり」

「そうでござる、意識はちゃんとしておるが判断力というものがまったくござらぬ、崖から落ちた時に頭を打ったのが原因でござろう、口が利けなくなったのもそのためで、悪くするとこれは生涯治らぬかも知れません」

　靭負は改めておかやを見た。おかやは仰むけに寝たまま放心したように天床を見まもっていた、焦点がぼやけて、どろんと濁った眸子、緊りのなくなった、涎で濡れて半ば開いている唇、そして時おり歯の間からもれる無意味な、唖者に特有の喉音など、すべてが医者の言葉を裏付けているようにみえた。――そうだ、正しくこれは白痴になる。靭負は心のうちに繰返しそう呟いた。そしてどういうわけでか、その責任がすべて自分にあるという考えを避けることができなかった。

　頭を冷して安静に寝かして置くよう、また明日にでも見舞うから、そう云って医者が去るとすぐ、靭負と多助が止めるひまもなく、おかやは起き出してしまった。なんとしても寝床へは戻らなかった、頻りに牧二郎を負いたがるので、紐で背負わせてやると、こんどは松山へ立つために支度のできている荷物を持ちだして、「ああ、ああ」と外を指さしながら、すぐにも旅立ってゆこうという意味を身振りで示した。

「こんなにもお供をしてまいりたかったのでございましょうか」多助は哀れな妹の姿から眼を外(そ)らせながら云った、「……一旦(いったん)は家へ帰ると申しましたが、本心はやっぱり御奉公がしていたかったのでございましょう、途中からひき返してまいりましたのは、たぶんもうひと眼坊さまにお暇乞(いとまご)いでもする積りだったのでしょうが、それがこんな分別もつかぬ者になった、……ごらん下さいまし、自分では松山へお供をする気だとみえます」

靭負には答える言葉がなかった、多助はいちど帰って妻を伴れて来ると云い、折から降りだした時雨(しぐれ)のなかへと小走りに出ていった。……然しそのとき既に靭負の考えはきまっていた、彼はおかやを松山へ伴れてゆこうと思い決めたのである。多助の云うとおりおかやは暇を取りたくなかった、困窮している主人への義理か、幼弱な牧二郎への愛着か、理由はわからないが、ともかく新沼家から出たくなかった、思いがけぬ奇禍で白痴になってさえ、松山へ供をしてゆく積りでいる。

――もうこの儘では嫁にゆくこともできまい。靭負はそう思った。寧ろ松山へ伴れてゆくほうが、心がおちついて治る望みが出るかも知れない。これほど思い詰めている気持も哀れだし、今日までの辛労に酬ゆるためにも、多少の不便は忍んで伴れてゆくのが本当だ。

「おかや」と彼は側へいって呼びかけた、「……いっしょに松山へ行こう、おまえにはずいぶん苦労をかけた、松山へ行って、治ったら新沼から嫁に遣ろう、もし治らなかったら一生新沼の人間になれ、わかるか」

おかやはけらけらと笑った。さっきから抱えたままの荷物を持って、背中に負った牧二郎をあやすかと思えば、いそいそと土間へ下りて、すぐにも出立しようと促すような身振りを繰返すのだった。そのとき戸外は本降りになっていた、空は鉛色の重たげな雲に閉され、黄昏(たそがれ)ちかいうら寂しい光のなかを、さあさあと肌寒い音をたてながらかなり強く降りしきっていた。

予定より七日ほど後れて靭負は出立した。おかやを伴れてゆくに就いて、多助には少しも異存はなかった、「ただこんなお役に立たぬ者になり、また遠国(おんごく)のことでなにか有ってもお伺い申すことができません、どうぞ呉(くれ)ぐれも宜(よろ)しくおたのみ申します」領分境まで見送りながら、多助夫妻は諄(くど)いほど同じたのみを繰返すのだった。

……冬にかかる季節で、旅は幸いと日和に恵まれた。主君の供で江戸までは出たことがある、けれど江戸から西は初めての道だった、名のみ聞いていた名所旧跡の数かず、野山のたたずまいも、宿じゅく町々の風俗も、すべてが珍らしく、旅情を慰めて呉れるように思えた。

おかやは考えたより足手纏いにならなかった、却って案外なほど役に立ったと云っても嘘ではない。口が利けないのと、物ごとの理解が遅鈍なので、他の用には間に合わぬことが多かったけれど、靭負の身のまわりや牧二郎の世話ぶりには欠けたところがなかった。靭負はここでもまた「もしおかやを伴れて来なかったら」と思うことがしばしばだったのである。

四

松山に着いたのは師走中旬のことだった。予て書信だけ取り交わしていた老職を訪ねると、会うことは会ったが、「無謀なことを」と云いたげな表情を明らさまに示した。

「蒲生家のほかに主取りを致す所存はございません」靭負は臆せずにそう云った、

「……もし御当家にお召抱えの儀が協いませんければ、御領地の端で百姓をする覚悟でまいりました」

「とにかく住居が定ったら知らせて置くがよい」相手は困惑した調子でひどく事務的にそう云うだけだった。「……余り当にされても困るが、なに事かあったら知らせるから」

覚悟はして来たものの、実際に老職と会って、予想外に冷やかなあしらいを受けた落胆は大きかった。もちろんそれで希望を抛ったわけではない、――こんなことで挫けてはならぬ、と自分を叱りつけたが、これからの生活がよほど困難なものになるだろうということは考えないわけにいかなかった。そしてこれは彼にとって却って幸いだった、靭負は城下から北東に離れた道後村に住居をきめると、坐食していてはならぬと思って、すぐに収入の道を捜してみた。道後は古代から名高い温泉場で、諸国から湯治に来る客が四時絶えない、またそういう客を相手の土産店もたいそう繁昌しているが、その名物の一つに土焼の人形があった。手づくねのごく単純な土偶を素焼きにし、それへ荒く泥絵具を塗っただけのものである。靭負が選んだのはその絵具塗りの内職だった、むろん賃銭は些々たるものだが、幾らかは食い減らしてゆく貯えの足しになるだろう。――時節の来るまでの辛抱だ、彼は自分にそう云い聞かせながら、まず懸命に刷毛(はけ)使いから習いはじめた、——時節の来るまで。

　然しこうして始まった松山での生活も平穏な日は少なかった。それから五年のあいだ靭負は三度も病床に臥(ふ)し、一度などは半年も寝たきりのことがあった。そのときおかやがどんなに頼みだったことだろう、彼女は依然として口が利けず、白痴のほうもその儘だったが、牧二郎の養育や家の内外の世話には申し分のない働きぶりをみせた。靭負の仕事を見覚えていたのだろう、彼がながく病臥(びょうが)したときなどは、止めるのも肯かず、自分で材料を取って来て内職をした。牧二郎の守をし、靭負の看病をし、炊事や薬煎(せん)じをする片手間で、……然もそれはさほど見劣りのしない出来であった。

「なんという皮肉だ」靭負はそのとき泣くような苦笑をうかべながら云った、「……会津を立つまえおまえの病が治ったら新沼から嫁に遣ろう、治らなかったら一生面倒をみてやる、おれはあのときそう云ったのを覚えている、それがどうだ、今では逆におれがおまえの世話になっているではないか、こんなことなら伴れて来るのではなかった、おまえにこんな苦労をさせるくらいなら」

　おかやには主人の言葉がわかったろうか、彼女はやはりけらけらとただ笑うだけだった。なんの感動もない、虚ろな乾いた声で、……そして表情もそぶりも、同じように無内容な白じらしいものだったのである。

新沼の家族が経験した多難の年月はちょうど九年続いた。そして最も大きく靭負をうちのめした「松山藩の改易」という出来事にゆき当った。即ち寛永十一年八月、松山城主蒲生忠知が三十歳で病死すると、こんども世子が無いというのを理由に、松山二十万石は取潰しとなったのだ。靭負の失望と落胆はここに書くまでもないだろう、かれは会津で亡き妻が病みついて以来の、烈しい連打にも似た不運の一々を想い、それがまったく徒労だったことに気づいて慄然とした。徒労といえば、九年というながいあいだ、彼が泥絵具で塗りあげた無数の土偶も同じことではないか、湯治客に買われていった土焼き人形の多くは、納戸や棚の隅に押込まれているか、かたちも留めず毀れ去ったに違いない、よしまたその全部が完きまま遺っていて、眼の前へ堆高く積みあげたとしても、それはただ夥しい土偶の数だけというだけで、少しも彼の苦難の日々に意義があったという証にはならない、——なんという徒労だ、なんという取返しのつかない徒労だ。靭負は絶望のあまり時々はげしく死を思うようになった。

それは遽かに涼風の立ちはじめた中秋八月の或る夜半のことであった。靭負はひじょうに重苦しい夢をみて覚めると、えたいの知れぬ力でたぐり込まれるように「今だ、今だ」と思い、手を伸ばして枕頭の刀を取ろうとした。すると殆んど同時に、彼のうしろで云いようもなく悲痛な絶叫がおこり、暴あらしくじだんだを踏む音が聞えた。靭負は殴りつけられたように振返った、そこにはおかやが立っていた。恐怖のために顔はひき歪み、双つの眼はとび出すかと疑えるほど大きく瞠かれていた、その眼で靭負をひたと覓めながら、おかやは「ああ、ああ」と意味をなさぬ声をあげ、激しく身悶えをした。

「おかや、……」靭負は水を浴びたような気持でそう呟いた、「……おかや、おまえか」

五

靭負はその夜かぎりもはや死を思うようなことはなかった。恐怖にひき歪んだおかやの顔を見たとき彼はおのれの思量の浅はかさを知ったのである。人間にとって大切なのは「どう生きたか」ではなく「どう生きるか」にある、来し方を徒労にするかしないかは、今後の彼の生き方が決定するのだ、――そうだ、死んではならない、ここで死んでは今日までのおかやの辛労を無にしてしまう。彼はそう思い返した、——生きよう、これまでの苦難を意義あるものにするか徒労に終らせるかはこれからの問題だ、生きてゆこう。……後から考えるとそれが彼の運命の岐れめだった、有らゆる事に終りがあるように、新沼靭負の不運もようやく終るときが来たのであった。

その年十月、改易された蒲生氏の後へ＊隠岐守松平定行が封ぜられて来た。これは世に久松家とも呼ばれる徳川親藩の一で、定行の父は従四位少将定勝といい、家康の異父弟に当っていた。……隠岐守が入国すると間もなく、靭負は使者を受けて老臣役宅に招かれた、そして鄭重なもてなしをされたうえ、「松平家へ仕官をする気はないか」と問われた。先方では彼が会津蒲生の旧臣だということから、松山へ来た目的や、今日までその目的一つを堅く守ってきた仔細をよく知っていた。

「蒲生家でなければ再び主取りはしないという、その珍重な志操を生かしたい、残念ながら蒲生家にはもう再興の望みはござらぬ、熟く御思案のうえ当家へお仕えなすってはどうか」

食禄も会津の旧扶持だけは約束する、そういう懇切な話だった。靭負はいちど帰って考えた結果、仕官の勧めを受けることにした。蒲生氏がまったく滅びてしまい、松平家から今そのように望まれるものを、なお「蒲生ならでは」と固持するのは頑迷か片意地に類する、――すなおに好意を受けるのが至当だ、こう決心したのであった。そして彼は食禄二百石で松平家に仕え、馬廻りとして勤めはじめた。

それからの春秋は平穏なもので、格別なにも記すような事はない、牧二郎は無事に成長した、十二歳のとき児小姓に上って、数年は江戸国許ともに側勤めだったが、十六歳になると学問武芸を修業するためいったん御殿を下り、二十歳で再び召し出された。そのときは小姓番支配心得で、父とは別に百石の役料を賜わった、新参者の子としてはかなり稀な殊遇である、「これで新沼の家も大丈夫だ」靭負はさすがに喜びの色が隠せなかった、「……思えばながい苦労であったが、これでどうやら苦労の甲斐があったと云える、今後はこれをどう生かしぬくかだ」彼は繰返しそれを牧二郎に云うのだった。

靭負は慶安二年五十三歳で死んだ。牧二郎は相続して父の名を襲い、その年の冬、同家中の菅原いねというむすめを妻に迎えた。その祝言の夜のことである、列席の客が去り、後片付けも終って、更けた夜空を渡る風の音が、冴えかえって聞えるほど家の中が鎮まったとき、牧二郎はおのれの居間へおかやを呼んで対坐した。おかやはもう四十三という年になっていた、健康な彼女は血色もよく、肉付のひき緊った小柄な軀(からだ)つきは昔のままだったが、ながい労苦を語るかのように、鬢(びん)のあたりには白いものがみえだしていた。

「おかや、牧二郎もこれで一人前になった」彼はしずかにそう口を切った、「……今日まで二十三年、新沼の家のためにおまえの尽して呉れた事は大きい、おれが幼弱だった頃のことは父上に聞いたし、物ごころがついてからはおれ自身の眼で見ている、父上のことは云うまい、牧二郎はおまえの力で育ったのだ、牧二郎が今日あることはみんなおまえのおかげだ、有難う」

「………」おかやは声を立てずに笑った、それは毎(いつ)もの愚かしい無感動な笑い方である。「今宵(こよい)おれは妻を迎えた」彼はさらに続けて云った、「……明日からは妻がおまえに代る、おまえは牧二郎にとって母以上の者だ、妻にも姑(しゅうとめ)と思って仕えるように云った、部屋も父上のお居間に移って貰おう、明日からおまえは新沼家の隠居だ、今こそおまえの休む番が来たのだ」

だからと云いかけて、彼はじっとおかやの眼を覓(みつ)めた。それは彼女の眼を透して心のなかまで覗(のぞ)くような烈しい視線だった、そうして相手の眼を覓めながら彼は云い継いだ。

「だからおかや、おれはおまえに白痴の真似(まね)をやめて貰いたいのだ」

「…………」おかやは顔色を変えた。

「おまえは白痴でもなし唖者でもない、おれはそれを知っているんだ」

「…………」おかやは驚愕（きょうがく）の余り身を震わせ、大きく眼を瞠（みは）りながら座をしさった。

「おれは知っているんだ」彼は激してくる感情を押えながら云った、「……おまえは新沼の家にいたかった、暇を出されたくなかった、それは乳呑み児（ちのご）を抱えて窮迫している父上から去るに忍びなかったから、けれど父上の御思案があり、そしてそれが動かし難いものだとみて、おまえはおまえなりの方法を思いついた、崖から墜ちて頭を打ったのもみせかけだし、白痴となり唖者となったのもみせかけだ、みんな新沼の家にとどまるための拵（こしら）えごとなのだ。白痴になればいうことを肯（き）かなくとも済む、唖者になれば返事をせずに済む、……他の者ならもっと違ったことを考えたろう、然しおかやはそれが精いっぱいの思案だった、そしておまえは望みを達したのだ、自分の一生を注ぎ込むことになると承知したうえで」

抑えきれなくなった感動のために、その声はよろめき、ふつふつと涙がこみあげてきた。彼は手をあげて面（おもて）を掩（おお）った、そしてしずかに涙を押しぬぐい、膝を正しながら言葉を続けた。

「おれがその事に気づいたのは七歳のときだった、前にも後にも知らないが唯（ただ）いちど、おまえは夜なかに寝言を云った、子供のことでそのときはなんとも思わなかったが、ずっと後になってふと疑いがおこり、なにか事情があるものと察して父上に訊ねた、そして会津このかたの精しい話を伺うと、すべてが眼の前にはっきり見えるように思えたのだ、それ以来ずっと、日夜おまえの挙措に注意してみて、おれの推察が間違いでないことを信ずるようになった、父上には申上げられなかったが、いつかおまえ自身にたしかめたいと思っていた、……おかや、云って呉れ、このながい年月、おまえにこんな異常な決心を持続けさせた原因はなんだ、単に主従の義理だけか、母上の恩に報ずるためか、隠さずに云うのだおかや、今こそおまえは口を利いてもいいのだから」

「ああ、……ああ、……」おかやの口を衝いて、唖者に独特の哀しい喉声が洩れた。たしかに、おかやはいま若い主人に答えようとしている、云うべき言葉は喉まで出ているのだ「……ああ」貴方の御推察は本当です、私は白痴でもなく唖でもありません、そしてなぜこんな愚かな真似をしたかといえば「ああ、……」それは奥さまが亡くなるときの、辛いお気持を見たからです、まだ乳も離れぬ坊さまと、世事に疎い旦那さまを遺して死ななければならない、それがどんなにお辛いことか、私には骨に徹るほどよくわかりました、女同志でなければわからない辛さが、私には熟くわかったのです、「ああ……」主従の義理でもなく、御恩に報ゆるためでもありませんでした、奥さまのお辛い気持を身に耐えた私は心のなかで奥さまにお誓い申したのです、旦那さまと坊さまのことはおかやがおひきうけ申しますと、「ああ……」それだけの言葉が今、おかやの胸いっぱいに溢れているのだ、そしてそれを口に語ろうとするのだが、出るものは「ああ」という空しい喉声ばかりだった。「ああ」おかやは自分で自分を訝るように眼をみひらいた、「ああ、……ああ、……」「おかや、おかや」牧二郎は思わず叫び声をあげた、「……おまえ口が利けないのか」「…………」彼女は大きくみひらいた眼で牧二郎を見あげた「…………」それから不意に両手で面を隠し、崩れるように前へ俯伏した。

二十三年というとしつきはかりそめのものではない、そうだ、おかやは唖者になっていた。

萱笠

一

「あたしの主人はこんど酒井さまのお馬脇*に出世したそうですよ」

厚い大きな唇がすばらしく早く動いて、調子の狂った楽器のような、ひどく嗄れた声が止めどもなく迸しり出た。

「……お馬脇といえば武士なら本陣*の旗もとですからね、足軽としてはこれより名誉なことはありませんよ、なにしろ酒井さまから直にお声をかけて頂けるんですから、その刀を取れとか沓を持てとか、そういったようにね、それからまた銃隊をさがらせろ、なんという命令を伝えにもゆきます、そういうときは酒井さまのお口まねだから、銃隊のお旗がしらに向っても銃隊さがれとどなりつけるんですよ、――銃隊さがれ、ふだんならそんな口を利けばそれこそお咎めものでしょう、けれどもお口まねなんだから誰もなんとも云うわけにはいかないんですとさ」

「だってそういう軍令はお使番という役があって、お側の武士がつとめるのだと聞いていますよ」これもなかなか負けていない気質らしい、前の女を凌ぐ舌鋒でやりこめにかかった、「黒地四半の布に『使』と書いた指物を持つのが徳川さまお旗もとの使番のきまりです、そのほかの者がどうしたって軍令を伝えることはできません、それはもうたしかなことですよ」

「それは御本陣のことでしょう」さきの女は平然とやり返した、「……御本陣はそのとおりですよ、それはわたしも知っていますさ、けれどもお旗下の大将がたの陣にはお使番なんかありません、そんな役があるものですか、大将がみんなでそんなことをしたら、戦場がお使番だらけでごちゃごちゃになってしまうじゃありませんか、そんなことは決してありませんよ」

遠江のくに浜松城の外曲輪に、お縄小屋といって軍用の縄や蓆を作る仕事場がある、板敷のうちひろげた建物で、今しも老若四五十人の女たちが藁屑にまみれて仕事をしていた。かの女たちは「お手の者」といわれて、徳川家康に直属する軍兵の家族だった、おなじ足軽でも諸将に属する者と「御手の者」では格が違い、かれらは曲輪うちの長屋に住んで、武具の手入をしたり軍用の雑具を作ったり、また戦時には後送される傷兵の世話をするとか、糧秣の補給を助けるなど、いろいろの役割の中心になって働くのである。……そのとき徳川家康は織田信長の軍と合体して、三河のくに長篠城を攻めていた、つまり浜松は留守城である。父を、良人を、子を、兄弟を、かの女たちはみなそれぞれ戦場に送っている、仕事をしながらの話も、しぜん合戦のことか、戦場に在る良人や兄弟の自慢などが多い、そして身分の軽いだけ云うことに遠慮がなく、自慢するにも威張るにも、思うとおりずばずばと云うので賑やかなこともいっそうだった。

いちばん騒がしい女房たちとは別に、年頃の娘だけ十人ばかり集る仲間があった。ここでも蓆を編みながら、女房たちほどうちつけにではないが、許婚のこと兄弟のこと父のことなど、つつましさのなかに娘らしい憧れや夢をまじえて語り合っていた。あきつはそのなかまの端のほうで、いつも黙って仕事をしている三人の娘のひとりだった、この三人は性質のきわめて温順なうえに、境遇や身の上のよく似た娘たちで、十七歳になる花世はついさきごろ母に死なれていたし、十八歳のしんは小さい弟妹が多く、ひじょうに貧しい暮しをしている、そしてあきつ自身は孤児であった。母には幼ない頃に死別し、父は四年まえ、あきつが十六の年に病気で亡くなった、亡くなるまえに——たとえ足軽でもさむらいの端くれだ、戦場で討死をするなら本望だが、病気で死ぬとはいかにもくちおしい、せめておまえが男だったら、おれの代りに御奉公をして貰うのだが。そう云って涙をこぼしたことを、あきつは今でも忘れることができない。……父に死なれてからは、遠縁に当る太田助七郎という、やはり「御手の者」を勤める足軽の家にひきとられて育った。もう十九にもなり、縹緻も悪くはないのだが、そういう身の上なので縁談も遠く、こうして人なかへ出ても自分から肩をすぼめるような感じで、いつもひっそりと、いるかいないかわからないような娘だった。

この三人だけは人々の雑談にも加わらず、黙って仕事をしているのが例だったけれど、その日は花世としんとが妙に浮きうきしたようすで、低い声ながら頻りに囁き合ったり、肩を竦めて忍び笑いをしたりしていた。

「それが本当ならお祝いをしなくてはね」しんがそう云ってあきつにふり返った、「……ねえあきつさま、花世さまのお兄上がこんど足軽小がしらにご出世をなすったのですって、三河から昨日おたよりがあったのだそうですよ」

「まあそれは、それはおめでとうございますこと」

「あら、お祝いをしなければならないのはしんさまですよ」花世はいそいで云いかぶせた、「……しんさまはねえあきつさま、こんど沢倉孫兵衛さまとご縁談がまとまったのですと、わたくし母から聞きましたの」

二

「あらいけませんわ花世さま」しんはぱっと赧くなった。

「……お祝いなんてまるで違います、沢倉さまはいま三河のお軍にいらしっているのですもの、縁談がきまったにしても、めでたく御凱陣なさるかどうかわかりませんし、わたくし喜こんで頂くような気持ではございませんわ」

「そんなこと仰しゃって、ではもし討死でもなすったら、縁談はおやめになさるおつもりですの……」

「いいえとんでもない」しんは屹と面をあげた、「……縁談がきまったからはわたくしもう沢倉家の嫁ですわ、もし討死をあそばすようでしたら、わたくしすぐ沢倉家へまいります、そして一生そこで舅姑に仕えて暮しますわ」

「それではもうお嫁入りあそばしたもおなじではございませんか、やっぱりお祝い申上げるのが本当ですわ、ねえあきつさま」

「祝って頂くのはともかく」としんは浮きたつ気持を抑えるように、たいそうしんみりとした調子で云った、「……あなたのお兄上も、沢倉さまも、いま三河のくにでいっしょに戦っておいでなさるのねえ、今ここにいる方たちみんなの父や兄弟やお子たちが、矢だまを浴びて、命を的にたたかっておいでなさる、……わたくしそう考えると、本当に自分が今こそ生きているように思えますの、わたくしの良人になる方はいま御馬前で戦っています、そう云うことのできる仕合せを身にしみて感じますわ」

「わたくしにもそのお気持はよくわかりますわ」あきつがうち返すように云った、「わたくしも今おなじように考えているところですの、ほんとうにそう思えることは仕合せですのね」

どうしてそんな云い方をしたのか、自分でもまるでわからなかった、これまで相い似て恵まれない境遇にいた三人のうち、二人がそのように幸福に温められている、それに対する嫉みごころだろうか。自分ひとり取残されたくないという強がりだろうか。たしかにその二つの気持もあった、けれど、良人になる方がいま御馬前で戦っている、それを思うと今こそ生き甲斐を感ずる、そう云ったしんの言葉がもっとも強くあきつを打ったのである。亡き父が臨終に云った、「たとえ足軽でも戦場で討死ができれば本望だ、病気で死ぬとはいかにもくちおしい、おまえが男であって呉れたら、おれの代りに御奉公をして貰うのだが」遺言ともいうべきそのひと言が、しんの言葉といっしょに、あきつの心をはげしく打ったのだ。――いいえわたしだって。そういう気持がこみあげてきて深い考えもなく思わぬことを口にしてしまった、まったく思わぬことだったのである、云ってしまってからいけないと口を塞ぎたい気持だったが、しんと花世がすぐに声をあげた。

「まあそれは、あきつさま、あなたにもそういう方がおありでしたの」

「まあひどい方、わたしたちにまで内証にしていらっしゃるなんてあんまりですわ」花世はむきになって膝を寄せた、「そうわかったら伺わずには置けません、仰しゃいましよ、あちらの方はどなたですの」

「そうよ、ぜひ伺わせて頂かなくては」としんも覗きこんだ、「……もうお隠しになってもいけません、あちらの方はなんと仰しゃいますの、誰にも申しませんから伺わせて、……ねえ」

　でもと云いながらあきつは身が震えた、なにも云うな、黙っていよう、けんめいにそう自分を抑えたが、どうしようもないちからにひきずられる感じで、震えながら、「ほんとうにあなた方だけですのよ」と云ってしまった。

「ええ大丈夫ですよ、決してひとには申しませんわ、ですから聞かせて下さいまし、それはどなたですの」
「……吉村、吉村大三郎さまですの」
「まあ吉村の大さま」花世がびっくりしたように眼を瞠った、「……あのあばれ者の大三郎さまですの」
「まあ花世さま失礼な」しんは軽く睨みながら、「……ぶしつけなことを仰しゃるものではありませんよ、それはお酒もあがるしあばれ者という評判ですけれど、大さまはお先手の足軽小がしらで、ご人品もあのとおりおりっぱではありませんか、あきつさまとはきっとお似合のめおとにお成りですよ」
「わたしだってそれはそう存じますわ、ただあの方はそのほかにも女ぎらいだなんて噂もありましたでしょう、それで思いがけなかっただけですわ、おめでとうあきつさま」
「ありがとう」あきつはおろおろした声で辛くもそう答えた、「でもどうぞ内証にね、うちあけて申上げると、大三郎さまがそうお約束して下さっただけで、まだ表向きにはなっていないのですから、ほんとうにお二人だけの内証にして下さいましね」
ええ大丈夫、決してひとには云わない、そういう二人の誓いを聞きながら、あきつはなおからだが震えるのを止めかねていた。

三

吉村大三郎の名をあげたのは苦しまぎれだったが、それでもあきつとしては僅かに選択がなくはなかった。大三郎はやはり「御手の者」に属し、二十七歳で本陣さきて組の足軽小がしらを勤めている。酒飲みで酔うと暴れだし、平生でも傍若無人のおこないが多い、戦場での闘いぶりもめざましく、相貌もぬきんでていながら二十七という年まで独り身でいるのは、そういう性質が娘の親たちを躊躇わすからであろう、かれ自身もまた昂然と、女はきらいだと云い切って、たとえ親たちの勧める縁談があっても、耳も藉さずに押し通して来た。――あの方なら、あきつは夢中のようにそう思った、大三郎ならきっとまだ婚約の人などは無いに違いない、苦しまぎれではあったがそれだけの思案はつけていたのである。

「三河からおたよりがありまして」二人に顔が合うとよくそう云われた、「近いうちに御荷駄がゆくそうですから、あなたからもお文をおあげにならなければね」

「ぜひそうなさいまし、わたしも沢倉さまへは御荷駄のたびに差上げますの、だってそれが留守の者のつとめですから」

「ええそう致しますわ」あきつは俯向きながら答える、「でもどうぞこのことは内証になすってね、知れたらほんとうに困るのですから、きっとお約束しましてよ」

そしてそう云うたびに、きまってぶるぶると怖ろしいほど身が震えるのだった。

長篠城の合戦が味方の大勝に終って、その知らせが浜松へ着いたのは、天正三年五月二十四日のことであった。留守城はよろこびのためにどよみあがり、城下町の隅ずみまで、活気のある賑わいに湧きたった。……そのさ中のことである。町まで買物に出たあきつが、お壕をまわって外曲輪の長屋へ帰ろうとすると、煙硝倉の下のところで見なれない老婦人に呼び止められた。

「あなたは太田助七郎どのにいらっしゃるあきつさんという方ではございませんか」

「……はい」あきつは老婦人を見た、「わたくしあきつでございますが」

「そうだと思いました」婦人は微笑しながら頷ずいた、

「……あなたに少しお話がありましてね、家まで来て頂きたいのだけれど、いまお使いのお帰りですか」

「はい、これから帰りませんければ」

「ではこう致しましょう、お帰りになったらお家へはよいように仰しゃって、ちょっとの間でよろしいから家まで来て下さい、内ないでお話し申したいことがありますから」

「……あなたさまは」とあきつは買物の包を抱き緊めた、「どなたさまでいらっしゃいますか」

「吉村大三郎の母です」老婦人はしずかに見かえしながら云った、「……ではお待ちしていますよ」

そして返辞は待たずに去っていった。

そうだ、吉村さまのお母上だった、時どきお見かけして覚えのある筈だのに、そう思ってうしろ姿を見送ったあきつは、やがて愕然と蒼くなった、――待っていますよ、そう云った老婦人の声が、まるでなにか突き刺されでもしたようにするどく、まざまざと耳の奥によみがえってきたのだ、あきつは心もそらに長屋へ帰った、……太田の家にはまだ幼ない児女が三人いる、みんなあきつによく懐いて、家にいると三人ともそばから離れない、今も帰って来たあきつを見ると、かれらはわっと叫びながらまつわり付いてきた、けれど彼女は放心したもののように、「あとで、あとでね……」と云いながらその手をすり抜け、妻女に買物を渡すとそのまま、自分の部屋へとじこもった。自分の部屋といっても足軽長屋のことで、僅かに手足を伸ばして寝られるだけの、ろくろく日の光もささず、薄暗くて狭い、そしてなんの道具もない荒涼たるひと間である。……小窓の下に据えた古い机は、亡くなった母の遺愛の品ということで、その机に倚るといつも母のことを思う、悲しいこと、うれしいこと、なにかあるときまって、その机に凭れて、――お母さま、と口のなかで呼びかけるのが癖だった。今あきつはその机に倚った、しかし「お母さま」とは呼びかけられなかった、呼びかけても母はそれに応えては呉れないだろう、自分の蒔いた咎が自分に返ってきたのだから、……ああ、ああと絞めつけられるように太息をつき、身もだえをしたい気持で面を掩った。

　幾ら考えてもだめだ、考えるだけでは解決はつかない、そこへつき当るまでにはずいぶん苦しんだ、けれどつき当ってしまうと気持はおちつきだした。――お勝ち軍ときまれば、大三郎さまもご凱陣であろう、いずれは知れることなのだ、今のうちにすべてをうちあけて謝罪するほうがよい、お母上ならこの気持もわかって下さるだろう。そう決心したあきつは、家へはさりげなく云い繕って、吉村の住居へとでかけていった。

「ああ来て下すったのね」吉村の母はあいそよく迎えて呉れた、「……さあ狭いところですがあがって下さい、遠慮な者は誰もいません、わたし独りですから」

四

吉村の母のより女は手ずから茶を淹れ、煎麦を菓子に添えてもてなして呉れた。おなじような狭い足軽長屋だったけれど、柱も敷板も窓框も、みな艶つやと鼈甲色に拭きこんであり、きちんと置かれた道具類も高価な品ではないが、たいせつにされてきた年月の証しのように、どんな高価な物も及ばぬ深い重おもしい光を湛えている、それは見ているだけでもしんと心のおちつく感じだった。――なんという羨やましいお嗜なみだろう、あきつは忘れていた自分の家へでも帰ったような、殆んど懐かしいと云いたい気持でそう思った。

「誰から聞いたかということは申さぬことにしましょう」やがて、吉村の母はそういいだした、「……けれど聞いたままにはして置けないことなので、失礼ですが来て頂きました、あなたご自身のお考を伺ってから、太田どのへは改めて話すことにしたいと思いましてね、あきつさん、……あのはなしは本当なのですか」

いよいよそのときがきた、あきつは震えてくるからだをひき緊め、心をおちつけながら吉村の母を見あげた。正直に云わなければいけない、はっきりと、なにもかもあったとおりに云うのだ、そして赦(ゆる)しを乞(こ)うのだ、そう自分を戒めながら、しずかに両手を膝の上に置いた。

「まことに申しわけもございません、なんとお詫(わ)び申上げてよいやら、わたくし、こうしておりますのもお恥ずかしゅうございます」

「ああそんなに仰しゃるな」

吉村の母はどう思ってかにわかに遮(さえ)ぎった。

「……もうようございます、それでわかりました、あなたのそのごようすでよくわかります、こんなことが年頃のあなたにお答えできるものではない、それでたくさんですよあきつさん」

「でもわたくしお話し申さなくてはならないと存じます、そして赦すと仰しゃって頂かなくては……」

「赦すですって」より女はひたとこちらをみつめながら頰笑んだ、「……赦すどころですか、わたしはあなたに礼が云いたいくらいです、あのように世間では評判の悪い子でも、わたしにとっては身をいためた唯(たっ)た一人の子です、親の慾目(よくめ)かも知れませんが、あれも決して心からあんな性質ではありません、わたしに仕えて呉れるだけでも、思い遣りの深い、細かいところによく気のつく子です、ただ負け嫌いなために、そういうところを人に知られるのが厭で、わざと荒あらしくふるまったり粗暴をまねたりするのではないか、わたしはそう察しています、そしてそういう無理な癖を直すには、早くよい嫁を娶ることだと考えていました」

吉村の母はそこまで云うと、なにか感慨がこみあげてきたかのように口を閉じ、暫らく自分の膝のあたりを見まもっていた。それから、どうして今そんな話をされるのか、まだわけがわからずにいるあきつの顔を、訴えるような眼で見あげながら続けた。

「わたしはずいぶん人にも頼み、自分でも足をはこんで、嫁になって呉れる方を捜してみました、でも世間の親御さん方には、大三郎がどんなにか末遂げぬ者にみえたのでしょう、とうとう今日まで思わしい縁がありませんでした、わたしはもう諦らめかけていたのですよ、もうこれでゆくさきを看とって呉れる嫁はあるまい、そう思っていました、そこへあなたのはなしを聞きましたの、あきつさん、わたしは正直に申すと信じられませんでした、大三郎が自分でどなたかに云い交わす、そんなことのできる子ではない、嘘にきまっていると思いました、でも」とより女は、なにか云おうとするあきつを抑えて、言葉を継いだ、「……でもみれんがあったのですね、わたしはそっとあなたのごようすを拝見しにゆきました、お住居の近くに立ったり、それとなく人に伺ったり、いま考えると恥ずかしいようなことを致しました、そしてこれは嘘ではないと思いましたの、こういう娘さんなら大三郎が云い交わしてもふしぎはない、いいえ、よくそうしてお呉れだったとさえ思いましたの」

「お待ち下さいまし」あきつは堪（たま）りかねてそう云った、「……それはお考え違いでございます、それではなおさら大三郎さまに申しわけのないことになりますわ、わたくしすっかり申上げなければ」

「これ以上なにを伺えばよろしいの、わたしはうれしいのですよ、今日ほどうれしく楽しいことはありませんでした、あきつさん、ほんとうにわたしはうれしいのですよ」

吉村の母はそう云いながら、手をあげてそっと眼がしらを抑えた。……あきつは慄然（りつぜん）と息をのんだ。より女のよろこびは余りに大きい、そのよろこびがどんなものであるか、おんな同志のあきつには手に取るほどよくわかる。云えない、これほどのよろこびをうち毀（こわ）すことはできない、少なくとも自分にはできない、そう思うのだった。ひと言の嘘がここまであきつをひきずってきた、坂道を転げる石のように、それはもうどうしようもないちからでかの女をひきずってゆく、あきつはめまいのするような気持で、惘然となりゆきを見まもるほかはなかった。

五

それからあわただしい日が続いた。吉村から人を介して太田の家へはなしがあり、折よく長篠から凱陣した兵といっしょに助七郎が帰って、あきつには殆んど相談もなく縁談がきめられた。そして大三郎はなお家康本陣にあり、次ぎの合戦に残ることになっていたので、帰るまでより女の看とりをするということにきまり、僅かな身のまわりの物を持っただけで、あきつは吉村の家へと移っていった。

正しくかたちは移っていったというだけである。あきつ自身にも「嫁ぐ」という気持は少しもなかった。大三郎の帰るまでより女の世話をする、それがせめてもの罪の贖ないだと思った。けれども吉村の母は本当に娶ったつもりとみえ、家事のことも応対もすべてが嫁の扱いだった。

「……狭い家のことだから覚えて頂くほどのこともないのだけれど」

そう云って、道具類のあり場所、置きどころ、手いれの仕方などから、近隣との

つきあいのことまで、手を取るように教えて呉れた。そのときより女はふと笑いながら、

「そうそう、あれを見て頂きましょうね」

そう云って、納戸から萱の一文字笠を取りだして来た。「大三郎が自分で作ったのですよ」吉村の母はそれをあきつの手に渡した、「……あれは畑いじりが好きで蔬菜物を二段も作っていますが、畑仕事をするときや、お役の馬草刈りなどにはこれを冠ります、頭に戴せるものだから清浄な心がこもっていなければ、口癖のようにそう云いましてね、一蓋ずつ自分で毎年つくりますの、こんな物でも手作りのせいですか、おかしいほど大切にしていますからね、あなたもこれだけは叮嚀にしてやって下さい」

「まあさようでございますか、たいそうお上手にお作りなさいますすこと……」

あきつはその笠をうち返し眺めながら、云いようもなく温かな、ゆかしい気持を感じさせられた。なんの奇もない一蓋の萱笠ではあるが、ほどよく枯らした萱の清らかな色といい、一文字にきっちりと編みあげたつくろわぬ形といい、いかにも素朴ですがすがしく、——頭に戴せるものだから、と云ったその人の心がよくあらわれているように思えた。

そのときからあきつには新しい感情がめざめだした。大三郎その人の姿は垣間みたこともない、ひとの噂をいろいろ耳にして、それをたよりに人がらを想像していたのである、けれどもより女の話を聞き、その萱笠を見てからは、大三郎という人がまるで違った風に考えられた。……大酒を飲むとか粗暴だとか、傍若無人だといわれるかれと、自分でこつこつと萱笠を編み、それを大切にするかれとは、どうしても印象が一つにならない。どっちが正しいかといえば、おそらく両方とも正しいというほかはないだろうが、生みの母親の言葉だけに、自分で萱笠を編む姿にかれの本心があらわれていると思えた。

——それが本当の大三郎さまなのだ、あきつはそっと心のなかで呟やいた。お母上もあの子は思い遣りの深い、細かいところへよく気がつく性質だと仰しゃった。それを人に知られるのが厭でわざわざ粗暴をまねているのだ、……そうも仰しゃった、それがほんとうなのだ、しんそこはきっとお心のやさしい方に違いない。あきつはそう思うのといっしょに、自分の心がつよく大三郎のほうへ惹きつけられるのを感じた、それは胸に燈でもともったような、まったく新しい感情だった、はじめのうちは、お帰りなさるまでお母上に仕えよう、お帰りになったらすべてを申上げて、赦すというお言葉を頂いてこの家を出よう、堅くそう思いきめていた、それが日数の経つうちに少しずつ変ってゆき、下婢でもよいからこの家にいられたら、そう考えるようになり、やがては、——もしかして吉村の嫁になれたら、などと思う自分に気づき、うろたえながら独りで赧くなることさえあった。

長篠の合戦に勝った徳川家康は、この機会に武田氏の勢力を駆逐すべく、軍をめぐらして二俣城を攻め、光明寺城を抜き、七月には諏訪ノ原城を陥しいれ、さらに高天神へと鉾を向けた。元亀三年十二月、三方ケ原の一戦に敗れて以来、隠忍に隠忍を重ねてきた戦力が、今こそ燎原の火と燃えあがったのだ。……諏訪ノ原が落ちたのは八月二十三日で、その知らせが浜松へ着くと間もなく、戦場から戻った荷駄が、兵たちの音信を留守城の家族に齎らした。吉村へも大三郎から手紙が届いた、より女はうれしさを包みきれぬようすで、封のまま暫らくはうち返し眺めていた。そしていよいよ封を切ると「あなたもそこにいらっしゃい」と云い、あきつをそばに坐らせて文を読みはじめた。おそらく戦場のありさまでも書いてあるのだろう、より女は幾たびも「まあ」「まあ」と声をあげながら黙読していったが、終りのほうになってふとくすくす含み笑いをもらした。

「あの子らしいこと」より女はそう云って、読み終った文の、末のほうをあきつに示した、「……ここのところを読んでごらんなさい、相変らず強がりを云っていますから」

六

あきつとやら申すすめのこと、さきごろのお文にて拝見、わたくしには覚え御ざなく。……いきなりそういう文字が眼にはいって、あきつは心臓が止るかと思うほど息ぐるしく、くらくらと眩暈(めまい)さえ感じたが、けんめいに自分を支えつつ読み続けた。——覚え御座なく、なに者がさように申しくるめ候(そうろう)やと、不審に存じそろ、さりながら母上のお手助けにもなり、気だてもよしとの仰(おお)せなれば、よくよく御注意のうえお側に置かれ候ても仔細(しさい)これあるまじく、わたくし帰国のうえ篤(とく)と吟味つかまつるべくそろ、尤(もっと)も右はその者には堅く御内密に、……あきつはそこまで読むのが精いっぱいだった、あとの文字はもう見えなくなり、膝の手にからだを支えているのがやっとの思いだった。

「きまりの悪いのをわざと強がっているのがよく出ているでしょう」

より女は手紙を巻きながらそう云った。

「……すなおに知っていると云えないのですね、そのくせ側に置けと書いたり、知らないということはあなたに内証だなどと虫のよいことを云って、これで本心がよくわかるではないの、わたしにはよろこんでいるあれの顔が見えるようですよ」

　そのときあきつはどんなに自分とたたかったことだろう、大三郎の文ははっきりとかの女の罪を指摘している、——もう耐えられない、みんな申上げてしまおう、そう思って口まで言葉が出た、さあと心をきめて見あげさえしたが、より女の信じきっている気持と、あきつを嫁と呼ぶことのいかにもうれしげな日頃を考え、それはむざんだ、という気がして舌が硬(こわ)ばり、喉(のど)までつきあげてくる言葉がどうしても口に出せなかった。

　——云ってしまいたい、そうすればこの苦しみから遁(のが)れられる、でもそうしたらお母上はどうなさるだろう、あんなによろこんでいらっしゃるお母上はどうあそばすか、……云ってはならない、やっぱり大三郎さまのお帰りまで、こうしてお仕え申すのがほんとうだ、それが唯(ただ)ひとつの申しわけなのだ。そう心をきめ、辛くも自分を抑えることができたあきつは、それまでとは際(きわ)だって働きはじめた。

「畑へ少しものを作ってみたいのですけれど、いけませんでしょうか」

「あれは自分の畑をひとに触られるのが嫌いで、わたしにも手をつけさせないのですよ、こんど出陣するときにも、植えてあった菜や人参(にんじん)を、みんな抜いてご近所へ配ってゆきました、帰るまで誰も手をつけないように、諄（くど）いほどそう申しましてね」

「でもそれではお畑が荒れてしまいましょう」

「どんなに荒れても、自分が帰って手をつければすぐ元どおりになる、あれはそのように申しますの、土というものは耕やす者の心をうつす、自分はものを作るというより、その土に映る自分の心をみるのが目的だ、……よくそんなことを申しますよ」

あきつは聞いていて頭がさがった。またひとつ大三郎の新らしい面を知らされた、そういう慎ましい気持、土からさえ教えられようとする謙虚な心がまえ、これがほんとうのあの方だ、世評はうわべだけしか見ていない、ここにあの方の本当のお姿があるのだ、あきつは感動しながらそう思った。

「そのお心にあやかりたいと存じますけれど」とあきつは面（おもて）をあげて云った、「でもやはり、いけませんでしょうか」

「そうですね、あなたなら別だから」より女はふと眼で笑った、「……そう、あなたは別なのだから、思い切ってやってごらんなさるか」

「わたくし一所けんめいに致しますわ、ものを作るなどと思わずに」

そして自分の心を土にうつしてみたい、もしそれがあの方のお心に協うようだったら、幾分でもお詫びのたしになるかも知れないから、……こうしてあきつは二段の畑へ鍬を入れたのである。虚心でなければいけない、うまく作ろうとか、お気に入ろうなどと考えてはいけない、心をこめて、自分の心の正真をうちこんでやらなければ。……三度の食事拵えも、濯ぎ物も縫い針も、決して吉村の母の手は藉りなかったし、「いいから」と云われるのを押して、毎夜より女の肩腰を揉んだ。そのほか定り日にはお縄小屋へも仕事に出る、そういう忙しい刻のひまひまに畑に立つのだが、黝ぐろと鋤き返した土を見ると身がひき緊った。——大三郎さまの心の籠っている土だ。それが犇と胸へきてどんなに疲れているときでもからだがしゃんとなる、そして洗われたようなすがすがしい気持で、しずかに鍬をとるのだった。

「たいそう日にお焦けなすったこと」或日より女はつくづくあきつを見てそう云った、「……いいことがあります、ちょっとお待ちなさい」

七

小走りに奥へいったより女は、すぐにあの萱笠を持って戻った。「秋の日は肌をいためるといいます、今日から畑へはこれを冠っていらっしゃい」

「いいえ」あきつはさっと色を変えた、「……いいえそれは、それはいけません、わたくしそれだけは」

「どうしてです、あの子の畑を作るのですもの、あの子の笠を冠ってもよいでしょう」

「でもそれだけは、いいえお笠はおつむりへのるものですから、お許しもなしに戴くわけにはまいりません、それにわたくし、日に当ることは慣れておりますもの、お笠は却って邪魔でございますわ」

そしてまるで逃げるように家を出てしまった。

畑の土を踏むのでさえ心のどこかが痛む、大切にしている手作りの笠がどうして借りられよう、――それにあの笠は大三郎さまが幾たびかお冠りなすっている、そう思うとその人に触れるような羞かしさも加わって、あきつはぎゅっと身の竦む感じさえした。こんど強いられたらなんと答えよう、そう案じていたが、吉村の母はそれきり笠のことには触れなかった。……そして九月も中旬に近い或日の、もう昏れがたのことであった。定日でお縄小屋へ出ていたあきつが、仕事を終って帰って来ると、家の中からふっと香の煙が匂ってくる、ご先祖の日ででもあるのかしら、

そう思いながら、

「唯今もどりました」と云って厨口へまわった。するとそこにより女が待っていて、

「ご苦労さま、お疲れでしょう……」と少し顫えるこえで云った、それは寒けを感じている人のような声だった。

「お話がありますから、そのまますぐ来て下さい、用事はあとになすって……」

「はい」あきつは愕とした、「はい、唯今すぐにまいります」

あのことが知れたのだ、あきつはそう直覚した。ごようすが常ではない、きっとそうだ、それに違いないと思うと頭がかっとして、暫くは物がはっきりと見えなくなった。

「もっとこちらへお寄りなさい」

はいってゆくとより女はそう云って自分の膝の前をさし示した、

「……あきつさん、大三郎が帰って来ましたよ」

いきなりだったので、あきつはこくりと喉を鳴らした、より女はしずかに眼をあげて仏壇を見やった、そこには燈明がまたたき、香の煙が揺れている、より女の眼を追ってその仏壇を見あげたとき、あきつはわれ知らずああと叫んだ。

「そうです」

より女はその叫びに答えるように頷いた。

「……大三郎はお仏壇へ帰って来たのです、午すぎに知らせがありました、諏訪ノ原の合戦で討死をしたのだそうです」

「母上さま」あきつは噎ぶように叫んだ、「……母上さま」

「お泣きではないでしょうね」

より女はつと手を伸ばしてあきつの肩を押えた。

「……大三郎はさむらいの道を全うしたのです、さぞ本望なことでしょう、あなたが大三郎の妻なら泣く筈はありませんね、さあ、いって香をあげて下さい、あれもさぞ待っていたことでしょうから」

あきつはよろめく足を踏みしめながら立った、涙を押しぬぐい、衣紋をかいつくろって、気を鎮めるようにやや暫く瞑目してから、そっと仏壇にあゆみ寄った。吉村大三郎と俗名だけ書いた、まだ新らしい位牌が、燈明の光のなかにじっとこちらを向いている、あきつは震える手で香をあげ、しずかに合掌しながらその位牌を見まもった。——お帰りあそばしませ。あきつはその人に向っている気持で、口のうちにそう呟やいた。そして大三郎がすでにこの世の人でなく、たましいになって帰ったからには、告白するまでもなく自分の過ちは見とおしている筈だ、そしてその過ちを犯した自分の気持も、おそらく赦して貰えるだろうと思った。——そう信じてもよろしいでしょうか、わたくしきっと、あなたの妻として恥ずかしくない者になります、母上さまにもできるかぎりお尽し申します、ですからどうぞそう信じさせて下さいまし、どうぞあきつを吉村家の嫁と呼ばせて下さいまし、お願いでございます。

ゆるしてやろう、そう云うこえが聞えるかと思うほど、あきつには堅い信念が湧いてきた。これで誤りはない、と思った、もうこれからはより女を欺くことにはならない、たましいとなった大三郎さまが見ていて下さるのだから、自分は今からほんとうにこの家の嫁になったのだ。心をこめて合掌祈念したのち、仏壇の前をはなれたあきつは、そのまましずかに納戸のほうへ去ったが、間もなくあの萱笠を持って戻って来た。そして、今は心から姑と呼べる気持でより女の前に坐った。

「今そんな笠などを出して」より女は訝かしそうに眼を瞠った、「……あなたどうなさるおつもりなの、あきつさん」

「おねだり申しましたの」あきつは笠の表をそっと撫でながら云った、「……わたくしに頂かして下さいましって、……旦那さまは遣ろうと仰しゃいました」

「まあ……あきつさん」

「これから畑へまいるときはわたくしこれを冠らせて頂きます、そうしたらいつもお側にいるようでございましょうから……」

　お泣きではないと云い、自分でも泣かなかったより女は、そのとき溢れてくる涙を抑えることができなかった。わが子の死には泣かなかったけれど、あきつのいとしさには耐えかねたのだった。

「ええ、きっとそうだと存じます」

　あきつはなおひとり言のようにこう云った。

「……この笠はお手作りで、旦那さまのお心が籠っているのですもの、そうではございませんでしょうか、母上さま」

　より女は頷ずいた、両手で眼を掩いながら頷ずいた、あきつはいつまでも、懐かしげに笠をかい撫でていた。

風鈴

一

妹たちが来たとき弥生(やよい)はちょうど独りだった。良人(おっと)の三右衛門(さんえもん)はまだお城から下らないし、与一郎も稽古所(けいこじょ)から帰っていなかった。二人を自分の部屋へみちびいた弥生は縫いかけていた物を片つけ、縁側に面した障子をあけた。妹たちがきっと庭を見るだろうと思ったので、けれども妹たちはなにやら浮き浮きしていて、姉のこころづかいなどまるで眼にいらぬようすだった。

「きょうはお姉さまにご謀反(むほん)をおすすめしにまいりました」

そう云(い)いながら部屋へはいって来た小松は、そのままつかつかと西側の小窓のそばへゆき、明り障子をあけて、

「そらわたくしの勝ですよ」

とうしろから来る津留にふり返った、

「このとおり風鈴はちゃんと此処にかかってございます」

「まあほんとうね、呆れたこと」

津留は中の姉の背へかぶさるようにした、

「わたくしもうとうに無いものとばかり思っていました、それではなにもかも元の儘ですのね」

「なにを感心しておいでなの」

弥生は二人の席を設けながら訊いた、

「その風鈴がどうしたんですか」

「津留さんと賭けをしたんですの、風鈴がまだ此処に吊ってあるかどうかって」

「おかげでわたくし青貝の櫛を一枚そん致しました」

くやしいことと云いながら、津留はつと手を伸ばし、廂に吊ってある青銅の古雅な風鈴をはずして、そのまま窓框に腰をかけた。小松は妹の手からすぐにその風鈴をとりあげ、なんの積りもなく両手で弄びながら、ここへ来る途中からの続きらしい妹との会話をつづけた。

「……そうなのよ、なにもかも昔どおりなの、このお部屋にある箪笥もお鏡台も、お机もお文筥もお火桶も、昔のままの物が昔のままの場所にきちんと据えられて一寸も動かされない、そういう感じなんです」

「いったいお姉さまはそういうご性分なのね、それともう一つそう思うのだけれども、このお家には色彩というものが少ないのよ、武家だからという以上に、わたくしたちの髪かたちにしろ衣装にしろ、お部屋の調度にしろ、みんなじみなものくすんだ物ばかりで、娘らしい華やかさ、眼をたのしませるような色どりはまるで無かったのですもの」

「それはつまり若さが無かったことなのよ」

小松は風鈴をりりりりと鳴らしながらそう云った、

「わたくしがそう気づいたのは百樹へとついで、あちらの義妹たちの日常を見てからだけれど、世間の娘たちがどういう暮しぶりをしているかということを知って、おどろくことが少なくありませんでしたよ」

「それは百樹さまとこの家ではお扶持が違いますもの、ねえお姉さま」

「そうではないの」

小松はうち消すようにさえぎった、

「わたくし贅沢や華奢を云うのではないのよ、一生のうちのむすめ時代というもの、そのとし頃だけに許される若さをいうんです、そしてこれはなかなか大切なことなんです、なぜかというと百樹へ嫁してからの生活で、お部屋の飾り方とかお道具の調えようとか、また義妹たちの衣装や髪飾りのせわをするのに、ずいぶん戸惑いをすることがありました、そしてこれはわたくしたちがむすめ時代の若さというものを味わずにしまったからだと思い当ることが多かったのですから」

「ああそれであなたは今その若さをとり返していらっしゃるのね」

津留はからかいぎみに笑いながら云った。

「お暮しぶりがたいそうお派手だとご評判でございますわ」

「そんな、ひとのことを云ってよろしいの、秋沢さまのご家族こそ派手な評判ではひけをとらない筈なのに、わたくしみんな知っていてよ」

弥生は茶のしたくをしながら妹たちの饒舌を聞いていた。はじめは微笑していたが、しだいにその微笑が硬ばり、唇の歪んでくるのが自分でもよくわかった。そしてそれ以上は黙って聞いているのに耐えられなくなり、二人の間へさりげなく言葉を挿しはさんだ、

「いったいご用というのはなに、二人とも肝心な話をさきに仰しゃいな」

「ああそのことね」

小松は持っていた風鈴をそばにある用箪笥の上に載せ、姉のそばへ来て坐(すわ)りながら云った、
「それはねえお姉さま、お城でもう五日すると重陽(ちょうよう)の御祝儀(ごしゅうぎ)がございましょう、それが済んだらわたくしたち三人で、栃尾(とちお)の温泉(いでゆ)へ保養にゆきたいと思いますの、そのおさそいにあがったのですけれど」
「栃尾へ保養に、わたくしが」
「これまでのご恩がえしに、小姉(ちいねえ)さまとわたくしとでご招待よ」
津留はずかずかと云った、
「なんにもご心配なさらないで、お姉さまはおからだだけいらしって下さればいいの、ねえ、たまにはご謀反もあそばせよ」
「だめですよ、なにをのんきなことを仰しゃるの、あなたたちは」
弥生はできるだけ調子をやわらげながら答えた、
「考えてごらんなさいな、わたくしが家をあけてあとをどうするの、旦那(だんな)さまにお炊事をして頂けとでもいうんですか」
「それはわたくしの家から下婢(かひ)をお貸ししますわ、気はしの利(き)くよく働く下婢がいますの、それを留守のあいだこちらへよこしますから、ねえお姉さまそれならよろ

しいでしょう」

津留はそう云ってあまえるようにすり寄った。

二

弥生は妹たちに茶をすすめておいて、いちど片づけた縫物を膝の上にとりあげた。そのようすでどうしてもだめだと察した津留は、すっかり落胆して「もう時刻だから」とそそこに帰っていった。小松はもう少し邪魔をするといって残った、その口ぶりでまだなにか話そうとしているなと思い、弥生は押えられるように心が重くなった。小松は暫く姉の手もとを見まもっていたが、ふと詠嘆するような調子でこう云いだした。

「そうやってお姉さまがこれまで縫っていらしった針の跡をつないでみたら、いったいどれほどの長さになることかしら、火桶に火も絶えて木枯の吹き荒れる夜半や、じっとしていても汗の滲むような夏の午さがりにも、お姉さまはそうやってわたくしや津留さんの物を縫って下すったのね、そして今ではお義兄さまや与一郎さんの物をそうして縫っていらっしゃる、それればかりではないわ、お洗濯やお炊事にどれだけの水をお遣いになったでしょう、釜戸や火桶で、どれだけの薪や炭をお焚きになったかしら、そしてこれからもどれほどの水を流し、どれほどの薪や炭をお焚きになることでしょう、……そうしてお姉さまはやがて小さなおばあさまになっておしまいなさるのね」

小松はそう云いながら非難するようにかぶりを振った。

「お姉さまこんなにして一生を終っていいのでしょうか、いつまでもはてしのない縫い張りやお炊事や、煩わしい家事に追われとおして、これで生き甲斐があるのでしょうか」

弥生は縫う手を休めてびっくりしたように妹の顔を見た。妹の頬には血がのぼっていた、三人のなかでいちばん縹緻よしといわれた少し険のある顔だちが、感情の昂ぶっているために美しく冴え、双の眼にはなにやら溢れるような光が湛えられていた、

「生活をお変えにならなければ」

小松は湿ったような声で続けた、

「下男や下婢にできることは、下男や下婢におさせなさるがよろしいわ、そしてお姉さまご自身もっと生き甲斐のある生活をなさらなくては、もっとよろこびのある

充実した生きようをなさらなくてはね、そうお思いになりませんか」

「あなたはこの加内の家で下男や下婢が使えると思いますか」

「それはお義兄さまのお考え一つですわ」

小松は遠慮をすてた口ぶりで云った、

「まえから百樹がご推挙している奉行所へお替りになれば、そしてお義兄さまほどご精勤なさるなら、家士の二人や三人お置きなさるくらいのご出頭はそうむつかしいことではないと思います、百樹もそれはまちがいないと申しておりますし、秋沢さまでもうしろ楯になろうと仰しゃっておいでですわ、お姉さま、途はすぐ前にひらけていますのよ、手を伸ばしてお捉みになればいいのですわ」

「それはそうかもしれないけれど」

弥生はためらいぎみな、云いわけをするような調子でこう云った、

「加内はいまのお役が性に合っているからとお断わり申したのでしょう、それにおんなの口からお役目のことなど云えはしませんからね」

「そういうお姉さまのお考えも、いまのお役が性に合っているというお義兄さまのお考えも、沈んだように動きのないこの家の生活からくるのではないでしょうか」

小松は片手で部屋の中をぐるっと撫でるようなしぐさをした、

「こういうお暮しぶりからまずお変えになるのよ、お姉さま、時どきはお部屋のようを変えてごらんなさいまし、お花を活けるとか、お道具の位置を移すとか、襖を張り替えるとか、お姉さまもたまにはお召物を違えたりお化粧をなすったりしなければ、……そうすれば家のなかも活き活きとなるし、しぜん気持も動いてきますわ、お姉さまのお考えも、お義兄さまも、ええ、きっともう少しは出世のお欲が出てくると思います」

こういう言葉を辱かしめでないと否定するためには、姉いもうとの近しさとか、親しい劬りという感情につかまらなくてはならなかった。……小松が帰っていったあと、縫物を膝の上に置いたまま、弥生はやや久しいあいだ惘然と刻をすごした。明けてある障子の向うに狭い庭がみえる、午後のもう傾きかけた日ざしのなかに、芒の穂が銀色に浮きでている、萩の撓やかな枝もさかりの花で、そのあたりいちめん雪を散らしたようだ。庭とは名ばかりの狭い、なんの結構もないものだが、芒が穂立ち萩の咲くこの季節だけは美しくなる。秋のふぜいがあふれるようで、いつまで眺めても飽きることがない、妹たちもこの家にいるじぶんは嵯峨野うつしなどといって自慢の一つにしていた。さっき二人がはいって来たとき障子をあけたのは、彼女たちがまえのようによろこびの声をあげて呉れると思ったからだ、然し二人とも見向きもしなかった、たとえ見たにしてもあの頃のようなよろこびは感じなかったに違いない、閑(のど)かな秋の日ざしのなかの、芒や萩の伏枝をみて侘(わび)しいおもいをたのしむような気持は、もう妹たちにはなくなっているのだ。弥生はそう思いながらやるせないほど孤独な寂しさにおそわれるのだった。

「どうしたのだ」とつぜんうしろでそういうこえがした、「ぐあいでも悪いのか」

ああと弥生は身ぶるいをしながらふり返った、良人の三右衛門がそこに立っていた。

「お帰りあそばせ」

弥生はうろたえて赧(あか)くなった、

「つい考えごとをしておりまして」

しどろもどろに云いながら、居間のほうへゆく良人のあとを追った。

三

明くる日、部屋の掃除をしているとき、用箪笥の上に風鈴のあるのをみつけた。妹たちが廂からはずしてそこへ置き忘れたのである。弥生は手にとって暫く見ていたが、やがてそれを箪笥の小抽出(こひきだし)の中へしまい、気ぬけのした人のようにそこへ坐って、ひとりしんと考えこんでしまった。そのときから弥生はものおもう日が多くなり、過ぎ去った二十九年というとしつきを幾たびも思いかえした。

父が世を去ったとき弥生は十五、小松は十一、津留は九歳だった。それより数年まえに母も亡くなっていたので、なにもかもいっぺんに弥生の肩へかかってきた。家政のことや二人の妹のせわは云うまでもない、武家のならいで跡継ぎがなければ家名が絶えるから、同じ家中で松田弥兵衛という者の二男を養子にきめた。もちろん盃だけで祝言をあげたのは三年ののちのことだったが、こういう身の上の変化をうけとめるには、弥生の年はまだ余りに若すぎた、母方の伯父がうしろみになって呉れたけれど、弥生はできる限りひとりでやってゆく覚悟をし「自分は今からおとなになるのだ」そう自分に誓って、ともかく加内の家を背負って立ったのだった。生活は苦しかった……扶持は十石あまりだったが、まだ相続者が役に就いていないので、実際にさがるものは約その半分にすぎない、元もと切詰めた経済でようやく凌いできた状態だったから、衣類や調度はむろん日用のものもすべて不足がちだった。一片の塩魚を買うにも、いや味噌や醤油を買うにさえ、銭嚢の中をなんども数え直さなければならないような生活、それを弥生は十五歳の知恵できりまわしていったのである。……良人を迎えてからも、暮しは依然として楽にならなかった。三右衛門はあまり口をきかない温厚な人で、加内へ婿にはいる少しまえから勘定所へ勤めていた、それで扶持も十五石余りに加俸されたが、役目が上納係といって農民と直接に交渉をもつ部署であり、所管の郷村を視まわることが多いので、しぜん細ごました出費が嵩むため家計はむしろ苦しくなったくらいである。こうした日常のなかで、なにより心を痛めたのは妹たちのことだった。ふた親のない貧しい生活で卑屈になったり陰気な性質になったりしないように、できるだけ明るくのびのびと育てたい、世間へ出て嗤われないほどには読み書きや作法も身につけてやりたい、若い弥生にとってはその一つ一つが困難な、どっちかというと無理なことであった、然しそれを困難だとか無理だなどと考えることはゆるされなかった、どんなに辛くともそれを克服してゆかなくてはならなかったのである。

小松は十八歳のとき、望まれて百樹家へ嫁した、百樹は二百五十石の寄合組であるが、良人の靭負はすでに用人格で、俊才という評判の高い人物だった。縹緻でのぞまれたのと、身分の違うのが不安だったけれども、頭の敏い小松はよく婚家の風に馴れ、案外なくらい良縁としておさまった。それから三年たって津留も結婚した。これは百樹の媒酌で、相手は秋沢継之助といい、扈従組の上席で三百石のいえがらだった。……こうして二人の妹を恵まれた結婚生活に送り出したとき、弥生は自分の努力のむだでなかったことを知り、それだけでも充分に酬(むく)われたように思った。無経験な若い自分の思案と、乏しい家計で、ともかくもここまでこぎつけることができた、亡き父や母もたぶん満足して下さるだろう、そして妹たちも、いつかは姉の苦労がどのようなものだったかということを知って、感謝して呉れるときがあるに違いない、そう信じてきたのであった。

妹たちは少しずつ性質が変っていった。環境が違ったのだからふしぎはないのだろうが、加内の家へ来るたびに、この家の貧しさを厭(いと)うようすが強くなり、ときにはこのような貧しい実家を持つことを恥じるような口ぶりさえみせるようになった。弥生はそれを怒ってはならないと思った、妹たちがそういう考え方をするのは現在の生活が豊かに恵まれている証拠である、この家の明け昏(く)れをなつかしがるようではそれこそ不仕合せなのだ、そう思って穏やかに聞きながしていた。けれど妹たちにはそういう姉の態度が却(かえ)ってもの足りないようだった、義兄の三右衛門がいつまでも勘定所づとめなどをしていては、婚家との親類づきあいに肩身がせまい、もっと覇気をだすようにすすめたらどうか、そんなことも云いだした。そしてついさきごろには、小松の良人の百樹靭負から、奉行所へ推挙するから役替えをする気はないかという相談があった。つづいて津留の婚家からもおなじような話をもって来た

が、三右衛門は、
「現在のお役には馴れてもいるし自分の性にも合うから」
といって両方とも断わってしまった。

これらのことを思いかえすたびに、弥生は自分のこしかたが徒労であり、これからさきも徒労であるような気がしはじめた。津留といっしょに来た日、小松は「自分たちには娘時代というものがなかった」という意味のことを口にした、弥生にとってこれほど痛いかなしい言葉はない、妹たちもいつかは自分の苦労を知って感謝して呉れるときがあるだろう、そう信じていたのに、まったく反対な非難をあびせられたに等しい、弥生は怒りを抑えるために身がふるえた。それでは自分のしてきたことは無意味だったのか、あれだけの努力は妹たちにとってなんの価値でもなかったのか、

「そしてお姉さまは年をとって、やがて小さなおばあさまになってしまうのね」

小松はそう云った。ああ、と弥生はいま呻(うめ)くように溜息(ためいき)をつく、こうして苦しい日を送り、苦しい日を迎えて自分の一生が経(た)ってしまう、ほんとうにこれでいいのだろうか、これで生き甲斐があるのだろうか、そう思っては暗い絶望的な気持におそわれるのだった。

四

芒の穂はかなしくほおけ、萩の花は散りつくした。朝な夕なはひどく凍てて、水仕事をしたあと、手指の赤く腫れる季節となった。弥生はその頃から家の中の道具をあれこれと少しずつ動かしてみた、簞笥を脇のほうへ移したり、鏡台と机とを置き替えたり、常には使わない対立屛風を出してみたり、ちょっと馳走のあるときは客膳を用いたりした、そうするとたしかに家の中があたらしくみえ気持も動くように思える、「まるでよその家へいったようですね」九歳になる与一郎はそんなことを云って、珍らしそうに部屋の中を見てまわったりした。それから弥生はしばしば着物や帯をとり替えて着た、ずいぶん思いきって、ごく薄く化粧もしはじめた。そういうことに遠ざかって久しかったから皮膚もなずまないし、なかなか手順がうまくいかなかった、幾たびやりなおしても気にいらず、しまいには拭き取ってしまうことも多かったが、白粉や臙脂や香油などのにおやかな香に包まれていると、なにやら若やいだ浮き浮きするような気持になり、思わず刻の経つのを忘れることもあった。

三右衛門はかくべつなにも云わなかった。弥生がきょうは美しく化粧ができたと思ったとき、いちどだけ微笑しながらつくづくと見て呉れた、

「いいな、化粧というものは男が衣服袴を正すのと同じで、気持をしゃんとさせるものだそうだ、これからもそのくらいの化粧はするほうがいいだろう」

そのとき弥生は恥ずかしいほど満たされた気持で、良人の前を立って来ると暫く鏡を覗いていた。……然しこれらのことはながくは続かなかった、道具のありどころもたびたび変えるわけにはいかないし、変えてみてもいつもそう新らしい気持にはなれない。つましい経済では白粉や臙脂はかなり贅沢につくし、時間の惜しいときのほうが多いのでしぜん手軽に済ませておくようになる。こうして箪笥も鏡台も机も、いつかしら元の場所におさめられるのを見て、三右衛門はなにやらほっとした口ぶりでこう云った、

「部屋のもよう替えも気分が変っていいが、やっぱり道具にはそれぞれ据えどころがあるものだな、私にはこのほうがおちついてよい、眼さきの変るのはその時だけのことだし、なんとなくざわざわしくていけない」

「少しは住みごこちもおよろしかろうと思ったものですから」

「家常茶飯は平凡なほどよいものだ、余りそんなことに頭を疲らせないがいい」

試みたことは詰まるところなにものも齎しては呉れなかった。冷える朝の厨で水を使いながら、またひょうひょうと風の渡る夜半、凍える指さきを暖め暖め縫い物をしながら、弥生は再び生き甲斐ということを思いはじめた。――これが自分の生活なのだろうか、こうして自分の生涯は経っていってしまうのだ、同じ着物を縫ったり解いたりしながら、ものみ遊山もせず、美味に飽くことなく、ひたすら良人に仕え子を育て、その月その年の乏しい家計をいかに繰りまわすかということで身も心も疲らせて、やがて空しく老いしぼんでしまう、「これでいいのだろうか」弥生はぞっとするような気持でそう呟く、「こういうしはてのない困難の克服になにか意味があるだろうか、もっとほんとうに生き甲斐のある生活がほかにあるのではないかしらん」そして惑わしのように、いつか小松の云った言葉があたまにうかんでくるのだった。――これまでに縫いつくろいをして来た針の跡をつないだらどれほどの長さになるだろう、恐らくそれは想像を絶する長さに違いない。然もそこからはなにものも遺らなかった。炊事や洗濯に使い捨てた水、釜戸や火桶で焚いた薪や炭、それらの量もたぶん驚くべき嵩に違いない。そしてこれまたそこからはなに一つとして遺るものはないのだ。然もそういう苦労を凌いで育てた妹たちから非難のこえを聞くとすれば、いったいなんのための苦労かと疑いたくなるのは無理もあるまい。弥生は初めて、ほんとうにつきつめて考えぬかなければならぬことにゆき当ったと思った、あらゆる人間がその問題について考えるとき必ずそう思うように……。

「このごろなんだか沈んでいるようではないか」

良人が或る夜そう問いかけた、

「からだのぐあいでも悪いのではないか」

「はあ……」

さようなことはございません、そう云おうとしたが、にわかに感情が昂ぶって口がきけず、そのまま黙って眼を伏せた、

「どこか具合が悪いのか」

三右衛門は訝しげにこちらを見た、

「もしそうなら無理をしてはいけない、医者にみせるとか薬をのむとかしなければ」

「べつにからだが悪いわけではございませんけれど、なんですか気分が重うございまして……」

「わけもなしに気分の重いということもなかろう、いちど医者にみて貰ったらどう

だ」

「はい」

弥生はふと顔をあげた、いっそ良人にすべてをはなしてみようか、良人には良人の意見があるだろうし、それを聞けば或いはこの悩みも解けるかもしれない、はなすならこの機会だ、そう思って口まで出かかったが、やっぱり言葉にはだせなかった、良人は男である、こういう女の苦しみは、話してもわかって呉れないであろう、かなしくそう諦めてさりげなく、その場をとりつくろって済ませてしまった。

五

霜月にはいると北ぐにの野山はもう雪に蔽われる、昼のうち日が照って、昨日の雪が消えたと思うと、明くる朝はまたちらちらと粉雪になり、昏れがたには五寸も積もる、そういうことを繰返すうちに、やがて三四日も降り続いて寝雪となる日が来るのだ。……その年は珍らしく寝雪が遅く、月のなかばを過ぎてもまだ土の見えるところが多かった。まるで季節が返りでもしたような、或る晴れた暖かい日の午後、小松が下婢に包物を持たせて久方ぶりに訪ねて来た。

「あのときやめた栃尾へようやくいってまいりました」

小松は健康に満ちあふれるような顔に、いたずらめいた笑いをみせながらそう云った、

「やっぱり津留さんと誘い合わせましてね、もう雪でしたけれど、却って客が少なくてようございました、山鳥を飽きるほどたべましてね」

そしてのびのびと解放された四日間の楽しかったこと、美しい谷川に臨んだ宿の眺め、気ままに浸る温泉のこころよい余温に包まれる寝ごこちなど、絵に描いてみせるように巧みに話しつづけた。

「でも津留さんにはびっくりさせられました、夕餉（ゆうげ）には四たびともお酒をあがるのですものね、いつも秋沢さまのお相手をするので癖になったのですって」

「あなたもあがったんですか」

「ほんのお相伴くらいでしたけれど」

小松はもういちどいたずらめいた笑い方をした、

「でもなんだかひめごとのようで楽しいものですのね、お姉さまもこのつぎにはぜひいらっしゃらなければ」

「わるい方たちね……」

そう云いながら、もし自分にもそんなことができたらどんなに楽しかろう、疲れた心やからだがどんなに休まるだろうと思い、それが不可能だとわかりきっているだけに、弥生の気持は耐えられぬほどの寂しさにおちこむのだった。

「きょうは時刻を限られていますから」

小松は間もなく坐り直し、下婢に持たせて来た包みをひき寄せた、

「やまどりを持ってまいりましたの、お小遣いが少のうございましたからほんのかたちだけのお土産よ」

そう云って包みを解きにかかった。

そのとき門ぐちに人のおとずれる声がした。出ていってみると、勘定奉行の岡田庄兵衛（しょうべえ）という老人だった。

「おいでか」

といつもの柔和の調子で訊（き）いた。良人は非番で家にいる日だったが、昼食をするとすぐ川のほうを歩いて来ると云って、与一郎をつれて出かけたあとだった。

「それでは間もなく帰るな」

老人はちょっと考えるようすだったが、

「やっぱり待たせて貰おうか」

そう云って気がるに奥へとおった。……部屋へ戻ると小松は帰りじたくをしていた、

「お客さまはどなた」

「お役所の岡田さまよ」

そう答えながら弥生は茶の用意をした。小松は岡田と聞いてああという表情をした、

「やっぱり、いらしったわね」

「やっぱりって、あなたなにか知っておいでなの」

「あのはなしですわ、きっと」

小松はそっと声をひそめた、

「いつかのお役替えのこと、お義兄さまはお腰が重いから、せんじつ百樹がじかに岡田さまに会ってご相談したのですって、きっとそれでいらしったに違いありませんわ、ねえお姉さまこんどこそお義兄さまにひとふんぱつして頂くのね、そして加内の運のひらけるようにしなければね……」

小松を送りだしたあと茶を運んでゆくと、岡田老人は火桶へ手をかざしながら一冊の写本をひらいて見ていた。そこの机の上から取ったのだろう「*妙法寺記（みょうほうじき）」とい

う題簽(だいせん)で、半年ほどまえに良人が御菩提寺(ごぼだいじ)から借りて来て筆写しているものだった。良人の写した方の題簽には「鈔(しょう)」という字が付いている、たぶん原本からなにか鈔録しているのであろう、写し終えて綴(と)じたものがもう六冊あまりもある筈だ。老人はなにか感に堪えぬようすで、しきりに頁(ページ)を繰ってはぶつぶつ独り言を呟いていた。……ほどなく三右衛門が与一郎をつれて帰って来た。弥生が茶を淹(い)れかえにゆくと、二人はその写本のことを話していた。

「さようです」良人はそこへ筆写した書冊をとりだしながら説明した。「はじめ御書庫の中で*分類本朝年代記というものを拝見しまして、飢饉(ききん)の条のあまりに多いことから思いつき、それに類する書物をさがしまして、精(くわ)しい年表を作ってみようと始めたものでございます、なにしろふと思いつきましたことで準備もなにもなし、また私ひとりのちからではそうてびろく参考書を集めることもできませんので、まず下調べ程度のものが作れたらと考えております」

「然(しか)しそこもとの多忙なからだでどうしてこんなむつかしいことを始める気になったのだ」

「それはこの表に一例を書いてみましたが」

三右衛門はそう云って別の書冊をひらいた、

「このように年次表に書きあげますと、飢饉の来る年におよそ週期があるのです、この表はもちろん不完全きわまるものですが、凶作があって一年めに飢饉の続くことがもっとも多く、つぎには五年ないし六年めにくる例がひじょうに多い、この年次表がもっと完成して週期の波がはっきりわかるとすれば、藩の農政のうえにかなり役だつだろうと思うのですが」

「たしかに」

岡田庄兵衛は大きく頷いた、

「そうすれば、冷旱風水による原因もわかって耕作法のくふうもあろうし、また荒凶に対する予備もできるだろう、だがそれは独力では無理だ、ぜひ勘定役所の仕事にしなければ……」

それから老人は、役所の者がみなこういう点にまで注意するようになって欲しいこと、それが政治を執る者の良心であるということなどを熱心に述べるのだった。

六

その話が済むと碁になった、岡田老人と三右衛門はよい碁がたきで、しばしば招かれてゆくし老人のほうからも時どき打ちに来る。かくべつ珍らしいことではないのだが、その日は小松に囁かれたことがあるので、弥生はなんとなくおちつかず、ともすると二人の話しごえに耳を惹きつけられた。……碁は日昏れに及んだ、夕餉には小松がみやげに持って来た山鳥を割いて出した。それからまた碁が始まり、与一郎を寝かせてから、寒さ凌ぎに葛湯を作っていったときも、二人はさも楽しそうに石の音をさせていた。――小松は思いすごしたのだ、お役替えというような話なら、こんなにながく碁など打っていらっしゃる筈はない。そう思うと弥生はなにやら裏切られたような寂しい気持になり、行燈をひき寄せながらひっそりと縫い物をつづけた。

どのくらい経ってからであろう、石の音がやんでしずかな話しごえが続くのに気づき、ふとそちらへ注意すると「奉行所」という老人の言葉が聞えた。弥生は思わず針を措き、少し膝をにじらせながら耳をすました。

「たとえ百樹どの秋沢どののがうしろ楯にならずとも、奉行所でそこもとほどの才腕を活かせば、少なくとも現在のような恵まれないことはない」

老人は平らにくだけた調子でそう云った、

「自分の預かっている役所に就いてこんなことを申す法はないだろうが、勘定所づとめではさきも知れているし、殊(こと)にそこもとの仕事は気ぼねばかり折れて酬(むく)われることの少ないまったく縁の下のちからもちだ、わしも役替えをするほうがよいと思うがな」

「それも考えてはみたのですが、やっぱり私には今の役目が身に合っていると思いますので……」

「だがそれでほんとうに満足していられるかな、機会はまたというわけにはゆかぬものだ、あとで悔やむようなことはないかな」

そこでぷつりと話しごえがとだえた。森閑(しんかん)と冴(さ)えた宵のしじまを縫って、庇(ひさし)を打つ雨の音がひっそりと聞える、ああ降りだした、弥生がそう思ったとき、三右衛門のしずかに口を切るのが聞えてきた。

「役所の事務というものは、どこに限らずたやすく練達できるものではございません、勘定所の、ことに御上納係は、その年どしの年貢(ねんぐ)割りをきめる重要な役目で、常づね農民と親しく接し、その郷、その村のじっさいの事情をよく知っていなければならぬ、これには年数と経験が絶対に必要です、単に豊凶をみわけるだけでも私は八年かかりました、そして現在では、私を措いてほかにこの役目を任すことのできる者はおりません、……それとも誰か私に代るべき人物がございましょうか」

「正直に申して代るべき者はない」

「……こんどの話がどうして始まったか、推挙して呉れる人の気持がどこにあるか、私にはよくわかっています」

三右衛門はこう続けた、

「その人たちには私が栄えない役を勤め、いつまでも貧寒でいることが気のどくにみえるのです、なるほど人間は豊かに住み、暖かく着、美味をたべて暮すほうがよい、たしかにそのほうが貧窮であるより望ましいことです、なぜ望ましいかというと、貧しい生活をしている者は、とかく富貴でさえあれば生きる甲斐があるように思いやすい、……美味いものを食い、ものみ遊山をし、身ぎれい気ままに暮すことが、粗衣粗食で休むひまなく働くより意義があるように考えやすい、だから貧しいよりは富んだほうが望ましいことはたしかです、然しそれでは思うように出世をし、富貴と安穏が得られたら、それでなにか意義があり満足することができるでしょうか」

弥生は身ぶるいをした。こめかみのあたりが白くなり、緊張のあまり顔つきが硬ばった。廂を打つ雨の音はやみもせず高くもならなかったが、気温はぐんぐん冷えて、膝や手足の指は凍えるように思えた。

「……おそらくそれだけで意義や満足を感ずることはできないでしょう、人間の欲望には限度がありません、富貴と安穏が得られれば更に次のものが欲しくなるからです」

良人のこえは低いうちにも力がこもってきた、

「たいせつなのは身分の高下や貧富の差ではない、人間と生れてきて、生きたことが、自分にとってむだでなかった、世の中のためにも少しは役だち、意義があった、そう自覚して死ぬことができるかどうかが問題だと思います、人間はいつかは必ず死にます、いかなる権勢も富も、人間を死から救うことはできません、私にしても明日にも死ぬかもしれないのです、そのとき奉行所へ替ったことに満足するでしょうか、百石、二百石に出世し、暖衣飽食したことに満足して死ねるでしょうか、否、私は勘定所に留まります、そして死ぬときには、少なくとも惜しまれる人間になるだけの仕事をしてゆきたいと思います」

膝を固くし頭を垂れていた弥生は、みえるほどからだが震えるのを抑えることができなかった。感動というよりは慚愧に似たするどい思考が胸につきあげ、それが彼女を二つにひき裂くかと思えた。――生き甲斐とはなんぞや、ながいこと頭を占めていたその悩みが、いま三右衛門の言葉に依ってひとすじの光を与えられた。それはまぎれもなく暗夜の光ともたとえたいものだった。——貧しい生活をしていると富貴でさえあれば生き甲斐があると思いやすい、良人は今そう云った。自分が思い惑ったのも、つきつめれば妹たちの暮しぶりをみ、その非難を聞いて、自分の生活よりは意義があり充実しているように考えたからだ。なんというあさはかな無反省なことだったろう、縫い張りや炊事や、良人に仕え子を育てる煩瑣な家事をするかしないかが問題ではない、肝心なのはその事の一つ一つが役だつものであったかどうかだ、女と生れ妻となるからは、その家にとり良人や子たちにとって、かけがえの無いほど大切な者、病気をしたり死ぬことを怖れられ、このうえもなく嘆かれ悲しまれる者、それ以上の生き甲斐はないであろう、然し、それでは自分はこの家にとってはたしてかけがえのない者であるかどうか、どうしても無くてはならぬ者だろうか。……弥生には然りと思うだけの自信も勇気もなかった。

「そうだ」彼女はしずかに面をあげた、「少なくとも良人や子供にとってかけがえのない者にならなくては」そう呟くと、なにかしら身内にちからが湧いてくるようだった。弥生は立ちあがり箪笥の小抽出の中から青銅の風鈴をとりだした。秋のころ妹たちが外していったのを、どうしても吊りなおす気になれなかったものである、——あのときから気持がゆらぎだしたのだ、そしてこの数十日ずいぶん思い惑ったことはむだではなかった、こうして今こそ生きるみちをたしかめたのだから。……そう思いながら弥生は小窓をあけた、外はいつのまにか粉雪になっていた。「まあ、とうとう」燈火をうけて霏々と舞いくるう雪の美しさに、弥生は思わず声をあげながら、手を伸ばして風鈴を吊った。あるかなきかの風に、久しく聞かなかった滴丁東の澄んだ音がひびきだすと、その音を縫って三右衛門のこう呼ぶこえが聞えた。

「弥生お帰りだぞ」

小指

一

「今日は、そんなものを着てゆくのか」

「はい」小間使の八重(やえ)は、熨斗目(のしめ)麻裃(あさがみしも)を取り出していた。平三郎は、ぬうと立ったまま八重の手許(てもと)を見まもる、彼にはなぜ礼服を着てゆくかがわからない。

「なにか今日は、式日だったのか」

「いいえ、お式日ではございません」

八重は礼服をきちんと揃(そろ)える、それを脇(わき)へ直して扇筐(おうぎばこ)を取る、蓋(ふた)を開けてやはり式用の白扇を取り出し、それを礼服の上へ載せる。平三郎は八重のすばしこい手の動きを見ている。……少し寸の詰った、小さな、可愛(かわい)い手である。然(しか)しその右手の小指の第二関節のところが、内側へ少し曲っているのが彼の眼を惹(ひ)く。それは娘たちがなにか摘むときに小指だけ離して美しく曲げる、あの手の嬌態ほどの曲り方である。

「その指はどうかしたのか」

「どれでございますか」

「その右手の小指さ」

「まあ」八重は慌てたように、片方の手でその指を隠す、「……これは生れつきでございますの、いつぞや申し上げましたのに」

それから、揃えた礼服をひき寄せる。そこで平三郎はいま着たばかりの常着の、袴の紐を解こうとした。八重はおどろいて、それはその儘でよいこと、礼服は、挟箱へ入れて持ってゆくのだということを説明する。

「今日はお帰りに鹿島さまへお寄りなさるのですから、御下りのときこれをお召しあそばすのでございます」

「ああそうか」平三郎はにこっと笑う、「……あれは今日だったのか」

「お袴はいけませんですよ」八重は若い主人を見上げて戒めるような微笑をみせる、「……いつもとは違うのでございますからね」

そして膝ですり寄って、平三郎の袴の裾を揃え、軽くとんと下へ引き、襞を撫でてから、「さあ宜しゅうございます」といい、自分も礼服を抱えて立った。

父の新五兵衛は、もう先に出仕していた。母親と家扶に送られて家を出た平三郎は、小馬場の西をまわってゆきながら、「袴はいけない」と呟く。それから眼をあげて空を見る。よく晴れた冬の朝で高い高い碧空をなにかしらぬ鳥が渡っている、彼はゆっくりと御宝庫の向うにある自分の詰所へと歩いていった。

平三郎は、山瀬新五兵衛の一人息子である、父は＊川越藩秋元家の中老、彼は小姓組で書物番を勤めていた。父も挙措のしずかな温厚一方の人で、かつて怒ったり暴い声を立てたりしたことはないが、平三郎も同じように極めておっとりした気質をもっていた。唯一つ彼には放心癖があって、失敗というほどではないが時どき顔を赧くする場合がある。もうかなり以前のことだが、朝、着替えをしているとき、手に袴を持って、穿こうとした形のまま、途方にくれてしまった。……八重はそのときまだ奉公に来て早々だったが、若主人が袴を持ったまま惘然と考えこむのを見て、「いかがあそばしました」と訊いた。平三郎はうむといってなお暫く考えていたが、やがて、「やっぱりこうか」と呟きながらようやく袴へ足を入れた。それから逞しいというよりふっくりしたといいたい顔で、にこっと笑った、「今ちょっとこの袴のどっちを前にしたらいいかわからなくなってね」「…………」「やっぱり、この板のある方がうしろだったよ」そして安心したように頷いた。……これが八重の戒めた「袴」の起こりである。こういう類のことが、ずいぶんあった、毎朝の出仕の支度でも、八重が附く以前には、よく間違いをした。紙入の代りに足袋を懐中したり、扇子を忘れて文鎮を持っていったり、熨斗目の上へ継ぎ裃を着るなどという例がいくらもあった。

彼は自分の放心癖は、十八歳で書物番を命ぜられてから始まったのだと信じている。……平和な家庭に温かい父母の愛を享けて育った彼が、世俗と縁の遠い書物に没頭し始めたのだから、「放心癖」になるのも自然だったかも知れない。父の新五兵衛は笑って、

――なに人間はあのくらいぬけたところのあるほうがいいのだ。

そういっていたが、母親のなお女には心痛の種だった。そして武家では不似合なことだったが、自分が愛していた小間使の八重を彼に附けることを定めたのであった。

二

その日、平三郎はむすめを見にゆくことになっていた。父の友人で阿部山城守*の家臣に鹿島主税という人がある、その主税の仲だちで同じ阿部家中の芝方左内という者のむすめをどうかとすすめられていた。身分も年恰好も相応なので、母親がまず乗り気になり、父も平三郎もかくべつ異存はなかった。それで是非いちど当人を見に来るようにという先方の話から、訪ねてゆく約束ができたのであった。

平三郎は退出の刻になると、詰所で礼服に着替え、供を伴れて屋敷を出た。秋元邸は神田橋内にあり、阿部の上屋敷は外桜田でたいした距離ではない。かつて二度ばかり訪ねたことのある鹿島家へまずゆき、そこから主税に伴われて芝方の住居へいった。

芝方左内は用人だと聞いていたが、一万六千石の家中にしては手広な建物で、庭も狭いながら凝ったものだった。……客間へ通されて、主人左内と暫く話すうち、妻女が菓子を運び、次いで当の娘が茶の接待に出た。平三郎ははじめ出て来た妻女には注意したようだったが、娘には殆ど眼を向けなかった。

「これはむすめ早苗でござる」と、左内がひきあわせた、「……ふつつか者だが、お見知りおき下さい」

平三郎は、はあと答えたが、そちらへは向かなかった。娘は上気した面を伏せたまま、然しおちついた優雅な身ごなしで茶の給仕をし、一礼してしずかに去った。このあいだにかなりの時があったのだが、彼の注意が娘のほうに動いたようすはなかった。

酒肴が運ばれて、また娘が給仕に出た、話は途切れがちだったが、席はいつかのびやかにおちつき、いかにも寛いだ小酒宴となった。けれども彼はやっぱり娘を見ようとはしなかった、無視するという態度ではないが、ごく自然な無関心という風だった。こうして、灯がはいってから一刻ほどして、主税と平三郎とは芝方家を辞去した。

家へ帰ると母親が待ち兼ねていて、気遣わしげに、「どうでした」と訊いた。「たいへん馳走になりました」平三郎はそう答えたきりである。なお女は仕方なしにはっきり相手はどうだったのかと訊き返した。

「あなた見ておいでなのでしょう」

「ええ、お母さんという人をよく拝見して来ました」

「御当人はどうなすったんですか」

「もちろんいました、しかしこれはよく見ませんでしたよ」

「どうして御覧なさらなかったの、だってその娘さんを見にいらしったのでしょう」

「それはそうですが」平三郎はまじめに頷いた、「……然しお母さんという人がたいそう善（よ）さそうな方なので、この人の娘ならよかろうと思ったものですから」

この言葉は母親の心をうったとみえ、なお女の眼がふっと潤（うる）みを帯びた、父の新五兵衛は温和な笑いを眼にうかべながら、

「だがおまえ、母親を娶（めと）るわけではないだろう、親が善いからといってその子が善いとは定（きま）っていないぞ」

「それはそうですが、しかし」彼は信じられぬというように父を見た。

「……私は母上が好きですし、この母上があって私の今日があるのだと思いますから、それで大丈夫だと考えたのですがね」

「母上」と、新五兵衛は妻に笑いかけた、「……なにか奢（おご）りますか」

なお女は微笑した。泣かされた人のような微笑だった。それでそれをまぎらかすように、わざと事務的な調子でいった。

「それではあなたは来て頂いてもよいとお考えなのですね」

「いいと思います」

「鹿島がよろこぶだろう」新五兵衛は頷きながらそういった、「……だいぶ熱心に

すすめていたから、この家も賑やかになっていい」

平三郎は、そんなものかしらという顔をしていた。

その明くる朝だった。出仕の支度をしているとき、小間使の八重が、「いよいよお定りになりましたそうで」と問いかけた。平三郎はうんと頷いた。八重の顔には若い主人の幸福をよろこぶ色が溢れていた。なにかでそのよろこびを表現したいようだった。着替えの品を揃えたり、袴腰を当てたりしながら、つきあげるような眼で平三郎の姿を眺めつづけたが、やがて思い切ったように、「さぞお美しい方でございましょうね」といった。そして、自分でもなぜかわからずに、さっと赧くなった。

三

たぶん、はしたないことを口にしたからであろう、そう思いながら、八重は急いで面を伏せ、平三郎の足許へすり寄って、いつものように袴の襞を揃え、下へ軽くとんとんと引いた。……そのとき平三郎は上から、自分の前に跼んでいる八重の姿を見下ろしていたが、ふと自分の心に説明しようのない感動がわきあがるのを覚え、結びかけていた羽織の紐をそのまま、「はてなんだろう」というように天床を見た。そしてまた例の放心癖が出たと思ったのだろう、「お袴でございますか」と、そっと笑いながらいった。平三郎は曖昧に頷いて、居間から出ていった。

それから三日めの朝、やはり出仕の支度をしている時のことだった。例のとおり八重が眼の前に跼んで、袴の襞を正し、とんと軽く下へ引く、その柔らかいちからを身に感じたとき、平三郎は夢から醒めたように、「ああこれはいけない」と呟いた、八重はふり仰いだ。

「いかがあそばしました」

「いけない、いけない」平三郎はなおそう呟いた、「……これは失策をした」

「どうあそばしました、なにか……」

「迂闊だった、八重」そういって彼は、上から八重を見下ろした。「……おまえがいたじゃないか、此処におまえがいたじゃないか」

「わたしが、どうか致しましたのでしょうか」

「この平三郎の妻さ」

「…………」

「他から貰うことはなかった、平三郎の妻には八重がいちばんふさわしい、どうしてそれがわからなかったかふしぎだ、これも『袴』のうちだろうか」

八重は蒼白になった。唇まで白くしわなわなと震えていた。平三郎はその顔をびっくりしたような眼で見つづけながら、八重が五年というとしつき最も自分の身近にいたこと、朝な夕な着替えの世話や、持物の心配や、寝床の面倒や、その他の細ごました身のまわりすべての厄介をかけて来たこと、そしてそれはもう自分と切り離すことのできないほど、密接なつながりをもっていることなどを思いめぐらした。

「多少の困難はあるだろうが」と、彼は八重を見まもりながらいった。

「……失策はとり戻さなければならない。今日、帰ってから父上にお願いをしよう、おまえもそのつもりでいてくれ、いいか」

そしてしずかに出ていった。

平三郎は八重を娶ることが容易であろうとは信じなかった。しかしまた、それほど困難だとも考えなかった。ただ問題は芝方のほうへいちおう承認の旨を通じてしまったことである、武家同志のあいだで、一旦とり交わした約束を後から反故にするということは簡単ではない、仲に立った鹿島主税も困るだろうし、なにより父や母に迷惑をかけなければならぬ、彼にとってはこれがなにより苦しかった。――しかし、と、平三郎は思った。――しかしこれは自分にとって避け難い運命だったのだ。父上や母上に迷惑をかけるのは申しわけないが、恐らく自分のこの気持をお怒りなさりはしないだろう。

　彼は彼なりにこれだけの思案をした。そしてその後、父と母の前で正直に、「芝方との縁談を取消して下さい」といった。父は黙っていたが、母親の驚きは大きかった。そして彼がその代りに八重を娶りたいと云ったとき、なお女の顔色は蒼くなった。

「芝方殿へは私がまいって事情を述べ、詫びも致します、鹿島さんへも私から話します。父上にはお口はお利かせ申しません」平三郎は、珍しくはきはきといった、「……私が初めてのおねだりです、御迷惑はよく承知しておりますが、どうか許して頂きとうございます」

　ながい沈黙が続いた。息子には父母の心がわかるし、両親には息子の気持が手に取るようだった。親子の間に関する限りは、いささかも思慮考慮すべきものはない、しかしそれだけで済まぬものが多かった、いや寧ろ余りに多すぎるくらいだった。

「一応これは困ったな」新五兵衛がやがてそういった、「……しかし、なんとか穏やかにおさめるように考えよう、鹿島や芝方はおまえがゆくことはない、おれから話するが、八重を入れるということがな」

「わたくしが悪かったのでございます、八重を附けましたことが」なお女はふるえ声でそういった、「……あれを附けさえ致しませんでしたら、こんなことにはなりませんでしたろうに」

「誰が悪いとかいうことはない、どちらかといえばみんなが善良だったからだ、八重もよい人間だし、平三郎の気持も濁りがなくていい、おまえが八重を附けたのも我子を信じたからだろう、誰も悪くはないのだ、ただ問題が芝方のほうへ承諾を与えた後に起こったことと、八重が召使だという点が不仕合せなのだ」

四

「しかし、それとても不可能なほど困難ではないだろう」けれど新五兵衛の眼には、明らかに困惑の色があった、「……そして平三郎、おまえ八重を娶るという気持に間違いはないだろうな」

「間違いはないと信じますが」

「八重のほうはどうなのだ」

「それはわたくしから訊きましょう」

なお女がそういった、「……あれにいなやはないでしょうけれど、でもそれは芝方さまのほうが済んでからで宜しいと存じますけれど……」

「八重には私が訊きます」平三郎はきっぱりそう云った、「……今朝ちょっとそう申してありますし私から訊ねるほうがよいと思いますから、そして父上、これはやっぱり、なにより先にたしかめるべきことではないでしょうか」

「そう、……万一ということがあるからな」

平三郎は立って廊下へ出た、母親は呼び止めようとしたが、彼の態度が余りきっぱりしているので声が出なかった。……彼は八重に声を掛けておいて、自分の居間へはいった、八重はすぐに来た。しかし障子の外に手をついたまま、部屋の中へはいろうとしない。平三郎はそのようすに不吉な予感を覚えた。

「今朝のことをいま両親に話したところだ、父上も母上も許して下さるようだが、おまえは承知してくれるかどうか」

「……お返辞は」と、八重は低い震え声で云った、「ここで申上げますのでしょうか」

「うん、いま聞きたいと思う」

八重は面をあげなかった、両手を敷居の上に置いて深く顔を伏せたまま、しかしかなりしっかりした口調で答えた。

「若旦那さまの思し召は、身に余る冥加でございますけれど、本当に勿体ないほど有難うございますけれど、わたくし国のほうに約束をした者がございまして」そこまでいうと、八重の肩が見えるほど震えた、「……わたくしの勝手で延び延びになっていたのですけれど、近いうちにはぜひともお暇を頂かなければならないことになっているのでございます」

「それは、いつ頃からの約束なんだ」

「こちらへ御奉公に上るとき、親たちの間で定ったのでございます」

平三郎は一種の胸苦しさを感じた。二十五歳の今日まで、かつて知らない感情である、怒りでも不満でもなく、悲しいとか口惜しいというのでもない、なにか遁れ途のないところへ墜ちこみ、大きな力で胸を圧迫されるような感じだった。彼は、さがっていいといった、八重は消え入るような声で、「申しわけございません」といってしずかに去っていった。……それから母親がはいって来るまでのかなり長い時間、彼は身動きもせずに部屋の一隅を覓めていた。

「どういいました」はいって来たなお女は、我子のようすを見て、およその事情を察した、「……いやだと云ったのですか」

「国のほうに約束した者があるそうです」

「わたくしからもういちど訊いてみましょう、もしかして独り思案の口実かも知れませんから、あの子にはそういうところがあるのです」

なお女はすぐに立っていった、平三郎はやはり部屋の一隅をじっと見まもっていた。

明くる日、彼が母親から聞いたのは、「八重のことはお諦(あきら)めなさい」という言葉だった。平三郎はにこっと笑った、「やむを得ません」彼は明るい眼で母を見ながらこういった。

国からも急がれていたし、こういういきさつがあっては奉公しにくいからと八重はそういって、間もなく暇を取り、川越在にある自分の家へと帰っていった。……新五兵衛も平三郎も、それきり八重のことは口にしなかったが、なお女は可愛がっていた者だけに時どき思いだしては憎がった。たしかになお女は、八重を愛していた、針の持ち方、行儀作法はいうまでもないが、髪かたちから着附けの端まで自分で面倒をみた。読み書きも教えてみると筋がよいので、召使には不似合なところまで導いてやった。それほどにしてやったのにああした去り方をしたことが、事情はわかっていながらなにか裏切られたような気持がしてならないのである、しかし、そう憎がりながら、一方ではまた結果のこうなったことをよろこんでいる風もあった。

「なんといっても、召使を妻に入れては世間が済みませんからね、不幸が幸いになったようなものですよ」

「それなら、八重は褒めてやるがいい」

「それとこれとは、別でございますわ」

「おまえのいうことは、矛盾しているよ」

父と母との問答を聞きながら、平三郎は惘然と自分の右手の小指を見まもっていた。

五

芝方のほうは、格別むずかしくはならずに済んだ。非常に惜しがられたし、事情によっては少し待ってもよいからといわれたくらいである。両親には未練があったが、平三郎が承知しなかったので、結局は破約ということにきまった……。それからの日々、なお女が八重に代ろうというのを「これを機会に自分でやりますから」といって、彼は身のまわりの事すべてを独りでやりだした。長いあいだ人まかせにしていたし、性分というものがすぐ直るものでもないので、気持の張っているうちはよかったが、少し経つとまた「袴」のようなことがしばしば起こった。そういうとき彼の面にうかぶ苦笑ほど寂しげなものはなかった。

――八重、またやったよ。

心のなかでそう呟きながら、彼はよく手を止めてぼんやり何処かを見まもる、

「お袴はいけませんですよ」

という八重の顔がふと眼にうかぶ、そこで彼はこう呟く、

――おまえ、心配じゃないのか。

こうして日が過ぎ月が去った。明くる年の秋に、鹿島主税が別の縁談をもって来た。平三郎は笑っているだけだった。それまで息子のようすをそれとなく注意していたなお女は、その笑顔を見て堪らなくなったとみえ、「まだ忘れることができないのですか」と訊ねた。彼はけげんそうに母を見やった。「あれのことですよ」なお女はいいにくそうにいった、「……八重のことをまだ考えておいでなんですか」「ああ八重ですか」平三郎はすなおに頷いた、「……あのときは困りました、約束の

者があるなんて考えもしませんでしたからね」

なお女には彼の心を占めているものが八重その者であるか、それともあの時の不幸な「条件」であるか判然としなくなったが、ともかく彼にはまだ結婚する意志のないことだけはわかった。それから後も縁談はしばしばあったが、「まあもう少し」という平三郎の気持を思いやって、毎もそのまま話をすすめずに通していった。

翌々年の秋の末、新五兵衛がとつぜん病歿した。高熱が数日続いたあとで、医者も死因の判断に迷ったほど急なことだった。……平三郎が跡を継ぐと、またひとしきり縁談が起こった。こんどは直に彼をとらえて説得する者もあったが、やはりどの話も具体的に纏まらず、「父の一年でも済みましたら」という挨拶で、みなひきさがるより他なかった。こうして更に六年の月日がながれ去り、彼は三十三という年を迎えた、それまで我子のいうことに黙って同意していたなお女も、それ以上待つことに耐えられなくなったのだろう、「もう、そろそろ身を固めなくては……」ということを、改めていいだした。

「そうですね」平三郎もすなおに頷いた、「……適当な者があったら貰ってもいいですね」

「本当にそう思っておくれですか」

「ええ本当です、但し私はもう見にゆくのはいやですよ」彼は笑いながらいった、「……母上にお任せ致しますから、お気にいった者を貰ってください、こんどは変なことのないようにしたいですからね」

久方ぶりで、なお女も明るくなった。

こっちから捜すとなると、さて良縁と思うものはなかなか無かった。平三郎の年が年だし、長いこと縁談を断わり続けて来たので、頼むにも色いろ差障りがあったから、……それでもその年の秋、亡き新五兵衛の七年忌ま近になって、やや似合と思える相手が二三みつかった。

「七年忌の法会でも済ませたら、はっきり定めることにしましょう」

なお女はそういって、楽しげに候補者をあれかこれかと選び悩んでいるようすだった。

法要は、川越にある菩提寺で行われた。平三郎は寺からすぐ江戸へ帰ったが、なお女は親族の家に三日滞在し、秋深い武蔵野のそこ此処を見物したうえ帰途についた。……それは薄ら陽の底冷えのする日だった。城下町を出て、芒や雑木林の続く道を暫くいったとき、ふとその辺に小間使の八重の生家のあったことを思いだした、——どんな風に暮しているかしら。あのとき憎がった気持はもう少しも残っていなかった。寧ろ自分の可愛がってやった頃の彼女の俤(おもかげ)が鮮やかに回想され、仕合せにやっているかどうか、もう子供も二人や三人はあろう、そう思うと会ってゆきたいという気持を激しく唆(そそ)られた。供の者に所を尋ねさせると、少しまわり道にはなるが遠くはなかった。それでにわかに道を戻って訪ねていった。

家は、すぐにわかった。そこは三十軒ほどの部落の端にある、北側に櫟林(くぬぎばやし)をめぐらせた、南向きの、枯れて明るい桑畑を前にした陽当りのよい構えだった。……出迎えたのは四五たび江戸の家へ来たことのある、八重の兄に当る吾八という男だった。彼は妹の旧主と知ると非常に慌(あわ)てもし喜んで、ぜひ上って休息していってくれるようにと懇願した。しかしなお女は帰りを急ぐこと、八重に会いたくて立寄ったことなどを告げ、嫁いだ先はこの近くかどうかと訊(き)いた。吾八は却(かえ)って不審そうに、「いいえ、八重はまだ家におります」といった。「お屋敷から下りました当時、ずいぶん縁談もあったのですが、どうしても嫁ぐと申しませんで、とうとう嫁(い)きそびれてしまいました」

「でもあのとき約束した人があると聞きましたがね、あれは破談にでもなったのですか」

「約束した者……」吾八は朴訥(ぼくとつ)そうな眼でなお女を見上げた、「……いえ私はそんなことは存じませんです、この土地ではそんなことはございませんでしたが」

「だって八重が暇を取るとき」そういいかけて、なお女の顔に激しい動揺の色が現われた、そして改めて吾八を見た、「……八重はいま此処にいますか」

「はい、隠居所におります」吾八はいくらか自慢げにそういった、「……あれから間もなく村の娘たちに読み書きや縫い物などを教えるようになりまして、まあ申してみれば寺小屋のまねごとのようなものを好きでやっております、これもお屋敷で御奉公したおかげでございますが」

「いまいるのですね」なお女は吾八の饒舌を遮っていった、「……その隠居所というのは、どちらからいったらいいのですか」

「私が御案内を致しましょう」

「いいえ独りでいきましょう、どこですか」

「その横を右へおいでになると、すぐこの西側でございますが」

なお女はもう歩きだしていた。家の前を西へまわり、桑畑の畔を横へぬけると、若杉の袖垣の向うにその一棟があった。……なお女は縁先へ歩み寄った、まだ朝のことで、稽古に来ている者もなく、八重が独り、部屋の一隅で炉の火を焚いていた。

……八年という月日がなんと彼女を変らせたことだろう、どちらかというとまるく肥えていた体つきがすんなりとのびやかにひき緊り、眼鼻だちにも見違えるほどの品がついた。たしかに、そしておそらくは人にものを教えるという生活の影響であろう、あの頃にはなかった寂かなおちついた品がついていた。

「……まあ」八重は縁先に近づいた人のけはいにふと眼をあげ、それがなお女だと知ると、よろこびの声をあげた。

「まあ奥さま」

そして縁先へ走り出て来たが、なお女の強く覓める双眸に気づくと、打たれでもしたようにはっと息をひき、額のあたりを蒼くした。……なお女はなにも云わずに暫くそのようすを見まもっていた。それから八重が崩れるようにそこへ坐り、両手をついて深くうなだれると、まるで惹きつけられるように縁の上へあがった。そして、八重の膝へつきかけるほども近ぢかと坐りながら、「八重」と呼びかけた。

「おまえ、なぜ……あのときどうして約束した者があるなどとおいいだった。聞かせておくれ、おまえは平三郎が嫌いだったの」

「もったいない」八重は激しく頭を振った。「……もったいないことを仰しゃいます」

「ではなぜあんな偽りを云ったの、平三郎は縁談を断わってまで、おまえを望んだではないの、わたくし達が承知することもわかっていた筈ではないの、……あの子はまだ独り身でいるのですよ」

「申しわけございません奥さま」八重はひたと両手で面を掩った、「……おゆるし下さいまし」

なお女はじっと八重の啜り泣くさまを見ていた。喉へせきあげる嗚咽の声も、ふるえ戦く肩も、言葉以上のものを痛いほど明らさまに表白していた。女でなければ理会しがたい心の秘密、女から女だけに通ずる微妙な心理、それがなお女と八重とをじかに結びつけるようだった。

「若旦那さまのお心も……」と、八重は噎びあげながらいった、「……旦那さま、奥さまの思し召も、わたくしには身にあまるほどうれしゅうございました、あのお言葉だけでも、女と生れて来た甲斐があると存じました。……お受け申すことができたら、そう考えますと、あんまり仕合せで、本当とは思えなかったくらいでございました、でも、……お受け申してはならぬと気づきました、お受け申しては、御恩を仇で返すことになると存じました、もしゆくすえ若旦那さまのお名に瑕のつくようなことでもございましたら、死んでもお詫びはかなわぬと存じまして……」

「では、おまえも平三郎は嫌いではなかったのね、少しは好いておいでだったのね」

「……奥さま」

八重は耐え兼ねたように、声をあげて泣き伏した。……なお女は手を伸ばして八重の肩を押えた。

「八重、……おまえさぞ、苦しかったろうね」

そして、自分も片手で面を掩った。

その年の霜月の中旬に、平三郎は妻を娶った。同藩の田辺重左衛門の三女で、名は「八重」といった。彼は母親からそう告げられたときも、祝言をしてからも、格別なにも気づかなかったようだ。そして二十日ほど経ったある朝のこと、出仕の支度をしていたとき、脱ぎすてた衣服を畳んでいる妻の手許を見て、なにかひどく吃驚したように眼を瞠った、……急がしげに動いている妻の、右の小指が内側へ少し曲っているのである、彼は眼のさめたような気持で、妻の姿を眺めまわした。それからもういちど右手の小指を見たが、やがてしずかに居間を出て、母親の部屋へはいっていった。

なお女は彼のために、出仕まえの茶を点てていた。彼はそこへいっていつもの席へ坐り、「母上、大きな『袴』でしたよ」といった。そしてなお女が訝しげに眼をあげると、あの柔和な、明るい笑いかたでにこっと笑いながらいった、「……八重はあの八重だったのですね」

注解

13＊稿本　書物の下書き。
13＊紀州徳川家　藩祖は家康の一〇男頼宣(よりのぶ)。尾張、水戸とともに徳川御三家の一つ。
13＊年寄役　ここでは、主君を補佐し藩政にかかわる重臣。
13＊千石　「石」は体積の単位。米などを量るのに用いられ、大名や武士の知行高(領地の米の生産高)をも表した。一石は約一八〇リットル。
13＊御勝手がかり　財政担当。
14＊菊の間づめ　菊の間で勤務する意。「菊の間」は城内の部屋の名称。
14＊藩譜編纂　藩の歴史を記録、編集し、書物にすること。
16＊婢頭　婢女(はしため)(召使いの女性)を統率する者。
17＊蕭殺　物寂しいさま。
17＊一刻あまり　約二時間。江戸時代は昼夜をそれぞれ六等分し、その一区分を一刻とした。そのため一刻の長さは季節によって変わった。
17＊老職　家老職。藩主を直接補佐し、家中を統率する重職。
18＊一盞　「盞」は盃。ここでは酒の支度のこと。
18＊大寄合　藩政にかかわる重要事項を合議する役職。
19＊伽　ここでは、通夜の意。
19＊家扶　ここでは、武家で庶務や家計をつかさどる者、の意。
19＊用人　主君の側にいて、家政全般を担当した者。
22＊差別　ここでは、けじめ。
23＊十二時　「ここのつ」は午前零時頃。江戸時代の時の数え方の一つ。深夜と昼の一二時前後を「九つ」として一刻（約二時間）ごとに「八つ」から「四つ」まで減らしていく（「三つ」以下はない）。

33＊三百金　三〇〇両。「金」は江戸時代に用いられた大判・小判・一分金など金貨の総称。ここは、小判のこと。

34＊題簽　和漢書の表紙に、題名を記して貼る細長い小さな紙や布。また、その題字。

38＊允可　印可。武芸や芸道で、修業を終えた弟子に師匠が与える許し。また、その証明書。

41＊歌稿　和歌の下書き。

42＊加賀守綱紀　前田綱紀。加賀藩第五代藩主。

43＊反古　不用になった紙。ここでは、歌稿のこと。

45＊若年寄　家老の指揮下で藩士を統括する重職。

46＊鉅儒名匠　偉大な儒学者や優れた師匠。

46＊新井白石　江戸時代中期の儒学者、政治家。

46＊加州　「加賀の国」（現在の石川県南部）の別称。

46＊書府　書庫。ここは、学問の盛んな地である意。

46＊荻生徂徠　江戸時代中期の儒学者。

46＊加越能三州　加賀・越中（現在の富山県）・能登（現在の石川県北部）の三国。前田家の治めた地域をさす。

46＊窮民　生活に困っている民。

47＊中院通躬卿　江戸時代の公家。歌人。

47＊菅真静　江戸時代の国学者。ちなみに史上では、通躬の父通茂に師事し、その推薦により前田綱紀に仕えた。

57＊垜　弓を射る際、的をかけるために、土や砂を山のように盛り固めたもの。
57＊家綱　第四代将軍徳川家綱。寛永一八～延宝八年（一六四一～八〇）。一一歳で将軍となった。
57＊扈従　小姓。主君の身辺で雑用を務める役目の武士。
57＊筈巻　筈（矢の末端部で弓の弦を掛ける部分）の下の、糸で巻いてあるところ。
58＊御弓矢槍奉行　留守居（江戸城の留守警備や大奥取締りなどを担当）支配下で、幕府の所有する弓矢と槍にかかわる一切を取り仕切る役職の責任者。
58＊伺候　貴人の前に参上すること。
58＊家光　第三代将軍徳川家光。慶長九～慶安四年（一六〇四～五一）。
59＊水野けんもつ忠善　水野監物忠善。江戸時代前期の大名。正保二年（一六四五）岡崎藩初代藩主となる。
60＊うえさま　上様。将軍など、高貴な人の敬称。ここでは、将軍家綱のこと。
61＊万治二年　西暦一六五九年。
61＊寛永十八年　西暦一六四一年。
62＊御生害　御自害。
62＊目付役　藩士の行動や勤務状態などに不審なところがないかを監視する役職。
63＊世子　貴人の後継ぎ。ここでは家光とお楽の方（側室）との間に生れた家綱のこと。ちなみに史上では、生誕は八月三日とする。
64＊書院番　本来は、幕府の職名で、江戸城の警固や将軍外出時の護衛などの任にあたる。江戸城白書院の紅葉の間に詰めるところからいう。諸藩においても、主君警護の役職を幕府の役職名にならってこう呼ぶところがあった。
64＊上使　主君の命令を伝えるために派遣さ

れた使者。

64＊水髪　油をつけず、水だけで整えた髪。

64＊金二枚　ここでは、一両小判二枚のこと。

70＊正保二年　西暦一六四五年。第三代将軍徳川家光の治世。

71＊おかざきぶり　岡崎振り。ここでは、岡崎訛りの意。

72＊鎧初め　鎧着初め。武家の男子が、通常一三、四歳で初めて鎧を着る儀式。

72＊郷士　武士の身分で農業に従事していた者。

73＊箭篦　矢の本体。鏃（やじり）と羽根を除いた部分。

74＊十二束　拳一二個分の長さ。「束」は矢の長さを計る単位。一束は親指を除いた指四本分の幅。

74＊三伏　指三本分の長さ。「伏」は、矢の長さを計る単位。一伏は指一本分の幅。

80＊そろ　候（そうろう）。丁寧の意を添える語。

80＊御前　ここでは、将軍のことをいっている。

83＊子の刻　午前零時頃。

83＊としより　年寄。主君を直接補佐する家老。

83＊旗頭　軍団の長。

83＊ものがしら　物頭。弓組や鉄砲組などの足軽兵の長。

83＊巽矢倉　本城（本丸）から見て巽（東南）の方角に設けられた櫓（やぐら）。

84＊豊臣秀吉　安土桃山時代の武将。

84＊関白太政大臣　「関白」は、天皇を補佐して政務を執る重職。「太政大臣」は律令制で、太政官の最高の官職。

84＊北条氏　後北条氏。北条早雲を始祖とする戦国大名家。当時の主は北条氏政。

84＊天正十七年　西暦一五八九年。

84＊小田原城　相模の国（現在の神奈川県）

にあった北条氏の居城。
84＊石田三成　石田治部少輔三成。安土桃山時代の武将。のちに豊臣家五奉行の一人。
84＊大谷吉継　安土桃山時代の武将。
84＊長束正家　安土桃山時代の武将。のちに豊臣家五奉行の一人。
85＊北条氏規　安土桃山時代の武将。北条氏政の弟。ちなみに史上ではこの時、氏規は伊豆の韮山城の大将。
85＊成田下総守氏長　北条氏政の家臣。
85＊太田三楽斎　太田資正。戦国時代の武将。
89＊番がしら格　「番がしら」は番頭。城中の警備や宿衛にあたる「番衆」の長。
89＊永禄三年　西暦一五六〇年。
89＊上杉謙信　戦国時代の武将。越後の国（佐渡島を除く、現在の新潟県）の大名。成田氏長の父長泰は、もと上杉家に仕えたが、上杉謙信の小田原城攻めに際し、北条氏康（氏政の父）についた。
92＊おこ　愚かなこと。
94＊総奉行　主君に直属して家臣全体を取り仕切る役職。
94＊軍監　軍事部門の監督。
94＊武庫奉行　武器全般の責任者。
94＊城塁奉行　城の管理責任者。
94＊番がしら手代　番頭の補佐役。
94＊布令書　一般に告げ知らせる文書。
95＊萌黄村濃の鎧　濃淡のある萌黄色（黄緑色）の革や組紐で小札（こざね）（鎧を構成する鉄片）を綴じ連ねてある鎧。
95＊佩いた　腰に付けた。
98＊佐竹　佐竹義宣。安土桃山時代から江戸時代前期の武将。
98＊宇都宮　宇都宮国綱。安土桃山時代の武将。
98＊結城　結城晴朝。安土桃山時代から江戸時代前期の武将。

98＊多賀谷　多賀谷重経。安土桃山時代から江戸時代前期の武将。

100＊里余　一里あまり。一里は約三・九キロメートル。「里」は距離の単位。

101＊三町も五町も　三〇〇〜五〇〇メートルも。「町」は距離の単位で、一町は約一一〇メートル。

103＊鉦鼓　軍事用の合図に用いる敲鉦（たたきがね）と太鼓。

103＊旗さしもの　旗指物。武士が戦場で、目印のために鎧の背中にさしたり、従者に持たせたりする小旗や飾り物。

105＊おばしま　欄。窓のてすり。

106＊硯海　硯（すずり）の墨汁をためる窪み。

106＊松子　真田小松。真田信之の正室。「子」は女性の名に付けて用いた語。

107＊伊豆守真田信之　安土桃山時代から江戸時代前期の武将。初名は信幸。天正一八年（一五九〇）より沼田城城主。

107＊徳川家康　安土桃山時代の武将。のちに徳川幕府初代将軍。天文一一〜元和二年（一五四二〜一六一六）。

107＊上杉征討軍　秀吉の死後、石田三成との連携を深め、会津（現在の福島県西部と新潟県の一部）で軍備強化を図っていた上杉景勝に対する討伐軍。

107＊本多平八郎忠勝　安土桃山時代から江戸時代の武将、大名。徳川家康に仕える。

107＊内大臣　左大臣、右大臣に次いで天皇を補佐する役職。家康は、慶長元年（一五九六）から慶長八年（一六〇三）まで内大臣。

110＊安房守さま　真田昌幸のこと。真田信之の父。

110＊幸村　昌幸の次男。安土桃山時代の武将。本名は信繁。

110 ＊箕輪　信濃の国伊那郡（ごおり）（現在の長野県南部）にあった、真田家の領地。
110 ＊行蔵　出処進退。ここでは、振舞いの意。
110 ＊武田晴信　戦国時代の武将。「信玄」は法名。
110 ＊織田信長　戦国・安土桃山時代の武将。
110 ＊上杉景勝　安土桃山時代から江戸時代前期の武将、大名。
110 ＊北条氏直　安土桃山時代の武将。
110 ＊沼田城の去就　天正一三年（一五八五）、徳川家康が沼田城を北条氏直に与えようとしたため、昌幸は家康と対立した。
111 ＊太閤　豊臣秀吉のこと。
111 ＊秀頼　豊臣秀吉の次男。
125 ＊旬日　一〇日間。
125 ＊秀忠　徳川秀忠。家康の三男。のちに徳川幕府第二代将軍。天正七～寛永九年（一五七九～一六三二）。
126 ＊松平家　ここでは、大河内松平家のこと。松平庶流の一つ。徳川家康に仕えた大河内秀綱の次男正綱が長沢松平家を継ぎ、正綱の甥で養子となった信綱が徳川家光に仕えて大名に取り立てられ、大河内松平家初代となった。
126 ＊すじめ　筋目。家系、血統。
128 ＊七荷　「荷」は、一人で肩に担えるほどの物の量を数えるのに用いる語。
134 ＊松平信綱　江戸時代前期の大名。伊豆守。寛永一〇年（一六三三）五月、老中に就任、武蔵の国忍城城主となり三万石を領した。
134 ＊就封　襲封。大名が領地を受け継ぐこと。
134 ＊とりしまり加筆　ここでは、監督官の補佐役のこと。
135 ＊松平正綱　江戸時代前期の大名。右衛門大夫。徳川家康の側近。信綱の養父。

135 ＊桶側胴　鎧の胴の一つ。鉄板を桶のようにはぎあわせて作ったもの。

137 ＊土民の乱　島原・天草一揆。寛永一四～一五年（一六三七～三八）。肥前の国島原と肥後の国天草の領民が切支丹の若者益田四郎時貞に率いられ原城を拠点に戦った。

137 ＊板倉重昌　内膳正。江戸時代前期の大名。徳川家康の側近。

137 ＊石谷十蔵　石谷将監貞清。「十蔵」は通称。江戸時代前期の旗本。板倉重昌の副将として天草の乱に出陣した。史上では、石谷に左近将監の官位が与えられたのは慶安三年（一六五〇）に江戸北町奉行に就任してからのこと。

137 ＊大坂の役　慶長一九年（一六一四）の大坂冬の陣と、翌年の大坂夏の陣のこと。

138 ＊恩借　ここでは、藩からの給与の前借り。

139 ＊騒擾　騒ぎを起こして、社会の秩序を乱すこと。

139 ＊左衛門戸田氏銕　安土桃山から江戸時代前期の武将、大名。美濃の国（現在の岐阜県南部）大垣藩藩主。「左衛門」は左衛門督で、古代からの官職。江戸時代には実質を伴わず、地位の象徴として職名だけが授けられた。

141 ＊甲斐守輝綱　江戸時代前期の大名。松平信綱の長男。のちに川越藩第二代藩主。

141 ＊首十余級　一〇人以上の首。「級」は討ち取った首を数えるのに用いる語。中国古代の秦の法で、首一つ取るごとに階級が一つ上がったことからいう。

141 ＊幕営　幕を張りめぐらして軍勢が待機している所。

141 ＊帷幄　垂幕と引幕。その幕の中で作戦計画を立てたところから、本陣の意。

147 *乱 島原・天草一揆のこと。
151 *権門 身分の高い家柄。
151 *救恤 貧困や災害で苦しんでいる人を救援、救助すること。「恤」は恵む意。
155 *尺牘 短い手紙や書付け。「尺」は短いこと、「牘」は文字を記す木札（もくさつ）のこと。
155 *寒 暦の上で、小寒から大寒までの期間。太陽暦では、一月六日頃から二月四日頃までの約三〇日間。
157 *捷報 勝利の知らせ。
170 *軍目附 兵士の行動などを監視する役職。
177 *上杉家 出羽の国（現在の山形県と秋田県）米沢藩藩主。
177 *三十人頭 足軽三〇人を一組とする軍団の長。
177 *跡目 家長としての身分。
177 *五十騎組 米沢藩初代藩主上杉景勝に直接仕えた家臣団。
177 *執政 家老のこと。
180 *治憲 上杉治憲。米沢藩第一〇代藩主。様々な改革を行い、藩政を立て直す。藩主隠退後は鷹山（ようざん）と号した。
180 *事件 「七家（しちけ）騒動」と呼ばれる。
181 *高鍋藩秋月家 「高鍋藩」は日向の国（現在の宮崎県）高鍋に置かれた外様藩。「秋月家」は高鍋藩藩主。
181 *隠居閉門 ともに江戸時代の刑罰。「隠居」は、職を退かせ、家督を子孫に譲らせること。「閉門」は、住居の門や窓を閉ざし、昼夜とも出入りを禁じる監禁刑。
181 *坐して 「坐する」は連座する。連帯責任を問われ処罰される。
182 *退国 ここでは、米沢藩の領地から出る意。
184 *名主 当時、領主の下で村を管轄した役人。触（ふれ）（告示）の伝達、人別調査、争いごとの調停などを行った。
193 *帰参　一度主家を離れた者が、再び仕えること。
193 *安永六年　西暦一七七七年。第一〇代将軍徳川家治の治世。
199 *藤田虎之助　藤田東湖。江戸時代後期の水戸藩士。儒学者。藤田幽谷の次男。
199 *幽谷　藤田幽谷。江戸時代後期の儒学者。尊王攘夷を主張し水戸学の基礎をきずく。
199 *遁辞　逃げ口上、責任逃れの言い訳。
205 *弘化四年　西暦一八四七年。
206 *指紙　ここでは、手紙に用いる紙のこと。以下の文意は「紙が手に入らないので、屛風を破った切れ端に書きますから、小さい字でご面倒ですが、推察しながらお読みください」。
211 *嘉永六年　西暦一八五三年。
211 *米艦　ペリーの指揮するアメリカ海軍東インド艦隊の軍艦（黒船）のことをいっている。
212 *水戸斉昭　徳川斉昭。水戸藩第九代藩主。
212 *戸田蓬軒　戸田忠太夫。水戸藩家老。徳川斉昭を助け、尊王の志士として活動した。
212 *山国兵部　水戸藩士。尊王の志士。
212 *帷幄の士　同志、仲間。
212 *里　藤田東湖の妻。
214 *安政元年　西暦一八五四年。
215 *人別　「人別帳」の略。江戸時代の戸籍簿。
220 *慶長五年　西暦一六〇〇年。
220 *富田信濃守知信　安土桃山時代の武将。豊臣秀吉の家臣。
220 *浮田安心入道忠家　安土桃山時代の武将。備前の国岡山の領主浮田（宇喜多）直家の異母弟。

220 *備前中納言秀家　宇喜多秀家。安土桃山時代の武将。直家の子。

222 *会津征討　会津で軍備強化を図っていた上杉景勝に対する討伐。

224 *毛利、島津、鍋島…　毛利輝元、島津義弘、鍋島勝茂、小早川秀秋、小西行長、長曾我部盛親、吉川広家。

224 *旗下　大将の支配下。

228 *九鬼嘉隆　安土桃山時代の武将。九鬼水軍を率いた。

228 *稲葉道通　安土桃山時代から江戸時代前期の武将、大名。文禄二年（一五九三）、伊勢の国岩出城城主となる。

228 *桑名の氏家　桑名城城主、氏家行広。「桑名」は、現在の三重県北東部。

228 *神戸の滝川　神戸城城主、滝川雄利（かつとし）。「神戸」は、現在の三重県鈴鹿市内。

228 *亀山の岡本氏　亀山城城主、岡本良勝。「亀山」は、現在の三重県北部。

237 *左近将監信広　富田信広。安土桃山時代の武将。織田信長、豊臣秀吉に仕えた。慶長四年（一五九九）没。

237 *分部光嘉　安土桃山時代の武将。

239 *木食興山上人　安土桃山時代の高野山の僧。応其（おうご）。武士だったが、三八歳で仏門に入り高野山で木食修行（木の実や草だけを食べて修行すること）をつんだ。

242 *おなんど役　御納戸役。江戸時代の武士の職名。主家の金銀・衣服・調度などの出納・管理を取扱う。

242 *金穀元締り方　金銭と穀物の管理役。

242 *大寄合　藩政にかかわる重要事項を合議する役職。

249 *御用筋の　公務に関する、の意。

250 *八十金　八〇両。

254 *五寸あまり　約一五センチメートル。

269 ＊徳川頼宣　紀州徳川家の祖。家康の一〇男。

270 ＊扈従　貴人のお供をすること。

281 ＊鏝がいけてある　鏝が灰の中に埋めてある、の意。「鏝」は焼き鏝。熱して紙や布などのしわを伸ばす鉄製の道具。今日のアイロン。

285 ＊五町歩　約五万平方メートル。「町」は土地の面積の単位。一町は約九九〇〇平方メートル。「歩」は町や反などの下につけて、端数のないことを示す語。

286 ＊平山兵介　幕末期の武士。常陸の国水戸藩藩士。

286 ＊大橋順蔵　幕末期の儒学者、攘夷論者。「訥庵」は号。

286 ＊安藤閣老　安藤信正。幕末期の大名。陸奥の国磐城平藩藩主。「閣老」は老中の別称。信正は万延元年（一八六〇）に就任した。

286 ＊多賀谷　多賀谷勇。幕末期の武士。長門の国萩藩家老毛利筑前の家臣。

286 ＊尾高　尾高長七郎。幕末期の剣術家。

287 ＊輪王寺宮　北白川宮能久（よしひさ）親王のこと。孝明天皇の義弟、明治天皇の義理の叔父。

287 ＊御座まわり　ここでは護衛の意。「御座」は貴人の席。

288 ＊岡田真吾　幕末期の武士。下野の国宇都宮藩藩士。

288 ＊松本錤太郎　幕末期の宇都宮藩藩士。名は「棋太郎」とも。

288 ＊一橋刑部卿　徳川幕府第一五代将軍徳川慶喜のこと。徳川斉昭の七男。弘化四年（一八四七）に一橋家を継いだ。

288 ＊名分　名に寄せられる敬意と信頼。

288 ＊大老　将軍を補佐し、老中を指揮する幕臣の最高位職。非常時にのみ設けられた。

288 *井伊直弼　幕末期の大名。近江の国（現在の滋賀県）彦根藩藩主。安政五年（一八五八）、大老に就任。万延元年（一八六〇）三月三日、江戸城桜田門の外で、水戸藩や薩摩藩の浪士に襲われ殺害された。

289 *近習番　主君の警護役。

291 *清水赤城　江戸時代後期の兵学者、砲術家。

291 *佐藤一斎　江戸時代後期の儒学者。天保一二年（一八四一）以降、幕府の直轄学校である昌平坂学問所の教授を務める。

291 *大橋淡雅　菊池淡雅。江戸の豪商、文人で社会福祉家でもあった。

291 *藩儒　藩主に仕える儒学者。

292 *三条家　閑院流藤原氏の嫡流家。天皇家の外戚で、太政大臣をはじめとする大臣職を務めた者も多い。笛と香道を家業とする。

294 *大目附　徳川幕府の職名。大名など身分の高い武士の監督・視察を行った。

295 *町奉行　徳川幕府の職名。江戸の町地・町人に関する行政・司法・警察などを司った役所。南北の両奉行所が月交代で担当した。

295 *黒川備中守　黒川盛泰。幕末期の旗本。文久元年（一八六一）五月、江戸南町奉行に就任。

298 *捕吏　罪人を捕まえる役人。

304 *慶応四年　西暦一八六八年。

304 *明治元　慶応四年九月八日改元。

304 *会津藩主松平容保　幕末期の大名。陸奥の国（現在の福島・宮城・岩手・青森の各県と秋田県の一部）会津藩第九代藩主。会津藩は会津郡（現在の福島県西部と新潟県の一部）を領有した。

304 ＊九条道孝　幕末期の公家。

304 ＊秋田藩主佐竹義堯　幕末期の大名。出羽の国秋田藩第一二代藩主。秋田藩は現在の秋田県などを領有した。「久保田藩」ともいう。

304 ＊征討鎮撫使　戊辰戦争時の新政府軍司令官。

305 ＊庄内藩酒井忠寛　幕末期の大名。出羽の国庄内藩第一〇代藩主。庄内藩は庄内地方（現在の山形県北西部）を領有した。ちなみに史上では、戊辰戦争当時の藩主は第一一代忠篤（ただずみ）。

305 ＊作男　雇われて田畑を耕作する男。

305 ＊六里ほど　約二三キロメートル。

318 ＊前哨兵　敵地近くにいる軍隊が、敵情を偵察するために前方に配置する兵。

321 ＊遠侍　武家の屋敷で主殿から離れて、門や玄関近くに設けられた警備の武士の詰所。

321 ＊半蔀　板戸の一種。上半分を外に吊りあげ、下半分は固定する。

322 ＊なんの守とも…　ここでは、家格の高さを誇っている。

325 ＊松浦隆信　戦国時代の武将。嵯峨源氏一流松浦氏第二五代当主。

325 ＊松浦丹後守　松浦親。戦国時代の武将。宗家相神浦松浦氏第一六代当主。

325 ＊有馬修理太夫　有馬晴純（はるずみ）。戦国時代の武将。

337 ＊元亀二年　西暦一五七一年。

339 ＊享保二年　西暦一七一七年。第八代将軍徳川吉宗の治世。

340 ＊松平家　石見の国浜田藩藩主、松井松平家。

359 ＊五勺　約九〇ミリリットル。「勺」は尺貫法における容積の単位。一勺は一合の一〇分の一で、約一八ミリリットル。
363 *勘定方頭取　藩の会計を担当する役職の長。
367 *前髪だち　元服前であることをいう。元服以前は、額の前部分の髪を別に束ねる。
372 *だいもつ　代物。ここでは、金銭のこと。
385 *足代寛居　足代弘訓。「寛居」は号。江戸時代後期の国学者。
385 *大廟　伊勢大神宮のこと。
386 *親藩　徳川氏の直系一門と分家で大名となったもの。ちなみに史上では、鶴岡藩は譜代。
386 *寛政二年　西暦一七九〇年。
386 *荻生徂徠　江戸時代中期の儒学者。
386 *太宰春台　江戸時代中期の儒学者。荻生徂徠に師事。
386 *穂積重胤　鈴木重胤。幕末期の国学者。
387 *中老　次席家老。
387 *万延元年三月の変　西暦一八六〇年におきた桜田門外の変のこと。
388 *左衛門尉さま　酒井忠発。鶴岡藩第九代藩主。
391 *文久二年　西暦一八六二年。
392 *七反　約七〇〇〇平方メートル。「反」は土地の面積の単位で、一反は約九九〇平方メートル。
393 *旧藩　鶴岡藩のことをいっている。
402 *心配して　ここは、手配して、の意。
405 *井上文郁　植田有年の別名。幕末期、讃岐の国の医師、尊王攘夷の活動家。
406 *梅田源次郎　梅田雲浜。幕末期の小浜藩士。
413 *つづ　ここでは、一九歳の意。
414 *禁中御式微　「禁中」は天皇の在所。御所。「式微」は著しく衰えること。
414 *賜宴　天皇の催す酒宴。

414 ＊臨御　天皇が出席すること。
414 ＊大膳職　宮内省に属し、宮中での会食の料理や諸国からの進物を司った役所。
414 ＊調進　品物をととのえて差し上げること。
415 ＊所司代　京都所司代。徳川幕府の職名。御所および京都の警衛、朝廷との折衝などを担当した。
415 ＊酒井若狭守　酒井忠義。江戸時代後期の大名。若狭の国小浜藩藩主。
415 ＊おすべり　貴人の飲食物や所持品のお下がり。
415 ＊恐懼　畏れかしこまること。
415 ＊殿上人　御所清涼殿の殿上の間に上ることを許された人。ここでは、そのうちの天皇の身辺雑事に奉仕する者のこと。
415 ＊一天万乗　天下を統治する天子。
420 ＊奉行評定所　評定所。家老や奉行などで構成される、重要事項の裁決機関。
420 ＊書役元締　書記の長。
420 ＊寄合組　長岡藩で「大組」とも呼ばれる、騎馬の侍軍団。
421 ＊大浄院さま　牧野忠辰（ただとき）のこと。長岡藩第三代藩主。その戒名「大浄院朗然成喜日観大居士」による呼称。
422 ＊奥義抄　平安時代後期の歌学書。著者は藤原清輔。
422 ＊休聞抄　室町時代の『源氏物語』の注釈書。著者は、連歌師里村昌休（しょうきゅう）。
422 ＊水蛙眼目　鎌倉・南北朝時代の歌論書『井蛙抄（せいあしょう）』の第六巻。僧侶で歌人の頓阿（とんあ）著。
422 ＊深秘抄　『和歌古語深秘抄』。著名な歌論の集成。元禄時代に恵藤一雄の編で刊行。
422 ＊湖月亭の大人　北村季吟（きぎん）のこと。江戸時代前期の国学者、歌人、俳人。「湖月亭」は別号。「大人」は先生を敬っていう語。

422 *相聞　相聞歌、恋の歌。
429 *御側勘定役　藩主の生活に関する会計を担当する役。
434 *山の井　『山之井』。北村季吟著。俳諧季寄せ。正保五年（一六四八）刊。
439 *左義長　小正月に宮中や民間で行われる火祭りの行事。宮中では書き初めの紙や扇などを、民間では正月飾りの門松や注連縄（しめなわ）などを焼く。
445 *為学初問　江戸時代中期の儒学書。著者は荻生徂徠の弟子、山県周南で、死後の宝暦一〇年（一七六〇）に刊行された。
445 *孝経小解　『孝経』（儒教の経典）の注釈書。著者は儒学者の熊沢蕃山で、死後の天明八年（一七八八）に刊行された。
446 *伊呂波本源　『以呂波本源』。辞書。著者は藤原則忠。
451 *高田屋嘉兵衛　江戸時代後期の廻船業者。蝦夷地で漁業、廻船業を営んだ。寛政一二年（一八〇〇）、択捉島（エトロフ）に至る航路を開発した。
451 *間宮倫宗　間宮林蔵。江戸時代後期の探検家。幕府の蝦夷地御用雇いとして蝦夷地、択捉島を測量し、文化五年（一八〇八）から、樺太、シベリアを探検、樺太が島であることを確認した。
452 *文化二年　西暦一八〇五年。
455 *平景隆　鎌倉時代中期の九州の武士。壱岐の国の守護代。文永の役の際、蒙古の大軍を迎え撃ち、救援を求める使者を博多の守護に送った後、城中で自害した。
457 *寛仁三年　西暦一〇一九年。
461 *文政六年　西暦一八二三年。
461 *船手役　船に関することを取り扱う役職。
461 *筆談役　外国人と筆談で話の仲立ちを行う役。

463＊斉脩さま　徳川斉脩。水戸藩第八代藩主。

470＊中山備前守　中山信情（のぶもと）。常陸の国松岡藩第一一代藩主。水戸藩の付家老（幕府から親藩につかわされた家老）。

476＊安藤義門　安藤家第三代当主。

487＊大目付　藩士の言動・勤務状態などを監視する役職。

488＊中秋　仲秋。陰暦八月の別称。ここでは、秋の半ば、の意。

488＊飛驒守信房　小笠原信房。越前勝山藩第五代藩主。

502＊大学　儒教の経典。『論語』『孟子』『中庸』とともに四書の一つ。

502＊昌平坂学問所　徳川幕府直轄の学問所。湯島昌平坂（現在の東京都文京区内）にあった。昌平黌（しょうへいこう）ともいう。上野にあった江戸時代前期の儒学者林羅山の家塾を前身とし、寛政の改革の際、幕府直属の教育機関として整備した。旗本・御家人の子弟だけでなく、大名の家臣などの入学・聴講も許した。

516＊相馬徳胤　相馬中村藩第六代藩主・相馬叙胤の三男。

548＊慶安四年　西暦一六五一年。

549＊国老格　大名の家老格。

555＊忠春　水野忠春。三河岡崎藩の二代藩主。

555＊めみえの杯　主君の世継ぎが江戸屋敷から国許へ初めて来た時に、拝謁する家臣に出す祝いの酒。

555＊水戸中将さま　徳川光圀のこと。常陸の国水戸藩第二代藩主。この時、従四位上右近衛権中将。

571＊八橋の古蹟　平安時代の伝説。二人の子どもが誤って川で水死したことを悲しんで尼になった女性が、村人の助けを借りて、八つに枝分かれして流れる川に八つの橋を架けたという。
574 ＊鉄性院さま　水野忠善の法名「破鐘了勘鉄性院」からとられた呼称。
581 ＊会津蒲生家　会津（現在の福島県西部と新潟県の一部）は豊臣秀吉によって蒲生氏郷の領地とされたが、その子秀行は宇都宮へ国替えとなった。その後、慶長六年（一六〇一）に秀行が再び会津に入り、会津蒲生家初代となる。
581 ＊下野守忠郷　蒲生忠郷。陸奥の国会津藩第二代藩主。
581 ＊中務大輔忠知　蒲生忠知。
581 ＊支封　離れていても一藩に従属する領地、の意。
596 ＊隠岐守松平定行　徳川家康の甥。
602 ＊お馬脇　主君の乗馬の際、徒歩でつき従う従者。
602 ＊本陣の旗もと　戦陣で大将旗のある本陣につめる直参の武士。
626 ＊ご先祖の日　ここでは、祥月命日のこと。故人の死んだ月日と同じ月日。
652 ＊妙法寺記　甲斐の国（現在の山梨県）都留郡にある日蓮宗の寺「妙法寺」に伝わる記録。文正元年（一四六六）から永禄四年（一五六一）まで、毎年の出来事・天変地異・農作物の出来を簡潔に記したもの。
653 ＊分類本朝年代記　田登仙の編纂による歴史書。貞享元年（一六八四）刊。
660 ＊滴丁東　風鈴のこと。「ていちんとん」は風鈴の音を模した言葉。
663 ＊川越藩秋元家　「川越藩」は武蔵の国入間郡（現在の埼玉県川越市）周辺を領有した藩。「秋元家」は譜代大名。宝永元年（一七〇四）、柳沢吉保に替って秋元喬知が川越に入り、明和四年（一七六七）に、第四代藩主凉朝（すけとも）が出羽の国の山形藩に転封になるまで支配した。

665 ＊阿部山城守　阿部正興（まさおき）。上総の国（現在の千葉県中央部）佐貫藩第二代藩主。

山本周五郎を読む

山本周五郎と私

美しいもの

乙川優三郎

山本周五郎の筆にも迷いがあると言ったら、多くの方が反論することと思う。およそ入魂の業である山本作品が、非力なひとりの人間の小さな世界を描いても、彼一流の深い眼差しによって清冽（せいれつ）な作品と化すことはよく知られている。『日本婦道記』もそのひとつで、つつましく密（ひそ）やかな日本女性の美しさが謳（うた）われているが、その中の「花の位置」という一篇には彼らしい眼差（まなざ）しや信念があまり感じられない。

終戦の年の「婦人倶楽部（クラブ）」三月号に発表しているので、書かれたのは一月ごろであろうか、戦時下の社会の異常な空気や圧力が作家の筆を鈍らせたのかもしれない。あるいは読者に考えるべき材料を提示したか、しようとして果たせなかったような気がする。

主人公の父親がこんなことを言う。

「佐藤さんなんかついこのあいだ南方からお帰りになったばかりなんだが……前線で敵の鉄砲や爆弾をあびたときはなんでもなかったが、こっちで空襲を受ける気持はまるでべつだそうだ……つまり前線にいるときは戦っているんだ……だから鉄砲も爆弾もあらためて怖れる対象にはならない」

本当に南方から生還した人がこれを読んだら、震えるか、虚（むな）しくなるだろう。今のわたしには山本流の人間洞察とは思えない。

一方、主人公の頼子は「工場の中では戦っているからそれほど恐怖を感じない」という父の単純な考え方や、挺身隊（ていしんたい）として航空機工場へ通う妹の情熱に反発する。精鋭の一機に勝敗の鍵（かぎ）があるとしても、戦争そのものはそういう現実的なものを積み上げたところにだけあるのではない、と考える彼女は知的で冷静な存在である。そんな人がやがて挺身し、空襲の最中に待避壕（ごう）を出て、飛行機の塗装を続けるという変身ぶりは虚しい。

彼女は思う。

「この一機が頭上の敵を撃つのだ……この機といっしょなら死んでもよい……自分はこれからも空襲中に作業を続けることはやめないであろう。生とか死とかにとらわれていたのは、なまはんかな批判がはたらいたからである、ひと枝の梅のもつ美しさが、浅はかな自分の批判をぬぐい去ってくれた。明日は自分も庭の蠟梅（ろうばい）を持ってゆこう」

そして読者はどう思うであろうか。

もしこの作品を誉（ほ）められたら、戦争に批判的であったという山本自身が怒り出すような気がする。しかし、わたしの大いなる読み違いということもあるので、今回、特別な全集に収録されて万人の評価を待てるのはよいことだと思う。また執筆順に掲載された三十一篇を、その初出背景を踏まえながら読み通すことで、新たに見えてくるものもあるに違いない。

後人が先人の作品を評価するとき、厳密には書かれたときの社会情勢や作家を取り巻く状況にも留意しなければならない。評者が同じ書き手の場合、特に時代小説は新資料の出現や情報網の整備といった恩恵にあずかる後人が作業的にも有利なので、過去の作品を批評する際には相応の礼儀が必要であろう。もしその先人と同じ時代に生きていたら、自分に何が書けたかと想像してみたい。

「花の位置」について考えてみなければならないのは、急速に敗戦へ向かいながら国を挙げて「鬼畜米英」「一億火の玉」と唱えていた非常時に書かれたことで、しかも「日本婦道記」でなければならない小説を珍しく実時間で仕上げていることである。国家事情を無視することのできない状況下で、山本はぎりぎりの選択をしたのかもしれない。批判的精神を捨てて挺身する娘を美しいとみたのでなければ、その真意は権力の目を晦(くら)ませて、読者に悲壮な覚悟の虚しさを伝えることであったろう。東京の馬込(まごめ)に暮らしていた彼は前年十一月の初空襲を体験していながら、小説の中では父親に暢気(のんき)なことを言わせている。その裏には山本自身の空襲に対する恐怖があったかもしれない。いずれにしても「進め一億火の玉」とも読めてしまうこの作品が小説として成功したと言えるかどうか。どんなに優れた作家であれ、生まれ合わせた時代と無縁ではいられないことを感じてしまう。ちなみに掲載誌の表紙の絵は、神風の鉢巻をした挺身隊員とみられる娘の作業風景である。

　山本の作家生活は大正十五年発表の「須磨寺(すまでら)附近」から昭和四十二年の「おごそかな渇き」までで、概(おおむ)ね戦前、戦中、戦後ということになる。質素な暮らしと犠牲と激しい変化の時代で、苦痛も喜びも今とは比重が違う。

　山本が没した昭和四十二年二月、十三歳だったわたしは彼の存在すら知らなかった。それが今では彼の晩年にあたる年を生き、同じ作家として小品を書き続けている。人間と作品を山本と比べられたら、まあ、みっともないと言うしかないだろう。想念の中の江戸は近いものであっても、山本のように生活の汚穢まで書き切る胆力がない。しかも彼は汚れも美しくしてしまう。軽いものが増えて吹けば消えそうな時代を生きているわたしにとって、この先人の壁はむしろ高くなってきている。

そうした観点からいうと、平成という時代を生きる今のわたしに「婦道記」は書けそうにない。まず女性のここまで立派な行為をあまり知らないし、見たり感じたりしないことにはうまく描写できないからである。また独特の文章が生み出す空間は山本のものでしかない。

「松の花」と「風鈴」は家格の違いがよく顕れているが、夫や家の役に立つことを生き甲斐にする女性のありようは同じである。終戦後に発表された「風鈴」の方に、どうなるか知れない変動の時代を生きる大衆の希望と困難を感じるのはわたしだけであろうか。「松の花」は昭和十七年の「婦人倶楽部」六月号掲載で、ミッドウェー海戦で大敗する前に書かれたせいか空間に落ち着きがある。

作家でいるか国民でいるかという葛藤が山本にもあったように思う。それは十九年発表の「桃の井戸」や「尾花川」などに強く感じられて、どちらも国家権力の監視のもとで自由に書ける状況ではなかったときに発表されているが、そもそも時代小説の主役である武士は軍人であるから、作中人物の言葉が時局を反映するものであっても不自然なことにはならない。作家として逆に利用することもできたであろう。「尾花川」で、尊王攘夷の志士たちが集まる家の夫人が、天皇でさえ艱難に堪えているときに酒食を貪る彼らの自尊ぶりを暴いてみせるくだりは、国民の運命を弄び、自らを省みない軍閥へ向けた批判のようである。けれども物語は「今は非常のときでございます、ひともわれも、できるだけ費えをきりつめ、あらゆるものを捧げて王政復古の大業のお役にたてなければなりません」と献身的な覚悟へ落ち着き、「ほしがりません勝つまでは」と読めなくもない。

「桃の井戸」では「私の歌は格調の正しさでこそ人にも褒められるが、心をうつ美しさに欠けている、美しさは在るものではなく自分で新たに築きあげるものだ」という山本の美に対する認識が覗ける。歌人の女性が武家の寡夫に嫁いで継母となる物語だが、子育てに悩んだ末にある老婦から「武家に生れた男子はみなおくにのために、身命を賭して御奉公しなければならない、そのときまでお預り申して、あっぱれもののふに育てあげるのが親の役目です」と諭され、「三人の子たちが人にすぐれたもののふに成って、あっぱれお役に立って呉れる日を待ち望むだけである」と決心する。婦道ではあるが、「美」が「おくにのために」へ転化する構成は葛藤の産物ではないだろうか。いろいろ言われている昭和十八年の直木賞辞退の真因も、この作品群の中に潜んでいるような気がする。

山本は曲軒として名高いが、なかなかユーモアのある人で、戦後間もなく書かれた最終作の「小指」がよい例である。放心癖のあるおっとりした気質の若い主人の存在が物語の空間を和らげて、武家でありながら親子関係もゆったりしている。彼の世話をする召使いの女性が婦道の実行者だが、ここにはそれまでの作品に見られる悲壮美はない。むしろおおらかで、女性の苦労がはっきり報われる結末が快い。「小指」発表の年、山本は再婚し、横浜へ転居して新しい執筆活動に入る。その後の作品はどんどん昇華してゆく。戦後という新しい時代の訪れの中で、揺るぎない自分を取り戻したのかもしれない。社会の底辺を占める大多数の人間を見つめた彼は文学の求道者ではあるものの、大上段に構えて普遍的な真理を求めたわけではないだろう。

「煎(せん)じつめればこの世のことは何もかも美しいのであり」

とチェーホフが書いている。

「美しくないのは生きることの気高い目的や自分の人間的価値を忘れたときの私たちの考えや行為だけである」

山本が書こうとしたことのように思われてならない。

（「波」平成二十五年六月）

解説　ふたりの「語り手」

服部康喜

『日本婦道記』は、昭和十七年（一九四二）六月から昭和二十一年一月まで、「婦人倶楽部（クラブ）」を主要掲載誌として発表された三十一篇から成る作品集である。

昭和十六年十二月八日、日本軍によるハワイの真珠湾攻撃に始まった太平洋戦争は、緒戦のほぼ六ヶ月間、日本軍の快進撃を見たが、昭和十七年六月のミッドウェー海戦の大敗北により、早期の戦争終結は不可能となっていた。しかし、その大敗北は国民に隠されたまま、日本は太平洋上で敗北を重ねる。昭和十八年二月のガダルカナル島撤退と、五月のアッツ島守備隊の玉砕は、日本の反転攻勢が不可能であることを明白に示すものであった。この年八月に刊行された『小説 日本婦道記』（全十篇）は、後に「決戦下日本婦人の進むべき道を示す本誌連載山本周五郎氏の日本婦道記は／婦人向優良図書として推薦になりましたが、今回文部省からも推選され云々（うんぬん）」（「婦人倶楽部」昭和十九年一月号）との広告文を付されることとなる。

そして戦後の昭和三十三年十月、新潮文庫に収録されるにあたりあらためて全十一篇を厳選、『小説 日本婦道記』として刊行された。これが周五郎生前の「定本」として広く流布（るふ）したものである。しかし、今回の全集は、全三十一篇すべてを収録、ここに初めて『日本婦道記』の全貌（ぜんぼう）を見ることができるようになった。なお、戦前の『日本婦道記』は、昭和十八年度上半期の第十七回直木賞に推されたが、周五郎は辞退している。

『日本婦道記』の執筆意図を、周五郎は彼の母の生き方と重ねながら、「日本の女性のもっとも美しくたっといことは、その良人（おっと）さえも気づかないところにあらわれている、ということを書いた」（『続・おふくろの味』春陽堂刊、昭和三十二年十一月）と述べていた。そのことを象徴するかのように、戦前・戦後を通じて『日本婦道記』の最初に置かれた作品が「松の花」であるのは意味深い。松の花とは目立たず、むしろ隠れているものの象徴なのである。

周五郎の意をうけて、松の花のそのように生きることの喜びを、切々と女性たちは語る。たとえば「自分にあるたけのものを良人や子供たちにつぎこむよろこび、良人や子供のなかで自分のつぎこんだものが生きてゆくのを見るよろこび、このよろこびさえわがものになるなら、私は幾たびでも女に生れてきたいと思う」(「桃の井戸」)というように、自己実現のよろこびであるよりは、仕えることのよろこびを語る。それは他者を生かすことであり、この充実とよろこびを『日本婦道記』は飽くこともなく語り続ける。それを周五郎は独特な表現方法によって実現したのだった。

『日本婦道記』の表現において、まず注目したいのは、その「語り」の構造である。『日本婦道記』にはふたりの「語り手」(話者)が存在する。ひとりは登場人物たちという「語り手」である。彼らは自由な彼ら自身の内言(内心の言葉)の「語り手」である。『日本婦道記』の登場人物たちは、この内心の言葉の「語り手」であることによって、私たちに人生の機微をあざやかに印象づける。たとえば、「松の花」の佐野藤右衛門のつぶやきである。

烈女節婦はこのように伝記に撰せられるものだけではない、世の苦難をたたかいぬいたこれらの婦人は頌むべきだ。しかし世間にはもっとおおくの頌むべき婦人たちがいる、その人々は誰にも知られず、それとかたちに遺ることもしないが、柱を支える土台石のように、いつも蔭にかくれて終ることのない努力に生涯をささげている。（中略）まことの節婦とは、この人々をこそさすのでなくてはならぬ。

こうして彼らは、人生の深い洞察者として成長を遂げる。藤右衛門の場合は、ひとりの夫としてだけでなく、ひとりの為政者としても成長しているのだ。「まつりごとをあずかるものの心すべきは、みえざるところをおろそかにせぬことだ」と。

そこに加わるもうひとりの「語り手」とは、登場人物たちの内言を、物語の全体へと繋(つな)ぐ「語り手」である。「松の花」で佐野藤右衛門が右に引いたような感慨を抱くのは、彼が「藩譜編纂(へんさん)」事業の完成を急ぐなかで、妻の死と、妻の死を悼(いた)む多くの家士しもべの女房たちの悲しむ様子を目撃したからであるが、彼の内言を交えたこれらの一連の出来事を受けとめて、「語り手」は藤右衛門の内面を次のように語っている。

彼はいまふしぎなほど新らしい昂奮を感じていた。（中略）――妻は生きているのだ、息災でいた頃よりも、あざやかに紙一重の隙(すき)もないほどぴったりと彼の心に溶けこんでいる、春風のようにおっとりとした顔、やさしく韻のふかいもの云い、しずかな微笑……なにもかもはっきりと彼の心のなかに生きているのだ、更(ふ)けてゆく夜のしじまに、彼はあでやかな妻のおもかげと相対するような気持で、しずかに朱筆をはこばせていた。

さて「藩譜編纂」事業の一環としての稿本「松の花」（烈女節婦伝）完成という大きな物語に、小さな物語（妻の死、葬儀、形見分け等）が、登場人物たちの内言とともに縫い合わされるばかりか、物語の向こう側、すなわち死者の復活という物語にまで読者を誘う。こうしたふたりの「語り手」を駆使する方法は、『日本婦道記』において周五郎が編みだし、確立した独創の手法なのである。

だがしかし、それは単に小説づくりの技法としてのみ編み出されたのではない。内言の自由な「語り手」である登場人物たちにまず語らせ、もうひとりの「語り手」が物語全体のなかに彼らの内言を縫い込み、物語を超えた地点にまで導く。このふたりの「語り手」を置くことによって、『日本婦道記』は、「聖戦」や「玉砕」といった言葉が乱舞する、あの決戦下の過酷な表現状況からの直接的な干渉を防御できたのであり、戦時下の状況に埋没することなく、内言を語る登場人物たちの自由と、自立した作品世界を創(つく)り上げることに専念できたのだった。もし『日本婦道記』が当時の表現の水準にとどまるものであったならば、登場人物たちの個性的で豊かな内言の世界はありえなかっただろう。こうして周五郎は彼らの人間としての主体性を、歴史物語を通して表現したのである。それは戦争が日常化したなかでの周五郎自身の主体性の確認作業でもあり、この「語り」の工夫こそが、戦後の周五郎の華々しい歴史小説の登場を約束したものなのである。

もちろん後に触れるように、必ずしもすべての作品が完璧にそうであったわけではない。が、そこに展開されている作品世界の多くは、「聖戦」や「玉砕」などの言葉に吹き飛ばされることなく、生きることを生そのものの充実とよろこびにおいて確認する。すなわち生きることを、他の何ものによっても手段化させない覚悟と決断と信（信じ合うこと）の物語として提示する。なるほど、献身や自己犠牲という美徳を『日本婦道記』の中に発見することは容易である。しかしそれらは生きることに先行するのではなく、生きたことの結果であるところに注意する必要がある。そこに当時の社会に蔓延した観念的な高揚感はなく、あくまでものびやかな生きる感情の表現がある。それもまた周五郎が戦時下において守り通そうとしたものなのである。同じように、この物語は日本の女性たちの美しさだけを描いたわけでもない。女性と男性が互いの生きること＝仕えること＝信じ合うことにおいて、変えられ、影響し合う物語として読まれることを待っているのである。『日本婦道記』の連作を掲載していた「婦人倶楽部」は、大正九年（一九二〇）十月に大日本雄辯會講談社（後の講談社）から創刊され、昭和六十三年四月に休刊となった婦人雑誌だが、戦前は「主婦之友」「婦人公論」「婦人画報」と並ぶ四大婦人雑誌の一つに数えられていた。

戦時下、すでに女性は、個人ではなく家族と国家を支える社会的存在となっていた。それは彼女たちが同時に社会的な動員の対象となったことを意味していた。たとえば「婦人倶楽部」の記事「米英の婦人を撃て！」および「決戦下の婦道」を要約してみれば、米国の民需産業では半数弱の従業員が女性であって、軍需産業では約三分の一、特に戦闘に直接必要な飛行機、軽兵器、艦船等の製造では三分の一以上の従業員が女性であり、加えて四、五十万人の女性兵士がいることを報告した上で、国家存亡の危機に臨んでは、進んで職場に飛び込んで行くことこそ真の日本婦道である、と述べている。これは決戦下において男性たちが戦場で闘う兵士であるならば、残された女性たちは家族や個人のレベルを超えて、国家の産業を担う存在であることを雄弁に訴えた事例でもある。それはまた女性たちが社会的なさまざまな力にさらされるようになったことをも意味していた。

また、「婦人倶楽部」昭和十八年五月号は「戦時下の女性手紙講座・第五回　戦死遺家族への弔慰文」を載せている。その中の「父を失つた少女へ」の項目は、故人は偉かった、尊い誇るべき戦死であったことを書くようにと指導し、そうすれば遺族は哀しみのなかにも慰められると言う。また「息子を戦死させた母親へ」においては、生前の数々の勲功を讃え、国民の一人としてその戦死に深い哀悼と感謝の誠をあらわす気持ちがあふれるようにと述べ、そのためには書き出しからすぐにお悔やみの言葉を申し上げるべきであると勧めている。これらは、手紙という私的（個人的）な生活場面に、社会的（公的）な強制がいかに深く浸透していたかを物語る一例であろう。

言葉の暴風が吹き荒れる昭和十九年、「婦人倶楽部」一月号の目次を追ってみれば、「海に往く少年兵―必勝訓練の横須賀海兵団見学―」「敵機何ぞ恐れん！　北方第一線に挺身する北千島の女性漁業部隊」「精兵をつくる家庭教育」「決戦料理の基礎勉強・我家の決戦代用食」等々と続く。周五郎の『日本婦道記』は、いつ止むとも知れない言葉の暴風のただ中に存在していたのである。

やがて戦局の不利から本土決戦が叫ばれるようになってくると、『日本婦道記』もその空気から自由ではいられなかった。たとえば「竹槍」に、「一寸ゆずれば一寸、一尺ゆずれば一尺、わたくしたちが退けば退いただけの土地が異国人のものになってしまいます、（中略）……防がなければならぬのはこの土地です、この土地の最初の一寸です」とある。これを戦意高揚のプロパガンダ（宣伝）小説に接近したとする見方もある。だがその一方で、「竹槍」の「土地」に、周五郎は「心」の意をこめたと読むこともできるだろう。それは危機に際しての「心」の姿勢を語っているのであり、誘惑に打ち勝つ不断（日常）の戦いの大切さを語っているのでもある。しかし、意に反して時代に抗しえず、生きる喜びののびやかな表現は影を潜めてしまうことも確かなのであるが、それは逆に、社会がある特定の表現を強制してくる状況下において、『日本婦道記』もその危うさを時代とともにかかえながら生きていた、ということの証しなのでもある。私たちは今、その全体をあらためて見渡さなければならない。

（はっとり・やすき　近代日本文芸研究者）

本書は昭和三十三年十月、新潮文庫より刊行された『小説　日本婦道記』（平成二十九年九月、百七刷）を再編集したものです。「日本婦道記」シリーズは総数三十一編にわたって執筆されましたが、『小説　日本婦道記』は山本周五郎自身が選定した十一編（「松の花」「箭竹」「梅咲きぬ」「不断草」「藪の蔭」「糸車」「風鈴」「尾花川」「桃の井戸」「墨丸」「二十三年」）のみが収録されたものでした。改版を機に、更に二十編を加え、本来のシリーズタイトルである『日本婦道記』を書名としました。

編集について

一、新潮文庫の文字表記については、原文を尊重するという見地に立ち、次のように方針を定めました。

①旧仮名づかいで書かれた口語文の作品は、新仮名づかいに改める。
②文語文の作品は旧仮名づかいのままとする。
③旧字体で書かれているものは、原則として新字体に改める。
④難読と思われる語については振仮名をつける。

一、本作品中には、今日の観点からみると差別的表現ととられかねない箇所が散見しますが、著者自身に差別的意図はなく、作品全体のもつ文学性ならびに芸術性、また著者がすでに故人であるという事情に鑑み、原文どおりとしました。

一、注解は、新潮社版『山本周五郎長篇小説全集』（全二六巻）の脚注に基づいて作成しました。

（新潮文庫編集部）

山本周五郎著

青べか物語

うらぶれた漁師町・浦粕に住み着いた私はボロ舟「青べか」を買わされた——。狡猾だが世話好きの愛すべき人々を描く自伝的小説。

山本周五郎著

柳橋物語・むかしも今も

幼い恋を信じた女を襲う悲運「柳橋物語」。愚直な男が摑んだ幸せ「むかしも今も」。男女それぞれの一途な愛の行方を描く傑作二編。

山本周五郎著

五瓣の椿

自分が不義の子と知ったおしのは、淫蕩な母と相手の男たちを次々と殺す。息絶えた五人の男たちのそばには赤い椿の花びらが……。

山本周五郎著

赤ひげ診療譚

貧しい者への深き愛情から〝赤ひげ〟と慕われる、小石川養生所の新出去定。見習医師との魂のふれあいを描く医療小説の最高傑作。

山本周五郎著

大炊介始末（おおいのすけしまつ）

自分の出生の秘密を知った大炊介が、狂態を装って父に憎まれようとする姿を描く「大炊介始末」のほか、「よじょう」等、全10編を収録。

山本周五郎著

季節のない街

〝風の吹溜りに塵芥が集まるように出来た〟庶民の街——貧しいが故に、虚飾の心を捨て去った人間のほんとうの生き方を描き出す。

山本周五郎著

ながい坂（上・下）

人生は、長い坂。重い荷を背負い、一歩一歩、確かめながら上るのみ――。一人の男の孤独で厳しい半生を描く、周五郎文学の到達点。

山本周五郎著

つゆのひぬま

娼家に働く女の一途なまごころに、虐げられた不信の心が打負かされる姿を感動的に描いた人間讃歌「つゆのひぬま」等9編を収める。

山本周五郎著

ひとごろし

藩一番の臆病者といわれた若侍が、奇想天外な方法で果した上意討ち！　他に〝無償の奉仕〟を描く「裏の木戸はあいている」等9編。

山本周五郎著

栄花物語

非難と悪罵を浴びながら、頑なまでに意志を貫いて政治改革に取り組んだ老中田沼意次父子を、時代の先覚者として描いた歴史長編。

山本周五郎著

ちいさこべ

江戸の大火ですべてを失いながら、みなしご達の面倒まで引き受けて再建に奮闘する大工の若棟梁の心意気を描いた表題作など4編。

山本周五郎著

寝ぼけ署長

署でも官舎でもぐうぐう寝てばかりの〝寝ぼけ署長〟こと五道三省が人情味あふれる方法で難事件を解決する。周五郎唯一の警察小説。

山本周五郎著

山彦乙女

徳川の天下に武田家再興を図るみどう一族と武田家の遺産の謎にとりつかれた江戸の若侍。著者の郷里が舞台の、怪奇幻想の大ロマン。

山本周五郎著

花も刀も

剣ひと筋に励みながら努力が空回りし、ついには意味もなく人を斬るまでの、平手幹太郎(造酒)の失意の青春を描く表題作など8編。

山本周五郎著

朝顔草紙

顔も見知らぬ許婚同士が、十数年の愛情をつらぬき藩の奸物を討って結ばれるまでを描いた表題作ほか、「違う平八郎」など全12編収録。

山本周五郎著

泣き言はいわない

ひたすら〝人間の真実〟を追い求めた孤高の作家、周五郎ならではの、重みと暗示をたたえた言葉455。生きる勇気を与えてくれる名言集。

山本周五郎著

明和絵暦

尊王思想の先駆者・山県大弐とその教えをめぐり対立する青年藩士たちの志とは――剣戟あり、悲恋あり、智謀うずまく傑作歴史活劇。

山本周五郎著

樅ノ木は残った

毎日出版文化賞受賞(上・中・下)

仙台藩主・伊達綱宗の逼塞。藩士四名の暗殺と幕府の罠――。伊達騒動で暗躍した原田甲斐の人間味溢れる肖像を描き出した歴史長編。

山本周五郎著
正雪記（上・下）
染屋職人の伜から、〝侍になる〟野望を抱いて出奔した正雪の胸に去来する権力への怒り。超大な江戸幕府に挑戦した巨人の壮絶な生涯。

山本周五郎著
天地静大（上・下）
変革の激浪の中に生き、死んでいった小藩の若者たち――幕末を背景に、人間の弱さ、空しさ、学問の厳しさなどを追求する雄大な長編。

山本周五郎著
おさん
純真な心を持ちながら男から男へわたらずにはいられないおさん――可愛いおんなであるがゆえの宿命の哀しさを描く表題作など10編。

山本周五郎著
松風の門
幼い頃、剣術の仕合で誤って幼君の右眼を失明させてしまった家臣の峻烈な生きざまを描いた「松風の門」。ほかに「釣忍」など12編。

山本周五郎著
深川安楽亭
抜け荷の拠点、深川安楽亭に屯する無頼者たちが、恋人の身請金を盗み出した奉公人に示す命がけの善意――表題作など12編を収録。

山本周五郎著
あとのない仮名
江戸で五指に入る植木職でありながら、妻とのささいな感情の行き違いから、遊蕩にふける男の内面を描いた表題作など全8編収録。

山本周五郎著

四日のあやめ

武家の法度である喧嘩の助太刀のたのみを、夫にとりつがなかった妻の行為をめぐり、夫婦の絆とは何かを問いかける表題作など9編。

山本周五郎著

町奉行日記

一度も奉行所に出仕せずに、奇抜な方法で難事件を解決してゆく町奉行の活躍を描く表題作ほか、「寒橋」など傑作短編10編を収録する。

山本周五郎著

一人ならじ

合戦の最中、敵が壊そうとする橋を、自分の足を丸太代りに支えて片足を失った武士を描く表題作等、無名の武士の心ばえを捉えた14編。

山本周五郎著

人情裏長屋

居酒屋で、いつも黙って飲んでいる一人の浪人の胸のすく活躍と人情味あふれる子育ての物語「人情裏長屋」など、〝長屋もの〟11編。

山本周五郎著

花杖記

父を殿中で殺され、家禄削減を申し渡された加乗与四郎が、事件の真相をあばくまでの記録「花杖記」など、武家社会を描き出す傑作集。

山本周五郎著

雨の山吹

子供のある家来と出奔し小さな幸福にすがって生きる妹と、それを斬りに遠国まで追った兄との静かな出会い――。表題作など10編。